热血铸工道

何机

国术

湖南省新闻出版发展基金会资助项目 大风原创 何顿作品 CTS 湖南文艺出版社

图书在版编目（CIP）数据

国术 / 何顿著. -- 长沙 : 湖南文艺出版社，
2023.3（2023.6重印）
ISBN 978-7-5726-0645-8

Ⅰ. ①国… Ⅱ. ①何… Ⅲ. ①长篇小说－中国－当代
Ⅳ. ①I247.5

中国版本图书馆CIP数据核字（2022）第066296号

国术

GUOSHU

作　　者：何　顿
出 版 人：陈新文
责任编辑：徐小芳　向朝晖　李雪菲　刘　敏
封面设计：萧睿子
内文排版：刘晓霞
出版发行：湖南文艺出版社
（长沙市雨花区东二环一段508号　邮编：410014）
印　　刷：湖南省众鑫印务有限公司
开　　本：710 mm × 1000 mm　1/16
印　　张：32
字　　数：450千字
版　　次：2023年3月第1版
印　　次：2023年6月第2次印刷
书　　号：ISBN 978-7-5726-0645-8
定　　价：59.80元
（如有印装质量问题，请直接与本社出版科联系调换）

目录

一　虎坪村发生了一场械斗

一九二〇年夏，湖南沅江县泗湖山镇虎坪村发生了一场械斗，刘姓家族与汪姓家族为抢水大打出手，结果刘姓家族里七人受轻伤、三人被打成重伤、一人被打死。被打死的人叫大毛，大毛喜喝酒，但酒德差，一喝酒就好斗。那天大毛喝了大半瓶白酒，一个人冲在最前面，手举一根扁担横劈竖砍。汪家老大有功夫，躲过砍来的儿扁担，一脚把大毛踢倒了。汪家老六是个下得狠手的人，挥锄挖下，那一锄头挖在大毛的后颈上，颈椎断了，血带着酒气喷了汪家老六一身。大毛当场毙命。汪家老六跑了。这事发生在那个混乱的年代，镇公所出面调解，说人死了又不能复生，凶手既然跑了，抓回来抵命怕是驴年马月的事，还不如赔点钱实惠。汪家就赔了十五块大洋和三十担谷，这事就了了。

安葬完大毛，族里有头有脸的人便拥到祠堂里议事。祠堂的堂屋很大，三米五高，四根粗壮的樟木柱顶着横梁，中间摆了圈靠椅。议事时，族里的男丁可旁听，站或蹲在墙边，但不许插嘴。刘耀林是虎坪村的大户，有百多亩田，三十多岁，脸盘黝黑，人孔武有力，生有四子，今年又添了个女儿。此刻，他坐到一张原木太师椅上，抽着长长的铜锅烟袋，不露声色地看着一个个族人。村里人，谁是什么性格，谁大方谁小气，谁胆大谁怕事，谁好色谁好斗，他心里一本册。坐在他右边的老满是老族长的儿子，矮矮壮壮，生一张黧黑的脸，大鼻子、厚嘴唇，为人小气但是个直性子。左边坐着的老七，四十出头，生得人高马大，当过几年兵就见了些世面。老七祖上留下了几十亩田，又读过几年私塾，还是个习武之人。族里，除了刘耀林能与他匹敌，其他人都不在话下，所以威望仅次于刘耀林。老七正低头吸着水烟袋，吸得嗬喽嗬喽响。

刘耀林宣布大家议事后，村里与大毛关系最铁的刘老八第一个发言："族长，亏就咯（方言：这）样白呷了？讲句良心话，咯仇不报，都冇得脸活在世上呢！"刘老八在这次械斗中脑袋被镰刀砍开了，头上裹着纱布。刘耀林很讨厌刘老八，瞪他一眼："汪家赔哒钱。还打么子打？"三毛绷着脸："族长，你的意思是我大哥的仇不报哒？"刘耀林说："三毛，你大嫂收哒人家的钱和三十担谷，再打就冇得理由哒。"三毛闷声道："我劝大嫂把东西退给汪家。"刘耀林是族长，考虑问题的角度不一样，说："县警察局局长撂下话，哪个再挑起事端就抓到县里蹲班房，到时候哪个去蹲班房？"三毛粗声道："我去。"刘耀林眼睛一瞪："闭嘴，收了钱，咯事就画上句号哒。"他镇定地看着大家："今天议事不是讨论报仇！汪家半年前请了拳师教族人打拳。我们呢，都只有一身蛮力，真打架，一身蛮力顶个屁用！"他望一眼老七："老七你表个态。"老七见族人都把目光掷到他脸上，说："族长讲得好，咯事可以打住了。"三毛气恼道："你们不打，我和四毛去打。"刘老八站在三毛一边："算上我。"

刘耀林鄙夷地盯一眼刘老八，讲狠话道："你咯呆卵能打赢几个人？打死了，冇得人给你收尸！"他把冷峻的目光投到三毛和四毛脸上："你们两个听哒，族里有规矩，你们姓刘就得守规矩，再敢惹祸，莫怪我刘耀林对你们不客气！"他虎着脸把铜烟锅里的烟灰磕掉，看一眼族人，提高声音："大家听我讲，我们要吸取咯次呷亏的教训，我去县里请个拳师来教大家练练拳，大家都要来学，都莫懒，以后还遇到咯样的事，不至于只有挨打的份儿。都听见冇？"众族人连连点头，小声议论开了。老七捻捻山羊胡子：“我看先就咯样，三毛、四毛，你们听族长的，莫再节外生枝哒。”

沅江县地处湖南东北部，是洞庭湖滨，那个年代清朝灭亡不久，人人都爱习武。刘耀林四岁时就开始练武，七岁时一手南拳就打得很漂亮了。他清楚贺家的南少林拳全县排第一。这天上午，他一身青布长衫赶到城关镇，贺家住在城西，一家人都在院子里练拳。那时候因怕别人偷学武艺，练拳都是隐蔽的。贺家长辈见一个模样孔武有力的人 进来就施礼，问道：“你有么了事？”刘耀林抱拳道：“晚辈姓刘，名耀林，家住泗湖山镇虎坪村。在下久闻贺家拳承袭南少林寺，特来贵馆请拳师教我们刘姓族人打拳。”贺家长辈打量他几眼，问了问事项和报酬，就让自己的大儿子贺新一随刘耀林去。贺新一二十七八岁，高高大大，一脸机警、自信。清末时，县衙举办的最后一届比武，他打了冠军，当时才十七岁。刘耀林也参加了那次比武，只打了第七名，与冠亚季军无缘。他见贺新一如此健硕、彪悍、疾步如飞，打心眼里欣赏：“贺兄，鄙人痴长你几岁，你有么子要求？”贺新一嘿嘿一笑：“习武之人不讲究，一张长板凳就能困觉。”刘耀林连声道：“好好好，贺兄如此气度，那就好。”

刘家屋前有块很大的坪，铺了三合土，用来晒谷的。一早，刘姓男丁全来了，刘耀林请贺新一师傅坐到太师椅上，对族人说：“咯位师傅名叫贺新一，习得一手南少林拳，十七岁就打过冠军，大家都要好好地跟贺师傅学拳。”他瞟一眼老七和嘻开大嘴笑的老满，宣布：“现在大家开始拜师。”他走到贺新一面前，率先跪下，老七、老满、刘老八和三毛、四毛等五六十个男人纷纷跪下，向贺新一师傅跪拜。贺新一师傅对刘姓众弟子说：“大家请起。”他等众人都站起来后，这才大声道：“练拳先练桩，桩稳拳才有力。练拳时都要跟着我喊，要把声音喊出来才有气势。”众刘姓弟子连声道：“好！”

刘耀林的次子刘杞荣，幼年时患了“胀肚病”——实际上是血吸虫病——除了一颗脑袋和一个鼓胀胀的肚子，就剩了瘦得皮包骨头的四肢，感觉上像一只大蜘蛛。他八岁了，仍不能走路，腆着个大肚子，苍白着一张尖脸，移一下凳子，身子才扶着凳子挪半步，犹如蜘蛛爬动。刘耀林是族长，最要面子，很厌恶二崽，觉得这个崽活着是刘家的耻辱。他给二崽单独一间房，不准二崽出门。谁要是在饭桌上问：“你家老二呢？”他都阴着脸回避道：“不讲他。你多呷点。”有天，他不悦地问堂客（妻子）：“老二何解还不死？”堂客肖合珍听丈夫这么说，脸都白了：“看你讲的么子话！老二就不是你的崽？”刘耀林黑着脸：“我有老大、老三、老四，老四都能跑了。有他不多，无他不少。”肖合珍见丈夫说得如此轻巧、刻薄、冷酷，就伤感道：“老二可怜呢，你可不能做伤害他的事，那会遭报应的。”“你听好，”刘耀林把烟锅里的烟灰磕掉，头也不抬地讲狠话，“只要他出现在我觉得不合适的地方，老子就一脚踢死他。”肖合珍从丈夫的眼睛里看到了狠劲，紧张着脸说：“虎毒都不食子呢。”刘耀林用一支铜耳勺清理着烟锅里余下的烟灰，漠然道：“我又不是老虎，叫这个小畜生莫出门。”

刘杞荣六岁时，家里请来一位算命先生，那先生在沅江县很有名，都说他算命算得准。刘耀林不信神鬼，却信命，花大钱请来算命先生给全家人算，当所有的人都算完后，肖合珍才把骨瘦如柴的老二抱到椅子上，请先生也算一算。先生根据刘杞荣的生辰八字掐指算了却不说话。刘耀林把烟锅里的烟灰磕干净，催问：“你讲噻，我二崽命相如何？先生何解不语？”先生支支吾吾。刘耀林说：“你只管讲，莫避讳。”先生才不客气道：“东家能否恕我直言？”刘耀林心一紧，嘴里道：“只管直言。”先生道：“你家老二若不是短命鬼，就是讨债鬼。是你前世的孽缘，找你讨债的。”刘耀林脸色灰了。先生看一眼坐在一隅的刘杞荣，又安慰他道：“不过也冇么子要紧，他活不过十岁。”肖合珍觑着可怜的二崽，难过道：“先生，有么子法子可破吗?”先生道：“一个命薄之人，你们尽可能善待他吧。”肖合珍道：“先生，您神通广大，想个法子破解吧。”先生说：“咯是命，古人说，命里没有莫强求。随缘吧你们。”刘耀林见堂客还要说什么，青着脸吼堂客：“莫问哒。”

从那天起，刘耀林再也不愿看老二一眼了。有时候，老七和老满来说事，遇到吃饭时留下来吃饭，问及老二时，刘耀林都是淡淡道：“我有老大、老三、老四，够了。”老大十岁，长得像刘耀林小时候，个子在同龄人中算高的，很结实，脑子也活泛，常跟着比他大的堂兄弟去小河里捞鱼，或去河滩上捕杀野鸭子，那反应和机灵劲儿比同龄人都强；老三六岁，虎头虎脑的，生着双两边眼角往上翘的眼睛，算命先生撂了话：“你家老三有官相。”他听了这话甚喜，想将来家里有个当官的，那他不成了镇长家的座上宾？老四四岁，长相像娘，宽额、圆脸、大耳。先生看过老四的面相后说：“老四是天生富贵。”这话让他快慰，想一定是祖上积了德，得好好去祖坟上多烧几炷香。老七啜口酒，不太相信算命先生的话：“也许那先生算错了呢?”刘耀林说：“他能算错？县长都说他算得准呢。”老满抿口酒：“我不信咯些。一个算命的给我爹算命，讲我爹能活八十岁。卵，我爹还冇到六十岁就死了。”老七赞同：“是不要全信。”刘耀林最不愿跟老七和老满讨论二崽，道：“呷酒。”

有天，刘杞荣听见坪上一片喊叫声，就搬把椅子，移一下椅子走一步地来到堂屋。坪上众族人正在练武，因脚步踏起的灰多，娘把堂屋门关了。两扇木门之间，有一条一指宽的缝。刘杞荣从门缝里往外瞧，瞅见坪上站着的人里有他十分畏惧的爹和七伯、满叔等大人，哥哥和两个弟弟站在最前面，正跟着拳师练拳，一边“嗨、嗨、嗨”。他看了会儿，忽然有一种莫名的兴奋，不觉跟着“嗨”起来，手也学着动。刘耀林练拳出了一身汗，有些口渴，就从饭堂门进屋喝茶。喝完茶，他步入堂屋，见二崽不自量力地腆着个肚子，“嗨嗨嗨”，一只手扶着椅子一只手做动作，模样非常滑稽，不觉邪火一飙，走拢去就是一挑腿，把二崽踢飞得没看见人了，传来“嘭”的一声响。他用脚背钩开门，出去了。

刘杞荣被爹那一挑腿踢进了爹妈的卧房，头砸在装米的水缸上，人晕了过去。为防止老鼠偷米，刘耀林把能装上千斤米的大水缸放在卧房里，再在水缸上盖了几块老鼠咬不烂的铁板。娘从菜地里回来，抱着淘米盆走进卧室，见二崽晕倒在米缸旁。娘心疼地抱起二崽，二崽的额头上有个肿块，血流了右边一脸。地上也血迹斑斑。娘以为他快死了，伤心道：“老二啊，娘跟你讲过多遍要你莫出来，你何解不听话啊。”刘杞荣在娘的呼唤声中醒了，看着娘。娘见他如此可怜，抱起他，步入他的房间，放到床上。刘杞荣睡的这间房很小，原是放农具的杂屋，只有一张床、一张桌子。娘转身去卧房拿来治跌打损伤的药，给儿子敷上，说：“娘跟你讲，你爹是暴脾气，千万莫惹你爹。”刘杞荣脑海里闪现了爹面色狰狞地踢他的模样，嘴里嘀咕：“我长大了要报仇。”娘扇了他一耳光：“你爹让你活到现在，已经够宽容了。”刘杞荣恨爹不让他上桌吃饭，恨爹不许他出现在客人面前，更恨爹下狠力踢他。他知道娘心疼他，但爹的权威像一座山那么高，娘只能仰望。他忍着痛说：“娘，我要练拳。”娘答：“你咯鬼样子练么子拳？”他心里记恨着爹踢他的那一脚，决心就很大：“我要练拳。”娘觉得他怕是绊坏了脑壳，说：“娘不跟你讲咯些，娘要淘米煮饭哒。”

有个与刘杞荣年龄相仿的男孩姓周，名进元。周进元是刘杞荣姨妈的独苗，姨父是镇公所的治保主任，手里有点小权，在镇街上开了家日杂店。周进元长得俊俏，脑子活泛，人也活泼。这天，他推开门，见表哥孤单地坐在椅子上，便对表哥挤出一脸笑：“二表哥。”刘杞荣招手："进来呀。"周进元步入房间。刘杞荣问："你怎么来了？"周进元答："我娘要我来上学堂。"刘杞荣一时没说话。周进元说："二表哥，大表哥和表弟都去祠堂上学了，你何解不去？"刘杞荣白着脸："我有病，我爹不让我上学。"周进元同情地觑了他一眼："不上学也好，我娘硬要我来上学。"刘杞荣想，姨妈对表弟真好。周进元瞧着二表哥鼓胀胀的肚子："你肚子疼不？"刘杞荣说："胀，不疼。"

第二天一早，一家人在贺新一师傅的指导下打完拳，吃过早饭，爹去田里了，大哥和两个弟弟去学堂读书了。刘杞荣在房里闷久了，心里慌，移一下椅子挪一下脚地走出房间。娘在灶屋里收拾，看见他，说："你何解出来哒？快进屋去。"刘杞荣在房里快闷死了，瞧着娘："娘，我要读书。"娘说："咯事你想都莫想，崽，你咯样子你爹不会允的。"刘杞荣在娘面前好强道："表弟都来祠堂读书了，我何解不能读？我要读书。"肖容珍想，算命的说了，老二的命长不过十岁，可怜的老二！于是她说："你先回屋，等你爹回来，娘跟你爹商量商量。"刘杞荣回到房间，看着窗外的杉树，阳光落在杉针上，杉针绿亮亮的。他突然恨恨地想，何解不让我上学堂？我又不是没脚，爹不许，我自己去。

二　学堂设在祠堂里

学堂设在祠堂里，之前村里没学堂。刘耀林考虑到老大十岁、老三六岁了，就决定办个学堂，既为老大、老三，也为族里的其他孩子。村里，七八岁的孩子有二十多个，老满的二崽十一岁了还整天玩，带坏样子；老七的大崽十岁、二崽八岁，跟着老满的二崽拿着弹弓在村里打鸟，净干些没出息的事。虽然种田不需要文化，可等他们长大了连自己的名字都不会写那不遭文化人欺负？刘耀林把办学堂的想法告诉老七和老满，老七赞同道："你咯是做了件好事呢。"老满那天在老七家闲扯，听刘耀林这么说，喜欢道："咯事，我举双手赞成。"刘耀林说："我打算请一个既能教国文又能教算术的先生，要让我们刘姓孩子长大后能掐会算。孩子的学费一学期两块大洋一个，你们看要得不？"老七拿起水烟袋抽口烟："你讲了算。"老满说："有的人家里穷得都冇得裤子穿，出不起学费的怎么搞？"刘耀林捋捋胡子说："祠堂的账簿上有储备金，先为他们垫付。至于先生的报酬，不足的，我刘耀林补贴。"老七说："你功德无量啊。先生找好了吗？"刘耀林心里有谱，镇街上有个青年在长沙读了中学，因战火不断，社会混乱，回到家里避祸。"先生十六七岁，在长沙读的新学堂，学问新。先生住在我姨妹夫开的日杂店对面，我找他讲了，给他十块大洋一月，他蛮乐意的。"老七说："是不是太年轻了？"刘耀林答："那些老秀才好是好却不懂算术。他能教算术。"老满道："那就好，我几个崽都蠢得跟猪样的，么子都算不清。”

先生来了。他姓刘，一张脸白白净净，一双眼睛乌亮的，尚未脱掉学生气。先一天，刘耀林在祠堂里收拾出一间窗户朝南的房子，自己贡献出一床蚊帐挂在床上，还把家里的一张桌子抬来，便于先生批改学生作业用。刘耀林亲自到村口迎接，接过先生的藤条箱，领着年轻的先生向祠堂走来。老七在祠堂前点燃一挂两千响的鞭炮，待鞭炮噼里啪啦地炸完，老七和老满等族人都嘻开大嘴拍手欢迎。先生满脸通红，不知所措。刘耀林说：“刘先生请。”刘先生就跟着众人步入祠堂，挺直腰杆四处打量。刘耀林说：“刘家学堂简陋，还望刘先生多多包涵。”刘先生问：“怎么没课桌椅？”刘耀林说：“正在赶做，目前学生只能自带椅子。”刘先生说：“黑板得有一块啊。”“黑板有。”刘耀林说，对门外拍拍手，就见三毛和四毛抬着刷了黑油漆的门板进来，挂到了墙上。

那天，哥哥和弟弟去祠堂读书了。刘杞荣不甘寂寞地搬着椅子当拐杖，移步到堂屋。他晓得爹不许他出门，但他倔强、勇敢地把椅子搬出门，抬脚迈出门槛，朝前移一步椅子走一步路。他感觉风刮在脸上真好。他看见鸟在树枝上飞来飞去，觉得鸟真自由。他第一次有一种对自由的渴望，下定决心道：“我要读书。”祠堂距他家只有几十米远，他拼尽全力地向祠堂移步。祠堂里正上课，他移步至祠堂外，也累了，就坐在椅子上听先生授课。年轻的刘先生正昂着头讲解《弟子规》，他念一句让孩子跟着读一句。刘杞荣耳朵好，听得真切，在门外跟着念道：“人有短，切勿揭；人有私，切莫说。……”刘先生睃见门外有一张脸跟着念诵，停下来问：“门外的孩子是谁？”刘杞荣一惊，正不知如何是好。刘先生道：“你进来。”刘杞荣犹豫着。刘先生说：“进来吧孩子。”刘杞荣把椅子搬过门槛，吃力地抬起一条腿跨过门槛，跟着把另一条腿挪进去，身体也就越过门槛了。刘先生觉得这孩子腆着个圆鼓鼓的肚子怪可怜的，问：“你是谁家的？”老三嘴快：

"他是我二哥。"刘先生打量着刘杞荣，这孩子四肢健全，并无残疾，就问："你想读书?"刘杞荣用力地点下头。刘先生问："人有短，切勿揭；人有私，切莫说。晓得咯是么子意思吗?"刘杞荣在门外听了先生授课，就点点头。刘先生道："那你讲给大家听听。"刘杞荣脸红道："人人都忌讳揭短，别个的短处，莫去揭，咯会伤了人家。对于他人的隐私，莫去宣扬。"刘先生笑："嚯，你听懂了啊。你爹何解不让你读书?"刘杞荣不答。老三说话无遮拦，稚声道："我爹讲他是讨债鬼。"周进元用手肘碰下老三："莫乱讲。"他向刘先生解释："我大姨说我二表哥有病。"

刘耀林从田里忙活回来，经过祠堂时拉刘先生上家里吃饭。刘先生走进刘家，见老大、老三、老四都坐在桌旁却不见老二，抿口酒，问："何解冇看见老二?"刘耀林道："他不上桌的。"刘先生问："何解不让老二上桌?"刘耀林用筷子指着鱼："呷鱼。"刘先生举着筷子道："刘叔，让老二来祠堂读书吧。"刘耀林不悦："他那鬼相样子读么子书啊。你呷菜。"刘先生可不是个好打发的青年，满脑子新思想，也就满肚子话："人有病可以治。书要读的。古人云：'不学无术，人之大忌。'"刘耀林扫一眼老大、老三、老四，感觉他们才是刘家的未来，不接茬道："你呷饭。"刘先生知道自己的提议冲撞了族长，但自己是族长花钱聘来的先生，就坚持："刘叔，你既然请我来教书，就让老二明天也来学堂吧，老二的学费我出。"肖合珍早就想跟丈夫商议这事，苦于找不到借口，此刻机会来了，马上说："先生快莫咯么讲！咯点学费，屋里拿得出的。"刘耀林横一眼堂客，酒杯往桌上一蹾："我还缺咯几个钱?我是看老二冇得人相，才冇要他读书。"刘先生的筷子都伸到鱼碗里了，又缩回说："刘叔，我看老二不像你讲的那么差劲。你下午要他来学堂吧。"刘耀林不好再说什么了。

老二有书读了，做娘的格外高兴，趁丈夫和刘先生喝酒、说话的当儿，她装满一大碗饭——上面搁着腊肉和韭菜炒蛋等，走进老二房间：“娘跟你说，你爹同意你读书了。”刘杞荣瞪大眼睛望着娘。娘笑眯眯地又说：“刘先生跟你爹提要求，你爹拉不下面子，只好同意你读书呢。”刘杞荣感觉室内都明亮了一些似的，回答：“娘，那我要多呷饭，好有劲读书。”“你是要珍惜呀，娘特意给你装哒一大碗饭。”刘杞荣大口吃着饭菜。一个小时后，娘移着碎步，端着药进来——这药是娘求街上的老中医开的，专医治“胀肚病”，喝起来相当苦。刘杞荣最讨厌喝这药，经常喝几口，娘一走开就从窗口倒出去，以致窗外的地上全是草药气味。但今天，他当着娘的面，把药全喝了。娘从来没见过孱弱的二崽如此不怕苦地喝药汤，表扬道：“你看你， 有学上，人都精神哒。”

他可以出门了，每天吃过早饭便搬把椅子，移步到学堂，他有一种来之不易的感觉，心里充满了孩子的好奇和欢喜，读书就刻苦。刘先生见他听讲的眼神很专注，一眨不眨地盯着自己，暗暗觉得自己关心他是对的，就给他鼓劲：“刘杞荣，我看你的身子骨也会好起来的，不过要锻炼，你太冇锻炼了。”刘杞荣狠劲道：“我一定锻炼。”刘先生摸摸他的头：“你是个好孩子，老师告诉你：人只有努力才有未来。你听懂了吗？”这话让内心荒芜和恐惧的刘杞荣热乎乎的，他立即答：“老师，我听懂了。”

第二天破晓，他起床，见哥哥和两个弟弟等孩子在贺新一师傅的指导下打拳。他移步到门外，看见爹和七伯、满叔等大人都在坪上练拳，他鼓足勇气在一旁模仿。贺新一师傅见他站都站不稳，模样十分可笑，就低头问：“你想学拳？”他答：“嗯。”一抹淡淡的晨曦涂在他苍白的瘦脸上，脸上的表情就十分渴求，像只饿狗盯着肉骨头。贺新一师傅被他的渴求打动了，睃一眼他的身形说：“人要先站稳，才能打拳。”他站了个桩给他看：“能站稳吗你？”刘杞荣试了下，感觉两条腿抖得极厉害，忙伸手扶椅子。贺新一师傅制止道：“莫扶。”刘杞荣看着贺新一师傅。贺新一师傅说："你身上有一个魔，你要打败它。"刘杞荣觉得这话像针一样扎得他心一疼！贺新一师傅说："你每天早、中、晚各练三次，每次不要扶椅子站十分钟，就是站不稳也要站。懂吗?"刘杞荣坚决道："我懂。"贺新一师傅说："练武术最大的好处是强身健体。只要你每天坚持练，我保证你身上的恶魔就被你打跑了。"贺新一师傅站一个马步桩给他看："腰不能弯，背要挺直。"刘杞荣想照着做，不料身体一歪，倒在地上。一旁练拳的孩子都笑起来。贺新一师傅拉起他："慢慢来，你会站稳的。"

刘耀林有个习惯，就是打拳时一不看别人，二不说话。他见走路都要扶椅子的老二竟要打拳，觉得碍眼，大声道："死屋里去，莫在咯里出丑。"刘杞荣非常怕爹，白着脸，弓腰扶着椅子，朝房里移步。刘耀林嫌弃道："你咯鬼样子还练拳，莫耽误贺师傅教别的孩子打拳。"刘杞荣回到屋里练站桩，只站了一秒钟，腿就抖得不行。他扶下桌子，想起师傅说的话，提气，收腹，可是肚子那么鼓胀，要想像其他人一样收腹简直比登天还难。他十分绝望！何解爹那么讨厌他?他含泪想，还不如死了好。他站了几秒钟，身体又摇晃不止，手忍不住朝桌子伸去。伸到快接近桌子时，他又愤恨地缩回手："我不能扶桌子。"他咬着牙瞪着天空，腿抖得筛糠一样。娘端着碗熬好的药，推门进来，见儿子腆着个大肚子站桩，身体不住地哆嗦且满头大汗还咬紧牙关的样子，就可怜他道："老二，你有病，莫练哒。"刘杞荣气馁地坐到椅子上。娘看着他额头上那块疤，疤上的痂蜕了，呈现一小块浅红的新肉。娘说："把药呷了。"好大一碗药，乌黑的，他用手摸了下碗，很烫："娘，我等下呷。"娘不指望他有出息，算命先生的话深深地烙在她心上了。她想既然老二活不过十岁，那在老二的有生之年，能满足他就尽量满足他，说："老二，娘跟你说，你练练字就行了。""我要练武。"他犟道。娘说："好好好，娘随你，把药呷了。"他喝了药。娘拿着碗离开后，他感觉肚子很胀，又起身练站桩，站了两秒钟，身体又颤抖不止。他对自己说："师傅说我身上有个恶魔。我要打败它！站一百下。"他心里数着数，数到七时，身体一晃，扶住了桌子。他说："要得，我站到七下了。我一定要站一百下。"他又不管不顾地站着，数着数，数到十一时腿一软，跌坐在地上。他坐在地上喘息会儿，又咬着牙关站，数到十时，腿又发抖，身体前后摇晃，手伸到桌边想扶桌子时又坚决地缩回手："咦，我不能扶桌子。"

周进元推开门叫他："二表哥，姨妈要我扶你去学堂。"他已经出了一身汗。他脱下湿衣服，周进元拿着湿衣服替他揩背上的汗。他觉得全世界的人，除了娘，就是表弟对他好。表弟跟四弟睡一张床，他邀请道："表弟，你到我屋里困吧。"表弟笑："好。"他高兴地换件干衣服，厌恶地盯一眼椅子，想，我不能被人看不起，说："表弟，你扶我走。"表弟就把肩膀伸给他。他生平第一次没搬椅子，扶着表弟的肩膀，一步一踮一晃地向学堂走去。刘先生看见了，表扬道："刘杞荣同学，行啊你——""你"字拖得很长，这是由衷的赞许。同学们都回头望着他，包括老大、老三、老四。刘杞荣忽然感觉自己好像与昨天的自己不同了，不但得到了老师的赞许，还获得了同龄人的欣赏。他坐下，见平常对他漠不关心的大哥看他的目光里有嘉奖，就自豪地给大哥一个笑。

傍晚时分娘送饭进来，在昏暗的光线下，见他在窗前练站桩，竟有些喜欢："老二，呷饭。"他回过身来："娘，要表弟住到我屋里吧。"娘把一大碗盖满菜的饭放到桌上："他会上你屋里困?""表弟同意哒。"他说。娘见儿子跟身子骨较劲，脸上、头上全是汗，衣服全汗湿了，说："快把湿衣服脱了，会感冒。""我不换，我呷过饭还要练。"他说，低下头吃着一大碗饭菜。以前他只能吃一半，有时甚至只吃三分之一。但现在他的饭量大增，能把一大碗饭菜全吃光。吃过饭，他在窗前对着天空练站桩时，娘来收碗筷，把表弟带来了，表弟嘻嘻道："二表哥，我跟你困。"他没说话，心里数数，数到二十下时腿又抖起来。表弟把衣服丢到床上，看着他。他说：“表弟，我站桩，你帮我数数好不？”表弟答：“好。”他又练站桩，表弟数到二十三时他身体直晃，站不稳了。表弟伸手扶他，他甩开：“莫扶，我一定要站一百下。”表弟就露出敬佩之色：“二表哥，你好霸蛮的。”

刘杞荣这样练了三个月，有天早上，他正在桌前写生字，表弟吃过早饭，准备扶他去学堂。他收拾下书包，起身，竟没要表弟扶，自己向前走了几步。表弟十分愕然，他更是吃惊，不敢相信地朝前又走了两步，身体歪了下，表弟忙伸手扶他。他兴奋了，果断道：“我自己走。”他又朝前走几步，没倒，他激动得头都眩晕了，撑着门框。周进元叫道：“姨妈，二表哥能自己走了。”刘杞荣挺直身体，羞涩得满脸绯红地走进饭堂。爹和哥哥、弟弟都吃过饭了，爹一身青衣，坐在靠椅上抽烟，娘正收拾碗筷，一家人全诧异地望着他。娘激动得热泪盈眶：“好啊，我二崽能走哒。”刘杞荣看一眼爹，仿佛要证明什么似的一挺胸。爹跟没看见样地走了。他顿时蔫了半截。大哥打量他，发现秘密样道：“啊呀娘，老二的肚子冇以前鼓了。”娘嘻开嘴：“老二，你肚子是小了好多。”刘杞荣摸摸肚子，想自己通过练武，把身上的恶魔打败了，道：“娘，我快好哒。”表弟为他喜悦，揿下他的肚子，确实瘪下去了：“真好，二表哥。我们去学堂吧。”刘杞荣就和表弟、大哥、三弟、四弟一起走向学堂。

第二天一早，刘杞荣就开始练拳了。贺新一师傅已教过别人了，单独教他说：“南少林拳主要是以龙、虎、豹、蛇和鹤五形拳为精要，以快、猛、巧见长。讲究精、气、神和眼、手、脚及身体的配合。出手要快，出拳要狠，一拳打去，力须达对手的脏腑或筋骨。懂吗？”刘杞荣听得用心，点头说：“懂。”贺新一师傅一个马步站稳，说：“师傅打给你看。”他身体一摆，一拳打去，一股劲风就“嗖”的一声，像有一只鸟从眼前飞过：“看见冇？”刘杞荣似乎瞧见了拳的力量，就嘻开嘴：“看见哒。”贺新一师傅说：“师傅先教你练起式。”刘杞荣跟着贺师傅学起式的几个动作。贺师傅见他下盘轻飘，会倒的样子，告诫说："不急，你先把桩练稳。"说完，转身去教别人。刘杞荣一个马步站着，伸出双手。老三走拢来，故意撞了他下，他被老三撞倒了。表弟扶起他："老三，你二哥冇招你啊。"老三看不起这个哥哥，跑开了。表弟说："二表哥，哪个敢欺负你，我帮你打他。"表弟是村里唯一一个不嫌弃他的人。他感激地看着表弟："我冇事。"他重新站着，但屁股撅得太高了，腿也没弯下去。表弟纠正着他的身形，站给他看。他学着表弟的样了站，腿却直抖。

吃过早饭，几个孩子去学堂读书。课间，别的孩子都跑到祠堂外玩，他一个人练站桩，腿还是有些抖，但与几个月前连两秒钟都站不稳相比，已经好到天上去了。晚上，他写完作业，要表弟教他打拳。表弟笑："我教？"刘杞荣说："嗯。你们学的我都冇学，你教我。"表弟就一脸师傅的模样，把半套南少林拳打给他看。他跟着打，表弟时不时停下，纠正他出拳出脚的动作："拳要咯样打。"或："出拳要扭腰，不然拳冇力。"表弟出拳时腰一扭，打出去的拳确实有劲些。刘杞荣照着做，由于腿软，险些跌倒。表弟笑："我跟你讲，腰不要扭太多，扭多了反而拐场。"他做给表哥看。刘杞荣学着，说："表弟，你是我师傅。"表弟道："贺师傅才是师傅。"两人不练到表弟说"我困了"，就不睡觉。

两年过去了，刘杞荣满十岁那天，刘耀林暗想，老二是不是大限将至了？他瞧老二的身体，不但没呈现死相，反而更健康了，心就疑惑。有天，他望着侄儿拉着倔头倔脑的老二离开后，说："堂客，怪事啊。"堂客晓得他这话的含意，说："好事呢。你冇乱想吧？"他摸摸胡须："我当然唯愿他好。"堂客说："咯才像当爹的讲的话。"他说："我也对得起他了，咯两年我冇亏待他。"又一年过去了，他迷茫了，老二过去在他眼里像只大蜘蛛，见人就惊慌失措的，如今不但胀肚病好透了，人也和村里的孩子完全一样了。而且，老二的字写得比他看重的老大、老三和老四的字都好。刘先生还对他说，老二的书比老大、老三和老四都读得好，能举一反三。上个月，村里的孩子比武，老二打不过老大、老三和表弟，却也没垫底。这天傍晚，一家人吃过饭，他坐在灶屋门旁，看着挂在树梢上的圆月，嗅着橘树花香："堂客，咯不应该啊。"肖合珍懂他所指，责备地看着他："你还真盼老二死啊？"他觑着在坪上玩的老二，下决心道："咯事我一定要搞清楚。明天我去县城办事，顺道问问算命先生。"肖合珍不想再听到什么不好的话，阻止道："莫去。"他吸一口烟，吐到空中："那要搞清楚，我把老二的生辰八字重新报给他算算。"翌日他起个大早，于晨雾中疾步走到码头，上了开往县城的机帆船，于晨曦中思索道："先生那么牛的人，也会算错？"

他跟算命的先生寒暄几句后，把老二的生辰八字报给先生听。先生掐指算了算，道："我给咯八字算过的，咯是个死八字。"刘耀林相当吃惊，请先生给全家人算命是五年前，五年过去了，先生居然还记得这个八字，可见先生也不是吃素的！刘耀林看着先生："先生，您冇算准呢。"先生脸阴了："怎么呢？"刘耀林说："您算他的寿命不会超过十岁，他现在十一岁半哒。"先生嘶哑着嗓门道："那是好事啊。"刘耀林掏出两块大洋放到桌上："请先生再给我家老二算下命吧。"先生一脸愧色地拒绝："钱你拿走。我刚才说哒，咯是个死八字，八字的寿命只有十岁。他命硬，我算不灵哒。"刘耀林恳求："烦请您再算一次吧。"先生起身："你找别人算吧。"刘耀林恼怒地想：就因为你那句屁话，害得我这几年冇给过老二好脸色，如今你拿一句"算不灵哒"打发我，可见算命先生的话都是哄鬼的。

三　那年七月

那年七月，刘先生要走，他在长沙的同学给他来信，告诉他黄埔军校招生。他想去考黄埔军校。他抓紧把自己掌握的知识灌输给孩子们后，说：“老师要走了，老师要去考黄埔军校。”老大、老三和老四听刘先生说要走了，都欢喜得不得了。老大早不想读书了，他十四岁了，觉得自己最讨厌的事莫过于读书写字。老二、老四喜欢去山涧田头捉青蛙、抓泥鳅或上污泥浊水的地方捉甲鱼、抓黄鳝，要不就练拳，就是不爱写作业。刘耀林对老大不爱读书倒没什么遗憾的，家里这么多田，需要男劳力耕作，老大长得壮实如牛，可以当劳力用了，就同意道：“不读书也行，你随我去田里忙活。”他对老三却有期望，把老三叫进卧室：“老三，你不同呀，算命的讲你是要做官的，你不读书，长大了怎么做官？”老三一愣，半天才挤出一句话：“我不做官。”刘耀林点燃烟锅里的烟丝，狠劲吸口烟，缓慢地吐出来，失望地看着老三。他花这么多钱办这个学堂，若说私心，多半是为了老三，没想老三竟不是读书做官的料。他说：“行，那你就在家里种田吧。”

表弟是周家的独苗，治保主任中年得子，那还不把儿子捧在手心里养，就养得娇惯、懒散、乖巧。表弟对刘杞荣说：“我娘要我考县城初中。”刘杞荣想读书，因为读书能摆脱他从小就害怕的爹，爹的权力在家里至高无上，动起怒来，娘都怕得要死。他对刘先生说：

“我想和表弟去县里上初中。”刘先生说：“你们真想读初中，我建议你们去省城考个中学。”刘杞荣看着老师想，若能去省城读书那就逃离了爹的魔爪，说：“刘老师，怎么去？”刘先生望着这两个少年：“我有个中学同学，前段时间与我通信，他在长沙的大麓中学教体育，姓吴，叫吴云龙，他是沅江县城人。他爸在县里是个官。我写封信给你们，你们可以去省城找他。那是所私立中学，才办的，学费、住宿费都不秀气，你们有钱冇？”周进元说：“我问我娘要钱。”刘杞荣想，只要能离开家，做牛做马都行，说：“我有钱。”

刘杞荣把这事跟娘说了，娘考虑到他体质弱，读书也许是他最好的出路，说：“好呢好呢，娘跟你爹商量下。”吃午饭时，刘耀林从田间回来，听堂客说老二想去省城读中学，尽管他已不像以前那么讨厌老二了，可一想到老二这条命能活多久尚是个未知数，就不愿把钱花在老二身上，说：“种个田，读那么多书干么子？莫花那些冤枉钱。”刘杞荣嘀咕一声：“我要读书。”刘耀林瞪一眼他：“爹的话你冇听见？聋哒？”刘杞荣不敢说话。娘替他说：“啊呀你凶么子呀？老二想读书就让他去省城读嘛。”刘耀林已经端起了酒杯，又把酒杯一蹾，瞪一眼堂客：“我的话你冇听见？”堂客也不敢再说了。

刘杞荣有十块大洋，都是这两年过年或他生日时，娘、舅舅和姨妈给的钱。每次给一块大洋。他一分也舍不得花地存下来，也没存在哪里，就藏在床垫下。他回到房间，从床垫下摸出十块大洋，这十块大洋仿佛长了脚，在他面前跳荡，像十个小生命，闪着光。他想，得幸我有钱。那天下午，周进元跑来，烦躁道：“我娘不同意我去那么远读书，只同意我上县城读。”刘杞荣关上门：“我爹要我在屋里种田。”表弟看着他：“那我们还去不？”刘杞荣很惧怕爹那张说一不二的脸，坚决道：“我们自己去。”周进元望着他，想这个表哥看上去没那么懦弱，心里就有几分欣赏。刘杞荣说：“我有十块大洋，你能拿出几块大洋来？”周进元说：“我有七块大洋。”刘杞荣说：“加起来十七块，读一个学期的书应该冇问题。刘老师讲他在省城读中学时，在码头上打零工，在戏院门前卖过香烟。我们也可以打零工。”周进元眼睛一亮，对未来充满好奇道：“表哥，去不？”刘杞荣说：“崽不去！”

两个少年快乐地商量着，憧憬着未来，把衣服、纸笔打成包。那天晚上，刘杞荣把包裹丢到窗外，借口天黑了表弟一个人怕走夜路，他陪表弟回家，明天再回来。娘想都没想，道：“那你去啰。”刘杞荣绕到自己卧室的窗下，捡起包，两人顶着月亮快步向镇街上走去。姨妈看见他，奇怪道：“咦，你何解来哒？”他说：“娘要我来住几天。”姨妈也没起疑：“那你跟进元困吧。”表弟一进房间就收拾衣物，短裤、背心、褂子、布袜子什么的。娘推门进来，见两个少年鬼鬼祟祟的，警惕道：“你俩搞么子鬼哦？”表弟说：“冇搞么子鬼，找一样东西。”表弟把娘推出门，两人说着话，只是和衣打了个盹。清晨五点钟，治保主任还在梦中，他俩溜出屋，于晨曦中相视一笑，快活地走向码头。两人在码头上等了半个小时，天渐渐白了，趸船的竹栅栏门开了，两个少年和着一些去县城走亲戚或办事的人迈上了在水波中摇晃的机帆船。刘杞荣忽然有一种奔向了自由的喜悦，道：“表弟，好舒服啊。”表弟答：“是好舒服。”船开动了，哒哒哒地驶离了码头。他俩并不知道，这是一次改变两人命运的启航！中午，两个少年又在县城上了开往省城的客轮。刘杞荣站在船头，感觉天空很高，世界很大，他看着两岸的树木和房屋，看着碧青的天空，感觉自己像鹰一样飞了起来。

客轮驶到长沙，两个少年兴奋、紧张和畏缩地上了岸。二十世纪二十年代的长沙十分破烂，但对于两个乡下少年来说，却是天堂。街上车水马龙的，行人来来去去，有的衣着考究，有的衣着普通，还有的衣衫褴褛。四个轮子的汽车从他俩身前驶过时，司机对这两个不懂避让的乡下少年摁声喇叭，嘀的一声，吓得他俩一跳。另一辆汽车驶来，差点把东张西望的刘杞荣撞飞，幸亏他反应快，向后退了一步。司机恼他道："找死啊小鳖！"刘杞荣看着这辆装满货物的卡车朝前驶去。这辈子，他和表弟还是第一次看见汽车！"呀咧，咯是么子怪物？冇得骡马拉也能跑啊。"他惊奇地对表弟说。两个少年站在街上，不敢朝前挪步。表弟茫然道："咯么大个地方，我们上哪去找大麓中学？"刘杞荣比表弟大一个月，来长沙读书是他的主意，就觉得自己应该承担起责任。他壮着胆子向路人打听大麓中学，那人想了下说："嘀哟，我早几天还经过大麓中学，看到了学校的牌子，好像离咯里不远，你问问别人啰。"

大麓中学是所私立的新式中学，初中部开设了国文、数学、英语、历史、地理和体育等课程。沅江人吴云龙是该校的体育老师。他二十出头，中等个子，一头黑发，方脸，蓄着八字胡，着一身体育老师爱穿的蓝运动服。他当时正站在传达室门外看报，见有人向门卫打听他，是两个操家乡口音的少年，就用家乡话问："你们找我么子事？"刘杞荣把刘先生写的信递给他："刘老师介绍我们来找您。"吴云龙看完信，不动声色地问："你们有么子特长？"刘杞荣听刘先生介绍吴云龙是体育老师，爱打拳，就答："我们会打拳。"吴云龙老师感兴趣道："你们打一路拳给我看看。"刘杞荣和周进元便放下包裹，把贺新一师傅教的南少林拳打给他看。吴云龙老师笑了，看着周进元说："你还行。你差点。南少林拳里除了刚猛的龙、虎、豹、蛇、鹤五形拳，还有牛、鼠、兔、犬、鸭、猫、虾等十二形拳，你们学冇？"刘杞荣说："师傅讲练好龙、虎、豹、蛇、鹤五形拳就行了。"吴云龙老师觉得他们的师傅有些偷工减料，问："你们的师傅姓么子？"周进元抢着道："姓贺，叫贺新一。"吴云龙高兴了："贺新一是我大师兄。你们来长沙读书带了学费吗？"刘杞荣说："吴老师，我们有十七块大洋。"吴云龙又问："你们住在哪里？"周进元说："我们还冇找到住的地方。”刘杞荣见吴云龙脸上有些犹疑，马上说：“吴老师，我有个堂叔在省民政厅做事，我们去投奔我堂叔。”他没有这样的堂叔，是急中生智，怕吴老师拒绝他俩。吴云龙老师脸色松动了：“你们跟我来吧。”

学校开学几天了，但私立学校没那么死板，加上吴云龙又是该校体育老师，就容易通融。吴云龙老师跟某老师嘀咕了几句，那老师给他俩做了登记，收了学费，对他俩说：“明天早点来，我带你们领课桌椅。”两个少年谢过吴云龙老师，走出学校。周进元说：“表哥，咯学校几好啊，我们真的可以在咯里读书了？”刘杞荣说：“我也不敢相信。”两人走进离学校不远的一条小巷里寻找住处。有一对中年夫妇愿意把一间房子租给他们，他儿子当兵了，房间空着，只是房里只有一张床。刘杞荣说：“有一张床就可以了。”这间房窗户朝南，门朝北，窗前有一张旧书桌，桌上搁盏煤油灯。表弟一个大字摊在床上：“我喜欢咯里。你喜欢不？”刘杞荣说：“当然喜欢，离学校近。”那天晚上，两个少年睡得很香。一早，两人练完拳，来到街口的早餐店，一人一碗白米稀饭、一个馒头和一根油条。吃完后，两个少年挺起胸膛走进大麓中学，吴云龙老师看见他俩说：“来了就好好读书。”

刘杞荣和周进元在大麓中学读了三年。三年里两个少年都不敢回家，怕一回家，爹娘就不准他们出来了。两人寒暑假或星期天便去戏院前卖报，或提着皮鞋箱守在馄饨摊前给人擦皮鞋，见人坐下来吃馄饨，便迎上去问：“先生，擦皮鞋吗？”若下雨，他俩就去一家熟悉的烟店租两只烟箱，去酒店前摆烟箱或挎着烟箱四处游荡。刘杞荣总比表弟要多擦几双皮鞋或多卖几包烟，这是因为他比表弟勤快、主动，见人就迎上去问。赚了饭钱，两人便去简陋的面馆嗍一碗酸辣面或嗍一碗不盖码子的米粉。六月下旬的一天，一早，两个十五岁的少年背着书包步入校门时，周进元看到传达室的黑板上有刘杞荣的名字。

“你有一封信。”周进元推下埋头走路的表哥。信是大哥写的，信里说家里人手不够，爹要他读完这个学期就回家种田。刘杞荣郁闷地走到一株树下说：“我爹要我回家种田。”周进元就有几分遗憾：“看来，我们毕业就得回沅江了。”刘杞荣在大麓中学读书的这三年，娘经常托来长沙办事的人带些做好的腊鱼腊肉或钱来。没有娘背着爹支持，他说什么也读不完这三年。他望着那个早上七点钟的天空，说：“表弟，我不回家种田。”

吴云龙老师走来，脸上带着笑。刘杞荣说：“早上好，吴老师。”吴云龙老师见刘杞荣手里拿着信，皱着眉头，就“嚯”一声，问：“怎么啦你？”刘杞荣说：“吴老师，我爹要我读完这个学期就回家种田。”吴云龙老师问：“你是么子态度？”刘杞荣说：“我想继续读书。”吴云龙老师觉得他聪明、刻苦，是个好学生，说：“大麓中学的高中学费很贵，如果你爹妈不支持你读高中，你也读不起。”刘杞荣就哀伤的样子。吴云龙老师走开了，想起什么似的又折回来道：“哦，我给你们指条路，湖南刚成立了国术训练所，正准备招首届学生。”刘杞荣和周进元都望着他。他接着说：“国术训练所设立了一个研习班和一个师范班，是公办的，负责人向恺然和我是朋友。如果你们去国术训练所就读，学费和吃住费全免了。”刘杞荣感激道：“吴老师，那我想去国术训练所读书。”周进元说：“我也想去。”吴云龙老师道：“莫急，国术训练所要七月份招生，到时候你们拿着我的信去找向恺然老师。”

七月份，刘杞荣和周进元初中毕业了，拿着吴云龙老师写的信，去湖南国术训练所找向恺然老师。国术训练所设在中山路，之前是湘军一个营的营地，很大几片营房。这个营一年前迁到市郊的交通要道旁驻扎。训练所不需要那么多营房，就拆了一大半营房，用那些砖瓦和木材修建学员室内训练场馆。刘杞荣和周进元忐忑不安地走来找向恺然老师时，场馆建设已扫尾了。两人不认识向恺然，却在场馆前遇见了向恺然。向恺然老师三十七八岁，中等个子，戴副眼镜。刘杞荣见他一副当官的模样，就向他打听向恺然老师。向恺然说：“我就是向恺然。”刘杞荣把吴云龙老师写的推荐信呈上，向恺然读毕信，瞟一眼他俩，猜出这是两个乡下伢子。向恺然老师与吴云龙老师虽相识，但谈不上有交情，说：“你们会南少林拳？”刘杞荣答：“我们会。”向恺然老师说：“打给我看看。”

两人从八岁开始学拳，已练了七年，打得很像样子了。向恺然老师看毕，对周进元说：“你差点。”转头对刘杞荣说：“你留下。”刘杞荣见向恺然老师只肯留他一个人，问：“向老师，我表弟呢？”向老师道：“我咯里是国术训练所，不是收容所。”周进元脸红了，来之前他不担心自己，吴云龙老师多次表扬他的拳打得比刘杞荣好，怎么到了向恺然老师眼里，表哥反倒比他强呢？他认为自己出拳出脚都比表哥稳健，便觉得向恺然老师没眼光，不愿多话，转身向来的路上走去。刘杞荣追上去，拉住表弟的胳膊：“你莫走。”表弟甩开他的手：“他又冇要我，我回沅江去。”刘杞荣舍不得与表弟分开，两人从八岁起就睡在一张床上，一起读书、一起练拳，又一起来的长沙，就对表弟说：“要走都走，我不想一个人留下。”周进元满意道：“好，我们一起走。”他跟着表弟走出训练所的大门时，想起包还放在场馆前，就说：“你等下，我去拿包。”他跑回去拿起包，正要走，扭头一看，向恺然老师在场馆里打扫卫生，觉得不跟向老师辞行就这么走不妥，便朝前走了几步。他并没想到，若他不辞而别，他的一生将和他哥与两个弟弟没什么两样，就是这几步，他的命运便改变了。他走进场馆，十分礼貌地对向恺然说：“向老师，我向您辞行。”向老师望一眼他：“你不学国术了？”刘杞荣说：“想学。向老师，我和表弟一起从老家跑出来的，一起上的初中，我不想一个人留下来。”向老师觉得这孩子讲义气，就愉快道：“叫你表弟也留下吧。”他激动道：“太好了，我去叫他。”表弟站在一株树下等他，他大声道：“表弟，向老师要你也留下。”

湖南国术训练所是省府出资办的，宗旨是提升湖南人的尚武精神。向恺然、王润生等人都是从日本留学回来的，日本的军队，大、中、小学和各种会所都讲武士道精神，而中国当时军阀割据、各自为政，老百姓不知所从，这让留学回来的向恺然和王润生等有识之士十分焦虑，觉得唯提倡国术精神、强健百姓体魄，国运才可能昌盛。这种提议得到了当时的湘军主帅何键的支持，他拨了这块营地和大笔经费给向恺然，并任命向恺然为国术训练所主任。目的有两个，一方面为军队培养武术教官，另一方面为湖南境内的中、小学培养国术老师。因此，国术训练所不光开了武术、武术理论课，还开了国文、历史、地理和军事、书法、音乐等课。师范班五十个学生，都是十四五岁的少年，有四个女生，其中两个女生相当漂亮。还有一个研习班，那是武术底子更好、年龄也大他们几岁的青年班。这个班的学生毕了业可以去军队当教官或去市、县的国术所当教练。两个班各五十名学员，食宿和文武课程都是统一安排，每天上午练武，下午练打，隔天上文化课。

师范班四个女生中最漂亮的是贺涵。她有多漂亮呢？望一眼就不能忘。那张瓜子脸、那双眼睛、那漂亮的鼻子和橘子瓣般红润的嘴唇——嘴唇左上边有一颗芝麻大的美人痣（师范班和研习班的男生背后叫她“一粒痣”），拿什么漂亮的辞藻形容她都恰如其分。她坐着听课、低头做作业、说话的声音或练武时的一颦一笑，都赏心悦目。她是一朵娇艳的玫瑰，随便坐或站在哪里都十分抢眼。另一个女孩叫柳悦，如果两个姑娘不坐在一起，分开来看，柳悦也很漂亮，柳叶眉，丹凤眼，高挺的鼻子，略薄且宽的嘴唇，笑时闪现一对酒靥和一排洁白的牙齿。男生给她取了个小名：“丹凤眼。”不过，柳悦与贺涵坐在一起时，贺涵就抢了柳悦的光，就像一百瓦和六十瓦的电灯，你抬头禁不住会被一百瓦的灯光吸引一样。贺涵和柳悦都是有钱人家的千金，上文化课时穿的衣服件件好看，气质也在一般姑娘之上，这惹得研习班的男生时不时来师范班找人比武，目的是想吸引这两个漂亮女生。还有两个女生，一个女生名叫杨湘丽，常德姑娘，略有些胖，圆圆脸，脸上的五官好像没长开一样。一口常德话，常德话从她嘴里说出来特别好听，男生都叫她“常德伢”。常德伢是“丹凤眼”的对练，对练就是对打时的对手。另一个女生是贺涵的对练，她长相普通，皮肤黑黑的，说话嗲声嗲气，男生蔑称她“嗲嗲屁”，真名叫宋晓丽。

研习班有个男生特别突出，叫旷楚雄，身高一米八三，即使在今天，这等身材也称得上伟岸。他不光个子高大，为人也豪气。训练所南门的斜对面杵着一家很有名的酒店，叫“又一村”，他经常把教练或同学叫去大吃大喝。他父亲在长沙开了个钱庄，允许他每个月上钱庄支取一百大洋，他就有“旷一百”的小名。这个小名在他身上没停留多久，有天一个同学把“旷一百”叫成“旷百万”，于是大家都这么叫他。旷百万是衡东人，进训练所时十八岁了。他父亲是矿业主。旷百万三岁跟其父学站桩——其父是地方上一霸，力气大得让你无法想象，二十岁时曾双手把两头恶斗的公牛扳开。旷楚雄七岁时跟衡山下来的僧人学拳和剑术。研习班里，他的武功是最好的。他唯一的缺点就是太有钱了，因而看不起这个看不起那个。旷楚雄天生继承了父亲的神力，单手能举起两百斤重的铁锁。那铁锁是向老师请人做好模具浇的，浑然一体，运来丢在草地上，给学生练臂力。有天，旷楚雄来到师范班，扳了下刘杞荣的肩膀，要跟刘杞荣打。刘杞荣晓得自己打不过他，还晓得天生优越和骄傲的旷楚雄看他不来，说：“我打你不赢。”旷楚雄仍现狠地一伸腿把他钩了个趔趄。刘杞荣恼他，又有点惧他，走开了。周进元爱观场，待旷楚雄消失后，说：“他是现狠给一粒痣看。”刘杞荣不傻，旷楚雄不是来找他打的，他来无非是想引起贺涵的注意。他说："表弟，我们练拳。"

刘杞荣和周进元等四个男生睡一间寝室。一早，他起床，来到松树下，用左腿的胫骨踢树，脑子里是教练的告诫："习武之人首先要经得起打。练经打最好的方法就是用两腿的胫骨和手肘、手臂撞树。"刘杞荣从小自卑，觉得自己是只跛鳖，必须花比别人更多的时间练才能赶上别人。他设定的第一个目标就是要赶超表弟！每天一早起床，他第一件事就是用左右两腿的胫骨踢树两百下，再用左右前臂撞松树两百下，然后用手肘撞树，也是左右两百下。周进元见他用右腿的胫骨猛踢树，说："你未必不疼啊？"他说："教练讲，要练得胫骨和手臂同铁棍一样硬才行。"周进元晓得表哥想赶上他，走到另一棵树前，用胫骨踢树，才踢了一脚就龇牙咧嘴道："好疼的。"刘杞荣说："我开始练时也疼得要命，慢慢地就冇得那么痛了。"周进元看他一眼："表哥，你再这样练，我就打你不赢了。"他说："表弟，你也练呀。"周进元是治保主任的独子，没吃过苦，踢了两下就不踢了："我怕疼。"

上午学摔跤招式，下午同学之间对摔。刘杞荣与周进元接连摔了三十跤。周进元赢十八跤，刘杞荣赢七跤，平五跤。周进元说"休息一下"，就一屁股坐到地上，仰着头看别人摔。旷楚雄来了，穿着灰色对襟衫和黑灯笼裤——这种宽松的裤子对打时不会束缚腿脚。他一双黑亮亮的眸子盯着贺涵，放着电，但没电到正练摔跤的贺涵，反而射到别人脸上了。周进元说："表哥，你看旷百万望哪个？"刘杞荣顺着旷百万的目光寻去，看见了贺涵，对表弟说："我们接着摔。"周进元不想动："我要休息下。"旷楚雄一看见贺涵，心就蔚蓝，要跟一个瘦高个男生摔跤，那男生不跟他摔。旷楚雄见刘杞荣与周进元没摔了，就友好的样子问："刘杞荣，我们摔两跤？"上午，教练跟师范班的学员上课时说"摔跤要跟比自己强的人摔才有提高"，这话彻底击碎了刘杞荣心里的忌惮，他答："好。"

刘杞荣比旷楚雄矮，力气也不及对方大。两人的手搭到彼此身上时，旷楚雄现狠地提醒说："我发力了。"他答："好。"旷楚雄右手一勒，脚下使个绊子，刘杞荣还没反应过来就摔倒了。旷楚雄觉得他太不经摔了，拉起他："还摔不?"刘杞荣说："摔。"几个同学围上来，看他俩摔跤。旷楚雄睨一眼观察他俩摔跤的贺涵，觉得这双眼睛水灵灵的，很明媚。他一个转体，同时腿一伸，一个背抱把刘杞荣撂在地上，问："还摔吗?"刘杞荣想从他身上学点东西，说："摔。"两人摔了十跤，刘杞荣都被他撂倒在地。旷楚雄看一眼走上来说"加油呀刘杞荣同学"的柳悦，嘿嘿一笑："还摔吗?"刘杞荣从没和柳悦说过一句话，在他眼里柳悦是一只在天上飞的凤凰，自己不过是条在泥地里钻的泥鳅，不属于同一类物种。凤凰竟给他这条泥鳅加油，他心里感动，说："摔。"旷楚雄就是要把狠现给贺涵看，伸出右腿给刘杞荣抱："你抱好冇?"刘杞荣使劲抱着，想"这下你总弄我不翻"，说"抱好了"，边发力，想把旷楚雄掼倒。旷楚雄借着他发的力一带，把他拉倒了。旁边那么多同学，他这一跤跌得有些狼狈，额头在地上擦了下，破了点皮，有血渗出来。他爬起身时见柳悦和贺涵的目光里有怜悯，就恼自己不争气，给师范班的同学丢脸了，说："再摔。"贺涵说："你额头上有血。"他没想到贺涵也会关心他，举手揩了下，手心上呈现了一点红。他没看贺涵，回答："冇事。"旷楚雄难得有机会在贺涵面前显本事，笑道："好。"一上手，又把刘杞荣摔了个四脚朝天。刘杞荣输得眼睛都红了，便死缠烂打道："再摔。"他跟旷楚雄摔了四十跤，都被旷楚雄撂倒在地。旷楚雄见他躺在地上不动了，才神气地走人。

晚上，刘杞荣只身来到坪上练铁锁，他觉得自己的臂力太差了，旷楚雄给一条腿让他抱他都抱不动，真是窝囊！铁锁很重，他咬紧牙关狠劲一提，两百斤重的铁锁被他提起来了，但要他翻腕举起来却比登天还难。旷楚雄是可以轻易举起铁锁的。他练了一气，累了，绝望地躺在地上，望着天空，心里涌出自己被旷楚雄摔得东倒西歪的景象。他恨自己没用，自己好像是只病猫，而旷楚雄却是一头威猛的雄狮，明显不属于一个级别。眼泪突然涌出眼眶，流过两边的鬓角，流到草地上。什么时候自己才能像旷楚雄一样强大啊？他悲哀地想，我是个没用的人，永远也赢不了旷楚雄。他对着夜空大叫了两声，像鸟儿哀鸣。表弟来找他："你跟旷百万摔么子摔，我都摔不赢他，你摔得他赢的？"他疲惫地伸出手，表弟拉着他的手一扯，他借着这股力坐起来，叹口气："唉——今天我丢了师范班的脸。"表弟不待见地睨他一眼："你晓得就好。他每次来都是现狠给一粒痣看，再莫跟他摔了。"刘杞荣看到了众同学对他失望的表情，恼恨地驱赶开那一张张脸，说了句脏话："怕卵咧。"

四　总教练王润生的武功

总教练王润生的武功，十分了得。他自幼习武，少年时拜名师何延广学十六手、三步跳、十字桩、一字功、白猿功、全身功、五阳功、五阴功，合称“八拳”。二十岁那年，他参加县里的比武，勇夺桂冠。后考入日本帝国大学体育系，研习柔道，课余常去大森武术俱乐部打拳挣学费，多次击败日本武林高手。回国后到北平拜名师吴鉴泉学太极拳，两年后应邀到上海精武会传授拳术。一九一六年十二月，俄国大力士多维诺夫斯基在南京路先施百货公司前摆擂，擂台左边挂着“拳打中国武术”，右边挂着“脚踢东亚病夫”，横批是“打死不负责”。白布黑字，长条幅，晃得十分刺眼，让上海民众见了十分气愤。半个月里，多维诺夫斯基打死打伤无数上台应战的英雄好汉。湖南人王润生抱着打死认命的决心，签了生死文书，跳上台与俄国大力士打。搏击了七分三十秒，他将傲慢的多维诺夫斯基打倒在擂台上爬不起来因而誉满申江，成了那年淞沪人家的美谈。向恺然创办湖南国术训练所时，聘请王润生出任总教练。王润生道：“咯么重要的位置，鄙人担不起啊。”向恺然也是一身武艺，文武双全。他自幼习文练武，两次东渡日本，一次是一九〇七年赴日本东京宏文书院攻读政法；另一次是讨袁失利后，他再次赴日本，考入东京帝国大学政治经济系学习。在日本求学期间，他跟着日本柔道家、剑术家学柔道和剑术。一九一六年五月他以笔名“平江不肖生”，著了以清末留日学生为题材的小说《留东外史》和《留东艳史》，回国后他住在上海，写了部一百多万字的长篇武侠小说《江湖奇侠传》，出版后，引起轰动。向恺然与武术家王润生在日本留学时就相识，曾生活在同一个屋檐下，还一起加入了同盟会，就不客气道："你的武功不在杜心五之下，莫推辞。"王润生抱拳说："我哪敢跟杜先生比。惭愧惭愧。"向恺然说："上海那么多武林中人都败在多维诺夫斯基手下，你却把多维诺夫斯基打败了，还谦虚么子？就你了。"

王润生的家离训练所几步路，他经常一早来训练所打拳。这天一早，他来到训练所，见刘杞荣用前臂撞树，一下一下地撞，便说："是要咯样练。"刘杞荣见是总教练，说："总教练，我不晓得我咯样练有没有用。"总教练说："很有用。格斗时前臂遭遇的击打最多。对方一棍劈来或一拳打来，人的本能反应首先是躲，躲闪不及就抬手一撩。"他做了个挡的动作。刘杞荣说："总教练，怎样才能快速提高武术？"总教练说："冇得捷径，只有下苦功夫才能提高。我在你咯个年龄时，一天要练十几个小时拳。"刘杞荣见总教练打拳的动作舒缓，待总教练打完拳，问："总教练，您刚才打的是什么拳？"总教练说："我打的是吴氏太极拳。你想试下吗？"刘杞荣迟疑着，总教练说："来，你只管出拳。"刘杞荣晓得总教练不会伤他，也就不怕，与总教练过招。总教练只是接招、拆招，当他用虎拳时，总教练相迎一击，刘杞荣感觉一股巨大的力随这一掌击来，让他收不住脚，向后倒退了三米远，撞在树上。他没想平常十分谦和、从不训人、话不多且满脸微笑的总教练，竟藏着这么深厚的功力，佩服道："您太厉害了。"总教练呵呵两声："我刚才只用了三成力。"刘杞荣想，三成力就把自己打得连退数步，若用十成力那不打得自己冇看见人了？"总教练，教我太极拳吧。"总教练说："不急。咯两天会跟你们介绍一位从北平请来的教练，教你们摔跤。"

这位教练名叫纪寿卿，满人，身高一米八五，体重两百多斤，年纪五十多岁。王总教练介绍：“纪老师自幼习武，是清廷善扑营的武士。善扑就是摔跤。同学们，善扑营的武士可不是一般人，是经常要跟各国的顶尖高手过招的，摔给皇帝老子和大臣们看，所以个个都是善扑高手。”众同学全惊讶地看着纪老师。向老师接过话说：“清廷被推翻后，纪老师在家授徒。我特意赶到北平，请纪老师来教你们摔跤。你们要好好跟纪老师学。”

纪寿卿老师对学生要求极严，授课时不许学生休息，即使学生摔得精疲力竭了，他仍虎着脸要求学员：“别坐下，都起来，起来，只有苦练才能摔出真功夫。我告诉你们，耐力和技巧是苦练出来的。你们不在短短的时间内摔出成绩来，我如何向向主任交代？”他手里一根牛筋教鞭，打在身上很痛的。他举起牛筋教鞭：“你们向主任可是出了重金请我来的，你们不认真学，我打人了。”他是真打，一教鞭抽下来，让挨了一鞭的同学痛得直咧嘴。他不许学员休息，即使你接连摔了五十跤，也不许你的屁股落地。刘杞荣和周进元对摔，纪老师指导他俩摔，把一个个动作拆开，示范给他俩看：“对方的力气来了不要硬接，如果对手的体重加力气有四百斤，你只有三百斤力气，少对手一百斤，你会被对手摔倒。这个时候怎么办呢？你要学会卸力。”刘杞荣脑海里闪现了傲慢的旷楚雄，问：“老师，如果对手的力是四百斤，我只有两百斤力，那我怎么摔？”纪老师说：“你要把对手的四百斤力引到地上，这样才不至于伤你。如果你熟稔了技巧，还可以把对手的四百斤力引到对手自己身上。”刘杞荣以前可没听别的教练说过这种话，这好比醍醐灌顶，忙问：“纪老师，那要怎么引呢？”纪老师说：“练多了自然能悟出门道，多练吧。”

纪老师今天在师范班指导，隔天又到研习班指教学员摔跤。他去研习班教摔跤时，师范班的学员就温习纪老师教的每一个动作。一个月后，情况发生了逆转，周进元竟摔不赢刘杞荣了。周进元很不服气，纪老师示范动作时他也看得仔细，说要领时他也听得真切，练习时他也反复思考、揣摩，怎么就摔不赢表哥了？他甚至很生自己的气，说："再来。"两人一交手，刘杞荣一个转身又把表弟撂倒了。周进元可不想在柳悦的眼皮子底下败在表哥手上，因为之前的很多次摔跤表哥总是倒在他身下。他简直是怒不可遏道："再摔。"刘杞荣晓得好胜的表弟极不愿输给他，两人从开始习武时表弟样样都比他强，还悉心教过他武艺，现在弱于他了，表弟难以转过弯来。两人一上手，刘杞荣又一个倒臂入式把表弟摔倒了。表弟眼睛红了，带着哭声道："再摔。"刘杞荣笑得嘴都合不拢了。表弟气愤道："你笑笑死哎。"他见表弟的脸由红变紫了，就使劲忍住笑。贺涵在一旁说："刘杞荣，我发现你进步最快。"刘杞荣终于没忍住，扑哧一笑，看见表弟用怨怼的目光瞪着他，便扭开了脸。柳悦补一句："名师出高徒呀。刘杞荣，我要向你学习。"刘杞荣晓得表弟暗恋着柳悦，表弟的目光时常跟蜜蜂一样飞落在柳悦身上。他可不想被表弟恨，走开了。

两个月后，师范班的男生里，纪老师对刘杞荣较满意，觉得他灵活、反应快，就道："你要反复练，技巧是练出来的。"刘杞荣就更加努力，琢磨着每一个动作的要领。纪老师住的房间很大，门窗南北朝向，通风。他白天教学员摔跤，晚上就打拳，打出一身汗，洗个澡再睡觉。有天晚上，刘杞荣做完学科的功课，走到月光下看纪老师打拳。纪老师打完拳，坐在椅子上休息时，他也搬把椅子坐到纪老师一旁。纪老师平常不谈自己，那个晚上月明星稀，面对着年轻的刘杞荣，回忆道："我十八岁选拔进善扑营，天天没日没夜地练摔跤，遇到邻国使臣来我国交涉时，若带武士，总要比几场。慈禧太后和光绪皇帝就带着皇亲国戚坐在看台上，看我们与邻国武术高手比武。有次日本使臣带着几名日本的柔道九段来我国，提出与我们比试。中国式摔跤的规则是人倒地或手撑地就算输，日本柔道的规则是要把对手的背摁在地上不能动弹才算赢。最开始大家都不清楚这个规矩，把日本柔道高手摔倒就以为赢了，可那些日本人一爬起身又要摔。日本使臣解释了规则后，我上去摔，慈禧太后和光绪皇帝坐在看台上，看台上还坐着醇亲王、庆亲王和军机大臣等人，前面两个人输给了日本武士，慈禧太后、光绪皇帝的脸色都十分难看。我不能输啊，输了那不丢了皇帝和太后的脸？一交手，日本柔道高手摔我时，我趁对方刚一转身……”他把自己摔日本武士的招式讲解给刘杞荣听：“我迅速往回抽夺右臂，并用右手捏掌他的右肘往回扳拉，同时我左手抠住他的后带，右脚向右前方上步，左腿插裆崴日本柔道九段的右腿，我两手迅速向右一拉。他的腿被我的左腿卡住，身体转不过来，被我掼倒了。我差点摁死那日本武士。”纪老师看一眼皓月，接着说：“善扑营全是从八旗各营挑选上来的，不行的又淘汰，老了的或与外国武士比武中输过两次的，一律走人。所以善扑营里留下的都是精华。”刘杞荣听得入迷。纪老师喝口茶，拍拍胯：“摔跤要灵活运用胯。我在善扑营里练摔跤时，教我们的师傅说：‘胯是重炮。每天都要练胯力。人家的屁股是用来坐的，我们的屁股是用来打人的。’”纪老师起身，胯左边一顶右边一送，道：“膝、肘、胯都是重炮。胯的力量用得妙，折身一跷或一撞，对手根本站不稳。来，你试试。”刘杞荣上去试，纪老师随便用胯一撞，他就往一旁连退数步。

纪老师看着刘杞荣：“我二十二岁那年，来了个俄国大力士，俄国使臣带来的，身高两米，体重四百多斤，有八百斤力气，四百斤重的石锁，他单手能举起来。”刘杞荣惊讶道：“那不是力拔山兮的项羽吗？”“这个俄国大力士名叫安德烈。那天，坐在台上观看的慈禧太后、光绪皇帝和太监李莲英还有大臣们都以为我们会输。我当时是三队督队官，相当于新军连长。安德烈往台上一站，那么高大，我们都咂舌。营带叫一队督队官出列。一队督队官之前比武从未败过，他身高一米八三，也是满人。但那天一队督队官有些感冒，两人交手时反应就不及平时快。安德烈一把逮住一队督队官的衣领，一拉，另一只手抓住一队督队官的裤头，如果一队督队官没感冒，即使安德烈抓住了他的裤头，他也能化解。一队督队官被安德烈举起来，让坐在台上观看的慈禧太后和光绪皇帝颜面扫地，恭亲王、醇亲王、庆亲王等大臣脸色都十分难看。安德烈也不给太后和皇帝面子，举着一队督队官绕台一圈，就跟大人举着小孩子一样，然后朝前一抛。他身高两米，那高度至少在两米五之上，掷一队督队官时他又加了力，一队督队官废了，腰椎断了。营带觉得善扑营在太后和皇帝面前丢了脸。二队督队官主动出列道：'我来。'营带说：'你小心。'二队督队官比我大两岁，身高一米八八，比安德烈矮十二公分。他与安德烈摔时，揎安德烈不动，他想把安德烈拉倒，反被安德烈推倒了。二队督队官爬起身，还要比，安德烈只一推，他往后连退八步，仰倒在地。安德烈非常傲慢，俄国使臣也傲慢得不行，好像我们都是懦夫。营带寄希望到我身上：'小纪，看你的了。'我当时出奇地冷静。慈禧太后的脸挂不住，大太监李莲英扶着慈禧太后走了，可光绪皇帝还坐在上面。说老实话，安德烈的力气真大，我揎他不动。他抠着我的跤衣领子，又想抓我的裤头时……"纪老师说到此处，兴致勃勃地起身，示范给刘杞荣看："我劈开他的手，来了个抠后带入，迅速抓住他的右偏带，右手经他的左腋下抠住他的后带，两手狠劲向右一耘，趁安德烈重心不稳之际，我猛然向左转身，塞腰，胯部一跷，同时左手向左下方拉，右手用力向上提掀。安德烈那么高的个子，身体容易失衡，斜倒在台上。他狂怒，没想到会被我摔倒，我刚转身走开，他冲上来，从后面一把抱住我的腰，我一个倒看天河，双手往他站立的两只小腿狠劲一拍，臀部猛地一跷，他脚朝天地从我背上翻过去，重重地摔在我身前。坐在看台上的光绪皇帝和大臣们都松了口气。"刘杞荣很钦佩纪老师。纪老师强调："摔跤不要畏惧比自己高大的对手，我在善扑营摔跤时，很多人都比我高大、健硕，我若有一丝畏惧都会输。面对高大的对手你要借力打力，把他的力打在他身上。”刘杞荣很认真地点下头。

从此，刘杞荣每天晚上都来找纪老师学，纪老师也愿意给他开小灶，仔细跟他讲自己摔跤时遇到强大对手是如何取胜的，并把招式一一拆开给他看。刘杞荣有一种茅塞顿开的感悟，内心暖洋洋的，就更加发狠练。这样又过了一个月，刘杞荣在师范班摔跤就再没对手了。纪老师每次到师范班教摔跤，总叫他出列，带他摔，把动作的要领用在他身上，腿卡什么位置，脚踢哪个部位，如何用力，让他悉心体会。有天，纪老师在师范班指导学生摔跤，旷楚雄走来看，纪老师对旷楚雄招手：“你过来。”纪老师要刘杞荣与旷楚雄摔十跤。刘杞荣说：“纪老师，我摔他不赢。”纪老师不喜欢弟子怯场，跌下脸道：“还没摔，怎么知道摔不赢?”刘杞荣从没赢过身材魁梧的旷楚雄，此刻他壮着胆子走到场地中间。旷楚雄做着摔跤前的准备，活动着手腕、脚踝。师范班的同学围过来，纪老师让大家退开，宣布：“开始。”

刘杞荣觉得奇怪，以前他与旷楚雄一交手腿就发软，此刻那种畏怯的感觉竟消失了，好像倒吊在屋檐上的蝙蝠飞走了似的。旷楚雄一折身，想一个背抱把他摔倒。他一折身体，旷楚雄摔了个空。旷楚雄看他的目光第一次露出一点惊异。刘杞荣笑了，跟着纪老师学了几个月，自己竟能顺势卸掉旷楚雄发的力了。旷楚雄重视起来了，以前他用这一招多次摔得刘杞荣十分狼狈！两人缠在一起又摔时，纪老师指教道：“侧身卸力。”刘杞荣反应很快地卸掉了旷楚雄使出的那股力。纪老师说：“接着摔。”两人再摔，纪老师边指导边当裁判。两人摔十跤，旷楚雄赢了七跤，平两跤。第十跤，刘杞荣一个抢把，用抠后带入式把身材高大的旷楚雄撂倒在地。纪老师表扬刘杞荣：“摔跤有句谚语：‘宁输跤，不输把。’你刚才抢把不错。”刘杞荣想，刚才这一跤自己抢把比旷楚雄快和准确，看来“抢把”是摔跤中的重要环节！他一抬头，看见贺涵对他竖了个大拇指。

这天晚上，纪老师喝口茶，对走来的刘杞荣说：“你的对手是旷楚雄，你要加倍努力才能赶上他。”刘杞荣心里一暖，感觉有一股暖流在他体内流淌，说：“纪老师，我摔他不赢。”纪老师放下茶壶：“那也未见得，你今天不是胜了他一跤吗？”刘杞荣说：“那是侥幸赢的。”纪老师说：“要我看，你的悟性和反应能力，在旷楚雄之上。”刘杞荣一直认为自己差旷楚雄十万八千里，听纪老师这么说，像是打了鸡血：“纪老师，您的意思是我可以胜他？”纪老师一语道破：“你是心里惧他。”纪老师这话点了他的穴，他确实惧旷楚雄，说：“纪老师，您与那个俄国大力士安德烈摔跤时，他有两米高，力气有八百斤，您不怕吗？”纪老师道：“安德烈的摔跤技巧不及我，俗话说，一巧破千斤。力气大不可怕，老师最看不起用蛮力摔跤的角色。”他记住了纪老师说的“一巧破千斤”这话。

星期三的下午练打，纪老师在指导别的同学摔跤，研习班的旷楚雄身着跤衣走来，又要与刘杞荣摔：“你上次胜了我一跤，我俩又摔十跤？”目光是挑衅的。刘杞荣望着旷楚雄，想起纪老师说“摔跤比武，最怕怯场”，就说：“那我向你学习。”旷楚雄一扬脸，看一眼师范班的众同学，说：“相互学习。”两人一上手，旷楚雄来了个夹脖入，底手揪袖，上手夹脖，腿顶住他的腿，一个绊子把他撂倒了。这几个动作十分敏捷，快得刘杞荣没反应过来。刘杞荣懊恼地觉得旷楚雄抢把比自己快，心里恨自己怕他，脸红道：“再摔。”第二跤，他被旷楚雄一个倒臂入，底腿背步进招，摔翻在地。刘杞荣爬起来，两人又摔。没有纪老师指点，刘杞荣接连输了十跤。旷楚雄对躺在地上的他道：“师范班，就你摔跤好一点。”他觉得这话简直是讽刺！他坐起，无意中看见表弟脸上有一抹讥笑，表弟迅速扭开了脸。他感觉表弟好像有点幸灾乐祸。他知道表弟是个小气人，以前对他好是他比表弟差，现在他超越了表弟，表弟无法接受他的超越。这段时间表弟不理他，他叫表弟一起去吃饭，表弟不动或淡淡地说“你先去”。他想，我总不能因为照顾你的面子而故意输给你吧？他看着表弟与一个同学摔跤。旷楚雄要走，见贺涵笑着走来，来劲了，问：“还摔不？”刘杞荣跃起：“向你学习。”

两人又摔十跤，刘杞荣连输九跤。贺涵和柳悦都在一旁看，旷楚雄更起劲了，嘴里嚯嚯的， 脸的坏笑。刘杞荣不喜欢他，甚至讨厌他，他来师范班纯粹是因为贺涵，他要把本事展示给贺涵看。刘杞荣心里没有贺涵，在他心里贺涵和柳悦是高高在上的千金小姐，轮不到他示好，她们的父母让她们来习武是因为当今这个社会是乱世，女孩子学点功夫防身比没有功夫好。刘杞荣既不关心时事，也不在乎她们，那颗自卑的心只想让自己成长为一个强者。第十跤，旷楚雄又用倒臂入这招，一上手，两手倒拿他的右臂，右手抠抓他的右腰侧，左脚背步，迅速向左转身、塞腰，企图把他斜背着摔下。情急中，刘杞荣右手揪住旷楚雄的左小袖，在旷楚雄转身背摔前，迅速闪腰、矮胯，左腿抢在他前面使入，左手圈紧旷楚雄的右臂，随即低头背摔旷楚雄，同时右手向右下方拉，旷楚雄反被他背翻倒地。旷楚雄自己都蒙了，自己并没留什么空子给刘杞荣钻啊，竟被反摔在地。刘杞荣那一瞬不知有多快乐，自己最惧的人被自己撂倒在地，信心于那一秒不知增长了多少倍！旷楚雄的目光不在他身上，在贺涵的脸上。他看见贺涵在那边笑，恼道：“再摔。”刘杞荣不摔了，他想把这一跤带给自己的喜悦时间延长些，得细细品味自己是如何扭转败局的，说：“明天摔。”

晚上八点钟，刘杞荣来到纪老师的寝室前，纪老师坐在门前喝茶，一只紫砂壶握在手中，天开始热了，他又胖，着一件白短褂。一旁有两张椅子空着，之前王总教练和向老师在这里与纪老师说了些话。刘杞荣在王总教练坐过的椅子上坐下，把自己与旷楚雄摔二十跤输了十九跤的事说给纪老师听。纪老师喜欢这个弟子，起身，要他重复旷楚雄摔倒他的招式。刘杞荣便用旷楚雄摔自己的招式摔纪老师，可是他刚要摔就被纪老师用一个反制的招式破了。刘杞荣又用旷楚雄摔倒自己的第二跤摔纪老师，纪老师身体一侧，手一推，这一招的力就被纪老师解了。刘杞荣用旷楚雄摔他的第三跤摔纪老师，纪老师右手拉住他的右肘往回一扳，右脚一个上步，止住他的右脚，左手顺势一拉，刘杞荣反倒摔翻在地。纪老师说："你要在他发力前抢摔。"刘杞荣说"晓得了"，又用旷楚雄摔倒他的第四跤摔纪老师，当他转身、插肩、背摔纪老师时，纪老师左手抹按他的前额，同时左脚兜踢他的右脚跟。他失去重心，仰倒在地。纪老师说："这叫一招截杀。"刘杞荣道："明白了。"他用旷楚雄摔倒自己的每一招摔纪老师，纪老师都反将他撂倒。纪老师说："反制的出手要狠和快，要有预判。遭遇个子和力气比你大的对手时，不能让对方发出力来。"

刘杞荣琢磨着纪老师的每一句话，继续与纪老师摔，悉心体会纪老师解困的手法。纪老师见他肯学，就倾其所有地教，一招一式地剖析，如何抢把、如何应变、如何破解对方的力，又如何借力打力。纪老师坦言："老师想教出一两个弟子，以免白来长沙一趟。"刘杞荣说："谢谢老师。"纪老师说："力这个东西要练，但力不是主要的。我年轻时曾与一个蒙古武士摔跤，他在蒙古是跤王，身高力大。我们善扑营的训练场地，有只三百多斤的沙袋，沙袋是整张牛皮做的，就是让我们练摔力的。蒙古武士可以把三百多斤的牛皮沙袋举起来抛出五米远，这很了不起的。很多人能举起，但要把三百七八十斤重的沙袋掷出五米远，没有六七百斤的力气是根本做不到的。我和他摔时他一发力，我就顺他的力摔他，摔十跤，我连胜他九跤，让他一跤。他是蒙古跤王，恭亲王和一些大臣坐在看台上笑，他脸挂不住啊，我得给他留面子。所以我说力不是主要的。”刘杞荣说：“懂了。”“多练，出手快是练出来的。”纪老师端起紫砂壶，含着壶嘴吸口茶，又道，“有时候给对手留点面子就不会结仇。习武之人少结怨，日后好相见。”刘杞荣想，纪老师是教他如何做人。

五　一个叫常东升，一个叫常贺勋

五月份，向恺然老师又从河北请来了两位年轻的摔跤教练，一个叫常东升，一个叫常贺勋，是两兄弟。他俩是河北保定人，回族，都是自幼习武，兄弟俩都有极高的天赋，是“布库”出身的摔跤高手张凤岩的门徒，其父常兰亭和张凤岩都是河北“跤王”平敬一的弟子。平敬一是保定快跤的奠基人，出了八个在江湖上都有名望的徒弟，其中张凤岩是八大弟子中最行的。常东升两岁时，其父常兰亭把他拜托给师兄张凤岩，请张凤岩对他严格训练，每天要练十个小时。清末到民国初期，保定是北方摔跤运动的中心，跤场林立，保定人几乎个个都摔跤，茶余饭后谈论的都是跤场的事，谁谁谁获了第一，谁谁谁败给了谁。常东升十六岁那年，保定南乡举行摔跤比赛，四乡的摔跤好手都踊跃参加，常东升以一场未败的战绩折桂。这让常兰亭和张凤岩十分谨慎，担心什么人找上门来比武，就更加严格地训练他。次年二月，保定北乡漕河镇举行摔跤比武，漕河镇有一青年，外号“黑塔”，是漕河镇第一摔跤高手。两人一上台，“黑塔”就用“上把蹩子”进攻，被十七岁的常东升一个“里蹩子”摔倒。接下来的一跤，“黑塔”被常东升摔出去，跌得很重，是被几人抬走的。那天常东升分别与五名跤手摔，不是把对手摔出去就是把对手撂在地上。漕河镇比武，常东升声名大噪，从此保定人都知道跤林出了个常东升。

向老师见纪寿卿老师一个人教两个班的学生摔跤很辛苦，就想去保定再请个好教练来分担纪老师的教学任务。向老师一到保定，忙去拜访张凤岩，想请张凤岩来湖南授艺。张凤岩却力荐十八岁的常东升和其弟常贺勋给向恺然，让自己的爱徒随向恺然来长沙带学员实摔。向恺然见常东升这么年轻，怀疑他能否胜任。张凤岩让一个壮汉与常东升摔。向恺然识货，看常东升摔了三跤就把常东升兄弟俩带到长沙，要常东升带研习班的学生摔，让常贺勋带师范班的学生摔。常东升身高一米八，腿有水桶粗，全是肌肉；胳膊碗口粗，肌肉一鼓一鼓的。他的力大到什么程度呢？训练所新建了个可以容纳五百人的室内比赛场，为训练腿力，纪老师建议在墙上安个圆环，装了吊钩和弹簧，弹簧连接着三根粗黑的橡皮，末端系个牛皮套。吊钩是钩重量的，钩吊十斤、二十斤和三十斤的铁坨。训练时，脚放进牛皮套，用力往后拉，弹簧和橡皮都有伸缩性，要拉扯到双脚并拢，脚尖并脚尖，脚跟对脚跟才算合格。别以为十斤好拉，弹簧和橡皮在你用脚力拉扯时，它们会很不情愿地延长，你的拉力用得迅猛，弹簧和橡皮的收缩力就同样迅猛。练脚力时不少男生被弹簧和橡皮的收缩力回拉得脚一跷而跌倒。只有几个男生在拉十斤的铁坨时双脚能勉强并拢，所谓勉强并拢是有时候脚尖会出来一些，有时候脚跟出去了，没对齐。拉二十斤的铁坨时就只有旷楚雄能双脚并拢。刘杞荣、周进元等男生几乎每一次都被弹簧极强的收缩力拉得双脚无法并齐。可是常东升的左右两脚都能拉三十斤重的铁坨，左脚站稳，右脚踩在牛皮套里往后一划，双脚对齐，纹丝不动。右脚站稳，左脚踩在牛皮套里往后一拉，三十斤的铁坨蓦地蹿上去大半米，常东升的左右两脚并靠在一起，丝毫不动。

旷楚雄极佩服常东升，他比常东升还大一岁，比常东升高三公分，那么大的个子，体重两百斤，被常东升摔小孩子一样摔来摔去。中午几人在食堂吃饭时，旷楚雄对端着饭碗走来的刘杞荣说：“以前我觉得自己咯一身本事，行走江湖足够了。现在老子觉得自己不过是蒋门神，前面还有武松、鲁智深和豹子头林冲。”刘杞荣也晓得常氏兄弟摔跤极厉害，感叹：“真是山外有山，天外有天。”旷楚雄望着吃饭的刘杞荣，服气道：“之前我以为自己冇得几个对手了，常教练一出现，才明白我不过是井底之蛙。”刘杞荣见周进元与另外几个同学坐在一起吃饭，想人这东西真是怪，以前两人无话不谈的，怎么就别扭起来了？他说：“唉——还学么子，我回家种田去。”旷楚雄说：“你要回家种田，我回衡东挖矿去。”同学中经常有这种似是而非的悲伤论调，大多是嘴里说说而已。常贺勋拿着一只半个脸盆大的饭盆走来，他瘦高、机灵、敏捷，双目炯炯有神，眉宇间透着一股回族人的刚毅，笑时露出一口洁白的牙齿。他打了饭，看见刘杞荣，走过来，刘杞荣要让座，他说：“不坐，你们聊。”旷楚雄待常贺勋的身影消失后，问：“他怎么样?”刘杞荣答：“跟他摔，我们都倒柴一样。”

常贺勋与刘杞荣同年同月生，身高一米七五，一年后他的身高长到一米七八，刘杞荣长到了一米七七。他们还在吃长饭，一场训练下来，都是用大碗吃饭。常贺勋摔跤比他哥差一点，但带师范班的男生实摔却绰绰有余，没一人能赢他。河北保定在那个年代盛行摔跤，哥哥常东升连续两年在河北摔跤比武中荣获第一，弟弟常贺勋在摔跤比赛中获过季军。常贺勋虽是教练，身上仍带些孩子气，师范班里只有刘杞荣能与他对摔，周进元等男生，几乎是一上手就被他摔得七歪八倒的。所以他要示范动作，就叫刘杞荣出列，两人摔给其他同学看。有天下午，纪老师在一旁观看刘杞荣与常贺勋摔，看了五跤后，纪老师指点刘杞荣如何破解常贺勋的招式。刘杞荣思索着纪老师的话，再与常贺勋摔时，他就用纪老师教的招式，把常贺勋掼倒了。常贺勋称赞刘杞荣有悟性：“不错。”刘杞荣看着纪老师：“咯是在纪老师的指导下侥幸赢你一跤。”

学生除了学摔跤，还学拳。第一个学期学的是八拳，由王润生总教练传授。这个学期，向老师去上海请来了朱国福四兄弟。朱国福也是河北人，是清末八侠之一形意拳名家马玉堂的弟子。马玉堂师从李存义，李存义乃河北武术大家，拳脚功夫神出鬼没。朱国福生于一八九一年，自幼好打架，被马玉堂收为门徒，马大侠将形意拳的秘诀一一传授给朱国福。朱国福边跟马玉堂学形意拳，边跟马玉堂的好友“铁罗汉”张长发学八卦掌，后又跟武艺超群的李彩亭学拳，很快就在同门中出类拔萃。二十年代初，朱国福在上海创办武馆，多次与来武馆叫板的中外武林高手过招，从未败过。向恺然老师从日本留学回来，住在上海给某周刊写《江湖奇侠传》时，曾与朱氏四兄弟朱国福、朱国禄、朱国祯和朱国祥有些交往。四兄弟个个都是顶尖高手，刀枪剑棍无一不精。向老师出重金请朱氏四兄弟来长沙授艺，为期一年。朱国福虽一身本事，但在上海的弟子不多，那时洋枪洋炮击毙了许多号称刀枪不入的绿林莽汉，很多人就不习武了。向老师请他，朱国福二话不说地关了武馆，带着三个弟弟来到长沙。朱国福中等身材，他的形意拳和六合拳打得让人惊叹；朱国祯也一身功夫，与兄长不相上下，他教学生徒手格斗；朱国禄和朱国祥教学员刀枪剑棍。

自从能容纳五百人观摩的室内训练场（学员称大馆）建成后，两个班的学员就经常聚在大馆习武。这天下午，两个班的学生都坐到大馆里飘着桐油气味的木地板上，听朱国福老师讲解六合拳：“六合拳以围、拦、截、卡对方为主，打法以挑、崩、靠、劈、砸、踢、蹬、摔、拿等为要点，技巧是以守为攻，以攻为守，前后左右攻守兼备，刚柔相济。练拳时要做到内外三合，即内练精、气、神，外练手、眼、身。须‘心与意合、意与气合、气与力合’，此为内三合。‘手与脚合、肘与膝合、肩与胯合’，此为外三合。讲究手腿并用，虚实巧打。口诀是：‘彼不动，己不动，彼一动，如山动。’‘进打中，退打肢，腰似轴，手似轮。’”朱国福老师把六合拳打给大家看，边打边道：“天有八方，地有八变。六合拳有八打、八封、八闭、八进、八退、八顾、八式、八变，八八六十四招。还有捆腿、转环腿、连腿、截腿、踔腿、撩阴腿，堪称六绝腿。下面，大家跟着我打六合拳。”众同学纷纷站好，跟着朱国福老师打六合拳。朱国祯、朱国禄和朱国祥则在学员中纠正某些学员的动作。

一堂课上到吃晚饭才结束，吃过饭，洗个热水澡，一些主张劳逸结合的同学就逛街或看戏或去哪里玩了。刘杞荣哪里都不去，走到草地上温习今天学的六合拳。朱国福老师住的房间，门对着草坪，看见一个人影在月光下打拳，就走来，称赞道："嚯，不错。”刘杞荣说："老师，我总觉得自己不行。”朱国福老师想试试刘杞荣的功夫："老师跟你过两招，你只管出拳。”刘杞荣曾听总教练说朱国福老师的武功在他之上，想连总教练都如此赞誉，便说："我不敢。”朱国福老师睃他一眼："不要说不敢，不要怕，你只管出拳。”刘杞荣就出拳。朱国福老师接招、拆招，指出道："动作慢了，出拳要快。”刘杞荣就加速出拳。朱国福老师说："还快点。”刘杞荣就更加迅猛地出拳、出腿。朱国福老师叫声"好!"也用六合拳回击。刘杞荣忙接招、拆招。朱国福老师步步进逼，刘杞荣边退边出拳还击。朱国福老师转身侧踢。他闪身回踢。朱国福老师又称赞："好。”朱国福老师旨在引导和启发他打拳。斗了半个小时，朱国福老师笑道："我教过几个悟性好的弟子，你是其中一个。”刘杞荣觉得自己很笨，道："老师取笑我了。”朱国福老师回身一拳："看招。”刘杞荣情急中接下这一招，并巧妙地化解了。朱国福老师说："你反应比旷楚雄快。”朱国福老师大他二十一岁，与他有眼缘，十分喜欢他："来，为师教你五崩拳在近距离发力。形意五崩拳法是三屈三垂，臂屈、腿屈、腕屈，肩垂、肘垂、气垂。沉肩坠肘，劲力透达。”他边打给刘杞荣看，边说："有口诀：'出手如钢锉，辗转似切弧，拳巧在摆拨，动妙如翻滚。'意思是出拳要像锉铁，既可以顾右打右，又可以顾右打左和顾左打右。贴身打，要点是'出手如闪电，打人如亲嘴'。注意看动作，两手不离心，双肘不离肋。手不离心是保护自己正面不受对方攻击，肘不离肋是搏斗时要保护好肋。肋骨是人身上最脆弱的地方，打斗中容易断裂。”

刘杞荣直点头，想朱老师能把这种切身体会告知他，足见武术大家的心胸是多么坦荡。朱国福老师教他贴身缠打时，讲自己与白俄拳师裴益哈伯尔比武的故事：“这个裴益哈伯尔是白俄赫赫有名的拳击家，在白俄的拳击比赛中获过重量级冠军。我早几年在上海开武馆，他来到上海，法国人同意他在法租界的国际竞技场摆擂。一连十天，身在上海的各路武术家纷纷登台打擂，都被他打败。这让裴益哈伯尔嚣张至极，口出狂言，说：‘中国武术是花架了，不堪一击。’我本来不想打擂，听闻此言，这太蔑视中国人了，就报名参赛。”刘杞荣想，王润生总教练和纪寿卿老师与俄国大力士比过武，朱国福老师却与白俄拳王打过！朱国福老师继续道：“擂台旁有一磅秤，每个上台打擂的中国人都须称一下体重。我比他轻三十二磅。白俄拳王裴益哈伯尔身高一米九二，我一米七二，矮他二十公分。他的经纪人冲我摇头：‘不能打，会打死人的。’我说：‘我不怕死，打死了不要你们负责。’我坚持要打。经纪人叫来律师和法租界的巡警，要我在生死文书上签名，文书约定‘打死不偿命’。擂台赛定为六个回合分胜负，每个回合三分钟。白俄拳王裴益哈伯尔对我挥下拳，还龇下牙，表示他只需一个回合就能打死我。一开始，我打他的头部，多用摆拳，但我比他矮二十公分，拳打到他头部时力量到了末端，没用。他是白俄拳王，抗击打能力极强。他用直拳和摆拳攻击我头部，我举拳抵挡，他的拳很重，出拳极快，他想一拳打死我。他臂长，我只有躲闪和抵挡的份儿。第一个回合我有些吃亏。”刘杞荣睁大眼睛听着，想老师是小个子与白俄大个子打。朱国福老师接着说：“第二个回合，我改了打法，主动进攻，近身用五崩拳打，猛地一记重拳打在他胃部。裴益哈伯尔吸了口冷气，愤怒地击打我的躯干。我用两肘护住躯干，盯着他的胃部连续猛击。第三回合，他拼命想护住胃部，可贴身打，他发不出力，我照样用五崩拳猛击他的胃部。裴益哈伯尔被我打得很难受，但还在硬撑。第四回合，他出拳明显缓慢和绵软了，护胃的左拳下垂了，我瞅准机会，一记五崩拳猛击在他胃部。白俄拳王裴益哈伯尔重重地倒在地上，口吐白沫，站不起来了。全场爆发出掌声，台下的上海民众大声高呼：‘英雄，英雄再世呀。’我也激动得流出了眼泪。”

刘杞荣听得如醉如痴，说：“老师，您真了不起！”朱国福老师将拳头攥紧：“你平时要练练内功，竞技是靠肌肉聚集力量，若你与比自己高二十公分的人打，拉开距离打，你的拳头够不到他的头和胸，吃亏的是你。只能贴身打，短距离内，肌肉的力量无法汇合到一起，这个时候就要用腰力，把腰力运到拳上，打出去的拳才重。裴益哈伯尔是靠肌肉凝聚力量，而肌肉是在运动中才产生力量。近距离内，肌肉的力量聚不拢。”刘杞荣听得十分认真，学着发短距离拳。朱国福老师告诉他：“不能直接打，手腕和小臂要旋转，腰部也要动。”他打给刘杞荣看：“这样一拳打出去才有爆发力。”朱国福老师精神好，也跟纪寿卿老师一样热爱传授武术。刘杞荣就跟着朱国福老师旋小臂，学近距离内如何把身上的力量汇集到拳头上。直到九点多钟，朱国祯和朱国禄从外面回来，他们才终止。

刘杞荣洗完澡，走回寝室，周进元回来了，着一身那个年代极流行的立领青年装。刘杞荣把衣裤晾到绳子上，转身问他：“去哪里了？”周进元跟着旷楚雄学会了抽烟。他掏出一盒烟，抽出一支，嚓地划根火柴点燃，做出很享受的样子吸了口。这模样让刘杞荣想起了姨爹，治保主任抽烟时就是这模样。周进元说：“旷百万请常东升和常贺勋教练去茶馆呷茶、听戏，喊了我。”刘杞荣想，原来他跟旷百万混呷混玩去了，说：“他也喊了我，我冇去。”周进元说：“你咯鳖只晓得练武，人活得有味。”表弟变了，以前表弟十分逞强好胜，现在心好像没在武术上了。师范班有一些颓废言论，就是武艺练得再好也挡不住子弹。他估计表弟被这些话影响了，就看着表弟：“我们是要当老师或武术教练的，不练好武怎么当教练？”表弟看着手中的烟一笑，转移话题：“你喜欢一粒痣吧？”刘杞荣是喜欢贺涵，只是他把这种喜欢隐藏了，像老虎隐藏食物一般不露声色，没想居然被表弟窥见了。他十分惊讶，忙否认：“我不喜欢。”表弟点他的穴：“莫不承认，我晓得你喜欢一粒痣。你的眼睛出卖了你。”刘杞荣很诧异，自己并没像旷楚雄那样直视过贺涵，表弟怎么看出来的？表弟嘿嘿道：“旷百万是你唯一的障碍。”刘杞荣答：“你想歪了。我没障碍，我来训练所是学武术的。”表弟说：“你口不对心，这是我对你有意见的地方。你不喜欢一粒痣？”他坚决道：“不喜欢。”

下午上对打课，大馆里打声一片。教练们在一旁指导，一些同学在挥拳对打，一些同学在摔跤。刘杞荣与一个研习班的同学对打了一气，便去墙边练腿力。他在铁钩上挂了二十公斤铁坨，脚踏进牛皮套，猛地一退，右脚向左脚迅速并拢。一看，没对齐，又松脚，再并。旷楚雄雄赳赳地走来：“刘杞荣，我俩摔跤不？”刘杞荣与旷楚雄有些日子没摔了，把脚从牛皮套里抽出，客气道：“向你学习。”旷楚雄一上手就想一个背抱摔倒他。刘杞荣一折身，化解了。众同学都晓得旷楚雄的跤摔得好，就走拢来看他俩摔跤。旷楚雄兴奋了，眼睛睁得圆圆的，上手一个折背把刘杞荣撂倒了。第二跤，刘杞荣右脚上步一顶，右手拿住旷楚雄的左胳膊往下拉，右腿卡着旷楚雄的左腿外侧。旷楚雄本能地回扯。刘杞荣左手一推，把旷楚雄摔倒了。旷楚雄脸呈猪肝色，叫：“哎呀，可以啊你。”霍地跃起。两人连续摔二十跤，旷楚雄赢十三跤，刘杞荣胜四跤，平三跤。旷楚雄拍下他的肩：“你又进步了。”刘杞荣想，上次与他摔二十跤，自己只胜了一跤，这回摔二十跤赢了四跤，说：“还不行。”旷楚雄看一眼散去的同学，竟有些亲热地贴着他的耳朵小声说：“他们都不是我们的对手。”刘杞荣说：“是摔你不赢。”旷楚雄皮笑肉不笑道：“我以前认为你再练五年也摔我不赢，我低估你了。”刘杞荣欢愉地抱拳道：“哪里哪里，我是摔你不赢。”

傍晚，天还很亮，长沙的夏天黑得晚。一行人在食堂就餐，刘杞荣坐在靠窗的桌旁吃。教练餐厅热，常贺勋端着一大碗饭菜从闷热的教练餐厅出来，坐到这里。常东升更怕热，跟来，一屁股坐下，几人边吃饭边谈摔跤的事。常东升教练穿件背心，三角肌十分威猛地凸现在胳膊上，两块胸大肌足有十公分厚。刘杞荣十分羡慕，问：“常教练，你这一身肌肉是如何练出来的？”常东升说：“每天练哑铃、杠铃练出来的。我父亲为训练我们的身板和臂力，家里备有哑铃和杠铃，每天我和贺勋都要握着哑铃，伸直双臂做两百下扩胸运动，还要仰躺着举两百下杠铃，没完成就不准吃饭。”常贺勋接过兄长的话说：“家父很严，盯着我们做，一边数数。”常东升道：“摔跤，腿上功夫很重要。张凤岩师傅训练我们的腿力时，在我们的腿上一边绑一个十五斤重的沙袋，要我和贺勋跟着他跑步，跑不动也要跑。”刘杞荣说：“从明天起，我也一边绑一个十五斤的沙袋，练腿力。”常东升说：“你想把跤摔好，就一定要练腿力，把沙袋绑在两边的小腿上，跑半个小时不能休息。”

刘杞荣把衣服的两只衣袖剪下来，找杨湘丽借来针线，密密麻麻地缝死一头，去湘江岸边装满沙子，拎回来又把这头缝死，拿绳子绑在小腿肚上。开始没觉得重，可是跑几步就吃力了。一些同学见他还真这么做，笑道：“常教练只是这么说说而已，你还真信以为真？”他不搭话，继续跑步。几个同学看着他满头大汗地跑了几圈，双腿沉甸甸地挪不开步了。一个说：“杞荣，冇必要咯么傻练。”另一个说：“确实冇必要，一粒子弹就把你一身功夫打得一点不剩了。”刘杞荣懒得理他们，歇了会，又提着两只绑着沙袋的脚绕着草坪小跑。周进元走来，穿得婊子崽样，脚上的皮鞋黑亮亮的，他在等研习班里几个爱玩的官宦子弟。刘杞荣见表弟盯着他，说：“进元，你这是去哪里？”

周进元对他这么执着的训练嗤之以鼻，阴阳怪气道："表哥，讲句实话，功夫再好也当不了饭吃。"刘杞荣感觉表弟被旷百万带坏了，上课不专心，对练时只找比自己弱的人打，说："纪老师讲，身体是有潜能的，不练潜能就出不来。"表弟不屑的样子。旷楚雄和研习班的另两个同学走来，对周进元说："走。"

六　旷楚雄功夫好

旷楚雄功夫好，经朱氏兄弟分别点拨，功夫又进展不少，脸色就雄壮，犹如一头威猛的雄狮。两个班的同学都晓得他本事大，都不跟他打。这天下午上打课，孤独的旷楚雄走到刘杞荣面前，不问打不打，霸气地喝道："接招!"就挥拳打来。刘杞荣敏锐地闪开。旷楚雄又一拳打来，刘杞荣就接招。也是奇怪，之前接旷楚雄打来的拳总是有些紧张，一是旷楚雄的拳头大，二是出拳快。今天，这种感觉消失了，接招、拆招，一点也不慌张。他不惧旷楚雄了，这让他心里蓦地充满了欢乐！两人斗了十几个来回，旷楚雄一脚踢向他的颈椎，他抬手一挡，竟没感觉那一脚的力有多威猛。他暗自吃惊，想是不是自己抗击打的能力增强了？朱国福老师看着他俩对打，提醒刘杞荣道："小旷身高臂长，你贴近打。"刘杞荣的脑海里闪现了朱国福老师与白俄拳王比武的画面，他虽然没见过老师与裴益哈伯尔打，可脑海里曾无数次地想象过，那些想象变成了激烈的搏击招式，像海豚一样在他脑海里翻滚。旷楚雄的眼睛大，余光看见好些同学被他和刘杞荣吸引过来了，还看见漂亮的贺涵也望着他，就想炫耀一下武功。但就在他注意力分散的那一瞬间，刘杞荣一拳打在他腹部。旷楚雄身体一晃，刘杞荣不等他站稳，又一拳打在他腹部。旷楚雄连退几步，身体快撞到贺涵了才勉强站稳。贺涵闪开，看了眼刘杞荣。刘杞荣感觉那目光里闪耀着钦佩，就像河面上闪着阳光一样。也许是那带电的雌性目光给了他力量，旷楚雄再进攻时，他利用腿比手长的优势，转身一脚踢在旷楚雄的脖子上，并没用多大力，却把旷楚雄踢倒了。旷楚雄怒道：“你真打呀，用咯么大的劲！”刘杞荣十分愕然，他并不晓得自己天天绑着沙袋小跑，因而腿力增加了数倍，竟能把身材高大的旷楚雄踢倒，太不可思议了！他真的无法抑制住内心的快慰，道：“抱歉抱歉。”他看见贺涵和柳悦都对他跷了下大拇指。

对打课结束，周进元跟在刘杞荣身后走进寝室，说：“表哥，丹凤眼对一粒痣讲，‘你为师范班争了面子。’”刘杞荣想，表弟好久没称他表哥了，说：“我以前有些忌惮与旷百万打，觉得自己打他不赢。表弟，跟你讲实在的，现在我一点也不怕他了。”周进元脱去汗湿的衣服：“你功夫上来了。”刘杞荣无法抑制喜悦，笑着说：“我今天突然觉得自己会打和敢打了。”他拿着脸盆去洗漱间打盆水，端回寝室，脱下脏衣服，抹着汗。周进元看着他宽阔的背脊，酸酸地说：“真是苍天不负有心人。”刘杞荣对表弟说：“你也可以做到的，我劝你少出去玩。”周进元也没想到表哥那一脚能把旷楚雄踢倒，这对他有所触动，就下决心道：“看来我也要苦练。”刘杞荣说：“跟你讲实话，当我一脚把旷百万踢倒后，我看出他有点忌我了。”周进元脸上若有些惆怅：“唉——我咯鳖抑制不住玩的诱惑。走，吃饭去。”

这天晚上，刘杞荣把两个沙袋绑在小腿上，绕着草地小跑。周进元换了平时穿着练拳的粗布衣服，也来练拳。他打了一套形意拳，出了身汗，说：“表哥，我俩好久冇对打了。对打下？”刘杞荣说：“好。你出拳吧。”周进元就出拳，刘杞荣左闪右躲。周进元说：“你何解不出拳？”他答：“我练躲闪。”周进元一顿猛攻，照着他的头脸打。刘杞荣感觉表弟用的都是狠招，忙接招、拆招。朱国福老师从外面回来，见刘杞荣和周进元在草地上对打，看了一气，评价说：“出拳慢了，要快。”周进元打累了，喘着气：“还慢了？”朱国福老师道：“慢了。我当年与日本武士比武，出拳总要比他们快半秒。”刘杞荣对朱国福老师与日本武士比武很感兴趣，说：“朱老师，讲讲你与日本人比武吧。”

朱国福老师在草地上坐下，月光形成的阴影投在他的左边。刘杞荣坐到朱国福老师的脚前，把额头上的汗揩到手心上，甩掉。周进元一屁股坐到朱国福老师的右边，伸直两腿。朱国福老师说：“上海四川路有家戏院，叫月宫戏院。戏院老板为吸引观众，与上海一家武术学会合办了一场武术比赛，名为中、日、美、俄四国武术比赛，中国参赛的只有四个人，那四个人的武功都一般。日本有五人报名，美国也是五人报名——四名黑人和一名白人。俄国一人，号称大力士，那俄国人只是比一般的人有劲些罢了。那场比武就是个笑话，最终中国四名参赛者完败，以日本五名武士皆胜而结束。这事本来也没什么，上海这样的比武多。但日本武士的一名选手讲话时十分狂妄，公开凌辱中国人是东亚病夫，中国武术是花拳绣腿。我看了报纸，决定带上二弟、三弟去会会日本武士。我问国禄、国祯：‘你们怕不怕？’国禄说：‘不怕。’国祯道：‘怕个屁！’”朱国福老师看一眼天空，星星眨巴着眼睛，似乎也等着他说下文。朱国福老师接着道：“日本人在虹口开了家武馆，专教在上海做生意的日本人的后裔。我和国禄、国祯走进日本武馆，那些日本人看着我们兄弟仨，我们那天都穿着粗白布衫，下面穿着宽松的灯笼裤。来的途中，虹口的弄堂前有一个土戏台，戏台八十公分高，是砖和水泥砌的台子。他们既然在月宫戏院公开侮辱中国人‘东亚病夫’，我就对国禄、国祯说：‘把他们叫到戏台上打，看谁是花拳绣腿。’”刘杞荣觉得过瘾，道：“老师高明。”朱国福老师笑笑：“一个日本武士名叫松井一郎，这家伙身着和服，方脸，眉毛上翘，仁丹胡子。他一见我们兄弟仨的着装，便摆开比武的架势。我说：‘不在这里比，弄堂口有个戏台，我们去戏台上打。’这个松井一郎是这家武馆从东京请来的教练，不懂中国话，他听一个懂中国话的日本武士说了我的意见，大笑说：‘哟西哟西。’他想在戏台上打得我们满地找牙。我和国禄、国祯径直走到戏台上，国祯说：‘哥，我先来。’我怕国祯经验不足，拉住他：‘哥先打。’松井一郎跃上戏台，做了几个要把我劈死的动作。”

朱国福老师说到此，起身，把日本武士攻击他的动作复盘给刘杞荣和周进元看，说：“我一折身，一拳打在他脸上，打得他眼冒金花。松井一郎没想到我出拳这么快，他比我矮一点，我打他的脸，他回的拳连我的边都挨不到。他不是在月宫戏院的舞台上口出狂言吗？我一拳打在他嘴巴上，他门牙被我打掉一颗。他乱了方寸，冲上来抱我的腿……”朱国福老师演示给他俩看：“我是练过摔跤的，我腿 让，右手一拉，左手一推，他从我身旁蹿出去，收不住脚地蹿到了台下。”刘杞荣听得满脸笑容，道：“老师你真厉害。”朱国福老师道：“另一个日本人叫山本太郎，报纸上报道过他，他的武功比松井一郎稍好一点，但也不经打，我一脚就把他踢下了戏台。台下围观的市民越来越多，都为我鼓掌。第三个日本人登上戏台时，国禄忍不住了：‘哥，我来。’”朱国福老师坐下，道：“国禄这些年一直跟我一起练形意拳和西洋拳击。我们早几年跟法国的拳击教练学过三个月拳击，那法国教练看不起中国武术，我解下拳击手套，用中国功夫跟他打。他身高一米九，高我一截，手臂长，按说我是打不到他的，可我出拳比他快，拳拳打在他胸膛上。他个高，重心不稳，我一扫堂腿就把他扫倒了。他再也不肯教我和国禄拳击了，后来我和国禄又找英国拳击教练学拳，学了五个月，所以国禄对付那个日本人绰绰有余，两个回合就把那日本武士打下了戏台。台下的市民十分激动，上海人被日本人欺负得够呛，都大叫：‘打得好，打得好呀！’第四个上台的日本人不跟我们比拳，要跟我们比刀，手里攥一把军刀。国祯带了剑，说：‘我上。’国祯一跃，跳上台与日本人比。日本军刀比剑长，兵器上吃点亏，可国祯手中的剑两次直抵日本人的咽喉，只需加一点力就刺进咽喉了。你们要好好跟国祯学剑，国祯跟我师傅孙禄堂先生学过三年零八个月的形意拳和太极剑，我师傅孙禄堂先生的剑术如果是天下第二，没有人敢说自己是天下第一！”刘杞荣立即说：“师傅，我一定跟国祯老师学好剑术。”朱国福老师接着道：“日本武士弃下军刀，认输了。最后上台的日本武士手里一支长枪，枪头擦得雪亮。那天有太阳，枪头在阳光下晃得刺眼。日本武士以为手里握着长枪，国祯手中的剑就刺不到他。国祯用剑撩开长枪，左手逮住枪头，手中的剑直抵他咽喉。戏台下的市民爆发出热烈的掌声。”刘杞荣佩服极了：“老师，后来呢？”朱国福老师咧嘴笑笑：“五名日本武士全败给我们兄弟仨，都灰溜溜地走了。”周进元说：“朱老师，你是我最钦佩的人。”朱国福老师说：“我不算什么。一九二〇年，全日本柔道冠军板垣一雄来中国挑战我师傅孙禄堂，我师傅已经六十岁了，在家接待了板垣，并依板垣讲的柔道法则比试，我师傅轻取之。板垣佩服至极，愿出两万块大洋拜我师傅为师，我师傅婉言拒之。我师傅说：‘习武之人在同胞面前吃点亏没啥，就是不能输给外国人，以免滋长外国人的嚣张气焰。’”刘杞荣想，师爷六十岁了还能把全日本柔道冠军打败，心里极向往之，说：“师爷真了不起。”朱国福老师呵呵一笑：“一九〇六年秋，清政府在北平郊外举办‘天下英雄大会’，邀集南北各派的武林高手前来比试。我师傅正值壮年，受邀前往，到会的都是天下武林各派的掌门，比试中我师傅技冠群雄，因而赢得‘虎头少保，天下第一手’之美誉。无人不拜倒在我师傅脚下。”周进元羡慕至极：“爷咧，咯下得地哎。”朱国福老师昂起头：“还一次，我师傅在青岛参加‘世界大力士格斗大赛’，那是一九一三年，师傅已五十三岁了，以全胜战绩荣获总冠军。”刘杞荣叫道：“师爷太了不起了。”朱国福老师笑：“我跟你们说，好好习武，一定会有回报。”刘杞荣满脸坚决，道：“我会的，老师。”周进元也道：“我也会的。”朱国福老师瞧着他俩：“会就好。习武没别的捷径，就是要多练。不练，懂得再多都是枉然。”刘杞荣觉得这句话烙在心头上了，道：“我一定多练。”

第二天上文课，两节国文课和两节音乐课。上完音乐课就到了吃午饭的时间，刘杞荣回到寝室，放下国文课本和油印的音乐教材，拿着碗筷去食堂打饭。一些同学已经在吃饭了。刘杞荣见贺涵和柳悦在排队打饭，他站在她俩身后。贺涵着一件白短袖衬衣，头发马尾样垂在身后，回头瞅他一眼，对柳悦说："要期末考试了，我还冇复习的。"柳悦说："我也冇复习。"柳悦穿一件日本印花布短袖衫，一条蓝裙子。她瞟一眼刘杞荣："刘杞荣，国文课你做课堂笔记冇？"在大麓中学读书时，老师要求每个学生做课堂笔记，他养成了这个习惯："做了。"柳悦眉毛一挑："借我抄一下。"刘杞荣答："好。"贺涵咯咯一笑："刘杞荣，我发现你长高了。"周进元主动与刘杞荣背靠背比高矮，他去年与刘杞荣差不多高，现在明显比刘杞荣矮了。周进元说："你真的长高了。"刘杞荣说："难怪我的衣服和裤子越穿越短。"贺涵的目光落在他脸上。他感觉那目光有些热度，似阳光一样灼脸，说："咯些天做梦，经常半夜里脚好像踏空了样一蹬。"柳悦说："我爸讲，那是长个子。"

几个人打了饭，坐在靠窗的桌吃着。贺涵整理下垂到眼睛上的刘海，咯咯一笑，问刘杞荣："你家里是做么子的？"刘杞荣曾听旷楚雄说贺涵的父亲是湖南商会副会长，家里很有钱，就说："我爸种田的。"周进元晓得贺涵喜欢表哥，他经常觑见贺涵的目光燕子样落在表哥身上，他希望表哥与旷楚雄争贺涵，这样他才有机会追柳悦。周进元的心一半在武术上，一半在柳悦身上。他的一双眼睛跟他当治保主任的爹一模一样，常常在静默中观察、捕捉。近一两个月，他心里隐隐觉得柳悦也喜欢刘杞荣，看刘杞荣的目光与看别的同学不一样，这让他不安。他美化刘杞荣的家庭："他家是虎坪村的大户，有好多田，房子很多间。"刘杞荣脑海里闪现了父亲那张威严的脸和那种凶恶的目光，说："你莫听周进元瞎扯。"周进元辩解："我崽瞎扯，你家有一百五十多亩田。”柳悦咽下饭，娇声道：“那看不出呀。看你的穿着，不像大户人家的崽。”刘杞荣见柳悦的丹凤眼弯着两汪笑，答：“我爹就是个土地主。”贺涵扬起漂亮的脸，问刘杞荣和周进元：“你们暑假回沅江吗？”刘杞荣咽下嘴里的食物：“我不敢回家，一回家，我爹百分之百不会准我出来了。”周进元说：“他爹催他回家种田。”刘杞荣见两个漂亮的女同学都用关切的目光望着自己，心里就甜：“我打算暑假去码头上打零工。”周进元看一眼柳悦：“我也是。”柳悦表扬他俩：“你们真有本事。”刘杞荣不觉得这也叫“本事”，说：“咯不是本事。我爹有钱就买田，不给我一分钱。”两个城市里长大的姑娘咯咯笑。

吃过饭，柳悦跟着刘杞荣来拿课堂笔记本。刘杞荣把课堂笔记借给柳悦，柳悦翻看了下说：“刘杞荣，你的字写得蛮好看的。”刘杞荣不好意思：“一般般。”柳悦尖声说：“咯还一般般？你练过帖吧？”刘杞荣说：“小时候我爹逼着我练过两年，但冇认真练。”柳悦说：“字如其人，我爸讲字能看出一个人的性格。我弟写字毛手毛脚的，我爸横直骂他毛躁。”柳悦拿着课堂笔记本飘然而去。周进元坐到床上，试探道：“表哥，你觉得丹凤眼怎么样？”刘杞荣觉得表弟的表情很奇怪，问：“什么怎么样？”表弟索性说：“你不会也喜欢她吧？”刘杞荣说：“你是心不正往邪想。她们都是有钱人家的千金，轮不到我们喜爱。”表弟说：“你光顾讲话了，我是旁观者清。”刘杞荣漠然道：“我看你是疑心生暗鬼。”周进元坚持道：“我眼睛冇瞎，我注意到丹凤眼看你的眼神和看我时不一样，看我时眼睛里冇水，看你时眼睛里既有水又有光。”刘杞荣不理他了，把沙袋绑在小腿上，去草坪上跑步。

七　很多年后

很多年后，一九六二年六月里某个星期天，刘杞荣在公园里打完拳，坐在石凳上休息，看着前面波光粼粼的人工湖，有年轻恋人在湖上划船，嬉戏声从湖上飘来，银铃般的声音让他想起周进元、旷楚雄、贺涵和柳悦，目光就变得凄迷了。他望着明净的天空，天上浮游着一朵朵棉絮样的白云，自语道：“人的一生好快啊，转眼我就五十岁了。”一阵悦耳的琵琶声从树林里传来。他循琴声望去，就见一个年轻漂亮的女人坐在石凳上弹琵琶。他听了会儿，想起亡妻谭志清，不觉眼泪涌出了眼眶，伤心道：“谭志清去世两年了，若活着现在才三十六呢，比我小十四岁却比我先去阎王那里报到，人的一世讲不清啊。”他听着女人弹琵琶，直到女人不弹了，他才迷惘地起身，一脑壳的伤感，向公园的西门走去。

他走进省体委，迎面碰见微胖的张主任送客。张主任是北方人，部队转业干部，看见他，叫道：“刘教练，省军区何司令来电话，向我们体委借一名武术教练，我推荐了你啊。”刘杞荣一听省军区，又是司令的差事，忙摆手：“张主任，我年纪大了，您推荐别的教练吧。”张主任脸上的肌肉一缩，严肃道：“开什么玩笑！这是大事。何司令说：‘台湾的国民党反动派天天叫嚣反攻大陆，广州军区和南京军区准备在十月份搞一场大比武，以震慑台湾的国民党反动派。’何司令说广州军区布置任务下来了，各省军区派一个连参加比武。这可是开不得玩笑的政治任务。”刘杞荣一听这话，头都大了，若这事砸在自己手上，那还了得？就摆明身份道：“张主任，我是前国军武术教官，怎么配教解放军同志？不行不行。”张主任可不是一个好打发的人，战争年代负过三次伤，也立过三次功，脸上带些批评的颜色，道：“刘教练，这是命令，你一定要保质保量地完成任务。”

刘杞荣回到家，读小学四年级的儿子小苏趴在桌前做作业。他走进厨房，大女儿小英正弯腰洗菜。小女儿小芳八岁，人中上还挂着鼻涕，在一旁看着姐姐洗菜。他问小英：“煮饭冇？”小英十二岁，长得像她去世的母亲，眼睛像，鼻子像，嘴唇也像，只是一张略长的瓜子脸却是他的脸型。自从她娘去世后，小英似乎长大了，主动分担一些家务。这些年他不是习武就是教运动员武术，还真没时间管女儿和儿子，是谭志清把三个儿女拉扯和教育大的。他心里感激亡妻。小英见父亲回来了，转身扯掉煤炉盖：“爸，煮饭好快的。”刘杞荣边动手洗涮锅子，边想着张主任的话，他虽然是武术队总教练，可要他去教解放军官兵武术，心里却没底。这些解放军官兵练过武术吗？如果没武术基础又如何教？这些问题像一群鸡崽样在他心坎上一溜过来一跑过去，叽叽喳喳的，以致他炒苋菜时忘记放盐了。吃饭时，小英道：“爸，苋菜你放盐冇？”他夹一筷子苋菜尝道：“啊呀，是忘记放盐了。”他放了点盐进碗里，用筷子搅拌几下，说：“下午都跟我练练拳。”

次日上午，他带着队员跑完步，来到训练场馆。旷红梅跑得脸红扑扑的，一身的汗，他觉得旷红梅笑时像自己记忆中的杨湘丽，说：“想拿金牌，不下百分之九十九的功夫，就得不到那百分之一的回报。”旷红梅悦声道：“师傅，我一定努力。”旷红梅浓眉大眼，嘴巴也大。之前她是田径队里扔铁饼的，人壮，力大，但她扔铁饼却不是田径队里最出色的。她是从长沙市一中招来的，招来时十五岁，身高一米七三。她是旷楚雄和杨湘丽的女儿。两年前，杨湘丽来看女儿，在体委门前碰见他，叫道："刘杞荣，你还认识我吗？"刘杞荣一眼认出了杨湘丽，尽管两人有很多年没相见了："常德伢，是你。"杨湘丽说："你还记得我的小名，我自己都不记得了。"他说："当然记得啊，老旷还好吧？"杨湘丽轻描淡写道："老旷还好，他很忙。"她瞧着走来的女儿，夸道："我女儿力气大，招进了你们体委，是掷铁饼的运动员。"刘杞荣见旷红梅在女性中身坯算高大壮实的，想武术队里缺摔跤的女队员，就问旷红梅的成绩在田径队里排第几。旷红梅红着脸答："第三第四的样了。"刘杞荣看一眼杨湘丽，说："她可以摔跤。小旷，你愿不愿意改行摔跤？"摔跤队有两名重量级女队员，其中一名在训练中受伤了，必须找一名体重相等的女子与那名女队员对摔。旷红梅望一眼母亲："我不会摔跤。"刘杞荣说："我可以教你。"杨湘丽一笑，欢喜道："红梅，刘叔叔愿意教你摔跤，咯是天人的好事呢。"旷红梅问："我能摔出来吗？"刘杞荣说："我不敢保证，要看你有没有咯方面的天赋。"没想旷红梅接受能力极强，反应快，力气也大，只练了四个月就能摔赢练了两年的女对手了。刘杞荣想，到底是老旷的女儿，有这方面的遗传。

周正东紧跟着走来，说："师傅，我感觉自己摔跤有么子进步。"周正东身高一米八，长得孔武有力。一年前他可没有这么孔武有力。那天上午，一个着一件短袖衬衫的面黄肌瘦的小伙子叫了他一声"伯伯"。他吃一惊，看着这个小伙子："你是谁？"周正东说："我爹是周进元，我是老三。"刘杞荣见过小时候的周正东："嚯，长咯么高了你？找我有么子事？"周正东一脸恳求："伯伯，我想跟您学武术。我爹说：'你想改变命运就去长沙拜你表伯伯为师吧。'"周进元成了"右派"，一家人被遣送回原籍了。刘杞荣想，周进元把老三推给他是想要他帮一把，问："你练过拳吗？""我爹在家里教过我摔跤，说我反应还可以。""你多大了？""十七岁了。"刘杞荣说："练武很苦的，你能呷这个苦吗？"小伙子一脸渴求："我能呷苦。"刘杞荣想自己若不招他，这小子就得打道回府。他带周正东练了三个月，觉得这小子还不错，就招了他。他看着这个健壮的年轻人，隐约看见了周进元，鼓励一句："不要怀疑自己，功夫是练出来的。"这时，张主任笑呵呵地走来，随他而来的是一名肩章上一边钉一颗星的少将，少将脸上的笑容很宽厚。张主任说："刘教练，这位是省军区何司令。"

何司令中等身材，方脸，鼻若悬胆，宽嘴。何司令走前两步，握着他的手："刘教练，幸会幸会，张主任讲你功夫好啊。"刘杞荣并没在张主任面前现过功夫，之前张主任好像也不关注他，碰见他只是点个头。他一听何司令这么说，忙道："哪里哪里，我就一点皮毛功夫，不能登大雅之堂。"何司令一愣，瞧一眼张主任。张主任说："去教练室谈吧。"刘杞荣领着他俩步入教练室。何司令在一张椅子上坐下，平和地扫一眼四壁，正墙上挂着毛主席像，另一边墙上挂着"勤学苦练"四个字；四张办公桌并在一起，一个搁刀枪剑棍的架子靠墙立着，上面还挂着两副打烂了的拳击手套。何司令把目光投到刘杞荣脸上："咯事有些紧迫，昨天我接到广州军区作战部主任的电话，贺龙元帅和罗瑞卿大将届时一起观摩比武。元帅、大将都亲临比武现场，咯是一件大事。刘教练，还得麻烦你多费心。"刘杞荣一听贺龙和罗瑞卿的名号，更觉得这事接不得，说："何司令，我年纪大了，功夫也稀松平常，怎么敢指导解放军同志？不行不行。"

何司令年轻时习过武，见刘杞荣瘦瘦的，很谦逊，不像很有武功满脸自信的模样，就掉头看着张主任。张主任开口道："刘教练，体委武术队就几个菩萨，除了你，还有谁？你就别谦虚了。"刘杞荣说："张主任，我不是谦虚，我是怕误了何司令的部署。咯么大的政治任务，我接不住啊。"何司令听他这么说，脸上就没有那种求贤若渴的敬重了，就像你找某人借钱他不愿借而让你失望似的。张主任见何司令冷了脸，说："你谦虚个啥？何司令亲自来请你，你倒还摆起架子来了，行啊你——"刘杞荣推托道："哪里啊，武术队事多，我抽不开身。”张主任道：“武术队的事，你别管了。你的首要任务是完成好这项政治任务。”何司令见张主任坚持推荐他，温和道：“咯样吧，刘教练，我也不耽误你太多时间，你每周来指导一两次就行了。”张主任用一双铜铃样的眼睛瞪着他，像要吃了他似的：“这是组织上交给你的任务。”刘杞荣见张主任毫不让步，就答：“行，那我借此机会向解放军同志学习。”何司令说：“刘教练，我们特务连连长名叫毛拉，内蒙古人，二十五岁，跤摔得好。”何司令介绍他的特务连：“特务连一排张排长，二十二岁，河北人，从小就跟他们县里有名的摔跤王学摔跤，只有他能与毛连长摔几跤。还有二排的肖排长，是个山东大汉，身高一米八五，他父亲曾是民国时期的武术大家李景林的弟子，也是个能人。总之，特务连都是精挑细选的兵，都有两下子。”刘杞荣道：“那就好。我可以问一下比武项目吗？”何司令说：“摔跤、散打、拼刺刀和实弹射击四个项目。刘教练，去我们军区特务连指导指导吧。”

刘杞荣坐着何司令的黑色轿车驶进省军区大院，随何司令步入会议室一旁的休息室。休息室里摆着两组墨绿色灯芯绒沙发，沙发前摆着棕色茶几。这是首长们开会前休息、抽烟、喝茶和交流情况的地方。何司令让刘杞荣在沙发上坐下，叫秘书泡杯茶。这时军区王副司令和军区政治部肖主任一起进来了，何司令介绍道：“他是省体委武术队的刘教练。咯位是军区王副司令，咯位是军区政治部肖主任。”王副司令伸出一双大手与刘杞荣相握：“你可要多多指导我特务连的同志呀。”刘杞荣说：“不敢不敢。我是来向解放军同志学习的。”王副司令也像何司令一样一愣，看他一眼。肖主任与刘杞荣握手道：“我们省军区特别重视咯次比武，请你多多费心。”刘杞荣面对一个个首长，说：“我谢谢你们，何司令、王副司令、肖主任，我真冇得那么大的能耐。”

肖主任是个比刘杞荣年轻几岁的大校，株洲人。肖主任掏出烟，递烟给他，刘杞荣说："我不抽烟。"肖主任就扔一支烟给何司令，又扔一支给王副司令，他点上烟，吸一口："其实我们在张主任那里了解了你的情况，也不是随便什么人能进军区的，我们既然请你来，你就不要有负担。"刘杞荣想，他们晓得他是前国军军官？就回答："肖主任，我咯点功夫，上不了台面的。"王副司令听他这么说，皱了下眉头。王副司令与他年龄相仿，江西人，长征过，因作战英勇当了连长、营长，解放战争后期当过师长、副军长，也是少将。他问："刘教练学的是什么功夫？"刘杞荣回答王副司令："我学得杂，什么拳都学了点，但都不精。"何司令喝口茶道："刘教练，我年轻时候练过八拳。"刘杞荣找到话题了："二三十年代，八拳在湖南很盛行，我也学了点皮毛。"何司令来了兴致，说："我们解放军里，很多将军都有相当高的武功。就我所知，大将粟裕、陈赓，上将许世友、贺炳炎功夫都十分了得。彭老总（彭德怀）、贺龙元帅都是从小习武，彭老总的伯祖父使得一手大刀，彭老总从小跟着他伯祖父习武，有一身好本事。贺龙元帅的祖父是前清武举人，武艺超群。贺龙元帅从小就跟着他祖父习各种拳法，会通臂、八拳等。"何司令说的都是大人物，刘杞荣插不上嘴。

这时，毛拉连长走来，一个军礼敬给各位首长："首长好。"刘杞荣扫一眼毛连长，毛连长身高一米八以上，体重两百斤左右，一张黝黑的蒙古人的面孔，宽鼻、厚嘴唇，由于天热，又跑得急，额头上淌着豆大一粒的汗珠。刘杞荣觉得毛连长很健壮，像自己记忆里的常东升教练。何司令指着毛连长："刘教练，咯就是我们军区特务连的毛拉连长。"刘杞荣道："好身板。"何司令介绍他："毛连长，咯位是省体委武术队的刘教练。我特意请来指导特务连的。"毛连长打量刘杞荣，他实在看不出这个干瘦的半老头有什么本事，便向何司令敬礼："首长，不用，我们特务连的同志正在抓紧各项训练。"何司令说："咯次两大军区比武，军委首长十分重视。我们湖南军区，无论如何也不能垫底。河南、湖北、广东、广西和江苏、安徽、浙江、江西及福建省，还有上海市，哪个省区市会弱于湖南？”大家都点头，把目光聚焦在何司令脸上。何司令又说：“军区下属的野战军特务连，那是天天在营地里摸爬滚打的，冇得几下子能进野战部队的特务连？毛主席是怎么说的，战略上藐视敌人，战术上要重视敌人。所以同志们，不可掉以轻心啊。”何司令望一眼王副司令和政治部肖主任，再把严厉的目光放到毛拉连长的脸上：“毛连长，你们特务连代表的是湖南省军区，当然，我不敢指望你们能取得好名次。”他说到这里，顿了下，望一眼刘杞荣，接着道：“但在两大军区各派十支特务连参赛的比武中，我们湖南省军区绝不能落在最后。毛连长，咯是军区交给你的十分重要的任务！”毛连长立即并拢双腿：“特务连保证完成首长交给的任务，请首长放心。”何司令咳了声，问在座的王副司令和政治部肖主任：“你们有什么要补充的？”

王副司令晓得这次比武很重要，可他想这个前国军军官左一句“上不了台面”，右一句“学了点皮毛”，还“都不精”！老实说，他讨厌听这些腔调，在他熟悉的词汇里，只有“保证完成任务”和“请首长放心”等豪言壮语，若要他抉择，他会请刘教练走人。他十几岁就参加革命，心里很排斥前国军军官。他是持反对意见的，可何司令坚持要请，他只能配合。他想，现在离比武时间只有三个多月了，若这个人不行，还可以找别的有能耐的教练来指导。他说：“刘教练，我看您这身体，好像……”他没把话说完，望一眼肖主任。来的路上，王副司令与肖主任有过沟通，肖主任与他持同一种看法。肖主任见王副司令看他的眼神有暗示，接过话道：“王副司令，我明白你的意思，你是想看看刘教练是不是有真功夫吧？”王副司令一口江西话，道：“我是好奇、好奇。”何司令也很想了解刘杞荣的功夫。张主任向他推荐刘杞荣时，特意强调：“不过我要说明一点，这人是前国军少校教官。”他想少校也就是个屁大的官，但还是一愣，问：“冇得别个了吗？”张主任回答：“你是要能人啊，别人都没他行。”他拍板道：“行，那就他。”此刻，他咳一声说：“刘教练，你展示一下武艺给我们开开眼如何？”刘杞荣犹豫道：“咯，咯……”毛连长见刘教练吞吞吐吐的，就疑心这是个打着武术旗号骗吃骗喝的半老头，他小时候在草原上见过这样的冒牌货！他就立即将他的军说：“若首长批准，我愿意陪刘教练过几下。”他没用“招”，而是用“下”，明显看不起的意思。

肖主任乐了：“好啊，毛连长，你年轻、力大，可不能伤了刘教练而影响军民关系。”毛连长说：“请首长放心，我不会伤他。”刘杞荣看一眼毛连长，又望一眼三位首长，觉得不妥，道：“咯不好吧？”何司令眯起眼睛瞧他：“有何不好，刘教练请讲？”刘杞荣说：“一来就跟解放军同志打，不好啊。”肖主任见刘教练前怕狼后怕虎的，觉得好笑，道：“不用怕，你可以放心大胆地与毛连长切磋。”毛连长脱掉军服，上身只剩一件白背心，露出粗壮的胳膊，上臂和前臂上的肌肉一鼓一鼓的；胸肌相当发达，背心都无法掩饰他那两大块胸肌。他低头把裤脚撸到膝关节处，两小腿肚的肌肉像包子样鼓在小腿肚上。他直起身敬礼：“报告首长，我已经准备好了。”何司令、王副司令和肖主任都把目光投到刘杞荣身上。刘杞荣想，这个毛连长好是威猛，夸道：“咯身板真不错。”何司令见他没有过招的意思，也怀疑起来：“有么子顾虑吗，刘教练？”刘杞荣看一眼休息室，这儿是茶几角，那儿是沙发脚，门也是很结实的木门，摇头道：“咯地方不行，会受伤。”王副司令越发看他不顺眼了，目光里就有嘲讽：“毛连长，他年纪大了，你可不能伤着他。”他连“刘教练”的称呼都丢了。刘杞荣不晓得他们为请不请他专门开了个会，说：“毛连长要参加比武的，我怕伤了他，还是不摔吧？”

何司令以为自己听错了！他瞧着王副司令，见王副司令嗤的一声笑。他想，王副司令是想看笑话，人是他拍板请的，说：“刘教练，你考虑得真周到。”王副司令又吭地一笑，他不相信身材高大、健硕的毛连长会输给年过半百的老头，说：“你尽管放心，我们毛连长也不是豆腐做的。”刘杞荣感觉王副司令看他不来，说：“我可以放开摔吗？不会讲我故意弄伤解放军同志吧？”肖主任立即表态：“不会。”毛连长想，自己只要用力一箍，这个半老头骨头都会碎裂，嘿嘿道：“你只管摔。”刘杞荣说：“咯地方小了点。”何司令不耐烦了，觉得刘教练名堂真多，说：“咯好办，走，去特务连的训练营地。”

刘杞荣随他们走出门。肖主任见他不语，问：“你有事吧，刘教练？”刘杞荣答：“有事。”他们走进训练营地，营地的解放军官兵见首长来了，立即挺胸敬礼。何司令对刘杞荣说：“刘教练，他们都是从各团、营里选拔上来的。”刘杞荣看到一个身材高大的年轻军人像年轻时候的旷楚雄，思想一晃就晃到了旷楚雄身上。

八　旷楚雄是训练所里身体条件最好的

旷楚雄是训练所里身体条件最好的，很多教练都欣赏他，一是他体魄强壮；二是他学拳快；三是他为人豪爽。一个人占了这三个优点，就无人不笃爱他。他家在长沙、上海和南京分别开了钱庄。旷楚雄花钱如流水，没钱了就去钱庄支取，常常头发打得油光发亮，带着几个同学去戏院或某些娱乐场所吃喝玩乐。有时候，他会请向老师邀请朱国福、朱国禄、朱国祯、朱国祥四兄弟上又一村酒店或别的什么餐馆吃喝，因此朱国福、朱国祯老师教他打拳时总是把难点、要点教给他。朱国禄和朱国祥老师教刀枪棍剑时也努力把自己所学毫无保留地传授给他。旷楚雄聪明，一点就通，因而刀枪棍剑学得比其他学员都好。他唯一的不足就是练少了，因为吃饭、喝酒、交朋友都挺费时间，而酒醉饭饱后人就懒得动。他喝酒，是为排泄心头的烦闷。有次他喝醉了，对周进元说："老子只喜欢一粒痣，别个我都不喜欢。"周进元说："那你去追呀。"旷楚雄痛苦道："她不理我。"周进元见他像丢了魂，决定把他的发现告诉旷楚雄："我觉得一粒痣喜欢刘杞荣。"旷楚雄满脸惊愕："一粒痣会喜欢他？"周进元说："我也只是猜测。"旷楚雄递支哈德门烟给他："你是什么时候发现的？"周进元吸口烟："上学科课时我发现一粒痣经常盯着我表哥。"旷楚雄问周进元："你何解要告诉我这些？"周进元讲理由："我表哥那人太枯燥了，我不喜欢他。"旷楚雄握着周进元的手："但愿你讲的是真话。"周进元说：

“当然是真话。”

周进元都不晓得自己是从什么时候开始妒忌表哥的，这个从小不如他的表哥，如今摔跤和拳脚功夫都超过他了，他说什么都不爽！按说自己应该为表哥的进步而振奋，可是从他心眼里冒出来的却是他自己都不愿承认的妒火。他都能看到那火苗在他心坎上燃烧，嗞嗞地飘散着煳味。当他发觉贺涵是真心喜欢刘杞荣时，他奇怪自己并不是为表哥高兴而是觉得表哥不配，他倒希望旷楚雄加把劲，早日抱得美人归。他经常看着镜子里的自己想：你自己不努力，却嫉妒表哥在武术上突飞猛进，你还是人吗？但想归想，要从根子上剔除他自己都不愿承认的嫉妒并非易事，因而他毫不掩饰自己的态度说：“我表哥天天蠢练子练，不晓得有么子意思！”旷楚雄也说：“我有同感，你表哥一天到晚只知练拳。你觉得我和你表哥谁强一些？”周进元讨好道：“他怎么能跟你比？那不是黄瓜比卵！”旷楚雄欣慰道：“你是我最好的朋友。呷酒。”周进元端起酒杯，一饮而尽：“你也是我最好的朋友。”

十月中旬的一天，刘杞荣、周进元等几人坐在一起吃午饭，杨湘丽咽下一口饭，道：“我前天去街上修鞋，买了份《大公报》看，南京举办的第一届国术国考七天前就开始了，报上说全国各地的武术名家、武林高手数百人参赛，年龄最大的七十二岁，叫李汇亭，山东人。”周进元听得咂下舌头：“我的天，七十二岁了还参加国考？还能打？”贺涵说：“不能打那他参加干什么？”柳悦抿嘴一笑：“佩服。”刘杞荣关心的是此次去南京参加国考的朱国福、朱国禄、朱国祯和朱国祥四位老师。他们是一个星期前去南京的，他望着杨湘丽：“常德伢，四位老师拿了名次吗？”杨湘丽说：“报上没讲，报上说通过首轮预试比赛的就有三百多人，有个年龄过了六十的参赛者，叫徒弟把棺材抬到比武现场，说打死了就让徒弟抬回去。”刘杞荣心一悸：“这样的人值得我敬佩。”周进元不屑：“六十多岁了还比么子鬼？在家里带孙子多自在啊。”刘杞荣说：“人家练了一辈子武，总想考个功名什么的。”

周进元就嘲讽："这些人鬼迷心窍。"刘杞荣不喜好表弟用这种语气揶揄人，说："这是执着，不是你说的鬼迷心窍。"贺涵笑："我同意刘杞荣的观点。"柳悦说："我也同意刘杞荣同学的观点。"柳悦在刘杞荣的后面加了"同学"一词，以示自己与刘杞荣只是同学，以免贺涵猜忌。周进元看一眼柳悦，慌忙说："好好好，刘杞荣说得对，我错了。"

下午上打课，教练只有王总教练一人。朱氏四兄弟和常氏两兄弟都还在南京，纪寿卿老师七月份回北平后没再来，理由是摔跤招式都教完了，下面就是自己练了。大家各打各的，同学之间也不是真打，带些戏谑成分。王总教练见大馆里嘻嘻哈哈的，就要刘杞荣与旷楚雄摔跤，说："你俩摔十跤。大家都停下来，过来看刘杞荣和旷楚雄同学摔跤。"两个班的同学都聚拢来，笑着，你薅一下我的腰，我薅一下你的胳肢窝。这个学期，刘杞荣还没跟旷楚雄摔过跤。旷楚雄站到中央，活动着颈脖和手脚，见贺涵和柳悦都聚拢来了，又见她俩都眼睛亮亮的，目光多半是落在刘杞荣的身上，心里一酸，血往上涌，想他一定要刘杞荣难看。王总教练说："开始——"旷楚雄立即出手。刘杞荣抢把更快，一折身把旷楚雄摔倒了。这么多同学瞧着，有的同学"咿呀"一声，惊叹刘杞荣手脚快，目光里就有了钦佩什么的。旷楚雄脸挂不住了，解释道："我轻敌了。"贺涵扑哧一笑，见大家都看着她，忙捂住嘴。周进元为旷楚雄加油："旷百万，我看好你。"这话让刘杞荣一怔，甚至深为震惊：表弟这是什么心态？两人从小一起读书一起练武一起长大的，应该是维护他啊，怎么站在旷楚雄一边了？他正迷惑，旷楚雄耘步上前，想用"耙拿"招式摔，右腿进裆钩挂刘杞荣的右脚跟，揪着刘杞荣的跤衣领迅速往下回身按摔。刘杞荣虽然没有旷楚雄那么大的体积，但腿脚因每天练力量，全身上下就蓄满力气。他借旷楚雄的力折身一个背摔，旷楚雄从他身上如一道弧线样摔在地上。好几个同学瞧着摔在地上的旷楚雄笑起来。

旷楚雄觉得自己很丢脸，没想到刘杞荣的武功进步到让他束手无策了。自己刚才出招并没留下破绽啊，怎么反倒被他弄倒了。他变得小心了，不相信自己赢不了，盯着刘杞荣，想用“插闪”一招摔对手，不料又被刘杞荣撂倒了。众同学哗然，尤其是师范班的学员，笑着拍起手来。旷楚雄跃起身，见贺涵掩着嘴笑，脑壳里轰地一响，好像脑浆迸裂了，仿佛有很多东西在眼前飞溅。他晃晃脑壳，给自己打气地吼了几嗓子，再次出手，想用掏腿一招掼倒刘杞荣。刘杞荣腿一闪，让他掏个空，左手拿住他的跤衣领顺势一带，右手猛力一送，又把旷楚雄撂倒了。要是大馆里有个地洞，旷楚雄就钻进去了。他差不多要哭了，眼睛都红了，吼道：“你们闪开，莫站在咯里。”众同学“咦”一声，退开了几步。

王总教练不知道旷楚雄有这么多心理活动，见刘杞荣连胜四跤，十分欢喜地对刘杞荣说：“不错。第五跤，开始——”旷楚雄恨自己平时练少了，招式他都懂却使唤不出。他谨慎和愤怒地盯着刘杞荣，移着步子。刘杞荣也盯着他，眼睛一眨不眨。突然，他揪住刘杞荣的跤衣小袖，左脚进裆，卡住刘杞荣左脚的脚窝，两手同时用力往自己身前猛拉，想趁刘杞荣本能地回力挣脱时将刘杞荣掼倒。这一招叫“里刀勾”。刘杞荣反应相当快，用纪老师教的破招，右脚迅速进裆，一折身，臀部抵着旷楚雄的臂部，一个背抱又把体重近两百斤的旷楚雄摔翻在地。众同学又一片哗然，柳悦和贺涵同时“咿呀”一声，跳起脚叫好。旷楚雄的骄横和自尊遭到双重打击，生平第一次无法接受这种惨烈的败绩！刘杞荣晓得旷楚雄生气了，伸手要拉他。旷楚雄甩开他的手，嗵的一声跃起。王总教练也看出旷楚雄输得有脾气了，问他：“还摔吗你？”旷楚雄道：“摔。”王总教练说：“第六跤，开始——”旷楚雄擦下眼睛，好像要把眼睛擦亮些。他左手拿住刘杞荣的小袖，右手迅速插到刘杞荣右臂的腋下，右腿管住刘杞荣右腿外侧上部，抱上臂向侧前上方搀送，左手向前捅。这招叫“搀管”。刘杞荣没让旷楚雄把“搀管”一招用完，半途截断，借他的力弄倒了他。旷楚雄躺在木板地上。大家以为他不摔了，正要散开。他一个鲤鱼打挺，喝道："再来。"他想起了"撑抹"一招，上学期他用这一招摔倒过很多同学。他袭上前，右手拿住刘杞荣的右手臂，前腿进裆，左手扒抱刘杞荣的脖子用力往下转，并迅速撤后腿转体，企图用两手的合力将对手撂倒，不承想被刘杞荣破了，倒地的是他。旷楚雄的脸红到脖子上了，他在心爱的贺涵面前连输七跤，而且是输给半年前他都懒得用正眼瞧的刘杞荣！他都要疯了，一副要打架的样子，凶道："再摔。"王总教练批评旷楚雄："输得不服气是吧？瞪什么眼睛？开始——"

第八跤，第九跤，倒地的仍是旷楚雄。摔第十跤时，刘杞荣想起纪老师说有时候给对手留点面子便不会结仇，就让了一跤。在旷楚雄栽倒时他跟着一起倒下，算平一跤。王总教练懂，拍了下刘杞荣的肩，对其他同学说："同学们，只有自己提高了，对手才会变弱。世上冇得不变的事，我看刘杞荣同学就是很好的例子。刘杞荣刚进训练所时是什么水平，现在是么子水平，大家都看见了，不要我讲吧？同学们，你们都要向刘杞荣同学学习！我看你们有些同学，上打课跟玩似的，一下课又溜了。学了不练就是假的！懂吗？"

这时向老师风风火火地走进大馆，站到椅子上，用劲咳一声："我手上拿的是今天的湖南《大公报》，历时一个星期的南京国术考试结束了，报上说，参加咯次国考的武术名家、大师数不胜数，像武术名家赵鑫洲、陈子正、贾凤鸣和吴图南等在一轮又一轮十分残酷的比赛中，均被淘汰出局。经过数日恶斗，最后评选出优等三十七名，最优等十五名。"向老师扫一眼大家，扬扬手中的报纸："最优等的第一名，若放在清朝就是当之无愧的武状元！武状元是哪个呢？是教你们六合拳和形意拳的朱国福老师。"大家听毕，沸腾了，激动得拍手、尖叫。向老师让大家静一静，道："像查拳名家李汇亭、清廷禁卫军武术教官佟忠义、劈挂和八极高手马英图都只获得优等。同学们，你们的另外两位老师，朱国禄和朱国祯老师也在最优等的十五名中！你们的老师个个了不起啊！同学们，你们要好好训练，莫让你们的老师失望。”众同学欢呼起来，热议不止，朱氏四兄弟三个打进了最优等，朱国福老师还是最优等的第一名，大家都十分欣喜，原来教他们武术的老师个个都是武林中的顶尖高手！

刘杞荣走到墙壁前，把二十公斤和十公斤的铁坨都挂在铁钩上，把右脚踏进缩着无数圈麻绳的牛皮脚套里，左脚退开一大步，站好，右脚猛地一退，停住不动。一看，双脚的脚尖没并拢。他松脚，待铁坨落到地上，脚用力一退，停住看，还是没对齐。他想起常东升教练和朱国福、朱国禄老师都是脚 退就对齐了，就觉得自己与高手比还有很大一段距离。他脚一松、一缩，再看，好些了。他右脚练了一百下，又练左脚。身着跤衣的贺涵走过来：“不错啊，你左脚都能拉动二十公斤。”刘杞荣喜爱听她表扬，谦虚道：“我左脚比右脚差一点。”说完，他左脚一退。贺涵低头看他左右两脚，说：“并拢了呢。”他说：“左脚尖和右脚尖有对齐，出去了一点。”贺涵欣赏地看着他：“你对自己要求太高了。”他觉得她的目光很清澈、妩媚，心颤了下。贺涵说：“你和旷楚雄摔第七跤时，我以为倒地的是你，有想到是他。你是怎么做到的？”他答：“借他的力摔的。你练吗？”贺涵说：“我只能拉动十公斤。”

柳悦、杨湘丽和宋晓丽也走来，四个妹子都在这里，自然把旷楚雄、周进元等男同学也吸引来了。贺涵见旷楚雄两只黑亮亮的眼睛盯着她，笑道：“你试试。”旷楚雄当仁不让地把右脚踏进脚套，吸口气，脚一退，退到了左脚旁，但迅速被扯起的铁坨往下落的力和橡皮收缩的力拉扯得脚一歪，右脚跟离左脚尖竟有一寸半的距离。他松开右脚，左脚站牢，右脚再次用劲一退，还是被铁坨坠落的力和橡皮回收的力扯歪了脚。他接连退了十脚，没一脚并拢过。他不练了，说：“周进元，你来。”周进元只要看见柳悦那双丹凤眼，就大脑发热，道：“来就来。”他先吼一嗓子，给自己提士气，把右脚踏进脚套，猛力一退，不料三十公斤的铁坨下坠的力和橡皮回扯的力迫使他的右脚一跷，差点跌倒。几个女同学笑起来，柳悦捂着嘴说了句让周进元十分怄胀的话："我冇看见。"周进元绊了式样，想挽回颜面，走上前取下十公斤铁坨。二十公斤他还是能拉动的，左脚站稳，右脚用劲一退，还是没对齐，一溜。贺涵和柳悦看他练了几脚，不感兴趣地走开了。

星期三的上午，向老师领着一个衣着很脏的半老头走进大馆。这半老头很瘦，面容邋遢，头发都结了壳，不是一根根的而是一绺绺地搭在头上，脸上的垢也成了痂。他手里一根长棍，肩上挎只脏得看不出颜色的行囊，形似乞丐。向主任大着嗓门道："同学们都过来，咯位师傅姓范，范师傅棍术精湛。我请范师傅来教大家棍法。大家欢迎。"向老师带头鼓掌，一些学员就跟着拍手，掌声稀稀拉拉的。范师傅可不是年轻英俊的常东升、常贺勋，更不是刀枪剑棍都使得出神入化的朱氏兄弟。他个子不高，长着双不见眼白在哪里的老鼠眼，因而面容猥琐。向主任见研习班和师范班的学员不太热情，皱下眉头："同学们，长兵器里棍最为常见，锄头、扁担都可当棍使用，所以学棍很重要。"学员们不解地望着向老师，想向老师不知从哪里捡来个老叫花子，都抵触地望着范师傅。口没遮拦的旷楚雄嘀咕："咯是哪里来的叫花子？我不跟他学棍。"这话被范师傅听见了。范师傅的两只耳朵跟兔子耳朵似的，又尖又长，收集声音超乎一般人。范师傅人老心不老，昂起脏脸道："后生们，看来老夫不露一手你们是不会服气的。"他转身对向老师说："向主任，你让后生们拿些棍来。"向老师明白他的意思，见学员们都不热情，就威严着脸对刘杞荣等人说："去器械室拿些棍来。"刘杞荣问："拿几根？"范师傅插话："都拿来。"

刘杞荣等人步入器械室，一人抱来十几根木棍丢在地上。范师傅说："你们都捡根棍吧。"众学员纷纷上前，一人拿了根棍。范师傅往中间一站："来吧，你们。"众学员持棍围着他。旷楚雄嘲笑地问：

“我们是一个一个上，还是两个两个地上？”范师傅把手里的棍一横：“一齐上吧。”旷楚雄对其他同学说：“他是向老师请来的，都上，打伤他不好向向老师交代。”范师傅说：“来的路上，老夫听向主任讲你们都练过长兵器。老夫不吹，你们手中的长棍伤不了老夫一根毫毛。”向老师笑：“范师傅是激你们。”旷楚雄对研习班的几个同学使下眼色，说：“范师傅，那我们不客气了。”范师傅闷声说：“都上吧，啰啰唆唆的，快点。”旷楚雄和几个研习班的学员，持着木棍冲上前打，只听见乒乒乒乒几声响，几根木棍都飞上天又横着落到地上。只这一下，众学员傻眼了。范师傅说：“你们咯些后生嫌老夫年纪人，都让着老夫，咯次不算，再来。捡起你们的棍。”

旷楚雄刚才持棍打时，手中的棍与范师傅的棍相击，感觉一股旋力沿棍梢传到虎口上，因此虎口一麻，棍脱手了。他捡起棍，对几个同学部署道：“你攻他左边，我攻中间，你攻他右边。一齐上。”范师傅歪着脸说：“你们嘀咕么子？再多上两个。”旷楚雄掉头说：“刘杞荣、周进元，上啊。”刘杞荣捡起棍，舞了舞。旷楚雄喝道：“听我号令，预备——上。”刘杞荣的棍子还没打过去，只听见砰砰砰三声，快得跟放鞭子样，旷楚雄、周进元和另一个同学的棍全被范师傅打落在地。三个人惊讶得不能再惊讶了。向老师笑着问：“还有不服的吗你们？”他见刘杞荣还持着棍，说：“你上啊。”刘杞荣弃下棍：“范师傅真厉害。”范师傅巍然而立，两只老鼠眼睛谁也不望，一对兔耳却在收听他们交谈。向老师说：“你们以为我会随便带一个人来教你们？好好跟范师傅学吧。”很有意思的是，向老师称其他教练为“教练”或“老师”，唯独叫范师傅“师傅”。向老师说：“范师傅，你可以教他们棍法了。”

范师傅把手中的棍一斜，就有自负之色遍布在脏脸上。“我教你们的棍术叫‘梨花子午棍’。咯种棍术是明代抗倭名将戚继光独创的棍术……”范师傅望一眼向老师，“老夫咯样讲要得吗？”向老师喜欢道："你讲得好。"范师傅更来劲头了。"既然向主任肯定老夫，老夫就往下讲。听好了——"他手中的棍一舞，大声道，"注意我手中的棍，手高则下之，手下则高之，左攻则虚左，右攻则虚右，中平蓄式统攻防……注意看：左手按来右手翻，前为杠杆后为关，三尖门户须防诈，临机应变得心间，实用圈缠掌按翻。现在老夫讲实战要诀：一、眼不离敌方棍梢。二、动不失时机拍位。三、保持适当距离。四、棍守中央，不偏子午。老夫为何一棍就能打落你们手中的棍？都因你们握棍的手法不对，用不上力。有发力口诀，听我讲：刚在人力前，柔乘他力后，你忙我静待，知拍无所畏。气、棍、体协调，起止力分明。"向老师笑了，觉得范师傅不但棍术精良，口才也一流，就道："范师傅真是奇人。"

那天一早，向恺然和王润生去德园喝早茶，见范师傅在离德园不远的地方卖艺，手中的棍子舞得虎虎生风。向恺然当即打赏两块大洋，两块大洋落到范师傅端着的盘子里时，惊得范师傅看他一眼。向恺然说："师傅贵姓？"范师傅答："免贵姓范名志桂。"向老师说："鄙人向恺然，是湖南国术训练所的主任。范兄的棍法着实了得。"范志桂摆手："哪里，一点皮毛功夫。"向恺然问："范兄乃洒脱之人，一身本事，为何流落街头卖艺？"范志桂随口道："老夫十年前丧偶，七年前丧子，一道人讲我范志桂命硬，克妻克子，需四海为家才能保全家人性命。"向恺然想这人行走江湖，一身江湖习气，但棍术不凡，便请他进德园喝茶吃包子。范志桂一口气吃了一笼包子，吃相那么贪婪，显然饿坏了。朱国福四兄弟因在国考中三个得了最优等，被正筹办中央国术馆的张之江先生留在南京，训练所急需增加国术教练。向恺然问："范师傅，鄙人想请你教国术训练所的学员棍术，不知可否？"范志桂吃饱了肚子，微笑道："范某不才，怎敢上贵所教棍？"向老师微微一笑："范兄若不嫌屈尊，月薪一百块大洋如何？"范志桂一听一百块大洋一月，就随向恺然来了。

九　范志桂是湖南平江人

范志桂是湖南平江人，少年时跟独居山林的老道人学了五年棍术和太极拳，那老道人把一身本事传给他就去云游了。范志桂用一根白蜡棍挑着一个行囊，去嵩山跟少林寺的一个武僧学了三年罗汉拳，回平江开武馆，收了些弟子。他的武馆在县城中心，一个有钱有势的人想把他的武馆盘下来开妓院，他不允，两人打起来，他一拳把那人打死了。那人的父亲是县警察局局长，有枪，范志桂连夜跑了。这以后他就在江湖上行走，路见不平就出棍相助，他手中的棍打过很多仗势欺人的角色。他每每在一个地方住下来不超过三个月，然后再去另一个地方谋生。他喜欢这种行走江湖的生活，喜欢喝酒，喜欢像乞丐样睡在大街上或屋檐下。教练里最不守规矩的就是他。一个冬天没人看见他进过一次澡堂，因此身上味很重。旷楚雄是个讲究人，鼻子特别灵敏，对刘杞荣说："范师傅好臭的。"这话，柳悦也对刘杞荣说过，要他拉范师傅去洗澡。他说："咯我怎么开口？"柳悦笑，眼睛亮亮地看着他："你可以拉他去澡堂洗澡呀。"刘杞荣一心想跟范师傅学棍，就不嫌范师傅身上的味道，说："那算了。"

有天晚上下雨，刘杞荣提根棍来到大馆。大馆里空荡荡的，门窗敞着。他放下棍，先练了一个小时腿力，接着便练棍，发现墙角的那堆黑影动了下，之前他以为是校工清理的一堆垃圾，原来竟是有一身异味的范师傅。范师傅晚上喝了酒，步入大馆躲雨时靠墙坐下，身体一歪就在地板上睡着了。此刻他醒了，看着练棍的刘杞荣："你小子像我。"刘杞荣很喜爱范师傅，流浪多年的范师傅是教练里最没架子的，说："师傅，我比您差远了。"范师傅说："接招。"范师傅捡起一根棍就向刘杞荣打来。刘杞荣举棍相迎，乒乒乓乓之声响彻在大馆内。两人斗了几十回合，范师傅的棍梢击在他手腕上，他感觉手一麻，但棍没掉。范师傅称赞："不错。"刘杞荣回答："是师傅教得好。"又是一阵乒乒乓乓声，范师傅出手更快，总是声东击西，稍不留神，刘杞荣手臂、肩膀、胸膛和腹部、大腿都会挨棍。两人越斗越欢，刘杞荣手里的棍也能打到范师傅的手臂或大腿了。两根棍你攻我守，我击你挡，你退我进，范师傅一边打一边教："劈、挡、砍、架、刺、挑、打、拦、戳、撩、扑、挞、缠、拨、圈、抨。"刘杞荣越战越勇，范师傅十分喜欢："老夫总算教了个像样的徒儿，可以走了。"刘杞荣说："师傅要走？"范师傅说："老夫有个毛病，在一个地方待久了就腻。老夫是行走江湖的命，在训练所待了五个月，闷死了。"刘杞荣说："师傅，您要去哪里？""老夫要看世界，走到哪里是哪里。""师傅咯一走，学生跟哪个学棍？"范师傅说："你已经学成了，再教你就徒弟打师傅了。老夫得留一手，以后你若成了坏人，师傅好教训你。"

范志桂师傅领完第五个月的薪水，就向向恺然辞行。向恺然非常惊愕："范师傅，你教得好好的，走么子？你教的棍术很实用，莫走啰。"范志桂师傅抱拳："谢谢向主任看得起老夫，老夫习惯行走江湖。学员中刘杞荣不错，他可以代我教棍。"向恺然一听，称心了："咯段时间我事多，冇留意。你可以让我看看你跟弟子过几招吗？"范师傅说："好啊，把这小子叫来。"向恺然就对秘书说："把刘杞荣叫来。"秘书叫来刘杞荣，向恺然起身："走，去操场上，向老师看看你学的棍术。"

旷楚雄和周进元、柳悦、杨湘丽坐在一家茶楼喝茶。杨湘丽今天十六岁生日。她暗恋旷楚雄一年多了，就借生日之名要柳悦叫旷楚雄，又怕旷楚雄一个大男人面对两个女生拘束，就说："最好把我们班的周进元也叫上，我发现他和旷百万最要好。"柳悦说："好。"杨湘丽说："够朋友。"柳悦笑，晓得杨湘丽喜欢旷楚雄，因为杨湘丽有天晚上情不自禁地说："何得了啰，我好喜欢旷百万的。"那是三月里一个淫雨霏霏的晚上，那样的晚上是有点让人七想八想的。柳悦只中午在寝室睡午觉，那天因下雨就没回家。她听杨湘丽竟把心里想的说出口，不觉暗暗诧异，甚至佩服杨湘丽的胆量。她比杨湘丽大半岁，把杨湘丽当妹妹看，笑道："常德伢，你有眼光，旷百万是帅气。"杨湘丽问她："你也喜欢旷百万？"柳悦让她放心："我不喜欢。"杨湘丽斜着眼睛问："那你喜欢哪个？"柳悦答："我哪个都不喜欢。"

那天，他们四个人坐在茶楼里边喝西湖龙井茶，边吃杨湘丽买来的点心。杨湘丽身材苗条，斜肩、细腰，臀部略嫌肥大，生一张圆脸，一双眼睛虽然不大，但眉毛犹如柳叶样搭在眉弓上，就带几分柔媚。旷楚雄见杨湘丽是过生日，吃了块桃酥，起身道："我出去一下，就来。"杨湘丽看着他的背影闪出茶楼，对柳悦一笑。周进元掏出烟，见柳悦皱了下眉头，就没抽，问："你么子时候生日，我好准备礼物。"柳悦晓得周进元喜欢她，一扬脸："还早呢。"她拿起一块蛋糕，咬了口。周进元讨好她："你吃东西的样子真好看，到底是千金小姐。"柳悦不接受他的赞美，淡淡道："不好看。"杨湘丽眼尖，发现了什么，说："周进元，你冇爱上丹凤眼吧？"周进元的脸皮比城墙还厚，趁机道："早就爱上了。"杨湘丽来劲了："咯算表白吗？"周进元蹾着烟，答："算表白。"柳悦的心不在他身上，这话拨不动她的心弦，说："喂，今天是给常德伢过生日，莫把话题扯到我身上。"这时，旷楚雄手捧一簇玫瑰进来。茶楼旁有家鲜花店，他让卖花姑娘挑选十六朵含苞待放的玫瑰扎成一把，捧来献给杨湘丽："常德伢，生日快乐。"杨湘丽激动得什么似的，接过花，满脸幸福道："太谢谢你了旷楚雄！”周进元故意问旷楚雄：“你是第一次送花给妹子吧？”旷楚雄道：“是第一次。”柳悦拈起一块绿豆糕，拿到嘴边时停下，说：“那常德伢很荣幸呀。”

邻桌是一群穿着打扮怪异的街痞，五个人，跷着二郎腿聊天，喝茶，抽烟，时不时把目光抛到柳悦和杨湘丽身上。一个街痞见旷楚雄捧来一大把花，讥讽道：“送花倒是能撮（方言：骗）得妹子的芳心啊。”另一个街痞嘿嘿道：“只能撮蠢里蠢气的妹子。”旷楚雄把目光移到那人身上。那人今天手痒，想找人打架，挑衅道：“小鳖，望着老子干么子？你咯鳖找打吧？”旷楚雄又怎么会惧这几个鸟人，说：“找打。”几个男人霍地起身，其中一人一拳打来。旷楚雄一折身，将他的拳头一带。那人出拳很重，失了重心，趔趄几步，倒在地上。另一方脸青年凶道：“老子今天打死你。”一拳打向旷楚雄。旷楚雄抬手一拨，方脸青年也是用力过猛，身体歪倒在茶几上。又一青年挥拳打向旷楚雄，旷楚雄不等那人的拳头落下，出手极快，一拳打在对方的鼻子上。那青年叫了声“哎哟”，鼻子淌血了。周进元也迅速制服了另外两人。方脸青年放狠话：“有本事你们莫走。”旷楚雄满脸英雄气，道：“崽走！”

几个街痞捂着头、摁着腰走了。茶楼老板说：“你们还不快走？”旷楚雄答：“不走。”茶楼老板边扶打翻的椅子，摆正撞歪的桌子，边说：“他们是咯一带最恶的马脑壳队的，快走吧你们。”旷楚雄说：“我们不怕。”茶楼老板道：“打坏了东西，要赔的。”旷楚雄答：“打坏的东西我全赔。”杨湘丽望着一脸男子汉气概的旷楚雄，倾慕道：“你好了不起啊！”旷楚雄答：“大丈夫一言既出，驷马难追。”柳悦不想惹事：“我们还是走吧？”旷楚雄说：“走？咯几个下家还对付不了，那我们不白学武术了？”柳悦坐不安了：“还是走吧？”旷楚雄说：“你们两个妹子走，我和周进元在咯里等他们。”几人正说着话，突然拥进来三四十人，里里外外地站着，个个手握马刀、铁棍和木棒。方脸青年指着旷楚雄和周进元："师傅，就是咯两个鳖！"旷楚雄霍地起身，举起椅子，周进元搬起另一把椅子。两人举着椅子回击对方砍来的马刀和铁棍，迅速冲出茶楼，朝训练所奔去。

范师傅正在教刘杞荣一套乱棍法，这是他的看家本领，如何戳、打、拦、拨、撩、刺众人挥来的棍棒，见旷楚雄和周进元跑来，身后一大群青年举着马刀、铁棍和木棒穷追不舍。范师傅下巴往前一翘，对刘杞荣说："你小子快去帮忙。"刘杞荣持棍冲过去，三下两下就把跑在前面的七八个街痞手中的马刀、铁棍和木棒全打落在地。那些街痞蒙了，自己都没想清楚手中的铁棍是怎么被这小子打落的，惊得不知所措。旷楚雄接过范师傅扔给他的棍，回身打掉了几人手中的刀和铁棍。旷楚雄一抬头，见柳悦和杨湘丽跟来了，就放心道："还有哪个想打架？"一个粗壮的街痞绕到刘杞荣身后，突然抱住刘杞荣的腰。刘杞荣一低头，回手一棍打在那壮汉的头上。这一棍用了七成力，那壮汉闷声倒地。另一壮汉挥刀向刘杞荣砍来，刘杞荣的棍比他的刀先到，打在他太阳穴上，他头一歪，倒下了。

向老师走来收拾残局，绷着脸道："走吧你们，咯里是军队训练所，不是你们撒野的地方。"那些人就狼狈地捡起刀、棍，灰溜溜地走了。众同学觉得很不过瘾，似乎架还没打开，自己还没派上用场就收场了。向老师道："旷楚雄、周进元，你们违反所规，在外面打架，自己去写检查。"旷楚雄和周进元低着头向寝室走去。范师傅昂起脏脸道："徒弟，过来。"范师傅是从不叫学员徒弟的，学员叫他"师傅"他连眼皮都不眨一下，那是他不认可，要他叫一声"徒弟"那就是认了"亲"。他笑着称赞刘杞荣："你学得蛮快吧，就用上乱棍劈了。"贺涵走到刘杞荣身边，赞许地拍下他的肩："你给训练所增了光。"刘杞荣晓得旷楚雄在追她，就不敢多想，嘿嘿两声："打几个无赖，不算增光。"

拳击教练白振东中等个子，少年时学过八拳，后到美国学了两年拳击，曾打败过美国东部中量级拳王和一个在美国训练的泰国中量级拳王，回国后开了家拳击馆，把奖牌和英文获奖证书挂在墙上，以此招揽学员。向老师早就听人说过他，范师傅一走，向老师便请他来训练所教学员拳击。白振东教练对能来训练所教学生拳击极为重视，为此还备了课。他腋窝下夹着教案，绷紧脸走进大馆，面对望着他的黑压压的学生，有些紧张，一时说不出话来。他是个生性腼腆、内秀的青年，待那些紧张如老鼠一般四散后，才对着教案念道："拳击运动在西方国家很流行。拳击技术以攻击为主，技术特点是左右直拳，左右上勾拳，左右平勾拳，左右摆拳，左右斜上勾拳和刺拳等。拳击运动的规则是只能用拳打，不能使用腿、脚和肘、膝。"他念到这里，仿佛才松快一点，红着脸望一眼大家："我讲的是拳击比赛规则，不是散打和自由搏击。"他又低头念教案："拳击比赛时，步法相当关键。步法灵活，既能有效地避开对手拳击，又能在滑步中伺机反击对手。我在美国学拳击的两年，教练多次带我去看拳击比赛，每次都要我留意各自的步法。拳击中，主要有前后滑步和左右滑步，每种步法都对应不同的拳法。例如前后滑步，对应的就是前后直拳，左右滑步对应的是左右摆拳。"

他不念教案了，把前后滑步和左右滑步示范给大家看。"要想学好拳击，先要把步法练好。步法敏捷，你要少挨好多打。我有几次看比赛，有的拳击手力量很大，一勾拳就把对手打蒙了，再一直拳，对手就倒在台上了。"他做个勾拳动作，继续说，"注意，要转体，力量于转体中爆发。我先简单地介绍几种拳法：刺拳，出拳要快，手臂不需要完全伸直，目的是为自己的后续进攻创造机会，同时也干扰对手的进攻；摆拳，攻击的是对手的左右腮，适合近距离打；直拳很重要，分左右直拳，打右直拳时右脚要蹬地发力，拳心向下，出拳时要伸直手臂，打完马上收回右手。打左直拳时道理也一样。对于拳击运动来说，直拳就是重拳，之所以称重拳，力是从脚蹬地发出的，力量传送到胯和腰部，腰部又把力送到肩和臂膀，最后输送到拳头上。这是全身的力，所以力重。不过，介绍多了，你们反倒记不住，今天就讲到咯里，大家跟着我先练跳绳，跳绳能使步法灵活。”靠墙摆了堆跳绳，他让每个学员拿起一根，说：“自己数数，每人先跳五百下。随便你们怎么跳。我先跳给你们看。注意。”白振东教练拿起跳绳，边甩边跳边说：“简单得很，但每天都要练。”

白振东教练是长沙人，二十多岁，有妻了，不住训练所。他妻子是武术世家出身，也爱好武术，有次出门时钥匙掉了就来向他要钥匙，那天白教练教师范班的学生拳击，大家都看见了，很漂亮，还没生过崽，身材也好。师范班的一些男生很羡慕白教练有这么一个亭亭玉立的妻子，待他妻子离开后，向他讨教是如何娶上这么一个漂亮妻子的。白教练开心地说：“等你把拳击练好了，我再告诉你。”向老师那天在师范班看白振东教拳。刘杞荣为练步法，在场馆一隅边跳绳，边数数，不跳一千下不收场。向老师要刘杞荣戴上拳击手套，与白振东教练打一场小比赛。大家就停止练习，看刘杞荣与白教练打。白教练出拳极快，近距离时刺拳、左右勾拳落雨一样击向刘杞荣的头部。刘杞荣也不弱，双手护头，伺机反击。白教练把刘杞荣逼到向老师身前。刘杞荣一个躲闪，闪到一旁了。向老师笑：“行了。白教练，我就是看看你教的咯个学生的反应。”白教练说：“刘杞荣同学步法练得不错，才学两个月就有咯种水平，实属难得。”刘杞荣说：“是白教练的功劳。”

向老师把刘杞荣叫到一边：“咯个学期结束你们就毕业了，我观察了你一年，你是棵好苗子。我和王总教练商讨了下，总是去外面请教练也不是个事。我打算从你们中挑几个人做教练。你是人选之一。”刘杞荣激动道：“谢谢向老师。”向老师一笑：“当教练，你各方面还有待提高。去吧。”刘杞荣飞快地跑去练拳击。周进元见向老师与刘杞荣叽叽咕咕，又见刘杞荣一脸快乐，就来打探：“表哥，向老师跟你讲了么子?”刘杞荣对着沙袋狂揍几拳，说：“向老师说，要在我们中挑选几个当教练，我是人选之一。”周进元听毕，酸酸地道：“那要祝贺你呀。”“还不一定。”刘杞荣说，又走到沙袋前，左右滑步地练着左右勾拳、直拳。

晚上，周进元想跟表哥练棍。他听表哥说向老师想在学生中挑几人当教练，心潮起伏了一下午。“挑几个”，那就不是一个两个，也许是三个四个。在训练所当教练，薪水高、待遇好还是其次，关键是还有身份。他要的就是身份！他说：“表哥，练棍去。”刘杞荣觉得新鲜，表弟一下课就懒得再舞刀弄剑的，道：“哎呀，你比我还积极啰。”周进元因心里藏着想法，就说：“快毕业了，若把我分到小学教细伢子，就我现有的功夫也够了。若要我去县、市国术馆当教练，总得备两手狠的。”两人来到草坪上，刘杞荣将棍半握在手上：“你出棍吧。”周进元大叫一声“看棍”，手中的棍就向刘杞荣打来。刘杞荣挥棍一挡、一靠、一扫，那棍梢带着一股强劲的旋力。周进元手一麻，棍脱落了。周进元捡起棍，又与表哥打，两人过了几招，手中的棍又被表哥打脱。周进元有些泄气。刘杞荣说：“继续。我不打你，练防守。”周进元就猛攻，劈、刺、打、戳、扎，毫无顾忌。刘杞荣勉励道：“好！”周进元不相信自己的棍打不着他，更加快捷地攻打，刘杞荣十分敏捷地拦、挡。

两人练了两小时，周进元累了，坐到地上歇息。他晓得向老师看重表哥，若表哥能在向老师面前美言他几句，命运也许就有所改观，便讨好表哥道：“表哥，我很佩服你。两年里，你从没断过一天练武，你的毅力远在我之上。”刘杞荣看着幽暗的天空：“纪寿卿和朱国福老师都说，学了不练等于冇学。”周进元羞愧道：“唉，惭愧啊，我练得太少了。”刘杞荣说：“教我们武术的都是向老师请来的全国顶尖高手，随便两句话就能让你茅塞顿开。”周进元迎合道：“只怪我没珍惜。”刘杞荣见表弟有悔意，说：“套路你都晓得，就是要多练。”

十　严乃康教官教学员劈刺

向老师请来了第四路军技术教导总队的严乃康教官教学员劈刺。严乃康是从日本陆军大学毕业回来的，身材高大，在日本学过柔道，是柔道七段，但他在日本陆军大学读书的第四年，却把柔道九段教练摔倒过多次。他的劈刺是九段。那时候劈刺在日本是分段位的，三段至九段，这种技术招招凶险。当年日军为什么拼刺刀那么厉害？就是他们从军时人人都要学凶猛的劈刺。严乃康在日本陆军大学获得劈刺九段，日军原打算留他在军队教士兵劈刺技术，授予他中尉军衔，他拒绝了，执意要回国。日方不放他回国。他只好装病，把自己饿得不成人形，日本人再找他比劈刺时，他都表现出力不从心的样子败给对手。又过了一年半，日方觉得他是个废人了才放他回国。王润生和向恺然、严乃康在日本时都是同盟会的成员，相互认识。向恺然与严乃康一直保持通信联系，严乃康一回国就直奔湖南，被省主席何键召见，并请到技术教导总队教从军队里抽上来学习的军官劈刺。有天，向恺然要他来训练所教劈刺，说："学员中有部分人毕业后会到军队里当国术教官，你来教教学生劈刺吧。"严乃康教官爽快地答："没问题。"

向恺然把研习班和师范班的学员集中到大馆，自己搬把椅子坐在中间，听严乃康教官讲解劈刺术。严乃康着少校军服，一张黝黑的面孔很严肃，声若洪钟道："各位同学，鄙人名叫严乃康，刚从日本回国不久。”他望一眼坐在地板上的年轻人，狠劲咳了声：“我要告诉你们，日本军国主义分子有狼子野心，觊觎着我中华大地。我在日本陆军大学留学时，日本军方在抓紧训练军队，我的看法是他们在为入侵我中华做准备。”学员们第一次听到这种言论，一片哗然。严乃康教官又咳了声：“各位同学，你们乃中华之希望。我听向主任说，你们还有两个月将踏入社会，奔赴各市、县的国术训练所执教，或去军队教官兵们国术，或去学校教学生武术，这很好。我希望你们个个学好劈刺，把学到的劈刺技术传授给更多的人。”严乃康教官提起自己带来的步枪，道：“下面，我简单地介绍下劈刺的歌诀，便于大家记牢：‘劈刺难在步，进退须快稳。力从腰腿生，气自浑浩行。练准先练顺，练巧先练劲。枪刺如电闪，着物如雷震。对敌若输胆，空自功夫纯。实劈无花法，圆熟巧自生。动定无常势，奇正须相生。闪避不过寸，见缝快插针。似真还似假，似假却是真。闪烁难测认，虚实仔细论。乍动还乍静，无始亦无终。……’歌诀很长，我就不一一背诵，都印在教材上了，大家这两天要背熟。我会抽查的。劈刺技术的要领是：非要害不刺，要刺得稳准狠。劈刺以咽喉、胸、腹为要害，肩、臂、臀、腿次之。”刘杞荣想，这劈刺与长枪和棍术的要领是相通的。这样一想，他似乎悟出了点什么。

技术教导总队运来了一车木制步枪和几桶石灰。严教官让每个学员在木制步枪上涂上石灰，说：“战场上，劈刺是刀刀见血的，一刀刺向咽喉或左胸，那就一刀毙命。凡是我手中的枪刺到你的胸或小腹，你们就不能再刺了，明白吗？”众学员道：“明白。”严教官为了让学员见识他的劈刺技术，说：“你们十个十个地上吧。”大家彼此看一眼，开始组队。研习班的学生率先上，以旷楚雄为首，十个人端着枪围着严教官。严教官说：“开始。”十把枪从不同的角度刺向他，他们虽然事先没学过劈刺，可刀枪剑棍都练过，想严教官再厉害，刺他一两枪应该不在话下。可是一眨眼工夫，被严教官刺中咽喉、左胸和小腹的不下八人。有两个人没被刺到是没机会冲上去。被他刺中的学生都感觉咽喉、胸口或小腹隐隐作痛。

轮到刘杞荣他们一组上了，不到五秒钟，九人被严教官刺中要害部位。刘杞荣用棍术与严教官比劈刺，以快对快，也只挡了一枪就被严教官刺中一枪，刺在左胸上。这是要命的部位，若是真刺刀，那他已经一命呜呼了。严教官见从未练习过劈刺的刘杞荣居然拦了他一枪，有点惊讶，就郑重地瞧一眼他："你还可以。"他把所有的学生都刺了一枪后，又把劈刺的要领复述一遍。他挑了研习班的旷楚雄等四个学员，让他们端枪站在东南西北四个方向，做好刺他的准备。他站在中间，请向老师说"开始"，向老师说："开始——"只见严教官身影几晃，快得刘杞荣根本看不清他的动作，东南西北四个方位的学生都中了枪，胸部都有他枪头上涂的白粉末。接着，他让学生们重新聚拢，把动作放慢，演示给人家看。他首先刺的是站在他南边的旷楚雄，枪一摆，站在东边的学员被他刺中，闪开西边的学员从背后刺来的一枪，转体刺了站在北边的学员左胸一枪，又一个转身跨步刺，西边的学员被他刺中左胸。他虎着脸说："如果枪上是真刺刀，你们现在都去见阎王了。"

四个青年都汗颜。

接下来的一个多月，他们上午在白振东教练的指导下练拳击，下午就练劈刺。严教官上午在技术教导总队教下级军官劈刺，下午来训练所指导学员劈刺。他要求学员都着深色衣服，便于查看是否中枪和枪刺的部位，并要学员练劈刺时喊"杀"，大馆里就一片喊杀声和木步枪碰撞的砰砰声。严教官示范时，动作干净、利索，快得让人目不暇接，众同学佩服得都傻了眼。严教官说："你们每次对刺十枪，刺完十枪就停下来检查，看谁中的枪多。开始吧。"刘杞荣与周进元对刺，刺了三个十枪，刺中周进元二十九枪。周进元只刺中他胳膊一枪。周进元有些心灰意冷："我歇一下。"旷楚雄提着枪走来，把嫉恨的目光投到刘杞荣脸上——昨天他看见与刘杞荣坐在一张长板凳上吃饭的贺涵，把自己碗里的菜赶了些给刘杞荣。他恨得要死，想刘杞荣竟敢跟他抢一粒痣，不想活了，就想刺刘杞荣几枪解恨："我俩对刺?"刘杞荣答："好。"两人对刺时，旷楚雄端枪猛刺，被刘杞荣一枪撩开。旷楚雄眼睛里射出凶光，这让刘杞荣一悚，再刺时，他一枪刺中旷楚雄的左胸。旷楚雄大喝道："好。""好"字音未落，枪就刺过来了。刘杞荣比他更快，又一枪刺在他左胸上。

两人恶狠狠地对刺十枪，刘杞荣毫不手软地刺中旷楚雄七枪。四枪刺在旷楚雄的左胸上，两枪刺在咽喉上，一枪刺中他的腹部。旷楚雄刺中他三枪，一枪刺在他左胸上，一枪刺在肩上，一枪刺在大腿上。贺涵和柳悦在一旁观战。贺涵的脸上有很多欣赏，就像树上开满了花一样："继续呀你们。"旷楚雄脸色极难看，输得丧失了理智，想赢回来："再刺十枪。"贺涵积极道："我来当裁判。"她娇媚地走到他俩面前，笑吟吟道："开始——"两人又刺了十枪，刘杞荣连刺中旷楚雄左胸四枪、腹部三枪、咽喉一枪，都是一枪毙命的要害部位。旷楚雄刺中他两枪，一枪刺在他左肩上，一枪刺在胳膊上。刘杞荣觑一眼贺涵，贺涵笑："刘杞荣，我发现你学么子都快。"刘杞荣心里极甜，正想走开，旷楚雄恼怒地刺了刘杞荣左胸一枪。那一枪是偷袭，下手带着恨，很重。刘杞荣被刺疼了，揉着胸口，火道："你发么子输气?!"这一幕被严教官瞧见了。严教官可不允许学员发输气，一耳光掴在旷楚雄的脸上，骂道："混账!"旷楚雄十分困窘、羞愧，丢下枪，要走。严教官厉声道："捡起枪，放好。"严教官授课时强调，枪不许乱丢，练完对刺后要靠墙立好，以示对劈刺技术的尊重。旷楚雄自知理亏，捡起枪，靠墙摆好，泪流满面地走出了大馆。

严教官要众学员都过来，大声道："这段时间我注意到，你们练劈刺太不认真了，嘻嘻哈哈的，这在日本的士官学校，是要关禁闭的。来，刘杞荣同学，你我对刺十枪。"刘杞荣没想到严教官会跟他对刺，道：“严教官，我不敢。”严乃康教官在日本待了多年，受了些日本武士道精神的影响，厉声说：“少废话。开始。”只是一眨眼工夫，两人刺了十枪，严教官刺中他九枪，五枪刺在他左胸上，四枪刺在他小腹上。刘杞荣刺中严教官一枪，刺在严教官的肩头上。严教官十分高兴：“本教官在日本陆军大学拿到劈刺九段段位后，刺十枪，无一人能刺中严某一枪。你才学一个多月就能刺严某一枪，为师很欣慰。”刘杞荣汗颜道：“严教官，我刚才那一枪用的是棍术。”严教官说：“那也用得好。”

六月份，在中央国术馆任教务处处长的朱国福老师，给向恺然来信说，今年中央国术馆将招一个为期两年的教授班，招有武术功底的青年，是为国术教练培养师资。中央国术馆馆长是张之江先生、副馆长是武术人家李景林，教练都是全国武术大家，如孙禄堂、杨澄甫、王子平、高振东、陈子明和吴俊山等，可让旷楚雄和刘杞荣等人来进一步深造。向恺然读毕信，把旷楚雄和刘杞荣叫进办公室，满脸严肃道：“你们马上要毕业了，很多同学都会走向社会，但我希望你们继续深造。”他看着这两个学生，划根火柴，点燃一支烟：“朱国福老师很关心你们，希望你们去中央国术馆继续深造，你们有何打算？”旷楚雄心里既装着贺涵也装着武术，忙表态：“太好了，我去。”刘杞荣没说话。向老师问他：“你是什么态度？”刘杞荣脸上淌着汗：“向老师，我冇钱。”向老师说：“朱国福老师讲，中央国术馆招教授班，学员六十名，都必须有一定的武术功底，这可是个难得的机会，而且是由南京政府提供食宿，旨在培养国术教官。你只需准备来去的路费。”刘杞荣苦着脸：“我冇得来去的路费。”向老师说：“这个你放心，我可以借你。”刘杞荣感激道：“谢谢向老师。”

刘杞荣觉得自己有奔头了，把向老师说的话对周进元复述了一遍。周进元的脑子转得飞快，想要是自己也进了中央国术馆学习，那柳悦也会高看他一眼："我也想去。表哥，陪我一起去找向老师吧。"向老师看见他俩，问："什么事？"周进元一脸恳求："向老师，我想去中央国术馆深造。"向老师让他俩坐，说："朱国福在信上讲，进中央国术馆要考试，通过了才能录取。"周进元昂起黑黝黝的面孔："向老师，我想参加考试。"向老师看着周进元，觉得周进元这两年长壮实了，点拨道："咯段时间你专攻形意拳，把形意拳打好。兵器肯定会考一项，我看你长枪使得不错，你多练练长枪。杞荣，你陪他练练。"

刘杞荣看表弟舞完一套梨花枪，评价："整体上还可以，但你戳、刺、扎、打都缺乏力度。你要练力量，很多教练都说，技巧和力量是成正比的。你有劲才能用好技巧。"周进元后悔得要死的样子："表哥，我……"刘杞荣拍拍他的肩："你人聪明，学东西快，还有两个月的时间。"周进元望着他："这两个月你陪我练不？"刘杞荣答："陪你练。"周进元说："表哥，你监督我，我若发懒筋你就骂我。"刘杞荣说："还是要自己自觉。"晚上，周进元在两只小腿上绑上沙袋，在燠热的操场上小跑，脸上滚着豆大一粒的汗珠。当他人困马乏的模样往地上一倒时，刘杞荣丢根跳绳给他："起来，我陪你跳绳，咯个时候跳绳你会觉得人很轻松。"周进元咧嘴道："我腿是酸的。"刘杞荣鼓励他："想考中央国术馆就不能偷懒。"周进元一听这话如同打了鸡血："好。我豁出去了。"

毕业了，训练所空了，只有刘杞荣陪周进元在大馆里练武，天天练出几身臭汗。这天上午十点多钟，贺涵和柳悦来训练所玩，站在空空如也的大馆前，对着刘杞荣和周进元笑。刘杞荣喜欢贺涵，这种喜欢是随着自己的武术提高和个子的增长逐渐形成的，这份笃爱在他心里长大了，像树苗长成了一棵树，还开了花，吐着芬芳。这些个炎热的夜晚，贺涵犹如微细血管依附在他的脑细胞上，给他的脑细胞供氧，让他看着天花板微笑。刘杞荣和周进元与她俩打招呼，好像跟春天说话一样，有如沐春风之凉爽、愉悦感。贺涵看着刘杞荣说：“你一身汗。”刘杞荣举手揩把脸上的汗，甩到地上。周进元看着柳悦道：“中午一起呷饭，我去洗个澡。”刘杞荣对贺涵说：“我也去洗个澡。”

贺涵和柳悦就杵在空荡荡的大馆里等他俩。两个姑娘都晓得刘杞荣和周进元没走，就相邀而来了。具体情况是，贺涵到柳悦家玩，闲聊中也不知是贺涵有意把话题往刘杞荣身上拉还是无意中扯到的，柳悦眼睛一亮：“去训练所看看吧？”简直是一拍即合！她俩心里喜欢的是同一个人，这种喜欢是随着刘杞荣一次次为师范班的同学争了面子而往上加的，好像空荡荡的房子里今天添张桌子，过些天添个柜子，不久又添了张床似的。一开始她俩看见旷楚雄摔麻袋样摔刘杞荣时，两位有正义感的妹子都十分气愤，觉得旷楚雄跑到师范班来现狠太欺负人了，就希望同学里有人能打败旷楚雄！没想到这个后来居上者竟是刘杞荣自己，她俩不知有多高兴，好像捡了钱一样！现在这种喜欢上升到哪个层面了她俩也说不清，反正只要一看见他，心里就暖洋洋的，仿佛阴冷的天里出了太阳。此刻，贺涵眯着眼睛盯着柳悦，柳悦也含笑地看着贺涵。贺涵说：“我们也应该来练练，你说呢？”柳悦问：“你想来练？”贺涵道：“嗯，你来不？”柳悦看了眼门外：“你来，那我来陪你。”

中午，贺涵和柳悦留在训练所吃饭，天热，食堂里坐不住，四个人来到樟树下，坐在草地上吃。有风从南边刮来，吹在他们身上，吹乱了贺涵和柳悦的刘海。刘杞荣睃一眼她俩，说：“好舒服啊。”贺涵吃口饭，对刘杞荣说：“我刚才和柳悦商量，决定也来训练所练武，你们欢迎不？”不等刘杞荣回话，周进元抢先道：“一百二十个欢迎。有你们，我和表哥练起武来都有劲些。表哥你说呢？”刘杞荣还没说话，柳悦嘴快：“真的吗？”刘杞荣说：“真的。”贺涵一脸阳光，道：“太好了。两年太快了，我好像什么都冇学就毕业了。”周进元咽下一口饭："我也觉得两年太快了，还以为再见不到你们了。"他说毕，看了眼柳悦。柳悦笑："你讲宝话呢。"周进元说："有咧，是说真话呢。"贺涵扬起俊俏的脸蛋，盯着周进元："我晓得你喜欢哪个。"周进元满脸通红。贺涵说："我不说。"刘杞荣道："这又不是秘密。"贺涵来劲了："那你讲周进元同学喜欢哪个。"刘杞荣斜觑着柳悦，又看一眼周进元，嘿嘿道："懂意思嚒？"贺涵咯咯咯笑："懂了。"柳悦也是一脸绯红，坐不下去了："洗碗去。"贺涵只好跟着起身，两个靓妹向食堂走去。周进元盯着两个姑娘的身影，很希望心仪的姑娘回头瞟他一眼，嘴里嘀咕："回头啊。"但没出现那种情况。刘杞荣说："你和丹凤眼进展到什么程度了？"周进元掏出烟，说："八字还有一撇。"

八月底，周进元回了趟沅江。那天刘杞荣睡了个懒觉，七点多钟才起床，去街上买了早点吃，折回来，只见贺涵站在大馆前。他瞧着亭亭玉立的贺涵，觉得她像是从天上掉下来的林妹妹。她今天显然不是来练拳的，穿一条好看的蓝底红白格子连衣裙，脚上一双半高跟皮凉鞋，手里拎个很精致的蛇皮袋，说："你后天要去南京了，我来看看你。"刘杞荣心里立即生出了一种莫名的温馨："谢谢。"她甜甜地一笑，提议道："你若冇事，去江边走走吗？"这可是特殊邀请，让他心里一热："好啊。"两人向街上走去。街上人多，来来去去的。贺涵找话："周进元呢？"刘杞荣回答："他昨天回沅江了，明天回来。"贺涵偏过脸来："我问过柳悦，她不喜欢周进元。"刘杞荣隔了几秒钟道："我表弟心里只有她。"贺涵向前走了两步："我开始还以为柳悦是不好意思承认，但我发现柳悦对周进元是真没兴趣。"他说："我还以为柳悦来练拳是因为周进元呢。"两人走到湘江岸边，这里有几棵柳树，河风把柳枝吹得往他俩身上飘。一棵柳树下有张石椅，两人坐到石椅上，河风吹来，把贺涵的一头乌发吹得往脑后飘，把炎热的空气吹跑了。贺涵仰起脸蛋迎着风。刘杞荣十七岁了，人中上的汗毛有点胡子的味道了，但爱情还只是一种朦朦胧胧的感觉，如雏鸟样还不会飞。贺涵问：“中央国术馆会有寒暑假吧？”刘杞荣说：“肯定会有。”贺涵问：“你寒假会回来吗？”他见贺涵的目光里有几分期待，这让他心潮澎湃，仿佛脑海里有只白帆箭一样行驶，说：“会回来。”贺涵换个话题：“你怕你爸吗？”“小时候很怕，现在不怕了。”“你爸不支持你学武？”“不支持。我爸来信讲，我若再不回去他就喊老大、老三来捆我回去。”一条大货轮从江中驶过，有浪向岸边打来。贺涵看着奔来的波浪，说：“你都练到咯份儿上了，不练下去可惜了。”刘杞荣看着她，在如此近的距离内，他第一次发现她的睫毛很长，眼眸黑亮亮的。他看见自己变成了一个小不点儿，镶在她眼眸上，感觉就特别新鲜，说：“我会练下去。”

贺涵打开袋子，拿出一条手帕：“咯个送给你。”刘杞荣见是条姑娘用的小手帕，笑道：“我不需要。我咯人毛糙，出了汗，手指一揩一甩就完事了。”贺涵娇声道：“拿着。放在口袋里备用。”他见她说得如此坚决就接了手帕，打开，是一幅绣着嫦娥奔月的手帕。他喜欢道：“真好看。”贺涵又拿出一把折叠纸扇，娇声说：“咯也送给你。”她将扇子打开，递给他。他看见白纸扇上写了两句诗：“但愿人长久，千里共婵娟。”落款：“贺涵。”字十分娟秀。刘杞荣问：“你写的？”她说：“咯是《水调歌头》里最后两句。手帕是嫦娥奔月，所以我在扇子上写了咯两句诗。”国文课本上有苏轼的《水调歌头》，他说：“我晓得，你的字写得很漂亮。”贺涵昂起脸蛋，憧憬道：“我最向往咯首词的意境。”“是好意境，我也想活在咯种意境里。”“真的吗？”“真的。”贺涵闭上眼睛，少女的她希望他低下头吻她。他不懂，见她闭上眼睛，以为她是在享受河风吹拂。他把手帕和纸扇放进口袋，看着清澈的湘江。贺涵等了几秒钟，见他毫无反应，失望地睁开眼说：“你到了南京，一定要给我写信。”他答：“一定给你写信。”贺涵看一眼柳枝上的天空：“我爸爸开了家黄金珠宝行，到时候你能到我家帮忙吗？”他想她爸是开“黄金珠宝行”的，迟疑了下，问：“你家里很有钱吧？”贺涵说：“我爸重男轻女，再有钱也不是我的。我上面有两个哥哥。”刘杞荣说：“我爸是土财主，我家五兄妹，最小的是妹妹。我哥哥和弟弟都在家种田。”两人还都是十六七岁的少男少女，还不敢放开胆子谈情说爱，东扯葫芦西扯叶地聊到午时，肚子饿了，风也是热风了。贺涵看一眼从树枝、树叶上掉落下来的阳光，说：“好热的，走吧。”

十一　中央国术馆

中央国术馆在南京西华门头条巷六号，刘杞荣、周进元和旷楚雄及研习班的另外三个同学来到中央国术馆的第二天，便面临考试。主考是李景林副馆长，孙禄堂、朱国福、王子平和高振东为考官，考试湖南来的六名年轻人。考场设在一间木地板上铺着绿地毯的教室里。主考正对考生坐着，前面一张桌子，考官分别坐在两旁，考官的桌上都有一份名单，便于考官在名字旁打分。靠墙摆着兵器架，刀枪剑棍俱全，爱使哪种兵器自己拿。考场很肃穆，每双眼睛都十分严肃。旷楚雄第一个出场，他往中间一站，对考官打个拱手，吸一口气，打着形意拳，打得十分刚劲、漂亮。孙禄堂捋捋胡须，肯定地点下头。接着，旷楚雄抽出一把五斤的刀，提一口气便舞起来。旷楚雄舞刀时，身形和刀上都充满力量。刘杞荣把目光投到五位考官脸上，李景林、孙禄堂、朱国福、王子平和高振东均表示满意，目光含着笑，看完后在名字旁做了记录。第二个上场演示武艺的是衡阳人，衡阳人打了一套六合拳，侧翻中没站稳。兵器，衡阳人取了把四斤的剑，舞剑中腾起落下时崴了脚。李景林老师摇下头。第三个是湘西人，他想显功夫就加花，连打三个空翻，却是画虎不成反类犬，落下时脚一溜，摔倒了。朱国福老师叹口气。第四个上场的是周进元，他打了一路形意拳，幸亏他狠练了两个月，动作就标准、有力。兵器，周进元表演的是长枪，这两个月他天天练长枪，自然就使得娴熟，韧劲也足。主考官李景林看完他舞枪，表示认可："还行。"

第五个上场的同学姓肖，在研习班里，肖同学的武功仅次于旷楚雄。肖同学有些紧张，拳打得还行。兵器，他取了支长枪，但比周进元略逊一筹。刘杞荣是第六个出场，考场里已经云集了很多学生和教官。刘杞荣的形意拳打得最好，但旷楚雄和周进元都打了形意拳，他就改打六合拳，打得刚劲有力。朱国祯老师在一旁竖大拇指："不错。"李景林老师也满意地点下头。兵器，刘杞荣这段时间陪着表弟练长枪，长枪使起来最拿手，但他不想把表弟比下去，就挑根两米长的棍，把梨花子午棍舞得虎虎生风。他舞棍毕，王子平说："棍法不错。"他见称赞他的老师浓眉大眼，目光炯炯有神，忙敬重地回答："谢谢老师。"

六个湖南武术弟子退出考场，一刻钟后，朱国福老师走来，脸色既庄严又愉悦："旷楚雄、刘杞荣，你们两人录取了。祝贺你们。"朱国福老师又望着周进元、肖同学、衡阳青年和湘西青年，遗憾地说："你们别灰心，回去好好练，明年再考。"周进元哇的一声哭了，蹲在地上，呜呜呜。朱国福老师说："哭什么啊你。"周进元一把鼻涕一把眼泪道："朱老师，我想进中央国术馆学习，呜呜呜，我会加倍努力。"朱国福老师为难道："这是大家议定的，我也没法改变。"周进元缠着朱国福老师，可怜巴巴道："朱老师，来之前我妈说，如果没考上，就要我回家种田。"周进元家里没有田，他把姨妈要他带给刘杞荣的话说了出来。刘杞荣见表弟那么渴望留下，忙替表弟求情："朱老师，周进元咯个暑假天天发狠地练拳练枪，就是为了能到国术馆继续深造。"旷楚雄也为周进元说话："朱老师，您想想办法吧。"朱国福老师笑了声，说："我跟李景林副馆长商量一下。"朱国福老师转身走进考场。十分钟后，他走出来，笑眯眯地对周进元说："李景林副馆长说，你拳打得'绵'了些，但你长枪使得还不错。同意你留下来。"周进元激动了，扑通跪下："朱老师，您是我的再生父母。"

朱国福老师见他下跪，立即批评道："快起来，像什么样子。"

中央国术馆在教学上同样分术科和学科，术科教各种门派的武术；学科为党义、国文、地理、历史、算术、国术理论、生理学、军事和音乐等科目。一天武课，一天文课，文课聘请的都是南京各大学的老师，术科则是李景林、孙禄堂、朱国福、王子平和高振东等武术名家教。开学不久，教授班六十名同学，来了场摸底比武。六十个同学分二十组，每组三人，胜出的两个同学才有资格打第二轮。周进元第一轮就败下阵了，刘杞荣和旷楚雄也只进了第二轮。刘杞荣输给一个个头与他差不多的江苏人。江苏人赵刚大他三岁，圆脸，长一双小眼睛，手特别大，从小练过铁砂掌的。刘杞荣进攻时被赵刚一掌打在胸口上。刘杞荣没想到他出手这么重，捂着被他一掌打疼的胸口。赵刚眼里有些轻蔑，嘴里却说："不要紧吧你？"他答："没事。"回宿舍脱下衣服一看，青紫了，恨恨地骂了句脏话。

旷楚雄输给了北平人方北鑫，方北鑫身高不及旷楚雄，但他灵活、敏锐，摔跤也技高一筹。他的两只胳膊非常粗壮，双手都能举起练握力和臂力的大铁锁。方北鑫在第一次比武中进了前五，他是教学员少林拳和查拳的王子平老师的弟子。王子平老师，江湖人称"神力千斤王"，他曾打败过号称"世界第一大力士"的俄国大力士，名声很大。方北鑫有个了不起的师傅，还有个清廷禁卫军神机营里当队官的父亲，也是一身武艺。他为人蛮横，看不起比他武功差的。有天练打，实打教练柳印虎安排方北鑫与刘杞荣打，方北鑫出拳快，刘杞荣只有招架的份儿。方北鑫瞅准时机，一脚踢在刘杞荣的右胸上，那一脚方北鑫没收力，很重。刘杞荣没想到方北鑫如此狠辣，让他胸口很痛，他掀起衣服看，右胸上立马呈现出青紫的脚印。方北鑫为自己出脚没收力有些不好意思："刘兄，不要紧吧？"刘杞荣见方北鑫的眼角带着轻慢，像蚊帐上叮着蚊子，明白他是故意打他，答："没什么。"回到宿舍，他脱下衣服，轻轻揉着右胸，对周进元说："出了湖南，才晓得我们只有几斤几两。”周进元拿来活血化瘀的伤药，涂在他青紫的右胸上：“真下得了狠手，咯些鳖。”

一个学期下来，刘杞荣先后伤了四次，被赵刚打伤一次，被方北鑫踢伤过两次，被一个名叫赵武传的湖北同学打伤过一次。至于胳膊和大腿，经常被踢得青一块紫一块的。时间过得飞快，大家还没来得及讨论过年回不回家就过年了。旷楚雄和周进元回湖南过年了，刘杞荣没有回湖南的路费就没走。他白天晚上都练拳，把名师传授的武术一一练上一遍。练完几个小时的拳，又练刀枪剑棍，大年初一，满天的鹅毛大雪，他赤着上身在雪地里打拳。朱国福老师打把油布伞从外面回来，看着他，称赞道：“就要这样练。”

第二个学期，孙禄堂老师教学生太极推手，杨澄甫老师传授杨氏太极剑，朱国福老师教拳击，王子平老师教摔跤和大刀。照样是上午学下午打，一步一个脚印地朝前推进。一个学期又在学武和对打中接近尾声了，学生自然要向老师汇报所学。六十个学生将评五个最优等生，打淘汰赛，六十进四十，打三场，无论你用什么招，打倒对手就是赢。淘汰连输两场的对手。然后是四十进二十，二十进十，十再进五，最后五名就是最优等生。刘杞荣第一轮的对手是河南人和天津人，打河南人只用了三十秒，打天津人时间多一些，最后他一右直拳打倒了天津人。第二轮的对手是河北同学，他赢得有些艰难。第三轮是二十进十，对手是山东同学。山东人比他高两公分，壮实，马脸，往他面前一站，铁塔一般。两人对打了四分五十秒，彼此高度紧张地挥拳踢腿，都很累。山东人有些喘粗气了，刘杞荣瞅准机会，一个麻利的摔跤招式把山东人抛在地上。

旷楚雄眼里有惊异。他与刘杞荣闹翻了。上学期中间，他拉周进元去街上喝酒，周进元真是吃人嘴软，心一热，竟对他说：“我告诉你一件事，你要装不知道。刘杞荣与贺涵有书信往来。”旷楚雄瞪大了眼睛："有咯事?"周进元索性把贺涵于暑假来训练所他们练拳时与刘杞荣眉来眼去的事告诉了他。旷楚雄头都大了："眉来眼去，你看见了?"周进元喝口酒："看见了，我骗你是崽。"那天，刘杞荣在草坪上练拳，旷楚雄喝得醉醺醺地走来，左手拿着半瓶酒，右手拿着一包油炸花生米，看见刘杞荣，招手说："来呷酒。"刘杞荣回答："不呷。"他望一眼刘杞荣，闷声道："你是不是喜欢一粒痣?你喜欢我就让给你。"刘杞荣觉得他说得好无耻，贺涵又不是物件，说："我现在冇考虑咯些事。"旷楚雄直视着他："你不老实。"刘杞荣见表弟对他眨眼睛，不晓得表弟是什么意思，说："你呷多了酒。"旷楚雄喝口酒，自贬道："我咯鳖是不是很贱?"刘杞荣不想跟他讨论这些，转身要走。旷楚雄喝道："你走，我们就断交。"刘杞荣只当他是讲酒话。旷楚雄发混账气地一酒瓶掷来，他没防备，酒瓶砸在他后脑勺上。他顿时觉得后脑勺很痛，怒道："你搞么子偷袭!"一脚踢在旷楚雄的腰上，并没用力。旷楚雄晃了下，皮笑肉不笑地一笑："踢得好。接招。"挥拳打来。他接招、拆招，一拳打在旷楚雄的胸口上。旷楚雄后退一步，又冲上来打。他一脚踢在旷楚雄的腰上，出脚时还是有所保留，但仍把旷楚雄踢了个踉跄。旷楚雄还要打，刘杞荣一脚踢在他脖子上，踢得旷楚雄栽倒在地。旷楚雄骂声娘，跳起来又打。周进元晓得这是自己多嘴惹出来的，急中生智道："朱国福老师来了。"刘杞荣和旷楚雄都住了手，回头张望，没看见朱国福老师。周进元嘿嘿道："都是同学，何必呢。"

这个学期旷楚雄没与刘杞荣交过手，意见这东西像座无形的山让他与刘杞荣近在咫尺也远隔天边，见面也是你不理我我不理你。旷楚雄爱拉这个山东同学喝酒，你一杯我一杯地对饮。平常对打，山东人有点让他，但他仍多次败在山东人手上。在刘杞荣与山东人比武时，他断定刘杞荣百分之百会输给山东人，嘲讽地对周进元说："他又怎么打得山东人赢啰。"刘杞荣居然赢了，他有些嫉妒，嘀咕了句"冇想到啊”。周进元就是根墙头草，时而倒在旷楚雄一边时而又讨好刘杞荣，他走上前祝贺道：“表哥，祝贺你进了前十。”周进元第一轮就完败收兵了，说：“你下午有得打。赵武传、方北鑫、赵刚和吴保禅是教授班的四大金刚。”刘杞荣说“晓得”，坐到椅子上。周进元说：“表哥，你要是能进前五就给我们长脸了。”他可不敢在表弟面前讲大话，说：“他们都相当厉害。”

下午十进五，副馆长李景林，武林前辈孙禄堂，教务主任朱国福，王子平、高振东、朱国禄和朱国祯等教练都来观战，练习班、青年班和少年班的学员也都来了，场馆内就十分热闹。比武是散打，随你用什么功夫，只要能胜就行。比武由抽号决定，一对二、三对四、五对六等，刘杞荣将手伸进一只漂亮的青花瓷钵里拈出一纸坨，打开是三号，他将面对四号。刘杞荣问：“哪位同学是四号？”方北鑫神气的模样，举下手：“方某。”刘杞荣上场，方北鑫满脸霸气道：“出招吧。”刘杞荣不敢怠慢地移着脚步。方北鑫进攻了，他迅速接招、拆招，在方北鑫动用连环腿踢他时，他闪过那一脚，折身接住方北鑫踢来的第二脚往前一拉，方北鑫的右脚落地时一溜，差点滑倒。方北鑫是何等骄傲的人物，除了赵武传、赵刚和吴保禅几人能入他的眼，其他同学数次都是他的手下败将，没想自己差点被手下败将带倒了。他给自己提士气地吼了声，目光变凶了，之前是不屑，此刻是愤怒。两人激斗二十回合，刘杞荣折身时被他一脚踢在背上，好像方北鑫的脚在运动中拉长了一尺，可以绕到背后踢他似的。刘杞荣一个踉跄，险些跌倒。他很奇怪，方北鑫这一脚是怎么踢到自己背上的，难道他的脚可以拐弯？方北鑫一拳打来时，刘杞荣逮住他的前臂一拖，一脚踹得方北鑫趔趄好几步。方北鑫脸色青了，两人再度搏击时，刘杞荣脚底一蹬，一直拳挥去，那一拳落下去无疑是打在方北鑫的鼻梁上，拳快到方北鑫的鼻梁时他狠狠犹疑了下——那只是零点零一秒的犹疑，原因是方北鑫的鼻梁很高，他怕一拳打碎方北鑫的鼻梁。方北鑫抓住这个机会一拳打在他眉弓上，打得他眼睛一黑，又一个侧蹬，把他踢倒了。刘杞荣没想自己的仁慈换来的是这么一个结果！方北鑫脸上有一股得胜的凶悍。刘杞荣捂着眉弓，眉弓肿了，破了皮，有血渗出来。

接下来上场比武的是赵武传。赵武传是教授班里功夫最好的，对打课中方北鑫、吴保禅和赵刚等几个厉害的同学都找他打过，都毫无悬念地输给了他。此刻赵武传的对手是赵刚。赵武传有大侠风范，让了赵刚几拳，转身一脚就把赵刚踢倒了，二十秒钟还不到，大家都钦佩地看着赵武传。刘杞荣迅速觑着孙禄堂老师，孙禄堂老师很器重赵武传，经常给赵武传开小灶，这让刘杞荣很羡慕赵武传能得到一代宗师的真传。周进元附在他耳朵上说："冇得人是赵大侠的对手。方北鑫、赵刚只在你我面前讲狠，在赵大侠面前跟个猴子样。朱国祯、马英图老师跟赵大侠打，也只是平手。"刘杞荣暗想，自己差赵武传至少有两个等级，就叹息道："唉——强中更有强中手。我们还得放肆努力。"周进元道："再努力也是空的，你想朱国祯和马英图老师功夫那么好，与赵大侠对打时也冇赢过赵大侠。我们再努十年力也冇用。你承认不?"刘杞荣不爱听这种悲观言论："你越咯样想越不会进步。"

接下来的两场比武结束后，前五名诞生了，老师和学员有的得意、有的悲伤地相继离开了。朱国福老师叫住刘杞荣："说说，那一拳是怎么回事?"刘杞荣没想到，朱国福老师能看出他心软——那只是零点零一秒的瞬间，但高手能觉察到，并将那个瞬间拎出来理论。他回答："我怕那一拳打碎方北鑫的鼻梁。"朱国福老师说："比武，该怎么打就怎么打，心慈手软是无法取胜的。你看方北鑫、赵武传，谁在比武中手软过?"刘杞荣道："师傅，我会克服的。"朱国福老师说："一定要克服。把手拿开。"刘杞荣拿开手，朱国福老师"哎呀"一声："肿这么大。去上些药吧。也好，挨了打可以长记性。"

一放暑假，旷楚雄和周进元都回湖南了。刘杞荣没路费，对周进元说："你到了长沙去趟贺涵家，跟她解释一下。"他留在炎热的国术馆，每天一清早爬起床练拳和练各种兵器。有天，他练了几个小时大刀，走到树荫下歇息时，一转身，一年不见的贺涵像朵鲜花样开在他眼里。她着一身白底蓝花旗袍，脚上一双白高跟鞋，满脸喜悦地立在林荫道上。他惊呆了，莫非这是幻觉？他说："你怎么来了？"贺涵嗲声道："你不回湖南，我不能来看你呀？"刘杞荣心里甜，吃了蜜一样。天气很热，风是热风。他呵呵道："你收到我的信了吗？"贺涵眯着双眼："当然收到了。周进元讲你冇得钱回湖南。"他说："我要周进元去找你的。"贺涵说："我给你带钱来了。"刘杞荣为自己囊中羞涩而脸红，赶紧换个话题："教我们武术的都是全国的武术大家，我学都学不赢，正好利用暑假消化他们传授的武艺。"贺涵说："咯也是你不回湖南的原因吧？"刘杞荣执着道："嗯。我们班上有个同学叫赵武传，功夫好到那种程度，跟朱国祯和马英图老师过招也不落下风。"贺涵惊异道："咯么厉害？""佩服吧？我得往上赶，不然会被他甩出几百里。"刘杞荣说，"旷百万和周进元都佩服得他要死。"

国术馆的外面有家茶馆，也吃饭。这家茶馆的房前屋后有几棵大树，相对其他地方就阴凉点儿。两人来到这家茶馆，坐在椅子上，刘杞荣看着贺涵，贺涵也看着他。贺涵说："我来是跟你商量，我爸爸要我嫁给第四路军的一个营长。"刘杞荣顿觉不安。贺涵昂起脸蛋："我是自己跑出来的。"他不解："你爸是湖南商会副会长，何解把你许配给一个营长？"贺涵恨道："我爸想攀附权贵，营长的表舅是省主席何键。"他想，原来营长有这么深厚的背景！心慌道："那你怎么办？"贺涵望着他："我就是来问你呀，我爸不讲理，硬要我嫁那营长。来的前一天，他爸妈让媒人送来一万块大洋当礼金。"刘杞荣的脑壳里"轰"地一响，仿佛被人一拳打蒙了，傻傻地问："他家咯么有钱？"贺涵说："他爸是买办，跟外国人做军火生意。"刘杞荣本想说“那你们门当户对啊”，但话到嘴边却改为：“完了。”这话是不由自主地蹦出来的，像只兔子在他俩面前蹦着。贺涵急了，脸上都是焦虑，像地上都是枯黄的树叶一般，说：“你就冇得别的法子想吗?”刘杞荣心乱了，第一次产生一种绝望感：“我爸是土财主，要他拿出十块大洋都是要他的命!”贺涵蔫了。他晓得自己说的话让贺涵颇为失望。他不敢看贺涵，望着树梢，树梢上有蝉鸣，仿佛在歌颂着盛夏的美丽。贺涵扭开脸，目光有些伤感。刘杞荣晓得自己没法改变迎面扑来的一切，心乱得像有老鼠四窜。

贺涵说：“我们私奔吧?”她是做好了这个准备的，包里有三百多块大洋，是她这一年当小学老师的薪水。她又说：“我们私奔到冇得人能找到我们的地方，当老师或干别的都行。”他很感激贺涵如此决绝地信任他，眼睛一亮，但那团火苗很快又熄灭了。他觉得自己没资格私奔，说：“我不能对不起向老师。我承诺向老师，学成后回训练所当教练。”这话足以打败贺涵的自信。贺涵的目光变得飘忽不定了，一时看着远处，一时盯着手中的包。刘杞荣接着说：“再讲现在军阀混战，到处是兵匪，世道咯样凶险，我怕我担不起责任。”贺涵抿口茶，放下茶杯：“你有一身武艺，怕么子呢?”刘杞荣说：“我不怕，但跟你在一起，你咯么美，我不能不为你考虑。”贺涵低下头想了片刻：“我晓得咯个社会很乱，到处是流氓和强盗，但只要能和你一起，我么子都不怕。”两人商量的结果是，她先在南京租间房住下，找所小学教书，等他毕业了再一起回湖南。贺涵说：“只要有你在，我在哪里生活都一样。”距茶馆不远有家旅馆，看上去还干净，贺涵在那家旅馆住下。第二天，两人去找学校。在一所离国术馆较远的小学里，一个年轻人值班，那年轻人听他们说完后肯定道：“我们学校要国术老师，等开学时你们再来吧。”两人很高兴，贺涵娇声道：“天无绝人之路。”刘杞荣开心道：“你在咯个学校教国术，那我每天来看你。”两人在离那所小学不远的街巷里找住所，一户姓汪的人家同意租间房给贺涵住。就在贺涵准备搬去那间租房住时，却见贺涵的大哥、二哥站在国术馆前的树下。贺涵愕然道："你们怎么在咯里?"

贺涵失踪的第三天，大哥在妹妹闺房的衣柜抽屉里，找到了刘杞荣这一年写给贺涵的几封信，都是寄到贺涵教国术的那所小学，毛笔小楷，字迹工工整整。从落款的时间上看，前三封信大多是介绍中央国术馆的老师和同学的情况，后几封信里却有"自己很好，不用牵挂"及夜里思念的话。大哥想，原来妹妹拒婚是有意中人，便对父亲说："爸，贺涵一定是去南京国术馆会她的恋人去了。"贺父极为震怒："太不像话了，你和老二去把她抓回来，今天就去。"兄弟俩坐了两天长途客车，上午八点钟客车一到南京，兄弟俩就坐上黄包车直赴国术馆。传达室的老头拦着他俩："刘杞荣八点钟出去的，你们在外面等吧。"兄弟俩不敢造次，就在门外守候。一个小时后，贺涵和刘杞荣出现在哥俩眼里，大哥疲惫不堪地说："贺涵你胆子真大，爸爸发了好大的火。跟我们回去。"贺涵说："我不回去。"二哥见妹妹如此坚决，骗道："爸讲了，不逼你。"贺涵疑惑地望着二哥。二哥指着大哥："不信你问大哥。"兄弟俩在来的途中商量好了，如果小妹不跟他们走就骗她回家。大哥答："是的，你二哥冇撮你，爸爸是讲过咯话。"贺涵看着刘杞荣说："太好了，那我跟大哥二哥回去。"

十二　贺涵跟着大哥二哥走了

贺涵跟着大哥二哥走了，这一走，两人再见面却是很多年后的事。隔了两天，刘杞荣心情激动地迈上开往武汉的客轮，在武汉乘火车到长沙，于这天上午到了贺家。贺家是栋两层楼的公馆，公馆前有一个占地绝不止一亩的花园，花园里有假山和鱼池。进门是大厅，大厅里铺着很漂亮的地砖，吊灯极豪华，朝门的墙上挂着幅很威武的湘绣，绣着下山虎。下山虎的下面是个书架，书架上除了书全是唱片，一旁搁着台喇叭极夸张的留声机。中央摆着红木沙发和茶几，茶几上摆着水果。刘杞荣拎着从南京买来的土特产，步入时，贺父正坐在红木沙发上抽着雪茄。刘杞荣没想到贺家如此气派，这让他不禁生出一百二十个敬畏之心。贺涵的父亲四十多岁，圆脸，脸上皮肉有些松弛。刘杞荣拘谨地叫声："贺伯伯，我是刘杞荣。"贺父的脸立即阴下来，道："滚出去！"刘杞荣呆了，这很出乎他意料。贺父恶道："还站在咯里干么子？滚出去。"他长这么大，从没见过大人如此蛮横，就艺高人胆大道："贺伯伯，我想见一下贺涵。"贺父吼道："滚！来人。"

进来两个护院的青年，都比刘杞荣大几岁。贺父指着刘杞荣："把他赶出去。"一个护院的来拉刘杞荣，刘杞荣一反手把护院的推开了。另一个护院的伸手抓他，他顺势一拉，护院的青年歪倒在地。贺父闪进房，旋即举着手枪出来，指着他："滚。"刘杞荣并不惧贺父手里的枪，但他不想第一次与贺父见面就闹僵！他困惑地走出贺家，站在一棵树下。他见贺涵的大哥从街上回来，忙迎上去："大哥。"大哥一脸冷漠道："你走吧，冇用的。"他没走，在树下站了一天一夜，眼睛一眨不眨地盯着贺家。次日上午十点钟，贺涵的二哥着一件蓝斜条纹衬衣走出来，他叫声："二哥。"二哥站住："小刘，我跟你明讲吧，贺涵不会嫁给你，你莫在咯里傻等。"刘杞荣说："我只想跟贺涵见一面。"二哥说："不可能的。我爸把她锁在屋里了。你走吧。"二哥转身走了。刘杞荣这辈子第一次体会失恋，没想到失恋真的让人有一种想一死了之的凄凉感觉！他茫然地走在街上，也不知走了几条街，走到一个包子铺前，饥饿感让他浑身抽搐。他伸手摸口袋，口袋里一个子儿都没有。他盯着一个个包子，直咽口水，这么盯了足有一分钟。就是这一分钟改变了他。如果他走了，就遇不到柳悦。命运这个大叔用无形的手掌把他摁在包子铺前发呆。包子铺的老板见柳姑娘来买包子，就没好脸色地驱赶他："走开走开，莫挡着我做生意。"他见买包子的姑娘是柳悦，羞得低下头就走。柳悦的丹凤眼一瞟，叫嚷："刘杞荣你怎么在咯里？"他伫立问："咯是哪里？"柳悦一见他这模样就明白他受挫了："咯不像你呀刘杞荣同学，何解啰你？"他又饿又倦，不想说话。柳悦伸出右手朝前一指："我家就在前面，去我家坐坐？"此刻的刘杞荣，心里一片荒芜，好像大火焚烧后的森林，机械地跟着柳悦走进柳宅。

柳宅也是一栋两层楼的公馆，一个篱笆院子围着这栋公馆，院前有棵大槐树，院子门就在槐树下，是两扇杉木门。柳家不及贺家富贵，院子里有一株桃树、一棵橘子树和一棵桂花树，开着一朵朵红花的蔷薇爬满了篱笆墙，因而生机勃勃。他坐下时，眼睛直直地盯着柳悦放到餐桌上的包子。柳悦何等聪颖，一看就晓得他饿蠢了，把两个肉包子递给他："呷吧。"他顾不得脸面了，接过包子，边吃，边打量着堂屋。堂屋很大，木地板，两边是木沙发和茶几。朝门的墙上挂着幅卧着的老虎图，镇宅；西边墙上挂着两幅写意国画，一幅梅花，一幅菊花。柳悦看着他狼吞虎咽地吃包子，愉快道：“莫噎了，慢点呷，我给你倒杯凉茶。”刘杞荣正口渴：“好。”柳悦倒杯凉茶给他，他一口茶，一口包子，吃得很香。柳悦笑，去后院的井里捞西瓜，夏天井水凉，柳悦一早让用人把西瓜放进井里浸泡，好让井水的凉气渗透进西瓜。柳悦扯起装着西瓜的网袋，切成一块块的，端来：“呷西瓜，刘杞荣。”他想，反正自己的狼狈相都被她看见了，就一连吃了五块，见柳悦看着他笑，便自损：“我是饿痨鬼投胎。”柳悦笑得丹凤眼都眯了：“你胃口真好。”他答：“我有一天冇吃一点东西了。”柳悦温柔地抿嘴一笑，笑出两个酒靥：“那你把西瓜都呷了。”刘杞荣又吃了两块西瓜，饥渴的感觉消失得一点不剩了，身上又有劲了：“柳悦，我想找你借点钱回南京。”柳悦走进闺房，拿了十块大洋给他：“够吗？”他说：“五块大洋就够了。我以后当教练赚了钱再还你。”柳悦笑：“中央国术馆的教练厉害吗？”他答：“那还用讲，都是武术大家！”

这时，一辆黄包车跑到篱笆门前停下，柳父着一身灰色绸衫下车，他有六十岁了，头发花白，胡子也花白，目光略有些疲惫。他身后跟着穿一身淡红色短袖旗袍的柳太太，柳太太四十来岁，脸色有些苍白，嘴唇发乌。刘杞荣起身准备走。柳悦却对父母亲说：“我同学刘杞荣。”柳父打量一眼刘杞荣，柳夫人也瞧一眼他。刘杞荣叫声：“柳伯伯、柳伯妈。”柳父脸色淡然道：“你坐。”刘杞荣吃了包子和西瓜，精神恢复了，回南京的路费也借了，就起身道：“我走了。”柳悦也不好意思挽留，转身送他出门。弟弟的同学跑来：“柳真跟毛头打起架来了。”柳悦弃下刘杞荣疾行，刘杞荣跟着她前往，就见不远处三个少年打一个少年。柳悦把他们分开说：“毛头，你又欺负我弟弟，我已经警告你两次了。”柳悦见弟弟的鼻子被打出血了，嘴唇也肿了，来了火，一脚把毛头踢翻在地，呵斥道：“你再敢欺负柳真，我打断你的腿！”毛头是个十四岁的少年，其父是社会上混的，纠集了一帮讲霸道的兄弟，街上的人都有些怕。毛头因有其父撑腰，在少年中就称王称霸，此刻他哭道："我告诉我爸去。"刘杞荣见这孩子说话那么有底气，便问："他爸是么子人？"柳悦没答。柳真说："他爸是咯一带的恶霸，好恶的。"柳悦凶弟弟："你晓得他爸是恶霸，你还给家里惹祸？"柳真叫屈："姐，是毛头要搜我的口袋，我不肯他就动手打我。"

柳悦家四姐弟，柳悦排老三，两个姐姐是同父异母，嫁人了。柳悦和柳真是父亲续弦的妻子所生，柳真是继承柳家香火的"独苗"，柳父柳母都看得极重。柳真十三岁，下学期进初中，长得像个小青年了。柳悦把弟弟呵斥回家，教育弟弟："你书不好好读，只晓得打架，将来何得了啰你！爸妈把全部希望寄托在你身上，你还不好好学习，脑壳跟绊哒一样。"刘杞荣正打算告辞，话蹿到嘴边了，突然门前出现一伙人，五六个，都着黑汁衫，手拿九节鞭和刀柄上扎着红绸布的单刀。其中一人是毛头的父亲，毛父凶道："柳妹子，你把我崽踢伤了，现在我崽躺在床上，咯事你讲怎么搞？"刘杞荣记得柳悦那一脚并不重，那小子是自己走回家的。他感觉这伙流氓是来敲诈，就警觉地瞪着。柳悦说："是你崽先打我弟弟，我只是一脚把他钩倒，冇踢他。"恶霸横道："我崽现在躺在床上动不得。我也不要多了，赔五十块大洋啰。"柳悦扭开脸道："你讲相声哦？"恶霸凶道："哎呀，你咯妹子冇打得吧？打伤了人还不肯赔钱！弟兄们，你们讲咯事怎么搞？"一青年举起九节鞭一挥，打在门上"嘭"的一声，警告柳悦："不赔钱，就让你弟弟挨老子一鞭。"柳父听到喧闹声，走出来问了情况，说："咯样吧，我让管家带你崽去看医生可以吧？"恶霸说："可以个卵！你赔我崽五十块大洋，咯事就过去了。不然，莫怪我不客气。"柳父说："如果我女儿踢伤了你崽，该怎么赔就怎么赔。如果你借此敲诈，那你找错对象了。"恶霸很凶地横着眼睛问柳父："你是不肯赔钱啰？"柳父绷着脸道："人都要讲道理，对吧？"恶霸欺负柳家只有老人、女人和孩子，对手下说："既然他不肯赔钱，那我们就打断他崽的腿。"说着就要捉拿站在柳悦身旁的柳真。柳父见他们要动手，怒道："住手！光天化日之下，有得王法了！"

刘杞荣见那个手握九节鞭的青年伸手抓柳真，一脚把他踢得撞在另两个人身上。恶霸很是愕然，没想到柳家藏着这么一个狠角！恶霸是这些无赖的头，头不能退缩，一退缩颜面就扫地了。他举刀向刘杞荣劈来。刘杞荣一闪身，一脚把恶霸踢倒在地。另一个壮汉挥拳打来，刘杞荣撩开挥来的拳头，一拳打在他胸膛上，用了七分力。壮汉往后连退数步，仰倒在篱笆门外。就这三下，没用第四下，这时没有第四个人再敢冲上来。刘杞荣说："滚。"几个来敲诈的无赖赶紧爬起身溜了。柳父重新审视着刘杞荣，脸上有了宽厚的笑容："少年英雄呀。小伙子，你今天帮了柳家大忙，留下来呷个便餐吧。"刘杞荣说："谢谢，我不呷。"柳父看着女儿："悦儿，留你同学呷饭吧。"柳悦见父亲如此热情，笑出了两个酒窝："你还讲么子客气？留下吧！"刘杞荣一时也没地方去，就留下了。

柳老先生怕恶霸报复，留刘杞荣护院，刘杞荣也没理由拒绝。他每天一早赤着上身在院子里打拳，不打到柳悦要他吃饭，就不歇息。柳悦很喜欢他住在她家，丹凤眼里含满温情，叫他吃饭时甚至开玩笑道："刘大侠，请。"刘杞荣小声说："莫咯样叫，我不是大侠。"柳悦笑："我爸讲你是少年英雄。"柳真很崇拜他，一早爬起床跟着他学拳。刘杞荣也高兴教柳真打拳。柳父年纪大了，站在一隅看，拈着花白的胡须。柳悦也看刘杞荣教弟弟形意拳。柳父是过来人，不动声色地观察女儿，见女儿对刘杞荣格外关心，给刘杞荣递毛巾揩汗，或递凉茶，就对女儿说："悦儿，小刘不错。"柳悦不好意思道："我们只是同学。"

有天，练拳毕，刘杞荣坐在树下喝茶，茶是明前西湖龙井。柳悦在一旁坐下，顺他的目光望着橘子树，橘子此刻还是青绿色，还在成长中。她晓得他想贺涵。早几天晚上，他把自己与贺涵的故事告诉了她，她十分同情他，却也暗暗振奋，因为她变得有机会了。她说："想贺涵吧？"刘杞荣那片刻正想贺涵，心想她能看穿自己的心思，忙答："冇想。""你和贺涵有缘无分。"刘杞荣满脸惆怅地"唉"了声。柳悦望着篱笆墙外的槐树，那槐树枝有一半伸到院子里来了，遮蔽着炽热的阳光，往地上涂抹了一片婆娑的树影。柳悦隔了两分钟："要我讲，贺涵的爸是把她当筹码，用联姻巩固贺家的生意和地位。"刘杞荣觉得是这样，烦恼道："不讲咯事，脑壳疼。"

这天下午落了阵暴雨，把持续多日的高温降了些下去。周进元来了，着白短袖衫，下身一条灰色长裤，手中拿把印着玫瑰和蝴蝶的纸扇。周进元是从沅江赶来的，看见刘杞荣在院子里教柳真打拳，怔住了。刘杞荣看见他，很称心。周进元却一脸不悦，撒谎道："我娘要我来长沙进些货，顺便来看看。"柳悦从里面出来，因热，一头浓密的乌发扎在头顶上，着一身蛋白色旗袍，旗袍上印着竹叶，人就苗条、婀娜。柳悦看见周进元，平淡着脸色说："是你哦。"柳真问："师傅，还练吗？"刘杞荣说："不练了。"他一身汗，叉腰站在门旁。周进元满脸困惑："你不是讲你不回湖南吗？何解又回来了？"刘杞荣说："唉——讲起来复杂。"他把事情的原委告诉了周进元，随后指着柳真："柳悦要我教她弟弟打拳。"柳悦晓得周进元抽烟，去父亲的卧室找来一包哈德门烟，装烟给周进元："你呷烟。"周进元点燃一支烟，郁闷着脸色。刘杞荣晓得表弟心里所想，等身上的汗不再流了，进屋拿着毛巾和干净衣裤，对表弟说："我去洗个澡。"周进元瞪大了眼睛："你住在柳家？"柳悦抢在刘杞荣前面说："他教我弟打拳，不住我家，难道要他住旅馆？"周进元仿佛被什么东西呛了，咳声嗽道："那是。"刘杞荣冲了凉，见周进元目光飘忽，晓得周进元此刻一脑壳的糨糊。他心里装着贺涵，不想成为表弟的情敌，说："柳悦，我明天回南京。”

刘杞荣回到南京，埋头练拳、练刀枪剑棍，用苦练驱除心里的荒芜和思念。开学一个多月后，有天下午上打课，他跟赵刚打，赵刚无论使什么拳、脚，他都能化解，就想自己又提高了，上学期他与赵刚打是处于下风的。一旁，吴保禅打得周进元手忙脚乱的，周进元的脖子挨了吴保禅重重的一脚，不打了，说：“保禅兄，我休息下。”吴保禅是武术世家出身，爷爷做过清兵参将，父亲当过标统，他是父亲的二姨太所生，从小习武，功夫明显在很多人之上，连续两个学期的综合比试他都是最优等生。他对打时跟方北鑫一样，出拳出脚都很重，被他打伤的同学都忌他。吴保禅对刘杞荣说：“我俩打一下?”刘杞荣与吴保禅第一个学期和上学期都有过交手，都输给了吴保禅。此刻，两人对打时他把平生所学全用上了，打了几十回合。吴保禅攻击的拳脚都被他拆解了。吴保禅很诧异，怎么自己拿不下这个手下败将了?于是他就更加猛烈地进攻。刘杞荣一脚踢在他脖子上，把他踢个趔趄。吴保禅横刘杞荣一眼，加快了攻击的节奏。刘杞荣反而来劲了，与吴保禅的拳头硬碰硬。吴保禅挥拳向他的胸口打来，他抬手撩开，一拳打在吴保禅的右脸上。吴保禅挨了他一拳，有些恼，转身腾起踢他。刘杞荣拨开踢他脑袋的那一脚，又拍掉踹他胸口的第二脚。吴保禅用的是家学——无敌鸳鸯腿，然而不但被刘杞荣左右两下拍掉了，还被刘杞荣在瞬间内一拳打在左腿的髌骨上，致使脚着地时身体一歪，差点跌倒！刘杞荣问走路脚一踮一踮的吴保禅：“吴兄没事吧?”吴保禅咧嘴答：“没事。”

周进元的眼睛睁圆了。他曾和旷楚雄讨论过无数次，在教授班里，给刘杞荣排名每次都是排在第十或第十一上！表哥居然打败了吴保禅，吴保禅在他和旷楚雄眼中，不是排在第二也是排在第三，仅次于赵武传，与方北鑫总是打成平手，有时候还略胜方北鑫一筹。没想到表哥后来居上。他暗想难怪贺涵和柳悦都喜欢他，原来她们是笃爱他这种自强不息的斗志。他握着拳头，猛地击一拳，暗下决心道："要想获取柳悦的心，就得打败表哥。"这个决心与爱纠缠在一起就变得无限大，驱逐了他的懒惰。他每天五点钟起床，在腿上绑着沙袋跑步，跑一个小时才练拳。下午上打课时他找方北鑫打，跟方北鑫学连环腿。寻赵刚打，向赵刚讨教铁砂掌。又跟吴保禅打，向吴保禅学无敌鸳鸯腿。还找赵武传学蛇拳和鹰爪拳。旷楚雄叫他去喝酒，他说："我要练拳。"旷楚雄喝道："你他妈中了邪吧？"他说："我是中了邪。"他也找刘杞荣打，强调："表哥，你莫让我。"刘杞荣说："你早就应该这样。"两人打斗时，他口中念道："手是两扇门，全凭脚打人。"话毕，跃起，空中转体用连环腿踢刘杞荣。刘杞荣左手撩开表弟踢来的第一脚，一闪身，右手把表弟踢来的第二脚的脚背朝前一拉，表弟落地时支了个"一"字。刘杞荣说："出脚慢了。"他也不多话，起身又挥拳打来，刘杞荣接招、拆招，两人又斗了十几回合，表弟一折身，一脚蹬来。刘杞荣反应极快，抢先一脚踢在表弟右腿的胫骨上，痛得表弟龇着牙，揉着痛处。刘杞荣问："还打吗？"表弟说："当然打。"站在一旁观战的旷楚雄，对周进元竖个大拇指："可以啊你。"

十一月的一天，刘杞荣收到柳悦的信，柳悦告诉他，贺涵结婚了。那一刻他身体一软，人就坐在冰冷的地上。他内心里那个最美丽的姑娘成了别人的新娘，他凄迷地望着天空。周进元把他拉起，今天是上文课，两人走进教室坐下，老师在讲台上讲的内容，他一个字都没听进耳朵。下了课，他还愣在座位上。周进元叫他："呷饭去。"他回答："我不想呷饭。"周进元说："咯是没办法的事。"刘杞荣痛楚道："人活着没一点意思。"他不抽烟的，向表弟要支烟，点燃，吸了几口，把眼泪水都熏出来了，就揿灭道："走，练拳去。"他练了半个小时拳，感觉很没劲地坐在地上，看着乌云翻滚的天空。下雨了，电闪雷鸣的，豆大一粒的雨水打在他脸上。他仰头淋着雨。旷楚雄已从周进元嘴里得知了此事，也很难受，但他不能容忍刘杞荣比他痛苦，走过来拉刘杞荣：“你何解可以比老子还痛苦？笑话呢！走。”刘杞荣推开他：“你莫管我。”旷楚雄叫屈：“我日你的，老子比你更痛苦，老子都冇淋雨……”刘杞荣不等他说完，把他拉倒了。旷楚雄就索性坐在地上，陪他一起淋雨。

两人淋得如落汤鸡样回到寝室，换上干衣服，便去喝酒。你一杯我一杯地喝着闷酒，自然喝得大醉，都不知是怎么回到寝室的。第二天醒来，刘杞荣起床，感觉天旋地转的，又瘫软在床上。旷楚雄站在床前抽烟，奇怪道：“我都冇感冒，你怎么可以感冒？走，练拳去。”伸手来拉刘杞荣，刘杞荣软塌塌的。他把手放到刘杞荣的额头上，感觉额头很烫，惊讶地瞟一眼刘杞荣：“我其实比你咯鳖还痛苦，我都冇病，你何解病了？”刘杞荣不搭话。

学期结束前，刘杞荣于同一天接到两封信，一封是家书，大哥写道：“爹娘让媒人给你选定了门婚事，是邻村的妹子，娘特意拿你和她的八字去街上找人算了，很合。爹让你过年时回家与那妹子成亲。”另一封信是柳悦写给他的。柳悦的信是问好，说柳真想跟他学拳，若寒假他回长沙，可住她家，柳真经常问她，“杞荣哥哥什么时候回来”。信中用了“回来”一词。他把信给周进元看：“你去教她弟弟！”周进元读完信，忌妒得要命：“表哥，丹凤眼对你有那意思。”刘杞荣望着表弟：“不可能，她是要我去教她弟弟武术。你去。”周进元道：“她是要你去，我怎么好意思去？”他说：“你就讲我没钱回湖南，我让你去教她弟弟。”周进元心里有打算的，柳悦家的条件那么好，娶了她他在长沙就站稳脚跟了。他说：“你真不去？”他答：“不去，机会给你。”周进元笑起来：“你够朋友。”刘杞荣说：“你要好好表现。”他没给柳悦回信，给哥哥回信，要哥哥劝爹娘把给他定的亲退了。

期末术科考试，一门门考，这个学期学的是八卦掌、八极拳、通臂和劈挂及王子平老师教的少林棍、杨澄甫老师传授的杨家枪等，学员一个个上台展示所学，教练坐在台下给一个个学员打分，刘杞荣都是优；术科综合考试他败给了赵武传，但进了前十，也是优。学科如党义、国文、地理、历史、国术理论、生理学、军事和音乐，他只有生理学打了优，其他科目都是良。旷楚雄术科五个优三个良，术科综合考试也打了优。周进元术科四个优，四个良，综合考试打进前二十名，得了个良。刘杞荣表扬他："祝贺祝贺，你咯个学期进步神速。"周进元说："我也觉得是进步了。"刘杞荣说："你要是一直这么练，早在我之上了。"周进元笑，心里想我一定要超过你，嘴上却谦虚道："哪里哪里。"刘杞荣本没打算回湖南，但旷楚雄对人好起来是没边的，替他买了张车票。刘杞荣说："谢谢。你把票退了，我有钱，不回去。"旷楚雄把车票塞到他手上："送你的。一起回去。"

十三　周进元去了柳悦家

刘杞荣和周进元在训练所住了一晚，次日一早，周进元去了柳悦家。刘杞荣却在训练所练拳。十点来钟，周进元沮丧地回来了，一脸郁闷。刘杞荣问：“怎么啦?”周进元说：“她冇提要我教她弟弟打拳。倒是问起了你，我说你冇回来。”刘杞荣笑。周进元说：“我咯样说你冇得意见吧?”刘杞荣答：“冇意见。”周进元叹口气：“既然咯样，我回沅江过年去。”刘杞荣说：“我不回去，在训练所等你一起回南京。”周进元当天下午就走了。

第二天上午，柳悦来了，着一身黑呢子衣，一条红围巾衬托得一张脸红灿灿的，一双丹凤眼含着温情，嘴角微微上翘，那是微笑，两个酒窝呈现在两边面颊上，煞是好看。柳悦说：“昨天周进元来我家玩，我问你回来冇，他踌躇了下，我就断定他是说假话。我猜你要是冇回沅江，就住在训练所。”刘杞荣的心跳加快了，仿佛有匹骏马在他心田上奔驰，这种热烈的感觉以前只在贺涵面前有过，现在转到柳悦身上了，他不是震惊而是高兴，嘀咕了声：“我本来冇打算回来，旷百万硬把我拖回来的。”柳悦说：“柳真咯几天天天念你，你冇打喷嚏?”刘杞荣想她用弟弟做挡箭牌，说：“冇打。我怕周进元有意见。”柳悦道：“你想偏了，我跟周进元又冇得路。再讲，我冇得别的意思。”话既然说得这么开，像操坪一样宽，他就随柳悦一起到了柳宅。柳真看见他，抱住他：“师傅来了。”柳老先生温和地说：“来了。”他觉得柳家的气氛很温馨，叫了声“柳伯伯”。柳真道：“师傅，自从去年暑假跟你学了半个月拳，进初中后，同学里，冇一个同学能打赢我。”刘杞荣批评道：“你不能恃强欺弱啊。”柳真看一眼姐姐，又望一眼父亲：“师傅，是他们呷住我我才还手。我想学摔跤，高我一年级的一个学长会摔跤，脚一绊就把我摔倒了。”刘杞荣笑：“那我教你摔跤。”

天冷，北风从街上刮来，把树枝吹得嗞咔咔响。柳老先生怕冷，坐在堂屋里烤炭火，一床薄被从烘罩上扯到身上，盖着他的肚子。他看着穿一件单衣，在院子里教柳真摔跤的刘杞荣，问女儿：“悦儿，你咯个同学的爸是搞么子路的？”“好像是地主。”柳父说：“不像啊。地主的崽哪里有穿得咯么普通的。”柳悦与父亲说话是极随便的：“爸，你问咯么细做么子？人家又冇看上我。他是你要我请来教你的宝贝儿子武术的。”柳父呵呵道：“那是我多心了。”吃完晚饭，刘杞荣要走，柳父却要留他住：“客房我已经叫人收拾好了，缺么子东西，你只管跟我悦儿开口。”刘杞荣想柳悦是表弟追求的对象，说：“咯不好吧？”柳悦哼一声：“你就是喜欢假客套。”柳父忙说：“悦儿，讲话注意点。”客房的窗户很大、很高，木地板，一张桌子、一张大床，还有一对藤沙发。墙上挂一幅盛开的芙蓉图。他躺到床上，盯着这幅国画想，她是个温柔、妩媚又懂事的好妹子，笑起来就是一朵芙蓉花。第二天拂晓，他走到院子里打拳，天渐渐大亮，一大片朝霞染红了天空。柳真起床，叫了声“师傅”。

柳真的一个同学来找柳真玩，见刘杞荣教柳真摔跤，也想学。摔跤需要对练，刘杞荣就同意了。两个少年学得十分认真，他在一旁指导。天冷，晚上柳悦端来一盆炭火，不一会室内的寒气一扫而光。柳悦敲开门，问：“还习惯吗？”他说：“岂止习惯，你一屋人都对我好。”柳悦抿嘴一笑：“你咯话还算有良心。”那天晚上这句话在他脑海里飘了一晚，和着她妖娆的笑容。他迷茫，奇怪，自己怎么会困不着。有天下午，他教两个少年摔跤，刚走进房间喝茶就听见周进元的声音，他一惊，忙出来跟周进元打招呼。周进元穿一身崭新的蓝缎子棉长袍，脖子上垂着长长的白围巾，一副文化人打扮，左手提着冬笋，右手拎着一袋糍粑。周进元看见他，刷地脸红了，道："你怎怎么在咯里?"刘杞荣看着表弟像做贼样把冬笋和一袋糍粑放到门角弯里，心里想笑，说："等下再跟你解释。"柳悦边给周进元泡茶，边说："你莫误会，是我去训练所把他请来教我弟弟摔跤的。"接着道："啊呀，你还提东西来干么子?"周进元咧嘴道："从家里带来的，冬笋是别个送的，糍粑是我娘打的，又不要钱。"柳悦说："谢谢，你拿回去。"周进元心乱了，脑袋里嗡嗡地响，许多恨恨的词句在他脑海里飞溅：撮巴子（骗子）；跟老子抢女人；杂种；什么卵表哥，假得死。刘杞荣见他脸色阴郁，说："要不，你来教?"柳悦回绝道："还是莫，我弟弟不喜欢换人。"说着，她把茶杯递到周进元手上。周进元捧住茶杯，机械地喝了口，烫得把茶水吐到地上，他放下茶杯："表哥，你出来一下。"刘杞荣跟着表弟走到槐树下，槐树叶全掉光了，只有枝丫刺着天空。周进元睁大眼睛说："表哥，你明明晓得我在追丹凤眼，你还……"刘杞荣说："你莫误会，是你自己回答丹凤眼的问话时暴露了。"周进元火道："我不听解释。"刘杞荣望一眼树枝："那我就不解释。"周进元恨道："我还不晓得你，你想跟我争她。"刘杞荣很讨厌表弟这么说，但也不想跟表弟翻脸，说："我明天回南京，咯总可以吧?"

柳悦走拢来，娇声问："你们两人神神秘秘地讲么子?"刘杞荣说："柳悦，我明天回南京。"柳悦疑惑地看一眼他："还有几天就过年了，回么子南京?"周进元替他捏白："国术馆的一个老师病了。"柳悦说："外面好冷的，进屋讲话吧。"两人跟着她走进屋，柳悦说："刘杞荣，我建议你过完年再回南京。"刘杞荣低头道："不，我明天走。"柳悦看一眼周进元，说："周进元，你咯是件新棉袄啊。大了点。”周进元说：“我娘特意要裁缝做大点，讲可以罩件小棉袄穿。”三个人说着话，周进元总是盯着柳悦，看得柳悦目光不知往哪里放。刘杞荣把手伸进烘罩里烤。家佣做好了晚饭。吃饭时，柳悦对弟弟说：“柳真，你师傅明天要回南京，你不留他？”柳真说：“师傅，你莫走。”柳父说：“快过年了，过完年再回南京吧。”刘杞荣不看周进元，望着柳老先生：“柳伯伯，我明天走。”柳老先生和柳真都一个劲儿地给他敬菜。柳悦对周进元说：“你呷菜。”柳老先生也说：“你呷菜。”但没给周进元夹菜。

吃过饭，周进元心猿意马地坐了很久，喝了三杯茶，抽了八支烟，霉着颗脑袋走了。刘杞荣转身回客房，打算收拾东西回训练所。柳悦跟进来，坐到藤椅上：“周进元跟你讲了么子？”他答：“冇讲么子。”柳悦一脸摊牌的样子：“其实我能猜到。周进元一直追我，他先后给我写过十多封信，最先的六七封信只是跟我谈国术馆的情况，我就回信。有一天，我接到他向我表白的信，我回了封婉拒的信。他还是给我写信，我冇再回信。上个学期，他又给我写了封表白信，我怕他走火入魔，又回了封拒绝的信。我讲我对他冇感觉，祝愿他找个比我好的妹子。我已经拒绝了呀，可他还是这样，真拿他冇一点办法。”刘杞荣愕然地望着她，这么说她两次回信拒绝了周进元但周进元还不死心，就琢磨这事他该如何处理，说：“我佩服他的胆量，要是我早打退堂鼓了。”柳悦气恼道：“我不想公开的，我估计他对你讲了些不实的话，我才讲的。”刘杞荣心里一热，顿觉舒畅：“咯样看来，他讲的都是废话。”柳悦说：“我爸对你印象相当好，柳真很崇拜你。你还是留下吧。明天，若周进元再来，我来跟他讲，我必须让他死心。这也是为他好。”刘杞荣想了一晚，决定留下来。

过年时，柳家每天都有几拨人拜年，有的人把他当柳家请来护院的，有的人把他当柳家未来的女婿，用奇异的目光打量他。刘杞荣装没看见，不是教柳真摔跤就是教柳真打拳。大年初四，周进元来了，当时刘杞荣正在坪上带柳真摔跤。周进元着一身黑亮亮的缎面棉袄，戴一顶保护耳朵不受冻的冬帽，凝神盯着刘杞荣教柳真摔跤，不等刘杞荣开口便讥讽道："咯就是朋友？"这句话如尖刀样扎在刘杞荣的心坎上，令他很不是滋味。柳悦快步走到他俩面前："周进元，我跟你讲两句话。你出来。"她向篱笆门外走去，周进元灰着脸跟了去。一刻钟后回来的只有柳悦。刘杞荣问："我表弟呢？"柳悦淡然道："我告诉你表弟，我和他绝无可能。请他以后不要来我家了。"刘杞荣想这么温柔、美丽的柳悦，怎么会说出如此绝情的话？"你真是咯么讲的？""我不想他在我身上浪费时间。"她说。

过完年，刘杞荣回到南京，想跟表弟解释，表弟不理他。上打课时，他找表弟打表弟不跟他打："我不跟虚伪的人打。"这话够伤人的，令他望而却步。表弟每天狂揍着沙袋，把沙袋当表哥打，恨道："假麻批（方言，骂人的痞话）、假麻批，日屁眼的朋友，打死你、打死你。"旷楚雄见他神经样骂东骂西，眼睛里充满仇恨，问他怎么回事。他苦楚道："我冇得咯个表哥，明明晓得老子喜欢丹凤眼，他还跟老子抢。你说咯样的人能做朋友吗？"旷楚雄觉得这事很严重，把刘杞荣叫到一棵树下问："你和周进元闹意见了？"刘杞荣把事情的来龙去脉告诉了旷楚雄，旷楚雄只抓要点，问："你喜欢丹凤眼？"刘杞荣想了下答："我喜欢一粒痣。"旷楚雄说："你莫扯别的，你只说你喜欢丹凤眼不？要讲实话。"刘杞荣答："周进元喜欢，我只那么喜欢。"旷楚雄晓得他不敢承认，说："既然你也喜欢，那我冇得办法调解了。"刘杞荣想起表弟的种种表现，那么恨他，就恼道："我无所谓。"

一个学期很快面临结束，期末时，先是术科各项的结业考试，接着是综合考试。上个学期，有的同学对打二十分钟也分不出胜负，打的累，裁判老师也累。这个学期把规则改了，打三局，每一局三分钟，若三局还不分输赢就由裁判老师定夺。周进元因失恋反倒很有点奋发图强，把身上的潜力统统开掘了出来就井喷似的，一路打进了前十。朱国福老师称赞他："不错不错。"周进元出一口长气说："要打进前五才是最优。"旷楚雄在进前十时输给了方北鑫，见周进元进了前十自己就满脸怅然，坐在椅子上生闷气。刘杞荣在进前十时遭遇的对手是赵刚。赵刚在第一学年和上学期，术科综合比试是最优。赵刚不爱言谈，看人时目光极为冷峻，眼里还夹着蔑视，好像嘴里含着一粒糖。当他抽的对手是刘杞荣时，他信心满满地对和他关系最好的方北鑫说："我运气还行。"他们都怕抽到赵武传。

裁判是朱国禄老师，朱国禄老师手往下一劈："开始。"赵刚出拳，刘杞荣接招，无论赵刚如何快，他都能提前预判和拦截，手一拍、一压或一撩就把赵刚打出的这一拳那一脚拍掉或拨开了。赵刚一个蹬步，挥拳直击他的面门，想迅速解决对手。刘杞荣用一个摔跤动作手一逮一带，把赵刚拉倒了。赵刚一时没弄明白自己挥出的拳那么快，刘杞荣是如何逮住他的拳头拉倒他的！第二局，他使出浑身解数，狠招、绝招都用出来了。刘杞荣接招、解招，仿佛来不及回击似的，故意露破绽给赵刚。赵刚急于求胜，突然腾空转体踢刘杞荣的头部。刘杞荣等的就是他腾身，抓住他跃起的那一瞬间，比他更快地一脚蹬在他屁股上，那一脚力量充足，把赵刚蹬出一丈多远，掉落在台边。众同学都惊呆了，朱国禄老师也是一惊，这可不是一般人能做到的。赵刚被他踢伤，脸色十分难看，方北鑫走上去扶他。刘杞荣对赵刚抱个拳："赵兄，见谅。"

下午是十进五，周进元抽号的对手是赵武传，周进元脸都白了，嘀咕道："我背得死。"周进元和赵武传是第二对上场。周进元与赵武传打时十分小心，但斗了十几回合还是被赵武传一脚踢倒了。他狂躁地跃起，吼了几声，调整下自己，猛攻猛打。赵武传左挡右避，待周进元的那股猛劲往下掉时，瞅准机会，一拳打在周进元脸上，把周进元打蒙了。赵武传又一脚踹去，周进元后退了好几步，倒在台上。王子平老师道：“赵武传胜。”

刘杞荣的对手是方北鑫。方北鑫盯着刘杞荣，眼睛里有火星子往外飙：“刘兄，比武我是不会客气的。”刘杞荣回敬一句：“你千万莫客气。”比武前，方北鑫很狂的样子挥下拳。王子平老师说：“比武时不能踢裆，不能打眼睛。开始。”方北鑫一出手就挥拳如雨，不想给对手反击的机会。刘杞荣见招拆招，觉得方北鑫出拳虽快但劲道不足。两人斗了十几回合，方北鑫打不到他，反而挨了刘杞荣几拳，就飞身用连环腿踢。刘杞荣一掌拍掉他踢来的第一脚，一折身顺势推开他踢来的第二脚，那一推是摔跤招式拉扯，方北鑫落地时往前蹿了八步。很多同学都吃过方北鑫那两脚的亏，没想到刘杞荣竟反应极快地拨开了。方北鑫见连环腿伤不了他，改用虎拳进攻，虎眼圆睁。刘杞荣又与他打了几个来回，一脚把方北鑫踢倒了。第二局，方北鑫一上场就咆哮，妄图在气势上压倒对手。刘杞荣冷着脸。两人斗了十几回合，刘杞荣在方北鑫转身蹬他时，抢先一脚蹬在方北鑫的小腹上。方北鑫只有一只脚伫立，另一只脚提了起来，因此像木桩一样仰倒在地。方北鑫起身又打，刘杞荣见他还要打，一脚踢在他脖子上，那一脚快得大家都没看清，力很大，把方北鑫再次踢倒。王子平老师看出方北鑫龇着牙，露怯了，晓得不用打了，宣布：“刘杞荣胜。”

刘杞荣进了前五，与赵武传、吴保禅等成了最优等生。旷楚雄表扬他：“你可以啊。”刘杞荣“嘿嘿”两声回答。旷楚雄用一种钦佩的目光看着他：“吴保禅讲，赵刚和方北鑫连续三个学期都是前五，如果对手不是你，肯定能进前五。你把他们挡在门外了。”刘杞荣说：“侥幸赢的。”“你是长了本事，”旷楚雄说，“吴保禅讲：‘你运气好，抽号没遇上赵武传。’”刘杞荣也觉得自己是运气好：“那是那是，上个学期我就是败在赵大侠手上。”旷楚雄开心道：“你替老子出了口恶气。老子被方北鑫那杂种打宝（傻）了。”两人走出场馆，见周进元坐在树下，垂着头抽烟。旷楚雄用脚拨下他："你他妈打进了前十，比老子都厉害了，请客呀。"又对刘杞荣说："你更要请客。"刘杞荣想修复自己与表弟的关系，表态："我先请我先请。"旷楚雄对周进元说："走啊，先呷刘杞荣的，再呷你的。"周进元没搭话。旷楚雄拉他，周进元甩脱他的手："你们去。哪天我单独请你。"旷楚雄踢他一脚："去，莫鬼相样子。"

十四　军人是张排长

脸相有些像旷楚雄的军人是张排长，刘杞荣是稍晚一点才知道的。张排长除了脸型和嘴巴有些像旷楚雄，鼻子、眼睛都不像。刘杞荣站在何司令一旁，何司令瞟一眼这个前国军少校，自豪地一挺胸："看看我人民子弟兵，士气多高涨！"刘杞荣答："是高涨。"身材高大的毛连长大喊一声"立正——"特务连的官兵立即挺直腰杆立正。毛连长说："稍息。首长来看望大家，大家欢迎。"官兵们立即鼓掌欢迎。何司令走前一步，清清嗓门："同志们，咯次两大军区比武，你们一定要抓紧训练，比出自己最好的成绩，不能给湖南军区丢脸。明白吗？"众官兵齐声答："明白。"何司令又大声道："为了咯次比武能取得名次，我特意从省体委请来武术队总教练刘杞荣同志。"他看一眼刘杞荣："下面，请大家热烈欢迎刘教练给大家讲话。"官兵们鼓起了掌。刘杞荣摆手："何司令，我不讲话。"何司令要求道："刘教练，讲两句。"刘杞荣不好推托，走上前："解放军同志们，摔跤、散打，我都懂点皮毛，但都不精。我是来向解放军同志学习的。谢谢大家。"

王副司令接过话道："同志们，大家要集中精力打好这一仗！军区后勤部给你们调来一车富强粉，就是让同志们吃好、吃饱，好增强体能比武！国民党反动派妄想反攻大陆，你们答应吗？"解放军官兵立即回答："不答应。"王副司令满意地问肖主任有没有什么要说的。肖主任是站在何司令身后的，走前一步，严肃着面孔："我讲一句，刘教练是军区请来指导你们训练的老同志，大家要尊重老同志，虚心向老同志学习。同志们，训练吧。”年轻的官兵们散开了。何司令呵呵笑，看着刘杞荣：“刘教练指导一下？”刘杞荣笑了下：“一把老骨头了，指导不动了。”何司令可不会放过刘教练，他倒要看看刘教练是否有真本事：“毛连长，你与刘教练比试一下，有没有信心？”毛连长一个立正：“首长，有信心。”刘杞荣看一眼何司令，担心自己胜了解放军同志而让何司令、王副司令不快，说：“何司令，不比不比。”何司令下令：“毛连长，刘教练一把年纪了，莫伤了老同志。”毛连长朗声答：“明白。”

毛连长实在看不出这个干瘦的半老头有什么功夫！他真担心自己一不小心会把这个准老头摔伤而没法向首长交代。他望一眼何司令，何司令脸上有笑容，但那些笑容却让他无法做出明确判断。他看一眼王副司令，王副司令绷着脸说：“这样吧，先叫张排长跟刘教练摔两跤。”毛连长遵命道：“张排长，你与刘教练摔两跤。”张排长是一排排长，这个长相略有点像旷楚雄的二十出头的小伙子走到场地中央，生硬地盯着刘杞荣。他一米八几的个子，一头浓密的乌发，一张因天天在太阳下训练而晒得黧黑的面孔英气逼人。从个头上看，刘杞荣不及张排长高，从身体状况看刘杞荣也比张排长瘦，从年龄上看刘杞荣比张排长大出一倍多。何司令想，张排长若把刘教练摔伤了，自己也不好向张主任交差：“张排长，刘教练年纪大了，莫用全力。”张排长答：“是，首长。”刘杞荣笑道：“解放军同志，不要看我年龄大了。你只管用力。”他走到场地中，站着，没摆架势：“来吧。”

张排长很想让首长看看自己的本事，跨前一步，手抓着刘杞荣的胳膊，想折身一背抱把刘杞荣摔倒，自己却倒在地上了。张排长脸红了红，起身，蓄一股劲，冲上来。刘杞荣就势一推，都看不出他用了力，张排长蹿出三米远，倒在何司令脚下。何司令十分诧异，没看清这是怎么回事。张排长爬起身，这一次他谨慎了，不像刚才那么冒失。可两人一交手，他又莫名其妙地倒地了。张排长尴尬的是自己都不晓得自己是怎么倒地的！他说：“再来。”两人一交手，张排长又倒了，而且是被刘杞荣横撂在地。张排长接连摔倒四跤，不服也不行了，对何司令说：“首长——”何司令很兴奋，悬着的心也落下了，看一眼王副司令和肖主任：“咯刘教练有两把刷子。”转身对张排长道：“你下去。”

二排肖排长大喝一声：“连长，我来。”肖排长身高一米八五，山东大汉，两道浓眉，一对虎眼，也不多话，想这可是在首长面前显示自己的大好机会！当肖排长想一个折身把刘杞荣摔倒时，刘杞荣却把山东大汉从自己肩上摔了出去。山东大汉惊奇地看着刘杞荣。他倒不是觉得自己丢了丑，而是没想到自己体重一百九十斤，就是连长要弄倒他都要费些力气，竟被这个单瘦的老头一个背抱撂在地上。他看刘杞荣的目光就崇敬了几分。肖主任给肖排长打气：“肖排长，加油。”战士们也跟着叫道：“肖排长，加油。”但无论他怎么加油，接连两跤跌倒的都是他。何司令高兴得不得了，问王副司令：“怎么样咯个刘教练？”王副司令心里的疙瘩解开了，称赞道：“这个人是有些本事。不知他与毛连长摔会如何。”何司令虽贵为司令，可仍是个十分好奇的男人，笑道：“毛连长，你敢与刘教练摔两跤吗？”毛连长答：“敢，首长！”“好，毛连长，看你的了！”何司令说。

连长亲自上阵，特务连的官兵都兴奋了。毛连长犹如蒙古武士，摇晃着身体，盯着刘杞荣，突然像猛虎样扑上来，想揪住刘杞荣的胳膊将他摔倒。他这一招在张排长和肖排长身上都很奏效，可用在这个半老头身上，反倒被半老头手一带，脚一钩，绊倒了。众官兵惊住了。毛连长爬起身，又一个猛虎下山，刘杞荣身体一折，捉住毛连长伸来的手，借力一带，毛连长用的力很大，就收不住脚地蹿出一丈多远，头撞到王副司令左腿的当面骨上。王副司令差点被毛连长一头撞倒，幸亏他急退一步才免遭其难。毛连长来不及向王副司令道歉，不服气地调整下呼吸，再来一个黑虎掏心，想抓住刘杞荣的皮胸把刘杞荣掼倒。刘杞荣又顺势一抓一带，他又蹿出几米远，绊倒在地。第四跤，他不敢来猛的，来柔和的，与刘杞荣交手时想凭借力量弄倒刘杞荣，但倒地的还是他。何司令大笑，连连点头道："咯个刘教练请得及时呀，王副司令。"王副司令点头："是及时。呵呵，毛连长那么大的个子都不是他的对手。"何司令看得更远："有他指导，我们特务连的摔跤水准会大有提高。"接连摔了十跤，都是毛连长倒地，不是横摔在地就是仰倒在地。肖主任频频称奇："奇了怪了，刘教练摔毛连长，好像冇费什么力气。"何司令极起劲："心总算落妥了。好了，毛连长，你们好好跟刘教练学。"毛连长立即回答："是，首长。"王副司令也发话道："同志们，你们要发扬我军'一不怕苦，二不怕死'的优良传统，好好跟刘教练学摔跤。"王副司令握着刘杞荣的手，热情地道："特务连的战士就交给你了。"何司令脸上的笑容很宽敞："有你刘教练指导，我特务连拿名次大有希望啊。"刘杞荣对两位司令说："何司令、王副司令，他们能不能拿名次，咯我不能保证。"肖主任道："刘教练，你有什么要求只管提，我们来解决。"刘杞荣可不想麻烦这些首长，摆摆手："我冇得要求。"

翌日一早，刘杞荣便到了训练营地，战士们看见他，个个都很敬重的样子。刘杞荣让毛连长把一百多名解放军官兵集中到身前，解释自己昨天摔身材高大的肖排长的那一招。"解放军同志们，就身体而言，我咯把老骨头是背不动肖排长咯么大的个子的，何解我能背动他？"他望着大家，"我是借肖排长的力，顺势而为，如果用自己的力背肖排长，那我会耗费自己的全部力气，那是不懂摔跤技巧的人使用蛮力摔。"解放军官兵听懂了，点头。他接着道："摔跤要用巧力，就是用对手的力摔对手。下面，我演示给同志们看。肖排长。"肖排长应声："到。"他让肖排长到自己面前来，把自己摔肖排长的招式，分解成几个动作示范给解放军战士看。“就是咯样，快捷地抓住他的手，一折身，一拉一带。看见吗?”战士们都看着，点头。刘杞荣让官兵两人一组，照着他示范的动作摔，说：“解放军同志们，咯个动作大家分别做五十遍。”毛连长说：“刘教练，你这一说，我懂了。”

接下来，他又教战士们如何化解他摔肖排长这一招，他把化解动作分解给战士们看，然后要肖排长照他化解的动作顶他。他说：“同志们，肖排长这一顶，就破了我背他的招式。”他让战士们照着练习，随后让两个战士上来演示，他手把手指导。战士们经他一指导，要背动对方就难了。刘杞荣说：“都听好，咯个动作大家分别练五十遍。”五十遍练过后，刘杞荣又教大家如何在这种情况下把对手摔倒。他让张排长上来，示范道：“同志们，摔跤，每一招使出来都有破招。大家看好，他咯 顶，你该怎么摔？看清楚了，右脚一钩，借着腰力右手臂往后一压。”他话说完动作也完成了，张排长倒在地上。他拉起张排长，问：“都看清楚了吗?”随后，他又教官兵如何破刚教的这一招，说：“你们互相练五十遍。”

到了吃中饭的时间，食堂里，桌上摆着一筐筐富强粉馒头，又大又白一个，那一年全国人民都还在咬紧牙关过苦日子，富强粉馒头就极诱人。堂客去世后，刘杞荣一个人的工资要养四个人，三个崽女都在吃长饭，胃口好，他只能尽量让崽女们多吃，自己能少吃就少吃。此刻，他看着富强粉馒头，心里竟有一种喜悦，搓着手问毛连长：“毛连长，我不清楚部队的规矩，是定量吃，还是随便吃。”毛连长说：“随便吃。我们是要参加比武的，首长特意给我们增加营养，让我们敞开肚皮吃。”刘杞荣听毛连长这么说，就不客气了。桌上有三个菜，红烧肉、苋菜和青辣椒炒红萝卜。他拿起馒头一口咬下，馒头落入咽喉时，那种面粉的香气让他特别愉悦。他悉心体会富强粉馒头的滋味，这可比专做馒头和包子生意的德园的馒头还好吃！他接连吃了十二个又大又白的馒头，让毛连长、张排长和肖排长都睁圆了眼睛，深感他太能吃了。毛连长说："刘教练真行，原来您不仅这么能打，还这么能吃啊。"

吃过午饭，休息了一个小时，正热的时候，战士们也不怕热，又开始在草坪上摔打。刘杞荣要战士们把自己上午教的招式反复练习，动作不对的，他走上去纠正。接着，他又教新招，毛拉是连长，不好把毛连长摔来摔去。他就叫张排长到面前，示范给战士们看。教了几招，他让毛连长与张排长摔给战士们看。毛连长基础好，领悟能力强，一上手就把张排长摔倒了。刘杞荣非常满意，让战士们跟着练习。这一招过了关，他又教解招，要大家练习五十遍。战士们学得很有兴致，个个摔得汗流浃背的。毛连长拉着肖排长对练，刘杞荣一指导肖排长，肖排长一折身就把毛连长撂倒了。刘杞荣又指导毛连长破肖排长的那一招，毛连长一转身又把肖排长折摔在地。因为要参加东南沿海的两大军区比武，官兵们练得非常辛苦，直到开晚餐了，战士们才休息。毛连长要留刘教练吃晚饭，刘杞荣说："我家里还有两个妹子和一个崽等着我买菜回家做晚饭。"毛连长问炊事班长："还有馒头吗?"炊事班长答："有呢，连长。"毛连长说："装上一袋馒头给刘教练带回家吃。他辛苦了。"刘杞荣不好意思："不用不用。"毛连长说："您这么认真地教我们摔跤，不用客气。"

他回到家，小苏在巷口跟同学玩，两个女儿坐在桌前做作业。这是栋两层楼的房子，曾经是一资本家的公馆，那资本家举家去了香港，如今这公馆成了公房。一楼二楼都是木板地，房子的层高很高，窗户很大。刘杞荣一家人住二楼，住着两间房，厨房曾经是阳台，公家将阳台改造成厨房，不大，但实用。煤炉上正用文火煮着米饭。刘杞荣把毛连长给他的一袋富强粉馒头打开，馒头虽然冷了，但在那个年代，对于这一家人却是最好的食物。他对大女儿说："小英，把小苏喊回来。"小英一见馒头又白又大，喜爱道："我要呷一个。"小芳也说："我也要呷一个。"他说："拿回来就是给你们呷的。"小英拿个馒头，边啃边出门叫弟弟，见弟弟正跟几个同龄人玩，叫道："小苏，爸爸要你回家。"小苏跟着姐姐回家，见桌上一袋馒头，喜悦地大叫："好大的馒头。"

一早，刘杞荣在晨雾中打完拳，七点半钟，他回家，桌上摆着两个馒头和一碗稀饭，因怕苍蝇沾，用纱布罩子罩着。这是小英去食堂打来的早餐。两个女儿和儿子都上学去了，家里就少有的安静。他吃了稀饭和两个馒头，把碗拿到厨房里洗，想若谭志清还活着，咯些家务就不用他干。他心里升起一抹伤感，出门，刚走进办公室坐下，毛连长就出现在他面前，笑着："刘教练，战士们盼着您教新招呢。"刘杞荣想起何司令说"每周来指导两次"，道："不是说一周两次吗毛连长？"毛连长呵呵道："太少了。战士们希望您天天来指导。"刘杞荣对另一名教练说："我去军区了，你要队员们好好训练。"大楼外停着辆挂着军牌的吉普车，是毛连长开来接他的。汽车朝军区驶去时，毛连长边开车边说："刘教练，经您一指点，我觉得自己提高得很快。"刘杞荣想，有他这句话就行了，说："你悟性好，内蒙古人，天生能摔跤。"毛连长说："我以前是凭力气摔，现在我学会用巧劲了。"

汽车很快驶进军区，毛连长和刘杞荣都下车，毛连长对战士们说："刘教练来了。"他不用说"大家欢迎"，战士们全热烈鼓掌。刘杞荣觉得这些解放军战士十分热情好学，心里就喜欢，待掌声停毕，他要战士们摔给他看。他一一检查、纠正，又教新动作。整整一天又在教和学中逝去了。这样教了一个月，他把摔跤的全套动作和要领都教给了战士们。他对战士们说："同志们，要下苦功夫练才会提高。我看了你们的比武项目，手枪、步枪、机枪射击我教不了你们。摔跤、散打，有集体项目和个人项目。下次，我教你们散打。"

毛连长半开玩笑半认真道："刘教练，您把武术都传授给我们，就不怕我们用您传授的武术打您？"刘杞荣笑："不怕，因为我不会给你机会。”张排长瞪大眼睛：“此话怎讲?”刘杞荣想，你们就想赢我，差得远呢。他说：“我就用我教的招式摔你，告诉你我要用的招式，你也无法破招。”毛连长感兴趣道：“那是为何?”刘杞荣说：“我会告诉你们，谁想试试?”毛连长觉得自己已掌握了摔跤诀窍，想狠狠摔刘教练几跤，报刘教练那次当着战士和首长的面把他摔麻袋样摔来摔去的“仇”，说：“我来。”刘杞荣说：“好。你进攻吧。”毛连长一上手，刘杞荣就把他摔倒了。他把毛连长拉起来：“再来，我还用这一招摔你。”毛连长十分惊愕，他自诩自己是灵敏的，刘教练也说他反应快，而且经过这段时间的强化训练，在连队里摔跤，连张排长都上不了他的手，怎么自己一与刘教练交手就倒了呢?他盯着刘教练，想你刘教练说自己还用这一招，我就用你教的解招来破这一招。可是一上手，他又被刘教练撂倒了。刘教练说：“再来，我还用这一招。”毛连长恼道：“好。”又冲上去，刘教练又如法炮制地把毛连长摔倒了，而且毛连长这次倒地时有点难看。毛连长奇怪了：“刘教练，您教的解招没用啊。”刘教练呵呵道：“下面，你用我刚才摔你的招摔我，我用解招破你。”毛连长学刘教练的，站着不动，让刘教练来摔他，他用刘教练摔他的招式摔刘教练。刘杞荣待他一出招就把这一招破了，而且再次把毛连长撂倒。毛连长佩服得五体投地：“刘教练，为什么我用这一招，您却把我摔倒了?这里面有什么玄机吗?”刘杞荣望一眼众官兵，见众官兵都用求知的眼神望着他，便问：“你们讲讲是什么原因?”没人能答出来，都期待地望着他。刘杞荣解释：“奥妙就是快，为什么我摔你时你用不出解招?因为我快到你没时间用出来。所有的招都有破绽，但你一快，哪怕你只比对手快零点零一秒，对手也使不出解招。咯就是奥秘。”毛连长望一眼围着他和刘教练的战士们，说：“那我怎么才能练到快呢?”刘杞荣说：“巧劲是练出来的，练熟了就成了一种本能反应。本能反应有多快?不就是一瞬吗?!你有摔跤和散打这两个项目，更要多练。”毛连长恍然大悟道：“刘教练，我明白了。”刘杞荣说：“练吧。”特务连的战士们，又两个一组地摔起跤来。

刘杞荣回到体委，周正东看见他，说：“师傅，您咯段时间教解放军教上瘾了，把我们都忘了。”刘杞荣笑，问周正东：“你摔跤练习得如何？”周正东一挺胸：“我每天都练，只是不晓得有没有进步。”刘杞荣说：“多练总会提高，摔跤有一个熟能生巧的过程。”旷红梅快步走来：“师傅我有意见呢，你抛弃我们不管了。”刘杞荣觉得旷红梅说话很像其父旷楚雄，而周正东越长越像周进兀丁，就愉快地看着这两个弟子说：“师傅怎么会忘记你们？摔跤主要是靠自己练，反应快是在多练中悟出的。去摔跤馆。”

十五　离比武只差一个月了

九月份，离比武只差一个月了，刘杞荣走进军区特务连的训练营地时，毛拉连长正训练特务连的官兵拼刺刀，见刘杞荣来了，高兴道：“刘教练，看看我们特务连的战士们拼刺刀，希望您能提点宝贵意见。”刘杞荣说：“解放军同志拼刺刀，我怎么敢提意见？不敢不敢。”毛连长笑道：“您不要客套。同志们，咱们拼刺刀给刘教练看看，喊杀声要大一点。开始——”特务连的官兵立即展开架势拼刺刀，一边大喊：“杀！杀！杀！”刘杞荣看着，毛连长问：“怎么样？”“不错不错。”刘杞荣说。毛连长提要求道：“刘教练，不要光说不错，您得提点意见，让我们也好改进呀。”刘杞荣道：“有意见有意见。”说着，摇下头。“您分明有意见嘛。您都摇头了。”毛连长说，“说说嘛。”刘杞荣见毛连长说得如此诚恳，道：“那我信口雌黄了。提一条，动作慢了。”毛连长可是命令战士们天天出早操时练一百次拼刺刀的，动作够快的了，说：“还慢？不会吧？”刘杞荣笑。毛连长怀疑道：“这么说，未必您也会拼刺刀？”刘杞荣说：“会一点点。”毛连长对战士们道：“集合。”战士们立即集合，站队，昂起头望着毛连长和刘教练。毛连长道：“立正，稍息。欢迎刘教练指导我们拼刺刀。”刘杞荣对战士们说：“莫误会，谈不上指导。”他年轻时就养成了什么话只说一半的习惯，不把话说满是给自己留余地。他接着道：“我年轻时，学过点劈刺，不过只学了一个月。”

毛连长和战士们一听他“只学了一个月”，就露出理解的笑容。刘杞荣见战士们有点失望，他已经跟战士们熟了，就激他们一句：“话讲回来，莫看我只学了一个月，拼刺刀，我还是有几下的。你们虽然年轻，可不见得能赢我。”战士们哗然了。他们天天练拼刺刀，就几个规范动作，即使是用黑布蒙着双眼操练，也不会走半点样。毛连长开玩笑道：“刘教练，你这是挑战我特务连的战士啊。您敢不敢跟我们的战士比拼刺刀？”“不比不比，我愿意向解放军同志学习。”他说。毛连长想，你刘教练再有本事，不可能样样都行，人总有软肋。“刘教练，拼刺刀可是我军的优良传统。张排长，你跟刘教练拼一下刺刀，如何？”毛连长说。张排长在特务连拼刺刀的评比中，拿过第一。他见刘教练说这话时面不改色心不跳，就觉得刘教练小看他们了。张排长笑着问：“刘教练，拼刺刀可不像摔跤。真要比？”刘杞荣说话也随便：“那就不比。”张排长调侃道：“怕了？”营地周边的树上，蝉叫个不停，吱吱声让九月的天气也变得炎热不堪了。刘杞荣说：“怕还是不怕，只是我很多年冇摸枪了。比一下也行。”特务连的战士们欢呼起来。毛连长不相信刘教练拼刺刀也厉害，拿过一战士手中的木步枪递给他。刘杞荣接过步枪说：“毛连长，咯步枪冇缠纱布，刺到身上会很痛，你让谁去找两块纱布，再提一桶石灰来。”毛连长懂，库房里有缠着纱布的步枪，还有石灰桶，他让一个士兵提来石灰桶，又叫另一个士兵拿来枪头缠着纱布的步枪。

刘杞荣笑眯眯地将缠着纱布的枪头插进石灰桶里，再提出来，一个弓步站好。张排长拿起另一支步枪：“刘教练，开始吗？”刘杞荣握着枪横竖晃几下，劈刺的感觉就上身了，直视着张排长：“开始吧。”张排长举枪刺去，刘杞荣横枪一挡，挑开张排长的枪，也就是那一瞬间，枪头刺在张排长的左胸上。张排长一惊，又一枪刺去，刘杞荣横枪一搅，枪头刺在张排长的腹部上。张排长浑然不知，因为刘杞荣没用力刺。张排长再用规范的劈刺动作刺向刘杞荣时，刘杞荣出枪快速地拍了下，打在张排长的腕骨上。张排长手一麻，步枪掉到地上。刘杞荣的枪头却刺在张排长的左胸上。三个动作连贯成一气，快得只用了半秒钟。刘杞荣笑，让张排长看自己的军服，左胸部位两个石灰印，腹部上一个石灰印。张排长惭愧道："刘教练，你拼刺刀也这么厉害。服了。"刘杞荣说："年轻时学过，看来还冇忘干净。"

只听见肖排长朗声答："我来。"刘杞荣又笑眯眯地把枪头插进石灰桶，蘸上石灰，对肖排长说："来吧。"肖排长不信邪地端起枪向刘杞荣刺去。刘杞荣手中的枪一晃，撩开肖排长刺来的枪，枪头轻刺肖排长的左胸。肖排长也是一惊，又举枪刺向他，他将枪往肖排长的枪身上一靠，枪头刺在肖排长的右胸上。肖排长提口气，再朝他猛刺。他又是一打，肖排长的手腕一麻，枪掉到地上，而他的枪头却刺在肖排长的小腹上。这一枪加了点力，肖排长身体一歪，差点倒地。刘杞荣道："肖排长，你已经中了三枪。如果是真枪，每一枪都可以毙命。"毛连长大声赞美："刘教练，你是个全套子啊。教我们拼刺刀吧。"刘杞荣呵呵道："你们真要学？"众官兵热情高涨道："要学，教我们吧。"

刘杞荣对众官兵说："劈刺是当子弹打光了，士兵冲上去与敌人拼刺刀时用的，所以都是狠招，招招见血，一招毙命。"他开始教特务连的战士劈刺："我把劈刺分成八步、八刺。每一刺都紧随步伐变化。大家请看。"他往前跨一步，刺刀也跟着朝前一刺，大声道："眼睛要盯着对方的枪。"他一个动作一个动作地教，一个上午就在教战士们劈刺中结束了。何司令和肖主任早就来了，叉腰站在树下看刘杞荣教特务连的战士劈刺，待刘杞荣走来时，说："刘教练，你真是块宝啊，他们在你身上学了不少东西。下个月军区比武，我特务连的战士不会垫底吧？"刘杞荣说："何司令，我也怕他们垫底呀。"何司令心慌道："届时贺龙元帅和罗瑞卿大将坐在主席台上观摩，若我们垫底，那我们的脸往哪里放啊。"刘杞荣不敢接话，只是笑了笑。肖主任问：“刘教练，你讲讲，如何练才不至于垫底？大首长坐在上面观看呢，尤其贺龙元帅又是湖南人，我们湖南军区说什么也不能落后呀。”刘杞荣望一眼肖主任，又看一眼何司令，不知如何回答。肖主任朗声说：“当着何司令的面，我表个态，若我特务连的官兵取了名次，哪怕是第三名第四名，甚至是第五名，我都给你记功。”何司令说：“记功，一定要记功。”刘杞荣想自己并非军人，回答道：“给我记功就免了。何司令、肖主任，你们给战士们记功吧。”何司令一笑：“你出咯么多力，若我特务连取了名次，军区怎么也该表示表示。功是一定要给你记的。”

那年月，每当十月国庆节或元旦前夕，地方政府总会与部队搞一场军民联欢，以示军民感情融洽。今年四十五岁的柳真，是长沙市某区区长，一到九月中旬，他就动这方面的脑筋了。军民联欢，去哪几家工厂联欢，办几场，找什么媒介宣传，造多大声势等等，这都是柳区长需要考虑的事。这天上午，柳区长骑着自行车来到军区，找他的老上级何司令。何司令正在开会，他就坐在休息室等。何司令的秘书认识他，泡杯茶端给他。他问秘书：“首长还好吧？”秘书答：“首长很好。”

何司令是师长时，柳真是何司令下面的营长，何司令是军长时，柳真是何司令下面的副师长。一九五三年柳真从朝鲜战场上回国，本来还可以在部队里干的，但地方上太缺政治素质可靠的干部了，中央让一些思想过硬的部队干部转业到地方上工作，给地方注入新鲜血液。一九五三年底，柳真回到阔别二十年的长沙时，第一件事就是想见父母和姐姐，这种思念是越接近长沙越浓烈！他激动地走进童年和少年时居住的街道，心想说不定一抬头就看见了姐姐、姐夫和父母。然而，他在这条街上来回走了两趟竟找不到多次出现在他梦里的红砖黑瓦、铺着木地板的柳宅！他傻了，以为自己走错了街巷，再看别人家的门牌，没错啊。可是他看着自家原址上盖的几栋矮小的平房，蒙了，家呢？抗战胜利那年，他曾跟爹妈写过信，信中说：那年他先是随老师和几个思想进步的同学护送西药去江西，然后长征到延安，抗日战争时期他在山西等地打游击等等。可是这封信投寄后让他激动不已地等到国共两军开战也没有下文。解放战争和接下来的抗美援朝他都是带兵，从副团长到副师长，直接在前沿阵地指挥官兵打仗，思考的是战场上的事，没时间想亲人。一个中年男人见他痴呆地站在门口，问他："你找谁？"他打量一眼这男人，不像他记忆中的什么人，问："咯里曾经是不是柳公馆？"中年男人反问："咯像公馆吗？咯里冇得姓柳的。"他觉得不可思议："冇得姓柳的？请问，姓柳的搬到哪里去了？"中年男人说："我不晓得，我是去年搬来的。"

柳真正想着这些往事，何司令着一身少将军服走来，柳真一个军礼敬给何司令："首长好。"何司令看着老部下道："柳真啊，有么子好事情找我？"柳真很敬重老首长，答："我是来看老首长的。""柳真，莫叫我老首长，我还冇老啊。"何司令边说边坐到沙发上。柳真答："是，老首长。"何司令指下他："还叫老首长，你咯是盼我老啊。""首长永远年轻。"柳真愉快地说。何司令哈哈一笑，点燃一支烟："讲噻，是么子事？""是好事，军民联欢呀，首长得支持地方工作。"柳真说。正好肖主任进来，何司令指着肖主任："咯事你得找他，他是军区政治部主任。"肖主任问："么子事？""军民联欢，咯事找你最合适。对了，我想起来了。"何司令说，"我们特务连准备去广州参加两大军区比武，最近咯段时间天天练摔跤、散打、劈刺和射击。我建议特务连的战士去表演摔跤和散打怎么样？"柳真一听摔跤和散打，极感兴趣："好啊，我威武之师是该让人民群众了解了解。"何司令把手里的烟蒂揿灭："走，一起去看看。咯段时间我忙，冇去看他们训练。走。"柳真满心欢喜地跟着何司令，还没走到门口，秘书进来说："首长，电话。"何司令转身对肖主任说："你带柳区长先去。"

肖主任带着柳真走进训练营地时，特务连的官兵正在练习摔跤和散打。毛连长正与张排长摔，毛连长一见肖主任，马上住手，道："同志们，首长来看我们了。"战士们停止了摔跤。肖主任清清嗓音说："同志们，咯位是柳区长，大家欢迎柳区长来指导工作。"官兵们迅速鼓掌。柳真说："免了免了，我是为军民联欢来挑节目的，你们训练吧，我看看。"毛连长扬起脸说："同志们，继续练。"毛连长与张排长摔。柳真在一旁看，见毛连长一别腿把张排长摔倒了，叫道："这一招用得妙。"毛连长见柳区长叫好，问："柳区长也喜欢摔跤？"柳区长说："我读中学时学过摔跤。"毛连长说："太好了，请柳区长指导指导。"柳区长摆手："我哪谈得上指导，你们练，莫停下来。"毛连长又与张排长摔，柳区长见毛连长一折身，脚一绊，右手一带，拉倒了张排长。柳区长道："你摔得活，冇用蛮力。"肖主任嘿嘿道："何司令很重视咯次比武，特意去省体委请来一位老教练教了三个月。"柳区长颇感兴趣："还特意请了武术教练？那武术教练有两下子吧？"肖主任满脸崇敬："那教练是个能人，功夫相当好。我特务连的战士在他指导下，提高了不少。"

柳区长看着官兵们摔跤，觉得一些招式似曾相识，他少年时候就是用这些招式摔倒过一些同学。他问："教练姓什么？""姓刘。"肖主任说。柳区长激动了："他是不是叫刘杞荣？"肖主任见柳区长如此激动，一怔，没有把握道："我还真冇记住刘教练叫么子名字。毛连长，刘教练人呢？"毛连长说："首长，我这就去接刘教练。"

刘杞荣正在摔跤馆指导周正东等队员摔跤，见毛连长匆匆走来，就说："毛连长，什么事？"毛连长嘻嘻道："首长找你。"刘杞荣奇怪道："首长找我？"毛连长说："上车吧。"刘杞荣上了车，毛连长开着车驶进军区大院，肖主任看见刘杞荣下车，对柳区长说："咯刘教练有真本事。"刘杞荣听肖主任称赞自己，抱拳笑笑："我只是半瓶醋，冇么子本事。"肖主任说："有本事的人都讲自己冇本事。冇本事的人总是把自己往天上吹。”何司令走来，听见了，哈哈笑：“肖主任总结得好，有水平，到底是政治部主任，说到点子上了。”肖主任说：“咯是规律呢。”刘杞荣正准备走过去指导战士们摔跤，站在肖主任一旁的男人上前一步问：“请问你是不是叫刘杞荣?”刘杞荣上下打量一眼他，这是个中等身高的额头宽阔的中年男人，表情有些奇怪，嘴角激动得痉挛，目光像针尖样刺在他脸上，让他脸上有痛感。他答：“我是刘杞荣。你是——”中年男人道：“我是柳真。”刘杞荣的记忆里早把柳真删除了，就像你把某个中学同学忘记了一样，想不起这个名字。柳真见师傅脸色淡漠，握着他的手说：“师傅不记得了？我是柳悦的弟弟。”

十六　从南京回来

从南京回来，刘杞荣、旷楚雄和周进元一走进湖南国术训练所，向恺然伸手向他们要毕业证和成绩单：“我要安排你们的教学工作了。暑假报名练拳的人很多，主要是中学生，有两百多人，还有社会青年，社会青年就开个武术提高班。”向老师边说话，边翻阅他们的成绩单，看到刘杞荣的术科考试全是优，术科综合测试是“最优”，就毫不犹豫道：“刘杞荣，你带武术提高班。嘀哟，周进元你不错呀，综合测试也是优，看不出啊。”周进元自贬：“我是狗戴帽子碰中的。”向老师说：“你人聪明，学东西快，要再接再厉。旷楚雄，不应该啊，你综合考试何解只是良？”旷楚雄睃着刘杞荣，羞愧道：“我在二十进十时，碰到了一个功夫厉害的同学，败给他了。”向老师“哦”了声，转而又批评他们：“你们的音乐成绩都只是及格，你们啊，太不重视音乐了。”

他目光变严肃了，脸上的表情也变硬了：“光做个武夫有么子用？我一再强调，习武只是一方面，个人修为很重要。”业余时间，向老师会吹吹箫或拉拉二胡，在箫声或二胡的旋律中缓解压力或思索未来，又说：“音乐不但能陶冶性情，而且学通了还能升华你们的武学品格。我为什么坚持在训练所开音乐课和书法课？难道是呷饱了冇事干？就是让你们琴棋书画都懂一点，免得别人讲你们只会打架。”向老师扫一眼他们：“古代，很多武术大家，音乐和书法上都有些造诣。

荆轲要去秦国刺杀秦王，好友高渐离给荆轲击筑饯行，荆轲和歌：'风萧萧兮易水寒，壮士一去兮不复还。'成了千古佳话。咯就是我要你们学音乐的原因。音乐一定要补上。去吧，先去收拾一下你们的房间。"

武术提高班有六十五名青年，大多二十几岁，也有几个三十多岁的男人，生得威猛，脸上有胡子，目光也是那种经历了很多事的冷峻、嘲讽、刁钻，见刘教练才十七八岁，就怀疑刘教练是否有真本事。刘杞荣在前面教拳，把起式几招打给学员看，要学员照着打。几个三十来岁的学员站着不动。刘杞荣问："你们何解不练？"一个个头比刘杞荣高出几公分的壮汉，仗着自己人高马大，昂着长长的马脸道："小刘教练，我们是来学武术的。"刘杞荣一听这话就晓得这人怀疑他的武艺，说："你有么子话，直讲。"壮汉指着另一名较胖的年轻人："他讲你教的是花拳绣腿。"刘杞荣见众学员笑，脸上都有戏谑之色，想不露两手他们是不会服的，说："咯样吧，我用你看不起的花拳绣腿打，你随便用什么功夫，比一下？"壮汉嬉笑地望一眼众人："我正是这意思。"众学员马上围成一圈。壮汉脱下汗衫，赤着上身，拍一下厚实的胸膛："小刘教练，要比就真比，我咯鳖不晓得讲客气。"他肩宽腰圆、胸肌发达，一看就是练过几年的。刘杞荣说："我是教练，不用手。"壮汉觉得小刘教练太小看他了，脸色一变，恶道："我把话放在咯里，诸位听我讲，我若被小刘教练打伤了，那是我自找的。如果我把小刘教练打伤了，那是他触了霉头。"原来他是来踢场子的，刘杞荣想，就掉头对另一个壮汉说："你们两个一起上吧。"壮汉仰头大笑："你莫讲笑话，我会笑死去。"

较胖的壮汉面相较凶，眼睛一瞪，凶光四射："你逞强是吧？那就莫怪我们啊。"他挥拳打来。刘杞荣一折身，左脚踹了胖壮汉的小腿一脚，只用了三成力，胖壮汉就扑倒在地。刘杞荣对高个子壮汉招手："你出拳吧。"高个子壮汉跨前一步，一拳打来。刘杞荣一闪，右脚一钩，高个子壮汉仰倒在地。高个子壮汉叫声“咿呀”，又羞又怒地爬起，玩命地挥拳打来。刘杞荣一折身，左脚踢在对方左腿的弯曲处，只用三成力，高个子壮汉跪倒了。高个子壮汉起身，拍下裤腿上的灰，横着双眼睛绕着他转，寻找攻击他的方法。高个子壮汉突然跳起，长腿踢来，刘杞荣出脚更快，一脚踹在高个子壮汉的长腿上，高个子壮汉重重地摔在地上，拍着地，像死了娘似的：“栽了，老子脸丢大了。”胖壮汉要面子，道：“老子看出来了，你是后发制人。我守，你攻。”刘杞荣问：“真要我攻！”胖壮汉从牙缝里吐出一个字“嗯”。刘杞荣说：“看招！”一脚踢在胖壮汉的脖子上，把胖壮汉踢得身体转了个圈。胖壮汉嘴硬：“不错。”刘杞荣问：“还比？”胖壮汉说：“比。”刘杞荣想不让他出点洋相他是不会收场的，说：“你站稳冇？”胖壮汉答：“莫啰唆，来吧。”刘杞荣答：“你不是讲我教的是‘花拳绣腿’吗？看好了——”只见他身影一晃，甚至都没看清他出脚，胖壮汉就连退数步，倒在地上。众学员十分惊讶，目光里满是钦佩，仿佛脸上满是雨水似的。胖壮汉坐在地上足有三十秒钟，歪着脸：“鄙人甘拜下风。”

这天下午，刘杞荣教了几个动作，走下来检查，一个小青年对他笑，是柳真！他问：“你应该在少年班吧，怎么跑到提高班来了？”柳真说：“师傅，我是自己要求来提高班的。”在国术馆毕业前的半个月，刘杞荣收到柳悦的信，信上说柳真天天盼他回来，要跟他学拳。他给柳悦回信，说他这个学期一毕业，会去训练所教学生，向老师来信说训练所已为暑假开班做了准备，所以他不能去她家教柳真拳了。刘杞荣道：“马步要扎稳。”说着，他纠正了柳真蹲马步的姿势，又检查一旁的学员。

五点多钟，训练所学员散了，柳悦和杨湘丽来了，都着白底蓝花的短袖旗袍，头戴白色遮阳帽，脚上着塑料底花布面凉鞋。天热，两个妹子这身衣着很靓丽。刘杞荣正想是不是去柳悦家，却看见了她俩："什么风把你们吹来了？"杨湘丽咯咯笑："东南风吹我们来的。"若不是为了柳悦，他会留在南京。毕业前夕，朱国福老师找他谈话："你想留在国术馆当教练吗？"那一刹那，他脑海里跳出两个人：一个是他朝思暮想的柳悦，另一个是向恺然老师。朱国福老师说："国术馆决定把你们五个最优等生留下，师范班和青年班缺实打教练，对打课需要教练带学员实打。"他婉拒了，搬出向恺然老师："向老师要我们学成后回湖南国术训练所当教练。我答应了向老师，不敢食言。"朱国福老师理解道："行。为湖南武术的发展做些事也应该。"他看见半年不见的柳悦，忽然觉得柳悦十分婀娜迷人。柳悦心里有他，笑起来就没那么自然，说："我和常德伢来玩。"刘杞荣看见了柳悦脸上的羞涩，心头一甜，仿佛一个浪花打在他脸上，不觉揩了下脸上的汗水。他第一眼没认出杨湘丽，柳悦一提醒他才认出来。这两年杨湘丽变漂亮了，两年前她有些胖，是个十五六岁的胖妞，五官还没长开，就显得懵懂。这两年她变苗条了，脸也不是圆脸了，成了好看的南瓜子脸，五官完全长抻了，一双眼睛含着秋波似的，就像阳光下的湖面，波光闪耀。杨湘丽打量一眼四周，问："他们呢？"他说："他们都在房里歇气。"

周进元坐在窗前，看见柳悦和杨湘丽随刘杞荣走来，迅速走进旷楚雄的房间说："旷百万，丹凤眼来了。"他说这话时手足无措。旷楚雄手里一把蒲扇扇着风，盯一眼他："你紧张么子？还在想她？你是不到黄河不死心。"周进元白着脸，没说话。旷楚雄本是打着赤膊，忙穿上一件浅蓝色短袖衣，走到门口说："哎呀，丹凤眼。"他第一眼也没认出杨湘丽，盯着杨湘丽一愣，反应过来后笑道："常德伢？原来是你！"杨湘丽说："装蒜啰。"旷楚雄解释："常德伢，你何解咯么摩登？崽还认得出你！"杨湘丽嘴快："旷百万同学，当了大教练就讽刺起人来了。哼！"旷楚雄说："不敢不敢，稀客呀你们。"杨湘丽眉毛一挑："有钱的主来了，请客呀。"旷楚雄说："请客请客，我们一起去又一村呷饭。"柳悦说："不去，我们要去教练食堂用膳。"这时周进元出现在门口："食堂的饭菜有么子好呷的？旷百万在，还呷么子食堂！"这话有点损人，既讨好了旷楚雄，又贬低了刘杞荣。柳悦看一眼刘杞荣，意思是要他定。刘杞荣答："我随你们。"杨湘丽打下柳悦："有人请客下馆子，不去白不去。"

夕阳下去了，天上呈现一片祥瑞的橘红色。又一村酒店的一楼是大厅，二楼有包房。旷楚雄着浅蓝色短袖衫，下身一条白卡其布西式短裤，脚上　双皮凉鞋，领着他们上二楼。跑堂的见是他，马上说："旷先生好久不见。"旷楚雄说："楼上有包房吗？"跑堂的答："有。"楼梯是木楼梯，扶手相当光亮。几人笑着走进包房，感觉包房里很热，就站着。跑堂的拿来几把扇子，　人发一把。六个人摇着扇子，坐下。旷楚雄点菜，周进元当然没脸再讨好柳悦，就对杨湘丽大献殷勤，给杨湘丽扇风。杨湘丽不好意思道："你自己扇，我有扇子。"刘杞荣晓得表弟脸上的殷勤是假的，就不望表弟，看着旷楚雄。旷楚雄点完菜，对杨湘丽说："两年不见，常德伢变化大呀。"柳悦说："常德伢变成大美人了。"杨湘丽说："丹凤眼，你也开我的玩笑？"她拿扇子打了下柳悦。柳悦笑出一对酒靥："你还不好意思呀。"旷楚雄说："常德伢是变成大美人了，找了婆家冇常德伢？"杨湘丽嘴一撇："找你个头！本姑娘独身到老。"旷楚雄嬉笑道："看来我不孤单了，有一个人陪着我。"杨湘丽问："你什么意思？"旷楚雄说："我也想独身到老。"周进元坐在杨湘丽的左边，使劲给杨湘丽扇风，好把旷楚雄说的话扇跑，嘿嘿道："旷百万昨天还讲，他爸爸在衡东给他定了亲，那妹子的父亲是县党部官员。"旷楚雄说："我爸急醉了，望着老子传宗接代。老子会笑死去。"

跑堂的端来四碟凉菜，又拿来一瓶白酒。旷楚雄说："今天是与丹凤眼和常德伢重逢，都要呷杯酒。"杨湘丽说："我一呷酒就头晕。"

旷楚雄多情道："那你就晕一下，呷一杯！"他给杨湘丽倒酒。柳悦道："常德伢真不喝酒的。"旷楚雄说："只呷一杯，醉了我背回去。"杨湘丽高兴了："好，反正有人背，我不怕了。"大家开着玩笑，说着荤话。周进元把茶馆里听来的荤段子讲给大家听，佯装欢笑，笑声生硬，和着咳嗽，笑完脸色又僵了。刘杞荣晓得他别扭，自己也拐扭，只希望快点结束。一桌饭没吃多久周进元就醉了，指着刘杞荣结结巴巴道："我晓得你你是什什么人……我太了了解你你了。"刘杞荣说："进元，我问心无愧。"周进元一拍桌子："你还敢说你问心无愧？你再再说一遍。"刘杞荣道："我是问心无愧。"周进元抓起酒杯朝刘杞荣一掷。刘杞荣抬手一挡，酒杯掉到地上，嘭的一声碎了。旷楚雄火了："你疯了？"周进元答："我是疯了。你们一个个好得卵样的，呜呜呜要什么有什么，我不碍碍你们的事，我走……"他摇摇晃晃地朝门外走去。大家面面相觑，场面有些酸涩。柳悦说："杞荣，你去看看他。"刘杞荣快步走出酒店，见表弟蹲在路旁呕吐，说："你今天喝多了。"表弟喝道："你走开，我不要你假关心。"他见表弟惨兮兮的模样，就忍着。旷楚雄结了账，和柳悦、杨湘丽走来，说："你咯鳖过了啊。"周进元说："我不是针对你。"旷楚雄恼火道："你不针对我，但是老子请客，你又是哭又是掷酒杯，太不给我面子了。"周进元卑躬屈膝地说："对对不起，我给你磕头。"他本来就是蹲着的，说着就跪下了。旷楚雄不吃他这一套，退开："神经病。莫管他，我们走。"对守在酒店旁的两辆黄包车道："黄包车，都过来。"柳悦也讨厌周进元那副可怜相，对刘杞荣说："我爸要请你呷饭。"刘杞荣一愣。柳悦说："明晚来我家吧？"刘杞荣随口答："好。"柳悦强调："那就讲死了。"旷楚雄让柳悦和杨湘丽坐一辆黄包车，自己跨上另一辆，对拉车的人道："跟着前面的黄包车。"

刘杞荣瞧着表弟，没想到表弟这么一副德行，刚才还对他掷酒杯，凶他，这会儿又软得如一根腌黄瓜。他很想踢表弟一脚，不是解气而是提醒表弟男人膝下有黄金。他抬起脚，没踢表弟，朝前走去。回到训练所，他换了身宽松的衣服，很不舒服地走出来打拳。总教练王润生见今夜一地的月光，就从家里出来，见刘杞荣在草坪上打拳，说：“小刘，我俩过几招。”刘杞荣晓得王总教练功底深厚，三年前朱国福老师还是训练所的教练时，曾与王总教练过过招，两人打了一百多回合，前五十回合还有点切磋意味，后几十回合简直是恶斗。向主任觉得不对劲，制止道：“不用比了。你俩谁都赢不了谁，莫伤了和气。”那场没上台的比武，刘杞荣亲眼所见，是平手。他抱拳说：“总教练，我怎敢与您过招？你和朱国福老师不分伯仲的。”王总教练说：“一个人打拳太枯燥了，来吧。”王总教练出招他拆招，他出招王总教练拆招，渐渐地越打越快。刘杞荣惊讶的是，两年前他与王总教练过招，根本上不了手，王总教练手一推或肩头一靠，他都是往后迭退七八步。此刻，王总教练与他过招，发力推他时他双手一压或向外一引，那股强大的力就被他化解了。王总教练跨前一步拿肩膀挤，以前他感觉像座大山压下来，此刻他一折身，这股强大的力便顺着他的身体滑到地上了。

王总教练也很吃惊，这小子在中央国术馆研习两年，人就脱胎换骨了，他挤、推、靠都毫无效果，便大喝一声“看招”，一掌击向刘杞荣。刘杞荣居然接了这一掌，且巧妙地把这一掌的力卸掉了。王总教练既高兴又诧异，他这一掌用了七成力，这小子居然手一偏就引开了。他收了功：“小刘，你武功进展很大啊。我刚才那一掌，速度那么快，力量也足够，你竟能卸掉，不错不错。”刘杞荣说：“总教练，李景林老先生教了我化解对手力量的窍门。李老先生说：‘格斗中，有的对手力量很大，招招都是夺命拳，不化解就会伤身。’”王总教练说：“我这八拳都是狠招，如你硬接，是会伤身。小刘，你经名师一点拨，现在的功夫不在老夫之下了。”刘杞荣心中狂喜，嘴上却说：“我哪敢跟您比。您是手下留情。”王总教练看一眼月亮：“我王润生幼年学八拳，二十五岁东渡日本学柔道，回国后又习太极拳，与不少武术大家有过比试，从冇败过。你二十岁还不到就有咯么好的功夫，可喜可贺。”王总教练五十岁了，闯荡江湖半辈子，一生硬气，刘杞荣非常敬重他，说：“总教练，我还差得远。”王总教练宽慰道：“谦虚好，谦虚不惹事。”

刘杞荣是与柳真一起走进柳公馆的，柳真调皮地说：“姐，我把杞荣哥给你带来了。”柳悦脸蛋绯红：“柳真你莫讲宝话。坐。”柳悦今天特意打扮了下，着一身浅紫色旗袍，人就非常好看。他坐下。柳老先生温和地看着他：“我欣赏你咯样的年轻人。”柳悦嘴快：“我弟和我爸都喜欢你。”柳真调皮地将柳悦的军：“姐，你不喜欢杞荣哥？”柳悦嗔道：“柳真，姐要打你了。”柳老先生说：“你们姐弟俩就喜欢闹。真儿，来了客人，讲话规矩点。”柳真说：“杞荣哥又不是外人。”用人过来问：“老爷，可以开饭了吗？”柳老先生说：“开饭吧。”用人端来八个菜，搁在桌上，鸡鸭鱼都有，小菜是炒藕片和一碗芹菜。

一家人坐下，柳老先生夹了只鸡腿放到刘杞荣碗里：“呷。”刘杞荣瞥一眼柳悦：“柳伯伯，您莫敬菜，我自己呷。”柳老先生问刘杞荣以后有什么打算。他答：“我觉得在国术训练所当教练蛮好的。”柳老先生喝一口清炖鸭汤，问：“你有改行做生意的想法冇？”刘杞荣摇头：“我只喜欢武术。”柳老先生说：“喜欢武术好。咯行当要大力提倡。去年我到上海办事，一些外国人开的餐馆前立着咯样的牌子：‘华人与狗，不得入内。’太岂有此理了！”刘杞荣愤怒道：“所以中国人更应该自强！向老师讲，清政府闭关锁国一百多年，不与外夷做生意，最终自取灭亡。中国现在是很落后。”柳老先生感叹：“所以中国要靠你们咯代人来改变落后面貌。”他夹了块扣肉放到刘杞荣的碗里。刘杞荣说：“谢谢柳伯伯。”

十七　假期训练班结束

八月底，假期训练班结束，向老师把刘杞荣、旷楚雄和周进元叫进办公室，说：“我十年前住在上海写《江湖奇侠传》时，认识一位音乐大师叫郑觐文，郑老先生是知名的音乐界前辈，样样乐器都精通，尤其是琵琶和古琴，更是一绝。暑假培训班赚的钱，正好用在你们身上。”三个人望着向老师，向老师说：“我决定送你们去郑觐文老师的门下学音乐，为期半年。”这很让他们意外，刘杞荣问：“学半年音乐?”向老师讥笑一声：“你好像不愿意？半年。郑觐文老先生讲半年时间短了，起码要学两年。我给郑老先生回信，就半年。你们都要认真学，而且要学出名堂来。”旷楚雄觉得向老师的这个主意有些荒唐：“我冇得音乐细胞。”向老师说：“所以你们要培养音乐细胞。到了郑老先生那里，想学什么自己选。我已经让秘书给你们买好了后天的车票。”向老师拿出一张银票：“六个月的学费、食宿费共九千银圆，咯张是汇丰银行的银票。杞荣，你到了上海，亲手交给郑觐文老先生。”

刘杞荣洗了个澡，换上白短袖衣和蓝长裤，步伐矫健地去了柳家。柳悦在院子里浇花。院子里栽着一些花草，这会儿蔷薇花开得正艳，释放着淡淡的清香。柳悦看见他，一笑：“你来了?”刘杞荣走急了点，一停下来，额头上就有汗珠冒出。柳悦放下浇水壶，引领刘杞荣进堂屋，切了个西瓜：“呷西瓜。”刘杞荣吃了几块西瓜。柳悦却进闺房收拾，再走出来时嘴唇红嘟嘟的，脸上也一边一抹洇润的红。他知道这是女为悦己者容，说："我后天去上海，向老师要我们去学音乐。"柳悦以为听错了："学音乐？"刘杞荣说了向老师的意愿，柳悦听他说，他觉得柳悦听他说话的模样很温柔，就盯着她的眼睛，说："我是来辞行。"柳悦嘴一撇，提醒道："我爸讲上海是个花花世界，你莫沾染上那些坏习气。"刘杞荣想这是她心里有他，就表态："不会，我是去学音乐。"

柳老先生手里拎着个袋子，穿着白短袖和宽松的灰色长裤，从黄包车上下来，看见他，十分愉快，道："我正好买了只烧鹅，晚上呷一杯。"柳老先生放下烧鹅，拿起烟，抽出一支点燃，对女儿说："今天商会开会，要加税。"柳悦问："又要加税？"柳老先生说："还不是江西的'共匪'闹的！蒋总司令命令省主席何键带湘军去围剿，打仗要钱啊。"刘杞荣说："提高班里，有几个学员有共产主义倾向，讲江西成立了什么苏维埃政权，在江西打土豪、分田地。"柳老先生说："就是，都怕得要死呢。唉，咯个世界乱了。"

吃饭时间了，柳真还不见人，柳悦说："柳真咯家伙，到呷饭时间了还不回屋！"柳老先生也烦："咯些日子，也不知真儿搞些么子名堂，神神秘秘的。前几天还问我消炎的西药去哪里才能买到。"柳悦说："爸哎，你莫跟柳真搞咯些药，咯是政府严令禁止的。"柳老先生抽口烟："江西那边的共产党缺咯种西药，一些人就想私贩咯种西药发大财。抓了要砍脑壳的。"柳老先生说到这里，看一眼刘杞荣："你是柳真的师傅，他听你的，你劝劝他，莫跟信共的人搅在一起。"刘杞荣问："柳真十四岁了吧？"柳悦担心道："十四岁了，书不好好读，心野得冇边了！"柳老先生"唉"一声："以前他还爱跟咯个人那个人打架，上中学后，变了。"一家人说着柳真。快七点钟了，柳真还没回家，柳老先生说："不等他了，我们呷饭。"刘杞荣还真饿了，夹块咸菜蒸虎皮扣肉放入嘴里嚼着，又扒一大口饭进嘴里。柳老先生喜欢道："小刘，你以后每天都来我家呷晚饭吧，看着你呷饭，我胃口都好些。"刘杞荣把饭咽下："谢谢柳伯伯，我后天去上海。"柳老先生有些迷糊，柳悦说："他去上海学音乐。"柳老先生更加诧异："学音乐？"刘杞荣忙解释："向老师要求我们每个人学门乐器。"

吃过饭，用人捡碗筷时他随柳悦走进闺房，对着门是一个镶着一面椭圆形镜子的梳妆台和一张木靠椅；右边是床，床上铺着篾席，枕头也是软和的篾席枕，一床蓝花布毯折叠成方形搁在枕边。床上挂着精细的蚕丝蚊帐。他在造型别致的梨木沙发上坐下，说："你闺房里有一种清香。"茶几上有一串香蕉。她在另张沙发上坐下，剥支香蕉给他。他说："我不呷，刚呷了饭，肚子是饱的。"她说："皮都剥了，呷。"这有点命令的味道。她的手碰了下他的手。他有一种触电的感觉，一惊，心脏顿时狂跳不已。他接过香蕉，咬了口，看着床，想象她睡在床上的模样。他觉得自己有些庄秽，忙驱开这种幻象，说："到了上海，我会给你写信。"她说："好。"柳悦望着镜子里的自己，见刘海有点乱，对着椭圆形镜子拨弄下刘海，突然问："你爸妈给你定的那门亲，退了吗？"他说："我冇问。反正我又不会跟那人成亲。""要是你爸妈硬逼你成亲呢？"他见她担忧地看着他，目光是迷蒙的，却异常迷人，就道："哪个都莫想逼我做我不愿做的事，包括我爸妈。""真的吗？"她问，盯着他，眼里射出的是炽热和期许的目光。他脸红了，红到了脖子上，扭开脸说："咯还有假！"柳悦问："你喜欢什么样的妹子？"他从来没想到对一个女孩子表白会这么困难，舌头好像怎么也捋不直似的！他愣了半天，正要说"你"，柳父咳了声，拿着个钱袋进来："咯是一百块大洋，到了上海，看见么子喜欢的东西就买下，免得留下遗憾。"他很感动，觉得柳老先生比他父亲都好，说："柳伯伯，我是去学音乐，不需要钱。""拿着吧。"柳悦说。刘杞荣仍不肯接钱，柳悦说："你跟我爸爸还讲么子客气？到了上海，手头有钱总比冇钱好。"

郑觐文住在法租界，一栋很大的房子，两层楼，有三十多间房，前后都有花园。郑觐文老先生收了银票，缓慢地捋着长须，看着湖南来的三个青年：“向恺然说湖南准备成立一家国术俱乐部，湖南省府和商会都很支持，所以向恺然指派你们来我这里学乐器。”旷楚雄说：“是呢，郑老先生，给您添麻烦了。”“音乐不是一朝一夕就可以学成的。”郑觐文老先生道，“你们既然来了就试试吧。我有个弟子，与你们差不多大，叫卫仲乐。他音乐天赋极高，笛子、箫、二胡、三弦、月琴都精通，到我这里学习古琴、琵琶，只学了一年就不在我之下。我让他教你们。”他说这话时，一个着一身藏青色衣服的青年进来，一头茂密的乌发，一张白皙、漂亮的脸蛋，是个美男子。郑觐文老先生说：“他是卫仲乐。小卫，他们是我跟你说的，从湖南来学习乐器的。”卫仲乐立即说：“幸会幸会。”刘杞荣自我介绍：“卫老师，我叫刘杞荣。这位姓旷，叫旷楚雄。”周进元不要他介绍，说：“我叫周进元。”卫仲乐与他们握了手，脸上的笑容也很热情、客气。郑觐文老先生说：“小卫，你带他们去演奏室吧。”

郑家布置了一间演奏室，很大，四壁用毛毯做了隔音，墙上或演奏台上挂或摆着各种乐器。卫仲乐先生取下墙上的二胡，对他们一笑，一支二胡曲就十分凄美地在演奏室里飘，让内心凄凉的周进元听得如醉如痴。卫仲乐的二胡曲一拉完，周进元说：“卫老师，我小时候拉过二胡，我学二胡。”卫仲乐呵呵一笑：“没问题。”他取下一支洞箫，放到嘴边，低哑、悠扬的洞箫声便像月光下的波涛在演奏室里荡漾开来。旷楚雄在箫声里看见了杨湘丽那张娇美的脸蛋，说：“卫老师，我学洞箫。”卫仲乐从口袋里取出手帕，把箫嘴抹干净，递给旷楚雄。演奏台上摆着古琴，他走过去，坐到一张铺着红布垫的椅子上，躬身拨下琴弦，一首清纯、低吟、典雅犹如清泉流淌之声的古琴曲，回荡在演奏室里，仿佛每一个音符都撞了下四壁再弹回来似的。

刘杞荣听完说："我学古琴。"卫仲乐看一眼刘杞荣："古琴比较难学，你有信心吗？"刘杞荣不敢说大话："我试试。"

为避免聊天或相互影响，三个人被分别安排在三间窄小的琴房里学习。演奏家卫仲乐每天布置新内容，手把手教，指出毛病。刘杞荣学古琴学得极认真，他被古琴低沉、优雅的琴声迷住了。之前，他只对武术有兴趣，现在对古琴也产生了浓厚的兴趣。卫仲乐老师是个能引导人走向音乐殿堂的演奏家，他教刘杞荣拨琴弦的方法，坐的姿势，如何拆琴才能流畅等等。刘杞荣每天弹得很晚，夜深人静时，他会在蛐蛐的叫声中或在月光下想起柳悦。他给柳悦写信，说自己通过学音乐，对武术又有了新的认识，好像掌握了四两拨千斤的技巧一般。他说在古琴低吟的琴声中，他看到了音乐的力量，怪不得向老师说音乐的作用是无形的却是强大的。他决定把古琴学好。柳悦很快来了信，说"谢谢你给我写信，正在我担心你时，你的信到了，阴霾了很多天的长沙，忽然出太阳了"等等。他十分快活，回信说自己每天除了吃饭、睡觉和睡前打两个小时拳，其他时间都扑在学琴上。他在这封信的结尾，斗胆表白："那天你问我'喜欢什么样的妹子'，我当时不敢说，现在我实话告诉你，我喜欢的是你。"第二天，他去寄信，心里有一种忐忑和甜蜜，觉得这个世界因有柳悦而美好。

有天，那已经是他们在上海学琴学了四个月的某天，入冬了，那时上海的冬天很冷，屋檐上结满冰锥，地上滑溜溜的。卫仲乐先生将在大世界游乐城的舞台上演奏古琴和琵琶。他们决定去听卫仲乐演奏。这天下午，三个人步入大世界游乐城的大门时，见大门一隅围着一堆人，一个面容臃肿的胖女人在大门旁摆了台测力器，一些男人嘻嘻哈哈地凑拢去，瞄准测力器打拳。测力器上装着十三盏灯。几个人看着，有的男人一拳打去，只亮到第三盏灯，有的男人一拳打去亮了四盏灯。打完后，掏出一角钱给胖女人。旷楚雄感兴趣地问："打亮几盏灯可以不给钱？"胖女人说："外国人打亮第七盏灯，中国人打亮第六盏灯不收钱。”刘杞荣问：“有打亮第六盏灯的吗？”胖女人看一眼刘杞荣：“中国人很少，外国人打亮第六盏灯的还是有，也不多。”旷楚雄问：“有打亮过第七盏灯的吗？”胖女人轻蔑道：“从我摆这个测力器起，黑人打亮第七盏灯的有几个，中国人没有打亮过第七盏灯的。”周进元拍下旷楚雄的肩：“旷百万，你力气大，试试能不能打亮第六盏灯？”

面对这种新鲜玩意，旷楚雄退开一步，握紧拳头朝测力器打去，第六盏灯亮了，第七盏灯暗红了下。胖女人看旷楚雄一眼：“你不要给钱。”旷楚雄很得意，问胖女人：“我刚才这一拳有多少斤力气？”胖女人答：“有三百磅。”旷楚雄骄傲了，瞧着自己的拳头：“老子随便一拳就有三百磅力气，嘿嘿。”周进元来劲了：“我也打一拳试试。”说毕，他吸一口气，猛地一拳击在测力器上，打亮了第七盏灯。胖女人惊奇道：“看不出啊你。”周进元十分得意。旷楚雄说：“哎呀，你力气比老子还大。”看着刘杞荣：“轮到你打了。”刘杞荣说：“我冇劲，不打。”旷楚雄不喜欢刘杞荣扭扭捏捏的：“何解不打？我们都打了，你也要打。”刘杞荣看着测力器，测力器的最上端装了个铜铃铛，安在第十三盏灯上。旷楚雄催道：“你打啊。”刘杞荣望眼四周，此刻四周站满了来看卫仲乐演奏古琴的人，因离演奏时间还有半个小时，大家都挤在这里看。这时一个壮汉很想显示力气，拨开众人，紧握拳头，猛地一拳打在测力器上，红灯亮到第四盏，停了。又一个中年壮汉走上前，一拳砸在测力器上，红灯也是飙到第四盏，熄了。一个着一身黑西装的矮壮汉分开众人，运足气，一拳打在测力器上，红灯亮到第三盏就没了。还有一个年轻人，对着自己的拳头吹口气，猛打一拳，第三盏亮了下。

旷楚雄见没人上前打了，不甘心输给周进元，走上去对着测力器又猛击一拳，打亮了第七盏灯，说：“嘿，老子也能打亮第七盏灯。”他想看看刘杞荣有多大力气：“刘杞荣，要进场了，打了看卫老师演奏去。”刘杞荣说：“我冇带钱，打不亮第六盏灯，你付钱。”旷楚雄说：“小意思，打吧。”刘杞荣让身边的人移开点儿，脚底一蹬，一直拳打在测力器上，只见红灯一路飙升到顶，铜铃铛响个不停。胖女人惊呆了。围观的人顿时欢呼起来，都对刘杞荣竖大拇指，谁都没想到这个身材并不高大，也并非十分健壮的青年居然一拳打得铃铛脆响不止！胖女人竖起大拇指：“你是第一个打得铃铛响的人，你之前，力气最大的一个，也只打亮了第九盏灯。那还是一个来大世界玩的大个子黑人。”刘杞荣望着胖女人问：“我这一拳有多少斤力气？”胖女人兴高采烈地说：“这个测力表的设计，说明书上说，前十二盏灯每盏灯为五十磅。第十三盏灯高出一格，为一百磅，到达顶端铃铛响是八百磅。你这一拳，有七百多斤力气。”刘杞荣怀疑自己没这么大的力气：“我不可能有咯么大的力气。”胖女人响亮地答：“有的。这是英国人生产的测力器，错不了。”旷楚雄称赞说：“我日你的，你一拳有八百磅、七百多斤力，哪天你一发宝气，那不跟李元霸样一拳就能打死一个人！”刘杞荣见围观的人都用钦佩和热情的目光望着他，就快慰地对旷楚雄道：“你讲宝话啰。”

那天剩余的时间，刘杞荣都沉醉在自己那一拳产生的爆发力中，我真有那么大的力气？他边听卫仲乐先生演奏古琴，边回味，难怪跟王总教练对打时，王总教练说我的拳头又硬又重！卫仲乐先生着一身白长袍，抚琴非常优雅，让坐在台下听的几百观众鸦雀无声地沉迷在古琴浑厚、深沉、余音悠远的旋律中。卫仲乐先生接连弹了三支余音隽永的古琴曲——《广陵散》《高山流水》和《平沙落雁》，弹毕一曲便是一片热烈的掌声。弹完，卫仲乐先生起身鞠躬，观众的掌声把他留在台上再抚了一曲。音乐会散了，他们走过测力器时，周进元用胳膊碰了下刘杞荣，说：“你是第一个打响铜铃的。”在上海，周进元这是第一次找他搭讪。刘杞荣忙道：“我自己都冇想到。”周进元感叹道：“幸亏我有自知之明，冇跟你打架。试想想，八百磅的拳头砸在我头上，那还不要我的命！”刘杞荣说：“扯卵谈啰你！”

某天，著名的“一·二八”淞沪抗战打响了，枪炮声传到了法租界。郑觐文老先生不许这三个湖南青年离开郑宅半步，说：“外面，日本侵略军与驻沪的第十九路军打起来了。你们是向恺然派来学琴的，我要对你们负责。”旷楚雄满脸好奇，说：“郑老先生，我们又不是小孩子，冇事的。”郑老先生说：“没出事就没事，万一有个闪失，我怎么向向恺然交代？”旷楚雄望着站在一旁的刘杞荣：“郑老先生，我们只是出去看看。”郑老先生绷着脸说：“不要去，打仗，子弹又没长眼睛。你们在演奏室合乐，一个都不能出去。”郑老先生这辈人是有契约精神的！他坐在门前，威严着灰白胡须的脸，冷声道：“老夫今年七十有二，经历的事比你们多。中国从清朝末年起就腐朽没落了，偌大一个破烂的中国，你们改变不了。”刘杞荣说：“郑老先生，都不去改变，那中国不更落后于小日本了？”郑老先生不客气地反问：“你有办法阻止小日本不打我们吗？你有，我就让你去。”刘杞荣哑口无言。郑老先生说：“你们还年轻，要学会活着，以后有的是机会。”刘杞荣想，其实要出去，谁也挡不住他们，但他们不敢让郑老先生担忧，郑老先生七十多了，可以做他们的爷爷了，却还在指导他们练琴。刘杞荣回到狭小的琴房，弹着《广陵散》，琴声让他生出无限感慨，中国什么时候才能强大，什么时候才不被外国列强欺负啊？旷楚雄进来，不怕死道：“我们偷偷去不？”刘杞荣说：“去干么子？替国军兄弟挡子弹吗？死了谁给我们收尸？”他说完这话，脑海里闪现出柳悦。柳悦早几天来信，说“快过年了，我寄了几斤亲手做的香肠，只需把香肠放到饭上蒸热就可以吃”。郑觐文老先生进来：“你心没静，琴声浮躁。”刘杞荣驱逐开心中的杂念，静下心抚琴。

十八　历时一个多月的战事总算停了

三月份，历时一个多月的战事总算停了，他们回到长沙的次日下午，向恺然把他们叫进办公室，听他们演奏乐器。刘杞荣背来古琴，周进元拎着二胡，旷楚雄手握一支洞箫，都着黑色棉布对襟衫、黑裤子，脚上都是黑布鞋。向恺然很欣慰："嚯，行啊，看你们这打扮有点像玩乐器的了。"刘杞荣把古琴摆在桌子上，拨了拨，向恺然听了听说："这把古琴价值不菲吧？"刘杞荣说："花了我四十块大洋，郑老先生才割爱。"向老师笑："我是要你们去学乐器，不是要你们去搜刮乐器。"周进元说："向老师，郑老先生开的乐行，兼卖各种乐器。"向老师看着三个爱徒："合乐吧，我听听。"三个人就合了遍《高山流水》给向老师听。向老师懂音乐，觉得还像那么回事，表扬说："楚雄，你能把箫吹成咯样不错了。杞荣，古琴弹得还可以，但欠点火候。进元，你二胡拉得好。我再给你们一年时间，一年后我要你们上台表演，开演奏会。"三个人又合了《夕阳箫鼓》，向老师闭着眼睛听完后评价："咯次合得好一点。杞荣，你有两个音冇弹准。"刘杞荣忙道："是的，我自己也听出来了。"向老师说："你们就练咯几支曲，反复练反复合，等你们练熟了，我会请省电台的人给你们录音。我要让全省的人都晓得，我们国术训练所的教练不光会打，还会音乐。"

向老师将研习班改名为教授班，学制改为三年，让刘杞荣带教授班的学员，要旷楚雄和周进元分别教两个青年班。教授班的学员都是全省各地、市、县里立志于国术的青年，是精挑细选的，五十名，都有武术基础。这些学员也跟去年暑假招的武术提高班的学员一样，见刘杞荣年纪轻轻，嘴上没长毛，觉得国术训练所是哄人骗钱的。刘杞荣教他们摔跤，他们懒洋洋的。有人望着他："刘教练，能展示下你的功夫吗?"刘杞荣说："你们要我怎么展示?"一个黑脸学员说："刘教练，你敢不敢跟我哥摔跤?"刘杞荣看着这个黑脸学员："好啊，你叫么子名字?""我叫龙从武，"龙从武说，"我哥叫龙从戎。"

刘杞荣晓得习武之人都是实心眼，要眼见为实。他走到场地中间："龙从武，你和你哥一起上吧。"龙从武不及刘杞荣高，但比刘杞荣壮实，中等身材，一张方脸，宽肩膀，腿很粗。他对另一个长得像牛一样结实的青年说："哥，我先上，我摔不赢你再上。"龙从戎、龙从武兄弟俩是东安县人，爷爷曾在乡试中中了武举人，在东安县任过典史，有一身好武艺，清朝灭亡后典史在家授徒。龙从戎、龙从武从小跟随爷爷习武，两兄弟打遍东安无敌手。爷爷对他俩说："你们在东安冇对手就傲，井底之蛙有么子傲的?你们出去闯闯。记住爷爷讲的，东安人的传统是外出拜师学艺，莫斗狠。"兄弟俩来到长沙，见国术训练所招生就报了名，因南拳打得像模像样，招进了教授班。此刻，好胜的龙从武朝手心吐口唾沫，就来拉扯刘杞荣。刘杞荣顺手一带就把他撂倒了。龙从武十分困惑，爷爷那么好的武艺也不能一下把他带倒。他爬起身，再次与刘杞荣交手，刘杞荣一拉一个绊腿又把他弄倒了。刘杞荣没打算摔第三跤，可龙从武不服气地冲上来，从背后抱住他的腰，企图把他掼倒。刘杞荣一蹲，双手朝他的双腿一拍，臀部一跷，动作连贯、迅速，龙从武从他背上翻过去，摔在他身前两米多远的地方。龙从武狼狈地爬起时脸上有血，那是脸在地上摩擦时被碎石子划破的。他红着双眼对壮硕如牛的龙从戎说："哥，你上啊。"这话带脾气，他哥怂恿他挑战刘教练让他出了丑。壮硕如牛的龙从戎，眉宇间夹着一股东安人的霸气，但只比自己差一点点的弟弟被刘教练摔得这么惨，他谨慎地吸口气，可是一上手就莫名其妙地仰倒在地。他爬起，深感爷爷激励他和弟弟出来拜师是对的，今天遇到高手了！他绕着刘教练走一圈，企图摔倒刘教练。刘杞荣等他一发力又把他撂倒了。龙从戎在教授班摔跤，只有同学倒在他身下的！他发蛮力，蹿上来抱刘教练的大腿，刘杞荣又怎会把大腿给他抱？一闪，一抹，龙从戎朝前蹿出三米远，倒在地上，足见那股力是多么强大！龙从戎翻转身来望着天空："我服了。"

下了课，刘杞荣洗把脸，换上衣服，向柳公馆走去。自从周进元那天喝醉酒且丑态百出后，柳悦怕再刺激周进元就不来训练所了。柳悦正坐在堂屋里对着账本拨弄算盘，见他进来，说："我在屋里闷久了，想去火宫殿呷小吃，等我一下。"闪身进了闺房。不一会，她换了件浅绿色绣着芙蓉花的旗袍出来，身材就分外妖娆。刘杞荣眼睛一亮："真漂亮。"柳悦笑出一对酒靥："走不？"有这么美丽的妹子相伴，即使是地狱他也敢去："走。"街上人影幢幢，汽车、板车和黄包车来来去去。两人朝坡子街走去。柳悦那双丹凤眼的余光见他时不时打量她，目光是偷偷摸摸的，也是欣赏的，就欢喜道："天气真好。"他答："是好。"两人走进坡子街，火宫殿正在办庙会，很多人站在台前看戏，热闹非凡。两人看了会，走进餐厅，坐到一张桌前，外面锣鼓、唢呐声喧天。柳悦说："今天是什么日子，咯么热闹？"他说："肯定是好日子。坏日子谁会敲锣打鼓？"

跑堂的走来，柳悦接过菜单，点了牛百叶、臭豆腐、红烧猪脚、姊妹团子、鳞皮豆腐、糖油粑粑和葱油饼等。刘杞荣说："呷不完，点多了。"柳悦娇气地吐下舌头："我想呷。"跑堂的上了十片臭豆腐和一只盛着辣椒末、酱油、香油和醋的小碗。柳悦夹起一块臭豆腐，放进装着佐料的小碗里蘸下佐料，吃了口，一脸韵味的样子眯下眼睛："真香。"他的心怦地一跳，很想把她拥到怀里。柳悦说："你也呷噻。”他拿起筷子，戳烂臭豆腐，夹着放入佐料碗蘸下汁，吃一口，说：“好呷。”柳悦嘟着嘴：“早几天我爸讲我快十九岁了。我爸的意思是要把我嫁了。”刘杞荣心里好像有只猫一蹿，而自己伸手抓了个空似的，想她爸不会像贺涵的爸样把她嫁给某官员或商人的公子吧？她想他没听懂她的话，问：“你不想结婚？”他答：“想结婚。”这时红烧猪脚端上桌了，她等跑堂的走开后说：“你真是木脑壳。”她不急着说下一句，娇嗔地夹一坨红烧猪脚放到他碗里：“你试试红烧猪脚。”他夹起那坨红烧猪脚放入嘴中嚼着，赞美：“烂了，爽口。”她这才目光闪亮地瞅着他：“你么子时候带我回老家见你爸妈？”刘杞荣心头一颤：“等我解决我爸妈给我定的亲，再带你见我爸妈。”她神色茫然，嘴上答：“好。”这时葱油饼和糖油粑粑端上桌了。柳悦夹个葱油饼，吃了口：“真香。”他夹个糖油粑粑，咬了口：“糖油粑粑也好吃。”两人边吃边说话，东一句西一句，轻轻松松的。

七点多钟，他俩走在街上，一路说着话，走到篱笆门前，柳悦问他进不进屋里坐坐，他说：“不了。”柳老先生正站在院子里想事，问：“小刘吧？”刘杞荣答：“是，柳伯伯。”他随柳悦父女一起走进堂屋，坐下。柳老先生拿起一支烟点燃，夹在手里，一缕青烟从柳老先生的指间袅袅升起，在柳老先生那张疲惫的脸前缭绕。刘杞荣很敬重柳父，双膝并拢，看着柳父。柳父说：“小刘，你爸妈给你定了亲吗？”柳悦给他倒茶，对他眨眼睛，示意他别说。他看见了，一笑，这样回答：“爹妈要跟我定亲，我不同意。”柳父隔了几秒钟问：“何解不同意呢？”他说：“新文化运动提倡婚姻自主，连面都冇见过，生活在一起冇得感情。”柳父“哦”了声。柳悦很满意他这么回答，对他一笑。刘杞荣又道：“自从我十二岁离开老家，我就冇想过再回老家结婚。”柳父呵呵一笑。柳悦瞧着父亲，娇声道：“爸，刘杞荣一拳有八百磅的力呢。”在火宫殿吃饭时，刘杞荣把自己一拳打得铜铃响的事说给了柳悦听。柳悦把这事告诉父亲，柳父看着眼前这个年轻人："了不起啊你——"刘杞荣说："我那是信碰碰中的。"就是这句话让柳父动了心思，这青年了不起却不骄横，他甚是喜欢，就坐正身体咳一声，道："小刘，你和我悦儿都不小了，讲讲你是怎么考虑的。"刘杞荣一听这话就明白柳父相中他为女婿了，红着脸："柳伯伯，我刚工作，还冇钱。我要攒一年钱……"柳父打断道："钱不是问题。悦儿，我与小刘的谈话你都听见了。你有么子意见？表个态。"柳悦瞥一眼刘杞荣，看着父亲说："爸，我听你的。"

柳真背着书包，衣服脏兮兮地回来了。柳父说："你怎么咯么晚才回家？"柳真说："一个同学家的房子垮了，我在那里帮忙。"柳父问："呷饭冇你？"柳真说："呷了。杞荣哥，七月份我就毕业了，我考今年招的教授班。"刘杞荣看一眼柳父和柳悦："那要你爸和你姐同意才行。"柳父说："你还是把高中读完再说吧。"柳真说："高中有什么好读的！我要学武术。"柳悦说："学你个头！"柳真说："姐，你莫打击我的积极性好啵？"柳悦笑："行。我不打击你的积极性。你莫到时候三天打鱼，两天晒网。"柳真兴奋道："姐，绝对不会。"

然而，柳真没有参加训练所的教授班考试。七月份，柳真初中毕业了，在家里练拳、练棍，刘杞荣每天来指导。七月下旬的一天，一个青年来找柳真，柳真就对柳悦说："姐，我出去一下。"这一出去，就再没回来。一家人都疯了，到处找，学校、老师家和同学家都没有柳真的下落。柳父报了警，警察也帮着找，连赌场、妓院那样的肮脏地方寻遍了也没找到柳真。柳母本来身体不好，急得身体状况更差了。柳父是指望儿子继承家业的，儿子失踪，他既睡不好觉，也吃不下饭，人瘦成皮包骨头了。大家分头找了一个月，什么消息都没有。警察安慰柳父："你崽又不小了，冇得死亡的消息就是好消息。你急也冇得用，说不定哪天他又回来了。"柳真一直没有回家，直到几年后柳母去世，抗日战争全面爆发，而那年柳悦生了个儿子，柳老先生仿佛得到了些许安慰，一家人才渐渐忘记柳真这个人。

十九　刘杞荣做梦都没想到

刘杞荣做梦都没想到，这个已从他记忆里删除了的柳真，时隔三十年，居然会出现在他眼前！世界上怎么可以出现这种稀奇古怪的事？柳真从他眼前消失时十五岁，还生着一张娃娃脸和一张血色鲜艳的红唇，如今站在他面前的是个四十五岁的中年男人，他怎么也认不出来了，但柳真这么一说，还是唤起了他的记忆，因为那双亮闪闪的眼睛，还是他记忆里那双能洞穿人的眼睛。他说："你真是柳真！三十年前你害得全家人都出去找你。"柳真想解释："师傅……"何司令道："嚯，刘教练、柳区长，原来你们是师徒啊。"刘杞荣一听"柳区长"，想柳真当官了。柳真对何司令说："首长，刘教练当年教我摔跤和棍术。师傅，当时苏区的红军缺消炎药。我的中学老师是地下党，花一千块大洋从走私贩手上买了一箱盘尼西林，急需送到苏区。老师晓得我会武术，就让其中一个同学通知我随他一起去。"刘杞荣听到这里，恍然大悟道："原来是咯样。"柳真接着说："当时国民党在湘赣边界封锁得极严，向导让我们白天蛰伏在丛林里，夜里赶路，但还是被国民党守关卡的官兵发现了。战斗中，我们老师牺牲在通往瑞金的路上。"柳真说到这里，回头看着刘杞荣："我们几个同学到了瑞金后都参加了红军，当时何司令是我们连长。"何司令说："咯事我记得，当时我是苏区警卫团的连长，见柳真能打，就收了他。"

柳真说："师傅，幸亏跟您学了棍术，我在路上持一根棍，这根木棍有手臂粗，打野兽、打蛇——好多蛇，我一棍就打跑或打死一条蛇。我们饿了就在深山老林里生吃蛇肉或野兔，不敢生火，怕烟子招来敌人。真要感谢师傅教的棍术，那些国民党官兵还有来得及扣动枪机，我手中的棍先到了，只一棍，旋打在敌人的头上，一声闷响，敌人就蒙了。”他说到这里，骄矜地一笑：“我们不敢开枪，怕惊动封锁道路的国军。我手中的棍成了最好的武器，一遭遇守关卡的敌人，我们又必须从这里过，我手中的棍就打了上去，一棍劈在敌人的头上，或一棍戳在他手臂上，打掉他的枪。师傅教的武术帮我出色地完成了护送西药的任务。”何司令夸柳真：“柳真打仗勇敢，很快就当了班长、排长。”“首长过奖了。”柳真说。刘杞荣望着正训练的解放军战士，起身说：“你们忙，我还得指导指导他们。”

过完国庆节，不几天，何司令和肖主任带着特务连的官兵去广州参加比武了。刘杞荣歇下来了。星期天一早，他带着儿子和女儿围绕人工湖跑了两圈，然后教三个孩子打拳。一家人回到家已是九点多钟。他让孩子们做作业，自己却把古琴摆在琴架上，拨弄着琴弦。他在低沉、优雅的琴声中，琢磨自己一生所学。有人敲门，儿子开的门。柳真着一身灰色中山装，提着礼品，站在门前，朗声道：“师傅。”刘杞荣起身：“啊呀，请进请进，你咯是干么子?!”柳真说：“第一次来师傅家，不能空手啊。师傅，咯点礼物不成敬意。”礼物是一对五粮液酒、一袋麦乳精、一袋奶粉、三斤苹果和一大串香蕉，还有两斤桃酥及两斤蛋糕，摆满一桌。这在那个物资匮乏的年代都是好东西！刘杞荣说：“柳区长，你太见外了。”柳真说：“师傅，看您讲的。我今天来是想请师傅去我家呷饭，我特意叫了您的几个弟子。”刘杞荣一怔：“我的弟子?”柳真说：“是的，他们曾是国术训练所的学员，都记得您。”这些年，他也遇见过一些自己当年在国术训练所教过的学员，有的在学校当体育老师，有的在工厂当工人，有的在运输公司拖板车。刘杞荣说：“小英，中午的菜都有，管好弟弟妹妹。”

柳真说："师傅，要不都一起去吧？"刘杞荣摆手："不，他们在家里自在些，我们走吧。"

柳区长住在一个院子里，院子里一栋两层的红砖房，柳区长住在一楼的东边，西边住着另一位干部。柳区长领着刘杞荣走进客厅，客厅很大，摆着圆桌和一组绒布沙发，靠墙还摆着几张藤椅。刘杞荣在沙发上坐下，柳夫人给他泡茶，柳区长指着刘杞荣："咯是我师傅。"柳夫人彬彬有礼地叫声"师傅"，北方口音，道："柳真说，当年若没跟您学武艺，恐怕还没到延安就死在长征途中了。"刘杞荣说："柳真命大呢。"这时进来一个中等身材的人，着一身公安制服。柳真问："师傅，咯人您还认识吗？"

刘杞荣看了看："不认识。"穿公安制服的男人说："不奇怪，几十年过去了，谁还认得谁！"柳真介绍："师傅，他叫张敬远，当年是青年提高班的学员，现在是长沙市公安局副局长，在部队里当过团长。"刘杞荣没一点印象了，只是"哦"了声。张敬远说："刘教练，您教的劈刺管用呢，我当连长、营长时，我的战士入伍前都是拿锄头、扁担的。我把您教的最实用的劈刺传授给他们，他们学过劈刺后，再与敌人肉搏时，负伤的就少了。"刘杞荣嘿嘿一笑："那我冇白教你啊。"张敬远说："师傅真的冇白教，早期与国民党军队打仗，排长只给每个班发三十颗子弹，分到每个人手里就几粒子弹，有的人手里只有梭镖，冇得枪。每人开几枪子弹就打光了，到了那个关头，国民党官兵攻上来时，我们就只能跟敌人肉搏。短兵相接，拼刺刀发挥了巨大的作用。"柳真感慨道："是啊，在瑞金苏区和长征途中，我们最缺的就是弹药，常常与国民党官兵拼刺刀。有次拼刺刀，我在一分钟内刺死、刺伤四个敌人，把敌人吓蠢了。"张敬远夸道："柳区长，那你蛮神勇啊。"柳真说："是师傅教得好，我最记得师傅讲：'劈刺时，对手快，你要比对手更快。'"张敬远感叹："我也遇到过类似情况。一次去执行任务，路上遇到一个连的伪军。我当时是连长，带着一个排的战士，子弹打光了，我捡起一支步枪与伪军拼刺刀，一分钟内接连刺死刺伤三个伪军，那伪军连长举枪要对我射击，因为距离远，跑前两步都刺不到，情况万分危急，我把整支步枪朝伪军连长一掷，刺刀扎进了那连长的左胸，那连长当场毙命。”

几个人说着自己在战争中的壮举时，一个身体健硕的男人进门来，道：“抱歉抱歉，外地来了个局长，来长沙考察，我去宾馆接待了下，才抽身赶来。”柳真待这个人坐下，掉头看着刘杞荣：“师傅，认识他吗？”刘杞荣觉得这个中年男人有点面熟，拍拍脑门，想了下：“你是龙龙……”“龙从武。”龙从武回答，“师傅记性真好，还记得我龙从武。”刘杞荣说：“你还有个哥哥叫龙从戎。他还好吧？”龙从武的脸色阴了：“我哥死去二十年了。”刘杞荣“哦”了声。龙从武说：“师傅，我哥从教授班毕业后，去了军队，我去了下面的县国术馆教武术。一九四二年初，第三次长沙会战，我哥是国军副营长，奉命在长沙东边的福临铺阻挡日军进攻，全营官兵阵亡了。”刘杞荣悲悯道：“那太可惜了。你哥功夫很好的。”龙从武说：“师傅，我哥当年最服您。”柳真把茶端给龙从武，说：“龙从武现在是市工业局局长，咯也是他前年当局长后，市里副处以上的干部学习，我们接触了几次，才认出对方。”龙局长是个直性子，说话嗓门大，他哈哈大笑：“师傅，我现在每天还坚持练武。”刘杞荣打量他的身段，感觉他还像在练武的模样，说：“是要坚持练，咯对身体有好处。”龙局长说：“师傅，当年若冇跟您学武术，我早死翘翘了。”刘杞荣关心道：“怎么呢？”龙从武说：“一九四九年，我在长沙搞地下工作，国民党特务盯上我了。有天，我从接头地点出来，一个特务用枪抵着我的背，讲‘动一下就打死你’。我反手一撩，一折身手腕一拉，特务就被我撂在地上了。另一个特务朝我开枪，我一脚踢在他背上。他都搞不清我咯一脚是怎么踢到他背上的。”龙从武说到这里，起身比画给大家看：“我若冇在教授班跟师傅学摔跤，只怕早见阎王了。”

柳真说："咯样的故事多呢。有一年——那时我是副营长，接受了一个紧急任务，送一位首长经敌占区去延安学习。咯是个秘密行动，我挑了一个班的战士，化装成农民，因为要过日、伪军守的一个个关卡，枪都藏在土车下面。过山西边界的最后一道关卡时，我们暴露了。我的驳壳枪绑在土车下面的板子上，冇被发现。一个战士的手枪是藏在一捆柴堆里，路上走走停停的，咯把手枪慢慢就滑到柴堆下面。我们出关卡时，一个伪军士兵用刺刀捅那捆柴，枪就掉出来了，伪军发现了。当时守关卡的有五个日本兵和一个班的伪军。伪军端起枪，我站的位置离那个端枪的伪军三米远，说时迟那时快，我腾身而起，飞起一脚踢掉了伪军的枪。我捡起枪一刺刀刺死了冲上来的一名日本兵，我抽出血淋淋的刺刀，见一个日本兵端起枪朝我射击，我一个箭步跃起，脚还冇落地，刺刀先扎进了那个日本兵的左胸。另一个日本鬼子朝我开枪，我一折身就到了那个日本兵的身后，一刺刀捅进了他的腰，一抽出刺刀，那个日本兵就倒下了。我带的战士都看傻了，后来都要跟我学功夫。"刘杞荣给柳真一个大拇指："你真不错。""师傅，跟您讲实话，当时我就想，幸亏我跟您学了武术，不然我反应冇得那么快。"柳真喝口茶，放下茶杯："不是师傅传我武艺，我至少死了七八次。"龙从武满脸热忱道："是呢是呢，我也有咯种体会。还一次，组织上派我去发电厂，阻止国民党特务逃离时破坏发电厂。特务进厂搞破坏，我一打三，一个特务拔出枪，我不等他开枪，一脚踢掉了他的枪，扭断了他的脖子。如果我冇学武术，手脚慢半秒，就看不到新中国成立了。"刘杞荣想，看来这个龙从武是真没忘记这段师徒之情，说："你们那班学员，你和你哥的武艺是最好的。"龙从武说："我们那个班的同学，大部分去了国民党军队。"刘杞荣道："训练所的经费都是省府出的。我们教练都授了上尉军衔。向老师问你们愿不愿意去军队当教官，结果不少人报了名。"龙从武点头："当时我爸讲，有一个去军队就行了，我就冇去。不然我也进了第四路军，那我的人生就得改写了。”张敬远转过头来说：“那解放战争中我们就是敌对阵营了，幸亏你冇去。”龙从武答：“当年从军的同学，大多战死了，不是阵亡在抗日战争中，就是死在后来的解放战争中了。”柳真说：“战争年代，我们多半是下级军官，都是要带全排或全连官兵直接与敌人面对面厮杀的。”

柳夫人和保姆端来了碗筷和饭菜，分别摆上：“吃饭了。”桌上一瓶五粮液，每副碗筷旁都搁了个青花瓷酒杯，已有四个主菜上桌了，鸡、鸭、鱼和猪蹄。其他都是蔬菜。柳真请刘杞荣坐在自己身边，他起身给刘杞荣倒酒。刘杞荣说：“我不呷酒。”柳真说：“师傅，无酒不成席。”刘杞荣就不想扫大家的兴：“那我呷一杯。”柳真端起酒杯说：“在座的都是师傅的弟子，也都是同志，来，为大家的健康干杯。”一桌人举起酒杯碰了下，刘杞荣嘬一小口，柳真要给他夹菜，他说：“我自己来。”柳真说：“好，那大家都随便点。”吃菜时，龙从武发出感慨：“我咯人直爽，我因为对武术有感情，所以凡是训练所出来的人，我能关照的都关照。”他说到这里，望一眼各位，为证明自己是这样做的，举例道：“早几年，我在新兴机械厂当厂长，我们厂子校有个女体育老师是训练所第一届师范班毕业的。她讲话直，得罪了校长。一九五七年，子校的人要把她打成‘右派’，材料整到我桌上了，请我定夺。我把校长叫来，校长姓陆，说她在政治学习时讲怪话，够打‘右派’的条件。我不客气地翻出一份材料，指着那份材料讲：‘怪话你也讲过。咯是揭发你的。如果子校里要划一个‘右派’，你是第一个。’陆校长吓得再也不敢吭声了。”刘杞荣听龙从武说“她是训练所第一届师范班毕业的”，忙问：“她姓么子？”龙从武伸出筷子刚要夹菜，悬在空中说：“姓贺，她丈夫是国军少将师长，一九四九年跟随陈明仁将军在长沙起义了。”刘杞荣嘴里蹦出一个人名：“贺涵？”

龙从武高兴道：“对对对，师傅认识她？”刘杞荣答：“我也是第一届师范班的。贺涵还好吗?”龙从武判断道:“她应该还好。我调市工业局前，她丈夫得肺癌死了。她丈夫一天要抽三包烟，我听讲，他死之前还要贺老师给他点支烟，吸了两口，头一歪，人就冇气了。”柳真端起酒杯敬刘杞荣:“师傅，弟子感谢您的大恩大德。敬您。”刘杞荣觉得柳真是拿好话诓他，说:“莫咯样讲，我何德何恩?”柳真说:“您教了我们武艺，让我们在战场上多次捡回性命，咯就是恩啊。”刘杞荣颇感欣慰:“是你自己机智、勇敢。”柳真说:“不全对，师傅，若当年冇跟您学过棍术和劈刺，就不晓得怎么应对那种残酷的肉搏，一刀捅进去，血跟着就飙出来，你死我活呢。”张敬远认同道:“柳区长讲得对，您冇教我们武术，我们反应就冇得那么快。”刘杞荣端起酒杯:“你们都有出息，为师敬你们。”龙从武端起酒杯说:“师傅讲反了，是我们敬您。来，我们敬师傅。”

二十　新兴机械厂

星期天，刘杞荣乘公交车到了新兴机械厂，他内心竟有几分激动，也不知这份激动是从哪里冒出来的，竟如泉涌。他走在新兴机械厂生活区的水泥路上，看着厂里的大人小孩在路边说话、玩耍，却没法平静。他想，她在他心里还是少女时的形象，二十多年了啊，她一定变化得他都认不出了！他走到了校前，校门敞着，一些孩子在操坪上踢毽子、滚铁环和跳橡皮筋。他不露声色地看了片刻，待自己平静了，就问一个四十来岁的女人："同志你好，请问贺涵老师住在哪里?"女同志看一眼他，指着操坪的东边："看见那栋被教学楼遮挡了一半的红砖平房吗?"刘杞荣顺着女同志所指望过去，是有一栋红砖平房。女同志说："贺涵老师住在那栋平房的最西头。今天是星期天，不晓得她在不在家。"他心怦怦直跳，走得极慢，他要见的是他的初恋，也是让他一度很痛楚的姑娘。他特别希望这段路长点再长点，他好把要说的话梳理得清楚些。他走到这栋平房的西头，门是虚掩的，有一条指宽的缝，他双腿不觉哆嗦了下，身上起了层鸡皮。这种感觉以前从未有过，他待这种狂喜的感觉消退了些，敲下门，里面传出一句清脆的女声："请进。"他推开门，一个着一身枣红色运动服的女人出现在他眼里，正在扫地，看上去像三十多岁。他愣住了，想是不是找错人了。女人问："你找谁?"说话很礼貌，目光含询问。他回答："我找贺涵老师。"贺涵说："我就是贺涵，你是——"刘杞荣从她说话的语气和表情里忆起少女时代的她了，眼前的贺涵还隐约有当年的影子，说："我是刘杞荣。"贺涵叫："啊呀，请进，咯我做梦都冇想到呀。"

贺涵住的房间其实是体育器械室，靠墙一个铁栏筐，装着许多小号篮球，是上体育课时发给小学生玩的；一旁还有个铁筐，装着小学生打的排球；再一旁是个木架，木架上搁着跳绳、乒乓球拍、羽毛球拍和一盒盒乒乓球及塑料羽毛球等。一张桌子靠窗摆着，桌上堆着几本书和教案夹；这边靠墙是一张床，挂着蚊帐，床上铺着花格子床单，被子折叠成长方形，被面呈绿色。床与门之间的空当，有个煤炉，煤炉上搁着铝壶；炒菜锅、煮饭锅放在架子上，架子上还摆着油盐酱醋的瓶子；墙上一米五高的地方钉支木钎，挂着菜篮，菜篮里有几蔸白菜、两根黄瓜和三个西红柿，还有几个红辣椒；一张油漆有些剥落的靠椅放在房中间。这便是房里的全部。刘杞荣在靠椅上坐下，贺涵说："太阳从西边出来了，什么风把你吹来了？"刘杞荣说："上个星期天我在柳区长家遇见龙局长，他讲起你。"贺涵笑得很好看，道："龙局长以前是我们厂长，他是中共湖南地下党，他人很好。他儿子读小学二年级时是课外活动小组武术队的，我当时每天带着二十几个孩子练武术。有天他来学校，问我：'贺老师你跟哪个学的武术？'我讲我是湖南国术训练所第一届师范班毕业的，教我们武术的是向恺然老师请来的全国有名的武术家。他讲：'难怪贺老师的功底咯么扎实。'"刘杞荣看出她有些激动，话多，说："龙局长是我教的第一届教授班的学员。"

轮到贺涵愕然了："那龙厂长从冇讲过他也是国术训练所毕业的。不过他看见我，总是笑眯眯的。原来我是他师姐。"刘杞荣看着贺涵，她除了比他记忆里那个十八岁的姑娘显得老些外，身形简直没什么变化。他说："我听龙局长讲，你丈夫去世了。"贺涵淡淡道："前年走的。他啊，唉——是自己把自己糟蹋死的，医生劝他戒烟，讲戒了烟还能多活几年。他硬是不戒，身上还是当年当师长的臭脾气，我劝不住。我崽劝他，他讲：‘爸活腻了。’我女儿劝他，他讲：‘爸想早点去阎王那里。’他是自己作死。”她说这些话时带怨气，接着道：“我咯个死去的丈夫两边都不顺。一九三九年第一次长沙会战时他是团长，带一个团坚守阵地，硬是打退了日军三天里发动的十九次进攻。薛岳司令升了他副师长。但他不是黄埔系的，后面的十年，打了那么多仗，很多原来军职比他低的黄埔五、六、七期的军官都升副军长、军长了，他升到师长就再冇往上升了。咯也是他起义的原因。”刘杞荣想，原来她丈夫是负气起义，就笑：“各人都有一本难念的经。”

水烧开了，贺涵为他泡杯茶，放到桌上。刘杞荣问：“你崽多大了？”贺涵说：“我崽二十五岁了，五一劳动节结的婚。他也在咯厂里，之前我住厂宿舍区一套前后两间的房子，我崽结婚，崽的未婚妻提了个条件，要把她瘫在床上的娘带来，否则就不结婚。崽问我，我只好把房子腾给崽结婚。我妹子二十八岁，外孙女四岁了。莫讲我了，我有么子好讲的。你崽多大了？”“我崽十岁。大妹子十二岁，小妹子八岁。”“哇，都咯么小？”贺涵道，满脸疑惑。他说：“他们是我第二个堂客生的。”贺涵“哦”了声，问：“你堂客还好吧？”刘杞荣低下头：“我堂客死了两年了，唉——不说这些，说起伤心。现在的队员不像我们年轻时自觉，练拳偷懒，呷不得苦。”贺涵笑：“哪个像你？年轻时候只要让你练拳，不让你呷饭都行。”刘杞荣看着门外：“饭还是要呷的。”两人敞开门说话，有人从门前经过时会掉头看他们一眼。他笑。她也笑。十一点钟，贺涵问：“在不在我咯里呷中饭？”刘杞荣出门时已吩咐小英给弟弟妹妹做饭吃，说：“随便。要不，一起出去呷？”贺涵笑答：“出去呷么子？浪费钱。我炒个西红柿炒蛋，再炒个黄瓜和一个小菜，不就行了。”

贺涵拿菜到水龙头下洗。刘杞荣跟出来，看一眼天空，天上有一大朵白云，他想，去广州军区比武的特务连的官兵今天该回来了。又想，真要感谢何司令请他去军区指导特务连的战士，否则就碰不上柳真，也就遇不上龙从武，更不会晓得贺涵的近况。原来上天让他俩绕了个大圈才相见，命运弄人啊！门外是个小操坪，紧挨贺涵这间房子的墙外有个沙坑，测试小学生跳远的。一旁是双杠，再一旁是三张水泥乒乓球台。贺涵去洗菜的地方是公厕，公厕外面有一排水龙头，供上完厕所的小学生洗手的。贺涵把菜篮子搁在水池上，就用水冲洗白菜，接着又洗黄瓜和西红柿。忙完这一切，她先是煮饭，接着把挂在门后的钉板和菜刀取下来，开始切菜。刘杞荣想，三十多年前她可是长沙市最有钱的资本家的千金小姐，衣来伸手饭来张口的，如今跟普通妇女没什么区别了，就觉得世事无常。煤火上来了，贺涵先炒黄瓜，又炒白菜，最后炒西红柿炒蛋。刘杞荣在一旁看着。贺涵说："老同学，你来得咯么突然，招待不周莫见怪啊。"他说："够好的了。"他端起碗，扒口饭咽下："什么人都会改变，那时候你是千金小姐。"贺涵说："告诉你你都不会信，小时候，酱油瓶子倒了我都不扶的。新社会之前，我是师座太太，家里勤务兵、警卫和用人一大堆，我只动动嘴皮。一解放，一切都变了，他的警卫和勤务兵全撤走了，用人也雇不起了。我么子都得学。正好咯家厂办子校，我以前教过小学生体育，就出来工作了。"

刘杞荣感觉到这些话里的信息量很大，这证明贺涵经历的变化、起伏很大，从师长太太变成小学体育老师，这里面的落差只有她自己能体会。刘杞荣想起当年阻挡他们相爱的用枪指着他的她父亲，夹起一筷子西红柿炒蛋吃下，问："你爸爸和两个哥哥都还好吧？"贺涵大大咧咧地说："冇得一点联系了。解放前他们逃到香港了，我也只是听讲。我从嫁人起，就冇跟他们来往了。那几年，我一想起我爸和两个哥哥就恨得要死！"从她说出的话分析，当初她是多么看重自己与他的这份感情，这么多年过去了，她说这话时脸上还有恨，足见这恨在她心里储存了很多年。他这么想，心里起了波澜，扒口饭咽下，仍无法平静，问她：“你咯几年都是一个人过？”她望他一眼：“也不是一个人过，我崽在厂里，无聊的时候我就去我崽那里讲讲话。”他说：“你冇想过再结婚？”“看你讲的，都快五十岁了，还想那事那不是绊了脑壳？”“何解是绊了脑壳？未必你就咯样过下去？”“不咯样过下去还能哪样？”她看他一眼，“旧社会男的五十岁还可以续弦，女的五十岁哪个还要？”“我要”，这话，他一时说不出口，道：“你亡夫是哪里人？”贺涵咽下饭，说：“醴陵人。他爸、哥哥和弟弟，划阶级成分时都划成了大地主。”他觉得自己戳了她的痛处，问：“你爸是长沙人吧？”贺涵夹了黄瓜的筷子举在空中：“我爸是长沙人，但我家祖籍是双峰县荷叶镇，曾国藩就出生在那里。我爸是第一代长沙人。我母亲是益阳南县人，出身大地主家，家里的田一眼望不到边。据我妈讲，有二千多亩田和一座山。我外公在长沙、衡阳、岳阳开了几家米行，我舅舅在长沙读书，与我爸是同学，两人非常要好。我舅舅是我爸妈的‘媒人’。我是第二代长沙人。”刘杞荣说：“你家世显赫呀。”贺涵蔑视道：“显赫个鬼。用新社会的话讲，一屋的剥削阶级。幸亏不是死了就是跑了，不然……不讲咯些，一讲就脑壳疼。”

刘杞荣吃饭快，吃完了，放下碗筷。贺涵也不吃了，看着他说：“我突然想起来了，好像是民国二十一年八月，那几天我的第一个崽流产了，我躺在湘雅医院的病床上，要护士拿报纸给我看。你猜我看到了什么。”刘杞荣看着一脸神秘的她，问：“什么？”她说：“我在湖南《大公报》上看到赫然一行大字：‘刘杞荣荣获湖南省首届国术比赛摔跤、散打两项冠军。’下面还有文字介绍：‘刘杞荣，湖南沅江泗湖山镇虎坪村人。’等等。我当时真为你高兴。”刘杞荣从来不提自己过去的荣誉，那些荣誉都烙了民国标记，现在是新中国，提民国的荣誉只会让人反感，所以他一字不提，即使别人提及，他也一笑置之。他道：“还提咯些干么子？早忘记了。”贺涵冲动道：“你晓得我当时干了么子吗？第二天上午，我不听医生劝阻，坐着黄包车跑到训练所找你，我正准备下车，看见你和柳悦从训练所里出来，当时我心跳得快冲出喉咙了。我咯是干什么呀？我已是有丈夫的人了，疯了！我赶紧让黄包车夫向前走。”刘杞荣的脑海里闪现了那场声势浩大的比武……

二一　省主席何键行伍出身

省主席何键行伍出身，自己有一身武艺，每天在官邸要打一路拳，出一身汗什么的。当时国家动荡，民风不古，何键想用国术来提高国民素质。还在五月份，他就让秘书找到向恺然，说东北三省被日本人占了，国人个个义愤填膺，他希望举办一场国术比武，提升湖南人的斗志，用度多少由省府出。向恺然非常积极，马上联系裁判长和裁判人员。没有知名度的当然不行，他请杜心五任总裁判长，又写信给朱国福、朱国祯和常东升、常贺勋，请他们来长沙当裁判。当时朱国福、朱国祯和常东升都在中央国术馆任教，比赛就只能放在八月份。七月份，正当刘杞荣准备代表训练所参赛因而在抓紧练拳、练腿力和耐力时，柳真突然失踪了。这是柳家的大事，柳悦又是他心爱的姑娘，那些天他就天天陪柳悦四处寻找柳真。有天，向老师见他上完教授班的课又要外出，喝道："站住，你咯鬼又去哪里？"刘杞荣一听向老师说话的语气，显然是生气了。他说："去找柳真。"向老师说："柳真是三岁两岁的孩子吗？他失踪两个星期了，只有两个结果，要不他去了别的什么地方，要不他被人害死了。莫去找了，赶紧跟楚雄、进元练练拳脚，免得到时候丢了训练所的脸。"刘杞荣晓得向老师很看重这次比武，因为省主席何键届时会亲临比武现场，向老师可不想训练所的教练被别人打趴在台上。他迟疑着，向老师说："给我好好待在所里，哪里也不许去。咯是命令！"刘杞荣不敢再陪柳悦去找柳真了，待在所里与旷楚雄、周进元练摔跤和散打。

八月初，朱国福、朱国祯、常东升和常贺勋都来了。杜心五大侠坐镇。杜心五当过宋教仁和孙中山先生的保镖，在武术界名声很大，向老师请他任总裁判长。朱国福老师和总教练王润生任副总裁判长。江湖前辈齐聚一堂，个个都有过令人传颂的非凡壮举，气氛就格外庄重、祥和。杜心五先生着一身白长衫，一坐下来，气场就围绕着他。刘杞荣、旷楚雄和周进元跑前跑后，给武林前辈端茶兑水。向老师把刘杞荣推荐给杜心五先生："刘杞荣是训练所培养出来的教练。"当时一拨人都在又一村酒店的楼上喝茶，厅很大，摆了几张桌子，椅子都是藤椅。朱国福、朱国祯、常东升和常贺勋都在，一人手中一把扇子摇着，说着话。杜心五先生已是六十三岁的老人了，他见刘杞荣偏高的个头却偏瘦，望着向恺然说："他力气如何？"向恺然说："他在上海大世界英国人生产的测力器上，一拳打得铜铃直响，那一拳有八百斤力。"杜心五先生"嗬"了声，叫道："好！"朱国福老师听见了，赞美道："小刘，看不出啊，你一拳有八百斤。"刘杞荣说："师傅，不是八百斤，是八百磅。"朱国福老师问："八百磅是多少斤？""七百多斤。""你有多重？"朱国福老师问。刘杞荣回答："一百四十五斤。"朱国祯老师道："诸位算算，他那一拳的力量是他体重的几倍？"周进元算术好："朱老师，他那一拳的力量相当于他体重的五倍。"朱国福老师拍下藤椅扶手："小刘了不起。"刘杞荣心里骄傲嘴上却谦虚："那是信碰呢，朱老师。"常东升起身，走上来捏捏刘杞荣的肩和胳膊，感觉手指掐的肌肉坚硬、反弹力很强，点头说："是不简单。"向恺然道："刘杞荣是棵好苗子，又刻苦。"大家说着话，喝着茶，谈古论今，直到开席才终止。

翌日，比武开始了。比武场地设在训练所，在草地上搭个台，在离比武台三十米处又搭个主席台，供来观摩比武的官员们坐。这次比武，全省有六百多人参加，部分是各市、县的国术所推荐的人，大多是自己听闻消息或看了报后，从县城或乡下赶来参赛的年轻人，也有四十多岁的中年人。六百多人鱼龙混杂，有的会摔跤，有的人并不会摔，就打淘汰赛，分了很多组，忙晕了一个个裁判，比了两天，第三天就剩下四十八人了。摔跤规定三摔两胜，时间上限制五分钟一局，若彼此摔不倒对手就是平局。刘杞荣一路晋级根本没遇到对手，都是一上手就把对手撂倒了。裁判是常贺勋，笑着对他直跷大拇指。旷楚雄、周进元也是一路比下来无不取胜。周进元的第一个对手是衡山县人，那人是衡山大庙一个道士的弟子，拳脚功夫不错，摔跤差一点。周进元赢他稍微难一点，第一跤两人同时着地，是平局。第二跤，周进元瞅准机会把衡山人撂倒了。第三跤，周进元在衡山人发力摔他时借他的力拉倒了他。在四十八进二十四时，周进元与一个岳阳青年摔，那岳阳人个子不高但相当灵活，第一跤他输给了岳阳人。第二跤周进元赢了，第三跤只是勉强赢了，裁判长常东升说是岳阳青年先倒地，着地时把周进元带倒的，判周进元赢。岳阳青年不服，又加摔一跤，周进元听取刘杞荣的建议，一个抢把，脚一绊，岳阳青年横空摔在台上。在二十四进十二时，周进元的对手是湘军的一个副团长，战场上杀过人的，目光就凶。第一局两人僵持了五分钟，谁也没摔倒谁。第二局，副团长的体力在第一局中消耗得差不多了，周进元一交手就把副团长弄倒了。副团长脚崴了，教授班的两个学员扶那人下去了，就没比第三局。周进元走下台时昂起头，脸上有几分得意。刘杞荣对他竖个大拇指："祝贺。"周进元心里还装着柳悦就没理表哥，对旷楚雄说："我抽签的对手都是厉害角色，老子赢得艰难。"

刘杞荣、旷楚雄和周进元都进了前十二。中午，三个人步入教练餐厅，杜心五先生、王总教练和朱国福、朱国祯、常东升、常贺勋等裁判已坐了一桌。他们走上去说话，几个裁判都称赞他们，向老师指着另一桌："特意给你们留了一桌，你们多呷点，下午好有劲比赛。"三个人就在旁边一桌坐下，桌上有一大盆红烧肉，还有大块大块的芋头炖牛肉。刘杞荣夹块牛肉放入嘴里嚼着，咽下说："我们三个人全进了前十二。进元，你武功上了一个台阶。"周进元不屑他表扬，"哼"一声，大口吃着牛肉。他痛恨自己当年没发狠练武，致使他心爱的女人根本不在乎他是多么爱她而对他冷若冰霜。这种思想让他疯狂，致使他这半年天天缠着旷楚雄打，又追着白振东打，心里只有一个目标：打败表哥。他把牛肉咽下，才说："我现在心里只有武术，别的都是狗屎。"刘杞荣不想失去表弟的情谊："你早该这样想。"周进元不望他，偏激道："什么女人啊，爱情啊都不值得我费神。女人不就是衣服吗？花柳巷里尽是的。"刘杞荣见表弟说话恶狠狠的，没搭腔。旷楚雄因有杨湘丽爱就对刘杞荣挤下眼睛，转移话题道："我爸咯两天天天守在咯里，烦躁。"刘杞荣说："你爸望子成龙呢。"旷楚雄自嘲道："鼻窦龙（方言：鼻涕）呢。"向老师过来跟他们说了几句勉励性质的话，周进元喝口汤："我回房间休息去。"旷楚雄望着周进元的身影说："他越是无所谓的样子越是没放下。"

下午摔跤比武分四组，三人一组，三进二，三人中淘汰一人，四组各晋级两名。刘杞荣、旷楚雄和周进元分别分在三个组。周进元一看自己的对手是虎头虎脑的道县人，脸色就有些沮丧，而另一个对手是湘西土匪，就更没信心了，说："我咯鳖背时。"刘杞荣想他的豪言壮语去哪里了，安抚道："你摔得赢。"周进元没说话。刘杞荣又补一句"关键时候靠发挥"。旷楚雄一看对手是桃源人，另一个对手是娄底人，就觉得自己烧了高香，他看过桃源人和娄底人摔跤，不觉得这两人有什么可怕。他比这两人高大，手臂也比他们长十公分，笑道："我咯鳖运气还可以。"他父亲坐在离摔跤台不远的地方，那是教授班的学员得知他是旷教练的父亲，特意安排他坐的。旷父跷着二郎腿，手里夹支烟，看着儿子。周进元用肩膀碰一下旷楚雄："你爸爸坐在那里呢。"旷楚雄活动着四肢："不晓得我爸跑来看么子，我又冇得可能拿第一。”他心里有谱，看一眼刘杞荣，心里生出“既生瑜，何生亮”的感伤。

比赛时间定在三点钟，这是何键省主席要来观摩。三点还差几分钟，何键省主席来了，随行的官员和军人有二三十个，比赛场已坐或站满了市民和已经出局的参赛者，他们抱着学习的态度留在比赛场。向老师和几个工作人员清理开一条道，和杜心五先生一起迎何键省主席等官员坐到主席台上，向老师对常东升说：“开始吧。”第一个走上台摔跤的是旷楚雄，他着白帆布跤衣，那么大的个子往台上一站，还真有点不可一世。与他交手的是桃源人，第一跤他只用了十五秒就把桃源汉子摔倒在台上。第二跤，他一个背抱把桃源壮汉摔得差点掉下台，幸亏他没撒手。接着他与娄底人摔，娄底人鬼，在他将弄倒娄底人时，跌倒的却是他自己。他爬起身，吐口痰，再次与娄底人摔，这一次娄底人又使鬼腿绊他时被他防住了，把娄底壮汉撂在台上。第三跤，两人都不上对方的当，都用不上力，僵持了五分钟，谁也没撂倒谁。常东升裁判长判这一跤为平局，双双进了前八。接着上台的是周进元，对手是道县蛮汉，一张马脸拉得很长。两人一交手，周进元卖个破绽给道县人，道县人将计就计，一绊，把周进元拉倒了。第二跤，两人都在寻找摔倒对手的时机，当道县人滑腰夹脖扭身背摔他时，周进元迅速塞腰、进胯，同时左手掳住道县蛮汉的右上臂，右肘紧夹道县蛮汉的脖颈往下卷，在掳拉和夹脖内卷的共同作用下，将道县蛮汉扳倒了。第三跤，他一个折背把道县人抛到了台下。他感觉自己简直神勇，昂着汗淋淋的脸，晓得柳悦在台下看比赛就自傲地望着天。与湘西土匪摔时，第一跤周进元与湘西土匪同时倒地，是平局。第二跤周进元使用倒臂入摔，湘西土匪采用套胯圈臂入破了周进元的招式，反倒扯倒了周进元。第三跤，周进元与湘西土匪纠缠了两分钟，当湘西土匪转身、叉腰地背摔之际，周进元迅速夺臂、侧拉和钻脚、崴腿，动作快得只用了一秒钟，把湘西土匪崴摔得侧翻在台上。

两人同时进入下一轮。

刘杞荣的对手是邵阳人，邵阳人身高一米八二。刘杞荣长到一米七九就没长了，比邵阳人矮三公分。邵阳人壮实，两道剑眉又黑又长，厚嘴唇上藏着不屑。晋级比赛中，刘杞荣看过邵阳人摔跤，觉得邵阳人跤摔得好。常贺勋裁判站在台中央，让他俩碰碰手，这才道："第一局，开始——"两人试探性地来回拉扯了几下，刘杞荣就感觉邵阳人不是对手，这就跟音乐家听人弹琴，只要听片刻就晓得这人是什么水平。刘杞荣等他发力，邵阳人比他大几岁，想早点拿下这一局，他侧身摔刘杞荣时自己反而倒地了。邵阳人没弄明白这个年轻人是用什么力撂倒自己的，"咿呀"了声。第二跤就摔得小心，更加想胜，因为台下坐着一些追随他来长沙看他摔跤的弟子——他是邵阳市国术馆的武术教练，教那些年在湖南很盛行的八拳。当他一把逮住刘杞荣的小袖想把刘杞荣撂倒时，刘杞荣臀部一顶，顺力一拉一扯，邵阳人就倒在台边了。邵阳人起身，对他打个拱手，下了台。另一个上台的是衡阳人，四十多岁，他能一路过关斩将进到前十二，已经很优秀了。他想趁刘杞荣刚摔倒邵阳人而耗费了一些体力的时机比。常贺勋裁判让他俩碰下手，说："开始——"衡阳人闪开，在台上转，刘杞荣等他出招。他转到刘杞荣的背后，突然冲上来搂刘杞荣的腰，企图掼倒刘杞荣。刘杞荣身体一沉，一个倒看天河，衡阳人从他弓起的背上翻过去。刘杞荣在衡阳人身体落地时，顺手拉下衡阳人的衣领，没让他摔得很难看。衡阳人心存感激，说"鄙人远非你的对手"，朝他打个拱手，又对裁判抱个拳，转身下了台。

前八里训练所占了三人，不可能自己人跟自己人摔。向老师让刘杞荣与娄底人摔，让周进元与邵阳人摔——邵阳人输给刘杞荣却胜了衡阳人，也进了前八。让旷楚雄与赢了道县人的湘西土匪摔。旷楚雄有些惧湘西土匪，小声对刘杞荣说："他摔跤摔得好。"刘杞荣晓得旷楚雄怕输，说："好屁，你肯定能赢他。"旷楚雄是第一个上台摔的，第一跤他赢了湘西土匪，第二跤、第三跤却输给了湘西土匪。周进元安慰地在他肩上摁了下：“有关系。”他听到常贺勋裁判叫自己的名字，自信地迈上台，与邵阳人摔。第一跤，两人谁也没摔倒对方，平局。第二跤，周进元丢个破绽给邵阳人，邵阳人急忙出手，他折身一背，把邵阳人从头顶丢了出去。第三跤，两人纠缠不休，邵阳人企图用“叉臂入”摔周进元，周进元破了他这一招，把他扯倒了。周进元晋级前四了，脸上的笑容就山花烂漫的。刘杞荣与娄底人摔，娄底人看了他多场比赛，晓得他是行角，摔得就谨慎。刘杞荣感觉娄底人蛮力大但柔性差，在娄底人折身发力摔他时把娄底人撂翻了。摔第二跤时，刘杞荣迅速将腿卡住娄底壮汉的小腿处，卷按上手将对方挂起，甩脸扭体把娄底壮汉弄倒了。

前四名是刘杞荣、周进元、新化人和湘西土匪。刘杞荣的下一个对手是湘西土匪，刘杞荣走上台，看着湘西土匪。湘西土匪昂着络腮胡子的脸，盯着他，一副要吃了他的恶相。刘杞荣不惧，一上手，湘西土匪企图折身摔他时，他右腿向前一卡，一个敏捷的摔跤动作就把湘西土匪掼倒了。湘西土匪跃起，不服气地吼了两嗓子，右手拉着刘杞荣跤衣的小袖，左手伸到腰间企图抠抓腰带。刘杞荣借他的力一拉一带一推，三个动作几乎是在同一秒钟内完成的，形成一股巨大的推力，湘西土匪向前连蹿几步，倒在台边。刘杞荣胜了，走下台时对周进元说：“看你的了！”周进元不搭话，大步走到台上，健壮的新化人从另一边上台，甩动着胳膊。常东升裁判对周进元和新化壮汉说：“开始——”新化壮汉看了周进元与湘西土匪摔跤，不觉得周进元有多厉害。两人一交手，他把周进元摔了个趔趄。周进元谨慎了许多，手搭上来假发力，新化壮汉拉他，周进元一偏腿将其摔倒。第二跤，两人僵持了三分钟，在周进元发力时，新化壮汉借力一拉，周进元的右手撑地，输了一跤。第三跤，周进元上步腿别住新化壮汉的小腿，左手一拉右手一带，身体同时一旋，新化壮汉倒在台上。周进元激动地吼了一嗓子，离冠军只有一步之遥了，赢了表哥就是冠军。他跳下台，旷楚雄抓着他的手，赞许道："我日你的。好。冠军在你和杞荣之中产生，输赢就无所谓了。"柳悦轻轻碰一下刘杞荣的胳膊，小声说："你莫让他。"

休息了一刻钟，新化壮汉与湘西土匪争夺季军。湘西土匪连胜两跤，新化壮汉败了。冠军争夺赛开始了，主席台的官员和台下的观众都兴奋起来，有的人被前面的人挡了视线，索性爬到树上观看，树上就站和坐了不少人。刘杞荣和周进元上台，常东升教练微笑地看着他俩道："规则你们都懂。开始——"两人散开，再接近时刘杞荣一上手就把想当冠军的周进元摔翻在地。那只是两秒钟的光景，快得观众都没看清是怎么回事。周进元又羞又恨，用常东升教练听不懂的沅江土话说："上面那么多官员，你咯鳖给我留点面子。"刘杞荣说："好。"两人摔第二跤就足足摔了五分钟。常东升裁判说："时间到。停。"彼此松开手，退开。休息了一分钟，常东升裁判说："第三局，开始——"一上手，刘杞荣抢把快，一折身就能把表弟掼倒，但他要给表弟面子，就好像使不出力样。两人在台上磨了三分钟，给足了表弟面子，在表弟突然使绊子拼全力摔他时，他借力一带，把表弟折掼在地。台下的人看傻了，那情形应该是他倒地，怎么倒地的却是对手？何键省主席评价说："咯小伙子有两下子。"

冠军是一块金牌，一根红绸带系着这块金牌。亚军是银牌，同样是一根红绸带系着。季军是一枚铜牌，湘西土匪夺了季军。省主席何键和拨钱支持这次比武的省财政厅厅长、教育厅厅长相继走上台。向恺然把教育厅厅长领到湘西土匪面前，一个穿短袖白旗袍的漂亮妹子递上一只蓝色盒子，教育厅厅长打开盒子，拿出用蓝绸布系着的铜牌，戴到湘西土匪的脖子上。接着向恺然把财政厅厅长领到昂首挺胸的周进元身前，财政厅厅长给周进元一个笑脸："祝贺！"把银牌戴到周进元的脖子上，伸出手，与周进元握了下。随后向恺然把省主席何键领到刘杞荣身前，省主席何键跟刘杞荣握了握手，一个漂亮的妹子把装着金牌的盒子递到何键手上。何键拿起红绸带系着的金牌，戴到刘杞荣弯下的脖子上。刘杞荣抬起头，台上台下响起热烈的掌声，还有叫嚷声和尖利的口哨声，这些喧闹的声音都是给他这个冠军的。几家报社的记者冲到台上，给他们照相，镁光灯一闪一闪的，刘杞荣生平第一次激动地冲观众和记者笑。几个摄影记者拍下了他的笑脸。柳悦和杨湘丽早走到比赛台下了，与旷楚雄说着话，柳悦等刘杞荣接受完采访，说："祝贺你呀刘杞荣。"脸上的笑容十分绚丽。

二二 翌日散打比武

翌日散打比武，打三局，每局三分钟，如果没把对手打倒，就为平局。朱国福、朱国祯、常东升、常贺勋和拳击教练白振东都是裁判。参赛的人太多了，只好分两个场地打，大馆也成了比赛场地。一个人一天要打好几场，赢了的才能进入下一轮。一天下来，淘汰了一半。第二天，刘杞荣相遇的第一个对手很不经打，只一拳就把对手打蒙了，他甚至觉得自己还没用力。第二轮的对手矮矮壮壮，目光很凶，裁判是白振东，教他们拳击的，宣布说："不准踢裆，不准打眼睛。开始!"矮壮汉样子做尽，突然怪叫一声，就一拳打来。刘杞荣折身拨开，一拳打在矮壮汉的头上，矮壮汉直接倒在台上，晕了。他没想到自己这一拳这么重，基本上是一拳"灭"一个。台下的观众惊呆了，觉得这太快了，还没看清就结束了。

周进元面对一个身材高大的年轻人。白振东裁判强调完规则，手往下一劈："开始——"周进元盯着对手，对手也盯着他，对手展开攻击，用的是梅山拳。周进元这段时间也使劲练臂力、腿力，每天一早，左右两腿各绑着十五斤的沙袋绕着草地慢跑，他只有一个目的，打败表哥夺回柳悦。正因为有这个目的，他变了个人，哪里都不去，狂练功夫。他一点也不畏怯，在对手起脚踢他时，他侧身右腿一蹬，把对手踹倒了。那青年跃起，横着眼睛挥拳，周进元撩开对手的拳，又一脚踢在对手左腿的胫骨上，再次把对手踹倒。那一脚踢得有些重，年轻人爬起身时跛着腿。白振东裁判宣布：“周进元胜。”旷楚雄在大馆里比武，旷楚雄打完一轮，走来看，正好看见周进元下场，问：“你们咯里有狠角吗？”周进元哼一声：“冇碰见。”见着白短袖旗袍的柳悦和刘杞荣站在一起，心里酸潮滚滚，骂了声：“妈的。”旷楚雄循他的目光望去，说：“你呷醋了？”周进元眼睛里射出冷光：“老子羡慕人家可以不？”

这天比完，刘杞荣、旷楚雄和周进元都进了前四十八名。次日一早，他们吃过早餐，站在比武台前说话，向老师严肃着脸道：“今天的比赛很重要，下午何胡子会来观摩比武，你们都给我好点打。”他说完这话，望一眼三人：“你们是国术训练所的教练，你们的成绩出色，我也好向何胡子要钱建国术俱乐部。懂吗？”三个人都说：“懂。”有人叫向老师，向老师在他们三人的肩头分别摁了下，走了。旷楚雄看着前面道：“我爸爸又来了，脑壳痛。”旷父穿一件白布短袖衫，站在一棵树下抽烟，没走过来，目光却投在这边。刘杞荣见柳悦站在树荫下，走去与柳悦说话，柳悦娇媚地晃晃手里的包：“我怕你肚子饿，来的路上路过德园，买了两个肉包子和两个咸菜糖包子，呷吗？”刘杞荣说：“那我呷两个。”柳悦把四个包子都拿出来，刘杞荣拿了一个肉包子和一个咸菜糖包子，压在一起一挤，包子扁了，有糖流出来。刘杞荣喜欢这样吃包子，咬一口：“德园包子就是好呷。”周进元见此情景，低着头走开了。旷楚雄呵呵道：“哎呀呀，够体贴的呀。”柳悦把另外两个包子给旷楚雄。旷楚雄也像刘杞荣一样，将两个包子压在一起一挤，糖流了出来。他舔口糖：“真甜。”

参加比武的和看比武的人陆续来了，有的人手里还拿着板凳，看累了好坐下来休息或当前面的人挡了视线时就站在板凳上看。男人居多，有的男人还是从外地赶来的，是参赛者的朋友或亲戚。也有些妇女或妹子，她们有的是武术爱好者，有的是比武者的堂客或姐妹。她们穿得红红绿绿妖妖艳艳的，像流动的花朵，吸引着男人们的目光。

旷楚雄看见杨湘丽，忙笑着迎上去。杨湘丽穿件印着竹叶的短袖旗袍，头发盘在头顶上，手里拿把印着桃花的纸扇，人也面若桃花。刘杞荣说："常德伢，你越来越漂亮了。"杨湘丽笑："我冇得柳悦漂亮。"旷楚雄说："都漂亮。"刘杞荣说："那是。"四个人说了几句话，学员跑来："刘教练、旷教练，裁判要点名了，要你们赶快去。"

上午每人打两场。刘杞荣在四十八进二十四的比武中遭遇的是道县人。道县人绷着一张黝黑的脸，两只眼睛鼓鼓的，像青蛙的眼睛。裁判是朱国祯老师，朱国祯裁判宣布规则后，喝道："开始——"道县人立即挥拳，刘杞荣不急于还击，只是左闪右躲。道县人跃身踢他，他侧身拨开道县人踢来的一脚，见到空当，左脚一蹬，蹬在道县人的小腹上，道县人被蹬得连退数步，倒在台上。道县人"咿呀"了声，看他的眼光里就含着敬畏。道县人又改用南少林拳进攻，这些拳法刘杞荣都烂熟于心，闭着眼睛都晓得破绽在哪里，他一劈腿踢在道县人的头上，他自己都不晓得他天天练腿劲把双腿练得蓄满力量，一脚就把道县人踢晕了。旷楚雄的对手是郴县人，两人斗了三局，旷楚雄才打败郴县壮汉。周进元面对的是常德人。常德人身高一米八，学的是西洋拳。周进元天天跟白振东打，西洋拳早就练得烂熟于心了。在常德人出拳疯狂地攻击他头部时，他躲过那一阵疯狂的攻击，一脚踢在常德人的小腹上。常德人倒退几步，跌坐在台上，跳起，再次与他打。他一个滑步，一摆拳打在常德人的头上，常德人再次倒地。第二局，两人打得十分激烈，周进元的鼻子被常德人打得鲜血直流。朱国祯裁判叫停，让医务人员给周进元的鼻子止血。随后继续打，常德人腿长，一脚踢在周进元头上，把他踢倒了。第三局，两人恶斗了两分钟，在常德人体力不支时，他一个右滑步，右直拳重击在常德人的下巴上，把常德人打倒了。周进元胜。

在接下来的二十四进十二的淘汰赛中，刘杞荣第一个上台，对手是个益阳蛮汉，长得五大三粗，摔跤比武他没赶上，散打他一路晋级到前二十四，观众都以为他们有得打，兴奋地瞧着比武台。刘杞荣让观众们十分失望，上台不过十秒，一个前滑步，右脚一蹬，右手一直拳打在益阳蛮汉的头上，益阳蛮汉被他一拳打晕了。裁判朱国祯老师叫充当服务的学员把担架搬来，把蛮汉抬了下去。旷父对他竖大拇指。柳悦道："我都冇见你出拳，他就倒了。"刘杞荣自负道："等你看见，他就躲开了。"柳悦咯咯笑："我好崇拜你的。"刘杞荣见周进元站在一隅冷冷地觑着他，正好旷楚雄上台，就对柳悦说："看旷百万打。"旷楚雄的对手是个三十多岁的壮汉，长沙人，那壮汉的形意拳丝毫不比旷楚雄差，出拳相当快，两人打得十分激烈，壮汉一拳打在旷楚雄的头上，旷楚雄迅速回一拳击在壮汉脸上，壮汉抗击打能力很强，无论旷楚雄如何猛打，组合拳、勾拳、直拳、连环腿和后蹬腿等，壮汉始终不倒，而且还击时出拳极猛。旷楚雄有两次被壮汉打得差点栽倒。一局下来，旷楚雄出着粗气："咯鳖的功夫不比我差。"刘杞荣说："也有破绽。"刘杞荣眼快，看得到，旷楚雄的眼力慢零点零一秒，看不到："我冇看见他的破绽。"第二局打到最后几秒钟时旷楚雄瞅住机会，一脚踢在壮汉的头上，壮汉被踢蒙了，旷楚雄一个滑步向前，一拳打在壮汉的头上，壮汉倒下了。旷楚雄走下台时，一脸汗水且一脸荣光地对杨湘丽说："我冇想到对手咯么难打。"杨湘丽说："不难打反倒没意思。"旷楚雄坐到椅子上，旷父笑眯眯地走拢来，旷楚雄道："爸，你回去啰，你在咯里我有压力呢。"旷父是个武痴，场场都看得很专注，笑呵呵道："爸就喜欢看比武，你当爸冇在咯里啰。"旷楚雄还要说什么，杨湘丽推他一下，就没说了。

周进元的对手是岳阳青年，身高一米七左右，很壮实。岳阳青年一上台就猛攻，周进元见招解招，突然，他脑壳嗡地一响，被岳阳青年一脚踢在头上。他身体晃了几下，差点倒在台上，正愣神，岳阳青年又一脚踢来，他抬手一撩，感觉岳阳青年的腿劲很足。第一局周进元处于下风。第二局，周进元左一脚右一拳，不是踢在岳阳青年的身上就是打在岳阳青年的胸膛上，一番穷追猛打后，他被岳阳青年的连环脚踢蒙了。幸亏时间到了，周进元坐下来喘气，因太累了脸是白的，汗从头顶直往下淌。刘杞荣提醒他："打他的头部。"周进元听不进别人的话，但能听进刘杞荣的建议。第三局，周进元调整战略，专攻击岳阳青年的头部，他在岳阳人用双拳护头时，一劈腿踢去。他比岳阳青年高几公分，腿长，脚后跟砸在岳阳青年的头上，岳阳青年倒在台上。

刘杞荣、旷楚雄和周进元全进了前十二，三个人就皆大欢喜的。吃午饭时，向老师告诫他们："呷了饭赶紧回房睡午觉，恢复下体力。"周进元说："咯睡得着的。"向老师说："即便睡不着也要闭眼养神。下午三点钟开始打，何胡子会来看，你们给我好好表现。"向老师看一眼柳悦和杨湘丽："交给你们一个任务，要他们中午好好睡午觉。"柳悦笑："保证完成任务。"杨湘丽对旷楚雄说："听见冇？咯是向老师的命令。"周进元低头扒光碗里的饭，谁也不看，起身率先朝宿舍走去。旷楚雄用下巴指着离开的周进元，想说什么又忍住了。柳悦嘴里飙出一句："好讨厌啊。"刘杞荣假装没看见，说："走，回房间休息去。"

三点钟，省主席何键、财政厅王厅长和教育厅厅长等官员来了。何键不喜欢按规矩出牌，对向恺然说："向主任，我建议你们把比武规则改一改。"向恺然吃惊道："何主席，您要怎么改？"何键头一昂："看摔跤比赛时王厅长讲：'咯不对啊，两人摔完，输的下去赢的也下去。'他爷爷讲，清朝时期乡试，胜者是留在台上接着打的，输了的才下去。王厅长你讲过咯话吧？"王厅长是个胖子，王胖子就坐在向恺然一旁，手上拿把扇子摇着："对对，我讲过咯话。"向恺然说："我们是综合一些国外比赛赛程制定的规则。"省主席何键摆摆手："古代比武没咯些烂规则。"省主席何键说这话的口气，好像他是从古代赶来监考的，又说："古代比武，谁在比武台上打到最后谁就是武状元。”王厅长赞同：“何主席的咯建议好，我举双手赞同。”向恺然说：“咯恐怕不合理，一个人一路打下来会很累。再讲，按咯种方法打，冠军产生了哪个还愿意看输了的人打亚军、季军？”省主席何键对亚军、季军毫无兴趣，呵呵道：“我看亚军、季军就冇得打场，输了的都是亚军。你讲呢？”向恺然很想反驳，可人家是给国术训练所掏米米的省主席，就为难道：“咯不合规矩吧？”何键讨厌下属跟他讨论规矩，粗声说：“规矩是人定的嘛，我看行。你讲呢王厅长？”王胖子道：“何主席讲得对，在下投何主席一票。”向恺然十分无奈，既然何胡子和王厅长都要改规则，他就问总裁判长杜心五先生和散打裁判长朱国福先生：“你们意见如何？”杜心五先生见何键和王厅长都要这么比，说：“也行。”朱国福裁判长想，他一个外省人反对也没用，说：“我没意见。”何键兴奋了，摇着扇子：“开始比吧。”朱国福裁判长走上台，宣布修改的规则，台下的观众听毕欢呼雀跃，叫声、尖亮的口哨声在黄灿灿的阳光下此起彼伏。搭了遮阳篷的主席台上，何键热得解开衣扣，指出：“我的建议还是蛮受老百姓欢迎的嘛。”

为公正起见，十二名比武者抽签，抽到一号的就第一个出场。刘杞荣抽了二号，旷楚雄和周进元分别抽的是十号和十二号。朱国福裁判长拿着按号码顺序排列的名单，在人声鼎沸中叫了湘西土匪的名字，又唤了刘杞荣。刘杞荣在热烈的掌声中第二个走上比武台，对台下热烈的观众抱拳致谢。湘西土匪昂着络腮胡子的脸，抱拳绕台走了圈。朱国福裁判长大声宣布：“开始——”人就退到一旁。刘杞荣盯着湘西土匪，湘西土匪猛盯着他，目光是尖的，匕首样刺着刘杞荣的眼睛。两人移着步子，防着对方进攻，八月的太阳十分灼热，还没开始打汗就在脸上、胸前和背上淌了。湘西土匪看了他多场比武，晓得此人是劲敌，就不敢冒失地绕着他兜圈。刘杞荣一拳挥去，湘西土匪避开了。刘杞荣又一拳打去，湘西土匪躲开，回了一拳。刘杞荣故意挨他一拳，还假装被这一拳打得趔趄了下。湘西土匪胆子大些了，腾空一脚踢向他的头。刘杞荣抬手一挡，感觉他这一脚的力量不小。他一拳打去，湘西土匪晓得他拳很重，闪开了。两人斗了三分钟，谁也没占到便宜。刘杞荣想，他的散打功夫不错。柳悦递毛巾给他揩汗，刘杞荣揩下额头和脖子上的汗，又把毛巾塞给柳悦。第二局，他在湘西土匪飞身踢他时，一拳打在湘西土匪踢来的右腿的胫骨上。那一拳没有七百斤也有六百斤，湘西土匪跌倒在台上起不来了，被几个学员用竹躺椅抬了下去。

第二个上台的是个黑脸光头，黑脸光头一身胸毛，站到台中央，目光跟钉子样盯在刘杞荣脸上。朱国福裁判长让两人的手碰了下，说："开始！"黑脸光头是衡山大庙的护庙武僧，打的是少林拳，刚劲威猛。刘杞荣左躲右避，没让光头武僧打到自己，却瞅准机会，一拳打在光头武僧的胸膛上，光头武僧连退数步，一屁股坐在台上。但光头武僧抗击打能力强，跃起又打。刘杞荣又左闪右避，待光头武僧跃起踢他时，他挡开光头武僧的脚，迅猛地一拳打在光头武僧的腹部上，光头武僧顿时跌坐在台上，那一拳伤了光头武僧的脾脏，光头武僧捂着肚子下去了。接着上台的是邵阳壮汉。邵阳壮汉练过西洋拳，步法灵活，他用一套组合拳打去，都被邵阳壮汉躲开了。他见邵阳壮汉不敢与他硬碰，就不急着出拳。比武台上没有一丝风，只有灼热的阳光，晒在身上有些烫。邵阳壮汉晒烦了，挥拳进攻，刘杞荣待他露出破绽，一脚踢在邵阳壮汉的脸上。邵阳壮汉被他一脚踢倒。台下一片喝彩声。邵阳壮汉翻身跃起，龇着牙，出拳加快了速度，有两拳打在他头上。刘杞荣在邵阳壮汉再次踢他时，反应极快地一拳打在邵阳壮汉的额头上。邵阳壮汉又被他打倒了。第一局结束。下午是一天里最热的时间，太阳下气温至少有四十几摄氏度，台下的观众即使不动一下都汗流浃背的，何况在台上集中精力打的刘杞荣！柳悦见他衣服的前襟和后背全湿透了，温柔地递湿毛巾给他："你揩下汗。"刘杞荣揩下汗，把湿毛巾还给柳悦。第二局，刘杞荣没给邵阳壮汉缠斗的机会，在邵阳壮汉进攻时，一转身，左脚踢在邵阳壮汉的脖子上，邵阳壮汉被他踢晕了。朱国福裁判长喝令两个学员把邵阳壮汉搀扶着下了台。第四个上台的是第四路军技术教导总队的上尉肖教官，肖教官是训练所第一届研习班毕业的。肖教官摆开阵势说："刘教练，接招。"就挥拳打来。刘杞荣避开他挥来的拳头，一脚踢在他的小腿上。肖教官没想到他出脚这么迅速，叫声"哎呀"，变得小心了。刘杞荣见他双拳护头，两肘护胸，在台上移步，就故意露破绽给他。肖教官一拳打来，刘杞荣眼快手也快，挥拳打在肖教官的头上。肖教官晃了下身体。刘杞荣脚底一蹬，又一拳打在肖教官脸上，那一拳的力很重，肖教官连退数步，跌倒了。朱国福裁判长终止比赛，道："刘杞荣胜。"

第五个上台的是茶陵县人，此人家里很有钱，十七岁去日本学空手道，有一身好功夫，人生得眉清目秀，宽膀细腰。茶陵青年一直在台下看他打，晓得他有些累了，就猛烈攻击。刘杞荣接了几招，发觉茶陵青年的空手道功夫中还夹杂着形意拳，就不急着打，借用守势休息一下。茶陵青年识破了他的意图，更快地出拳出脚，企图一拳或一脚把他打倒。刘杞荣不惧他，让他猛打，只是闪避。两人斗完第一局，刘杞荣坐到椅子上，柳悦端来一杯茶，刘杞荣只喝了两口，不敢多饮，打斗中饮多了水容易松懈。柳悦拿着湿毛巾揩他脸上和额头上的汗，他没说话，闭着眼睛休息。随着一声锣响，第二局开始了。他在茶陵青年猛攻时，转身一脚踢在茶陵青年的背上，茶陵青年扑倒在台上，翻身跃起，继续打。刘杞荣接招解招，把对手逼到台边，一直拳把茶陵青年打下了台。第六个上台的是衡阳人，这是个四十多岁的中年人，方脸、大嘴，一身黝黑，像只张开蟹钳进攻的大螃蟹。衡阳人是从泰国回来的，习了三十多年泰拳，在衡阳开了家武馆，收了不少弟子。弟子们都吆喝着跟来了，在台下给他助威。衡阳人见他已与五个人打了，一上台就拳、肘、脚、膝轮番使上了。刘杞荣只是拆招，想这些招式还不错，也有力道。待这个中年人的那股猛劲落下来时，他迅速转身，一肘打在中年人的头上，那一肘把中年人打倒了。中年人在台上躺了三秒钟，跃起，继续与他打。刘杞荣边退边找他的破绽，在衡阳人一脚踢来时，他比衡阳人更快地一脚踢在衡阳人左脚的胫骨上。衡阳人倒在台上，再起身时腿瘸了，走路一踮一跛的。第七个上台打的是长沙本地人，学的是峨眉功夫，身材不高，但人跟猴子样灵活。猴子一上台就连续进攻，他见招拆招，猴子飞身踢他时，他避开那一脚，一拳打得猴子迎面倒下。那一拳打断了猴子的两根肋骨。第八个上台的是湘乡人，也是训练所研习班毕业的，在湘乡县国术馆教拳，比他大几岁，一脸黑胡子，很壮，着一身短打，胳膊相当粗。刘杞荣已打了一个小时，唇干舌燥的，炽热的阳光已晒了他一个小时，脑壳都晒晕了。但尽管如此，当湘乡人连续进攻又无法取胜因而迷茫时，他一脚把湘乡人踢倒了。湘乡人爬起，活动了下，积蓄好力量，又疾步袭来。刘杞荣闪过几招后，转身一脚踢在湘乡人的脊梁上，把湘乡人踢得扑倒在台上。湘乡人显然伤得不轻，缓慢地爬起身，下去了。朱国福裁判长说："你还有三个人要打。"刘杞荣干得喉咙直冒烟，说："裁判长，我喝口水。"

刘杞荣感觉自己精疲力竭了，走下台，对柳悦说："水。"柳悦把茶递给他，他喝一口，感觉这口水迅速在他胃里散开，向着肌体内饥渴的部位奔涌而去。他见一旁有张竹躺椅，备在此处供受伤的参赛者坐的。他往竹躺椅上一坐，屁股被烫了下——椅子被太阳晒烫了。他连起身走开的一丝力气都没有了，闭着眼睛。柳悦见他如此疲倦，边用身体挡住阳光，边给他打扇。刘杞荣享受着柳悦扇的风，风吹在脸上、脖子上让他觉得特别舒服。他很想说一声"谢谢"，可是声音到了嘴边又无力地滑下去了。一个关心他的人嘀咕了声，柳悦马上说："莫讲话，让他抓紧时间休息。"刘杞荣听柳悦这么说仿佛得到了指令，意识立即像墨汁样在纸上浸漫开了，模糊起来。他只睡了几十秒钟，听见从主席台走来的向老师叫他："刘杞荣，咯个时候困么子觉？

上场了。”刘杞荣实在睁不开眼，睡眠那只无形的大手使劲把他往梦乡里拽，就仿佛一头牛拉着犁往前走一般。向老师说：“何解啰你？快起来。”刘杞荣此时已跌落到睡乡的谷底了，感觉睡乡是口很深的井，井壁上长满滑溜溜的青苔，要爬上来很困难似的。台上只有一片黄灿灿的太阳，观众在骄阳下晒了一个多小时，而且人挤人，有意见了，大声嚷起来。裁判长朱国福老师让刘杞荣休息了三分钟，重新走上台喊名字。刘杞荣模模糊糊地听见朱国福裁判长叫他：“刘杞荣。”他没劲回答。隔了几秒钟，朱国福裁判长又在话筒里喊：“刘杞荣。”刘杞荣不想应答。朱国福裁判长第三次叫“刘杞荣”时，向老师说：“快上去，不然就算你弃权！”刘杞荣睁开眼睛，腰杆一挺，大步走上了比武台。

旷楚雄一身短打，十二分精神，问他：“你还能打吗？”刘杞荣晓得旷楚雄的心理，说：“要打才晓得。”旷楚雄道：“我不会客气。”刘杞荣说：“不要客气。”朱国福裁判长说：“开始。”旷楚雄见他疲沓不堪的模样，信心满满道：“接招。”话音一落拳头就打来了。刘杞荣见招拆招，蓄势待发。旷楚雄很想赢他，使出浑身解数猛烈攻击，拳头直击面门。刘杞荣见他招招狠辣，心里冷笑。当旷楚雄接二连三地挥拳攻击他头部，他左拨右挡且退让而旷楚雄忽略防守时，他猛地一拳击在旷楚雄的太阳穴上，那一拳很重，把气势如虹的旷楚雄打得晕晕乎乎地栽在台上。旷父第一时间冲上台，和一个学员扶着旷楚雄而去。

第十个上台打的是新化人，中年壮汉，生一双虎吊眼。新化人浑身是劲，见他打了这么多场比武，不想给他喘息的机会，一上来就贴近他打，拳拳朝着他的头部攻击，有一拳打在他头上。他晃了下，新化人又迅速一拳打来，他折身一闪，极快地一拳打在新化人的胸上，新化人被他这一拳打得退了几步才站稳。刘杞荣在新化人再次挥拳打来时，右手撩开那一拳，左手一拳打在新化人的头上，新化人头一甩，头上的汗珠甩出了几米远。他一脚把新化人踢倒了。新化人挣扎着爬起，朱国福裁判长问："你还能打吗？"新化人粗声答："能。"这一局直打到结束，新化人不是跟他保持距离就是与他缠斗，一心要消耗他的体力。刘杞荣很想一拳打倒他，但新化人的重点是防御和躲避，不让他的拳头打到自己。第二局，新化人采用同样的方式，跟他耗。下午四点多钟还是很热，刘杞荣有些支撑不住了，头上的汗流到了眼睛里，遮蔽了视线。他揩掉汗水，很想躲到树荫下歇歇。在第二局快到点时，新化人见他反应慢了，以为火候到了，飞身踢他。刘杞荣敏捷地推开那一脚，旋即一拳打在新化人的头上，这一拳发力得当，新化人好像被六百斤重的东西砸倒了。朱国福裁判长看此情形，叫人把新化人扶下去了。

最后一个上台的是周进元。周进元看到柳悦给打累了的刘杞荣打扇，心里冷笑，想：他打了这么多场就是铁打的汉子也乏力了，我今天一定要打败他，他大步迈上台，一个抱拳打给刘杞荣，从牙缝里挤出一句话："表哥，你还有劲打吗？莫怪我胜之不武啊。"他说完这话，脸上的皮扯了扯，就像通常说的皮笑肉不笑。刘杞荣此刻不但被太阳晒晕了头，身体也丝毫没力气了，甚至连笑的劲都没有了。朱国福裁判长说："开始。"周进元见他不动，一拳打来，刘杞荣机械地挡开那一拳。周进元又挥拳打来，刘杞荣又机械地拨开他挥来的第二拳，心里奇怪，是自己太疲劳而化解时迟缓了，还是表弟的拳比以前硬了？周进元泄恨地左一拳右一拳地猛打。刘杞荣避其锋芒，为还击储备力量。他晓得表弟很想打败他。他靠意志支撑，咬着牙关坚持。他被周进元一脚踢在腰上，踢得他身体一歪，侧倒在台上。周进元又飞起一脚踢来，他抬手一挡，感觉那股力很猛。他愕然。周进元又踢来第三脚，踢他的头——这一脚若踢在他头上，那不把他踢伤了？他被表弟激怒了，没想到表弟心这么黑，抬手一揎，迅速一个翻滚跃起。第一局结束。柳悦迎上前，用扇子使劲给他扇风，说："周进元好恶的，晓得你有劲了还追着你打。”他没力气回答，闭着眼睛休息。随着一声锣响，他疲乏地走到台中央，好像在找床铺在哪里，根本不看对手。周进元的眼睛里充满杀气，觉得自己是最后一根压倒他的稻草，胜了这个人自己就是冠军了！他浑身是劲地喝道：“看招。”话毕，频频出拳，勾拳、直拳疯狂攻击。头上太阳很大，猛攻猛打极容易疲惫。周进元顾不得那么多了，吴三桂冲冠一怒为红颜，他早就怒不可遏了，若不抓住这个机会，以后要打败表哥就难于登天了！刘杞荣不晓得表弟恨他恨得想打死他，边冷静地拆招，边积蓄力量，待周进元咬着牙 重拳打来因而身体失去平衡时，他极快地一拳打在周进元的头上，身体快速旋转产生的力很大，只听见嘭的一声，周进元倒在台上，晕了。

颁奖仪式极隆重，散打比武只给刘杞荣 人颁奖，省主席何键很尊重杜心五先生，用今天的话说是杜心五先生的“铁粉”，硬拉着杜心五先生给刘杞荣颁奖。刘杞荣接过金牌，向站在台下的柳悦扬手示意，心里感激她于烈日炎炎下自始至终地候在台下，台下的观众以为他是向他们致谢，即刻爆发出热烈的掌声。刘杞荣在掌声中朝观众鞠个躬，随后扬起胜利者的面孔，在观众们倾慕的目光下，举着金牌笑。报社的记者拍下了他深感荣耀的一刻。那天的太阳、那天的市民和那天省内的各界人士仿佛都是为他而来和为他存在的。

二三　刘杞荣打了冠军

刘杞荣打了冠军，一时间三湘四水的湖南人全晓得了，没看报和没收音机的，也听别人说了，说沅江县泗湖山镇虎坪村人刘杞荣，年仅二十岁，在省会举办的国术比武中获得摔跤、散打两项冠军。这天上午十点多钟，下雨了，剽悍的刘耀林从田间回来，因淋了雨，被太阳晒白了的衣服有些湿。他脱下湿衣服，换上白汗衫，端起凉茶喝，眼睛盯着门外。他刚放下茶杯，就见三毛戴着破斗笠跑来，肩膀和裤腿都淋湿了，却激动道："族长，你二伢子打了冠军呢。"刘耀林以为自己听错了，在他模糊的记忆里，二伢子是个病病歪歪最没出息的崽，就问："么子冠军？"三毛甩着斗笠上的雨水，说："你二伢子不得了呢，打哒全省的冠军。我刚在街上听人讲的。"刘耀林不信："你咯鬼讲蠢话啰，我二伢子几斤几两你还不晓得？"三毛赌咒道："撮你是猪呢！报纸上讲，长沙举办全省比武，刘杞荣夺得冠军呢。"刘耀林蔑视道："那是么子鬼冠军？哄鬼的，咯个鬼能打冠军我刘耀林把名字倒写起。"三毛见族长这么蔑视，一愣。刘耀林说："莫听街上的人瞎扯。"

三毛也没把握了。刘耀林拿出旱烟丝袋，丢给三毛："自己卷根烟抽。"三毛卷根旱烟吸着。刘耀林对从灶屋走来的肖合珍说："堂客，泡杯茶啰。"堂客转身去泡茶。两个男人抽着烟，看着下雨。隔了会，刘老八穿一身邋里邋遢的衣服，打把破油纸伞跑来，伞都没收就兴奋道：“好事呢，族长，恭喜恭喜呢，你二崽打了冠军。”刘耀林看着刘老八：“你莫乱讲。”刘老八嘴快：“咦，我哪敢乱讲，我在裁缝店听讲的，那人讲刘杞荣为沅江人争哒光呢。”刘耀林冷笑：“八成是你听错了。”刘老八说：“我崽听错了，我还特意问哒，那人说咯是泗湖山镇的光荣。”刘耀林吐口烟：“光荣个屁。”长子旋风般刮进来，一身透湿的，大声说：“爹，老二打了全省冠军，七伯讲的，咯是报纸。”报纸是湖南《大公报》，前天的，由于沅江县距长沙较远，昨天到达县城，今天才送到七伯家的。报纸打湿了，也烂了，但还是能读到赫然醒目的标题：“刘杞荣荣获湖南省首届国术比赛摔跤、散打两项冠军！”四十五岁的刘耀林迷惑了，拍着脑壳：“咯是么子冠军？”他望眼长子，遗憾不是长子，道：“当年教你们打拳的贺新一师傅讲，你武功最好，你应该去参加比武呢。”长子一脸遗憾：“爹，我又不晓得长沙举办了一场武林大会。”刘耀林说：“你要是上台打，就轮不到老二哒。”父子俩说话时，四毛来了：“祝贺呀族长，你二伢子打哒冠军。光荣呢。”刘耀林淡淡道：“有么子光荣的？我二伢子是么子货色，你们都晓得的。”四毛见族长脸色冷淡，“咦”了声，说一句：“你咯是怕我要你请客吧？”刘耀林冷笑：“请么子鬼客？笑话呢。”

下午，很多同村人都过来祝贺，老七和刘老八坐了很久，呷着谷酒、抽着烟、说着话。老七是村里唯一订了湖南《大公报》的，为的是了解泗湖山镇以外的事，好做权威发布。当他看见刘杞荣的名字出现在报纸上且夺了摔跤、散打两项冠军时，心里无限感慨，想这小子小时候路都走不稳的，居然打了冠军，太离谱了。他咳一声，说：“族长，你家的祖坟开了坼吧？”刘耀林懂老七的意思，说：“我哪有工夫去看祖坟呢。”老七说：“你二伢子我是看着长大的，不是老祖宗保佑，他能打冠军？”刘耀林不屑：“咯个冠军八成是撮人的！”刘老八说：“报纸上登的，哪里会撮人？族长要请客呢。”老满一脚泥地走来，他去田里侍弄了一个时辰，这会儿来凑热闹，一张与田泥颜色没什么区别的脸上挂满笑。他听见刘老八所说，道："恭喜恭喜呀族长，是要请客咧。"刘耀林晓得老满是个爱蹭饭吃、蹭酒喝的祖宗，村里谁家办红白喜事，老满和刘老八都是吃喝到最后走的两个人，就道："有么子好请的？你还不晓得他！"老满把裤脚放下来挡蚊子，接过肖合珍给他泡的茶："族长，咯是大喜事，你不要太抠了，嘻嘻嘻。"刘耀林吐口痰："反正我不信。"老七笑，点燃一锅烟，吸了口，吐出浓浓的烟雾："族长是个实心人，只信眼见为实的事。"老三听着长辈们说话，不插嘴，他背有些痒，就用背蹭门框止痒。刘耀林看着老三："你明天去长沙，把你二哥喊回来。"

次日一早，老三穿上一件出客才穿的白短袖对襟衫，一条宽松的蓝裤子，脚上一双泗湖山镇的鞋匠用旧轮胎做的凉鞋，手里一把纸扇，走到了泗湖山镇的码头上。船还没驶来，他站在趸船上等开往县城的船。趸船上还站着几个青年，也是去县城的。一个认识他的街上的青年说，"老三，你去哪里？"老三自豪道："去省城接我二哥。"那人道："是那个打了麻批冠军的？"老三看一眼那人："么子麻批冠军？就是冠军。"另一人望着他："听你们村里人讲，你二哥细时走路都要扶椅子，也能打冠军，那不是麻批冠军是么子？"老三不悦："你么子意思？"那人是镇街上杀猪的，说："我们老大讲，咯麻批冠军八成是你爹用钱买的。"另一青年笑："你爹那么有钱，又是族长，花两三百块大洋买个冠军不好玩样的？"对于穷乡僻壤的青年来说，两三百大洋是天文数字。老三恨不得揍他们一顿，可他们是三个人，就不敢招惹："你们等着。"杀猪的说："等着。我们准备迎接麻批冠军归来。要不要买挂鞭子放放？"船来了，老三不再理他们，上了船。船快驶到县城时，杀猪的冲老三说："告诉麻批冠军，要他莫回来，回来就会被人打死去。"

刘杞荣荣获冠军，那种喜悦，把柳真失踪的烦恼压下去了。柳老先生那天也是观众，穿件白绸短袖衫，站在人群中看了他争夺冠军的全过程，为他高兴，决定招他为女婿。他说："你和我悦儿的事不要拖了。"刘杞荣想自己当了冠军，在爹面前说话应该有些分量了，说："好，我也想带柳悦回老家跟我爹妈见个面。"柳老先生望着漂亮的女儿道："悦儿，是该跟公公婆婆见面了。"柳悦羞红着脸："什么时候去你父母家?"刘杞荣说："明天就去。"柳老先生是商人，讲究礼节："悦儿，第一次见公公婆婆，不能空手。家里的墨鱼、鱿鱼都多拿些，上好的桂圆肉和西湖龙井也带些去。"刘杞荣说："不用不用。"柳老先生不这样看："我女儿第一次去你家，不能寒碜。你哥成婚了吗?"刘杞荣答："我哥成婚几年了。"柳老先生喝口茶："新疆和田玉是上等品，悦儿，你挑三个玉镯带去，送一个给你婆婆，送一个给你哥嫂，送一个给小姑，还分别送一对金耳环给你哥嫂和小姑。"柳老先生收藏了很多玉器和首饰，装在一只楠木箱里。他搬来箱子，打开，让柳悦挑选。刘杞荣忙道："不要不要。"柳老先生和颜悦色道："没关系，前两年军阀混战，咯些东西烂便宜，我多买了些。"

傍晚，刘杞荣回训练所的途中，步入街上一家食品店，买了些桃酥、饼干和糖果，想自己八年没见娘和小妹了，就走进一家布店，见一捆捆布料那么鲜艳地搁在柜台上，分别扯了几米上等布料。回到训练所，门前蹲着老三，他吃一惊："你何解来了?"老三嘻嘻道："你打了冠军，爹要我接你回家。"刘杞荣听到"接"字，觉得新鲜同时也感觉甜："你们是怎么晓得的?"老三说："哥，镇上有些人订了报纸，一传十十传百，全泗湖山镇的人都晓得了。"刘杞荣"哦"了声："那好，我正打算带你二嫂回家。"老三一怔，踌躇了下道："爹在家里给你定了亲，我昨天来前，听爹讲要大嫂去接二嫂呢。"刘杞荣说："那不是你二嫂。我回家让爹把人家退了。"老三不便再说什么。

那时候去沅江只有航运。第二天一早刘杞荣赶到柳公馆，柳悦早早就坐在客厅里等他，听见一个男人说："哥，柳家好气派呀。"柳悦抬头望去，就见一个身材与刘杞荣差不多的黑脸青年走在刘杞荣身后。刘杞荣说："柳悦，咯是我大弟老三。咯是你二嫂。"柳悦一时没反应过来，老三忙道："二嫂好。"柳悦反应快："坐呀，老三。"柳老先生走出来，刘杞荣把老三介绍给柳老先生认识，柳老先生点下头，问："你们呷早饭没有？"刘杞荣答："来的路上呷了包子。"柳老先生望着女儿："悦儿，要带的东西都备好了噻？"柳悦指着身旁一个硕大的布袋和一口小皮箱："都带了。"因为要赶开往沅江的客轮，三个人辞别柳老先生，匆匆向客运码头赶去，买了票，上了客轮，刘杞荣竟有些激动！他问老三："娘还好不？"老三把拎着的布袋放到腿上："娘好呢。"他又问："小妹呢？长大了吧？"老三望一眼漂亮的二嫂："小妹十二岁了。你来长沙读书时，小妹才四岁。"

第二天拂晓，客轮驶到沅江县城码头，三个人又改乘驶向泗湖山镇的机帆船。上午十一点钟，船驶近了泗湖山镇码头。码头上聚集着一百多人，大多是年轻男人，中间掺杂着几个看热闹的女人。刘杞荣对柳悦说："下了船，走三里路就到家了。"柳悦有些紧张："我好怕见你爸妈。"刘杞荣笑："莫怕。我爸妈又不是老虎。"他望着站在码头上的人，以为他们是欢迎他荣归故里，再一看，这些人手里操着棍、棒、扁担，还有几个持着刀。他马上觉得不对劲，道："老三，何解咯么多人站在码头上？还拿着家伙？"老三也觉得奇怪，探头张望："我也不晓得。"刘杞荣走到船头看。船离码头只有十几米远时，码头上一个魁梧的壮汉喝道："来者莫不是在省城打了麻批冠军的？"刘杞荣想，怎么会有人如此这般地跟他打招呼。老三说："哥，他们是湖匪，专抢商船的，问话的那个黑脸大汉外号叫'托塔天王'。"刘杞荣见问话的人赤着黝黑的上身，穿着大裆短裤，手持一根漆黑的木棒——这种木棒在乡下是抬棺材的。他想，咯人也配称托塔天王？那人左边站着两个手持木棒的蛮汉，右边站着三个手握单刀的汉子，个个满脸杀气。他们身后站着几十个手里拿着家伙的青年。老三十八岁，头一次见到这阵势，害怕道：“哥，咯怎么搞?”刘杞荣晓得家乡人的秉性，好斗，预感这是要找他打架，丢了句：“慌么子!”老三看见那个杀猪的凶汉，说：“哥，他们讲要打死你呢。”托塔天王横着眼睛道：“冠军鳖，你下船从老子胯下钻过去，老子就不打你。不然，老子今天打死你!”柳悦扯下刘杞荣的衣襟：“我们莫下船。”刘杞荣瞥着岸边，码头旁边有一个大石礅，石礅紧挨一间石屋，这石屋是茅厕，供乘船的人方便的。他看见靠着石屋有一捆竹篙，绿青青的，十几根，用藤条捆绑着，想咯是什么人砍了竹子背到县城去卖的，在这里等船。他心里有了主意，对船老大说：“麻烦你把船靠到石礅那边去。我先在那里上岸，你再调头把船靠到趸船上。”船老大晓得这些人难对付，说：“你可要小心，他们都是臭了尸的恶棍。”船老大把船头靠到石礅上，刘杞荣对柳悦和老三说：“你们在船上等我，莫下船。”

他下船，站到石礅上。那些人拥上来，团团围住他。托塔天王说：“老子在咯里等了你一上午，老子是专门打麻批冠军的。”他想给刘杞荣一个下马威，举起木棒就打。刘杞荣闪过这一棒。托塔天王凶道：“哎呀，你还敢躲，老子打死你!”又一棒打来。刘杞荣折身闪过，伸手抓起一根竹篙一扯，竹篙有胳膊粗、两米多长。杀猪的青年见“麻批冠军”手里多了根竹篙，挥棒朝“麻批冠军”的头顶打来。“麻批冠军”手中的竹篙一挡，顺势一竹篙打在杀猪的青年头上，杀猪的青年连哼都没哼一声就倒下了。他又一竹篙打在另一个冲上来的劫匪的头上，这个劫匪也栽倒了。只是片刻工夫，那些人手上的木棒和扁担、单刀全被他打掉了，人不是被他打痛就是被他一竹篙打蒙了。只一分多钟，围绕着他的凶汉都怕了，像老鼠样四散。擒贼擒王的道理他懂，就追着托塔天王打。那蛮汉边转身朝前跑，边对他的弟兄说：“给我拦住他。”刘杞荣手中的竹篙所打之处，无一人不倒地叫痛，众人哪还敢拦，全掉头逃跑。托塔天王在他打其他人时，使劲朝前跑。老三站在船头，看得清楚，说："哥，他朝那边跑了。"刘杞荣朝那边追去。前面有条小河，五六十米宽，一条用跳板架起的木桥横在河面上。这种木桥窄，不到一米宽，只能走人。刘杞荣跑上桥时，托塔天王已经跑过桥了，对面上来一个挑着担豆腐的农民，已快步走到桥中了。刘杞荣一折身从农民身边跑过时，听见背后叫声"哎呀"。他感觉挑担子的农民要掉河里了，头也没回地反手抓住那农民的衣领一提，把那人放到桥上，自己跑过桥，追上去，一脚踢翻托塔天王，膝盖压在那人胸口上，举拳就要打。托塔天王晓得自己远非冠军的对手，乞求道："冠军哥哥，饶命。"这在沅江乡下是彻底认栽了。刘杞荣这一拳就悬在半空没打下去。他看着这张因害怕他打而闭上双眼的脸，想自己的家人都住在这里，就收了拳。他起身往回走，柳悦、老三和老大、老四都站在码头上等他。老大笑。老三和老四也笑。他问："大哥，你们怎么来了？"老大说："爹估计你们快到了，要我和老四在路上接你们，正好看见你一个人打几十人，把他们都打跑了。"老四十六岁，长得与老三差不多高了，很黑，单瘦。他拍拍老四的肩："嚯，长咯么高了。"他把柳悦介绍给老大和老四："咯是我尚未过门的堂客。"老大和老四都看着柳悦，老大欲言又止，抠抠头皮。刘杞荣接过柳悦手中的礼物，拎着，向村里走去。

刘耀林让大儿媳妇把未来的二儿媳妇小梅接来，小梅是邻村一郎中的大女儿，那郎中家底厚，所以也算得上门当户对。小梅还没见过刘杞荣，就穿件翠绿的短袖和一条蓝裤子，紧张地坐在堂屋里。桃子坐在她一旁，另一边坐着小梅该叫婆婆的肖合珍。刘耀林坐在楠木太师椅上，着一身青布衫，手里拿着铜锅烟杆，杆上吊着个拳头大的装旱烟丝的黑布袋，很神气地对未来的二儿媳妇说："他今天回来，回来就把你们的婚事办了。屋里咯么多田要耕种，不能让他一个人坐享其成！"他说这话时，脸上的表情是不容置疑的，桃子和小梅都笑了。

老七和三毛笑呵呵地出现在他眼里，刘耀林道：“坐。堂客，泡两杯茶。”老七说：“三毛讲，你二伢子今天回来。”刘耀林也没有把握：“还不晓得他会不会回来。”

老大笑着走进来，跟着是老三、老四，刘杞荣和柳悦稍后一步进门。刘耀林八年没见老二了。这可不是八年前从他眼皮子底下逃走的老二，那个老二在他的记忆里身高不过一米四左右，眼前这个人比他还高，着一身白对襟衫，脚上一双黑胶鞋，眉宇间凝聚着一股令他惊诧的英武之气。让他吃惊的是，老二身边立着个年轻貌美的妹子，一身浅红色短袖旗袍，旗袍上绣着喜鹊含梅的图案。这妹子实在妖娆、好看，这可不是他想看见的！刘杞荣不知道家里坐着的妹子是爹娘给他定的亲，大哥在路上不敢说，老四也没提。刘杞荣把柳悦介绍给爹娘：“爹、娘，咯是柳悦，我未婚妻。”刘耀林的脸成了猪肝色，娘也一愣，赶紧瞅一眼小梅。小梅脑袋里“嗡”地一响，片刻工夫她的脸通红，都红到脖子上了。桃子看小梅一眼，也为小梅难为情，就把手放到小梅的腿上摁着，生怕小梅飞走似的。

刘耀林感觉自己在家里的权威被这个在外面混了八年的“逆子”颠覆了，愤怒中也不管得不得体，举着铜烟杆就朝“逆子”打来。刘杞荣挥手一挡，刘耀林被这一挡的力推得后退三米远，撞翻了大方桌，跌坐在地上。大方桌上摆着的茶壶、杯子和一盘自家地里种的西瓜、一盘切成了一瓣瓣的香瓜，全倾倒在地。全家人都惊骇了。刘杞荣说：“爹冇事吧？我刚才是本能反应，并不是要打您。”刘耀林没想到老二的本能反应这么神速、有力，可以将他这个练了几十年南少林拳的中年壮汉打出三米远，跌坐在地上！他狠劲哼一声，站起，揉了揉撞痛了的腰椎：“爹都敢打了，你咯畜生！”他深感屈辱，自己乃堂堂的族长，村里说话一言九鼎的，在老七和三毛面前丢了丑！他就黑着脸向卧房走去。小梅这会儿醒过神了，朝门外奔去。大嫂和桃子追了出去。刘杞荣对柳悦说：“你坐。”娘道：“坐、坐。”柳悦见刘母比自己母亲大，就客气道："谢谢伯母。"老大、老三、老四收拾着掉到地上的东西。老七佩服地看着刘杞荣，道："狠角啊，冠军。"老大对刘杞荣说："老二，咯是七伯。"老七笑出一口满是烟垢的黄牙："你还记得七伯吗?"刘杞荣答："有印象。"三毛道："还记得我不？我是你三毛哥。"刘杞荣敷衍："哦——七伯，三毛哥，今天我刚回家，要不过两天我去你们家拜访?"七伯和三毛同时起身说："好好好。"

桃子从外面回来，小脸蛋红扑扑的，一双眼睛滴溜溜转，夹着些许顽皮。刘杞荣说："你是小妹吧?"桃子撒娇地扬起脸："二哥。"桃子的一双眼睛大而明亮，漂亮极了。他说："桃子，哥给你买了两块花布做衣服。娘，给您也买了两块布料。"他解开包裹，拿出两块印花布料，一段白底蓝花，一段红底白花。桃子喜欢道："给我的?"刘杞荣点头："喜欢吗?"桃子说："喜欢呢。"刘杞荣见小妹如此快乐，对柳悦说："你把东西给她吧。"柳悦已从不安中平静下来，打开棕色皮箱，拿出给桃子准备的玉镯和金耳环。桃子不接，只是笑。刘杞荣说："拿着。咯是你二嫂送给你的。"桃子看一眼娘，娘说："快谢谢你二嫂。"桃子就接了："谢谢二嫂。"她极惊讶和愉悦地看着金耳环，这金耳环可不是乡下那种刚好箍在耳垂上的小金圈，而是小金圈上套着大金圈的金耳环。娘笑得眼睛都眯成缝了："咯么贵重的东西，乡下人受不起呢。"柳悦说："受得起呢。"又把玉镯递给桃子："莫掉到地上了，拿好。"刘杞荣介绍："娘，咯是新疆和田玉，和田玉很贵重的。"娘说："咯个玉一看就是好玉。桃子，快谢谢二嫂。"桃子拿着玉镯，嗲声说："二嫂你真好。"

一家人都笑。柳悦又拿出一只翠绿的玉镯，要刘杞荣给娘。刘杞荣递给娘："娘，咯个玉镯是柳悦送给您的。"娘很多年未红过脸了，这会儿脸红了，说："娘有呢。"娘伸出右手，右手腕上戴了只当年刘耀林在县城里买的玉镯，这玉镯的颜色有些浑浊，灰色中掺了些绿色。刘杞荣说："娘，收下吧。"娘拒绝道："哪里有第一次婆媳见面，做婆婆的就收儿媳妇咯么贵重的礼物的？村里人会笑话呢。娘不能要。”柳悦一听刘母这么说，证明刘母已经认她这个儿媳妇了，就对刘杞荣眨下眼睛。刘杞荣把玉镯塞到娘手上：“拿着。”柳悦再拿出一个玉镯，这个玉镯是给大嫂的。大嫂满脸通红地摇手：“你倒搞起呢，不要不要。”大嫂一个劲地往后退。刘杞荣瞟着大哥：“你开口大嫂才会要。”大哥道：“那你就拿着吧。”大嫂接过柳悦给她的玉镯，嘀咕道：“谢谢你。”柳悦又从皮箱里拿出另一副比桃子的金耳环还要大的金耳环，捧给大嫂。大嫂再次满脸通红：“不要了不要了。”大嫂跑开了。刘杞荣接过这对金耳环，递给大哥：“你替大嫂收下。”大哥说：“咯怎么要得？”心里还是极为欢喜的。娘见这个尚未进门的二儿媳妇出手这么阔绰，想她家里没有一座金山怕也有一座银山，就为老二高兴，对桃子说：“桃子，给娘，娘替你保管。”桃子把玉镯给娘，却不肯把金耳环给娘，而是拿着那对金耳环出了门，去别的村姑面前炫去了。娘骂桃子，桃子已跑得没影了，大哥、老三、老四都看着柳悦笑。柳悦感觉自己的地位在这个家庭一下子就稳固了。

娘和大嫂给柳悦收拾了一间房，娘让老三去街上的日杂店买床新草席，铺好床，挂上蚊帐，就到了吃晚饭的时间。乡下，那个男尊女卑的年代，女人是只能坐在灶屋里吃的。桃子还没嫁人，不在这个规矩中。柳悦是客人，又是有钱人家的千金，刘耀林也不好把她赶到灶屋里吃。刘杞荣见柳悦有些拘谨，就叫娘和大嫂都到饭堂吃饭。刘耀林见祖宗传下来的规矩被老二破坏了，很是不悦，但今天他的权威被老二彻底“灭”了，就闭着嘴不语。桃子见娘和大嫂都坐在桌旁吃饭了，想二哥一回来，规矩就改了，便嘻开嘴道：“二嫂，你呷菜呀。”柳悦见桃子满脸是笑，像朵娇艳的芙蓉花，说：“我呷了菜。”娘夹一块半肥半瘦的猪肉放到柳悦的碗里。柳悦说：“谢谢伯母。”刘耀林感觉自己变得次要了，哼了声：“世道变了，崽可以打爹了。”肖合珍逆来顺受惯了，见丈夫这么说话忙反驳：“看你讲的么子话？呷个饭都堵不住你的嘴。”刘耀林正要对堂客发火，刘杞荣说：“爹，城里一家人不分男女都是坐在一起呷的。”老大一直对爹要他堂客坐在灶屋里吃饭有意见，见老二这么说，赞同道：“爹，我们要学城里的，改过来。”刘耀林把筷子一拍，对老大说：“呷你的饭，爹还要你教啊？”说完起身离开了。柳悦见未来的公公如此横，抱歉道：“我给你们添麻烦了。”娘生平第一次站在崽一边：“他爹就是咯德行，么子都要听他的，莫管他。”

二四　第二天

第二天，老大、老三、老四都要跟老二学功夫。不一会，坪上聚集着很多村里人，都是来看冠军的。四毛生性好打架，走上去就要跟冠军摔跤，一上手就倒地了。老满嘿嘿道：“到底是冠军。”老七抽着旱烟，咳了声：“晓得了吧你们？我们刘姓人家出了个武状元呢。”刘老八佩服地说：“对对对，武状元。”刘杞荣摔跤根本不费力，十几个壮汉一个个轮番上，一一被他撂倒。后来大家坐下来，听他讲夺冠之事。中午边上，贺新一师傅从县城赶来，他在县城听说，刘杞荣一个人打跑了一百多手持木棒、扁铁和大刀的湖匪，觉得再是冠军也不应该有这么好的功夫啊，就兴致勃勃地跑来看自己当年的徒弟。贺新一师傅在贺家武馆授徒，一手南少林拳少有对手，经常把来踢馆的人打得屁滚尿流。他一来，全村人都让开，看着这个曾在刘家教过武术的拳师。刘杞荣礼貌道：“师傅。”贺新一师傅说：“听讲你昨天在泗湖山镇码头打跑了一百多号湖匪？”刘杞荣答：“就二三十个，其他人是看热闹的。”贺新一师傅笑：“那也不错。常言道‘好汉难敌四手’呢。”老七说：“贺师傅是来检验冠军的功夫吧？”贺新一师傅对老七说：“不敢。徒弟回来了，为师来看看。”

老七想村里人都不是刘杞荣的对手，但贺师傅也是行角，就道：“贺师傅，您在沅江冇得对手，何不与冠军徒弟比比，也让我们开开眼界噻。”这可是将贺新一师傅的军！老满跟着起哄：“贺师傅，你的功夫好呢。”刘老八忙鼓动道：“好啊，咯是师徒比武呀。”刘杞荣谦虚地摆手：“我不敢跟师傅比。”习武的人都好比，贺新一师傅在沅江武术界的名声很大，既然大家都跟着起哄，就说：“那我们师徒耍几下?”村里人立即沸腾起来。坐在堂屋里的刘耀林也忍不住走出来，他知道贺新一师傅的武功在自己之上，就想看儿子到底有几斤几两！刘杞荣不好意思与贺新一师傅打：“您是师傅，徒儿甘拜下风。”贺新一师傅正色道：“徒弟，你莫咯样讲，输赢为师都不介意。”众人纷纷闪开，腾出一块空地给师徒摔跤。贺新一师傅一把揪住刘杞荣的胳膊就要一个背抱把徒弟摔倒，刘杞荣可不敢像摔别人一样摔师傅，师傅在沅江县靠传授武艺为生，把师傅掼倒那不是砸师傅的饭碗？所以他一个折身化掉了师傅这一招，嘴里假装道：“啊呀，好险。”师徒俩摔了几分钟，最后他与师傅同时倒在地上。贺新一师傅爬起身，拍打着衣服上的灰。老七道：“咯一跤是平手，再摔一跤。”众人立即起哄：“再摔一跤，再摔一跤。”师徒俩又摔第二跤，刘杞荣照例与师傅同时倒地，起身道：“师傅，徒弟认输。”贺新一师傅心知徒弟是让他，称赞道：“徒弟咯冠军不是白得的，为师奈何不了你了。”刘杞荣维护师傅的颜面，说：“哪里啊，是师傅给弟子留面子呢。”

过了两天，刘杞荣打算请全村人吃饭，他让大哥去街上买两头猪，请屠夫杀了，费用由他出。刘耀林没搭话，走到离家不远的水渠边，坐到石凳上抽烟。肖合珍走来说：“小柳家真有钱，一出手就给我三十块大洋，要请全村人呷饭，呷餐饭哪里要得了咯么多钱！”刘耀林冷漠道：“咯妹子咯样大手大脚，刘家养不起呢。”肖合珍说：“你讲蠢话呢，她哪里会要我们养？她家里洗衣做饭都是用人。”刘耀林看一眼农田：“老二娶了个中看不中用的狐狸精。”肖合珍批评丈夫：“你咯老鬼，给你二崽的堂客积点口德好啵？老二的岳老子做大买卖的，小柳替她爹打理生意，赚的钱几辈子都用不完呢。”刘耀林笑了声，看着水渠那边的田：“我讲，趁着老二请村里人呷饭，让他把婚事一起办了，免得再请一次。”肖合珍晓得丈夫所想，戳道：“我还不晓得你，就是舍不得花钱。”

娘把刘杞荣叫到面前：“你爹讲，趁你请村里人客的机会，把你们的婚事一趟水办了。”刘杞荣望一眼柳悦，柳悦也看着他。娘又说：“你爹讲，你把小柳带都带来了，不办酒，人家当面不讲，背后怕会讲你不守规矩呢。”刘杞荣问柳悦：“你的意思呢？”柳悦表态：“妈讲了算。”娘听柳悦改口称她“妈”，欢喜地拉住柳悦的手：“咯事就咯么讲定哒。娘让你哥和弟妹通知族人时宣布。”柳悦待婆婆转身去向公公交差时，看着刘杞荣：“怎么搞，我么子都冇准备。”刘杞荣说：“我让大嫂和桃子陪你去趟县城，你看需要么子就买么子，不懂的就问大嫂。”次日一早，刘杞荣和大哥去村里拜访同族的长辈，送请柬，老三、老四到镇街上买灯笼、喜字和瓜子、花生、糖果，还借来很多张桌椅，摆在坪上，挂灯笼、贴喜字。傍晚，柳悦和大嫂、小妹买回来很多结婚用品、新婚服饰，直忙到半夜，一家人才安静下来。

翌日办酒，一早，两头两百多斤的大肥猪送来了，屠夫就在祠堂前杀猪、烫猪、刮毛和开膛破肚，一些村里的老人和孩童站在一旁看。临近中午时，出了点状况。县城里有一个恶霸，生得牛高马大，一身蛮力，此人六岁习武，十三岁与街上人打架，一刀捅死了人，只因他那时尚未成年，家里花了些钱疏通关系就没事了。此人长大后成了县城一霸。县党部的人也忌他三分，就索性以恶制恶，让他当县治安队队长，维持县城街上的秩序。此人姓张，一脸横肉外加满脸络腮胡子，两眼圆溜溜的，绰号猛张飞。猛张飞听说冠军回来了，又听贺新一的徒弟说，贺师傅与冠军打了个平手，他就觉得冠军没什么了不起，因为几年前他曾把贺新一摔麻袋样地摔在地上，还踢了贺新一胸口一脚，让贺新一喝了两个月中药。他带着几个治安队员耀武扬威地来凑热闹，叉着腰，点名要与冠军比武。三毛晓得他，小声对刘杞荣嘀咕："咯人外号猛张飞，是县治安队队长，好恶的。"刘杞荣望着一脸横肉的猛张飞："张队长是贵客，请上坐。"猛张飞不为所动，双眼圆睁，道："你就是在省城打了麻批冠军的那个鳖？"这话含着极度的蔑视。柳悦见此人一副恶相，腰间还挎着驳壳枪，便有些紧张。刘杞荣说："莫怕。"转向猛张飞："在下正是麻批冠军，有何赐教？"猛张飞说："老子今天想跟你咯鳖切磋切磋。"刘耀林上前打个拱手："失敬失敬，今天犬子大婚，可否给刘某一个薄面，呷杯酒？"猛张飞漠然地把刘耀林推开："莫废话。老子不是来呷酒的。"猛张飞望着刘杞荣："何解，怕了？"刘杞荣说："刘某改天再登门请教如何？"猛张飞见冠军身高与自己差不多，却没自己壮，想他只需两招就可将冠军打败："改么子卵天，就今天打。"一个"打"字让众人心里一悸。刘杞荣对柳悦道："乡下就是咯样，动不动就勒手把子。"

村里人都没见过世面，有的族人连县城都没去过，见到穿制服的自然就矮三分，有的村民胆小，紧张地注视着新郎。新郎说："张队长，你是贵客，兄弟请你和你的弟兄呷杯喜酒。比武的事推后一步好啵？"猛张飞道："不好。张某年长你几岁，是个粗人，既然来了，你莫跟张某讲客气，无论输赢，打完就走，一杯水都不呷你的。"他解下枪，脱下制服，扔给一个手下，赤着一身横肉，道："来吧。"事已至此，他再不应战便是怯懦了，说："你是客，我让你三招。"猛张飞说："让就冇味了，莫让。"话音刚落，猛张飞冲上来一把抱住新郎的腿，想用力一兜，把新郎从身前丢到身后去。他当年就是这样摔贺新一的。新郎没让他得逞，迅速将左脚插进他的裆，脚趾钩着他的屁股沟，他自然没法抛出手。新郎等他再次发力时，顺着他的力从他头上飞过去，稳稳地落在地上。猛张飞龇下牙，叫声"咿呀"，又过来，抓住新郎的胳膊，想一个背抱把新郎摔在地上。新郎只朝前面移了一步就化解了。猛张飞再次发力，新郎一个折身，又避开了。猛张飞见自己的三个狠招都失败了，心里有些诧异，待新郎转身时，吸一口气，奔上前双手抱住新郎的腰，企图把新郎横摔在地。新郎已让了猛张飞三招，该出手了，往下一蹲，双手一拍，同时臀部猛地往上一跷，猛张飞从新郎头顶翻过去，摔在新郎身前。猛张飞又“咿呀”一声，再与新郎交手时眼里就有了敬畏。新郎待他一出手，借力双手一拉，猛张飞顺着这股力蹿出去一丈多远，重重地摔在地上。猛张飞丢了面子，气急败坏地挥拳打来。新郎左手一拨，右手嘭的一掌击在猛张飞的右胸部，猛张飞接连退了三四米，撞翻了两张桌子，跌倒在地。

猛张飞缓慢地爬起，捂着右胸，右胸呈现一个手印，红色手印即刻转成紫色了。猛张飞哇的一声，吐出一大口鲜血，又哇的一声，吐出一口鲜血。猛张飞明白自己伤得不轻，脸色灰白，一句话也没说，捂着胸口走了。老满见这几人的身影消失后，率先开口：“我今天算是长见识了，那么大的汉子，被你一掌打出四五米远，打得他口吐鲜血！”老七补充道：“还撞倒了两张桌子呢。”众人都用钦佩的目光看着新郎。三毛提高嗓门：“冠军老弟，那天你跟贺新一师傅摔跤，可冇露咯些功夫。你还有么子绝世武功，让我们开开眼噻。”新郎对三毛抱个拳，这才对还站着交谈的村里人说：“请大家都按原来的位子坐下。”刘耀林看老二与贺新一师傅摔跤时，感觉老二不过尔尔，原来老二与贺新一师傅比武时藏着掖着，与这个姓张的打才显本事。他脸色和悦道：“请大家入席，边呷边聊。”

一周后，刘杞荣回到训练所，又开始了正常的练拳、教拳。夫妻俩本想在训练所旁租房住，岳父道：“你们莫花那个冤枉钱，家里咯么多间房，就住在咯里。我年纪大了，怕冷清。”既然岳父提出“怕冷清”，他若还要柳悦离开家，那就伤了岳父的心。刘杞荣每天一早去训练所，傍晚回来，吃过晚饭，就在院子里打拳，打出一身大汗，洗个澡，在屋里练古琴。省电台要录他弹《广陵散》和《高山流水》

这两支古琴曲。他不但要把每一个音弹准，还得在琴弦上倾注感情，这样抚的曲子才有灵魂。柳悦帮着父亲打理生意，丈夫沉迷在抚琴中时她就坐在桌前算账，时不时痴迷地看着丈夫抚琴。星期天，小两口会去寻部电影看，在街上吃点小吃再回家。日子就这样过，他们好像两只小马驹，蹦蹦跳跳又快快乐乐的。旷楚雄与杨湘丽也结婚了，和刘杞荣、柳悦一样过着甜蜜的小日子。两口子常来柳宅玩，旷楚雄还把洞箫拎来，往沙发上一坐，与刘杞荣合奏《梅花三弄》和《高山流水》。两个女人花枝招展地在一旁嬉笑，端茶兑水，说着闲话。

有天，向老师叫住刘杞荣："你去劝劝周进元，他再咯样吊儿郎当，我请他滚蛋。"刘杞荣一惊。向老师又说："你告诉他，我训练所不养废人。"刘杞荣与柳悦结婚后，周进元索性破罐子破摔，成了酒鬼，桌上、床旁都是酒瓶，一早就坐在教练餐厅喝酒，还要白振东陪他一起喝。向老师骂他："真不像话！"刘杞荣去宿舍找周进元，门虚掩着，他推开门，周进元躺在床上，迷迷瞪瞪的样子望着他。他说："一屋子的酒气。"周进元打个哈欠，哈欠里尽是酒气，怏怏道："表哥，你什么都搞到手了，老子卵都冇得。"这话把刘杞荣钉在地上，就没再往前走："刚才向老师跟我讲，你再咯样下去，他会请你滚蛋。"周进元一怔。刘杞荣接着说："话我带给你了。"周进元问："向老师真是咯么讲的？"他回答："向老师说训练所不养废人。"周进元忽然哭了。刘杞荣让他哭，想跟表弟这样的人只能硬碰硬地讲硬话，待表弟的哭声弱下来时，挑明道："我晓得你恨我。"表弟冷声说："我周进元是坨狗屎，冇得资格恨你。"他觉得与表弟简直无法沟通，走了。

周进元为摆脱柳悦的影子，闪电似的结婚了。那女人姓汪，汪父有四个儿女，汪妹子是老大。媒婆走进汪家说媒时，汪父一听未来的女婿在长沙工作，有一身武艺，立马同意了。周进元灰暗着一双眼睛回沅江过年，娘数落他这么大了仍不娶妻生子，实属不孝。治保主任说：“那妹子我见过，长相在街上数一数二，俊俏得很呢。”周进元就答应见那女子一面。除夕前一天上午，他去了媒婆家，见汪妹子着红棉袄、绿裤子，脸上有一双又大又漂亮的眼睛。那两颗黑眸像两粒晶莹剔透的黑葡萄，给他一种热乎乎的夏天的感觉。这种感觉把处于冬眠状态的周进元那颗冰冷的心融化了，仿佛春天来了。他盯她一眼，见她羞红的脸蛋像颗落日，觉得她除了说话有点土气，相貌并不输给柳悦！离开时，媒婆追上他问：“怎么样？”他说：“可以。”媒婆喜道：“你也不小了，她也十六岁哒，完了婚你爹娘也安心哒。”过完年，他带着亭亭玉立的堂客回了长沙，见人就笑嘻嘻地介绍：“我堂客。”

星期六，周进元带着堂客来柳家串门，柳悦和刘杞荣都十分意外，自然也高兴，这说明表弟心里的那个坎被表弟跨越了。闲聊中，表弟忙着他堂客的了秀恩爱，故意在表哥表嫂的面前亲了下堂客的手背，弄得柳悦不知说他什么好。刘杞荣看不惯：“要亲热回去亲热。”周进元嘻嘻笑：“我来，是想问问表嫂，有冇得合适我堂客的工作，整天闲在家里也不是个事。”柳悦问：“你想要她干什么工作？”周进元嘻开嘴：“随便什么工作都行，她年轻，有劲。”柳悦想了下说：“我早几天碰见国民小学的女校长，我在那小学教过一年国术，女校长说校工嫌薪水低，走了，你愿意去国民小学打杂不？”那女人说：“只要能在长沙工作，扫地都要得。”柳悦把周堂客带到国民小学，女校长见周堂客机灵，留她当了校工。有天下大雨，周进元打把油纸伞去接堂客，见离学校不远的一处房门上贴着“本房出售”的字条，就动了心。

次日他来到柳家，先与表哥说了一大堆过去的事，抽了三根烟、喝了三杯茶，待柳悦走开后才好像刚想起来似的说：“表哥，我想找你借点钱买房。我看中了一处房子，离国民小学不远，四间，后面还搭了厨房和茅厕。那房子要一百块大洋。”刘杞荣也想修复与表弟的关系，表弟找他开口他很高兴，问："要借多少？"表弟踌躇了下："我这几年把薪水都喝酒了，借八十大洋。"刘杞荣一不抽烟，二不喝酒，薪水基本上没用，想表弟能安顿下来也是好事："我借你一百吧，你总还要添点东西什么的。"表弟脸上没有感激，看一眼柳悦，飙出一句："我咯鳖很失败。"刘杞荣问："又何解啰？"表弟嘘口气："唉——我冇得命。"他不晓得表弟这句话的意思，也不喜欢琢磨这些废话："莫七思八想的，我去拿钱给你。"

训练所里清香四溢，那是樟树花香。上午十点钟，严乃康教官出现在刘杞荣面前。刘杞荣说："师傅好。"向恺然老师奉何胡子之命，再次出重金请严乃康来第四路军技术教导总队教军官们劈刺。湖南这两年风调雨顺，财政收入猛增，何胡子招了六千新兵，升了一批排长、连长、营长，将这批军官集中到技术教导总队训练，好让他们有本事带新兵。向老师亲自到火车站接的严乃康。严乃康一身虎气，问刘杞荣："怎么样你？"刘杞荣回答："还好。"严乃康说："走，劈刺去。"刘杞荣跟着严乃康走进室内训练场，从器械室里拿来两把专练劈刺的步枪，又拎来一桶石灰。两人走到场地中央，严乃康说："小刘，只管放胆来刺。"刘杞荣道："我哪里是师傅的对手。"向老师笑："我来当裁判。"

刘杞荣跟严乃康刺了三十枪，刘杞荣被严乃康刺中二十枪，十枪刺在左右两胸上，五枪刺在腹部，还有五枪刺在胳膊和大腿上。他刺中严乃康左胸一枪，右胸两枪，腹部一枪，左右臂各两枪，大腿两枪。严乃康刺得愉快，说："我在中央国术馆教劈刺，三十枪里，没一人能刺中过我一枪，你能刺中我十枪。你的劈刺技术若在日本应该是七段了。"刘杞荣谦逊道："师傅，我只学了您的一点皮毛。"严乃康大笑，笑声十分洪亮："你若没达到七段，你的枪头想碰到我的衣服都难。"向老师说："那是。严教官走，去何胡子那里。"

中午，篱笆门被推开，桃子出现在门口，穿着印花布做的春秋衫和一条绿裤子，脚上一双红布鞋，手里拎一个蓝底白花的布袋，看见柳悦，叫了声“二嫂”。柳悦喜欢地看着桃子：“你还冇呷饭吧？快坐下来呷饭。”刘杞荣看着桃子：“你何解来了？”桃子乖巧地答：“来看你和二嫂呀。”柳悦给桃子装碗饭，桃子嘻嘻道：“二嫂，你家好大啊。”柳悦问：“你一个人来的？”桃子说：“我跟别人一起来的，她去舅舅家了，我按你说的地址寻来的。”

刘杞荣觉得桃子有些顽皮，说：“你一个细妹子，胆子真大。”桃子不承认自己是细妹子了：“二哥，我十三岁了，娘要我给你们带了些酸干菜。”刘杞荣看着桃子吃饭，桃子大口地吃着饭菜。岳父吃过了，起身坐到院子里抽烟。桃子三扒两嚼地吃完饭，见篱笆墙旁栽的美人蕉开得红灿灿的，伸手摸了摸柔软的花：“二嫂，咯叫么子花？”柳悦答：“美人蕉。”桃子笑：“咯名字好听。”柳悦说：“桃子比去年懂事些了。”刘杞荣说：“桃子，社会上坏人多，你一个细妹子单独跑出来，小心被坏人骗了。”桃子扬起脸：“我才不会被坏人骗呢。”柳悦见桃子水灵灵的聪明相，说：“桃子灵泛，能辨识好坏。”刘杞荣感到桃子被爹妈和几个哥哥宠得过于任性了：“坏人又不会把坏字写在脸上，以后，你不要一个人在外面跑。”

桃子在柳家住了半个月，白天随二嫂出门，把长沙的大街小巷跑遍了。桃子对一切都充满新奇感，臭豆腐可以一口气吃十几片，糖油粑粑一吃吃一串。有天，桃子一口气吃了两碗双燕楼的馄饨，还吃了一碗汤圆。柳悦喜欢桃子，对刘杞荣说：“让桃子留在长沙吧，我让她去女子补习学校学会计，再到店铺里收银，你觉得呢？”刘杞荣同意：“咯事你看着办。”柳悦把自己的想法说给桃子听，桃子乐道：“太好了，二嫂，我喜欢长沙。”柳悦摸下她的乌发：“小妹聪明，学东西一定快。”这时老三推开篱笆门进来，提着大包小包。老三送来一袋糯米、一袋黄豆和一袋花生，都是自家地里生长的。老三传达爹妈的指示："哥，娘想桃子，要我接桃子回去。"刘杞荣看着老三："刚才你二嫂还讲，打算把桃子送到女子补习学校学会计。"老三说："我出门时，娘嘱咐我，一定要把桃子带回家。"桃子反对："三哥，我不回去。"老三说："桃子出来是娘同意的，爹天天在屋里发火，又是拍桌子又是骂娘放纵桃子，说如果再不管小妹，小妹就变野哒。"刘杞荣听老三说爹为小妹天天跟娘吵，就不好再说什么了："桃子，娘牵挂你，爹也不放心你呢。老三，你来了就住两天。"

二五　杜心五和万籁声来了

五月中旬的某天，杜心五和万籁声来了，天热，两人着白绸缎中式长衫，就都风度翩翩。杜心五先生有两个得意弟子，一个是李丽久，一个是万籁声。万籁声那年三十岁，单瘦，目光敏锐，英气逼人。湖南国术训练所所长的位置，向恺然一直给杜心五先生留着，而大名鼎鼎的杜心五是个天马行空之人，不愿受所长一职拖累。此次，杜心五先生推荐爱徒万籁声任湖南国术训练所所长。万籁声有一身好功夫，在北平、天津和上海，打遍武林高手无敌手，在全国的名声很大。杜心五先生想把万籁声留在长沙，与向恺然商量。向恺然极振奋，欣然请湖南最高军政长官何胡子下了一纸文书，任命万籁声为湖南国术训练所所长。万籁声不像总教练王润生，他不当着别人的面练拳，有点怕别人偷学他的自然门功夫。刘杞荣没看过万籁声的功夫，问向老师："万所长和王总教练，谁更厉害些？"向老师回答："两人都厉害。"刘杞荣说："可不可以请万所长表演一下功夫？"向老师盯一眼他："知道蒋介石的侍卫官刘百川不？"刘杞荣点头："刘百川老师曾到中央国术馆讲过座。"向老师说："刘百川何等人物？一九一六年春，一个名叫康泰尔的英国大力士来到上海，那英国大力士单手能提起二百二十七公斤的哑铃，正所谓力大无穷。康泰尔在上海英租界摆个擂台，三天里打败了身在上海的无数武林高手。当时担任中国国术研究会主任的刘百川，赶到上海与康泰尔打，用他的'鸳鸯连环腿’绝技，把康泰尔踢下了擂台，赢得‘江南第一腿’的名号。孙中山先生兴奋不已，写下‘尚武精神’四个大字赠给他。刘百川在江湖上与孙禄堂、杜心五齐名。万所长曾挑战过刘百川，虽然有赢但输得也没多难看。可以讲，当今全国武林十大高手也许排不上他，但数到第十一非万籁声莫属。”刘杞荣一惊：“那也很了不起了。”向老师说：“不然老师也不会请他当所长。”

星期三，刘杞荣和周进元在大馆门旁说话。周进元歪着头，看着走来的万籁声，嘀咕道：“万所长真有那么厉害？”刘杞荣说：“向老师讲，他的武功神出鬼没。”周进元说：“有的人名声在外，其实也就那么回事。”刘杞荣不懂表弟是什么意思。表弟邪乎地一笑，怂恿道：“你一拳有八百磅的力还怕他？我觉得你的功夫不比他差，跟他打一场嚜。”刘杞荣晓得表弟没安好心：“你是想看我出丑啰，我还不晓得你！”表弟抢白道：“我不是那意思。”他懒得理表弟了，与万籁声一起走进大馆看教授班的学员实打。万籁声在大馆里指导几个学员对打，与刘杞荣说了几句话，走了。周进元阴着脸：“我不喜欢万所长，他麻花样的。”他不晓得表弟发什么闷肚子脾气，也许表弟跟万所长打招呼万所长没理他，因而不快，说：“人家有格麻花样的，你要是有他那么好的功夫，你会比他更麻花样的。”表弟冷笑：“我是看不惯他。”他拍下表弟的肩，正想说表弟两句，有学员叫他，就走开了。

这年九月，第四路军举办劈刺比赛，为此设了高额奖金，冠军奖一千块大洋，亚军奖五百大洋，季军奖三百大洋。军队举办劈刺比赛，在湖南军界乃开天辟地第一回！报纸和电台就天天宣传，谄媚何胡子治军有方。何胡子指令各师先比出个子丑寅卯。技术教导总队总队长李丽久上校不敢敷衍，与严乃康教官制定了一系列的比赛规则，发给各师。参加比赛的军官，先在各团比一轮，把前三名送到师部比，师部再把各师于比赛中诞生的冠、亚、季军送到总部参赛。第四路军有三个师和一个独立师、一个混成旅，分别驻守在二十一万平方公里的湘东、湘西、湘南、湘北和长沙。各师和混成旅胜出的选手加起来十五名，总部技术教导总队也有三名年轻教官参加比赛。国术训练所相当于半个军校，刘杞荣和周进元都被授予上尉，他俩代表国术训练所参赛。周进元望着刘杞荣：“我恨死你了。”这句话从表弟嘴里飙出来，子弹样打进他的耳孔，嵌在耳膜上了，就痒。他偏下脑袋，抠着耳朵。旷楚雄大笑。旷楚雄练武时伤了脚踝，走路一踮一踮的，没法参赛。刘杞荣问：“你笑么子？”旷楚雄答：“你挡了他的道啊。”刘杞荣懂，不在乎地笑了笑。周进元瞪一眼旷楚雄：“你嘴巴真多。”旷楚雄说：“我点了你的穴吧？”

劈刺比赛设在第四路军总部前的操场上，为此在操场中央搭了个八十公分高的木台，这是为方便驻扎在长沙的官兵能观看比赛。木台六米宽，七米长，四十二平方米。台下摆了桌椅，供裁判和记者坐。面对比赛台搭了主席台，何胡子和一些将军坐在主席台上观摩。李丽久上校是裁判长，副裁判长是教官严乃康。这天上午的太阳十分明媚，天色湛蓝得没一点杂色，十五名从各师筛选上来的冠、亚、季军都是年轻军官，有九个小伙子是国术所毕业的，其中五个与刘杞荣和周进元是同学，另外四个均是学弟，他们都晓得刘杞荣和周进元劈刺厉害，一见他俩，九个人就热诚地围上来说话。技术教导总队的三名参赛教官里，两个是国术训练所毕业的，还一个不熟。这时，几名士兵抱来练劈刺的木步枪，扔在地上，枪头上都缠着纱布，便于蘸石灰。刘杞荣捡起一把步枪，试了试。

李丽久上校把十五名从各师选送上来参赛的年轻军官和他的三个部下及刘杞荣、周进元叫到面前，宣布比赛规则，每一对刺十枪，如果各中五枪就再刺五枪，分出胜负进入下一轮比赛。“请大家注意，我点十个人的名，十个人在字条上写下自己的名字，放入纸箱，另外十人抓阄决定对手。明白吗？”李丽久上校说。大家答：“明白。”三个教官加刘杞荣、周进元和五名年轻军官在字条上写上自己的名字，放入纸箱，任由另外十名参赛者抓阄，抓到谁就跟谁比。伸手进纸箱里抓到刘杞荣名字的是一个姓黄的连长，黄连长在独立师的劈刺比赛中夺了亚军。他一看是刘杞荣的名字，就对另一名参赛的军官说："完了。"他在教导总队练过两个月劈刺，听严乃康教官两次提起过刘杞荣的名字。严教官劈刺天下无双，评判自己教过的弟子时说："你们劈刺的悟性太差了，唯刘杞荣还可以。"所以黄连长使出浑身解数也没赢一枪，比赛很快结束，黄连长说："兄弟佩服。"刘杞荣淡淡道："哪里。"走到向老师一旁坐下。周进元上台，与周进元对刺的年轻军官是训练所研习班毕业的同学，周进元抬手一枪刺去，那同学举枪横挑。周进元手快，仍一枪刺在那同学的左胸上。第二枪，周进元又一枪刺在那同学的右胸上……第三枪、第四枪、第五枪，枪枪刺在那同学的胸部和小腹上。周进元胜，自大地对坐在裁判席上看比赛的向老师说："向老师，学生冇丢脸嘛?"向老帅扔一句给他："你小子莫骄傲。"

十场劈刺比下来也就一个小时。第二轮还是抓阄，技术教导总队的三名教官和刘杞荣、周进元把写着自己名字的字条掷入纸箱，五名年轻军官抓阄。抓到刘杞荣名字的军官姓宋。宋之前是连长，因在全师的劈刺比赛中勇夺冠军，升了副营长。师长对他寄予的希望相当高，希望他能在总部比赛中拿个名次。宋副营长也是训练所研习班毕业的，衡阳人，一毕业就从军了。两人有几年没见了，刘杞荣一眼认出了他："嗬，当副营长了?"宋副营长说："跟你比劈刺，那是在关公面前耍大刀。"刘杞荣说："宋兄太客气了。"宋副营长小声说："我输给你是毫无悬念的，但兄弟有个请求，不知刘兄可否给兄弟一个薄面?"刘杞荣说："你讲。"宋副营长看一眼主席台："我们师长坐在台上看比赛，你能否让我刺你一枪？就一枪。"刘杞荣耳根软，友好道："冇问题。"宋副营长笑："你真够义气。我营官兵都来了，坐在西头看我比赛。我能刺你一枪，回去也好在他们面前吹吹牛。"刘杞荣望一眼西头，西边坐着黑压压的几百官兵，此刻举目望着他俩，就道：“那我让你刺三枪。”宋副营长欢喜道：“那太谢谢你了。”比赛中，刘杞荣第一枪、第二枪、第三枪连刺他左胸三枪，第四枪让宋副营长刺中他右胸一枪。第五枪、六枪、七枪，他又连刺中宋副营长左胸三枪。第八枪，他让宋副营长刺中腹部一枪。第九枪，他一枪刺在宋副营长的咽喉上。第十枪，他假装横枪一挑没挑中，送左胸给宋副营长刺一枪。宋副营长十分感激，小声道：“你今天给足了宋某面子，晚上兄弟请你去工楼东呷酒。”刘杞荣说：“老兄不必客套。”

这一轮下来，刘杞荣和周迅元进了前五。遵照何胡子的指示，五人轮番刺，谁最后一个站在台上谁就是冠军，余下的四人争夺亚军。严乃康教官觉得荒唐却也无奈，就扫一眼刘杞荣：“上去吧。”刘杞荣上去了，另一个跨上台的是名连长。连长在技术教导总队培训过，有武功底子，反应也敏捷，在第二师的比赛中夺了魁。严乃康教官手一劈：“开始——”连长端枪就朝刘杞荣刺。刘杞荣横枪一撩，就势一枪刺在连长的左胸上。连长回过神来，又举枪朝刘杞荣猛刺，刘杞荣撩开枪，一枪刺在他咽喉上。第三枪、第四枪和接下来的六枪，连长都被他刺中。接着上台的是技术教导总队的肖教官，肖教官朝着刘杞荣就是一枪刺来。刘杞荣将手中的枪一摆，把肖教官手中的枪打开了。肖教官没想到刘教练出枪的力如此大，情不自禁地叫声“咿呀”。他调整下心态，跨前一步，端枪直刺刘杞荣的腰。刘杞荣将枪猛地一挑，肖教官手中的步枪被他挑到半空，落在台上。严乃康教官高兴道：“你小子可以啊。”坐在裁判席上观看的向恺然迅速望一眼李丽久上校，见李丽久上校的脸都黑了，脸上就没笑。肖教官觉得自己脸丢大了，捡起步枪，祈盼地对刘杞荣嘀咕：“拜托，你让我挽回一点面子好啵？”刘杞荣见他脸上有哀求，讲义气道：“我让你两枪。”肖教官端着枪刺向刘杞荣，刘杞荣左边一打，跟着一刺，又刺中肖教官的胸膛。严乃康教官道：“第四枪，开始。”严乃康教官的话音未落，肖教官就端枪猛刺刘杞荣。刘杞荣横枪斜压，把肖教官的枪压向自己的大腿，刺在他大腿上。接下来第五枪、第六枪……刘杞荣接连刺中肖教官五枪，第十枪肖教官举枪刺来时，他假装没挡住，让肖教官刺中腹部一枪。肖教官懂："谢谢。"劈刺，肖教官是周进元的手下败将，前段时间肖教官来训练所找人练劈刺，周进元与肖教官对刺了四十枪，他刺中肖教官三十五枪，见肖教官也能刺中刘杞荣两枪，就信心大增。

刘杞荣又与一人刺了十枪，有些累了，扫了眼坐在四周观看劈刺的官兵们，又看一眼主席台上的将军们。九月的太阳虽不及八月的骄阳那么咄咄逼人，但还是有些毒辣，而且晃眼睛，他连续刺三十枪，先前还刺了二十枪，就略感疲劳。严乃康教官叫："周进元。"刘杞荣撑着枪说："师傅，我想休息一下。"严乃康教官晓得他累了，有允意，对走到台边的周进元说："让他休息下吧。"周进元这些天天天练劈刺，为的就是要打败表哥。他浑身是劲，绷着脸道："休息就算输了。"刘杞荣没想到表弟会这么说，觉得自己对得起表弟了，就看表弟一眼。严乃康掉头对刘杞荣说："只剩一个人了，不就一会儿的工夫吗？"周进元跨上台，看着刘杞荣。严乃康教官说："开始——"周进元端枪刺向刘杞荣。刘杞荣横枪一挑，顺势一枪刺在周进元的左胸上。周进元挨了一枪，退开一步，阴着脸，眼睛里射出冷光。严乃康教官道："第二枪，开始！"周进元一个跨步，刺向刘杞荣的胸膛。刘杞荣比他更快，枪一挑，刺在周进元的咽喉上。严乃康教官让两人重新站好，又道："开始！"周进元为给自己增强斗志，大喝一声"杀！"举枪朝刘杞荣刺来。刘杞荣横枪一摆，顺势刺在周进元的左胸上。这一枪刺得有些重，是回报他喊出的那个"杀"字！周进元揉揉左胸，困惑地想，自己出枪够快的，怎么还是被他抢了先机？严乃康教官注意到这个细节，问："你没受伤吧？"周进元说："不要紧。"刘杞荣说："不好意思啊。"他接连刺中周进元三枪，见周进元脸拉得很长，刺第四枪时，他假装出枪慢了半秒，让周进元刺中右胸一枪。第五枪、六枪、七枪、八枪、九枪他分别刺中周进元的左胸三枪右胸两枪，刺得周进元脸色铁青。他打算让第十枪，免得表弟记恨他。严乃康教官刚举起手，还没往下劈，也没说“开始”，周进元把手里的步枪对着刘杞荣一掷，怨恨中加了力，刘杞荣没防备，枪头戳在脸上。严乃康教官最不能容忍对刺者掷枪，愤怒地一耳光扇在周进元脸上，厉声喝道：“耍什么横？滚！永远不要再碰劈刺。”周进元捂着被严乃康教官掴了一耳光的脸，垂着头走下台。

刘杞荣稍后一步迈下台，坐到向老师身边，向老师见他左眉弓红肿了，问：“不要紧吧你？”那一枪掷来时，幸亏他感觉有东西飞来，脸下意识地往一旁偏低了下，若扎在眼睛上，后果不堪设想！他说：“还好。”这时，台上肖教官与那连长为争夺亚军对刺，湖南《大公报》的记者迎上来，要采访他，向老师说：“总冠军，接受采访吧。”刘杞荣睨一眼阴着脸坐在一隅的表弟，心里有点同情他。

国术俱乐部是栋两层的红砖房，外观不怎么样，里面却很大，有戏台，过去是一家江西人开的会所，经营会所的老板死后，生意清淡下来了。向老师有商业头脑，见会所地段不错就租下，在门旁挂块白漆黑字牌：湖南国术俱乐部。楼上改造成供官员和有身份的人吃饭、喝茶和看表演的包厢，楼下是给市民消费的，摆着一张张桌子、椅子。这里成了精力旺盛的向恺然接待朋友、请客吃饭和谈事的场所，何胡子、王厅长、李厅长或其他湘军将领、大学教授也常来国术俱乐部，边看表演边讨论国家或省里的一些大事。刘杞荣、旷楚雄和周进元一到星期天下午就来国术俱乐部演奏乐器。向老师的理由是让他们换一种身份，丰富一下人生。刘杞荣和柳悦步入俱乐部时，周进元一身黑衣服，正坐在台上拉《月夜》，乐曲听上去舒展柔美、委婉质朴。大厅里坐了百来名俊男靓女，楼上的包厢里分别坐着些军人、商人或恋人，边喝茶，边安静地听着。旷楚雄一身白，站在楼梯口对他俩招手，两人轻手轻脚地上了楼。杨湘丽站在另一隅，对柳悦招手，柳悦过去与杨湘丽站到一起，没说话，怕影响周进元拉二胡。周进元拉完《月夜》，又拉《光明行》。这支二胡曲欢快一些，大厅里的气氛也就随之轻快、活跃些了。周进元有点自我陶醉，摇头晃脑的，拉毕，他起身向观众行礼，缓步走下戏台。柳悦对他抿嘴一笑，周进元也淡淡地回个笑。旷楚雄风度翩翩地走上台，很文艺地朝观众鞠个躬，举着洞箫吹《苏武牧羊》，楼上楼下顿时非常安静。凄美、动听的洞箫声在厅堂里回肠荡气，仿佛一眨眼就把听众带到了冰天雪地的蛮荒草原上。旷楚雄的洞箫吹得极好，他本人沉醉在自己吹出的悠扬、委婉的箫声中，听众也跟着醉了。接着，旷楚雄又吹《凤凰台上》，箫声缥缈、凄楚，更让一些优雅的女士不由得回忆起伤心的往事而垂泪。旷楚雄吹完这支箫曲，上楼时潇洒地笑着。刘杞荣在他肩上摁了下：“你吹得真棒，观众都被你的箫声征服了，楼上楼下都鸦雀无声。”旷楚雄得意道：“为了不筐瓢（方言：出错），老子一天要吹三个小时，命都吹没了。”

刘杞荣上台，先把古琴放到琴架上，对台下的听众鞠个躬，这才坐到椅子上，把麦克风拉下来，对着古琴，抚起了《广陵散》。此曲是描写勇士聂政刺杀韩王，刺杀成功后他为不连累他人，当即割下自己的眼皮、鼻子、嘴唇和耳朵，毁容后自刎而死的悲壮故事，所以曲调低沉、舒缓又不乏激昂、哀怨。他已经抚得熟稔了，动作、形态、气势与琴声融为一体，也就优雅、狂放。杨湘丽把嘴唇贴到柳悦的耳朵上：“你丈夫真帅。”柳悦小声答：“你丈夫也帅。”两个堂客掩嘴一笑。旷楚雄怕她俩影响听众，把手指放到嘴前，示意别说话。两个女人就噤了声，看着抚琴的刘杞荣。刘杞荣弹毕忧伤的《广陵散》，旷楚雄和周进元走上台，三人合奏着旋律时隐时现又活泼愉悦的、其韵悠悠扬扬宛若行云流水的《高山流水》，听众活跃些了，脸色也活泛起来，看着他们三人演奏。洞箫和二胡的配音是郑觐文老先生配的，恰到好处，多一点嫌赘，有画龙点睛之妙。这支古琴曲演奏毕，三人朝听众行完礼，这个下午的曲目表演就结束了，没打算在这里用餐的听众便纷纷起身，回味无穷地离开了。“太棒了你们。”柳悦称赞他们，“看你们在台上的举止，冇一个像习武的。”旷楚雄自贬道：“我咯五大三粗的，未必像玩乐器的？”柳悦说：“你吹箫时文雅得死。”两个女人咯咯咯笑得十分开心。向老师望一眼大家：“晚上都在咯里呷饭。”

他们五人随向老师走进 间宽大的房子，房中间有张椭圆形桌子，桌上是笔墨、宣纸，还有一些文人随手写的字和画的国画丢弃在桌上。靠墙摆着一组藤沙发和几张靠背椅。茶几上丢着一包哈德门烟，还摆着个食品盒。向老师打开食品盒，里面是姜、梅子和山楂之类开胃口的食品。向老师对柳悦和杨湘丽说：“呷点，提提胃口。你们呷茶还是呷咖啡？”刘杞荣和旷楚雄说呷茶，周进元不想与他俩为伍，提出他喝咖啡。向老师瞧一眼周进元：“你洋派了啊。”柳悦和杨湘丽也要喝咖啡。周进元就嘚瑟地昂着脸，抱着胳膊。向老师吩咐伙计：“来三杯咖啡和两杯绿茶。”向老师坐到藤沙发上，点上支烟，对刘杞荣、旷楚雄和周进元说：“先跟你们通个气，上星期河南国术馆的陈泮岭馆长带几个人来我咯里取经。我们商议，为提高国民习武的积极性，打算跟河北、湖北共同举办一场华中地区比武。你们都要做好准备。”刘杞荣一听比武就精神焕发：“又要比武？”向老师吸口烟，脸色庄重：“万所长行事的风格你们都晓得，喜欢轰轰烈烈。万所长说：‘名义上是华中地区比武，到时候邀请全国各省的武林中人参赛。’陈泮岭馆长自幼习少林罗汉拳，后在北平学形意拳、太极拳和八卦掌，他是个热心人，在河南大力提倡国术教育。咯一点与我很对胃口。”旷楚雄问：“么子时候比？”向老师对着烟灰缸弹下烟灰：“现在还是个动议，还冇跟河北、湖北的人对接，在哪个省哪个城市举办、经费怎么筹措等都还冇确定。总裁判长，陈泮岭馆长打算请蒋委员长的侍卫长官刘百川少将担任。他跟刘百川学过拳。”他看一眼他们三人，严肃道：“你们将面对的是全国顶尖级的武林高手，我提醒你们咯不是在本省打，都要认真准备，马虎不得。”旷楚雄拍一下刘杞荣的大腿：“咯是大事，交给你了。”刘杞荣心里激动，嘴里却道：“莫交给我，你们也有份。”向老师说：“你们仨，还有白振东教练都有机会。”

周进元的眼睛一亮，看一眼表哥，表哥是他前进的障碍。很多个夜晚，他与堂客做完房事，点上支烟吸着，跳到他脑海里的不是别人而是表哥！表哥像座山样压着他，让他没有出头之日。此刻，他看一眼表哥又看一眼漂亮的柳悦，脸上的情绪就低落：“我咯人冇得路。”向老师批评他：“还冇架场（开始）你就讲泄气话。你们都要对自己有信心。”向老师弹了下烟灰，看着刘杞荣和旷楚雄：“我跟你们讲，信心这个东西对你们十分重要，十成里信心占了三成，能力只占七成，如果你没有信心，七成能力就减成了四成。那还能胜对手吗？”这时，店伙计端着个盘子，把盘子里的两杯茶和三杯咖啡分别放下，退了出去。向老师见周进元霉着颗头，又说：“进元，你咯两年进步蛮大的，我对你是有期待的。万所长提议，要在比赛章程上注明年龄界线，只接受四十岁以下的人报名，四十岁以上的一律不考虑，免得打伤了麻烦。举办咯种全国性质的比武，不讲打冠军，就是打个季军都会出大名。”旷楚雄吐一句：“那我争取打个季军。”向老师说：“你们都要咯样想。”杨湘丽盯着丈夫：“听见向老师讲冇？”旷楚雄嘿嘿两声。柳悦瞥一眼喝茶的刘杞荣：“我支持你。”向老师说：“是要多支持。”把目光放到周进元脸上：“进元，你努把力说不定就上去了，不努力是肯定冇路的。”周进元见向老师这么勉励他，望着香气四溢的咖啡道：“那我努把力。”几人就笑。

二六　大馆里

大馆里，学员还只来了一半，刘杞荣走到练脚力的地方练脚力，学员围上来看，他也不说话，左脚一退一进，这样练了两百下，又练右脚。不一会学员到齐了，他教学员们练拳、练摔跤。学员们休息时，他便戴上拳击手套，走到沙袋前打或踢沙袋。向老师走来，把刘杞荣叫到外面，周进元和旷楚雄站在树荫下抽烟。向老师看着他们，“我本来提议把华中地区比武放在湖南，何胡子要扩军，讲比武一事暂缓。我上个月写信告知了陈泮岭。今天收到陈泮岭的信，他讲河南商界人士很重视，河南省一官员讲钱不是问题。那官员是洛阳人，主张把比武大会放在洛阳。洛阳是历史文化名城，又地处中原，也便于各省的武林人士汇集，而且他可以动员河南的商界大亨们出资。”向老师说到这里，郑重地看一眼三人，“如无变化，时间定在明年八月份。要举办咯么大的比武，邀请其他省份的武林中人参加，必须提前半年发函，好让各省的武林人士有个准备，也便于统计参赛的人数。”旷楚雄道：“咯样看来，还有时间练。”向老师脸色严峻起来：“到时候你们不是代表自己，是代表湖南武术界上台打。”周进元叫了声，几人望着他，周进元对着前后左右挥了几拳：“我咯一年决定戒酒、戒色，专心练拳。”向老师激他：“男子汉讲话要兑现。”周进元指着上天：“绝对兑现，我搬到训练所住，不回去了。”向老师欣赏地拍下他的肩膀：“你有这个决心，好。”

这场民国二十五年（一九三六年）的摔跤、散打比武，是民国时期全国最后一场武林盛会，一年后抗日战争全面爆发，所有的武术比赛都偃旗息鼓了。那场比武，总顾问是杜心五（杜心五因病未去），总裁判长是刘百川，王子平、陈泮岭、向恺然（万籁声已离开湖南，未去）为副总裁判长，朱国福、朱国禄、朱国祯、马英图、柳印虎、常东升、常贺勋等为裁判。参加比武的英雄豪杰超过了预期人数，以河北省的队员最多，一个省来了三十多人，大多是沧州和保定人士，个个高大、英武；北平、天津报名参赛的人也有三十多名，大大超过了事先商议的每省“十名选手”的规定；四川和湖北参赛者也不少；山东、江苏、浙江来的人加起来也有七八十人。最少的是青海省、绥远省、热河省和察哈尔省，加起来只来了二十七人。东北三省虽被日军占领，成了伪满洲国，但辽宁省、吉林省和黑龙江省也有三十多人参加。广东、广西、福建、安徽、江西、云南、贵州也来了不少人，另外还有很多超过了报名年龄的武术家和他们的徒弟来观战，把个洛阳市的大小旅馆住得满满的。刘杞荣、旷楚雄、周进元和白振东等一行十人赶到洛阳，陈泮岭馆长安排他们在一家旅馆住下，就忙着去接待其他人。这天下午，天热，旷楚雄和周进元站在旅馆外抽烟，看着来来去去的人流，又看着洛阳的天空，旷楚雄对走过来的刘杞荣说：“我原以为洛阳比长沙凉快些，结果差不多。”刘杞荣笑。旷楚雄对着天空吐一个烟圈：“看，烟能成圈，冇得一丝风。”周进元丢掉烟蒂，提议：“出去转转吗我们？”向老师跟王总教练说话，见周进元这么说，白他一眼：“明天就比武了，你们哪里都莫去，待在房里养精蓄锐。”旷楚雄一挺胸，给自己提气地喊一嗓子：“喂——”他吹洞箫的，肺活量大，声音十分浑厚，一嗓子喊出，就有些人转身瞟他。周进元说：“逗骚。”旷楚雄自诩道：“我是猛虎下山。”

比武为期五天，前两天比摔跤，因人多，分成两半，在两个台上比。顺序是抓阄。刘杞荣抓阄的第一个对手是察哈尔人，那察哈尔人很会摔跤，生一张古铜色脸，个头与刘杞荣差不多，劲大，桩稳，第一跤刘杞荣输给了他。刘杞荣晓得自己输在犹豫上，就调整下心态。第二跤，当察哈尔人折闪摔他时，他迅速将腿插进对方的裆，卡住对手的右脚，把对方摔倒了。第三跤，察哈尔人摔他时他借力把对手撂翻了。周进元为人偏激，却正是因为偏激，性格就相当决绝，甚至自虐，这一年他果真把堂客丢在家守空房，自己在训练所苦练，力量和技巧都大有提升。他的第一个对手是热河选手，一上手就把热河对手撂倒在台上。第二跤，他一个“车刎”摔，热河对手又仰翻在他身下。他走下来，望着刘杞荣：“老子以为会很困难，结果赢起来很简单。”刘杞荣提醒他：“越往后对手会越强。”他说：“我晓得。”旷楚雄这一年也没闲着，天天在训练所练武，经常与周进元和白振东对摔，各有输赢。他的对手是绥远人，一上手就把绥远人摔了个四仰八叉。第二跤，他很英武地把绥远人横丢在台上。白振东的对手是热河人，很壮实，第一跤两人同时倒地，平局。第二跤，白振东一个背摔胜了热河人。第三跤，热河人折身摔白振东时，白振东卡住热河人的腿，撂倒了热河人。四个人顺利地进了第二轮。第二轮四个人都是一上手就把对手撂倒了。第三轮，刘杞荣面对的是福建人，那福建人一身肌肉，个子也比他高。刘杞荣以为会很难摔，结果不是，当福建人想一个背抱摔倒他时，他臀部一顶就破了福建人的招式，反倒把福建大汉撂翻在地。第二跤，常贺勋裁判刚说“开始——”福建人就冲上来抱他的左腿，刘杞荣敏捷地把腿一缩，一个折闪，左手一拉，右手一推，福建大汉朝前连蹿数步，跌倒得很难看。刘杞荣走下台，看见吴保禅对他招手，还看见方北鑫、赵刚和赵武传向他走来。他想，咯都是些狠角。

吴保禅嘿嘿道：“刘兄，几年不见，你越发神勇了。”两人握手。随后，刘杞荣又跟方北鑫、赵刚和赵武传握手。他们刚在相距不远的台上比完，走来观看。周进元兴奋地在吴保禅肩上拍了下：“吴大侠。”吴保禅握着周进元的手，见周进元比以前更精神了，说：“一看你这模样就不一般啊。”周进元说：“哪里哪里。”吴保禅问：“旷楚雄呢？”周进元指着上台摔跤的旷楚雄：“刚上台。”方北鑫从背后箍着刘杞荣的脖子，刘杞荣说：“我热死了，快放手。”方北鑫放开手。赵武传对他笑，笑得络腮胡子抖动不止，因而一张脸显得十分威猛。赵武传因大他们几岁，就不称他们“兄”而叫他们“兄弟”，嘿嘿道：“刘兄弟功夫大进啊。”刘杞荣一看见赵武传，心里就打鼓，给赵武传一个抱拳：“赵大侠谬赞了。”赵刚说：“赵大侠和保禅兄天天在国术馆带青年班的学生实打，他们一个代表湖北参赛，一个代表河北参赛，我们都是陪斩的。”这话让刘杞荣一悸。赵武传不喜欢赵刚把他与吴保禅相提并论，说：“看旷楚雄摔跤啊你们。”

旷楚雄比对手高半个头，但对手十分灵活，旷楚雄摔了对手两次都没摔倒对手。方北鑫问吴保禅：“你觉得旷楚雄能赢吗？”吴保禅说：“说不好。”赵刚笑：“保禅兄，摔跤，你最在行。”说话间，旷楚雄把对手撂倒了。刘杞荣为旷楚雄叫声“好”，赵武传在刘杞荣的肩膀上扳了下，刘杞荣抓着赵武传的手：“大侠，你手一搭上来就感觉有一股强大的内力压下来。”赵武传说：“太夸张了啊你。”刘杞荣恭维道：“赵兄，这场盛大的比武，就是为你举办的。”赵武传并没把刘杞荣等同学放在眼里，在他的记忆里众同学均是他的手下败将。他捋下胡须，缓声道：“哪里哪里，高手如云，话不能说早了。”

他们说话间，旷楚雄获胜走下台。赵刚在他身上打一拳：“你这家伙——”旷楚雄说：“赵刚兄，几年不见啦。”吴保禅说：“旷兄还认得我吗？”旷楚雄道：“哎呀保禅兄，你可是我心目中的跤王啊。”方北鑫亲热地打旷楚雄一拳：“旷兄，你一点没变。”旷楚雄笑，看见赵武传，惊呼道：“啊呀，赵大侠在此，我还比么子卵，打张火车票回长沙去。”这话让赵武传很受用：“旷兄，你他妈的！”旷楚雄嘿嘿嘿笑。几人边说着话，边看着一对对选手上台摔跤。向老师走来，刘杞荣把身边的同学一一介绍给向老师认识。向老师一一点头，把刘杞荣拉到一边，小声问：“他们功夫怎么样？”刘杞荣说：“都不错。”向老师问：“比你呢？”刘杞荣不敢讲假话：“在国术馆学习的那两年，我摔跤从冇赢过吴保禅。对打，第三个学期的综合测试，我就是败在赵武传手上。”向老师一听这话，嘴里冒出一句：“尽人事听天命吧。”刘杞荣松口气，感觉身上的压力像老鼠样从裤裆下溜走了。向老师走开了，又折回来：“就当来学习，打还是要认真打。”刘杞荣回答：“好的。”

下午的第一轮，刘杞荣、旷楚雄和周进元都顺利晋级。向老师很振奋：“辛苦了你们，下一轮竞争会更激烈。”果然，在下一轮的晋级中旷楚雄抽签遇到的对手是吴保禅。旷楚雄晓得吴保禅摔跤厉害，一看是吴保禅，心里那面飘扬的旗子就倒了，出手便迟疑。一上手，吴保禅把旷楚雄摔倒了。旷楚雄起身，常贺勋裁判举手向下一劈：“开始。”旷楚雄的手一搭到吴保禅的胳膊上，吴保禅手一拉，脚下一绊，动作十分利索，旷楚雄又倒了。向老师对一旁的刘杞荣说：“这个人出手快，旷楚雄不是他的对手。”第二个上台的是周进元。周进元在台上正了正跤衣，眼里射出凶光，盯着对手。对手是河南壮汉，宽脸大嘴，胳膊很粗。两人第一跤同时倒地，平局。第二跤，周进元抢把敏捷，一个折身，臀部一顶，手一拉，把河南人摔了个四脚朝天。向老师鼓劲，叫声：“好！”第三跤，周进元与河南人拉扯了一分多钟，河南人突然出脚绊周进元，周进元借力摔倒了河南人。向老师又喊一嗓子：“好。”周进元走下台时，向老师握着他的手，说：“行啊，你咯一年的汗水冇白流。”周进元抑制着喜悦：“厉害的都在后头。”向老师笑了声：“你其实是有很大的潜力的。”

湖南的十名队员，两名队员在第二轮晋级时出局了，三名队员在第三轮晋级中淘汰了，现在旷楚雄败给了吴保禅，只剩下刘杞荣和白振东没比了。向老师期待地望着他俩："看你们的了。"刘杞荣这一轮的对手是浙江人，浙江人的肱三头肌一鼓一鼓的，胸肌也厚实。两人走上前，表情肃穆地碰下手。常贺勋裁判道："开始——"浙江人抓住刘杞荣的跤衣，刘杞荣也抓住浙江人的跤衣，两人谨慎地试探着对方。刘杞荣的手等于是工兵的探雷器，一搭上对手的肩，就晓得对手几斤几两。两人在台上僵持了两分钟，浙江人突然用"小得合"动作发力，刘杞荣没让他发出力，一拉，脚下一绊，同时左手一推，浙江人摔倒了。第二跤，两人同时着地，平局。第三跤，浙江人一上手就抢把摔他。刘杞荣天天练腿劲，下盘极稳，身体一沉，破了浙江人这一招。浙江人改用"牵别"招式，他扭身，右腿迅速卡住浙江人的胯，左手抓着浙江人的跤衣一拉，浙江人慌乱中扭身，他就势把浙江壮汉拉倒了。向老师满脸欢喜："我就晓得你能赢，他比你差一篾片。"

白振东的对手是赵武传，白振东步法灵活，赵武传怎么也摔不倒他。第一局两人谁也奈何不了对方。刘杞荣暗暗奇怪，白振东在摔跤上矮他一截，两人摔十跤白振东都没赢过他一跤。这样看来，赵武传摔跤不怎么样啊。但他又想，是不是赵武传故意示弱，好让白振东放松警惕？他心里起了疑团，对身旁的周进元说："不应该啊。"周进元听懂了他的话："在国术馆时，赵大侠摔我随便丢。""是不是我们把赵武传看得太神了？"他说。周进元不搭话。第二跤，赵武传一上手就用"里刀勾"麻利地把白振东撂倒了。第三跤，两人摔了一分多钟，赵武传用"撑抹"招式卡住白振东的头，一发力把白振东摔了个四脚朝天。

全国七百多人分两个台子比，翌日只剩了二十四人，湖南只刘杞荣和周进元在其中。吃早餐时，向老师对刘杞荣和周进元说："我看了这么多场比赛，印象最深的是那个满人和跟旷楚雄摔跤的吴吴……"刘杞荣说："吴保禅。"向老师说："对对。你们要注意这两人，跟他们摔时切不可有一丝毫分心。分心就栽了。”刘杞荣极佩服向老师的眼光，看一眼周进元，周进元锁着眉头说：“拼了。”向老师说：“对，就要有咯种思想。拼了。”他望一眼刘杞荣：“全力以赴地摔，莫轻敌。”大家走出餐厅，走到摔跤台前。一片朝阳涂抹在厚厚的杉木台上，黄灿灿的。会务组的人员捧着一个小木箱走到刘杞荣和周进元面前，请他俩抓阄。碗里有十二个纸坨，写着十二个人的名字，另外十二人抓阄，抓到谁就跟谁摔。刘杞荣随手拈出一个，掰开一看是2号。会务组的人员看了号了说：“2号是陕西人。”周进元伸手抓个纸坨，是5号，问会务组的人员：“5号是谁？”那人说：“北平方北鑫。”周进元嘴里嘀咕一声：“好，报仇的机会来了。”刘杞荣鼓励表弟一句：“你肯定能赢。”

裁判是常东升，常东升走到台前道：“摔跤比赛开始。”第一个上台的是吴保禅，对手是河南人，少林寺的武僧和尚。这和尚着一身土黄色袈裟，二十多岁，一颗光头在太阳下敞亮亮的，泛着光，脸色刚毅，露出的前臂和小腿都晒得黝黑的。周进元用肩头碰下刘杞荣，嘀咕：“你觉得是吴保禅胜，还是和尚赢？”刘杞荣答：“关键时候靠发挥。”第一跤，吴保禅一个麻利的“耙子”动作摔倒了和尚。和尚弹起。第二跤，两人一交手，和尚迅捷地一个折背，把吴保禅摔到了身下。第三跤，吴保禅一个极快的“手别”招式把和尚撂翻在台上。刘杞荣对吴保禅竖个大拇指，吴保禅回个拱手。白振东佩服说：“你咯个同学确实有两下子。”刘杞荣暗想，千万莫跟他相遇。接下来，常东升叫刘杞荣的名字。他跃上台，面对的是一个壮实的陕西大汉，陕西大汉比他矮两公分，但力大，想折身背摔他。刘杞荣破了陕西大汉这一招，在陕西大汉再度发力时，他绊倒了陕西大汉。第二跤，陕西大汉伸腿卡他的右腿，他快速闪开，同时极快地一拉一带一绊，陕西大汉再次倒在身边。他下台时，旷楚雄钦佩道：“我日你的，你咯鳖下不得地呢。”

周进元在中央国术馆时从没赢过方北鑫。方北鑫见是他，眼睛里就含几分轻蔑。周进元看懂了那目光，那目光好像树叶上的晨露，清晰可见。他心里冷笑。方北鑫道："没想到你我在摔跤台上遭遇。"他不搭话，坚定地盯着方北鑫。方北鑫丢了句："有意思。"这话激怒了周进元，他这一年戒酒戒色就是为了打败所有人，说："莫废话。"方北鑫感觉周进元台上台下是两个人，在台上很不友好，就没再言语。常东升裁判道："开始——"两人的手一搭上去，周进元迅速抢把抓方北鑫的左跤衣袖，方北鑫出手也快，逮住他的右跤衣袖往下猛地一拉，脚下同时踢他的右小腿。这一年，周进元为了这一天，每天练腿力，还用小腿的左右胫骨踢树，因而胫骨坚硬如铁。方北鑫的这一踢好像踢在铁桩上一般，一惊。周进元趁势把方北鑫拉倒了。方北鑫很恼，脸色铁青地站起。常东升裁判不做评价："第二跤，开始——"方北鑫不敢轻视他了，周进元的手搭上去时，他笑着嘟哝："周兄长进大呀。"想用装出来的笑容和这句话麻痹周进元，突然他脸上的笑容凝成一块，使出全力用"插闪"一招摔。周进元没给他翻盘的机会，再次绊倒了他！周进元非常激动，但他是个有控制能力的人，假装不在乎地走下台。向老师冲上前，握着他的手："祝贺。"周进元想拿冠军："向老师，离祝贺还早了点。"向老师拍了下他的胳膊："我越来越喜欢你了。"一个小时后，他的对手是赵刚。一交手，他就把赵刚摔倒了。第二跤，赵刚一个背摔，两人同时倒地，平局。第三跤，他用"牵别"一招迅速掼倒了赵刚。他激动得腿都哆嗦了，脸上的肌肉直跳。旷楚雄迎上去，拍了下他的背："你真行。"他费了点劲才把话吐出来："我冇冇想到能能赢。"刘杞荣上台，对手是河北沧州人。沧州人比他大几岁，经验丰富，人也灵活。第一跤，两人彼此拉扯跤衣摔来摔去，谁也没摔倒谁。第二跤，刘杞荣费了点劲才撂翻对手。第三跤，沧州人瞅准机会发力摔他时，他迅速把那机会据为己有，摔倒了沧州人。

这一轮结束，还剩六人，六人再淘汰三人，淘汰的三人为季军。三名胜者争冠，胜了两人的为冠军，另两人则是亚军。第一个上台的是吴保禅，与一个辽宁大汉摔，那大汉比吴保禅高半个头，却栽在吴保禅手上。周进元紧攥着拳头，闭着嘴，身体绷得笔直的，脑海里出现了冠军的幻影，仿佛看见自己站在台上领奖。他看着上台的刘杞荣，刘杞荣的对手是赵武传。他暗暗为赵武传加油，盼望赵武传打败刘杞荣。他想，赵武传绝对是表哥的克星，在中央国术馆时，表哥从没赢过赵武传。他又想，最好两人都受伤，这样自己才有希望更进一步。他眼睛一眨不眨地盯着两人摔跤，企盼着一个崴脚，一个扭伤。赵武传企图用一个“耙拿”动作摔倒刘杞荣。刘杞荣闪开了。他奇怪表哥是怎么闪开的，赵武传从小练过铁砂掌和鹰爪功，手指同铁钩一样。他正想这些，却看见表哥把赵武传撂倒了。第二跤，周进元默默为赵武传祈祷，妄想赵武传一招制胜，尽管他对自已摔赢赵武传毫无把握，但他晓得自己是断断胜不了表哥的。赵武传输了一跤，十分焦虑，几次抓刘杞荣的跤衣都被刘杞荣敏捷地挡开了。赵武传突然身体一沉，想来一个“抱单腿”摔。刘杞荣一个折闪，动作极麻利地一拉一绊一推，赵武传摔倒在台上。周进元愣了，丝毫没有为表哥高兴的意思。旷楚雄冲上前鼓掌，满脸夸张地对刘杞荣说：“我日你的，佩服佩服。”

向老师走上前，见刘杞荣一身的汗，举起扇子给刘杞荣扇风：“老师为你高兴。”刘杞荣对周进元说：“看你的了。”周进元坚定地喊一声：“向你看齐好！”想自己若胜了满人，至少是亚军了。周进元迈上台，腿绷得紧紧的，人也笔直的。向老师热情道：“进元，赢他！”周进元目光如炬地盯着满人。满人身材高大，一头黑发，目光带股逼人的杀气，全身上下都是肌肉。常东升裁判说：“开始！”一上手，周进元逮着满人的跤衣就扭身摔，却莫名其妙地倒在满人身下。他自贬一声：“蠢鳖！”第二局，他与满人纠缠了一分钟，突然用右腿卡满人的右腿同时发力折摔，不料满人棋高一着，顺势一拉一绊地摔倒了他。周进元看一眼天空，感觉天空是黑的。向老师对走下台的周进元说："你已经出乎我意料了。"周进元沮丧地摇头："我太紧张了，肌肉是硬的。"向老师说："你已经很不错了。"

三个争夺冠军的选手休息了一刻钟，刘杞荣跃上摔跤台，太阳很大，也很炽热。满人在众倾慕者的拥戴下，威武地走到刘杞荣面前。满人身高一米八五，虎背熊腰，像清宫廷武士。常东升裁判让两人碰下手，然后分开两人，道："开始——"满人摇晃着壮硕的身体，像只大棕熊。刘杞荣哓得满人摇晃身体是不让他抢把，他移着步，紧盯着满人，感觉自己的手、脚、腿上全凝聚着力量——那些力量像待发的炮弹，只等他一声号令，当满人以为他有所忌惮而出手时，他一个"架梁踢"，快如闪电地把满人掼倒了。满人十分愕然，甚至都没想明白自己这么壮实，竟被他一个"架梁踢"弄倒了。满人直起身，晃得更厉害了，直视着对手，但心态变了。刘杞荣蓄着力量，老虎捕食一般等待最佳时机，当满人伸手逮他的跤衣摔他时，他一个折身快摔，把满人从背上抛出去，重重地撂在台上。站在台前的向老师激动得带头鼓掌，带动了热烈的掌声。

吴保禅上台，脸上的肌肉绷得很紧，双眼盯着他，像两把利剑。刘杞荣想，赢了他，自己就是冠军。两个强者的目光相遇，彼此都透着狠劲。第一跤，两人同时倒地，平手。第二跤，彼此拉扯了一分多钟，都找不到下手的时机。当吴保禅觉得机会来了，于推搡中突然发猛力摔他时，刘杞荣迅速一个"手别"摔，摔倒了吴保禅。吴保禅是防了他这一手的，竟没防住。台下，赶来看他摔跤的弟子全都"哇"了声。第三跤，吴保禅谨慎了，不敢出招，化解了刘杞荣摔他的两招。刘杞荣使出的两招等于虚晃两枪，没用全力，当他第三次卖破绽给吴保禅时，吴保禅迅速扭身摔他，这一动，用力便朝着一个方向，刘杞荣比他快，一个"搀管"招式将吴保禅掼倒了。吴保禅十分懊恼，忘记自己是在摔跤台上，懊恼地掴自己一嘴巴，但马上又反应过来了，就一个漂亮的空翻跳下了台。常东升裁判笑着说：“祝贺。”刘杞荣道：“谢谢老师。”他一放松，才感到天气真热，太阳晒得肌肤都要炸裂一样。他下台喝水，向老师满脸堆笑地举起毛巾给他揩汗，幽默一句：“我得巴结一下全国跤王呀。”刘杞荣心情蔚蓝，道：“向老师，我自己来。”“莫动，老师为中国跤王揩汗。”向老师揩了揩他额头和脸上的汗。刘杞荣脱下跤衣，胸部和背上都汗淋淋的。他接过毛巾，揩着胸部和腰部的汗。旷楚雄夺过毛巾抹他背上的汗。白振东亲热地打他一拳：“祝贺。”向老师十分开心，道：“摔跤刘杞荣夺了魁，散打，你们都要争取摘冠。”

二七　散打比武容易受伤

散打比武容易受伤，医务人员来了好几十。照样是抓阄打淘汰赛，七百多人分成两半，一半把名字写在字条上，揉成坨，交给会务组的人员，另一半人走上去抓阄，抓到谁就跟谁打。刘杞荣的第一个对手是山西人，功夫不错。双方试探性地进攻了几个回合，刘杞荣一劈腿踢在山西人的脖子上，对手的脖子被他一脚踢伤，倒在台上起不来了。旷楚雄一拳把热河选手的鼻梁打骨折了。周进元的对手是察哈尔省人，比较难打，两人打了三局，周进元才勉强胜出。他走下台时一身汗，道："老子把呷奶的劲都用上了。"白振东的对手是山西人，两人打了两局，白振东一直拳打在山西人的太阳穴上，把山西人打晕了。白振东自信地走下台，对站在台前的向老师说："向主任，我还可以吧？"向老师肯定道："你打得好。"另外几个队员在第一轮比武中淘汰了。

下一轮比赛刘杞荣面对的选手是河北人，此人长一张马脸，鹰钩鼻子，用的是鹰爪拳，一上来就进攻。刘杞荣接了他两招，在他一个鲲鹏展翅扑上来时，刘杞荣比他更快，一拳把他打倒在台上。河北人站起来又跌倒了，伤得不轻。刘杞荣在众人惊异的目光中走下台，旷楚雄伸手给刘杞荣："握下手，沾一点你的运气。"刘杞荣就把手给旷楚雄，旷楚雄握着他的手足有十秒钟，这才上台。旷楚雄的对手不及他高大，打斗中，对手的拳落到他身上时已是强弩之末，加上旷楚雄肉厚皮糙，抗击打能力强，在对手见拳头不抵用而改用脚踢时，旷楚雄抢先一步，一拳打在对方的额头上，把对手打得摇摇晃晃的。旷楚雄上前一蹬，对手仰倒在台上。第二局，旷楚雄把对手逼到台边，一脚把对手踹下了台。向老师喝彩："打得漂亮！"旷楚雄看一眼刘杞荣，高傲像面彩旗样在他脸上飘。刘杞荣给他一个大拇指："漂亮。"隔了半个小时，周进元上台，一看对手是赵武传，脸色都变了。赵武传扬起一脸胡子，像头威猛的雄狮："你出招吧。"这话充满自负。周进元只有一个想法，拼了。他吸口气，大叫一声："接招。"赵武传边躲避他打来的一组快拳，边寻找时机。周进元憋着气猛打，但拳头都被赵武传接住、化解了。第一局，赵武传没出拳，只是接招解招。第二局，周进元调整打法，改用腿攻。赵武传一拳打在周进元踢来的右小腿的胫骨上，咔嚓一声，胫骨骨折了。周进元的右脚落地时身体一歪，栽在台上。赵武传跨前一步，低头问："没事吧你？"周进元痛得咧着嘴，台下这么多人都注视着他，他强忍着痛，豆大的汗珠在他脸上滚动。他眼里的人仿佛都变了形，脸不是拉长了就是扯扁了，十分狰狞。医务人员抬来担架，把他抬下台。他痛不欲生地躺在担架上，瞧见一大片怜悯的目光如瀑布样落在他身上，打湿了他的头和脸。他噙着眼泪对向老师说："我想死。"向老师批评他："莫讲宝话。"

散打打了两天，刘杞荣在进前五十中遇个怪人。怪人是从峨眉山下来的，在峨眉山上跟一个道人学了八年，武功深不可测。他一身毛发，看不出是三十岁还是四十岁，手臂出奇地长，比常人的手臂要长一截。比武时他赤着上身，全身都是寸多长的黄毛。他可以打到你，你却打不到他，因为他手臂长，身体与你保持着距离。一开始，刘杞荣吃了"猿人"几拳，好在他发力不到位，拳不重。他的拳够不到"猿人"，一是"猿人"躲闪极快，二是他那长满黄毛的手一拨，这一拳的力就消失了。第一局，"猿人"因臂长，占尽了便宜。第二局，刘杞荣改用腿踢，在"猿人"接连打出七八拳都被他拨开而停顿的那一刹那，他转身一蹬腿踢在“猿人”的小腹上，把“猿人”踢得连退数步，一屁股坐在台上。“猿人”也怪，挨了那一脚就不打了，纵身跳下台，钻进人群不见了。刘杞荣下来，上台的是旷楚雄。这一轮，旷楚雄面对一个山东“巨人”。此人身高两米，手臂粗得你无法想象，体重在三百斤以上——那时候比武不分重量级、次重量级或中量级，很多人都认为巨人肯定是这届比武的冠军，都用热情的目光注视他，就像盯着一头漂亮的大象似的。

旷楚雄也算是体格高大的，可站在巨人面前，无论是身坯、个头都矮小许多。旷楚雄出拳快，但拳头打在巨人身上，没什么作用。巨人甚至都不避让，挥拳打旷楚雄的头，旷楚雄左躲右避，还是被巨人一拳打蒙了，巨人再补一拳，旷楚雄就倒了。刘杞荣向会务组的人打听，一打听，不得了，巨人诨名李元霸，曾在上海摆过擂，打伤过无数人，还打死过两人，其中一人是日本武士，因而惹了大麻烦便逃离了上海。刘杞荣心里期盼别人把巨人打败，但巨人一路所向披靡，直接打到他面前。刘杞荣之前一役是与吴保禅打，两人都是国术馆毕业的，熟知彼此，吴保禅的拳脚刚猛，防守能力超强，几乎没什么破绽，打得就十分艰辛。两人恶斗三局，几乎不分胜负。第三局开打前，向老师说：“莫慌，抓机会。”吴保禅太想胜了，台下不但有他的众多弟子焦急地等待他取胜，还有他父亲紧张地站在距比武台一米多远的台下观看，比他还急！在第三局快结束的关头，他父亲急吼：“保禅，用无敌鸳鸯腿啊！”吴保禅大叫一声，腾空而起，家学无敌鸳鸯腿飞快地踢来。刘杞荣闪过一脚，撩开另一脚，在吴保禅的脚落地时，扭身一摆拳打在吴保禅的头上，把吴保禅打晕了。他父亲就像几年前的旷父样，第一个冲上台，和几个徒弟悲戚地背着儿子下去了。此刻，刘杞荣抓阄抓到的对手竟是巨人，就觉得命背，因为他没信心打败巨人。白振东抽的号，对手是赵武传，就问刘杞荣这一轮跟谁打。他说：“李元霸。你呢？”白振东说：“我的对手是赵武传。”刘杞荣说：“赵武传的武功深不可测，你要小心。”白振东说：“我会小心。”

轮到刘杞荣上场时，他看一眼天，嘀咕一句：“老天保佑。”李元霸见刘杞荣矮自己一截，瞪着他，一脸挑衅：“小子，我打死人不负责的。”刘杞荣想此人是他绕不过的一座山。一小时前，他观看巨人与方北鑫打，巨人只一拳就把方北鑫打趴了。李元霸身高还只是其次，有的人身高腿长下盘却不稳，他是膀宽腰圆，两腿跟木桩样扎在地上。刘杞荣比李元霸矮二十 公分，体形也比李元霸小几圈，所以他觉得自己在这巨人面前像个孩了。巨人膘多肉厚，今天的洛阳又异常热，巨人脱掉上衣，拍着长满胸毛的胸部，骄横地瞧着刘杞荣：“出招啊，小子。”那当儿，刘杞荣双腿直抖，眼睛盯着巨人的拳头。他没想到自己的双腿会哆嗦。巨人藐视地瞪着他，走前两步。他没动，不是不想动而是动不了，两只脚好像被胶水粘住了。巨人像大人打小孩子一样，抡起硕大的拳头砸下来。他机械地抬手一挡，顿时感觉自己左手臂及左边的腰和左腿一阵发麻。巨人略有些惊诧，这小子居然没被他打倒，又右手一拳打来。刘杞荣又抬胳膊一挡，一股强大的力像座山一般压下来，他巧妙地将这股力卸在脚下，手臂又是一麻。李元霸再次愕然，因为他这一拳是足可以把很多人打蠢的！刘杞荣接了他两拳，就没那么惧怕了，腿也能活动了。李元霸挥第三拳打来时，他躲开了，脸色也不僵硬了。李元霸身体朝前倾，又左手一拳打来。刘杞荣再次避开，找机会回击李元霸。他比李元霸矮一个头，又屈着腿、缩着腰，李元霸打他须弓身，就在李元霸再次低头打他时，他一拳打在李元霸的鼻子上。顿时，李元霸的鼻子鲜血直淌。李元霸揩下鼻子，一手的血，咆哮着要一拳打死他。刘杞荣闪开那一拳。李元霸的鼻血还在流，都流到胸毛上了。

这一场比武的裁判是朱国福老师，朱国福老师终止比武，让医务人员给李元霸的鼻子止血。李元霸举拳咆哮，陪李元霸来比武的人都愤恨地看着刘杞荣，好像他使了阴招似的。他一没踢裆，二没打眼睛，打鼻子是允许的。他把视线移到台下，看见白振东和旷楚雄都对他笑，目光是激励的。白振东还对他竖个大拇指。李元霸坐在一张椅子上，仰着头，医务人员从急救箱里找出卫生棉，又把止血膏药涂在卫生棉上，塞入巨人肥大的鼻孔，再用胶布胶上。李元霸摸下鼻子，鼻子没流血了，他的眼睛里射出怒火，都能看见火焰在燃烧。刘杞荣晓得李元霸想打死他解恨，就极为冷静。李元霸握紧拳头，挪动着步子，左一拳右一拳地打他。他机灵地躲避着李元霸挥来的拳头。李元霸接连打了十几拳，拳拳落空。刘杞荣在他狂躁地打完一套组合拳时，又迅猛地一拳打在他的鼻子上。这一拳蓄势已久，力量没有七百斤也有六百斤，比铁锤还凶，把李元霸的高鼻梁打塌了，血喷射而出。刘杞荣穿着白粗布对襟衫，李元霸比他高那么多，那血直接喷在他脸、肩膀和衣襟上。刘杞荣没给李元霸反击的机会，极快地一脚踢在李元霸的脖子上，只见轰隆一声，李元霸倒在台上。刘杞荣走下台，向老师赞许地拍拍他："我以为你赢不了他，你真了不起。"

刘杞荣一路晋级到半决赛，胜者接着打决赛。那天下午天上堆着厚厚的云层，但比武场地都是人，少说也有两千多观众关注这场比武，黑社会的人也来了，在鼓动观众下注。空气仿佛是静止的，一丝风都没有。刘杞荣的半决赛对手是天津人。赵武传打败白振东，又打败一个河北选手，进半决赛遭遇的对手是广东人。广东人三十多岁，中等身材，一身好功夫。赵武传与广东人先打，广东人在晋级赛中曾打败过赵刚，赵武传看了那场比武，广东人习的是泰拳，招招凶狠，而且轻功超级了得，一蹿一米多高，手肘落下时猛砸在对手头上。赵刚被广东人的膝、肘打得云里雾里的，最后被广东人一劈腿砸在脸上后倒在台上。赵武传的功夫高于赵刚，对打中广东人几次腾空出的狠招都被他化解了。广东人见膝、肘伤不到他，改用拳进攻，赵武传更不惧，搏击中他逮住机会，一拳把广东人打得连退八步，足见那一拳的力量很重。赵武传反过来穷追猛打，广东人渐渐处于下风，边打边退，退到了台边。广东人转身，想用后蹬腿踢赵武传，赵武传出脚更快，猛踹在广东人的后臂上，广东人一头栽下了台。观众发出一片嘘声和叫好声。

天津人三十岁，身高一米八一，一张长脸，人非常壮实，十岁时曾跟孙禄堂学拳。天津人的形意拳、八卦拳和太极拳都运用得十分娴熟。他一路打下来，很多人都被他一拳打伤。天津人比刘杞荣高两公分，也比刘杞荣健壮，一上台就直视着刘杞荣，目露凶光，犹如狮子的眼睛，像要一口吃掉对手似的。朱国福裁判对刘杞荣一笑，望一眼两人，道："开始——"天津人一开始就猛攻，拳脚齐上，不给刘杞荣出拳的时机。这样打，其实极消耗体力。刘杞荣是防守反击型的打法，左挡右避，拳不离头，肘不离胸，天津人的拳头尽管如雨点般落下，但就是打不到他的头和胸部。天津人改用脚踢，刘杞荣也是避让或回踢。第一局，看上去天津人要比他强很多。向老师走到台前喊："杞荣，你何解不进攻？不要惧他。"刘杞荣想，自己怎么会惧天津人？第二局，天津人一上台又猛攻，但这一轮猛攻只持续了几十秒，猛打太耗体力了，刘杞荣步法灵活，左躲右闪，不一会天津人出拳的速度慢下来了。刘杞荣待天津人连续打空几拳而喘息时，一脚踢在天津人的头上，把天津人踢倒了。天津人跃起，又是拳脚并用，但刘杞荣的胳膊碰到对手的拳头时感觉对手的拳"绵"了。在天津人挥拳打来露出空隙时，他一个前滑步一拳打在天津人的头上，那一拳把天津人打晕了。台下一片哗然，无数看好天津人的观众无比惊诧，怎么倒在台上的不是只知躲闪和退避的他！朱国福裁判见天津人躺在台上动弹不了，让人把天津人抬走了。向老师乐疯了，喜滋滋地冲上前，像久别重逢的恋人样在众目睽睽下搂起刘杞荣："你打得真过劲，老师佩服死你了！"刘杞荣笑："向老师，我一身汗呢。"向老师呵呵道："你咯一身汗冇白流，离冠军只差一步了。"

两名国术馆毕业的高才生，将争夺这一届的桂冠。赵武传看了刘杞荣的多场比武，晓得刘杞荣的拳重，几场比武都把对手打晕了，所以他心想自己要贴上去进攻，不能让刘杞荣出重拳。刘杞荣自然也看了赵武传多场比武，晓得赵武传不含糊。两人从两边走上台，两只夺冠的手碰了下，赵武传目光坚定地盯着他："我一定要赢你。"这话声音不高，但坚硬，如同金属发出的刺耳的声音。刘杞荣生性不爱挑衅，笑了声。朱国福老师见他俩像两头相斗的公牛，眼睛是红的，分开两人道："开始——"赵武传出拳如疾风刮过，阳光下其身影快得如鬼魅。刘杞荣左闪右挡，拆招时手碰到他的拳头，感觉他拳头像铁锤似的砸下来。他每天跳一千下跳绳，步子算灵活的，但还是不及赵武传的拳快，挨了几拳，有一拳砸在脸上，顿时火辣辣地痛。他没时间思考，只能快捷地拆招。第一局，赵武传打中他头部五拳、胸部三拳，他只打中赵武传胸部一拳。赵武传踢了他腰和头部两脚，踢得他踉跄了几步。他也蹬了赵武传两脚，一脚踢空，一脚踹在赵武传的腰上。他想，照这情形，自己今天可能会败在赵武传手上。他左脸肿了，右脸也青了一块，嘴角打烂了，流着血。向老师走拢来，附在他耳边说："打他，进攻才是最好的防守。"他说："我是耗他。"第二局，赵武传更凶，组合拳、连环腿、形意拳、鹰爪拳全用上了。两人恶斗不休。很多参赌的观众都把赌注押在赵武传身上，一心盼着赵武传胜，在台下大呼："赵大侠必胜！赵大侠必胜！"赵武传受到鼓励，越打越凶，几次把刘杞荣逼到了台边。刘杞荣于防守中头部又被赵武传击中三拳，有一拳很重，打得头朝左边一甩，脸上的汗珠甩出几米远，甩在台下的观众脸上。赵武传不给他机会，一脚踹在他小腹上，差点把他踹倒，使他连退几步。台下的观众热烈起来，叫声、哨声、喊打声使热闹的比武场沸腾开了。第三局，他鼻青脸肿地走上前，拳头与赵武传的拳头碰了下，朱国福老师再次分开他俩："开始！"赵武传又是一阵猛打，刘杞荣照例接招、拆招，消耗对方的体力，边想我绝不会输给你。果然，一分钟一过，赵武传挥拳的力量明显弱了。没在台上比过武的人不知道，也没人计算过一分钟之内高手要打出多少拳，那如雨点般挥出的拳需要消耗多少体能。在赵武传气喘吁吁地改用脚踢时，他想机会来了，一个折闪，迅速一脚蹬在赵武传的肚子上，那一脚的力很猛，把赵武传踹倒了。赵武传一路打到决赛，还从没被对手踢倒过，狂怒地跃起，吼道：“看招！”又疯狂地猛攻猛打。他晓得赵武传把全部的力都赌上了，眼睛充血，泛着红光，那是拼命的架势。二十秒钟后，赵武传再次缓慢下来。刘杞荣瞅准时机，旋身一拳打在赵武传的太阳穴上，那一拳带着身体旋转的力量和速度，打蒙了赵武传。他没给赵武传喘息的时间，一脚踢在赵武传的脖子上，把赵武传再次踢倒。朱国福老师见赵武传企图站起身却摇摇晃晃地又倒下了，宣布刘杞荣获胜。

冠军诞生了，全场沸腾，欢呼声、口哨声和着嚷叫声、骂娘声，真可谓响彻云霄。朱国福老师道：“冠军，向观众致谢吧。”刘杞荣走到台前向观众鞠躬。向老师顾不得那么多了，跑上台，激动地抱住他：“祝贺、祝贺，你太了不起了！”刘杞荣笑。这时，众报社记者挤开众人，纷纷拥上台，举着相机拍照。太阳驱逐开厚重的乌云，也赶来祝贺似的钻出来，阳光金灿灿地涂在他身上。

二八　柳老先生从外面回来

柳老先生从外面回来，拿起插在信袋里的湖南《大公报》，走进堂屋，端起茶杯喝口龙井，打开报纸，就看见头版头条上是他女婿在洛阳举办的全国比武中荣获摔跤、散打两项冠军的报道。他认真地把每一个字和每一个标点符号读完，这才把目光投到照片上，他觉得女婿不是一般的英俊，而是相当英俊。柳悦从公司回来，他把报纸递给女儿："悦儿你看。"柳悦激动道："咿呀，爸，杞荣荣获两个冠军。"柳老先生望一眼篱笆门，估计道："杞荣应该今天会回来了。让小贺炖只甲鱼，给他补补。"家里有只野生甲鱼，是早两天走街串巷的人拎到篱笆门前问柳老先生要不要甲鱼时，柳老先生买下的。小贺是新请的用人，柳悦对小贺说："把甲鱼杀了，炖了。"小贺答："好的。"

刘杞荣回到长沙已是晚上，柳悦听见他叫门，激动地奔到篱笆门前，拉开门闩，本来想拥抱他，听见父亲在身后问："是杞荣回来了吧？"刘杞荣回答："爸，我回来了。"岳父欢喜道："回来了好，你呷饭冇？"刘杞荣听见肚子咕咕叫了两声："还冇呷。"柳悦大声吩咐："小贺，快去打开煤炉，煮碗甲鱼面。"小贺道："好咧。"柳父见女儿挺着肚子，笑得同盛开的芙蓉花样，眼睛直直地盯着丈夫，晓得自己在场女儿不便与女婿说体己话，就退回卧室了。柳悦牵着刘杞荣一进房间，身体就偎在他怀里，紧紧搂着丈夫："你好了不起啊。"刘杞荣得意道："在火车上，向老师讲，他都冇想到我会拿两个冠军。"柳悦笑：“旷百万、周进元呢?”“旷百万、白振东等都名落孙山。周进元摔跤获了季军。”柳悦惊讶道：“他还能获全国摔跤季军？那不错啊。”刘杞荣说：“他这一年进步是很大。散打他负了伤，胫骨骨折，提前回来了。”夫妻俩说了会儿话，小贺说：“柳悦姐，面煮好了。”柳悦出门，端来一碗热腾腾香喷喷的甲鱼汤面。刘杞荣吃完面，拍拍肚皮：“还是家里的饭菜好呷，在洛阳的那家旅馆，有的菜跟猪潲一样难呷。”柳悦笑。他说：“我去洗个澡。”

九月份，训练所开学了，学员们都晓得刘教练荣获两项冠军，都众星捧月地围绕他，要他讲比武中的每一个细节。有天上午，刘杞荣正在大馆教学员摔跤，有三个讲外地话的人走来，要找刘杞荣比武。其中一人剃个光头，长一脸横肉，自称是少林寺还俗的武僧，说：“俺姓王，特意从开封赶来，就是要跟你比试比试。”刘杞荣对那人说：“我在上课。”那蛮汉是个爽快人，手一摆：“俺打完就走，绝不多耽搁你一分钟。”旷楚雄说：“王大哥，请你不要影响我们。”王蛮汉眼睛一瞪：“你闪远点。”他把旷楚雄推开，手中的棍子一横：“俺跟你比棍。”挥棍就要打。刘杞荣对学员李开明说：“拿棍来。”大馆里有棍，靠墙码了一堆，供学员们练的。李开明拿来棍，刘杞荣接过棍，看着王蛮汉。学员立即散开。王蛮汉也不讲“请”“接招”那些客套话，一棍劈来。刘杞荣旋棍一挡，王蛮汉手中的棍竟落到了地上。王蛮汉捡起棍又攻，刘杞荣又一棍搅去，王蛮汉手里的棍又落到地上，还在木地板上晃了晃。众学员叫嚷：“刘教练真厉害。”刘杞荣用脚尖挑起棍，递过去：“承让。”另一黑脸汉子使一根九节鞭，大吼一声：“我来。”九节鞭就打过来。刘杞荣持棍迎着九节鞭一戳，黑脸汉子的手一麻，九节鞭掉落在地。他用棍挑起九节鞭，还给黑脸汉子。黑脸汉子虽凶，却识轻重，退下了。第三个河南人功夫好一些，脚在地上一划，拉开架势，打的是螳螂拳，人就跟一只直立的螳螂样。刘杞荣与螳螂人斗了几个回合，一脚踢在螳螂人的颈脖上，那一脚较重，把螳螂人踢倒了。围观的学员直呼“刘教练厉害”。螳螂人爬起，摸了摸被踢的脖子，又打。刘杞荣一折身，接过他打来的一拳，一拉，一个摔跤动作把螳螂人摔出三米远，倒下了。螳螂人蒙了：“你这是啥招?”刘杞荣说：“没招。”螳螂人感觉自己丢了面子，铁青着脸，提口气，喝道：“看招!”刘杞荣用左手拨开他挥来的拳头，身体一扭，右手一拳击在螳螂人的胸上，只听见咔嚓一声，螳螂人被这一拳打得连退十几步，撞在看比武的学员身上。螳螂人伤得不轻，捂着胸部对王蛮汉和使九节鞭的黑脸汉子说：“俺们不是他的对手，走。”

过了一个星期，刘杞荣正在大馆教学员打拳，只见一伙人进来，脸色个个阴森、古怪。这伙人问：“谁是刘杞荣?”旷楚雄见这些人气势汹汹，马上道：“我来应付。”他上去问：“你们是什么人?”其中一个麻脸大汉道：“你是刘杞荣?”旷楚雄说：“我不是。”麻脸人汉说：“那你废么子话?叫刘杞荣出来。”旷楚雄说：“你过了我咯关，刘杞荣自然会跟你打。”麻脸大汉眼睛一瞪，挥拳打来。两人斗了一分多钟，旷楚雄一拳打在麻脸大汉的胸部，把麻脸大汉打倒了。旷楚雄说：“你咯点功夫也来挑战冠军?滚吧。”麻脸大汉是本地人，听说训练所里的刘教练打了全国冠军，就来比武，想若自己赢了冠军那在江湖上就有地位了。他懂规矩，对他带来的弟兄说：“我们走。”又过了几天，刘杞荣刚走进训练所，几个粗鲁的武夫一身短打，站在路上，要与他比武。一名三十多岁的壮汉盯着他说：“我们是从湖北来的，赵武传是我师弟，我俩比一场。”刘杞荣不想打：“各位好汉，你们走吧，莫耽误我授课。”湖北壮汉说：“你是看我们不起吗?既然来了，不比我们会走吗?”

旷楚雄往前面一站，粗声道：“你们硬要比，先过我咯一关。”一个黑胡子青年迎上前说：“大哥我来。”就与旷楚雄打。两人只对打了十几秒钟，旷楚雄一脚把湖北青年踢翻在地。另一个壮汉大喝一声：

“接招！”举拳挥来。旷楚雄反应快，转身一脚踢倒了那名壮汉。第三个着一身黑短打的青年见旷楚雄接连打败两人，喝道：“我来。”旷楚雄跟这人对打了三十秒钟，一摆拳打在这青年脸上，把这青年打得往旁边一倒。第四个湖北人一脚踢来，旷楚雄被他踢了一脚。他再起脚踢时旷楚雄一脚蹬在他腰上，把他蹬倒了。旷楚雄看不起这些人，道：“滚吧，咯里是湖南国术训练所，不是你们讲狠的地方。”另一个方脸、大嘴、体形壮硕的湖北人说：“闪开。”那几人就闪开。他瞪着旷楚雄：“出招吧。”旷楚雄连赢几人，就不客气地挥拳打去。两人激斗十几个来回，旷楚雄转身一脚踢在那人头上，把那人踢得一屁股坐在地上。自称是赵武传师兄的湖北人出手了，脚在草地上一划，摆出架势与旷楚雄打。两人斗了一分多钟，不分胜负。刘杞荣说：“旷兄，你歇歇。”旷楚雄感觉自己无法胜对方，退开了。那人长一双鹰眼，挥拳打向刘杞荣，刘杞荣拍手随便一推就觉得此人比赵武传至少差两个档次，说：“不打吧？你赢不了我。”那人目光极凶：“少废话。”话音未落，刘杞荣一拳打在那人的左胸上，那人往后退了数步，揉揉左胸，又上来打。刘杞荣说：“还打？”那人鹰眼圆睁，改用鹰爪拳猛攻。刘杞荣拆了几招，转身一蹬腿，把那人蹬得倒退四米多远，仰倒在地。刘杞荣对他们说：“得罪了，你们走吧。”

只是过了三天，来了两个日本武士，要与刘杞荣打。那天向老师正跟王总教练站在大馆前说话，一个满脸傲气的日本浪人说：“我们的日本日本的，上海赶来的，想找刘杞荣先生比武。”向老师一怔，日本浪人都找上门来了！向老师留过日，就用日语问：“你们是日本人？”日本浪人见向老师会日语，大为欢喜，便用日语与向老师和王总教练交谈了几分钟。王总教练走进大馆，把刘杞荣叫来：“这位是金井太郎，在日本获过空手道比武冠军。他要找你比武。”金井太郎见刘杞荣一脸精神，对刘杞荣很用力地“嗨”一声，鞠个躬。刘杞荣感觉莫名其妙。王总教练接着介绍另一个日本浪人："他是山本武士，金井太郎的师弟。"刘杞荣打量这两个日本人，金井太郎与自己身高相近，山本却比他矮半个头。两个日本浪人着黑布和服，衣袖和领口上绣着浅蓝色花纹，内里是圆领白对襟衫，脸上是健康的红黑色，都很精神，而且都是很果敢的猛男相。刘杞荣看一眼向老师："真比？"向老师笑，用日本浪人听不懂的长沙话道："哪个叫你打了冠军啰？把日本武士从上海招来了，你不比？中国人的脸往哪里放？"刘杞荣听向老师把"中国人的脸"都扯出来了，又看一眼拥出大馆的学员，众学员都兴奋地望着他，就走到草坪上站着。旷楚雄大步走来道："我跟他打。"

金井太郎脱下和服，蹲下折叠好，活动着手脚，捏着拳头，把指骨捏得咔嚓响。他应该是三十来岁，眉宇间透着英气，也可以看成凶巴巴的杀气。旷楚雄说："你出招吧。"金井在上海混了几年，听得懂中国话，"哟西"一声，人就袭上来了，一脚踢在旷楚雄的腰上，那一脚力道很重，把旷楚雄踢个趔趄。刘杞荣感觉金井不简单，提醒旷楚雄："你小心点。"旷楚雄没想到金井这么厉害，咬着牙与金井打。两人恶斗几十秒钟，旷楚雄渐渐只有招架的份儿。金井一个转体，左脚踢在旷楚雄的头上，把旷楚雄踢倒了。刘杞荣晓得旷楚雄远非金井的对手，说："我来。"他接招，感觉金井的拳脚极狠，招招都是直奔命门，而且出拳极快。刘杞荣胸部挨了金井一拳，退了两步且感觉胸口一疼。金井转体踢他，他抬手把金井踢来的一脚拨开了。金井见自己这一脚被他撩开，称赞地"哟西"一声，更猛地进攻。刘杞荣左闪右避，瞅准时机，猛地一肘打在金井的后颈上，把金井打倒了。学员们欢呼起来。金井爬起身，两只眼睛跟狼一样直视着他，极快地挥拳打来。刘杞荣只是躲闪和拆招，待金井这套凶猛的拳打完，迅速还了金井胸膛一拳，打得金井后退数步。金井揉着胸，咧着嘴，有点惊愕地瞪着他。刘杞荣看着金井，不知是不是继续打，问："不打了吧？"

金井脸色大变："八嘎！"又挥拳打来，很想一拳打死他。刘杞荣一个摔跤动作，逮住金井的拳头一拉，脚下一绊，金井重重地摔倒，脸在草地上摩擦了一米多远。金井感觉自己在中国人面前出了洋相，一摸脸，嘴上竟有草汁。他抹掉嘴上的草汁，大怒："八嘎！"还要打。刘杞荣闪过金井打来的几拳，一拳打在金井的胸口上，那一拳有个垫步，出拳极快，至少有六百斤力！金井摇晃着倒下，哇的一声，吐出一大口鲜血，脸呈难看的猪肝色。

山本见状，忙上去扶金井太郎起身。金井太郎推开山本："八嘎！"又一口鲜血吐出。山本的拳脚功夫不及师兄，就极凶地抽出长长的军刀，要与刘杞荣比刀，双手高高地举着军刀，道："我的，跟你比刀！"直瞪着刘杞荣，好像豹子。刘杞荣见过凶的目光，但没见过豹子一般凶且冷得让人起毛的目光，对李万明说："拿棍来。"李万明飞奔着拿来棍，刘杞荣接过棍舞了几下。山本双手握着刀劈来，刘杞荣挥棍挡开。山本红了眼，龇着牙横劈竖砍，一副要取他性命的恶相。刘杞荣接挡几刀，晓得这个日本浪人是拼命，就狠劲一旋棍打去，打掉了山本的军刀。山本狂怒地捡起军刀劈来，刘杞荣又握棍一旋，旋力一碰到军刀就像钻子样直往前冲，山本的手臂一麻，刀再次掉到地上。山本捡起军刀还要比，金井骂了句："八嘎。"山本退开了。金井对刘杞荣一个鞠躬，用半通不通的中国话道："你的厉害厉害的。"向老师笑，用日语对金井说："他是我中华民国摔跤、散打两项冠军。"金井又一个鞠躬，一嘴的血，道："我的有机会，还要来找先生赐教赐教的。"王总教练说："金井先生，随时欢迎你来切磋武术。"金井对山本说句日语，山本扶着金井走了。刘杞荣问王总教练："'哟西'和'八嘎'是么子意思？"王总教练说："'哟西'在日语中是好或行的意思，'八嘎'是笨蛋、混账或白痴，骂人的话。"向老师待金井太郎和山本消失后，才说："咯些日本人，真当我中国人都是东亚病夫。"又看着刘杞荣："你树大招风啊，把日本人都招来了。"

旷楚雄摸着头上的肿疼处，惭愧道："今天不是你，我脸就丢大了。"刘杞荣给他面子，说："你并冇输给他。"

又过了几天，他睡个午觉，来到训练所，见大馆前站着五个健壮的陌生人。李开明看见他，说："刘教练，又是来找你比武的。"一个身材高大的汉子迎上来说："我们是从北平来的，想跟你比试比试。"这人生得浓眉大眼，一颗光头，蓄着络腮胡，像戏台上的鲁智深。刘杞荣道："我不比，你们走吧。"另一人说："我师傅一生从没遇过对手，愿意跟你比武是你的荣幸。"他懒得搭理，朝大馆里走。另一人拦住他："等等，不比我们是不会走的。"刘杞荣觉得这些人很不讲理，道："请你把手拿开。"那人说："我师傅江湖上名号六爷，你去北平打听打听我们六爷。"刘杞荣皱下眉头："我是湖南人，又不是北平人。你走开。"那人一愣："兄弟，我们远道而来，比完就走。"刘杞荣很讨厌这些自以为自己武功盖世的半桶水，说："你们从哪里来回哪里去吧。"旷楚雄见这几人胡搅蛮缠，就对那人道："你要比武，那我跟你打。"被这几人尊称六爷的壮汉说："五弟，你跟他过两招。"五弟头一扬："请。"一行人走到草坪上，学员也一窝蜂地跟来。这是上打课，正好让学生看看实打，刘杞荣就没阻拦。六爷江湖人模样，道："我们以武会友，开始吧。"旷楚雄与五弟过了几招，一脚把五弟踢倒了。另一个北平人喝道："六爷，我来。"六爷说："三弟小心。"旷楚雄与三弟斗了几个回合，一脚踢在三弟的背上，踢得三弟往地上一扑。第三个北平人对旷楚雄大叫一声"接招"，挥拳打来。旷楚雄接了几招，不觉得这个喉咙粗的北平人有什么本事，一脚踢在他头上，把这人踢得歪倒在地上。六爷脸挂不住了，粗声道："你们闪开。"六爷身高一米九，胳膊粗、腰粗、腿粗，拳头大，体重两百五十斤左右。他与旷楚雄打了几个回合，一拳把旷楚雄打得后退几步，撞在刘杞荣身上。刘杞荣担心旷楚雄在众学员面前输给六爷，拉开他，自己就站到六爷身前。六爷绕着刘杞荣走了半圈，突然像老虎样咆哮一声，变招出虎拳打来。刘杞荣抬手挡了下，感觉力量不弱。两人斗了十几回合，刘杞荣转身就是一后蹬腿，那一脚和着腰力一起蹬在六爷的小腹上，把六爷踢倒了。六爷起身，运气，接着用长拳、直拳攻击。他矮六爷十一公分，手臂不及六爷的长，拳对拳较量占不到便宜，就猛地一脚踢在六爷的后颈上，只见六爷后退数步，像座山样轰然倒下。五弟和三弟忙去扶六爷，六爷灰着脸、龇着牙道：“我们走。”刘杞荣转身对学员说：“你们还站在咯里干么子？练对打去。”

傍晚，刘杞荣对柳悦说：“咯段时间冇消停过，今天又有人跑来找我打。”柳悦担心日本浪人跑来报复，看着他：“不是日本浪人吧？”他喝口茶：“那倒不是，是北平人。我真不想打，人家硬要打，劝都劝不住。”柳悦说：“你打赢了吗？”刘杞荣只在堂客面前自得：“你丈夫是么子人？全国那么多武林高手都败在你丈夫手下，咯几个半桶水能是你丈夫的对手！”柳悦挺着大肚子欢喜道：“啊，杞荣，你崽在肚子里踢我呢。”刘杞荣嘿嘿道：“他竟敢踢我堂客？不想活了。”柳悦笑：“小冠军就开始在我肚子里练拳了。”刘杞荣说：“太好了，等崽生出来，我要好好培养崽练武艺。”他步入卧室，桌上放着一张湖南《大公报》，《大公报》上是一幅他在洛阳比武时记者抓拍他一拳打在巨人鼻子上的照片，很生动，但刊登的是他打败日本武士的事迹。他称赞说：“咯张照片拍得好。”柳悦道：“他是我丈夫啊。”她心细，喜欢收藏与自己生活有关的东西：“这张报纸我要保存。”

二九　星期天

星期天，刘杞荣把珍藏了多年的这张湖南《大公报》带到新兴机械厂子校。上星期见面，两人边吃饭边回忆从前时，他笑着告诉贺涵："民国二十五年，我还打败过来湘挑战我的两名日本武士。其中一名叫金井的武士，在日本的空手道比武中获过冠军。"贺涵惊讶和欣赏地看着他："真的吗？我何解不晓得？"刘杞荣回到家，从柜子里找出一个塑料袋，塑料袋里有个布包，包着他写给柳悦的信件和七八张陈旧的湖南《大公报》，是抗战时期柳悦带着儿子去沅江老家躲避战火时带去的，后来谭志清一直替他保存着。有六张报纸已经烂了，但奇怪的是报道他打败日本武士的这张报纸尽管发黄了，他挥拳打巨人鼻子的照片不但完好无损还栩栩如生。他自己都吃惊，怎么只有这张报纸没烂？难道就是为了留给贺涵看的？贺涵看着报纸上的他："你当年好英俊啊。"刘杞荣快慰道："我打那场比武时还不到二十四岁。"贺涵为他高兴："那你为湖南争了光。"

刘杞荣接着道："我夺冠回来，好多人跑来找我比武，河南的、湖北的、本地的、北平的、广东的，还有报纸上介绍的两个日本武士。那两个月，训练所成了比武场。向老师见三天两头就有人来找我打，就要我离开一段时间，跟刘百川去杭州。那段时间向老师请刘百川来授艺，教我们罗汉神打，内八腿、外八腿、内八锤、外八锤，住在向公馆，向老师极其尊重刘百川。有天，刘百川问我愿不愿跟他去杭州。向老师忙说：'快拜师啊。'" 贺涵问："刘百川收你为徒了吗？""收了。我的刀法就是跟刘百川师傅学的。刘百川师傅是江南第一脚。旷楚雄你还记得吗？"贺涵道："有点印象。"刘杞荣起身，把刘百川踢旷楚雄的腿法学给贺涵看："刘百川一后挑腿，把旷楚雄踢出一丈多远。拳击教练白振东不相信刘百川有咯么厉害，刘百川就对白振东说：'我就用刚才踢他这一脚踢你。你准备好。'白振东想：'你刘百川既然告诉我用咯一脚，我就防着你咯一脚。'可刘百川还是一脚把他踢出一丈多远。"贺涵诧异道："冇防住啊！"刘杞荣说："刘百川的鸳鸯连环腿十分刚猛，他当时八十六岁了，可他要踢你，快得你根本没时间躲避，出脚如闪电。"贺涵看着她少女时代爱慕过的刘杞荣，这个男人虽然五十岁了，可看上去四十岁还不到的样子，这让她产生奇妙的幻觉，仿佛回到了少女时代。她内心里那扇柔弱如水的门，悄悄敞开了，就有一线光亮从眼睛这个窗口泻出来，不亚于手电筒光，照得刘杞荣的心怦怦跳。

贺涵的心也怦怦跳，觉得这间房子因有他，一下子五彩缤纷的。她留刘杞荣吃中饭，炒了个茄子，炒了个西红柿炒蛋，还炒了青辣椒，弄得一屋的辣椒气味。贺涵夹了一筷子西红柿炒蛋，放到他碗里："你多呷点，冇菜。"他喜欢她的热情，喜欢她瞟他的眼神，说："咯么多菜还讲冇菜。我咯人简单，有两片腐乳就能呷饭。"贺涵笑，扒口饭进嘴里，咽下："你的故事真多。"他吃了口茄子："你的故事也多吧？"贺涵说："我一个妇道人家，能有么子故事？生下女儿和儿子后，人就被两个孩子困在屋里了。我亡夫抗战前是团长，他家是大地主，不愁呷穿，他出去打仗，我就在家里抚养孩子。讲句实话，解放前我冇呷过苦，解放后就你现在看到的样子。"刘杞荣记得很多国民党团长、旅长、师长什么的，抗战胜利后都建了公馆，试探道："你亡夫是师长，冇建公馆？"贺涵说："建在醴陵县城，建了栋很大的屋，他当时的想法是，退役后回老家住。我女儿和崽都不肯离开长沙。”刘杞荣咽下口菜，又问：“还有呢？”贺涵咯咯一笑：“我的人生轨迹相当简单，冇得么子风浪。”他听毕说：“简单好。”贺涵淡然道：“命吧。我虽然不信命，但也冇得别的解释。”两人说着话，他时不时看她一眼，觉得岁月这把无形的杀猪刀并没弄伤她的脸，因而这张脸还是那么光洁、热情、漂亮。他问：“你睡午觉的吧？”她答：“平常睡，你在咯里我就不睡了。”他说：“我不打搅你午休，你休息。”他这句话一说出口就有点后悔。她也没理由留他，答：“行。”他告辞，感觉自己的人生似乎有了新的拐点，心里就有了劲头。

星期二上午，他带着武术队员训练完，回到教练室，刚喝口茶，忽然听见鞭炮声响个不停。他想，什么事放起鞭炮来了？鞭炮声就在这栋楼前炸。他正愣神，想又不是过年，不是谁死了吧？鞭炮声停歇，说话声和笑声一起传来。张主任领着何司令、政治部肖主任和毛连长出现在他面前。何司令冲上来就握手，还拍打着他的手背。他预感一定拿了名次，就笑。肖主任在何司令身后说：“刘教练，你立大功了。”刘杞荣说：“我立了什么大功？”毛连长站在何司令的另一边，对他敬个军礼：“刘教练好。”何司令让肖主任把锦旗展开，道：“刘教练，你若在部队，我给你记一等功，你在体委，只好变通一下，送面湘绣锦旗给你：‘感谢名师授教有方。’咯八个字是请书法家写好，又请湘绣师傅一针一线绣的。”刘杞荣一看锦旗，马上接过，道：“谢谢，我愧不敢当啊。”何司令大笑：“你够格的，我本来要让人写‘伯乐识英才’，肖主任讲还是‘授教有方’更妥帖。我们太感谢你了。”刘杞荣说：“何司令太客气了，坐坐。呷杯茶。”何司令就在一张椅子上坐下，肖主任、张主任和毛连长也相继坐下。刘杞荣想，今天咯阵势，未必拿了一个冠军？他从柜子里拿出几只洋瓷杯，洋瓷杯上印着“体委”两个红字。毛连长要起身帮忙，他说：“你坐。”他倒些开水进杯子里荡了荡，泼掉水，放了些茶叶进去，给四个人一人泡杯茶。

何司令把洋瓷杯放下，说：“咯次两大军区在广州比武，我们特务连荣获摔跤、拼刺刀两个团体冠军。毛拉连长荣获个人摔跤、散打两项冠军。”刘杞荣看一眼毛连长：“祝贺啊，毛连长。”毛连长满脸荣光：“谢谢刘教练，没有刘教练指导，我拿不到冠军。”刘杞荣说：“是你自己争气。”

“贺龙元帅很高兴，湖南是他的家乡，湖南军区把摔跤、拼刺刀两个团体冠军和个人摔跤、散打两个冠军全拿了，他还有不称心的！”何司令感谢地望着刘杞荣，“贺龙元帅对我讲：‘你行啊。’刘教练，你让我在两大军区首长面前脸上有光呢。”刘杞荣觉得自己这几个月的汗水没有白流，就道：“何司令，是特务连的战士争气，我没出什么力。”何司令指着刘杞荣：“过谦了，你的贡献大咧。”他打量着教练室，教练室里四张桌子拼在一起，还有几把椅子，一个油漆剥落的柜子，墙角放了些器械，便觉得教练室太简陋了，就批评张主任：“老张，像刘教练咯样有本事的人，办公条件要提高些，你可不能怠慢我们的大教练啊。”张主任说：“首长批评得对，我会把首长的指示落实到行动上。”刘杞荣觉得这几句话很暖心，摆手：“咯样挺好的。”几人在教练室说着话、喝着茶。十一点多钟，何司令说他要请刘教练去军区吃个便餐，敬刘教练一杯酒。张主任不同意：“那怎么行？首长，今天就在我们体委食堂吃，我让食堂大师傅加两个菜，我家里有瓶茅台酒。”何司令说：“那也行。”大家向食堂走去，张主任上自己家取来酒，何司令笑呵呵地看着张主任：“你推荐刘教练推荐得好。”

因喝了两杯酒，刘杞荣睡了个踏实的午觉，醒来已是三点半了。他看着天花板，脑海里闪出贺涵的身影，想是不是把两人未走完的路走完？她女儿二十八岁、儿子二十五岁了，都是成年人，他们会反对母亲再婚吗？他起床，刚要出门，却听见敲门声。周正东着一身蓝运动服站在门口，手里拎着包油渍渍的东西。刘杞荣道：“你咯是干么子？”周正东说：“师傅，我刚从沅江回来。”早几天周正东收到弟弟的信，父亲病了，他请假回沅江看父母。刘杞荣问：“你爹妈还好吧？”周正东的眼睛湿了。刘杞荣闪开身，让他进门，他把油渍渍的包裹放到方桌上，回答：“我爹，唉……怎么说呢，在镇上扫街。这是我娘让我带给师傅呷的泗湖山镇食品店生产的月饼。”刘杞荣晓得他爹不可能好，周进元是条龙，泗湖山镇的池子小了，翻不动身，就指出说：“你家那么困难，弟弟妹妹还小，还给我带么子月饼，拿回去。”周正东说：“咯是我娘的意思。娘说师傅让我端了公家的饭碗，娘要我记您一辈子恩呢。”刘杞荣听他说得这么诚恳，就没再坚持，心里有些酸，说：“你爹杀过日本鬼子，脾气傲。不说你爹。上午随何司令来送锦旗的毛连长，这次参加两大军区比武，获得摔跤、散打两项冠军。你要刻苦练。”周正东道：“我一定刻苦练。”刘杞荣说：“民国二十五年，你爹摔跤获过季军，那很难的。我想你爹最大的愿望，就是你能在全国的摔跤比赛中拿个冠军回家。”周正东捏着拳头，目光如他爹当年那般坚定，说了三个字：“我明白。”刘杞荣挥手道：“明白就好。去练吧。”周正东走了。他坐下，望着窗外，想表弟最大的优点是不服输，最大的毛病是狭隘，呷不得亏。又有人敲门，他拉开门，李开明着一身蓝衣服站在门口，手里拿着长长的黑布袋。他笑着问：“什么风把你吹来了？”李开明嘿嘿道：“就是来看看师傅。”

他给李开明泡茶。李开明打量着桌上的月饼。刘杞荣撕开纸包，指着月饼说：“这是我们沅江泗湖山镇做的月饼，尝尝。”李开明“嚯”了声：“师傅什么时候回沅江了？”刘杞荣把一个月饼掰成两块，递一块给李开明：“我哪有时间回沅江，我一个弟子送的。我小时候最爱呷我们泗湖山镇的月饼。”他呷了口，问：“怎么样？”李开明赶紧吃了口：“好呷。咯是我呷过的最好的月饼。”刘杞荣呵呵道：“扯卵谈啰。你中午有呷饭吧？”李开明看一眼他：“是好呷呢。”李开明吃完那半块月饼，刘杞荣问他还吃不吃，李开明说：“不呷了。”刘杞荣拿张草纸给他揩手。李开明揩了揩手，拿起黑布袋道：“师傅，咯把军刀是我当营长时，我的一个连长在第三次长沙会战中缴获的战利品。他堂客病了冇得钱看病，找我借钱，送了咯把刀给我。咯把刀好，削铁如泥。”他把布袋解开，布袋里有一个镶铜扣的楠木刀套，刀柄也是楠木，比中国的刀柄长很多，便于双手紧握。李开明抽出刀，日本军刀的刀身比中国的单刀、戒刀都长，薄一些却锋利一些。“师傅，咯把刀怎么样？”刘杞荣接过刀，用手指轻轻在刀刃上探了下，感觉很锋利，说：“还真是把好刀。”李开明说：“那我送给师傅收藏。”刘杞荣不要，道：“刀是凶器，收在家里危险。”李开明见他说得如此认真，笑问：“哪里危险了？”刘杞荣坦然道：“小孙还小，又不明事，要是他拿着咯把刀在外面玩，无意中伤了人，哪个负得责起？”李开明一听这话，马上道：“你咯一讲，还真是有道理。”刘杞荣提醒说：“我们咯些国民党旧军官，还是夹着尾巴做人好些。少惹事就冇得事。”李开明脸上的肌肉痉挛了下，咧嘴道：“那我带回去。”刘杞荣看着他把军刀收进黑布袋，提拿封口系脏兮兮的带子时，回忆道：“我第一次杀人，就是用日军军刀，一口气杀死三个日本兵。”

三十　七七事变

七七事变后不久，淞沪会战爆发，那段时间刘杞荣随刘百川在杭州国术馆教拳，学员纷纷报名上前线，国术馆一下子空了。刘百川师傅岁数大了，打算回六安老家躲避，对刘杞荣说："徒儿，我活到这个岁数，世道乱了，小国竟敢侵略大国。悲哀啊。"刘杞荣很少听师傅发出这样深的感慨，说："师傅，我身为七尺男儿，国家兴亡，匹夫有责。我从军去。"师傅头脑非常清晰："从军是好事，但你能改变什么呢？蒋委员长手里那么多军队，他都拿日本人毫无办法，你有办法？"刘杞荣感觉自己的热情被师傅浇了瓢冷水。师傅又说："杭州不能待了，回去吧，我也回老家避避。"

刘杞荣心里牵挂柳悦和儿子，只因跟着师傅学刀法就没回家。现在师傅要回六安老家，他打算回长沙看看妻儿，儿子出生后，他还没见一面的。他回到长沙是十二月份，街上很多北方人和江苏人，都是逃难逃到长沙的。柳悦看见他，眼睛都红了，没想到丈夫突然出现在她面前："是你吗杞荣？"刘杞荣答："是我。"柳悦不管不顾地扑到他身上："你还晓得回来呀。"岳父着一身棉长袍走出来，咳了声。他说："爸。"岳父说："悦儿昨天还讲，接到你回来的信都一个月了，还冇看见你回来。"他说："爸，我随师傅去了六安他老家。"柳悦往他身上打一拳："你一出去就是一年多。"他说："我跟师傅学功夫。"柳悦娇嗔道："你眼里只有功夫，家都不要了。"他道："要呢。"儿子醒了，在床上叫嚷。柳悦道：“你崽醒了。”夫妻俩步入房间，刘杞荣瞧着长得既像自己又像柳悦的儿子，抱起儿子道：“乖崽崽，喊爸爸。”儿子还不会叫爸，对他“哦”了声。他满足了，在儿子粉红的小脸蛋上亲了口：“柳悦，好漂亮啊我们的崽。”

十二月的长沙很冷，篱笆门和篱笆墙都结了冰，屋檐上垂下来的冰锥都有尺来长了。堂屋里生了盆炭火，室内就没那么冷。吃过饭，刘杞荣拿着这几天的湖南《大公报》看，当时正值日军进攻南京，在南京制造了惨绝人寰的大屠杀，报纸上每天报道日军在南京灭绝人性的暴行。岳父愤慨道：“小日本太欺负我们中国了。”刘杞荣望一眼岳父：“爸，报上说，小日本的装备和武器都比我们的精良。”岳父深深地叹息一声：“小日本是个岛国，早就觊觎我地大物博的中华了。唉——”刘杞荣的手攥成拳：“日本鬼子屠杀手无寸铁的我中国老百姓，实在太坏了。”岳父道：“小日本认为中国人懦弱、温顺，好欺负。”刘杞荣怒道：“哼，小日本要灭亡中国，冇得那么容易！”柳悦瞅着丈夫：“听周进元讲，你们训练所的学员都从军了。”刘杞荣问：“周进元来过？”柳悦答：“来过，他问你几时回来。”

刘杞荣第二天去周进元家，门上一把锁，他便去了训练所。训练所里住满了人，都是说外地话的男女。他在训练所没遇见一个熟人，就转身朝向公馆走去。向老师不在家，向夫人说：“老向最近很多事，几乎不落屋。”他决定过几天再来，走在街上，见到的都是难民，心就十分凄凉。柳悦买菜回来说：“现在东西都涨价了，一些人想趁机发国难财。”岳父是个思想传统的老派人，鄙夷道：“咯些发国难财的人都会遭报应的。”晚上，孩子睡了，刘杞荣望着柳悦，柳悦也望着他。他说：“想不想我？”“一百个想你。”她有意见道，“你啊，心不在我身上，也冇在你崽身上。”他问：“那我的心在哪个身上？”她嗔道：“在武术上。”他说：“不是，在杭州国术馆教拳时，我每天都想你，只是师傅的刀法精妙，我必须学到手。”柳悦偎到他怀里，撒娇道："你是个好男人。"他亲她一口："你是个好女人。"

过了几天，刘杞荣再次去向老师家，向老师胸脯一挺："你来得正好，我正愁派哪个去第二十一集团军呢。"刘杞荣望着向老师，向老师说："第二十一集团军总司令廖磊来信，想请我带几个人去。"向老师点上烟，吸一口："廖将军和何胡子都是保定军校毕业的，他们都在唐生智的手下干过，我们很早就相识，关系也好得不行。第二十一集团军第七军的一个团长向他汇报，日本兵拼刺刀相当恐怖。那团长说，有个日本兵一口气刺伤、刺死我七个士兵。"刘杞荣有些惊愕。向老师接着道："你准备一下，我写封信，先把你推荐给廖磊将军，第二十一集团军的官兵撤退到安徽六安了。周进元在警察局教警察擒拿格斗，旷楚雄在独立师技术大队教劈刺。你去安徽教第二十一集团军的官兵劈刺吧。"向老师望一眼天空，表情相当严峻："战时一切以国事为重，家事都是小事。"这话从向老师嘴里说出来，加上他那凝重的表情，就特别凸显出分量。

刘杞荣告诉岳父和柳悦："我得走了。"柳悦问："去哪里？"他说："安徽六安。"岳父望着他，他解释："第二十一集团军撤到了六安，廖磊总司令给向老师写信，请向老师去，向老师要我先去教第二十一集团军的官兵劈刺。"岳父明事理，严肃着一张脸说："那你去，你获过第四路军劈刺总冠军，你去教官兵劈刺是件大好事。"刘杞荣说："我去，是尽自己所学。"他望一眼柳悦，脸色分外冷静："向老师讲，小日本都欺负到中国人的头上了，身为中国人都要出力，家事都是小事。"柳悦站在国家安危的立场上道："你去吧。为了军军，你要好好的。"他说："我会很小心的。"

第二十一集团军的总部设在立煌县响山寺。响山寺不大，三十来间禅房，处在岭上，地理位置很重要，好布防。周边村庄驻扎着一个团，保卫着总司令部。廖磊将军自幼习得一身武艺，人勇猛、有智谋，因与湘军将领唐生智、何键是同学，他在湘军待的时间很长，后来转投桂系，成了李宗仁的麾下。廖磊将军兼任安徽省主席，他听军界人说，何键因不听蒋介石调遣，被蒋介石削了兵权。廖磊将军就想起了向恺然，在湘军里干时，他与向恺然要好，觉得向恺然不但书写得好，待人也热诚、厚道，而且干事有头脑。他想既然何键走背了，那他可以把向恺然请来为己所用，就给向恺然写了几封信。其中一封信说，他将任命向恺然为第二十一集团军办公厅少将主任兼安徽省办公厅主任，工作可以自行处理等等。向恺然读信毕，攥着拳头道：“此处不留人，自有留人处。”他正值壮年，不但有满腔热情，还有很多宏愿，就让刘杞荣打前站。刘杞荣赶到六安时，听驻守在六安的军官说，廖磊的总司令部设在立煌县，他又赶到立煌县，打听第二十一集团军总司令部在哪里。一个年轻军官警惕地把手搭到手枪柄上，瞪着他。他把向恺然写给廖磊将军的推荐信递给那军官，那军官看过信后，领他到响山寺，让他在寺院外等候。

廖磊将军行伍多年，其理想是如何把手中的军队打造成能打敢拼的劲旅！日本军队实在太他妈的厉害了，战无不克、攻无不胜的。淞沪会战、忻口会战和南京保卫战都被日军打得呜呼哀哉的！自己的军队不行，那就只有被日军消灭的份儿！他读了向恺然的推荐信，大步走出总司令部，握着刘杞荣的手说：“你是摔跤、散打双项冠军，还是湘军劈刺总冠军，本长官太需要你咯样的人才了。”廖磊将军在湖南干过多年，不但听得懂湖南话，还能说一口地道的湖南话。他打量着刘杞荣，见刘杞荣精神饱满，目光明亮，拉着他的手说：“你来了，本长官马上请你教我军官兵拼刺刀。小日本拼刺刀都他妈的太狠了，肉搏中我军很多士兵都倒在日本兵的刺刀下。淞沪战场上，我军士兵，每支步枪发二十粒子弹，子弹打完了就冲上去肉搏或守在阵地上与日本兵拼刺刀。我的兵……”他想起了战场上的场面，眼睛湿了，抹下泪：“我的很多兵，肚子被日本兵的刺刀挑开，肠子都流了出来。

有的士兵，胸部一个血窟窿，一刺刀捅进去人就完蛋了。”他说到这里，抬头看着天空，天空湿湿的，都是他的眼泪。他当机立断道：“本长官让参谋长通知各军、师、团，命令各军、师、团轮番把排长、连长、营长叫到总部来训练拼刺刀，再把你教的技术带回各营、连、排。本长官要让每个士兵都学会拼刺刀。”刘杞荣一下子觉得自己十分重要了，说：“廖总司令，在下一定尽力！”廖磊将军悲伤着脸说：“日本鬼子十分凶残，本长官要把第二十一集团军的兵训练得比日本兵更凶残！”他望着刘杞荣：“总部有个教导团，本长官任命你为教导团少校教官，在教导团教劈刺，你看如何？”刘杞荣说：“行。在下就是来教官兵劈刺的。”

刘杞荣穿上少校军服，杨参谋把他带到教导团，团参谋长腾出自己的房间。刘杞荣打量着房子，房里摆了张老式的架子床，床上挂着床旧蚊帐。靠窗摆了张桌子和一张椅子，地上一个木桶和一个脸盆。墙上还有一幅画，印刷品，是抗金名将岳飞。他醉心于这幅画，岳飞抗金，现在是抗日。晚上，他坐到桌前，给柳悦写信，说自己安顿好了，勿念。

过了几天，近百名师长、团长、营长、连长和排长等来总部教导团报到。教导团设在立煌县一所小学内，小学外有块坪，军官们就在坪上练劈刺。刘杞荣先讲解劈刺要领，握着步枪示范。刘杞荣教一个动作，众军官就学一个动作。刘杞荣把劈刺简化为八个动作，每教一个动作就让众军官练五十遍，动作不对的，他立即走上去纠正。第二十一集团军是两个军，第七军和第四十八军，有几百名军官，大多是广西人，分批来教导团学习劈刺。广西人个头不高，皮肤黑黑的，但都有尚武精神，尤其是经过淞沪会战，吃了日本兵的亏，亲眼见过日本兵用刺刀捅死过自己的弟兄，心里就装满恐惧和仇恨，更加珍惜拼刺刀的学习机会，白天晚上都练习劈刺动作，好把技术带回去教给士兵。那时的国军，一个乡招的兵会编成一个营，少则编成一个连，所以都是乡里乡亲，有的甚至是堂兄弟或表兄弟，就有兄弟之称。兄弟打起仗来同仇敌忾，一个负了伤，另一个会不要命地营救。来教导团学习的军官，有的还是淞沪会战后，由于前营长或连长阵亡了，在战场上升的。他们都对刘杞荣说："日本鬼子拼刺刀太他娘的凶残了，我军四五个人都不是他们的对手。有的士兵见自己反正活不了了，就扑上去抓着他们的刺刀，或死死地抱住他们的腿不松手，叫道：'弟兄们快捅啊。'"话就这么一句，却让刘杞荣脑海里呈现出无比悲壮、惨烈的景象。他说："那你们应该更凶狠！拼刺刀时眼睛和手脚都要快，唯快才能取胜。"这些军官发疯般地学着劈刺，反复练习，生怕没掌握拼刺刀的诀窍。刘杞荣教得很有耐心，这让廖磊将军十分喜欢。

向老师带着周进元来了，廖磊将军极高兴，握着向恺然的手说："总算把你咯菩萨盼来了。"向老师说："莫讲'盼'字，我向恺然是来投奔你的。"廖磊将军大笑："你可是我写了三封信才请来的，等于三顾茅庐啊。"向老师说："家里有些事，拖了些时日。哦，咯青年名叫周进元，武功非常好，劈刺技术也相当不错。"廖磊将军忙伸手与周进元握着："欢迎你加入我第二十一集团军，为抗战出力。"周进元朗声回答："应该的。"刘杞荣待廖总司令与向老师说话时，走上前拍下周进元的胳膊："你不是在警察局教警察擒拿格斗吗？"周进元说："向老师喊我来的，说你一个人教劈刺不够。"刘杞荣问："旷百万怎么冇来？"周进元说："独立师开赴前线了，旷百万跟着一起开拔了。"

向老师住进了响山寺，周进元和刘杞荣住。两个士兵抬来一张桃木架子床，挂上蚊帐。周进元把床整理好，坐到椅子上，椅子一歪，他一屁股坐到地上，骂道："妈的，一来就给老子一个下马威。"刘杞荣说："这张椅子坏了，还冇来得及修。"周进元拍掉裤子上的灰，问："咯里怎么样？"刘杞荣听表弟一开口就"老子"，想一年不见，表弟变了，说："还好，就是有点潮湿。"周进元见房里十分简陋，椅子断了脚，窗户歪斜着，不悦道："咯还好？"刘杞荣嘿嘿道："莫讲究了，我们又不是来享受的。随遇而安吧你。"周进元说："咯住得！早晓得是咯样子，我还不如不来。老子在长沙过得蛮好的，不晓得向老师把老子喊来做么子。"表弟走出门看了看，脾气还没消："咯地方太出乎老子意料了。"刘杞荣禁不住开句玩笑："想堂客了？"表弟哼一声："堂客有么子好想的？咯里有地方玩没有？"刘杞荣本想说"我们又不是来玩的"，但话到嘴边又咽回去了，说："我天天在教导团教官兵劈刺。哦，对了，我把劈刺简化成实用的八式，便于他们快速掌握。我刺给你看，你提点意见。"床边就斜立着枪，他拿起枪，刺给表弟看。表弟说："我提得出卵意见，蛮好的。"

次日，天刚蒙蒙亮，炊事班的人甚至还没起床，刘杞荣就轻轻拉开门，来到坪上练拳、练刀。表弟起床时，他基本上练完了。表弟说："你起床我醒了。"他问："那你怎么不起床呢？"表弟说："你要我起得来，困了个回笼觉。"官兵们也纷纷起床了，打着水，站或蹲在这里那里洗漱。吃过早餐，众军官提着步枪，来到坪上，等着刘教官教劈刺。刘杞荣把表弟拉到为教众官兵劈刺而用砖土垒砌的台上，介绍表弟："弟兄们，这位是新来的周教官，劈刺技术不在我之下，武功也非常好。"周进元对众军官打个拱手："鄙人周进元，湖南人，与刘教官是同窗。大家只有一个目的，学好劈刺技术，好在战场上拼刺刀时多杀几个日本鬼子。别的就不说了，不耽误大家的时间。"刘杞荣让众军官站好，自己在台上示范劈刺招式，表弟在下面巡查，见动作不对的就走上去纠正。整整一天，在两人教和指导众军官劈刺中结束了。吃过晚饭，夜幕降临了，一颗粉红的月亮挂在树梢上。一些军官在月光下练劈刺，一些军官在房间里打扑克，叫叫嚷嚷的声音从隔壁传来，表弟也去打扑克。刘杞荣却与一个军官下棋。十点多钟，表弟折回房间，刘杞荣问："输了还是赢了？"表弟往床上一倒："花园里（方言：不输不赢）。”两人闲聊了几句，一个黑影在刘杞荣脑海里飘荡，这是他进入梦乡的前兆。

这样的日子过了一段时间，有天下雨，无法进行劈刺训练。表弟打把伞去商店买烟，折回来，看着刘杞荣：“表哥，你注意过那个女机要员吗，就是走路屁股一扭一扭的、着一身中尉军服的妹子？”刘杞荣一看表弟色眯眯的样子，忙说：“总部的女兵都名花有主。”表弟舔一下嘴唇：“那个女中尉真漂亮。”这话都说出口了，可见他内心波涛汹涌的。刘杞荣说：“你晓得她是哪个的人吗？”表弟问：“哪个的？”刘杞荣说：“总部参谋长带着她进进出出，你讲她是哪个的？”表弟望一眼下着淅淅沥沥雨的天空：“表哥，你在咯里咯么久了，搞过女人冇？”刘杞荣看一眼表弟，表弟的眼睛里射出两道光，就冷声道：“冇搞过。”表弟嘻嘻一笑：“表哥，我听杨营长说，县城里有好多妓女，都是从江苏和杭州过来的，个个漂亮。咯年头今天不晓得明天的，你讲是不是？”刘杞荣心里装着柳悦，也就装着忠诚，指出：“妓女患了性病也不讲的，你莫惹上性病什么的。”表弟说：“性病又不死人，可以治。老子想搞女人。下雨，反正不能训练，一起去县城玩不？”这好像是要考验他什么，刘杞荣道：“不去。”

不久，徐州会战拉开序幕，第五战区司令长官李宗仁急调第二十一集团军参战，廖磊将军亲自率军前往，留下教导团三营的官兵。总部和政府的一些重要部门需要军队守护，征粮和征兵及押送军饷的事宜也需要军人完成，所以这个营的官兵暂时归向老师调遣。抗战初期，一切以国家存亡为重，各县纳税、征兵都十分踊跃，不几天各县送来的新兵就有五千多人，大多是农民和年轻市民，也有中学生。教导团把新兵登记造册，编成一个个新兵连，把老兵派进新兵连当排长，带新兵训练。刘杞荣和周进元都是一身戎装，轮番站到台上教新兵劈刺，每个动作的要领和前后关系都不断演示给新兵看。为提高士气，在练拼刺刀时，周进元要求新兵喊出声来，于是操坪上，整日杀声震天，传得很远。这样一批批地训练，一批批地输送到战场上，有的兵输送到战场就再没回来，有的兵成了伤员被汽车运回来养伤，不是手断了就是脚被炮弹炸没了。这让周进元更有理由及时行乐了。有天，周进元一脸紧张："表哥，我可能真像你这张乌鸦嘴说的得了性病。"刘杞荣一怔："怎么呢?"周进元苦着脸说："老子的命根子上长了两个红肉粒子，突然长出来的。"刘杞荣扑哧一笑。周进元火道："你幸灾乐祸啰。"刘杞荣不笑了："我崽幸灾乐祸。咯事拖不得，你快去看医生。"周进元恼自己："老子冇得你有定力，管不住自己的卵!"

第二十一集团军第四十八军固守在炉桥地区阻击日军，第七军协同第三十一军攻击定远的日军，迫使日军第十三师团主力回撤，牵制了部分日军。五月份，徐州会战结束，第二十一集团军与日军形成了隔淮河对峙的局面。教导团的两个营随军开拔时有七百多名官兵，回来只剩了一半。一个营长战死了，一个营长负了伤，两个连长战死了，一个连长负了伤，还战死了三个排长，另外五个排长负了伤。负伤的营长姓李，李副营长说："刘教官，幸亏跟你学了劈刺，日本兵端着三八大盖刺来时，我斜枪一挑，一刺刀捅进了日本鬼子的小腹。他那一枪刺在我左肩上，惊险得很呢。"另一个负伤的排长姓刘，刘排长说："刘教官，我就是用你教的第三式刺死日本鬼子的。那日本鬼子端着枪、龇着牙刺我，我一折身，枪一摆，一刀捅进了他的肚子，一搅一抽，肠子都流出来了。"刘杞荣为他高兴："那你立了功啊。"一个姓黄的副连长说："刘教官，你教的劈刺很管用。子弹打光了，日本鬼子冲上来，端着三八大盖拼刺刀，我用你教的招式接连刺死两个日本兵。"刘杞荣觉得他机灵，称赞："你是好样的。黄副连长，我任命你为副教官，跟着我和周教官教新兵劈刺，把你刺死两个日本鬼子的招式传授给新兵。"黄副连长极为欢喜："是，长官。"

有天，第七军的几名军官来教导团领新兵，其中一个副营长遇见刘杞荣，立即走上前敬礼：“刘教官，真要感谢你，你教的劈刺技术救了我们。”刘杞荣笑，他可不会在出生入死的军官面前自夸，道：“是你们自己救了自己。”那副营长说：“子弹打完了，我们他妈的不能撤，团长有令，人在阵地在，即使战死也不能后退半步。身后就是团部督战队，衣袖上戴着督战队的白袖章，机枪对着我们。日本兵冲上来了，哇哇叫着，端着三八大盖，刺刀明晃晃的。我一旁的一个士兵战死了，我捡起他的步枪大叫：‘弟兄们，与日本鬼子肉搏的时候到了，都给我机灵点，勇敢点。’我们握着枪，等日本兵走近战壕，我们都用你和周教官教的劈刺技术与日本兵拼刺刀。一个日本兵刚跳进战壕，就是那一刹那，老子一刺刀捅进了那日本兵的心脏。”刘杞荣表扬他道：“行啊你。”副营长说：“我还救了我堂弟。我堂弟摔倒了，一个日本兵端着枪正要刺我堂弟，真他妈的说时迟那时快，老子一刺刀捅进了他的腰。”刘杞荣对副营长竖起大拇指：“那你了不起。”副营长骄傲道：“幸亏跟你和周教官学劈刺学得认真才救了自己的命，不然老子就死在阵地上了。日本鬼子也真是蠢，我们是没子弹了才硬着头皮拼刺刀，他们枪里有子弹也不开枪，还他妈的把子弹退出来跟我们硬拼。”刘杞荣十分惊异：“有这事？”“有。而且没一个逃跑的，都被我们捅死了。我们也阵亡和负伤三十多个弟兄。我因为这次坚守阵地有功，从连长升为副营长。我是来接新兵的。”刘杞荣为他快慰道：“好，祝贺你。”副营长挺直腰，对他敬个军礼：“卑职要感谢你。”刘杞荣忙说：“别谢我，你们才是真正的英雄。”

三一　众官兵嘴里说的日本鬼子

刘杞荣第一次遇见众官兵嘴里说的日本鬼子，是大半年后，当时打了四个月的武汉大会战结束了。第二十一集团军的第七军和第四十八军都加入了武汉大会战，中日双方的消耗都很大。第二十一集团军需要休整，与日军隔淮河相望。十一月中旬的一天，廖磊总司令和总部参谋长去第一七一师视察布防，那天第一七一师王师长进四十岁——王师长参加过淞沪会战，就是他向廖磊总司令汇报，一个日本兵一口气刺伤刺死七个国军士兵的那位团长，因战功卓著升了少将师长。廖磊将军虽是总司令却礼贤下士，带着总部参谋长和副官及一个排的卫兵，骑着马，向第一七一师的驻防地奔去。刘杞荣和周进元应王师长之邀，去指导官兵劈刺训练，也就随廖磊将军同行。一行人到了第一七一师的防区，刘杞荣和周进元随师参谋长去检查官兵劈刺，一个营一个营地去指导。傍晚，一颗红日悬在天边，刘杞荣和周进元跨上马，随师参谋长折回师部，只见廖磊总司令和总部参谋长、第七军军长、副军长和军参谋长边谈天说地，边等开席。

师部是个大院子，土坯围墙围着，前后三进，正门、侧门、后门，还有一张门直通后面的伙房。这户人家是这一带的大户，因战事举家去了重庆。前院很大，有树木、亭子、水池和假山，中院也不小，栽着树木，后院比中院大，有几块菜地，栽了些蔬菜，穿过菜地，紧贴院墙有十几间房，住着师部的警卫。一旁几个马厩，养着十几匹马，后门就是供马匹和养马的士兵出入的。王师长深知廖磊总司令爱打麻将，用打麻将缓解压在身上的重担。总部参谋长和军长、副军长也有这个爱好。麻将是象牙制的，小小巧巧，但摸起来手感好。吃过丰盛的晚餐，王师长弱弱地问：“长官，你们打不打麻将？我这里有副象牙麻将。”廖磊本来要走的，一听“象牙麻将”，望一眼他的参谋长和军长、副军长：“你们打不打？”军长说：“长官，要不我们陪您打几圈？”廖磊将军说：“那就打几圈。”

刘杞荣和周进元也跟着留下了，王师长让副官领他俩去他的房间休息。两人随副官步入王师长的卧房，房里有张雕花刻鸟的老式大床，一看就是原房主留下的。还有一张木躺椅，躺椅上铺着厚厚的黑熊皮。副官说：“这是我们师座的卧房，你们就在这里休息，走时我来叫你们。”周进元往床上一躺，一个“人”字摊开，说：“咯样大的床可以睡四个人。”刘杞荣坐到熊皮躺椅上，伸直腿，把一人的疲劳释放到躺椅上，看着墙上挂的日军军刀，对周进元说：“我们趁机睡一下。”思想就缥缥缈缈的，表弟说什么他也没听清，因为睡眠这只温柔的手正牵狗样牵着他朝梦乡走去，他在空旷的梦乡看见柳悦站在篱笆门前，脸上笑出了两个酒靥，突然一声尖锐的枪声划破了宁谧的夜空。

那天的月亮很大，是满月，像只玉盘悬在纯净的天空，基本能看清十步外站着的是什么人。前门敞开着，有两名岗哨。这天因是王师长的生日，师部杀了头猪，其中一名岗哨，晚餐吃肥肉吃多了，油水过重，就拉肚子。若是小便，往前走几步，对着沟壑或树蔸就解决了。拉肚子还是得去茅厕拉。那哨兵刚拉不一会，又要拉了，就扛着枪去了茅厕。哨兵拉完肚子，走出来，月光下，见一个人对着他走来。日本兵冬天里戴的军帽两边各耷拉着一块布，那布是用来保护耳朵不受冻的。拉完肚子的哨兵一眼就认出军帽有问题，再看身形也不像与他一起站岗的哨兵，马上拉响枪栓。那人是日军侦察兵，手上握着锋利的匕首，站岗的哨兵就是被他偷偷摸到身后抹的脖子。日军侦察兵听见国军哨兵拉响枪栓，手中的匕首就飞过去。同一时刻，哨兵扣动枪机，那声尖利的枪声立即打破了那个夜晚的宁静。因为有廖总司令和总部参谋长在此，师部的警卫都不敢懈怠地坐在房里。听见枪声，警卫连长握着枪冲出来问："谁打枪?"他这话刚落音，门外日军的机枪响了，一排子弹打来，连长中弹倒下。师部顿时大乱，廖磊将军镇静道："慌什么？弟兄们，找好掩体射击。王师长，快打电话，命令一团火速增援。"王师长拿起话筒，一拨电话，没有声音，电话线被日军侦察兵剪断了。这时，一颗迫击炮弹落在院子里，轰隆一声巨响，炸死了院子里的几匹马。又一颗迫击炮弹飞来，砸烂了他们打麻将的屋顶，轰隆一声，门都被爆炸的冲击波冲出几米远，翻倒在王师长的身前。王师长脸都吓白了。廖磊将军判断道："看来日本鬼子晓得本人在这里，剪断了电话线。"他拔出手枪道："冲出去。"

刘杞荣和周进元都被枪声和迫击炮声吓呆了。他俩身为国军教官，是第一次面对日本兵，之前凶残的日本侵略军不是在报纸和电台上，就是在官兵们讲述的嘴上，突然就魔鬼般降临到面前，两人都很紧张。表弟更是紧张得腿都软了，挪不动步子："表哥，怎怎么办?"刘杞荣见表弟满脸恐惧，忙取下墙上的日军军刀，抽出时寒光一闪，握着刀柄就朝前走。表弟说："表哥，莫抛下我。我怕。"他答："不会，我先出去看看。"他拉开门，见廖总司令、总部参谋长、军长、副军长和军参谋长、王师长及卫兵们都跨上了战马，一个个慌乱地从侧门往外冲去，忙叫周进元："表弟，我们跟着廖总司令走。我去牵马。"表弟说："等等我，一起去。"然而表弟的腿抖得跟筛糠一样，挪不动。他急道："你还愣么子神？走呀。"室外枪声四起，砰砰叭叭的。他走上去拉表弟，表弟的腿是僵的，被他拉倒了。他说："怎么啦？再不走我们会死在咯里。"表弟害怕地说："表哥，我腿麻木了，动不了。"他的腿也在抖，被表弟的恐惧感染的。他跺了下脚，抖被他跺掉了，说：“来，我背你。”他蹲下，抓着表弟的两只手往肩上一搭，一只手搂着表弟的屁股，一只手握着军刀，朝门外走去。

外面枪炮声很激烈。师部的屋顶上架着两挺机枪，这会儿正以强大的火力掩护廖总司令等人撤离。日军被机枪火力压着，抬不起头来，见有一大群人骑着马狂飙而去，就分出大半兵力追击。屋顶上的两挺机枪形成两道交叉火力，阻挡着日军。日军用迫击炮打，轰隆一声巨响，一颗炮弹落在屋顶上，屋顶垮了，一挺机枪哑了。但还有一挺机枪响着，哒哒哒哒，在后栋的屋顶上，扫射着疯狂的日本兵。守在前门旁的几个卫兵战死了，一队日本兵从前门冲进来，与以门窗为掩体的师部警卫对射。副官正指挥士兵还击冲进院子的日本兵，见刘教官和周教官还在这里，急道：“我正要去叫你们，刘教官、周教官，你们快走。”刘杞荣说：“我们的马被炸死了。”副官大声说：“后院马厩里有几匹马，我们快顶不住了。我带你们去牵马。”这时周进元的腿不麻了，从表哥的背上下来，捡起一个士兵的步枪：“表哥，我们快走。”两人跟着副官快步走进后院，只见六七个日本兵已绕到后院，准备从后面往前打。副官手中的驳壳枪响了，顿时两个日本兵倒在枪下。有个日军少尉举着王八盒子朝副官射击，刘杞荣那一刹那就是一种本能反应，腾身跃起，一刀刺进那日军少尉的咽喉，身体落下时一抽，一转身，军刀一挥，锋利的刀锋砍断了另一个日本兵的脖子。又一个猛刺，刀尖刺进了第三个日本兵的左胸，手腕一搅，抽出刀。周进元一个跨步，迅速刺死了一个正端枪射击刘杞荣的日本兵。刘杞荣大叫道：“好样的。”他一口气杀死了三个日本鬼子，兴奋中包含着疯狂，问表弟：“你还怕吗？”表弟说：“不怕了。”副官牵出三匹马，自己跨上一匹，对他俩说：“快上马。”见他俩都跨上了马，自己带头冲出后门，三匹战马朝前狂奔。

副官的马跑在最前面，刘杞荣骑的马跑在中间，周进元的马殿后。月光很亮，如白银般铺在淮河堤上。三匹战马狂飙了四五里，刘杞荣的一颗怦怦狂跳的心刚刚静下来，忽然一声尖利的枪响划破夜空，副官的马中弹了，朝地上一跪。又一声尖利的枪响，刘杞荣骑的马也倒下了，他摔下马，感觉不妙，就势滚到河堤下。又是一声枪响，周进元的马也栽倒了，周进元也顺势滚到河堤下。事后得知，日军是得到情报，知道有国军大官去了第一七一师，因此做了周密部署，这支人马就是在此收拾残局的。日军相信，慌乱中会有国军长官从此处路过，他们想活捉长官，就对马开枪。假如他们不是这样思考，也许刘杞荣和周进元便于一九三八年十一月中旬的这天晚上葬身在淮河堤上了。皎洁的月光下，日本兵见三个国军军官滚下了马，就有八个日本兵端着枪赶来抓人。副官对刘杞荣和周进元说："你们快跑，我掩护你们。"就趴在地上对日本兵开枪，几声枪响后，两个日本兵倒下了。其他日本兵一齐朝副官开枪。刘杞荣掉下马时紧攥着军刀，滚到堤下，身上戒备的弦绷得紧紧的。很奇怪的是杀戒一开，他反而变得异常冷静、敏锐和果敢了。他瞧见几个日本兵端着三八大盖冲来，立即装死。周进元亦如此，不再恐惧，趴在地上不动，手摁在步枪上。日本兵谨慎地走下河堤，三个日本兵走向刘杞荣，三个日本兵走向周进元。刘杞荣一弓身，手中的军刀即刻扎进一个日本兵的小腹，一拔，一股鲜血溅了他全身。他迅速一跃，军刀刺进另一个日本兵的心脏，抽出来一晃，戳进第三个日本兵的咽喉，一横，抽出来时血又溅他一身。同一时刻，周进元像只老虎样跃起，手中的枪刺进一个日本兵的小腹，一抽又转身刺进另一个日本兵的腰，两个日本兵惨叫着倒下了。月光下，刘杞荣见一个日本兵正举枪刺向表弟，他来不及细想，一刀掷去，刀尖带着一股力道，嗖地戳穿了那日本兵的颈脖，那日本兵倒下了。这一切也就几秒钟。表弟见那日本兵还没死，一刺刀扎进那日本兵的心脏，嘴里道："滚回你的日本老家吧！"下到河堤捉拿他俩的六个日本兵全死在他俩手上了。刘杞荣爬上河堤，一摸副官的鼻孔，已经没有出气了。他说："副官死了。"两人猫着腰继续朝前狂跑。待河堤那边的日本兵感觉情况不妙赶来时，他们已经跑进前面的柳树林，再往前跑几百米就是国军的防区了。表弟喘口气说：“好险啊。”刘杞荣感叹：“表弟，真要感谢武术，要是冇学武术我们反应就冇得那么快，那不跟副官样横尸在咯里了?”表弟说：“确实是武术救了我们。”国军五三五团三营的哨兵拉响枪栓，喝道：“口令。”刘杞荣报了口令。哨兵是两个月前的新兵，在教导团受过训，听出是刘教官的声音，放下了枪。

廖磊将军觉得这事不简单，一定有内鬼。当时第二十一集团军有一支特务营，是执行特殊任务的。廖磊将军对特务营营长说：“给我查，查出来，一律枪毙。”营长把事情的来龙去脉分析几遍，觉得军队内部不会出问题，因为廖总司令这次去第一七一师是临时决定，事先并没做这方面的日程安排。特务营营长便带着人，沿着廖总司令等人的出发地到第一七一师师部寻访线索，结果发现离第一七一师师部五百米远有户人家有问题。这是个大户人家，姓胡，胡家两兄弟都在日本留过学，是日军间谍。哥哥曾在半年前代表日军第十一军企图劝降廖总司令，被廖磊将军下令枪决了。弟弟怀恨在心。那天他瞧见一大群骑马的军人来到第一七一师师部，就断定里面肯定有姓廖的大官，便让家人去与隐藏在集市上的日军间谍联系，把这一情报报告给日军间谍，于是那天晚上日军悄悄偷渡淮河，借着夜色包围第一七一师师部，妄想消灭或捉拿廖总司令等人。廖磊将军听毕，对特务营营长说：“你带人去把姓胡的一家奸细统统抓来，如有反抗，灭他全家。”特务营营长领命而去，遭遇胡家人拼死抵抗，特务营营长毫不手软，用手榴弹炸开门，杀了胡家全家。

向老师来第二十一集团军任办公厅主任不久，便和刘杞荣一起把刘百川师傅接到响山寺，住在寺内朝南的一间房里。刘百川师傅也高兴与军人住在一起，因伤员多，他背着竹篓子，亲自去山上采药材熬制膏药。大别山里什么药材都有。向老师见刘百川经常背着刀，提个篓子上山，就要周进元上午在教导团教新兵劈刺，下午跟着刘百川师傅，毕竟刘百川年近七十了，万一上山采草药时有个闪失，也好照应。周进元很乐意地拿把长木把砍刀，一是打蛇，二是砍崎岖路上的荆棘，以免荆棘挂破刘百川师傅那一身青布长衫。路上他说："师傅，我跟你学治伤。"刘百川师傅笑眯眯地说："你人聪明，学点治伤也好。"周进元说："师傅，从哪里开始学呢？"刘百川师傅说："从辨识草药的用途开始吧。"周进元就跟着刘百川师傅，边学识草药和采摘草药，边给伤员治伤。

这天老天爷不知为什么事掉泪，雨下个不停，刘杞荣就打把伞走来看师傅。周进元正蹲在炉子边跟刘百川师傅学熬制黑膏药。师傅见他来了，拈着白胡子说："听小周说，你前两天一连杀了七个日本鬼子，行啊你。"刘杞荣灰着脸说："师傅，我一口气杀了那么多人，心里堵得慌。"师傅拈拈白胡须，笑着指出："你那不叫杀人，是杀敌。你不杀他，他就杀你。"刘杞荣明白这个道理："我晓得，师傅。"刘百川师傅瞧着爱徒："师傅年轻时，有次在东北走镖，遇到胡子劫镖，三十多个人围着我，我两把刀，一口气杀了十几个。"刘杞荣说："师傅的刀法天下无双。"师傅回忆道："师傅杀了十几个胡匪，剩下的胡匪都跑了。师傅也不是铁打的，看着倒在师傅面前的一具具尸体，心里难受啊。想你们干吗要做劫匪，干吗要劫我刘百川的镖。"周进元眼睛一亮："师傅，教我刀法吧。"刘百川师傅指着刘杞荣："你跟他学吧。"刘杞荣说："师傅，您的刀法，我不敢外传。"师傅平淡道："师傅没那么小气。你传什么人，自己掂量。若是恶人，不可传。"刘杞荣昂起头承诺："弟子记住了。"周进元说："师傅看我不来，不传授我刀法。"刘百川师傅笑笑，走到炉前，低头看一眼锅里的药材，闻了下味道："还用文火熬五分钟就可以了。杞荣，习武之人难免不受伤，你也学点治伤之道吧。"刘杞荣答："我学。"周进元抱怨："师傅偏心呢。”师傅瞥一眼周进元：“师傅偏心你也看出来了？油腔滑调。拿香油来。”表弟进房里拿来香油，师傅教表弟往锅子里倒了些香油，又要表弟用长棍翻搅，不一会油水之气和着药味热腾腾地冒出来，充斥在走廊上。刘杞荣问：“师傅，这要熬多久？”师傅瞟一眼药锅，缓声道：“等热气不往上冒了就可以了。”刘杞荣不懂：“不冒热气就可以了？”“这只是第二步。”师傅说，“要炼成黑膏药还有好几步，下丹，去火毒，加磨细的珍贵药粉，如冰片、麝香等，再加热、搅拌，使药粉熔化在膏药里。弄不好，一锅膏药就废了。学问大着呢。”

刘杞荣和表弟一边跟着师傅学熬制膏药，一边在教导团教官兵劈刺。教导团里有几个军官喜欢武术，一个皮肤黝黑的军官是广西人，姓杨，个头不高，但身手不凡，他是一营营长。第二个是二营李副营长，李副营长中等身材，是个很英俊的壮小伙子，大家都叫他白面书生，皮肤比女人的皮肤还白，为此他很烦躁，天天在太阳下晒却晒不黑。李副营长是芜湖人，劈刺学得好，动作干净利索。他在广东国术馆学过几年拳脚，功夫不在杨营长之下。第三个是黄副教官，合肥人，曾在小戏班子里演过武生，人勤奋好学，劈刺动作规范。刘杞荣不在团里时，就指定黄副教官教新兵劈刺。第四个是湖北荆州人刘排长，他特别痴迷武术，有时间就练拳，他最崇拜的人就是刘教官。刘杞荣训练完新兵，就教他们拳脚功夫。这天中午，黄副教官要跟刘排长摔跤，刘排长不惧道：“谁怕谁。”刘杞荣看着两人摔跤，黄副教官一个背抱把刘排长摔在地上。刘杞荣点拨刘排长道：“他背你时，你要抢先一步，卡住他的右腿，一折身就化解了。”一旁的杨营长往黄副教官面前一站，对黄副教官说：“来，你用刚才这招摔我吧。”黄副教官与杨营长一交手就要背摔杨营长，杨营长按刘教官教的招式化解了。黄副教官说：“再来。”一上手，他用“牵别”一招摔倒了杨营长。杨营长黑脸一昂，一口广西话道：“厉害啊你。”刘杞荣又教杨营长破“牵别”一招。李副营长很积极地拉着刘排长摔，刘排长一上手就把李副营长摔倒了。刘杞荣见刘排长出手狠、准、快，赞道：“你摔跤有天赋。”众军官都拥来，边你拉我摔，我和你摔，边大声问：“刘教官，我应该怎么防他这一招?”

三二　那个星期二的下午

那个星期二的下午，刘杞荣要李开明把日本军刀带回去，送李开明出门，看着李开明上了一辆公交车，对李开明挥挥手，自己上了另一路开往新兴机械厂的公交车。一上车，他心里竟有几分激动。他暗暗奇怪，自己婚都结过两次了，为何还有这种难以平静的心情？为何每次想起她，心跳就加速了？难道是要把那段情缘延续下去？他想着，不觉就到了新兴机械厂子校。学校已放学，还有些小学生在水泥乒乓球台前叫叫嚷嚷地打着乒乓球，另有几个小姑娘在操场上快活地跳着橡皮筋。贺涵看见他，笑道："是你——"这一声"是你"里有意外，也有高兴。他觉得贺涵的眼睛很亮，像两道电光击了他一下，这种感觉让他暗喜！他说："我前段时间在军区训练特务连的官兵摔跤、散打和劈刺。他们比赛回来了，拿了四个冠军。"贺涵欢喜道："太好了。那要庆祝呀，走，下馆子去。"刘杞荣囊中羞涩，眼神就飘忽。贺涵看出来了，一笑："我请客。"他说："那怎么好意思？"贺涵轻拍下他的胳膊："走。我也想下馆子换换口味。"

两人步入厂区外一家饮食店。那时的饮食店跟厂食堂差不多，餐厅对着门设个收款台，墙上挂块黑板，黑板上用白粉笔写着菜名菜价。贺涵走上去看黑板，点了一个辣椒炒肉、一个红萝卜片、一个韭菜炒鸡蛋和一个排骨海带汤。两人选个靠窗的方桌坐下。贺涵看着他笑，他也看着贺涵笑。经历了这么多年的风雨，他感觉贺涵身上仍有大小姐的味道，而这种看得见却摸不着的气质，一度令他深深着迷。贺涵平缓地一笑："很奇怪呢，以前我从不做国术训练所的梦。昨天晚上，我梦见自己在国术训练所学拳。身边有你，还有丹凤眼、常德伢，还有教练。"刘杞荣脑海里出现自己在国术训练所里的模样，说："我刚进训练所学拳时是个乡里伢子。"贺涵道："一开始我们都冇注意你，研习班的旷百万最打眼，人又高大武功又好。"刘杞荣问："你还记得旷百万？"贺涵一笑："记得。"他说："他堂客是杨湘丽，他女儿是武术队的摔跤运动员。""女承父业。她怎么样？""还不错，有悟性。"贺涵夹起一片红萝卜吃下，问："杨湘丽现在搞什么工作？"刘杞荣想了下："我不太清楚，好像在什么单位做行政工作。"这时排骨海带汤端上了桌，两人边吃边说自己的工作和生活。"唉——"她叹口气，"我们咯辈子还有什么搞头？我是只望崽女们好，他们过得好，我心才踏实。"刘杞荣夹块排骨肉咽下："我咯人乐观，遇到不好的事，我的态度是忘记。"贺涵咽下炖烂了的海带："我冇得你心态好。"她说这句话时脸上掠过一抹忧伤。刘杞荣夹了一筷子韭菜炒蛋吃着，想今天不是说正事的日子，万一她拒绝，自己也尴尬，就蔛个话题："你还记得向老师不？"贺涵说："当然记得。""解放战争时，向老师和周进元被陈赓大将的第四兵团俘虏了。向老师的名气在二三十年代很大，陈赓大将爱习武，读过向老师著的《江湖奇侠传》，一看俘虏的国军少将的名单上有向恺然的名字，就召见向恺然，希望向恺然为他所用。向老师讲自己年纪大了，想回湖南安度余生。陈赓大将亲手写张通行证给向老师，说：'凭我写的咯张条子，您在解放区范围内可以畅通无阻。'向老师忙向陈赓提个要求，讲：'我想向你讨个人，他是我学生，叫周进元。他跟随我多年，冇打过仗，是总部军需处中校主任，我的部下。'陈赓听毕，一个电话打到俘虏营，让他们把周进元送来司令部，交给向老师了。"

贺涵昂起脸说："周进元咯名字好熟的。"刘杞荣说："周进元是我表弟，你不记得了?”贺涵想了想，眼睛一亮：“就是后来和你、旷百万一起去南京国术馆学武的那人不?”刘杞荣点头：“就是他。唉，他人背时……前两年他让他崽来找我学功夫，我懂他的意思，把他崽招进了武术队。”“他崽有咯方面的天赋吗?”“若有得我也不会要。”她说：“那你帮了他。”“能帮则尽力帮，帮不了那就没法子。”“你这人心好。”她说，亲昵地瞥他一眼。那一瞬，仿佛浓雾散开，展露了她少女时的倩影。流逝的岁月洗涤了她少女时期娇嫩、光鲜的面容，但眼睛、眉毛、鼻子和嘴唇上还残留着一些倩影，总是在不经意间闪现，让他醉心。他说：“你还是那么好看。”她不满意自己：“老都老了还好看个鬼。”他夹块肉片吃下：“你一点也不老，看上去还不到四十岁呢。”贺涵笑着打了下他的手：“你蛮会哄人的。”她不吃了，喝口水，望着窗外，突然很轻松地哼了句：“十五的月亮升上了天空哟，为什么旁边没有云彩——”刘杞荣发现她的声音好听极了，就听她哼唱，仿佛看见她站在旷野里向他招手，而他正迎面向她奔去。这种幻觉直到她停止哼唱。他说：“你唱得真好听。”她笑：“我是没事时哼几句，并冇认真唱。”“你要是认真唱，那郭兰英都得改行了。”她嗔道：“刘杞荣——”他很高兴：“你哼唱时音律极准。”她笑：“准个鬼。”

两人约好星期天一起去看菊花展览。星期六的下午，办公室的小张告诉他，有个叫张敬远的人打电话到办公室，请他明天中午去市公安局的张敬远家吃饭。他想回绝，可是又没法联系张敬远。第二天，他赶到天心公园，贺涵打扮得十分俏丽，穿一身深灰色衣裤，头顶上扎个白蝴蝶结，头发披在身后。不像个快五十岁的妇人，而像个三十多岁的少妇。他很喜欢，竟冲动地说：“你今天真好看。”贺涵觉得这话很受用，多少年里没有人称赞过她好看了，她略含羞涩道：“老了，不敢像女孩子那样打扮了。”他笑：“你咯样打扮极好。”两人步入公园赏菊。公园里很多人，都是看菊展的。两人随着人流缓步而行，瞧着一盆盆争奇斗艳的菊花。贺涵心情很好，在一钵金黄的很大一朵的菊花前蹲下，用鼻子闻一闻，又在那盆雪白的菊花前蹲下，眯着眼睛嗅一口。刘杞荣边走边笑边看。十一点钟，菊展看完了，两人走出公园，她看着他，想说什么又打住了。他想张敬远第一次请他吃饭，失约还是不好，就对贺涵说了缘由。贺涵响亮地说："那你应该去。少呷点酒。"

张副局长家一屋人。柳真和龙从武已经坐在张家了，他一到，大家都起身相迎。他面对这几个前弟子打个拱手："抱歉，我来晚了，家里事多。"柳真说："师傅，你该找个师娘，要不要我们替你找？刚才我们还在讲这事。"刘杞荣摇手："谢谢，不用。"龙从武坐正道："师傅，我们局有个老处女，是办公室的办事员，人还不错，长得也有几分样子。要不我介绍你们相识？"刘杞荣脑海里闪现了贺涵，他离开时看见贺涵脸上略有些失望，就道："谢谢。我想用不了多久，会请你们呷喜酒的。"柳真关心地睁大眼睛："好事啊，师傅。"张敬远问："么子时候请啊师傅？""时机成熟了，我会通知你们。"他答。柳真笑："师傅，你说得太抽象了，有具体人选吗？"他笑眯眯地答："有呢。"几个人说着话。张副局长亲自下厨，做了三个荤菜，鸡、鸭、鱼，四个素菜，南瓜、丝瓜、苋菜和茄子炒辣椒，摆了一桌。几人围着桌子坐下，端起酒杯碰了下，边吃边天南海北的，多是废话，聊过就忘了。一桌饭吃到两点钟，柳真下午有事，临走时神秘地透露："告诉你们一件事，我提副市长了。下周宣布。"龙从武道："那要请客呀。"柳真答："当然会请客。"大家你一句我一句地祝贺他，他说："是组织上给我加担子，让我多为人民服务。"

又到了周末，刘杞荣看着下午四点钟的太阳想，明天可以与贺涵见面了。办公室的小张叫他："刘教练，电话。"他跑去接电话，柳真请他明天中午去他家聚餐。他很想拒绝，还没开口，柳真在话筒里说："我升了副市长，正好找个理由请大家聚聚。"刘杞荣只好道："行。"第二天他去了柳家，客厅里七八个人，除了龙从武和张敬远，还有三四个陌生面孔，柳真一一介绍，介绍到一个五短身材的四十来岁的男人时，柳真特意强调："师傅，他是慈利人，姓杜，他爸是杜心五的弟子，深得杜心五的真传。"刘杞荣想，自称是杜心五的弟子的人多了去了，杜心五自己认可的弟子可没几人。他一拱手打给小杜："幸会幸会。杜心五先生是咯个！"他竖起大拇指。小杜道："我师爷杜心五的武功是天下最厉害的。"柳真望着他："师傅，你跟杜心五比哪个更厉害？"刘杞荣答："那当然是杜心五厉害。"龙从武问："师傅，你跟杜心五打过冇？"他说："杜心五先生比我大四十多岁，我们冇打过。"

吃饭喝酒时，几人把今天聚餐的主题忘了，说着杜心五、刘百川和孙禄堂这些武功绝顶高手。小杜说他父亲不离杜心五左右，是杜心五最器重的弟子。他说到兴头上，放下酒盅，走到门外，于酒性中把自然门的功夫展示给大家看。柳真大叫一声"好"。张敬远也叫好。龙从武没跟着叫好，问："师傅，您觉得小杜咯拳如何？"刘杞荣不是个曲意逢迎的人，如果龙从武不问，他不会点评，但龙从武问他，他道："对付几个恶徒还可以。"小杜见他表扬得不是地方，就不屑道："柳副市长把你吹到天上去了，你敢跟我过几招吗？"刘杞荣没答。柳真虽然四十五岁了，可习武之人那种爱争高下的脾性并没泯灭，兴奋道："师傅，咯是向您挑战呢。"刘杞荣答："柳副市长，我们是来你家做客的。"柳真立即表态："冇事冇事。常言道以武会友嘛。师傅，露两手噻。"刘杞荣不想让柳真的客人难堪，因为只要一动手总有一个人会丢面子。他看一下自己的脚，找原因说："我穿的是皮鞋，不好比。再讲我咯身衣服是我出客时唯一的一件。改天吧。"小杜以为他胆怯，怕自己，冷声道："你借口蛮多吧。"刘杞荣浅浅一笑："要比也可以，明天一早我在公园打拳，你若真想比就来公园找我。"柳真第一个响应："好，明天一早我一定到公园里看师傅与杜老弟比武。"龙从武也说："我也去。小杜，你可不能失约啊。"小杜对柳真、张敬远和龙从武抱个拳："鄙人一定去。是哪个公园？"刘杞荣说了公园的名字，并说了他在公园的哪处草坪上打拳。大家回到桌前继续喝酒、吃菜、说话。一桌饭吃完，几人相约明天早晨七点钟公园见，散了。

次日一早，刘杞荣第一个来到公园，在自己平常打拳的地方打拳。只是片刻工夫，小杜出现在他面前。刘杞荣说："他们都冇来，你先休息下。"小杜见刘杞荣打的是慢拳，看上去没什么威力，就跃跃欲试道："刘师傅，我们开始吧。"刘杞荣打拳时追求气息调节，不爱说话。小杜袭上来就打。刘杞荣一个推手相迎，小杜被他推出四米远，撞在一棵树上才稳住脚跟，嘴里飙出两个字"咿呀！"刘杞荣继续打拳。天亮了，公园里陆续来了些人。柳真一身蓝中山装，到了，龙从武也骑着单车来了，跟着张敬远也出现在他们面前，因走得急，脸上淌着汗。他一到，目光四处搜寻，问："小杜呢，还冇来？"刘杞荣把自己一掌推出小杜四米远的事告诉了他们："我冇用力，只是防御性地一击，冇想到他人就退到那棵树下了。"柳真瞪大眼睛："那恐怕不会来了，我猜他识趣地开溜了。"龙从武来火道："我早饭都冇呷，以为会有一场好戏看。咯个鬼真害人。"张敬远以公安的思维分析："他那么早跑来，是想先试探下师傅的功夫，结果被师傅一掌就打得冇看见人了。"几人说着话，等到七点多钟，小杜仍没出现，都没时间等，就匆匆走了。

那时候的冬天很冷，十一月份长沙就下雪了，铺天盖地的鹅毛大雪把个城市落得雪白。这天上午，刘杞荣打把伞，于风雪中上了一辆公交车，公交车上冷飕飕的，他心里却热乎乎的，觉得这个世界因有贺涵，凄冷的冬天也变得温暖了。十点钟，他踏着沙沙响的雪花，步入子校，见房门紧闭着，敲了敲。门里传出贺涵的声音："请进。"他推开门，贺涵着一身黑呢子衣，躺在床上看书，见是他，笑道："是你，我还以为是我崽呢。"他收了伞，靠门边放下，又跺跺脚，说："来看看你。"她为他泡茶："下咯么大的雪，你还来？"他答："下雪好啊，我喜欢雪。"她埋怨："上个星期天我以为你会来，买了只老母鸡炖了，结果你冇来。晚上我端到儿子那里吃了。今天不晓得你会来，我冇得一点准备。"他想，她心里有他，就欣慰道："呷无所谓，我不是来呷的，是来找你说说话的。"贺涵眉毛一挑，问："你今天想说么子？"刘杞荣接过茶杯，坐下："最近这段时间坐卧不宁的，常常有一种孤独感。"贺涵深有体会道："我也有同感。"他觉得他俩的心灵感应很合拍。外面有小学生玩雪的叫嚷声传来。她说："听你一讲，我俩都孤独。"他想"我俩"这话道出了她的心迹，他看她一眼，她把目光移开了，她一定把自己和他联系在一起想过。他想，说："你讲了一句我想讲的话。"贺涵又回转脸来，看着他，目光真挚、热切。他也用同样的目光回视她。两人居然同时叹口气："唉——"他一惊，她也一怔，不觉都一笑。笑声很短暂，也不大，一过，室内静得只有彼此的心跳声了。她打破这种静默："你叹么子气？"他说："我叹命运捉弄人。你呢？"她望一眼窗外的漫天大雪："我也差不多是咯意思。"

十一点钟，她开始择菜，他要去洗菜。她说："你洗菜，一旦别的老师看见了就会产生联想。"他说："让人家联想好了，我们横竖要走到一起的。"她望着他，眼睛里有期许，希望他再说一句顺耳的话。他说："哦，对了，我珍藏了一件礼物，很多年了，你哪天去我家我拿给你看。"贺涵问："你何解不带来呢？""礼物太特殊了，我怕弄坏它。""嚯，你还卖关子，咯不像你啊，我好奇心很强，就想看了。"他说："那去我家不？"贺涵说："好啊。"拿起折叠在枕头旁的白围巾系到脖子上，又拿起红毛线帽戴上，问："我咯样子去你家，你孩子不会嫌我吧？”说话声似有些矜持。他答：“你咯么好看，他们会喜欢你呢。”

两人走出厂区，上了公交车，彼此看一眼又把脸扭开，看着白茫茫的大街。贺涵问：“你的崽女都像你吧？”“像他们的娘。”他说。公交车驶到体委旁，两人下车，贺涵竟说：“我好紧张的。”他笑：“他们都还是孩子，冇得什么好紧张的。”小苏在外面玩雪，小英和小芳在家踢鸡毛毽子。两个女儿见父亲带着个女人进来，都不解地望着父亲。刘杞荣让两个女儿叫“贺姨”，两个女儿叫了贺姨。贺涵说：“真乖。贺姨今天来得匆忙，冇带礼物。”她一人给一元钱。那时候一元钱很大，馒头两分钱一个，油条三分钱一根，五分钱可以买一堆白菜。刘杞荣觉得贺涵太大方了，从这个举动看她还是当年花钱如流水的大小姐。小英看父亲一眼，他正要说“不要”，又觉得这话显生疏了就没言语。小英接了钱，小芳伸出的手又缩了回去。贺涵把一元钱塞进小芳的口袋：“拿着买零食呷。”

小英已煮好饭了，灶上摆着洗净的白萝卜和大白菜。刘杞荣取下挂在门上的围兜，贺涵顺手抢过来：“我来做饭。”他说：“你第一次来是客。”“那我们一起做。”贺涵可不想干坐着，两个女孩子时不时偷偷打量她。她得给她们留下一个好印象。她扎起衣袖，切菜。他在一旁看她切菜，她切菜很麻利，他感叹：“环境改变人啊。”她自嘲道：“那是。要是在万恶的旧社会……”她瞟他一眼，没说完。炒菜时，小苏回来了，脸冻得通红，手也冻红了，肚子饿得直嘀咕：“何解还冇得饭呷？”掉头一看，见家里有个陌生女人就噤了声。刘杞荣让小苏叫“贺姨”，小苏叫了。贺涵打量着这个虎头虎脑的男孩：“你崽与你年轻时候有些像。”刘杞荣说：“他像他妈。”贺涵说：“也像你。你那时候差不多也是咯样子。”刘杞荣只记得自己小时候走路要扶椅子，却想不起自己小时候的模样，应声：“是吗？”贺涵掏出一块钱给小苏，小苏不接。她塞到小苏手上：“拿着。”

炒好菜，摆好碗筷，一家人坐下来吃饭时，三个孩子都不适应她的存在，低头吃饭。三双小眼睛只是彼此张望，桌上就只有碗筷声和咀嚼声，空气似乎都凝固了。贺涵可不想被凝固，说：“杞荣，你三个孩子都听话。”他答：“我也有管他们。”她说：“听话的孩子无须管。”吃过饭，贺涵起身捡拾碗筷，刘杞荣说：“你莫管。小英，你洗碗。”贺涵不知刘杞荣在家里定了什么规矩，初次来就打破规矩也不妥。刘杞荣让几个孩子收拾，领着贺涵走进自己的房间，打开箱子，从箱底摸出一个用红绸布裹着的包，放到桌上，走过去关了门，回头说：“咯是我珍藏了二十多年的东西，你打开看看吧。”

贺涵看着这个陈旧的红绸布包，手伸到布包上颤抖了下，缩回道：“我不敢打开。”“你打开。咯东西，你绝对想不到。”贺涵看着这旧布包，想未必咯里面还藏着什么秘密？她问：“是什么东西？”他神秘的样范，答：“你打开就晓得了。”贺涵顿觉神圣地挺直腰杆，小心翼翼地解开用红毛线捆了个十字的活结，打开红绸布包，呈现在她眼里的是一块用旧了的绣着嫦娥奔月的手帕。贺涵有一种似曾相识感。还有一把已经发黄的旧纸扇。她拿起旧纸扇打开，纸扇上写的“但愿人长久，千里共婵娟”，这笔稚嫩的字略有些眼熟。一看落款“贺涵书”，眼里隐约出现自己趴在闺房里书写这行字的情景——那是个月夜，她当时多年轻啊，是个对未来充满憧憬的姑娘。她不禁潸然泪下：“啊，咯你还留着？”“我一直保存着。”又加一句，“我堂客在世时，有次问过我贺涵是谁，我告诉她，贺涵是我在湖南国术训练所时的女同学，当年要不是她爸拼命阻挡，我和她在很多年前就结婚了。”

贺涵本来就喜欢他，生命中他是第一个走进她心扉的男人，只因父亲的阻碍彼此才天各一方。若干年后，他第一次出现在她面前时她就有一种奇妙的预感，预感两人会走到一起。这会儿，让她主动的并非甜言蜜语，而是这块旧了的手帕和这把破烂的纸扇。她感动地投到他怀里，几近少妇般含情脉脉地温柔道：“我们还能生活在一起吗？”

“能。我咯边冇问题，关键是你那边。”贺涵说：“我那边我会解决。”两人说了很多话。他拉开门倒开水时，见儿子和女儿都用怪怪的目光看他，他快乐地发号令：“出去玩吧你们。”贺涵待到吃过晚饭才走，两人踏着冰雪，缓缓走到公交车站。贺涵说：“跟你崽女讲我们的事时，态度要放好点，莫恶他们。我咯两天会跟我崽女讲，咯东西可以讲明一切。”她扬扬手里的红绸布包。

三三　贺涵的儿子和女儿都大了

贺涵的儿子和女儿都大了，知道感情是怎么回事，见到手帕和烂纸扇，都懂，儿子既不反对也不表态支持。女儿似乎更懂上辈人的感情，惊道：“啊呀，妈哎，三十多年了啊，咯事搁在我身上，我早感动得心都融化了。”贺涵听女儿这么说，想女儿懂感情：“妈也有想到。妈谢谢你能理解。”

刘杞荣的儿子和女儿都还小，面对父亲的决定都还没有发言权。贺涵第二次来时给小英买了件红棉袄，给小苏买了件有毛领子的蓝棉袄，给小芳买件黄棉袄。三个孩子不愿意试她买来的新衣服。刘杞荣命令小苏换上新棉袄，看着说：“衣服大小正合适。”小苏道：“我不喜欢。”刘杞荣想发火，贺涵示意他不要凶孩子，说：“那贺姨拿去斢。”刘杞荣不想给贺涵添麻烦：“不斢。”儿子和女儿见父亲黑着脸，都走开了。贺涵说：“不要急躁，慢慢来。”贺涵走后，他对三个孩子宣布：“爸要跟贺姨结婚，一结婚，贺姨就是你们的妈了。”儿子不语，小英也嘟着嘴。他板着脸强调：“我不是要你们同意，我是告诉你们。”

两人都是梅开二度，又都拖儿带女的，就不办仪式，叫上几个朋友来家里吃餐饭就算结婚了。刘杞荣叫了柳真、龙从武和张敬远。他向贺涵介绍：“柳副市长，张副局长。”柳真解下围巾道：“师母好。”一句话说得贺涵脸一红。张敬远也客气地说了声“师母好”，还伸出手与贺涵握了下。龙从武一见贺涵，立即嚷道："贺老师，恭喜恭喜。"贺涵笑："龙局长，早就听杞荣讲起您，不是您，我和他恐怕还走不到一起呢。"龙从武呵呵道："冇想到我成了月下老人，咯杯酒呷得。"柳真和张敬远都笑起来。几个人说话时，贺涵的女儿下厨，扣肉、干豆角蒸腊鱼腊肉和海带炖排骨，贺涵昨晚都做好了，只需要热。她女儿只要煎条鱼、炒两个小菜就可以开席。贺涵穿着红棉袄、白长裤，并没刻意打扮。五十岁的女人，打扮多了反遭人闲话。她没叫同事，只有女儿来了，还是来帮厨。儿子没来。女儿热菜、炒菜，小英端菜、摆碗筷。大家入座，举杯喝酒，小英小苏也端起小酒盅，只有小芳年龄小，没喝酒。贺涵比刘杞荣会喝，一小杯一小杯地啜饮，一连喝了五盅。酒盅虽小，但一盅也有两钱。刘杞荣怕她喝醉："意思意思就行了。"贺涵说："我冇事。"柳真说："师母有酒量。"贺涵忙道："师母不敢当，叫我贺老师吧。我不呷酒的，是陪你们呷。"

龙从武见贺涵杯子里没酒了，起身给杯子添酒。刘杞荣说："倒一点就行了。"贺涵一张脸红灿灿的，说："冇事，多倒一点，呷醉也只咯么大的事。"龙从武就欢天喜地地给贺涵倒满酒。贺涵举起小酒杯，笑看着柳真："柳副市长，我敬你。"一仰脖子，一盅酒尽数倒入嘴中。张敬远夸道："师母好酒量。"酒是长沙酒厂生产的白沙液，五十二度。张敬远端起酒杯说："师母，你们的故事，师傅跟我们讲了，你们咯是续缘，真是应了那句话，有情人终成眷属。我敬你和师傅。"贺涵端起酒盅，又笑盈盈地一饮而尽。几人将掌声赠给贺涵。柳真说："贺老师，呷酒，师傅不如你。"贺涵的女儿笑嘻嘻地举起酒杯："各位领导，你们都是刘叔叔的朋友……"柳真忙纠正："是弟子。"贺涵的女儿说："无论是什么，我敬你们。"她也像其母，一口把杯中物喝了。贺涵见刘杞荣已成红脸关公了，低声说："你少呷点。"柳真手撑着桌子："师傅，从今往后你有人管了。"刘杞荣说："那是。"龙从武说："师傅喝酒不行，看来人无完人。"刘杞荣说："咯个缺点我认。”张敬远大声说：“现在冇关系了，贺老师可以代师傅呷酒，我敬师傅师母白头到老。”这话让刘杞荣喜欢，忙端起酒杯。张敬远看一眼他的酒杯：“师傅，你杯里咯一点点酒，谁跟你呷？”贺涵拿起酒瓶，往他杯里添些酒。刘杞荣说：“可以了。”张敬远说：“要满上。”贺涵犹疑了下：“那我帮他呷。”张敬远道：“你们俩都要呷。”刘杞荣端起小酒杯，一仰脖子，把酒全倒进嘴里了。

毕竟都是五十岁的人了，又各自都有儿女，婚后的生活就平静。他一早去武术队指导队员训练，自己也练练跳绳和踢踢毽了。中午回家弄饭给孩子们吃，下午照样去武术队看队员训练，教摔跤队员摔跤，自己也跟男队员摔跤。贺涵一早去厂子校，傍晚回来，手里总要拎些菜。新兴机械厂地处城郊，就有些胆子大的农民，将自家种的蔬菜挑进厂区，随便卖几个钱了事。有时候，农民还把自家养的鸡或鸡蛋拿到厂区卖给工人或干部。贺涵回家，隔三岔五总有惊喜给刘杞荣：“你看，一只老母鸡。”刘杞荣说：“太好了。我去杀鸡。”他杀鸡，拔鸡毛，把鸡肉剁成一块块的。八点多钟全家人才吃饭，但都吃得香。这样生活了几个月，小英、小苏和小芳自然喜欢起继母来了。贺涵见刘杞荣身上没几件像样的衣服，小英、小苏和小芳穿的衣服也旧了，就买来一匹匹不同颜色的布料，请裁缝给全家人做衣服。裁缝是个年轻女人，手艺不错，给小英、小苏和小芳每人做一身春秋衫，给刘杞荣做了两套中山装，一套灰色，一套蓝色。贺涵让裁缝做了件浅绿色绸布上印着竹叶的旗袍。贺涵把旗袍穿在身上，给他看，他说：“真好看。”一旁的小英说：“妈妈真漂亮。”贺涵说：“小英，你叫我什么？”小英红着脸：“妈妈。”贺涵笑得很开心：“那妈妈穿着旗袍去街上仰一圈。”她不管旗袍上的线头都没剪掉，拿起钱包，把脚塞进皮鞋，走了出来。刘杞荣走到门口问：“你去哪里？”她回头一笑：“去仰一下。”不一会儿，她拎着一斤饼干和一斤小花片回来，放到桌上，对小英、小苏和小芳说：“都过来，妈妈请你们呷零食。”如果是亲妈就不会说“请”字，她是继母，自然有讨三个孩子喜欢的意味。三个孩子扑到桌前，毫不掩饰地吃起来。贺涵看着三个孩子笑。那年月，吃零食是件奢侈的事。刘杞荣觉得贺涵对他的孩子好，说：“你真好。”贺涵懂这话：“我是他们的妈呀。”

五月份，贺涵忙碌起来，她当娭毑了，儿媳妇生了个小子，五斤三两，体弱，亲家母瘫在床上，帮不了忙。她又要上班，又要照顾儿媳妇，还要给孙子换尿布、洗尿布。晚上七八点钟才回家，一早爬起床又忙着去上班，人就累，红灿灿的脸蛋变憔悴了。贺涵是那种女人，再累也说自己不累。刘杞荣觉得大小姐出身的她好强，却心疼她：“你莫天天跑，太辛苦了。”“我有事。”“特殊时候，我建议你住在厂里，便于照顾你崽媳妇和孙子。”她说：“那你呢？没人管你呀。”他觉得有趣：“你还担心我干么子？真是的——”她踌躇了下：“那好吧，等我儿媳妇坐完月子，我再住回来。”

两口子虽生活在一个城市，却是星期一到星期六各忙各的，周末一家人才在一起有说有笑地打牙祭。他也忙，将带队去北京参加全国摔跤比赛。一早起床，他带领队员在运动场上跑圈练耐力，不跑五千米不收场。跑毕，吃过早饭就是练摔跤。他以身作则，每天要跟队员摔几十跤，队员们一个个练得精疲力竭了，他仍叫他们继续练：“起来，都继续练。”周正东说：“师傅，我冇得一点劲了。”刘杞荣瞪一眼他：“你以为你很能摔是吧？起来跟我摔，赢了我你想干么子我都不管。”没一个队员能摔赢他，尽管队员们都年轻、健壮。他不但手把手地跟队员们实摔，还把自己摔倒他们的每一招教给他们。

某个星期六下午五点多钟，贺涵着那身浅绿色竹叶图案的旗袍，左手拎着个黑皮袋，右手拎着个装着蔬菜的网袋，头发梳得一丝不乱地出现在体委门口。那身旗袍是量体缝制的，非常适合她苗条的身段，就有几分年轻妹子的妖娆。一些人望着她，十分惊讶，因为她的衣着与那个年代提倡的生活简朴有些相悖。刘杞荣是站在树下等她，看见她如此妖娆，心里既喜悦又有些担心别人说她“资产阶级思想严重”。他看见政治处王副处长狼一样盯着她，仿佛要把她吃了似的，心里就乐开了花，迎上去说：“你回来了。”王副处长的爱人又矮又丑，像只粉冬瓜。王副处长做梦都没想到这个漂亮女人竟是前国军教官刘杞荣的妻子，眼睛瞪得大大的。在王副处长眼里，他一个国民党少校，不过就是会一点武术，凭什么娶这样漂亮的女人为妻？刘杞荣虽然脑后没长眼睛，但他晓得王副处长平生最大的毛病，就是嫉妒那些妻子长得漂亮的男人。因此，他殷勤地接过网袋说：“我们走。”两人笑着一起进了屋。小英、小苏和小芳看的看书、做的做作业，见继母来了，都昂起脸叫声“妈”。贺涵甜蜜地应了声，从网袋里拿出猪肠——那时候猪肉要凭票买，每人每月半斤，但猪下水无须凭票，说：“妈买了猪肠，炒一个酱辣椒猪肠给你们呷。”她脱下旗袍，换上一件做饭时穿的秋衫，走进厨房淘米煮饭。刘杞荣把猪肠拿到水池内清洗，说：“酱辣椒炒猪肠，我最喜欢呷。”

一家人吃过晚饭，三个孩子把碗筷捡到厨房里，小英洗了碗。贺涵打开袋子，掏出一包熟花生，分成三大堆两小堆，三大堆是给三个孩子的，两小堆是她和杞荣的。她招手：“都过来呷花生。”一家人重新坐到桌前，欢喜地吃着花生。上个星期六，她带回来的是小花片，再上个星期六她带回来的是香喷喷的麻花。她问他们：“花生香不？”小苏说：“香。”小英也说：“香。”贺涵说：“小苏，花生壳丢在桌上，莫丢得到处都是。”小苏就把掉到地上的花生壳捡起来，放到桌上。小芳说：“妈，你买的花生真好呷。”贺涵看着九岁的小芳：“小芳真乖。”说着，她把自己这堆花生匀一些给小芳：“小芳，你年纪最小，多呷点。”小芳笑：“谢谢妈。”刘杞荣剥着花生吃，满嘴流香，享受着周末晚上的剩余时光。贺涵不觉唱起了苏联歌曲《山楂树》：“歌声轻轻荡漾在黄昏水面上，暮色中的工厂在远处闪着光，列车飞快地奔驰，车窗的灯火辉煌……”歌声轻柔、抒情。刘杞荣走到古琴前坐下，给她伴奏。她又从头到尾唱了遍。她唱完，三个孩子都望着她笑。小英说："妈，你唱得真好听。"贺涵一张嘴，唱起《我的祖国》："一条大河波浪宽，风吹稻花香两岸。我家就在岸上住，听惯了艄公的号子，看惯了船上的白帆。……"唱到这里，她把手搭到小英的肩上，眼睛对着小英的眼睛，含笑唱："姑娘好像花儿一样，小伙儿心胸多宽广，为了开辟新天地，唤醒了沉睡的高山，让那河流改变了模样……"她坐到小苏身边，手搭到小苏的肩上，脸对着小苏的脸唱："这是英雄的祖国，是我生长的地方，在这片古老的土地上，到处都有青春的力量……"小苏听到这里，红着脸笑开了。刘杞荣抚古琴伴奏，贺涵唱得极投入，坐到小芳身边，手箍着小芳瘦削的肩膀："好山好水好地方，条条大路都宽敞。朋友来了有好酒……"三个孩子都竖起耳朵听，都望着她笑。贺涵唱完这支歌，小芳说："妈，真好听。"贺涵的歌是真唱得好，天生一副清亮的民歌嗓音，一下子就将听众带进了美好的境地。她说："不唱了，下次唱给你们听。睡觉。"

刘杞荣洗完澡，关了卧室门，贺涵躺在床上了。天热起来了，贺涵只穿件藕白色无袖衫，光洁的胳膊搭在枕头上，脸上挂着笑，笑得多情、柔媚。刘杞荣躺到她一旁："我发现你放开嗓音唱更好听。"贺涵说："我们子校有个女音乐老师，手风琴拉得好，我常到她那里唱歌。她教我如何发声，声音放在什么位置才有共鸣。"刘杞荣说："难怪你唱得好，原来跟音乐老师学过。"贺涵笑："我一直就喜好唱歌。"他在她白皙的脸上亲了口。她把手搭到他脸上，他抓着她的手亲了下："我带队去北京的那个星期，你多回来下，帮我管下孩子。"她说："放心。我天天回来。"他觉得她真体贴，对他的孩子又关照又大方："你身上有好多优点。"她抱住他，交心道："我住在厂里，晚上睡觉时就想你。"他答："我也是。"

三四　带着摔跤队去了北京

刘杞荣带着摔跤队去了北京，参加各项级别的摔跤比赛。女子七十五公斤级的，旷红梅获了季军。男子八十五公斤级的，周正东只得了第六名。刘杞荣觉得以周正东平常的水平，拿个亚军应该是可以的，但比赛发挥失常，教给他的动作没用出来。他对满脸沮丧的周正东说：“不要泄气，还有机会。”周正东说：“师傅，我输得有些莫名其妙的。”他指出：“你才练几年？人家练了十几年。一句话，多练。”

比赛结束，组委会的领导要求各省教练和队员进行经验交流。领导五十多岁，国家体委的一个司长，姓王，湖北洪湖人，是贺龙元帅的部下，参加过长征，少将军衔。王司长见大家围成一圈坐下了，清清嗓门道：“同志们，今天是经验交流，大家不必拘礼，有什么说什么，把自己的经验拿出来，供大家学习学习。”经验是多年里积累的制胜法宝，就没人愿意拿出来交流。王司长用半开玩笑的语气说：“怎么都舍不得交流啊？”众人笑，却没人说话。王司长望一眼众人：“都藏着掖着可不好。”他把目光投到刘杞荣脸上：“老刘同志，你带个头？”刘杞荣与王司长有过几面之缘，前天王司长特意来湖南队咨询这征求那，与他说了很多话。刘杞荣见王司长点他的名，起身道：“好。我来献丑。”王司长高兴道：“好啊，老刘同志不保守。”刘杞荣换上跤衣，走到场地中央，搓下手，谦和地笑笑：“谁来与我交流？”没人响应。王司长左右望望：“怎么没人动呢？”各省的教练和队员都在小声议论，却没一个出场。刘杞荣想自己既然上来了，不摔跤又下去那不难堪？他就说："我先从我们湖南队开始吧。小胡，你来。"小胡是七十公斤级的队员，长沙市人，中等个子。小胡换上跤衣，走到场馆中央。一上手，刘杞荣就把小胡摔倒了。又一上手，又把小胡摔倒在身前，好玩样的。各省的教练和队员都笑，脸上不是欣赏而是不屑。刘杞荣见还是没人应战，又指着周正东："周正东，你来。"周正东穿上跤衣，步入场中。周正东身体壮硕，八十五公斤级他摔了第六名。周正东是他手把手教的，一上手他就晓得周正东会用哪一招，就势把周正东撂倒了。他扯起周正东。第二跤，周正东折身摔他时，他不等周正东发力又把周正东绊倒在地。

一旁的湖北队员觉得湖南队的这师徒俩是做戏，叫道："我来。"声音十分洪亮。他与周正东是同一体重级别的，这次比赛，他获了季军。刘杞荣看着这个二十几岁的年轻人，见他胳膊和腿上的肌肉都有分量，就用普通话说："年轻人，我这把老骨头，你摔倒我时拉一把，莫让老同志散了骨架。"湖北队员不客气道："行。"湖北队员一出手，他一个"手别"动作便把湖北队员绊倒了。湖北队员十分惊疑地看着他，自己可不是什么人能随便弄倒的："再来。"他猛冲上来，刘杞荣一招"贴身靠"，快得湖北队员都没反应过来就倒地了。王司长见刘杞荣这么大年纪还能摔翻实力强大的年轻队员，开始还担心着呢，立即叫道："好。"湖北队员输了两跤，一个拱手打给他，退下了。另一个湖北队员不相信刘杞荣有这么厉害，大声道："我来。"这名湖北队员是七十五公斤级的，长一双虎吊眼。刘杞荣待他一出手，一拉一个冲踢把他扳倒了。湖北队员诧异道："咿呀，老同志有两下子啊。"人就谨慎了，拢上去时想用一个捅踹把老同志弄倒，不料被老同志一个敏捷的搀摔撂翻在地。他惭愧地退回了湖北队。场内一时鸦雀无声，静得能听见各自的心跳声。刘杞荣也没打算再摔，抱拳说："大家见笑了。"正打算离开，河南队的一个壮汉说："俺来。"河南壮汉搓着手道：“俺向老同志学习。”壮汉身高一米八几，应该是九十公斤以上的重量级。壮汉喝道：“老同志，得罪了。”说着，他抓住刘杞荣的手就拉。刘杞荣借着壮汉本身的力一个错腿摔，嘭的一声，壮汉仰倒在地。壮汉没想到自己会栽在老同志手上，既羞愧又恼恨地爬起，又像头雄狮冲上来。刘杞荣又借雄狮的力一拉，一个倒拱摔把雄狮抹翻在地。壮汉蔫了，低着头、红着面孔回到了原位。河南队另一个摔跤队员豹子样跃起：“俺来试试。”这小伙是个精干人，一头浓密的乌发。小伙子走上来，盯着刘杞荣。刘杞荣待他一出手，就把他掼了个四脚朝天。小伙子爬起，冲上来抱他的腿。刘杞荣一折身，借他这股猛劲一带一推，动作快得让人看不明白。小伙子蹿出三米远，倒在王司长的身前。

刘杞荣想，自己可以退场了，笑笑说：“老夫献完丑了。”说完转身，解跤衣。浙江队的一队员喝道：“我来向老同志学习。”刘杞荣听毕，边系跤衣带边打量浙江队员，此人二十出头，身高一米七五的样子，一张黝黑的马脸。马脸对所有的人打个拱手，这才面朝刘杞荣说：“老同志请。”刘杞荣笑了下。马脸张开双臂拥上来，刘杞荣待他一出手，摔了他一个四仰八叉。马脸没想到自己会跌倒得如此狼狈，给自己打气地吼了声，人却没那么胆壮了，思量着怎么弄倒老同志。刘杞荣朝前跨一步，马脸冲上来抢把，他一招“牵别”，马脸甚至都没反应过来就栽倒了。他拉起满脸通红的马脸，听见一个浑厚的声音道：“杞荣兄宝刀未老啊。”一抬头，见是赵刚，赶紧给了赵刚一个抱拳。赵刚褒奖他：“你出手还是那么快。”他还没答话，另一名浙江队员一副打抱不平的模样起身道：“老同志，我来领教。”只见他大步噔噔地走到场地中央，铁塔一般。他一脸不占便宜地说：“老同志，您接连摔了十几跤，要不要休息一下？”刘杞荣没用力，都是借对手的力搞倒对手的，说：“不用，老夫还有点余力。”铁塔虎着脸，围着他转了两圈，突然出手摔他。刘杞荣比铁塔抢把快，一个倒掰动作将铁塔撂翻在地。铁塔霍地跃起，围着他转。当铁塔从背后猛地搂住他，企图搂起他朝地上猛摔时，他迅敏地一弯腰，双手一拍，臀部用力一跷，铁塔从他头顶翻过去，摔在他身前。他刚才略提铁塔的衣领，不然铁塔会跌得很惨。铁塔领情，羞愧道："老同志果然厉害。"

一时没有人上场了，王司长对刘杞荣说："老刘同志神勇啊。"刘杞荣道："哪里哪里。"王司长望一眼围成一圈的教练和运动员："如果没有人再摔，今天的经验交流就结束吧。"王司长的话音刚落，江苏队一个获了七十五公斤级摔跤季军的年轻人胆气十足地说："我来向老同志学习。"刘杞荣回头，见赵刚正低声跟那队员交代什么。那队员长得相当英俊，脸色十二分严峻。王司长关切道："老刘同志，你是不是休息一下？"刘杞荣笑答："没关系，我没用力气。"江苏队员走到场地中，摇了摇头，又掰几下指骨，安静的场地立即迸出骨节的咔嚓声。刘杞荣说："真年轻呀小同志。"季军瞪着他："您老同志经验丰富，我向您学习。"话说得很客气，目光却好胜，因而有些凶，使他那张英俊的脸也变恶了。刘杞荣盯着季军，季军绕着他移步，偏着头，当季军伸出手抓他的胳膊时，他一个"肘撵"动作把季军撂倒了。季军缓慢地爬起身，不敢相信老同志出手这么迅敏，仿佛神助一般。刘杞荣笑了笑。季军晃晃脑袋，蓦地抓住他的手快速摔他。刘杞荣比季军更快，一个"耙拿"动作将季军弄倒了。这时江苏队的另一名队员道："我向老同志学习。"他是个一米七七的年轻小伙子，长一双水汪汪的眼睛，有点像姑娘。小伙子一上来，刘杞荣随便一个动作就把他掼倒了。小伙子一惊，叫了声"咿呀"。第二跤，小伙子的手一搭上来，刘杞荣待他一发力，一个"牵别"动作又把小伙子撂倒在地。刘杞荣正想退场，河北队的年轻教练说："老同志，请赐教。"他三十多岁，身材高大，着一身蓝运动衫。他脱下运动衫，换了跤衣。王司长愉快道："好。总算有教练出场交流了。"河北队的一个运动员，荣获七十五公斤级的摔跤冠军，就是这个教练的弟子。河北教练对刘杞荣礼貌道：“刘老师，您认识吴保禅老师吗？”刘杞荣答：“认识。他来了吗？”河北教练说：“吴老师身体有恙，没来。我是吴老师的弟子。”刘杞荣站好：“你出手吧。”河北教练答声：“得罪了。”刘杞荣与他纠缠了几下，在河北教练发力时他将河北教练的臂拿住，右腿同时跨前入其裆，另只手抱其脖颈往下转，双手合力将河北教练绊倒了。这一切完成得如此迅速，使河北教练有些蒙。刘杞荣这才有时间打量河北教练，感觉河北教练像头壮硕的袋鼠。刘杞荣拉起袋鼠。两人再次交手，袋鼠突然发力时，他左手一拉，同时右膝一顶，右手一拧，袋鼠再次翻倒在地。袋鼠连输两跤，红着脸退下了。河北一名很壮实的运动员见自己的教练输了，想给河北队夺回面子，道：“我来向老同志请教。”刘杞荣让他倒得很难看，他不服气地蹦起，再摔。刘杞荣一个弹拧招式，把河北队员重重地掼在地上。他并没松手，就势扯起河北队员。河北队员红着脸退回到座位上，要七十五公斤级的冠军队友出场。那冠军怕输，死活不依。

刘杞荣想，自己一下子得罪了这么多人，该收场了，说：“老夫罪过，实在不好意思。”正准备回湖南队，刚走几步，辽宁队一个大汉说：“老同志留步。”就见辽宁大汉向场地中央走来。他身着跤衣，两条浓眉在脸上格外醒目，一双眼睛也炯炯有神。王司长心里默算了下，刘杞荣已摔了二十几跤，就担心他体力不支，说：“老刘同志，不要勉强自己。”辽宁队员信心满满地说：“您还能摔吗？”声音十分洪亮，还含有几分轻蔑。刘杞荣本来打算退让的，被这声轻蔑的问候留住了，呵呵道：“能吧，要摔才晓得。”辽宁队员像狼一样龇下牙，手试探地搭到刘杞荣的手臂上，想抓住刘杞荣的双臂摔。刘杞荣哪里会给他下手的机会？他一个贴身靠摔，嘭的一声，辽宁队员倒在木板地上。辽宁队员输得十分懊恼，道：“学习了。”他盯着刘杞荣，想用什么办法摔，因想不出狠招，就想以静制动：“你出手吧，老同志。”刘杞荣说：“我向来是后发制人。”辽宁队员也说：“我也是后发制人。”刘杞荣说：“那我出手了。”话音未落，手先到了，同时一个绊腿，一拉，把辽宁队员扳倒了。辽宁队员道：“领教了。”一个山东队员声若洪钟道：“我向老同志学习。”这个山东队员想这位老同志摔了这么多跤，体力应该透支了。他一米八的个头，圆脸盘，大嘴，人很灵活。刘杞荣卖个破绽给他，他如获至宝，刘杞荣却一个踢腿摔把他摔倒在身前。第二跤，圆脸盘想用“里刀勾”摔他，却被他弄倒了。圆脸盘说：“您真了不起。”刘杞荣笑笑，对大家抱拳示意自己该退场了，却见一名北京队员大声道：“老同志，您愿意与我摔两跤吗？”

北京队员是九十公斤以上的重量级亚军，是个二十七八岁的青年，身高一米八六，十分壮实，像头棕熊。大家都晓得棕熊的跤摔得好，在摔跤场上少有对手。比赛时，刘杞荣看过他摔跤，他把同重量级的对手抛到身后一点也不费力气。刘杞荣摔跤时，他一直观察和分析刘杞荣摔跤的路数，对方北鑫教练说：“方教练，这个老同志应变能力相当强。”方北鑫激励他：“你不想跟他切磋吗？”棕熊说：“想，但我没有胜他的把握。”方北鑫说：“他毕竟老了。”就是这句话激起了棕熊的斗志！刘杞荣当然不会退却，说：“那我们交流一下。”棕熊出场，一张熊脸，剪了个板寸头。他全身上下都是肌肉，胸肌厚实得让刘杞荣想起河北跤王常东升教练。场内的气氛一下子活跃了，同时也紧张了。王司长担心老刘同志会被棕熊摔得看不见人，说：“老刘同志，他是重量级亚军，在北京有‘跤王’之称，还是算了吧？”刘杞荣晓得王司长是关心他，在场的教练和运动员都看着他，这个时候自己若退场，岂不是示弱？他客气地回答王司长：“交流一下没问题。”他看见江苏队的教练赵刚走到方北鑫身旁，两人边嘀咕着什么，边冲他笑。他回个笑给他俩。棕熊活动着筋骨。场内的气氛酽得像糨糊样流不动，仿佛是临战前的片刻，毕竟上场的是这次摔跤比赛中只输给了冠军的厉害角色，而他在众人眼里是个年过半百的老教练，而且接连摔倒了八个省不同级别的运动员和一个年轻教练。棕熊礼貌地打个拱手："老同志，请。"刘杞荣道："请。"两人都戒备地各退开一步，警觉地移着步子。刘杞荣摔大个子对手摔得多，不说远了，毛拉连长就是大个子。摔这种一身牛力气的人，只能借力打力。棕熊比他更紧张，万一输给这个半老头，自己岂不丢脸？可开弓没有回头箭，不比都不行了。两人相视十几秒钟，棕熊丢个破绽引诱刘杞荣上钩。刘杞荣跟纪寿卿学摔跤时，清廷武士纪寿卿曾用这一招骗摔过无数人，其中还摔倒过俄国大力士。刘杞荣就借着棕熊卖的破绽，在棕熊以为他上当了而发力摔他时，他右脚顶住棕熊的大腿，如同千斤顶样一动不动，右手往下一拉，左手同时一推，棕熊失去重心，绊倒在地。棕熊用这一招骗摔过无数人，没想自己竟会栽在这一招上，跃起道："受教了。"刘杞荣想，你想用这招骗摔我，还欠点火候，问："还摔吗？"棕熊粗声答："摔。"两人又面对面地移着步。刘杞荣看棕熊的眼睛，棕熊的目光极其好胜。棕熊突然出手，刘杞荣抢把更快，左手抓住棕熊的手腕，右手搀抱住棕熊的右大臂，上步用右腿卡住棕熊的右腿外侧，右手向侧下方按送，左手同时向前捅。棕熊失去重心，那近两百斤的身体，顿时横倒在他身下。刘杞荣在棕熊的身体着地时，拉了一把，棕熊懂，感激道："谢谢。"

没人再上场与刘杞荣摔了，九十公斤级的亚军都被他摔倒，谁还敢不自量力？各省的摔跤教练和队员都用钦佩的目光对他行注目礼。王司长觉得很过瘾，用热情和赞赏的目光看着他，待他换完衣服，这才发话："同志们，这次经验交流，我看很成功。这样的活动少了，应该多开展。贺龙元帅说：'练武之人，要多多交流。'"他说了很多话，说完还特意走到刘杞荣身边，握着刘杞荣的手："老刘同志，你今天让我大开眼界。"他望一眼湖南队员："同志们，你们有这么好的教练，更要好好练，下次比赛你们争取出好成绩。"说完，转身与别队的教练握手告别。刘杞荣对自己的队员说："走吧。"旷红梅满脸的崇拜："师傅，您今天真出彩。"周正东钦佩道："师傅，北京队员那么厉害，您是怎么摔倒他的？”刘杞荣说：“动作要快，快得他想发力也发不出来，你才能赢。我从十六岁练拳击起，每天跳绳跳一千下、踢毽子踢一千下，你以为那是好玩？就是练身体的协调性和平衡、应变能力。”

他带着湖南队员走出场馆，赵刚叫住他：“杞荣兄，你今天可给我们这些老家伙长脸了。”刘杞荣想，自己一大把年纪了还是没遇到对手，足见这些年坚持下来是多么重要，今天不就用上了？他晓得自大会遭人忌恨：“哪里啊，是出丑呢。”赵刚羡慕道：“关云长过五关斩六将，你是破九省市败十五个对手，而且游刃有余，比关云长都厉害。”刘杞荣一愣：“破九省市？”赵刚说：“我数了的。先是湖南、湖北和河南省的各两名队员，接着是浙江和江苏省的四个队员，又跟河北省的教练和一个队员摔，再跟辽宁和山东省的队员摔，最后北京队那个九十公斤以上级的摔跤亚军也输给你两跤。八个省加北京队的队员都被你灭了，不是破九省市吗？”刘杞荣哈哈一笑：“赵兄过奖了。咯是经验交流，他们让着我这老家伙。”赵刚说：“我没看出他们让你。”方北鑫笑眯眯地走拢来，亲热地在他肩上摁了下：“你与九十公斤以上级的亚军摔时，我替你捏把汗。还好，倒的是他。姜还是老的辣。”刘杞荣摆手：“多一点经验而已。”方北鑫又拍下他的肩：“我告诉你，九十公斤以上级的摔跤冠军，天津队的小王，不敢跟你摔，怕输给你。”刘杞荣呵呵两声。方北鑫说：“我是退步了，摔不动了。你还保持了在洛阳比武时的神勇劲头。”刘杞荣说：“老了老了。”方北鑫邀请道：“晚上一聚，方某做东。”刘杞荣说：“谢谢方兄，我们已买好火车票，下午六点的火车。”

三五　饭菜都摆在桌上了

刘杞荣回到家时是傍晚，饭菜都摆在桌上了，一个红烧肉、一个丝瓜、一个蕹菜和一个下饭的辣椒炒酸菜。贺涵和三个儿女都在家等他。他洗了手，坐到桌前吃饭。吃过饭，他把几袋北京果脯放到桌上，任孩子们吃，将一件水红色女T衬衫递给贺涵：“特意给你买的。你试试。”贺涵说：“我有。留给小英长大了穿吧。”他说：“小英长大了再买，你试。”贺涵就拿了衬衫进卧室换上，走出来给他看。小英说：“妈妈真漂亮。”贺涵笑。小芳说：“衣服好看。”小苏嘴甜：“妈妈更好看。”贺涵说：“妈真没白疼你们。”她步入卧室，刘杞荣跟进来。她小声说：“几天冇看见你，想你了。”刘杞荣瞥一眼她，她脸色红润，眉宇间满是喜悦，说：“我也想你。”贺涵眉毛动了动：“你冇想我吧？”他说：“想你。刚才在火车上，一想到就能见到你了，就特别开心。”贺涵娇声一笑：“咯话我爱听。”刘杞荣拿起她的手：“这两年我像棵浮萍，浮在面上。现在有你，人就不一样了。”贺涵抬手摸下他的脸：“我有一种讲不出的感觉，好像我更喜欢和你还有你的崽女生活在一起。”他看着她的眼睛，她的目光十分明媚，仿佛秋波荡漾因而波光粼粼，又好像秋天明净的夜色，令他心驰神往。他说：“小英、小苏、小芳都喜欢你。”她眼睛一亮：“我自己都奇怪，好像小英、小苏、小芳都是我的亲生崽女似的。对了，比赛结果如何？”他摇头：“不理想。只旷红梅获了个季军，其他队员都冇取得名次。”

贺涵看着他，担心道："领导不会怪你不行吧？"刘杞荣眉毛一挑："我不行？比完赛后，国家体委的王司长要求各省的教练和运动员经验交流，那天，我接连跟一个个年轻队员摔，连摔赢十五人，每个人摔两跤，跤跤都是我胜。我有个中央国术馆的同学总结道：'关云长过五关斩六将，你是破九省市败十五个对手。'"贺涵兴奋和爱昵地看着他："啊呀，那你好了不起啊。"他说："作为教练，我是够格的。旷红梅好点。像周正东，我是费了劲教的，希望他拿个名次安慰一下他爹，可是关键时候他冇发挥出来，我有么子办法？"贺涵理解道："你是恨铁不成钢。"两口子说了很多话才相拥入梦。

那段时间，省体委开了几个会，讨论是不是撤销武术队的问题。省委有精神，为节省省内的财政开支，全省各部门、各单位都要做好精兵简政、清退分流的工作。体委行政干部讨论来讨论去，结果终于下来了，根据上级精神，决定取消武术队。一是武术队是弱项；其次奥运会上没有中国武术和中国式摔跤的比赛项目，体委决定把更多的经费用在与奥运会相关的项目上去。这个决定犹如晴天霹雳，令武术队员呆了，抱怨声、骂娘声充斥在训练场馆。刘杞荣想，决定都宣布了，自己又没能力说服领导不撤销，就伤感地坐在办公室，望着窗外发呆。周正东和旷红梅气冲冲地进来，脸上的表情除了沮丧，还有愤怒。"师傅，凭么子撤销我们武术队？"周正东说。刘杞荣看着这两个弟子："发火能解决问题，师傅早就发火了。"周正东骂句娘："我咯些年白练了。"刘杞荣的内心比他们还凄凉，自己热爱的工作，自己管辖的武术队突然就面临解体，自己为之奋斗的价值何在？但他是教练，不能在队员们面前发怨气，说："也冇白练。我看你们早点改行干别的，兴许是个好事。"旷红梅有一种失去了方向的懊恼，拍了下桌子，咬着嘴唇。刘杞荣喝口茶，望着旷红梅："咯次比赛只你拿了个季军，其他队员成绩都很差，政治处的王副处长拿咯事大做文章，讲国家困难不养闲人，武术队既然成绩不好就应该撤销。关键是他咯么讲，上面都不好反驳。”旷红梅说：“冇得一点挽回的余地了？”刘杞荣说：“重视武术的张主任调走了，现在的主任只重视篮球和排球。”

不久，旷红梅和周正东等队员都退役了，分别去了这家或那家单位的保卫科。三名年轻点的教练两名去了下面的市体校，一名转到了保卫科。刘杞荣再无一兵一卒了，摔跤馆扯了张球网，成了排球馆，整天闹哄哄的；练刀枪剑棍的场馆改成篮球馆了，传出的是运球和投篮的叫嚷声。他跟霜打了样，整天蔫着。有天，他从公园练拳回来，王副处长道：“老刘，我们帮你联系了几个单位，那些单位听说你五十多了，又是国民党前军官，都不愿接受。你自己联系个单位吧，就剩你一个人了。”

刘杞荣一听这话，心里十分灰暗：“我冇得单位联系。”王副处长脸上挂着瞧不起人的揶揄：“那你有什么想法？”刘杞荣退一步说：“我留在体委扫地吧。”王副处长可不待见刘杞荣，许多国民党人都是夹着尾巴做人，点头哈腰的，可眼前这个刘杞荣不过就是会点武术，竟昂着一颗谁都不理睬的脑袋！他一心要把这个讨厌的家伙赶出体委，假装关心道：“老刘，其实你可以回沅江老家，老话说，叶落归根嘛。体委会发给你五百元安置费。”刘杞荣心里一凉，抵触道：“王副处长，我几个崽女还小，农村条件差，我三个崽女都是城市里长大的，会不习惯。”王副处长不满意他这么说，昂起脸道：“你不要乱讲。农村现在不错了。领导昨天问我：‘刘杞荣怎么还没走？’老刘，你别让我为难。”刘杞荣火一喷，仿佛有口火焰喷出来，问：“是哪个领导？我去解释。”王副处长是随口编的话，道：“这你别问，我也不会告诉你。老刘，领导要求我一个月内清退你。”刘杞荣一怔：“清退我？”王副处长唬他说：“嗯。武术队就剩你一个人没走了。”

刘杞荣把王副处长说的话学给贺涵听，贺涵判断道：“他咯是赶你走。”他叹一声：“我五十一岁了，拖儿带女的，又是前国民党军官，冇得单位要我。”贺涵想了下说：“乡下是无论如何不能去的。再讲你带着崽女去了，我怎么搞？乡下冇得电灯，蚊子又多，读书更是个麻烦事。”刘杞荣茫然地看着贺涵。贺涵决定道：“实在不行，就去我们厂附近租间房住。我跟校长讲讲，让小苏、小芳转到我们子校的小学部读书，小英转到我们的初中部就读。”刘杞荣听她这么说，感激地看她一眼：“能行吗？”贺涵说：“应该不会有问题。”他如今走麦城，她还在为他和他的崽女操心，可见她心里装着他和他的崽女，他感动得泪水奔涌，哽咽道：“谢谢你，贺涵。”贺涵瞥他一眼：“一家人言么子谢！你看你咯样子像么了话！一个铁铮铮的硬汉子，么子冇经历过？流么子泪？笑话呢！”他赶紧抹掉眼泪：“我是感动。不讲了。我重操旧业，拖板车去。一九五三年以前，我就在长沙拖板车。”这话从他嘴里说出来，显得格外凝重！贺涵支持道：“行，我随便你干么子。我有三十八块五一月，少是少了点，但我们饿不死。”他觉得就她这句话，他刘杞荣要对她好一辈子，说：“你刚才这话，很暖我的心，令我感动。”贺涵一愣：“感么子屁动啰，一家人。”他说：“听我说完，你放心，不需要你花一分钱，我就是拖板车也能养活一家人。”贺涵笑着拍下他：“咯才像个男子汉讲的话。我明天就去我们厂附近打听，看有没有房子出租。”

次日，贺涵就去厂区附近走访，结果在离厂一百多米远的地方找到了两间房，房东是个六十多岁的女人，儿子在武汉工作，女儿嫁了，她一人住着三间房，愿意腾出两间租给他们住。刘杞荣去看了房，觉得行。一家人商定下来后，焦虑感就消失了，好像阴霾的天空出太阳了。小英是半大姑娘了，领着小苏、小芳清行李和打包。贺涵望一眼三个孩子，强调说：“你们都要打起精神，要自己看得起自己，别人才会看得起你们。”小英、小苏和小芳都点头。她说：“搬了家就办转学手续，转到我们子校，你们都给妈妈争点气。”小苏朗声道：“会的。”贺涵表扬道：“小苏是好孩子。小芳你呢？”小芳答：“我会好好读书。”

这天是领工资的日子，刘杞荣想自己这辈子怕是最后一次领工资了。他走到办公楼前，王副处长叫住他：“领导又催了，你到底是怎么想的给我个准信。”刘杞荣不卑不亢道：“不急在咯一下，等我找了去处再讲吧。”王副处长跌下脸：“老刘，你情绪挺大啊。”刘杞荣也不含糊：“我是有情绪。好好的武术队，你们喊撤就撤了！是你你也会有情绪。”王副处长脸上呈现一抹冷笑：“这是领导开会决定的，你不要有怨言。”刘杞荣懒得多话，走进财务室，领了五十八元五角工资，正准备走人，办公室主任看见他，忙喊：“老刘，电话、电话。”电话是龙从武打来的，他朗朗地说：“师傅，我亲戚送了只野生甲鱼，八斤重。我叫了柳副市长和张副局长，一起来我家呷甲鱼啊。”刘杞荣根本没心情吃甲鱼，说：“谢谢，我有事，去不了。”龙从武说：“师傅，你明天无论如何要来，我跟他们都约好了，这个面子要给弟子啊。”刘杞荣真没心思参加这种家宴，但禁不住龙从武的盛情，只好答应了。

第二天上午十一点钟，刘杞荣走进龙从武家，柳真、张敬远已到了，客厅里还坐着两个陌生人。龙从武握着他的手：“师傅，你来了我太高兴了。”刘杞荣灰头土脸的，柳真见他脸色疲惫，关心道：“师傅，您还好吧？”他答：“我好。”龙从武端上来一大盆甲鱼，还做了好几个菜，备了两瓶茅台。吃饭时，大家说着话，刘杞荣却不怎么热乎，问一句答一句，不像以前那么爱侃。龙从武的另两个客人是武术爱好者，听龙从武介绍刘杞荣有一身好本事就极感兴趣。大家说着刘杞荣爱谈的武学之事，可刘杞荣对他们谈的武学话题却提不起劲来。龙从武瞧着他：“师傅，我感觉你心里有事，讲来听听。”刘杞荣摆手：“我有么子事。”龙从武叫道：“不对啊，平常我们一讲到武术，你的反应是最热烈的。我刚才把话题引到武术上，你跟冇听见样。咯不对啊。”柳真警觉道：“嗬，我也注意了。师傅，你有么子事快讲给我们听听。”张敬远连忙表态：“师傅的事就是我们的事，师傅你讲，看我们能不能帮你解决。”刘杞荣觉得这事说出来，他们也帮不上忙，就摆手：“谢谢你们。我家里还有事，我先走一步。”龙从武按住他：“师傅，你不讲我就不让你走。”柳真从没见过师傅如此锁着眉头的样子，关心道：“师傅，你坐下啰。到底么子事？你讲，我们听听。”

刘杞荣见这几个弟子硬要他说，就把上述的事说给了他们听。柳真听毕，拍下桌子：“岂有此理！省里是提出了各地、市部门需做好精兵简政的工作，文件我看了，你不属于精兵简政的对象啊。”“我不属于？”刘杞荣一怔，望着柳真。柳真向刘杞荣解释省里的政策：“咯个文件是针对一九五八年和一九五九年参加工作的人员，那些人是‘大跃进’时期进的单位、厂矿，冇什么技术的，省里要求各单位、各部门做好清退工作。您是一九五三年参加革命工作的，不属于咯次划定的清退人员。”他指着龙从武的两位客人：“咯位是省委统战部的王主任，咯位是省委组织部的李处长。你问问他们。”两位干部同声答：“是咯回事。”刘杞荣如醍醐灌顶，搞了半天原来自己不属于这个范畴，想王副处长为何苦苦相逼。他心里正疑惑，龙从武很有底气地咳一声，说：“师傅，你写个报告，我让李处长替你呈上去。”李处长说：“没问题。”“写么子报告？”刘杞荣问。龙从武说：“写个简短的履历报告。”李处长以为刘师傅只是个不通文墨的武夫，主动帮忙道：“我帮你写吧。”龙从武说：“那太好了。”

刘杞荣说了自己于一九五三年十一月参加省体委筹建工作的经过。李处长三言两语地写好报告，刘杞荣在报告的下方签了名。李处长称赞道：“刘师傅，你字写得蛮漂亮啊，我还以为刘师傅只会武术呢。”柳真道：“开玩笑，我师傅琴棋书画都来得。”刘杞荣苦笑一声：“都只懂点皮毛。”龙从武说：“咯事我清楚，师傅当年在国术俱乐部弹古琴，很多观众都是冲师傅去的，都去听师傅弹古琴。”柳真和张敬远都不晓得这些事，柳真惊奇道：“师傅还会弹古琴？你怎么晓得？”龙从武得意道：“嘿，你忘了，我是师傅教的第一届教授班的学员。当年向老师搞了个国术俱乐部，我们几个同学都去那里听师傅抚过琴。”刘杞荣点头：“是有咯回事。”大家聊到两点钟，累了，几个人走出龙家，柳真说：“师傅，我明天去省里开会，正好跟省委办公厅反映反映。”刘杞荣说：“那太麻烦你了。”

星期二，刘杞荣在林荫道上碰见王副处长。王副处长叉着腰，很有意见道：“老刘，你不想离开体委就直接找领导说啊，到处告什么状？”刘杞荣一怔，听王副处长说话的语气和表情，好像事情峰回路转了：“王副处长，我冇到处告状啊。”王副处长其实是在办公楼前等刘杞荣，领导劈头盖脸地骂了他一顿，批评他没理解政策，这让他心里窝着火。他一脸火气地从包里拿出省委办公厅批复的“请体委内部解决”的报告说：“还没告状？都告到省委去了。”刘杞荣想，自己困惑了几个月的事，竟被柳真等人解决了，就笑：“报告不是我写的，是龙局长问我，我讲情况时别人写的，我只在报告上签了个名。”王副处长是个小肚鸡肠之人，恼道：“领导说，田径队、篮球和足球队，经常有队员肌肉拉伤，你既然不愿离开体委就去医务室边学边给运动员推拿理疗吧。”刘杞荣一脸欢快道：“我咯就去医务室。”

中午，他想应该给柳真和龙从武打个电话，告诉他们他的工作保住了。他寻找自己记人家住址和单位电话号码的本子。柳真、张敬远和龙从武的电话号码都记在本子上了。他开始拆包，把物件一一放回原处。小英在厨房里择菜，见状：“爸哎，好不容易捆好的包，你都解开做么子？”他笑：“我们不搬家了。”小英对弟弟说：“小苏，把你的东西都放回原处，不搬家了。”刘杞荣打开第三个包，里面有一个用旧丝巾捆扎的小包裹，是家里备的感冒药、十滴水和牛黄解毒丸等，小本子和指甲刀、掏耳勺也捆在这个包里。他解丝巾时，忽然想起这条旧丝巾是柳悦的，是向夫人送给柳悦的。立煌县的冬天很冷，柳悦经常系着这条丝巾。他一直收藏着，就像珍藏贺涵当年赠给他的手帕和纸扇。老实说，这是柳悦留在他身边的唯一一件纪念品！他想，一定是贺涵在清行李打包时，见这条黄丝巾旧了，就拿它包扎东西。他坐到椅子上，看着这条黄丝巾，眼睛湿了。他最不愿意回想的就是这段往事，他把这段往事尘封在大脑的深处，并浇铸了钢筋混凝土！然而此刻，他看着这条黄丝巾，仿佛轰的一声，钢筋混凝土被炸开了，自己跌进了最不愿意触碰的往事里……

三六　一九三九年八月里的一天

一九三九年八月里的一天，向恺然满脸严肃地对刘杞荣和周进元说："总部获悉，日军要进攻长沙。你们赶快回长沙把爱人接来，或者接他们去乡下躲一阵子也好。快去。日军的暴行你们是晓得的。"他和表弟一刻都不敢耽搁，随便拿了几件换洗衣服和几十块大洋，塞进一只藤织箱，当天就出发了。两人先乘汽车到湖北黄冈，在黄冈乘车到咸宁，再从咸宁乘车进湖南平江县，当时平江还驻防着国军一个师。他们在平江乘一辆破旧的客车，摇摇晃晃地到了长沙。日军要进攻长沙，长沙市民异常紧张，市内一些有身份、有地位和有钱的人，纷纷出逃。当时武汉（湖南北边）、广州（湖南南边）、南昌（湖南东边）都已沦陷，只有西边的贵阳可逃。沿途所见的仓皇景象，让他们终生难忘！表弟说："表哥，好恐怖啊。"他说："日本鬼子真可恶。"表弟啐口痰："偌大一个中国被日本鳖欺负，好背气啊。"他恨道："都是慈禧鳖害的，本来可以维新变法的，被慈禧太后血腥镇压了。"他心事重重地赶到家，柳悦正看着两岁多的儿子在院子里玩，一抬头看见他，激动得眼泪都流了出来："啊呀，你回来了。"刘杞荣满脸凝重："我回来接你们走，日本鬼子要打长沙了。"柳悦问："去哪里？"他答："先去沅江躲一躲，然后我们去安徽。路上都是出逃的人。"柳悦说："好。"儿子看着这个陌生男人。刘杞荣离开长沙时，儿子才半岁，还不认识人，这会儿能说话叫人了。柳悦说："军军，快叫爸爸。”儿子不敢叫。柳悦启发道：“军军，他是你爸爸，你不记得了？”儿子困惑地叫声“爸”，目光是生涩的。他抱起儿子，夸道：“啊，我崽真可爱，爸要亲一下你。”儿子把脸偏开。柳悦笑。他在儿子脸上亲了口：“崽，和爸爸一起去安徽。”

岳父不愿跟着他们走：“悦儿，爸不去。你带着军军随杞荣去沅江乡下躲躲，如果日军占领长沙，你就和杞荣去安徽。爸不要你们管，爸就在屋里，哪里也不去。”刘杞荣说：“爸，南京大屠杀您是晓得的，不能待在长沙啊。”岳父抠抠头皮，有头皮屑落下来：“湖南有三十万国军，湖南又是鱼米之乡，都退到云贵川躲起来，那也不是办法啊。薛岳司令长官在报纸上发表声明，要长沙民众不要恐慌，他将率三十万国军将士死守长沙，与长沙共存亡。”刘杞荣在军队当教官，知道这是军方为安抚民众说的大话：“爸，咯些话信不得。蒋委员长坐镇指挥都守不住上海、武汉，薛岳能守住长沙？”岳父喝口茶：“很多将军都对记者讲，他们誓死保卫长沙，报纸上都登了。”刘杞荣不好与岳父争论。岳父又说：“你们明天带军军走，爸留下来守屋。”柳悦道：“爸，屋又冇长脚，不会跑，守么子屋？我不放心你呢。”柳老先生固执起来，没人能改变他，他吸口烟：“爸快七十岁了，要死也死得了。”

次日，刘杞荣和周进元带着妻儿跨上客轮，轮船呜的一声，向江中驶去。周进元已有两个崽了，一手抱一个，满脸的幸福。周夫人一手提着个大木箱，一手提着个大布包，也是一脸的幸福。周夫人因奶孩子，胖了一圈，头发被河风吹得乱糟糟的。周进元笑着问柳悦：“我咯两个崽漂不漂亮？”柳悦打量了几眼说：“都像娘，漂亮。”周进元嘿一声：“你的意思是像我就不漂亮。”柳悦说：“像你也漂亮。”周进元放下儿子，点上支烟抽着，看着船舱外，他可没有心思欣赏沿途的风光，说：“我们咯是逃难呢。”刘杞荣恨道：“被日本鳖害的。”船舱里有些闷热，几人走到外面，吹着河风，说着话，直到天黑下来才转回船舱困觉。第二天一早客轮驶到沅江县城码头，两家人上了专跑泗湖山镇的机帆船，找了位子坐下，搂着孩子。中午船驶到泗湖山镇，刘杞荣与周进元一家人分手，牵着军军走在破烂的街上，迎面碰见了桃子。桃子奉娘旨意，来镇街上买贺家芝麻油，贺家熬制的芝麻油香喷喷的，爹爱吃。桃子穿着花衬衣和一条蓝裙子，用红丝线扎着两条粗辫子，手里拿顶草帽扇着，另只手拎着个蓝布袋。街上驻扎着军人，军人拿着军帽扇风，吹着口哨闲逛。桃子看见哥、嫂牵着侄儿，叫道："哥、嫂子。"中午的阳光照在桃子黝黑却漂亮的脸上，桃子的一双眼睛就流光溢彩的。柳悦说："桃子长咯么大了，更漂亮了。"桃子羞红着脸："嫂子，我冇得你漂亮呢。"刘杞荣也觉得桃子长漂亮了，对儿子说："军军，叫小姑。"军军仰头叫声："小姑。"桃子欢喜地把草帽和布袋递给哥："拿着。"她把军军抱到怀里，亲一口："我侄儿真乖。哥，他像你，也像二嫂。"刘杞荣和柳悦都笑。桃子说："哥、二嫂，你们何解回来了?"柳悦说："日本鬼子要进攻长沙，你二哥担心我们，接我们来老家避一阵子。"桃子嘻开嘴道："那太好了。"

回到家，爹、娘、哥哥嫂子和弟弟弟媳都很开心，一家人围成一堆说话。家里添了几间瓦屋，是早几年刘杞荣在第四路军获劈刺总冠军得了一千大洋奖金，刘耀林看到报纸后让老大写信向他要的，说家里房子旧了需要修缮，也想给他建几间像样的瓦房。他先后寄回家七百大洋，爹为他建了三间瓦屋，就是给他和二儿媳妇回来住的。娘和大嫂为他铺床、挂蚊帐，还把门窗和桌椅抹了遍。桃子见侄儿东看西看，就拉着侄儿的手，告诉侄儿这是什么那叫么子："咯是二齿，挖地用的。"或："咯是蓑衣，下雨天穿的。"或："咯是镰刀，割禾用的。莫摸，会割手。"桃子的心都在侄儿身上。晚上睡觉时，军军竟要与小姑睡，柳悦不准："不行。你会吵了小姑。"桃子喜欢道："不会，二嫂，我带军军困吧。"桃子蹲下身，问："军军，我们一起去洗脸困觉好不好?"军军答："好。"刘杞荣想，儿子竟跟他小姑亲，身上流的到底是刘家的血。刘杞荣躺到篾席上说："乡下晚上蛮凉快的。咯是湖区，白天热晚上凉快。"柳悦把头钻进他怀里，娇声道："你去安徽后，我天天想你。"他听她这么说，懂她的意思，心里甜，就亲她。她反应很热烈："我们再生个崽吧。"他小声嘀咕："咯个建议好。"

村里人见刘杞荣回来了就都来闲扯，堂屋内外坐满了人，一个个伸长脖子看着他，满脸的好奇。老大、老三和老四的堂客忙着为乡亲们端茶兑水。刘杞荣给大家装烟。七伯接过烟，放到鼻前嗅了下："咯么好的烟。老二，日本鬼子长么子模样？"刘杞荣答："七伯，日本鬼子与我们中国人冇得多大差别，只是个头比我们略矮一些。"满叔伸长脖子问："日本鬼子是不是见中国人就杀？"刘杞荣说："中国咯么多人，他们杀不过来。"满叔吸口烟，嘻嘻道："那是。"刘老八吸一下鼻涕："杞荣，你杀过日本鬼子吗？"刘杞荣说："杀过。"刘老八接过刘杞荣递上来的烟，笑眯眯地道："那你是狠角色。"

刘杞荣把自己杀日本鬼子的事讲给村里人听，四毛拍一下大腿，讲粗话道："操他娘的，老子也要去杀几个日本鬼子！"刘杞荣说："好啊。"四毛扬起脸："你带我去不？"刘杞荣笑了声："四毛哥，哪里都可以当兵杀日本鬼子。"老四嘟哝："二哥，我也想杀日本鬼子。"刘耀林把一口烟吐出来："你有你二哥的本事冇？你有，我就让你去。"老四不吭声了。三毛听得仔细，问："日本鬼子何解咯么厉害？"刘杞荣答："他们的武器比我们的好。我们一个连才一挺机枪，他们一个小队——相当于我们的一个排就有两挺机枪，机枪一扫射，如果我们冲锋，倒下的就是一大片。"满叔插话："爷咧，何解我们不多备些机枪？"刘杞荣说："我们的兵工厂落后，造不出机枪，机枪都是国民政府花钱从外国人手里买来的。"七伯急吼吼道："那怎么不多买些机枪呢？"刘杞荣又向七伯解释："中国穷，买挺机枪要很多钱。"三毛听懂了，嘿嘿道："打仗原来是打钱呀。"刘杞荣说："打钱，枪炮一响，黄金万两。我在教导团训练新兵，基本上不搞实弹射击训练，打不起呀。子弹都要用在打日本鬼子的战场上。”大家说着这些话，吃午饭时才各自回家。桃子把军军抱到椅子上，宠爱道：“军军，你想呷么子，小姑给你夹。”柳悦看着桃子笑：“桃子，你咯么喜爱细伢子，赶快把自己嫁了。”桃子嘟着嘴说：“二嫂，我才不嫁呢。”

桃子今年十九岁，跟熟透的桃子一个样了，这在乡下是老姑娘了。桃子十四岁起就有婆家上门说媒，但刘耀林是族长，家里田多、屋大，想给桃子找个大户人家，一般人家入不了他的眼，这事就拖到现在了。娘觉得自己有责任，“怪我。”桃子说，“娘，我好久怪你了？我要学二哥，自己找，冇找到自己喜欢的，我不嫁人。”爹绷着脸：“你二哥是伢子，你一个妹子还打起灯笼寻男人，你要脸不？”桃子脸红了下，却不敢还爹的嘴。娘说：“娘再托人打听打听，若有好人家，娘给你做主了。”桃子不怕娘：“娘，我要自己找。”刘杞荣说：“桃子呷饭。”桃子的视线在军军身上，问：“军军，好呷吗？”军军回答：“好呷。”一家人笑起来。桃子带着军军到处玩，不是捉鱼、抓泥鳅，就是去渠沟边掏洞，看有没有甲鱼一类的活物。抗战以来，刘杞荣也难得偷闲，堂客、儿子在身边，战事被他置在脑后了。

十月中旬，周进元激动地跑来：“长沙大捷了，长沙大捷了，表哥。”他手里拿着《大公报》。刘杞荣读完报纸，深为湖南军民骄傲，在中国大地上所向披靡的日军，终于在长沙吃了败仗。“太高兴了，”他望着周进元，“表弟，参加长沙会战的中国军人都了不起。”表弟脸上很是骄傲，好像自己参加了长沙会战似的：“日本鳖栽在我们湖南人手里了。”满叔走来，笑得合不拢嘴：“赢哒赢哒，我咯些天觉都困不安，生怕日本鬼子打来。田里的稻子怎么搞？屋里的鸡鸭猪怎么搞？现在心总算踏实哒。”刘杞荣看了下报上的日期，竟是三天前，一晃，自己与妻儿、爹娘相处快一个月了，难怪人变懒了，就对坐在一旁的柳悦说：“我们可以回去了。”娘舍不得：“你们要走？莫走莫走。”刘杞荣说：“不走，我和表弟就是逃兵，抓回去要枪毙的。”表弟说："冇错。是得走了。"

刘杞荣和周进元带着妻儿回到长沙，约好第二天一起走就各回各家了。刘杞荣见岳父平安，只是院子里的桂花树上和墙壁上有些弹痕。有几个子弹头嵌在树干上，他用小刀挖出一枚子弹头，弹头已经扁了。岳父欣慰道："我咯栋房子是咯几条街上的制高点。日本鬼子攻进长沙，我咯栋屋成了官兵坚守的堡垒。屋顶上架了机枪，压着日本鬼子打。"刘杞荣惊出一身冷汗："日军打进市区了？"岳父说："打进来了，巷战相当激烈，日军怕被我军消灭，最终撤退了。"刘杞荣说："太危险了。"岳父说："不危险。我帮着国军烧开水，还帮士兵煮饭。一大锅饭，官兵都呷得笑了。"岳父的头发白了，黑丝只有稀疏的几绺了，却像孩子一样欢天喜地道："悦儿、杞荣，我冇想我咯栋房做了大用途。国军守在楼上，四面射击，日本鬼子烦躁死了。"刘杞荣是来接岳父一起去安徽的，岳父摆手："你和悦儿去。我是商会副会长，离不开。"柳悦说："爸，我们不放心你一个人在咯里。"岳父反驳："悦儿，爸又不是小孩子，有么子不放心的？你们只管去，不要担心我，我冇得事的。"

刘杞荣和周进元带着妻儿来到教导团，黄教官（原黄副教官）告诉他们，向主任交代，要他们回来了直接去总部。黄教官脸色沉郁地说："廖磊将军一个月前因突发脑溢血去世了，葬在响山寺后面，接任第二十一集团军总司令的李品仙将军有些忌惮，把总部迁到距县城不远的第四十八军军部，那是一处坚固的大院，筑了碉堡和围墙，围墙上设有枪眼。大院内有几个小四合院。向主任说给你们留了住房。"黄教官、杨营长替他们拎着行李，一路逗着小孩、说着话，把他们领到向老师面前。向老师大为高兴："好啊，夫人和孩子都来了，欢迎欢迎。"柳悦大方地笑笑："向老师好。军军，快叫爷爷。"军军叫了"爷爷"。向老师一把抱起军军，打量了几眼："军军长得像你呢，刘夫人。”柳悦说：“也像刘杞荣。”向老师放下军军，摸了摸周进元孩子的头，表情夸张道：“进元，咯冇走一点样啊，是你的崽。”周进元说：“叫爷爷。”他的两个孩子都稚声稚气地叫了向老师“爷爷”，向老师答应后说：“李品仙总司令住中间的院子，第四十八军的军长、副军长住东院，我和刘百川师傅，还有你们一起住西院。”向老师说毕，拉开抽屉，拿出两串钥匙：“我都安排好了，咯是钥匙。走，我带你们去。”刘杞荣和周进元分别接过钥匙，弯腰提行李时，向老师看见刘杞荣背的古琴，嘿嘿道：“把古琴都带来了，好啊。”刘杞荣解释：“柳悦要我带来的，崽喜欢看我抚琴。”向老师说：“好。是要给孩子培养些音乐细胞。”

一行人跟着向老师步入西院，刘百川师傅正在屋檐下熬膏药，刘杞荣和周进元同时叫了声“师傅”。刘百川师傅直起身，拈着胡须笑笑。两人都把责儿介绍给刘百川师傅相识，刘百川师傅摸摸这个孩子的头，摸摸那个孩子的脸，又弯下腰看了眼熬煮的膏药，用鼻子闻了闻，抬起头说：“你们先进屋安顿吧。”刘杞荣打开房门，黄教官把他的两捆行李放到门内，与杨营长一起走了。房间中间摆张古色古香的大床，靠墙立个柜子，一张桌子摆在窗下，门旁洗脸架上搁了个脸盆。向老师说：“生活必需品，你们自己去县城买。反正近。”刘杞荣说：“好的。”向老师摸下桌子，没什么灰，转而道：“快年底了，有些市、县应交的军粮和税收还没收上来，军队咯么多人要呷粮，没饭呷没军饷那不行的。到时候我会派一些公干给你和周进元。你两口子收拾下房间。”刘杞荣等向老师走后，边解行李边说：“堂客，军营里只有咯条件。”柳悦娇美的脸蛋上挂着笑：“蛮好的呀。”

不久，向老师把他信任的刘杞荣和周进元从教导团抽出来，派他们各带上一个排的士兵分别去各市、县征粮收税，有时候一去就是一个星期或十天半月，不觉就面临过年了。某天傍晚，刘杞荣押运军粮回来，在军需处办完交接手续，碰见周进元低着头、心事重重的样子踱步，就喊了他一声。周进元把他拉到树下，神秘的样子，道：“有件事我不吐不快，憋得慌。”刘杞荣天天打拳天天出汗，几天没洗澡，怕熏着他，退开一步问：“么子事你说。”周进元掏心窝子道：“银行里一个寡妇，二十多岁，她丈夫在武汉会战中阵亡了，那寡妇叫秋燕，很漂亮，生一张瓜子脸，皮肤白里透红。我和她接触了几次，觉得她对我有意思，我也喜欢她。”“有好喜欢呢？”“很喜欢，心都在她身上，哪怕为她死都要得。”“神经病。”他蔑视道。周进元不恼：“表哥，我咯人你晓得的。”“我不晓得。”“我发现我一世人过不了美人关。”刘杞荣看一眼表弟：“你是好色。”周进元不服：“你不好色？柳悦不漂亮你会娶她？好色是男人的天性。”“你崽都两个了，还想讨二房？”“我是有咯意思。”刘杞荣觉得自己有必要提醒他：“咯里是军营。你一个少校教官在总部养两个夫人，你讲那些长官会容许你这么干吗？不讲别人，只怕向老师这一关你都过不了。”周进元脸色坚決：“那我脱下这身军服。”刘杞荣一脚踢飞一截枯枝：“你脱下这身军服什么都不是。莫讲废话了。我回家洗澡去。”

晚上，他坐在矮凳上弹古琴时，周进元又一肚子话要说地站在门口：“表哥，我找你谈点事。”他不想跟表弟聊那些无聊的事：“外面太冷了，进屋说吧。”表弟对他使眼色，表示那些话不好当着柳悦的面说，他不理表弟使的眼色。表弟见他不肯出去，只好进屋坐下，嚓地划燃火柴，点支烟抽着。柳悦笑着给他泡杯茶。刘杞荣见表弟沉默不语，就说自己这次去征粮收税的事：“本来可以早几天回来的，下面的官员收不上税，跟我叫苦不迭，结果害我多住了几天。”周进元听毕，介绍经验道：“表哥，你要学我。老子下去催税时拉长着脸，吓那些官员说：‘必须在二十四小时内完成，否则军法从事。’老子代表的是第二十一集团军，吓得那些鳖打尿噤。”柳悦惊讶地看着说话如此粗鲁的周进元：“你咯么恶？”周进元脸色一凝：“不恶他们就给你拖，都是些恶狗服粗棍的家伙。”刘杞荣晓得表弟喜好夸大其词，说：“你代表总部，更应该注意自己的形象。”周进元睃一眼柳悦，解释：“那些官员跟我耍无赖，我当然没有好脸色。”刘杞荣说：“你胖了点。”“老子胖哒十斤，”周进元换副嘴脸道，“老子一下去催缴，什么野生甲鱼啊，穿山甲啊，山珍海味啊地招呼老子，还有不胖的？”柳悦给他添茶：“那你有办法。”周进元嘻开嘴：“下面的官员鬼得很，我是见人讲人话，见鬼讲鬼话。”柳悦又表扬他一句：“你人灵泛。”周进元更嘚瑟了，把他如何恐吓下面官员的事，当经验讲给刘杞荣听，刘杞荣觉得表弟说话带表演性质，尽是水分，就打了个哈欠。

周进元其实是只花脚乌龟，他的军饷以前大多用来嫖妓了，还找刘杞荣借过好几次钱去嫖妓却从没还过。他患过两次性病，一次是尖锐湿疣，尖锐湿疣治好后，半年不到又患了淋病。如果不是这两次性病棒喝了他，只怕还会不管不顾地嫖下去。现在，堂客来了，性生活解决了，可是另一个春天却让他向往。那个花团锦簇的春天就是秋燕。他曾跟向老师透露了自己的心思，向老师果然如刘杞荣所说，很不客气地瞪他一眼：“你想做出头鸟吗？你有几颗脑袋？”周进元摸摸自己的脑袋，不敢造次，只好偷偷摸摸地与身段窈窕的秋燕私通。他把心掰成两瓣，一瓣给多情的秋燕，一瓣给堂客。不久，周堂客发现丈夫身上有别的女人留下的气味。周堂客鼻子相当灵敏，黑着脸问：“你昨晚死到哪去了？”周进元以为堂客好哄，撒谎道：“咯是军事机密。”周堂客怒道：“机密个鬼，你去会哪个狐狸精了？我为你做牛做马，给你生崽、养崽，你却背着我搞别的女人，你太要不得了！”周进元捂住她的嘴：“别人听见了不好。”他怕隔壁的向夫人听见。周堂客也不是省油的灯，一把鼻涕一把眼泪，不是甩在他脸上就是甩在孩子身上，说：“我不活了！你只晓得撮老子、欺负老子！”周进元老实了一阵，坐在门前拉二胡，把一个个宁谧的夜晚拉得无比凄凉。过了一段时间，他又心系两头了，总是找借口出门，去会那个坐在床上织毛衣等着他的寡妇。

三七　八月下旬

八月下旬，日军打算兵分三路第二次攻打长沙。刘杞荣得知此事，告诉了柳悦。柳悦担心起父亲来了，那天晚上，她梦见父亲躺在棺材里。这个梦让她惊出一身冷汗。她看着大别山上明净的天空，想念起只身在长沙的父亲，说："杞荣，我想把爸接来，我真不放心爸爸。"刘杞荣不好反对，尽管教导团里事情多，他还是支持她的决定："我请假陪你去。"柳悦感动道："你要教新兵劈刺啊，怎么走得开？"刘杞荣说："表弟和黄教官都可以教。"他找向主任请了半个月假，带着妻儿回了湖南。可一家人刚乘车驶入湖南境内，就听说日军正疯狂地攻打长沙。长沙是不能去了，返回立煌县是最佳选择。可柳悦一听说日军正猛攻长沙，就更加担心其父："说什么我也要见到我爸。"刘杞荣只好选择第二方案，绕道回沅江，等战事有了眉目后再定夺去向。没想到他和柳悦这次回沅江，家里发生了一件匪夷所思的大事！两口子回到家，军军跑进灶屋找小姑，见娭毑坐在椅子上抹泪，叫了声"娭毑"。娘看见孙子，又看见儿子，两行眼泪无法控制地流下来，像两串浑浊的珍珠。刘杞荣不知娘为何流泪："你哭么子？"娘不吭声，只是流泪。大嫂走进灶屋，他望着大嫂："娘何解哭啰？"大嫂嘴唇一咧，也哭了。他预感家里出了状况："何解啰大嫂？桃子呢？"大嫂立刻哭出了声："桃子冇得哒。"刘杞荣以为自己听错了："冇得哒？你讲清楚点。"大嫂哽咽道："你要是早早两天回来，桃桃子就不不会死，前前天呜呜呜……”

刘耀林既是一家之主，又是族长，家里和族中的事都是他一锤定音。桃子是家里最小的也是唯一的妹子。桃子干农活是把好手，插秧和割稻子，一个人可以顶两个人用。桃子二十一岁了，在那个女孩子十四五岁就嫁人的年代已是老姑娘了。来了一媒婆，介绍说：“县城有一年轻人是老师，家道不错，八字拿给算命先生算了，挺合的。”桃子坚决不从：“我要像二哥一样找自己喜欢的人。”刘耀林眼睛一瞪：“反了你哒？爹娘的话你敢不听！”桃子扭头走了。桃子说这话是有原因的。她爱上了住在泗湖山镇街上的一个国军连长。连长是军校毕业的，二十多岁，福建人，长得英俊潇洒。桃子经常与村里的姑娘去街上看戏，县里有几个戏班子常来泗湖山镇唱戏。连长虽不是个戏迷，但这条街上也没有其他有意思的地方可去。连长尚未婚娶，就比较留意来这个用旧木板和土砖围着的戏院看戏的姑娘。连长一眼就看上了桃子，桃子这脸蛋、这身段都是他喜好的类型。有次看戏，连长让戏院伙计端杯豆子芝麻姜盐茶给桃子，桃子说：“我冇要茶呀。”伙计拿下巴对连长一翘：“那位军爷吩咐的。”桃子看连长一眼，连长笑出了一口好看的牙齿。

就是这口好看的牙齿，让桃子对连长产生了好感。那年月，乡下的青年大多不漱口，一张嘴就一嘴的黄牙，令她嫌弃。有天，桃子又来看戏，连长来得更早，对她说：“我姓李，是连长。姑娘贵姓？”这话说得有礼貌，声音也好听。桃子脸红道：“免贵姓刘，小名桃子。”李连长因心里装着她，讨好说：“很高兴认识你。”桃子觉得李连长说话不像本地青年讲话恶声恶气的，加上李连长那双双眼皮眼睛比女孩子的眼睛都好看，便喜欢上李连长了。两人在戏情的引诱和鼓舞下产生了恋情，终于在一个黄昏，两人坐到一只小船上钻进了芦苇荡。沅江地域水多，这里一条小河，那边一片水域，树木也多，小船成了泗湖山镇人出行的交通工具，很多时候当地人把担子挑上小船，自己划着小船过河，上岸，把小船系在对岸的木桩上，走人。桃子和李连长经常把小船划进芦苇荡，要多浪漫就有多浪漫。等到刘耀林决定把桃子嫁给县城的年轻老师时，桃子已怀上了李连长的孩子，并且有四个月了。

刘耀林气疯了，逼桃子交代是哪个破了她的身子，要打死那个搞大了桃子肚子的男人。桃子不敢说，只是嘤嘤地哭，任爹打骂。刘耀林把桃子锁在家里，怕桃子跳窗逃跑，拿木板钉死窗户。门前摆把锄头，卧房里放把二齿，等着那个男人出现。然而，那个男人始终没露面。有天晚上，桃子叫娘，说马桶满了，她没法大便。娘看着凶巴巴的丈夫，拿不定主意。刘耀林晓得事已至此，总不能把孽种生在家里吧？还不如放了桃子，让她自己去死。他从口袋里掏出钥匙，也不说话，放在桌上。娘懂，开门，拿了二十块银圆给桃子："你跟那人逃命吧，千万莫回来了。"桃子走了。刘耀林假装不知道，对老七、老满和三毛等族人说："咯女畜生太不要脸了，竟瞒着爹娘搞伤风败俗的事，丑死哒，不但不悔过，竟趁我困觉时跑了。"村里人在背后议论开了，说族长是故意放跑了桃子。有天，老七卷起根旱烟抽，说："族长，我听四毛讲，桃子的相好是李连长。他在镇街上碰见桃子和李连长走在一起呢。"刘耀林蒙了，猜不透老七的意思，骂了声"咯狗屎的"，就没了下文。正当刘耀林不知拿这事如何办时，这个连开拔了，桃子也跟着走了。他松了口气，好像这事可以打圆场了，就义正词严的样子讲狠话："咯死不要脸的，只要我晓得她去了哪里，非抓回来沉塘不可！"三毛阴阳怪气道："大话都晓得讲呢。"刘耀林瞪一眼三毛："在大是大非面前，我刘耀林从不含糊。"

这个连并没开拔多远，只是集中到县城驻防。有天，村里几个女人去县城买东西，在布店扯布时碰见桃子。桃子那时怀孕八个多月了，正准备给未出生的小宝宝做几套婴儿服，以免孩子出生后什么都要临时赶制。村里的妇人看见她，道："听你爹讲你跟军队走了，原来你冇走啊。”桃子说：“本来是要往长沙开拔的，但万一日本鬼子打来，沅江冇得官兵防守也不行呀。”村里的妇人说：“那是呢，我们咯些老百姓要靠你男人他们保护呢。”桃子乐了：“我就住在前面，咦，去我那里呷杯茶吧。”几个妇人回来后，把遇见桃子的事告诉村里人，说桃子就住在县城边上，住着栋青砖平房，门前有棵很大的柳树。大家议论开了。有人说：“我敢打赌，你就是告诉族长桃子的住处，他也不会派人去抓桃子。”刘老八把这话学给刘耀林听，看刘耀林的反应。刘耀林铁青着脸，晓得刘老八是故意说给他听。他刘耀林身为一族之长，顶天立地，说出去的话可不是放屁！吃晚饭时，他对老大和老三说：“你们明天去县城，碰见你妹妹就把她抓回来。”老三从不敢违抗爹，但他说什么也不愿意去抓桃子，咽下饭说：“我明天有别的事。”刘耀林就盯一眼老四：“你和老大去。听见冇?!”老大和老四都怕爹，爹在村里和家里都有着不可动摇的权威，老四嘀咕道：“听见哒。”

次日，老大和老四来到县城，按村里妇人说的地址找去，果然见到了桃子。桃子挺着大肚子拉开门，欢喜道：“大哥、四哥，你们何解来了?”老四晓得桃子不会跟他们回家，就骗她：“娘要我们来接你回家。”桃子一怔：“娘不生我的气了?”老四只想完成爹交给他和大哥的任务，继续骗道：“娘冇生你的气哒。娘说她给你准备了红糖和婴儿出生时需要的尿布。”桃子不相信：“爹冇得那好。你肯定是撮我的。”老大想，爹最疼爱桃子，最多是痛骂桃子一顿作罢，就跟着老四一起骗桃子：“桃子，冇撮你，是爹要我和老四接你回家。”桃子不相信四哥，四哥总是背着爹娘去镇赌馆赌钱。大哥不赌钱，也不去那些不三不四的地方。她信任大哥，欢喜道：“那我跟他讲一声。”她挺着大肚子，带着两个哥哥来到连部对李连长说：“咯是我大哥，咯是我四哥，我跟哥哥回家住两天。”李连长忙说：“好好好。”

九月的太阳还有些晒人，桃子想既然是回村那就得打扮漂亮点。她换上一件宽松的花布衣和一条肥大的绿绸子裤，脚上穿一双绣朵芙蓉花的蓝布鞋，跟着两个哥哥上了船。船到镇码头已是下午两点，她下船，肚子有些饿，看见一家破旧的粉店，对两个哥哥说："我肚子饿了，想呷碗粉。"兄妹仨走进粉店，大哥看着墙上的价码牌问："你呷么子码子的粉？有肉丝的、排骨的、牛肉的和酸辣的。"桃子说："我呷酸辣的。"大哥买了碗酸辣粉，给自己和老四买了碗排骨粉。桃子并不晓得这是她生命里最后一次吃粉，她嚼着酸辣粉，觉得味道真香。兄妹仨吃完粉，她舒服地摸摸肚皮："饱哒。"她腆着大肚子，兴冲冲地走在镇街上，看见熟人就打招呼。那些人见她挺着大肚子，问："快生了吧？"桃子幸福地答："还有一个多月呢。"另一些人说："喜酒还是要补办吧桃子？"她答："那是肯定的。"两个哥哥觉得天太热了，催她："快点走。"她说："我走不快。"天阴了，风把尘土和枯叶吹起来，刮到她脸上，她抬手遮着脸。胎儿在肚子里踢她。大哥说："要下雨了，冇带伞，快走。"她捂着肚子："我崽在肚子里乱踢呢。"大哥忙伸手扶她。三兄妹向虎坪村走去。没下雨，但天上浮动着厚厚的乌云。四哥说："总算到屋哒。"娘一看见她，就流泪。桃子奇怪道："娘，你何解啰？"娘抽泣着，不搭话。大嫂也背过脸去。桃子看一眼大哥，心蓦地收紧了："大哥，咯是何解啰？"大哥和四哥都别开脸，垂着头。这时，门外聚集了一些族人，都是看见桃子后奔走相告且相邀而来的，老七、老满、三毛、四毛和刘老八都来了，站在门外静候事态发展。

刘耀林坐在堂屋里，握着铜头烟锅吸烟，此刻他心里最痛苦和矛盾，桃子是他的亲生女儿，肚子里还有八个月大的胎儿，两条人命啊。村里人在外面议论，三毛冷声道："族长不会沉桃子的塘，亲生女儿呢。"四毛故意大声说："族长未必说话跟放屁样？那以后鬼还听他的！"老七说："四毛，莫瞎讲。"刘耀林黑着脸不语，这会儿他最盼望有一个人站出来为桃子说话，让他有台阶下。可是没人。三毛恨族长用低廉的价钱买他的田，故意嘲讽地对刘老八说："老八，你站在咯里看险（方言，指看他人为难而幸灾乐祸）吧？莫妄想了，走走走，呷酒去。”刘老八说：“咦——族长讲话从来说一不二呢。”这话从门外飘来，好像一记耳光打在刘耀林的脸上！直到这个时候，他才深感自己说出去的话就跟泼出去的水一样，收不回来了。倘若厚着脸皮收回来，以后怎么当族长？怎么管教族人？桃子啊，莫怪当爹的无情了。他痛恨地想。

面对屋内屋外这种凝重、压抑的气氛，桃子傻了！她恨恨地瞪着四哥，“四哥，我是你亲妹呀，你何解要撮我？”老四把头埋到了裆里。桃子又伤心和愤恨地盯着大哥：“大哥，你讲娘和爹原谅我了，你何解要撮我？”大哥的脸也低了下去。这时老三赤着脚进来，看着桃子。桃子说：“三哥，你送我回去好啵？”老三看一眼爹，爹黑着脸，一脸的乌云，就不敢搭话。桃子绝望了，叫道：“二哥，二嫂，你们快来救我呀。”刘耀林厉声喝道：“闭上你咯鳖嘴！”他瞪一眼老四，做出决断道：“老四，去杂屋里把猪笼子拿来。”老四迟疑不动，他更凶地喝道：“聋尸了？冇听见爹讲的话？快去！”老四走进杂屋，猪笼子就撂在地上。这是那种装猪的宽篾笼子，猪养到出栏时，就会被套进猪笼子，抬到土车上，推到集市上卖掉。因此这种粗宽篾笼子沾满猪的屎尿气味。老四于众目睽睽下把猪笼子拖进堂屋。刘耀林望一眼门外，门外聚集着更多的人，黑压压一大坪。刘耀林想怎么还没有人出来制止他？老七是有正义感的，是看着桃子长大的，他应该出面劝阻啊。他等着，但外面的族人都举目望着他，盼着他把这场戏演下去。他对老大说：“老大，拿麻袋来。”老大不动。他手一挥，铜烟锅砸在老大头上，只一秒钟的工夫，血从老大的头顶流下来，流到脸颊上，又缓缓地流到脖子上。刘耀林视而不见地吼道：“快去！”老大转身，拿只麻袋来丢在地上。刘耀林指着麻袋对桃子说：“你咯不要脸的自己钻进去。”桃子一脸苍白，摀着肚子，八个多月大的胎儿仿佛意识到死亡了，在肚子里恐惧地踢她。老三说话了：“爹，二哥若在，是不会同意你咯样干的。”刘耀林正一肚子邪火无处发泄，手一扬，铜烟锅打在老三的额头上，顿时，老三的额头上也鲜血直淌。刘耀林望一眼门外，他看见老七缩回头，一旁的老满与他对视了下，扭开了脸。他转头对桃子说：“还挺着大肚子丢人现眼做么子？自己把麻袋套上去！”

桃子见村里没一个人站出来为她说话，心里十分凄凉。娘和大嫂害怕看见这一切，躲进灶屋里哭去了。外面的人又说起风凉话来。三毛怪声道：“嘿嘿，族长演不下去哒，走走走，都散哒。”刘老八不甘心：“再看看。”四毛大声说：“哪个会沉女儿的塘啰？冇得好看的，还看个屁呢。”那一刻屋里屋外都很安静。刘耀林听见了，怨怼地看一眼门外的老七。老七突然咳一声，这一声咳嗽引起了大家的关注！老七说：“散吧，大家都忙活去。”刘耀林并不想听老七说这种话，因为这句话并没含劝阻的意思，反倒有些嘲讽的意味！他喝道：“老四，把麻袋罩上去。”他说毕这话，看一眼老七，老七没望他。他又盯一眼老满。老满歪着脸笑。他很想这一切快点结束，恼怒地大骂：“狗东西！老四你耳朵聋了?!”

麻袋是装运老糠的。老四怕挨打，父亲已把大哥、三哥打得满脸是血，他害怕父亲一烟锅磕在他脑瓢上，父亲拿烟杆的手举了起来。他偏开头，冷着脸捡起麻袋，扯开麻袋口，往桃子头上套时嘀咕道：“小妹，你莫怪四哥啊。”桃子已被父亲的恶相彻底镇住了。麻袋口直落到她的小腿处，桃子眼前一黑，脑袋里一片空白。刘耀林踢脚猪笼子，对老四吼道：“套上去。”老四不敢违抗地嘟囔一声，心一横，拿起猪笼子，从桃子的头上放下去。猪笼子落在桃子的大肚子上时，受阻了。老四弓腰把猪笼子往下拉，于是整只猪笼子套在桃子身上了。这个时候了，仍没一人出面制止，老七、老满和三毛等人反而十分兴奋。桃子被胎儿踢得受不了，自己也绝望至极，叫：“二哥，快来救我呀。”腿一软，倒下了。刘耀林喝声：“闭嘴！”龇牙咧嘴地把猪笼子封口上的麻绳一收一勒，桃子就整个躺在猪笼子里了。屋外的男女老少都伸出脑袋看。只要有一个人出面为桃子说情或对此事发表异议，刘耀林都会终止。但这是一出村里人一辈子都难得看到的大戏，人人脸上都是紧张、刺激的劲儿，人性的善良、仁慈、正义于那一刻都灰飞烟灭了。刘耀林只好往下演："老大、老四，把咯畜生抬到水渠里去淹死。"老大头上的血没流了，但脸上、脖子和衣服上都是血，他恨父亲霸道和冷酷无情，生平第一次不听父亲的指令："我不抬。"刘耀林举起烟杆又要打老大，老大害怕地闪开了。刘耀林怒斥道："有用的东西！老四，你抬脚。"老四从小没少挨父亲的打，怕父亲怕到了骨子里，就唯唯诺诺地走上来抬脚。父子俩抬着猪笼子走出堂屋，门外的族人哗然闪开，让出一条路。刘耀林和老四抬着猪笼子走了三百多步，走到水渠前放下。村里人都跟过来了，仍没一人出面劝阻。身为族长若不把这事做下去，以后有何脸面管教别人？刘耀林一咬牙，一脚将猪笼子踹进水渠。水渠一米多宽，水渠旁长了些野草和荆棘。宽篾猪笼子翻滚时挂在水渠边一根拇指粗的荆棘上，桃子在麻袋里挣扎，弄得猪笼子哗哗直响。刘耀林见猪笼子沉不下去，不忍看桃子在猪笼子里拼命挣扎的悲惨相，走上前踩着猪笼子里桃子的头，喝令老四踩桃子的腿，将整只猪笼子踩在水中，直到桃子溺死。

刘杞荣非常愤怒，自己那么疼爱的怀着八个月身孕的小妹就这么惨死在父亲和老四的脚下，而且村里的上辈人竟没一人出面阻止。他一脚把桌子踢翻，道："老子今天要杀人！"他的眼睛里射出怒火，盯着父亲和老四，手握成拳头，拳头都被他拧出水了。柳悦从没见他发过这么大的火，担心他也像其父一样干傻事，劝道："杞荣，你冷静点。"刘杞荣喝道："我没法冷静，桃子死在自己亲爹和亲哥手下，她死都想不通呢。"他望一眼垂着头，坐在门槛上抹泪的老三，恨恨地跺下脚："老三，你通知村里所有的人，今晚都到祠堂前开个会！"老三起身去通知人。刘杞荣把两块大洋放到大哥手里："你去街上买两盏汽灯。"老大不吭声，低着头走了。父亲和老四都勾着头，不敢说话。柳悦拉下他的衣角："你千万莫做傻事。"刘杞荣很恨，想他若早回来两天，谁敢动桃子一根毫毛?！娘在灶屋里抹泪，始终没说一句话。他心里翻江倒海的，憎恶地盯着爹和老四，想只要他们开口辩白，他就一拳打死他们。老三回来说："都通知到哒。"大哥买回来两盏汽灯，挂到祠堂前，和老三把条桌抬到祠堂外，摆了两把椅子，还把坪匆匆打扫了下。

天黑下来后，村里人自带凳子，陆续来到祠堂前，坐在坪上，小声嘀咕着。老大点亮汽灯，阴沉沉的天空下，祠堂前就亮堂堂的。柳悦说："杞荣，你是待不了几天就走的，你爹娘和兄弟都在咯里生活，说话时给你爹和老四留点面子。他们都晓得自己错了。"他说："太愚昧了咯些人。"柳悦说："桃子也有过失。"这话若是从别人嘴里说出来，他会一拳打去，先把这句话打碎，打进说话人的嘴里，但从柳悦嘴里说出来，他没搭话。七点钟，老三说："二哥，人都到哒。"刘杞荣对低头坐在灶屋里的爹吼道："何解，还要用轿子抬你走是吧?"刘耀林没了父亲的尊严，跟着他来到敞亮的汽灯下，坐到条桌前。刘杞荣开口说的第一句话是："我今天，杀人的心都有。我爹要沉桃子的塘，你们咯一个个叔叔、伯伯、伯妈、婶婶，只要有一个人开口为桃子讲一句话，我爹再无人性也有台阶下！可是你们咯些冇得良心的人，全都幸灾乐祸，你们也配做桃子的叔叔、伯伯、伯妈、婶婶？你们眼睁睁地看着我爹把猪笼子一脚踹进水渠也不制止，你们是人吗？难道你们的良心都被狗呷了?"他说到这里，扫一眼站在后面的年轻人，又望着坐在前面的一个个长辈，大声道："自由恋爱被你们看成伤风败俗。我不就是自由恋爱吗？何解冇得人沉我的塘？桃子怀着八个月的身孕，两条人命啦。你们呢，全抱着看险的心理，倒要看看我爹讲话兑不兑现！七伯、满叔，桃子白叫了你们一世七伯、满叔！我爹看着你们，希望你们讲一句话阻挠，你们呢就是不张嘴！眼睁睁地看着我爹沉桃子的塘，都不吭声！还有三毛、四毛，你们一开口就是风凉话，都是煽阴风点鬼火的祖宗！今天，我当着大家的面宣布，以后我们刘姓族人，无论男女都可以自由恋爱，谁再敢阻挠，老子一拳打死他！”说着，他愤恨地一拳砸在条桌上，桌子咔嚓一声裂开了。他厌恶地睃一眼垂着头不敢言语的爹，又掉头看着三毛、四毛他们：“现在日本鬼子正进攻长沙，你们是不是也抱着看险的心理？我晓得你们，只要自己家不遭殃就万事大吉了！咯是一种最要不得的心理。大家想想，假如全中国的人都像你们咯样想，那中国不灭亡了？桃子再有错，她肚子里八个月的胎儿未必也有错?!”他说这些话时，没有一个人吭声，也没有一个人议论，都低着头。他吼道：“我再次警告，从今以后，村里若再出现咯种伤天害理、毫无人性的事，我刘杞荣绝不饶他！散会。”

第二天上午，李连长来了，听说桃子被沉塘，拔出手枪对着刘耀林连开五枪，但没一粒子弹打在刘耀林身上，枪枪打在刘耀林身后的墙上，吓得刘耀林一脸死灰！李连长是很想一枪打死刘耀林的，可刘耀林是桃子的生父，他不能这么干！他激动地哆嗦着，脸色苍白。刘杞荣说：“我带你去桃子的墓前磕个头吧。”桃子葬在村头的乱坟岗上，这是埋乞丐或不到年龄就病死的人的坟山。刘杞荣原想把桃子的坟移进刘家墓地，但想要她命的是她亲爹亲哥，就想桃子即使在阴间也绝不想见亲爹亲哥，便打消了念头。李连长走到桃子的坟前，趴在坟上痛哭了一个多小时，跌跌撞撞地走了。

一个星期后，进攻长沙的日军溃了，长沙第二次大捷。刘杞荣一听到这个消息，忙和柳悦带着儿子启程。一家人出现在岳父面前时，岳父欢喜地张开双臂抱起外孙：“我军军长咯么高了，外公亲亲你。”柳公馆千疮百孔的，都是第一次和第二次长沙会战中留在墙上的弹坑弹痕。院子的竹篱笆墙被日军的迫击炮弹炸毁了，此刻两个泥工正在给院子砌坚固的砖墙，两个小工在和灰和运砖，坪上堆着几堆红砖。另外一个泥工提着水泥桶，细心修补墙上的弹坑。岳父自豪道："我咯栋屋为抗击日本鬼子做了大贡献，打仗时，楼上每个窗口都架了机枪，子弹哒哒哒哒地扫射，硬是把进攻的日军压在前后街口冲不上来。"刘杞荣问："爸，您当时在哪里？"岳父说："我在厨房烧开水。"刘杞荣望一眼柳悦："他们何解还让您留在屋里？"岳父嚓的一声划燃火柴，点上一支哈德门烟："我是自己要留在屋里，他们饿了，我就给他们煮面条呷。"柳悦责怪地看一眼父亲："咯太危险哒。"柳老先生摇手："有国军在，危险么子啊。冇得事的。"街上锣鼓喧天，秧歌队敲锣打鼓地扭秧歌，庆祝长沙第二次大捷。刘杞荣走到街上看扭秧歌，心里很是激动，日军打那么多城市都是一仗就打下了，然而打长沙却碰了两次硬钉子。篱笆门前的槐树被炸弹炸断了，有几根枝仍活着，树叶在秋阳下晃着绿光。

用人已经弄好饭菜，一家人吃饭、聊天。刘杞荣说："爸，柳悦不放心您，我们特意来接您去安徽。"岳父扒口饭，咽下："我不去。"柳悦盯着父亲："你是我亲爸不？何解就不愿跟我们在一起呢？"柳老先生大笑："爸在咯里蛮起作用的，官兵们哈叫我'老长官'，爸晓得他们是开玩笑，但爸高兴。爸老了，不想跑来跑去的。"军军睡下后，夫妻俩你望着我我望着你，刘杞荣说："我的假期早过了，再不动身走不行了。"柳悦不想走了："我怀孕了，人容易疲劳。你先回安徽吧。总部的医生都是男的，天天抬头不见低头见，我怎么好意思让男的接生？"刘杞荣说："他们是医生，那有关系的。"柳悦说："你不怕丑我怕丑呢，等我在长沙生下崽后，我再带着军军去安徽。"刘杞荣想了下："既然你咯样决定了，那我明天走。"睡觉时，柳悦把头枕到他的胳膊上，只一会儿就进了梦乡。次日一早，他吃完一大碗面，对岳父和柳悦说："爸、柳悦，我走了。"柳悦对他一笑："路上小心点。"他并不知道自己是与柳悦生离死别，疾步向前走去。

三八　刘杞荣回到第二十一集团军

刘杞荣回到第二十一集团军，忙着训练新兵劈刺。第四十八军和第七军于这两年，分别开赴湖北和湖南参加了随枣会战、枣宜会战和第二次长沙会战，战斗都很残酷，很多官兵阵亡了，急需补充兵员。刘杞荣和周进元就忙着训练一批批新兵射击和劈刺。这样训练了几批新兵，进入十二月，电台里传来日军第三次攻打长沙的消息，刘杞荣惶恐起来，那种惶恐和担心是他从来没有过的。有天下雨，他跟着刘百川师傅熬膏药，刘百川师傅见他心猿意马的，说：“你心去哪里了?”他回答：“师傅，我担心柳悦。日军正进攻长沙。”刘百川师傅说：“你担心也没用。”刘杞荣心里牵挂着柳悦和儿子，后悔不该让柳悦和儿子留在长沙。一月份，他从广播里听说日军退了，兴奋地跑到县电报局打了个电报回家。然而一个月后，电报退了回来，注明“查无此人”。他紧张了，拿着电报给向老师看。向老师看着电报上的“查无此人”，问：“你确定你冇写错地址?”刘杞荣坚决道：“冇写错。我以前给柳悦写信，都是这个地址。”向老师随口说：“不会出现什么意外吧?”刘杞荣一听向老师这么说，脸顿时苍白了。向老师说：“你莫自己吓自己。”他说：“向老师，我心里很不踏实，我想回长沙打个转身。”向老师想这事搁在谁身上谁都坐立不安：“去吧，咯次去，一定要把柳悦接来。”

刘杞荣于一个星期后到了长沙，一进长沙市，看到街头有人在表演杂耍，走钢丝或爬竹竿。很多市民围着看。他无心观看，匆匆向柳家赶去，可是柳公馆已成了一堆破砖烂瓦。日军这次为打长沙，出动了多架飞机对长沙市区进行了两百多次轰炸，企图摧毁长沙军民的抵抗意志。柳公馆在此处是最高的建筑，日军飞机先后两次飞过都扔下炸弹，一颗炸弹落在院子里爆炸——那颗炸弹炸死了跑到院子里看飞机的儿子和赶过去拉儿子进房间躲避的柳悦；第二颗炸弹从屋顶上落下来，炸塌了房屋，柳老先生不是被炸死的，是被炸塌的屋梁压死的。驻守在柳公馆的营长、副营长和一个排的官兵，也被炸死炸伤一半以上。这些事都是邻居告诉他的。邻居说："军军被弹片削掉了半边脑壳。柳悦更可怜，弹片削开了她的肚子，怀的婴儿和着子宫一起流出来了，好惨咧。"刘杞荣感觉天崩地裂的，愤怒地望着天空想，怎么老天爷对他如此薄情？另一邻居道："更可恨的是，一些流民拥来，把值钱的东西全抢走了。"刘杞荣攥紧拳头，牙齿不停地战栗着，那是绝望和悲痛产生的强烈反应，就跟打冷噤一样。保长来了，很同情他，告诉他："你岳老子、堂客和崽，我请人拉去埋葬了。屋里的财物都被人抱走了，咯个人抱走一样，那个人搬走一件，就咯么搬空了。"刘杞荣并不关心财物，问保长："人埋在哪里？"保长说："埋在南郊的坟山。"他从牙缝里吐出一句话："你带我去。"保长领着他向南郊走去，给他介绍第三次长沙会战的概况："咯次会战消灭了很多日本鬼子，听讲有四万多呢。"他悲伤地听着，脚步非常沉重，如灌了铅。走到一处新坟丘前，保长指着埋着他岳父、堂客和崽的坟丘："是合葬的，爷孙三代埋在一起。"刘杞荣跪下，哇的一声叫道："堂客——"顿时泪流满面，拍着坟丘哽咽道："堂客，你何解就死了呢？你丢下我孤单一人怎么活啊。你死了我活着还有么子劲啊。"他哭得十分悲痛，用两手刨着土，很想伸手进去把堂客和崽从坟墓里刨出来。手指都刨出血了。保长怜悯他，道："莫咯样啰，人死了两个月了，你让死者安息吧。"

他没在长沙逗留，悲伤地回到立煌县，对向老师说：“向老师，我请求上战场。我现在很想杀日本鬼子为岳父、堂客和崽报仇。”向老师给他泡茶，把茶杯端给他：“你呷茶。上战场咯不容易？可你能杀多少鬼子？十个、二十个、三十个？然后呢？”向老师接着道：“我告诉你，那么多中国人都倒在日军的屠刀下，那么多同胞成了冤魂野鬼，你一己之力能为多少人报仇？莫讲蠢话。你的任务是训练更多的士兵上阵杀敌，让更多的士兵为你复仇！咯才是你的价值！”坐在另张椅子上的周进元也为柳悦的惨死而感伤。他有点恨表哥，怨表哥不该把柳悦留在长沙。这么多年里，他从来没放下过柳悦，每次看见柳悦就像看见一轮明月样，虽然遥不可及却有一种莫名的冲动！如今……他一脚把椅子踢翻，道：“咯是命，把账记在日本鬼子的身上吧。”刘杞荣悲伤地捂着脸：“我活着还有么了意思！”向老师模样平静，喝口茶：“莫讲丧气话。去好生睡个觉，你年轻，路还长。”

那些天里，刘杞荣一脑子复仇思绪，仇恨如山林一样压在他心上，总有喘不过气来的胸闷难耐感，左边心脏总是扯得疼，好像有猫爪在抓挠心脏似的。他没日没夜地练刀，刀紧随他的舞动而寒光闪耀，晃着人的眼睛。转眼到了一九四三年六月。这天一早，刘杞荣和周进元带着教导团的新兵练体能，背着步枪在河堤下跑。周进元跑累了，和李营长（原李副营长）坐在树荫下歇息。天有些热，军衣汗湿了，两人敞开衣襟，让风吹拂身体。周进元看见几个军人推着土车走来，这种土车就一个木轮，用铆钉固定在木轴上。每部独轮车上捆绑着一头大肥猪，士兵握着车把手往前推，猪在车架上哼哼唧唧。周进元问：“喂，你们这是搞啥子名堂？”走在最前面的是炊事班长，他放下独轮车，揩下额上的汗珠说：“今天过端午节，我们连长说给全连弟兄打牙祭。”这时，走在后面的副连长赶上来，他在教导团训练过，是三年前的兵，他与周进元和李营长打招呼：“周教官、李长官好。”周进元数下土车，有五头肥猪。副连长坐到周进元一旁，对炊事班的士兵说："你们先走，我坐一下。我们连长说，今天过端午节，大家打打牙祭。"李营长开玩笑道："我们可以蹭口肉汤不？"副连长笑："好啊。要不，你们中午去我们连吃饭？我们连长还备了村民酿的米酒。"周进元说："跟你们连长说，我们训练完就来你们连，还有这些新兵，一起过端午节。"副连长问："周教官，你是说真的？"周进元道："君子无戏言。"副连长拍下屁股上的灰，说："那我先回去，好让炊事班的人多煮些饭，把猪都杀了。"

刘杞荣和黄教官、刘连长（原刘排长）带着新兵跑完步，周进元说："刘教官，我们一起去第七军的警卫连呷肉去。"刘杞荣说："是我们几个教官去还是都去？"周进元说："都去，一起过个热闹的端午节。"刘连长说："好啊，有肉吃。"黄教官一屁股坐到地上："一听有肉吃，我的肚子就咕咕叫了。"新兵们欢呼起来。这支新兵百十来人，三个排，已经受训一个月了。刘杞荣让新兵练一遍劈刺给他看，他和黄教官、刘连长纠正着某些新兵的动作，再让新兵摘下刺刀练对刺。十一点钟时，刘杞荣发话道："全体官兵按战时队形前行，一排为先锋，黄教官带一排。二排次之，刘连长带二排。三排殿后。保持距离。出发。"一行人就按刘杞荣的要求出发了。走了半个小时，黄教官满脸紧张地跑来报告："刘教官、周教官，前面发现了日军。"刘杞荣吓了一跳："发现了日军？日军发现你们没有？"黄教官睁着黑亮亮的眼珠，道："发现了，我们相距百来米时，发现了彼此。"

教导团新兵手中的枪都是空枪，子弹放在库房里，训练时一般不发子弹，怕枪走火伤了弟兄。天热，又是在自己的防区带新兵训练，刘杞荣、周进元、李营长、黄教官和刘连长都没带枪。刘杞荣不敢马虎："你们待在原地，我和黄教官上去看看。"周进元说："我也去。"三个人赶到前面，见一排的官兵都趴在地上，瞅着前面的日军。日军也趴在地上，两挺机枪对着他们。这是半个中队的日军，百来人，送一位旅团长穿越国军防区。今天是中国人的端午节，日军想利用端午节中午时辰国军麻痹大意，偷偷护送旅团长穿过这条防线，不料遭遇了他们。刘杞荣明白日军不敢开枪的原因，这是淮河南岸，国军防区，方圆数十里驻扎着国军，一旦打起来，势必包了他们的饺子。日军却奇怪，国军都拿着枪却不开枪，这就让他们猜到这是些新兵蛋子，枪膛里没有子弹，否则他们忌讳什么呢？日军骨子里根本看不起中国军人，两军打了这么多年仗，中国军队长期被他们打得呜呼哀哉的，这更滋长了日军的武士道气焰！

刘杞荣和周进元见到两挺机枪对着他们，立即把头一矮，刘杞荣想，别大仇未报人就报销了，小声对周进元：“这是在我军防区，日军没多少人，不敢开枪，怕被我军消灭。”他对跟上来的李营长说：“李营长，你和刘连长留在这里指挥，日军一旦冲上来就跟他们拼刺刀。我和周教官、黄教官带二排的弟兄绕到日军身后去，先把日军机枪手搞掉。”

这里有几栋农民的房子，前面左边是陡坡，右边是树林。端午节的太阳很大，阳光照耀着这片即将发生肉搏战的地方。刘杞荣心里装着为全家人报仇的渴望，那渴望犹如煮沸的开水在他心里啵啵响。他紧攥着拳头，和周进元、黄教官带着二排的官兵悄悄潜入树林，树林里已经有了一个班的日本兵蹲守，他们没接到长官下达开枪的命令，就举起三八大盖与刘杞荣和周进元、黄教官拼刺刀。刘杞荣接过一士兵手中的步枪，一晃，撂开一个龇牙咧嘴的日本兵刺来的一枪，手中的刺刀刺进日本兵的心脏。这一切也就发生在一秒钟内。周进元迅速捡起那把三八大盖，一刺刀捅进赶过来的日本兵的小腹，一抽，一股鲜血喷泉样喷射在周进元的脸上。黄教官一个翻滚，捡起这个日本兵的三八大盖，一个劈刺动作，刺刀扎进另一日本兵的肚子，一搅一拔，血也喷了他一身。刘杞荣举枪将一个端枪刺向周进元的日本兵刺倒，抽出刺刀，又捅进冲来的一个矮壮的日本兵的小腹。周进元说：“谢了。”若刚才没他出手，周进元的腰就被那日本兵捅穿了。刘杞荣心里装满仇恨，就跟缸里装满水一样，又一刺刀捅进一个日本兵的左胸，同时飞起一脚踢开另一把刺向他的枪，一刀刺入那日本兵的心脏，握枪的手一拔，那日本兵的鲜血喷了他一脸。一个日本兵见状，狂怒地举枪刺向他的腰，他端枪一撩，一刺刀刺穿了那日本兵的咽喉，那日本兵倒在他脚下，咽喉处血直飙。他接连刺死了六个日本兵。另外几个日本兵被周进元、黄教官和二排的新兵刺死了。

他们悄悄穿过树林，就看见十几个日本兵端着枪，用身体护着他们的旅团长。旅团长是个四十来岁的男人，着短袖日军服，肩章上镶着一颗星，嘴唇上留着仁丹胡子，手握军刀。他一脸冷漠地觑着眼前的一切。午时的阳光下，旅团长的脸色极其冷酷。后来查明，此人叫本田雄一，是日本一名大将的侄子，从军前是名好斗狠的浪人。两名机枪手趴在地上，手搭在机枪上，眼睛盯着前面的中国军人，只等长官下令射击。日军中队长是个身材壮硕的上尉，由于他肩负着护送旅团长的特殊任务，怕枪声引起布防在周边的国军赶来，就不准士兵开枪。他也像本田雄一一样，手握军刀，打算用军刀解决眼前的中国军人。刘杞荣悄悄溜到距日军机枪手十几步的树后，突然冲出来，直奔机枪手，谁也没看清他是怎么刺死日军机枪手的。他出手那么快，身形一晃，刺刀扎进一日军机枪手的腰，一拔，又刺进另一机枪手的后颈窝，刺刀一搅一拔，鲜血喷涌而出，足有两尺高。日军中队长惊呼一声："八嘎！"本田雄一没露出惊慌，脸上反而挂着一丝凶狠的冷笑，好像屋前挂着祭奠的白幡。日军中队长为保护长官，举刀向刘杞荣劈来。只见刘杞荣的枪一晃，啪的一声打掉日军中队长的军刀，一抬枪，刺刀刺进日军中队长的咽喉，一抽，血又溅他一身。日军中队长连哼都没来得及哼一声就软软地倒下了。刘杞荣更笃爱用刀，捡起军刀，砍向冲上来的一日军小队长，刀光一闪，咔嚓一声，日军小队长的颈椎断了。周教官的劈刺丝毫不比刘杞荣差了，动作极快地接连刺死两个日本兵。黄教官带着众官兵冲上来与日本兵肉搏。李营长也端着步枪，大喝一声，领着一排、三排的士兵拥上来，顿时一片激昂的喊杀声和吆喝声充斥在炽热的阳光下。

本田雄一很冷静，在南京大屠杀中，他是日军第十三师团少佐大队长，手中的军刀砍杀过中国无数老百姓和国军俘虏的颈脖。那些国军俘虏在他眼里枉为军人，竟害怕地跪在地上哆嗦着，伸长脖子等他砍，以致他极其轻蔑，双臂都砍酸疼了！眼前的中国军人好像不太一样，竟敢跟大日本皇军的士兵拼刺刀！他恨恨地骂声：“八嘎！”推开护卫他的士兵，要与刘杞荣比刀。当年他身为浪人时，手中的刀不知击败过多少不怕死的武士！此刻，本田雄一极其自傲地龇牙道：“哟西。”挥刀向刘杞荣劈来。刘杞荣扬刀一挡，一股力道传到手臂上，感觉本田雄一非等闲之辈。两人斗了十几回合，他瞅准机会刺向本田雄一的左胸，本田雄一挥刀来挡。刘杞荣迅速变招，刀压着本田雄一的刀，刺破了本田雄一的肩膀。一股鲜血淌下来。本田雄一没想到在这淮河边上，居然碰到一个刀法如此精湛的中国军人！他兴奋地“哟西”一声，捋着下巴上一公分长的胡茬，盘算如何一刀直取这个中国军人的性命。刘杞荣没给他思考的时间，挥刀砍去。本田雄一扬刀抵挡，当的一声。刘杞荣就着这声响，中途一变，刀尖扎在本田雄一的右大腿上，扎进去两寸多深。本田雄一痛得大叫，暴躁地骂声“八嘎”，举着军刀凶狠地东劈西刺。刘杞荣晓得他畏惧了，刀法乱了方寸，忙挥刀迎击。两人又打了几个回合，他瞅准本田雄一挥刀劈向他——因动作大，受伤的腿无法支撑体重而一踮的时机，敏捷地一刀戳进本田雄一的咽喉，握刀的手顺势一转，一股鲜血直喷在他的头和脸上。本田雄一栽倒了。刘杞荣迅速捡起本田雄一的军刀，砍向一个端枪刺向他的日本兵的手臂，那手臂顿时断了，那日本兵哇哇惨叫。黄教官一个跨步，一刺刀捅进那日本兵的小腹。刘杞荣称赞他：“好样的。”黄教官说：“是长官教的招式实用。”

刘杞荣没时间回答他，挥刀横砍一个日本兵的脖子。这把刀实在锋利，一刀砍下去，日本兵的脑袋就掉地上了，血从断头处直往上飙涌，身体却倒了下去。国军众弟兄与日本兵展开了激烈的肉搏，杀成一团，骂娘声、惨叫声不绝于耳。这场没一声枪响的血淋淋的肉搏，刘杞荣用步枪和两把军刀，先后杀死十七个日本军人。其他日军官兵都被他们训练了一个月的新兵刺伤或捅死了。周进元和黄教官分别杀死了九名日本兵，李营长和刘连长也相继扎伤和捅死十几名日本兵。俘虏了四名负伤的日本兵，其中一名是日军少尉小队长。国军弟兄战死三十七名，伤了二十六名。刘连长负了伤，黄教官的胳膊和大腿都挂了彩。一个排长、三个班长、四个副班长于肉搏中牺牲了。新兵全是淮南人，有的不光是一个县还是一个村的。如今有的兵活着，有的兵却身负重伤或战死了。大家十分悲痛。有的兵第一次见到这种残酷和血淋淋的肉搏场面，还不适应，蹲在一旁呕吐。有的兵呆呆地瞪着战死的弟兄流泪。刘杞荣感觉浑身不舒服，那十几名日本军人的血于中午的骄阳下，在他脸上、手上和衣服上结了壳。不远处就是淮河。他说："我去洗洗。咯日本鬼子的血，腥臭的。"周进元也是一身血，他没负伤，都是肉搏时日本兵溅到他身上的血，说："我也去洗。"

三九　经过这一次战斗

经过这一次战斗，这一年多来淤积在他心里的那股无法发泄的邪火，被清澈的淮河水洗掉了，有一种总算为岳父、妻子和儿子报了仇的酣畅淋漓的感觉。他对周进元说：“我总算报了血海深仇。”周进元一点也不嫉妒表哥了，反而觉得表哥可怜，一是柳悦死了，二是他既有堂客又有秋燕抚慰他骚乱的心。他笑笑说：“好啊，你既然报了仇，心结解开了，我要秋燕给你介绍个银行里的妹子吧。”刘杞荣想秋燕能介绍什么好妹子：“不用。”周进元觉得表哥不识好歹，说：“男人冇得堂客怎么活？”刘杞荣不屑：“你怕哪个都像你吧？”周进元说：“你莫误会，我是为你好，你不领情就算了。”刘杞荣懒得跟他啰唆：“我去教导团。”

九月里立煌县一个阴雨绵绵的日子，向老师来到教导团，表情很严肃，对刘杞荣和周进元说：“你们来一下。”向老师走进团部，在桌前坐下，抽出一支香烟，嚓地划根火柴点燃，吸一口，望着替他泡茶的刘杞荣，又望一眼周进元：“交给你们一个特殊任务，只准成功，不许失败。”刘杞荣听向老师这么说，又见向老师的脸色十分严峻，自己也凝重起来，问：“什么任务？”向老师的左手指在桌上点击着，这是在考虑如何布置任务。他把一口烟吐出来：“这次日军对我军防区扫荡，无恶不作，对我们进行疯狂报复，其中一个姓徐的汉奸，狐假虎威，残害百姓，奸淫数名妇女，有个女孩子是一个老秀才的女儿，才十二岁，不但被他奸淫，还被他杀害了。这个狗汉奸，必须死。”

事情是这样的：一九四二年十二月十八日，日军冢田攻大将乘专机从南京飞往武汉，途经太湖县弥陀寺上空时，被驻守在此的第二十一集团军第四十八军一三八师四一二团三营九连的高射炮一炮击落，随冢田攻大将出行的高级官员都因飞机坠毁而命丧黄泉。在清理飞机残骸时，发现了日军秘密制定的“五号作战计划”，日军将调集大量军队分兵五路直赴大别山，企图剿灭令他们头疼的国军第二十一集团军。由于冢田攻大将的飞机被国军击落，清剿计划泄密，这个计划便泡汤了。日军得知冢田攻大将的专机被国军击落后，分兵两路直赴飞机坠落地，其目的是夺回冢田攻大将的尸体。他们沿途烧杀抢掠，对驻守的国军和当地老百姓疯狂报复，杀害老百姓数千人，枪杀国军和当地自卫队几百人。日军进攻到弥陀区时，抓住十几名子弹打光了的国军官兵，把他们绑起来，在他们身边堆满柴，浇上油，活活烧死了他们。日军进入村子，见到男人就开枪或用刺刀捅，将男人全部杀光；见到年轻女人就奸淫，不从的就用刺刀捅其小腹或私处，残忍至极。连躲在柴垛或茅屋后面的孩子也开枪射杀。而领着日军疯狂报复国军和杀害老百姓的是姓徐的狗汉奸。

“姓徐的狗汉奸，以前是军统的，安庆人，三年前，军统派他回安庆搞一次刺杀行动未遂，被日军宪兵队抓获，扛不住严刑拷打，变节成了汉奸。”向老师吸口烟，很气愤地接着道，“咯个人做汉奸后，军统安插在安庆的联络点遭到了摧毁。他也晓得军统的手段，戴笠绝不允许变节者苟活，先后派了两拨人刺杀他都失败了。一次是一九四一年底，徐汉奸在一家餐馆与手下吃饭、喝酒，军统的人对他开枪，他中了两枪，但那两枪都打偏了，冇要他的命。他和手下反倒把三个军统特工打死了。他知道自己狗命难保，更加与日本人沆瀣一气，变得极其坏，强抢良家妇女，见到漂亮姑娘就奸淫。比日本人还无恶不作。”周进元拍下大腿：“这狗日的，若遇见老子，那就是他的死期到了。”向老师继续道：“戴笠对变节的特工只有一个字：杀。老话讲，不杀何以儆效尤？第二次对姓徐的汉奸进行暗杀是去年九月份，派了五个人去，一心要置他于死地。咯个徐汉奸好色，喜欢逛妓院。军统就在妓院设局，打算在他嫖妓时杀死他。可姓徐的功夫好，少年时学过几年拳，后到上海精武会学拳，结识了青帮，跟着青帮混，杀过不少人。后因杀了个上海金融界的大佬，被迫离开青帮，投了军统。”向老师望一眼刘杞荣：“他身手敏捷，反应极快，会使暗器飞镖，派去行刺的五个人，只有一个人逃脱，另外四人都被他杀死了。逃回来的人讲，他有用枪，他有三支飞镖和一把短刀，都是随身带着，手一挥，飞镖就直刺咽喉。你一定要比他快，不能让他出手。总之，咯个徐汉奸晓得自己活不长，就更加心狠手辣。”向老师说到这里，关切地看着刘杞荣：“也许只有你才能对付他。你想，军统的特工都是训练有素的杀人机器，两次暗杀行动都失败了，咯说明，姓徐的不是一般人能对付得了的。”刘杞荣暗想这可是个厉害角色。向老师又点燃一支烟，吸了口，弹掉火柴梗：“日军在安庆有很多宪兵，宪兵整天在街上巡逻，不到万不得已不能用枪，一旦开枪，枪声会招来宪兵，那自己就脱不了身。只能用刀解决咯个人！你的刀法好，咯就是老师考虑再三，决定派你去刺杀那狗汉奸的原因。”刘杞荣想，向老师从没派过任务给他，既然选中他就有选中他的道理，说：“我去。”向老师把冷峻的目光投到周进元脸上：“你是我备的后手，一旦刘杞荣失手，你立即补上，杀了那个恶贯满盈的狗汉奸。”周进元起初以为没自己的事，见向老师如此布局，不敢马虎，一个立正：“是。”

向老师喝口茶，表扬道：“这茶不错。”又看着他俩：“有句话必须讲清楚，你们要做好牺牲的准备。”刘杞荣不愿意听“牺牲”：“我一定完成任务。”向老师说：“人不宜多，多了容易暴露目标。杞荣，你在教导团挑四个身手好的就行了。”刘杞荣答：“好的。”向老师走时拍下他的肩，又捏下周进元的胳膊："周进元，又要开始征粮征税了，你比刘杞荣爱跑，军需处廖副主任去军队当团长了。完成了咯次任务，你来军需处当副主任吧。"周进元说："遵命。"向老师说："咯几天做好出发的准备，莫带枪，军统在安庆建了新的联络站。他们会给你们准备武器。"刘杞荣和周进元送向老师走后，问周进元："你怕不怕?"周进元说："怕也要干啊，向主任要你挑四个人，你心里有数吗?"刘杞荣默默神，脑海中跳出前年升为团参谋长的杨营长，第二个跳进他脑中的是李营长，第三个是黄教官，第四个是刘连长。这四个军官的武功在他眼里都不错，对付一些二脚猫功大的人那是小菜一碟！他让卫兵把四个军官叫来，把向老师说的话，传达给他们听后，也跟向老师一样严肃着脸说："弟兄们，咯是一项深入到日军心脏锄奸的特殊任务，十分凶险，你们敢不敢去?"

杨参谋长昂起络腮胡须的脸，用广西家乡话说："那有什么不敢的，敢去!"二营李营长道："杀汉奸，我去。"说毕，胸膛一挺，一副义薄云天的大丈夫气概。刘连长一听要他去执行一项锄奸任务，兴奋道："敢去。"黄教官这两年功夫进步快，也想出去试试身手，答："刘教官，我去，我要为姐姐一家报仇!"那次日军扫荡，路经他姐姐家居住的村子时，将全村的男女老少统统杀害。刘杞荣点点头："弟兄们，咯次我们是深入日军心脏的孤军奋战，冇得后援的，有可能丢掉性命。所以，我们都要做好为国捐躯的准备。"杨参谋长说："为国而死也是死得其所。"李营长一口芜湖腔，道："怕个鸡巴，杀了那狗汉奸，为弟兄们报仇。"刘连长和黄教官也说："为弟兄们报仇去!"

杨参谋长和刘连长，一个满嘴广西口音，一个满嘴湖北腔，就化装成商人，拎着箧箱，戴着礼帽，混在从北正街进安庆市的老百姓中。刘杞荣和周进元化装成农民，穿着安徽农民穿的粗布衣裤，手里拿着伪造的良民证，挑着蔬菜混在挑着蔬菜进城卖的人群中。李营长和黄教官是本地人，好像是进城投奔亲戚的，提着鸡鸭，跟在刘杞荣和周进元的后面，从日军宪兵的眼皮子底下混进了城。安庆在抗战前是安徽省会，有几十万市民，每天有几万人进进出出，日军只在晚上检查较严，白天的检查也就是做做样子。他们走到四牌楼的一家东洋布商号旁，这里有家卖字画和文房四宝的窄小门店，店主是个四十岁的中年男人，军统的，一双单眼皮小眼睛亮闪闪的，蓄着胡须。刘杞荣步入店堂，店堂的货架上都是纸笔，宣纸、毛边纸和各种型号的毛笔，墙上挂着一幅幅字画。他待几个挑选笔墨的人走开，走上去与中年男人接头，两人对了暗号。中年男人叫一个小伙子看店子，领他们步入后面的库房，库房有三十多平方米大，靠墙搁着一捆捆纸，还有三张床和两张竹铺及一些乱七八糟的物件。一张桌子靠窗摆着。窗户朝着天井，光线是从这扇窗户里透进来的。中年男人看他们一眼："你们随便坐。我是组长，你们谁是长官？"刘杞荣答："本人是长官。什么情况，请讲。"中年男人摸摸下巴上的胡须："这个徐汉奸十分狡猾，住在宪兵营里。我们盯了他五个月，他基本上不出宪兵营。"周进元问："他不是喜好逛窑子吗？这狗日的不出门咋逛窑子？"中年男人又捋下胡须："自从我们第二次行刺失败后，他就不逛窑子了，让手下把妓女带进营房。"刘杞荣问："那怎么杀他？"中年男人说："我们注意到，他有一个爱好，不是他，是日军宪兵队长，一个少佐，喜爱听黄梅戏。徐汉奸与那少佐交好，时常陪那少佐一起去听黄梅戏。"周进元说："好啊，那我们在路上杀他。"中年男人说："路上不行，日军在安庆经营了五年，管得很死，街上到处有宪兵荷枪实弹地巡逻，行动很容易惊动宪兵。"周进元问："那怎么杀这狗日的？"中年男人说："戏院。每次徐汉奸和那宪兵少佐看戏，徐汉奸怕刺客藏在看戏的人中，会事先让宪兵清场。"

中年男人从几捆毛边纸中抽出六把单刀，都是他花大价钱请城东的铁匠偷偷打的，五斤重一把。刘杞荣提起一把刀，试试劈、斩、刺、撩、扎："这刀打得好。"黄教官和刘连长也握着单刀试下身手，黄教官说："很顺手。"刘连长说："好刀。"中年男人搬开纸堆，揭开防潮隔板，搬出一只木箱，拿出六把美国制造的柯尔特手枪。中年男人脸带喜色道："枪是你们集团军总部提供的。城墙外有个臭水沟，排生活污水的，人可以弓着腰从污水沟里穿过。我们利用晚上日军宵禁前，从污水沟偷运进来的。"周进元一见柯尔特手枪，脸上就泛光，拿起一把欣赏道："好枪。"杨参谋长、李营长和刘连长、黄教官都一人拿了一把。刘杞荣没要，杨参谋长说："给我。"中年男人把刘杞荣不要的柯尔特手枪递给杨参谋长，提醒道："注意啊，不到万不得已不要开枪。枪声会招来日军宪兵队，那弟兄们就很难脱身了。安庆，在日军的铁蹄下，每天晚上九点半钟宵禁，以前是九点钟，后来商会和伪政府多次与日军宪兵队交涉，才延长半个小时。我们的行动必须在九点钟以前完成。我会把你们带出城。不过，到时候要委屈你们一下，只能从污水沟爬出城。"刘杞荣可不希望自己带来的弟兄有闪失，说："行，只要大家能全身而退。"

晚上睡觉，两人挤一张床，和衣而睡。他们不敢在街上走动，怕引起散布在民间的伪军特务注意，他们藏在库房里。小店里没厕所，街上倒是有公厕，但他们不能去，只能对着尿桶解决。店子里的小伙子是安庆本地人，单瘦，长一张白皙的面孔，一双眼睛黑亮亮的，嘴唇却红嘟嘟的。天黑后，小伙子会把大半桶尿尿提到厕所里倒掉。吃饭倒不是问题，小店里有炊具，中年男人弄好简单的饭菜，分成六大碗，端进来，大家就坐在库房里吃。中年男人看着他们道："以后，等把日本鬼子赶出中国，我再请大家到安庆最好的餐馆海吃一顿。"周进元好吃，说："行啊。"刘杞荣扒几口饭："安庆我是头次来。"中年男人说："等这次行动结束，我带你们逛安庆，听黄梅戏。"刘杞荣笑笑："那倒不必。"

他们在库房里窝了八天，第九天机会来了。主街上有一家档次较高的戏院，可以容百来人喝茶、听戏，是供安庆的达官贵人享乐的，一般平民不得入内。年轻人走进库房，见他们疲惫地坐或躺在床上，有些激动道："就在刚才，我看见徐汉奸和宪兵队长下车，走进了那家黄梅戏院。他们一进戏院就把戏院里的人都轰走了，清场，不准其他人进去看戏。门前有两个日军宪兵和三个特务把守。"刘杞荣看着年轻人问："徐汉奸有多高，多大年龄，穿什么衣服？"年轻人道："李营长这么高，比李营长胖一点，三十多岁，穿一身蓝中山装。"刘杞荣扫一眼众人："大家清楚了吗？"几个人都说："清楚了。"刘杞荣说："行动吧？"中年男人看一眼表，还没到八点钟，说："现在戏才开始，街上人太多了，先等等。戏院离这里不远，你去盯着。"年轻人转身走了。中年男人不知他们几人的功夫，问道："外面有五个人，你们怎么对付？"刘杞荣最想杀的是日本兵，道："那两个日本宪兵我来对付。"中年男人疑惑道："宪兵有枪，你一个人能对付？"刘杞荣说："我有办法。"他望一眼杨参谋长、李营长和刘连长："三个特务交给你们了。"杨参谋长和李营长、刘连长同声答："好。"周进元问："两个宪兵你对付得了吗？"刘杞荣看一眼刀，一笑："不是还有你和黄教官吗？万一我失手，你和黄教官立即补上。"黄教官因长期带新兵训练，一张脸晒得黝黑的，反而更显健康，一笑，一口牙齿又大又白皙。他从牙缝里挤出两个字："遵命。"中年男人说："杀了他们，必须马上移开尸体，被巡逻的宪兵发现那就捅大场了。"杨参谋长道："你们进去杀徐汉奸和宪兵少佐，我和刘连长迅速把尸体拖开，然后守住门。万一你们失手，我和刘连长还可以截杀他们。"中年男人说："这样最好。我在戏院后门外接应。这家戏院的戏台后面有张门，唱戏的都是从后门进出。那一带我熟悉，你们完成任务后务必从后门出，那是条小巷，没有宪兵巡逻。"刘杞荣望一眼大家："都听明白了吗？"大家道："听明白了。"

他们把柯尔特手枪插在腰间，把刀塞进袖筒或衣襟里。杨参谋长神气地扯下衣服，昂起络腮胡子的脸，看一眼李营长："李营长，说不定我们这是活着时最后一次见面。"刘杞荣批评道："不说好话。"杨参谋长说："我是丑话说在前面。"刘连长嘿的一声："我不怕死。"刘杞荣正色道："都给我闭嘴。你们是我挑来的，都要活着离开安庆。"周进元不爱听"死"字，秋燕那双妩媚的眼睛出现在他脑海里，温情地盯着他，就道："莫说死，活着才能打鬼子。"中年男人一笑："出发吧。"他们一个一个地走出字画店。那晚没有月亮，也没有星星，只有乌云积压在安庆上空。一行人分散，悄悄接近戏院。戏院的门前亮着灯，两个宪兵持枪站在门前，笔挺的。三个特务随意地站在离宪兵几步外的街上，抽着烟，说着话，腰间挎着日本人生产的王八盒子。这种手枪的口径是八毫米，能装八发子弹，有效射程六十米，最大射程八百米。街上还有些平民百姓走动，路过戏院时，瞟他们一眼又匆匆走过。中年男人说："是不是再等等，以免引起路人骚动？"刘杞荣看一眼表："就让这几个狗日的多活十分钟，八点半行动。"他们是站在离戏院百来米的黑暗处，这里是一处巷口，有市民低着头匆匆走过。空气凝固了，令人呼吸急促，这是内心紧张所致。毕竟这是一个必须完成的任务，这任务本身就阴森、血性和未知，因而他们身上的每一根神经都绷得很紧，跟弹簧样到了极限，再拉就断了。八点半钟，为避免敌人注意，刘杞荣让杨参谋长、李营长和刘连长横过街，从对面接近三个特务。他和黄教官从另一边走向戏院。周进元是后手，与他们隔开几米，走在最后面。刘杞荣和黄教官最先走到戏院前，假装想进去看戏。宪兵挥手驱赶。刘杞荣见杨参谋长、李营长和刘连长已走到三个特务身边，行动的时机到了。他立即抽出刀一晃，直刺宪兵的咽喉，抽刀时一搅，不等另一个宪兵反应过来，刀尖又扎进这个宪兵的心脏，一拔，一股鲜血随着刀口喷出。同一时刻，杨参谋长、李营长和刘连长抽出刀，结果了那三个特务的狗命。黄教官第一个冲进戏院。刘杞荣、周进元和李营长也急速冲了进去。

台上，戏子们正在唱《女驸马》，台下第二排坐着的不是两个人，而是六个人。日军少佐和宪兵队的一名上尉中队长及一名少尉小队长。另两个着中式对襟衫的是徐汉奸的贴身保镖。徐汉奸穿一件蓝中山装，腿架在前面的椅子背上，正歪着身体看戏。四个人冲进戏院时，台上演戏的演员一怔。徐汉奸警惕性非常高，马上回头，就见四个人疾步奔来。徐汉奸有一身好本事，三支飞镖是他的看家本领，指哪打哪。他拔出一支飞镖，朝黄教官的咽喉一掷，飞镖嗖的一声，飞向黄教官的咽喉。黄教官已知徐汉奸会用这一手，就有防备，身体迅速一偏，那支飞镖划破了黄教官的脖子皮，有血洇出来。徐汉奸十分诧异，几乎没有人能躲过他的飞镖。他又抽出第二支飞镖，但黄教官没让徐汉奸撒出手，举刀飞身劈向徐汉奸。徐汉奸闪开，退几步，顺手一飞镖掷向黄教官的胸口。黄教官挥刀一挡，当的一声金属响，飞镖正好被刀身挡掉。徐汉奸见状，猛地一脚踢在扑上来的黄教官的小腹上，那一脚用力很大，黄教官被他踢得向后退了几步。刘杞荣疾步赶到，伸手向前推黄教官一把，黄教官站稳了。

这时宪兵少佐拔出王八盒子，大拇指扳手枪的保险栓，真是说时迟那时快，刘杞荣腾身跃起，挥刀劈下，硬生生地把宪兵少佐握枪的整条胳膊劈了下来。刚才还好好地连着肩膀的胳膊竟掉在地上了，宪兵少佐痛苦得大叫。刘杞荣没让他多活一秒钟，刀一晃，宪兵少佐的脖子断了，人栽在地上。同一时刻，周进元飞身跃起——这两年他在刘百川师傅的指导下经常与刘杞荣比刀，刀法不比表哥差多少了——一刀刺进日军宪兵中队长的左胸，脚一着地，刀就抽了出来——劈向慌乱中拔枪的宪兵小队长。那宪兵小队长想转身逃跑，周进元的刀比宪兵小队长的腿快，噗的一声戳进了宪兵小队长的腰。徐汉奸见不妙，忙拔第三支镖，刘杞荣比他更快，一脚踢在他手上，那一脚用了七成力，把徐汉奸手里的飞镖踢掉了。徐汉奸在上海混时，见过武功厉害的，可没见过身手如此敏捷的！在重庆受训时，军统里几个武功下不得地的特工，都是他手下败将。这个人如此厉害，令他惊悸。他想跑，却又不敢转身，怕对方掷刀扎背，就面向刘杞荣，快步朝后退。刘杞荣一刀刺去，徐汉奸折身避让。刘杞荣的刀法是跟刘百川师傅学的，师傅告诉他出刀时不要用全力，全力使出就无法改变方向，要根据对手的移动变招。他见徐汉奸折身，就改为横劈。徐汉奸的腰被他砍了一刀。徐汉奸身手够快的了，黄教官挥刀劈他时，他不但闪开还给了黄教官一脚。而这个人用刀，中途还可以拐弯，而且比他快，一刀劈在他腰上。他预感小命难保，急忙向戏院后门跑去。刘杞荣毫不犹豫地跃起，飞身一刀刺去，用足了力，扑哧一声，刀锋直入徐汉奸的背脊，从胸前穿过去。徐汉奸晃了下，一头栽在地上。他逼近一步，抽刀时一股鲜血像泉水一样往外喷。戏台上的演员早乱成一团了，纷纷向后门奔去。刘杞荣回头一瞅，两个宪兵军官已被周进元挥刀劈死，两名特务保镖被黄教官和李营长解决了。这一切只用了二十秒钟。徐汉奸已死。刘杞荣正准备说“撤退”，戏院门外“叭叭”地响起了枪声。

日军宪兵巡逻队从戏院旁经过时，发现杨参谋长和刘连长正把尸体往黑暗处拖。他们开了枪。一声尖利的响声打破了安庆市那个夜晚的宁谧。跟着便是杨参谋长和刘连长还击的枪声。手枪射击声与宪兵端着的三八大盖射击的枪声重叠在一起。中年男人和年轻人从后门冲进来，中年男人急道：“快走快走，宪兵一旦赶过来就来不及了。”刘杞荣说：“快叫杨参谋长和刘连长撤离。”黄教官忙道：“我去叫。”黄教官拔出柯尔特手枪，快步朝戏院正门跑去。刘杞荣说：“我去看看。”中年男人拉住他：“长官，你不能去，我们快走。让我侄儿去。我们快走。”周进元忙把手枪递给年轻人，年轻人握着枪快步向前门奔去。中年男人道：“快走快走啊你们，一秒钟都不能耽搁。”戏院前枪声四起，黄教官也加入了阻击日军宪兵的战斗中。他们跟随中年男人走出后门，刚钻进一条小巷，就有宪兵哇哇叫着冲来。刘杞荣见一些宪兵从后门奔进戏院，要去救。中年男人说：“你不想大家都死在这里就快走，我把你们送出去再回来找他们。快走啊你们。”他们傍着墙穿行，黑灯瞎火的。有的地方是两墙相夹的窄缝，人只能侧身过去。有的巷子其实就是屋檐滴雨的阴沟，大家跟着中年男人一脚高一脚低地穿过七八条巷子，穿过一条主街时，只见街两头站着的宪兵端着枪，但因他们穿越的这段路没灯，宪兵的注意力又投在枪响的方向，就没发现他们。他们再钻进一条小街，继续深一脚浅一脚地疾行。这时，激烈的枪声停息了，安庆城的夜晚又恢复了宁静。他们担心着杨参谋长、刘连长、黄教官和年轻人的安危，跟着中年男人又拐了几条巷子，来到那处污水沟前，中年男人指着污水沟说：“从这污水沟出去，城外有一片空地，穿过空地是树林，进入树林就安全了。你们快走。”刘杞荣望着他，“你不走？”中年男人说：“我得转回去看看，若能碰上他们，再把他们带来。你们赶紧出去。走啊。”周进元往沟里一跳，对迟疑着的刘杞荣说：“表哥，我们走。”刘杞荣和李营长都跳进污水沟，从这条臭烘烘的污水沟爬出去，攀上沟边藤蔓横行的沟壑，弓着身体钻进了不远处的树林……

四十　一九四五年八月

一九四五年八月，抗战胜利后，国民革命军第七军第一七一师奉命接受淮河对岸日军一个旅团投降。那个旅团名叫近卫文麿旅团，以日本首相近卫文麿命名，足见这个旅团多么不一般。旅团下辖两个联队，一个联队足有国军两个团的兵力，联队长是日军大佐，等同于国军上校。其中一个联队长叫山田凯男，三十来岁，身材修长，长脸，小眼睛炯炯有神，剪着板寸头，着一身摘去了肩章的军服。他毕业于日本陆军大学校，身上流着日本皇室血液，是名好战分子。因他效忠的天皇向日本国民下诏书，日本所有国民必须接受美中英拟定的《波茨坦公告》，解除武装，就地无条件投降，他脸上的傲慢就被自己压制了，一脸的谦卑，待人极其礼貌。他一旁是近卫文麿旅团的卫生部长，年龄大一些，圆脸、大鼻头，中等身材，也很有礼貌。刘杞荣是应少将王师长之邀，一起来受降的。翻译向投降的日本人介绍刘杞荣："他是我军教导团的少校教官。"翻译见日方军人对少校军衔无动于衷，就加一句："刘教官是武术教官，专教我军官兵劈刺。"

受降的所有程序完结后，刘杞荣正要随王师长上美式吉普车离去，近卫文麿旅团的卫生部长走前几步，对刘杞荣深深地鞠个躬。刘杞荣觉得奇怪。卫生部长指着山田凯男："刘教官，山田凯男联队长听说阁下是武术教官，想跟阁下切磋一下武术。"卫生部长说得一口流利的中文。刘杞荣见这个日本人尊称他"阁下"，颇为一惊，瞧一眼山田凯男，见山田凯男站在稍远处十分有礼貌地向他鞠躬，身体弯成九十度的直角，就望着王师长。王师长晓得刘杞荣武功好，说："跟他比。"山田凯男中等偏高的个头，脸上没一点赘肉，一看就非等闲之辈。刘杞荣想，自己万一输给这个日本人，那不丢了中国人的脸？不比，好像自己怕他似的，也丢了中国军人的脸。这种把自己与中国军人牵扯在一起的思绪，让他十分为难。可眼下，卫生部长和山田凯男左一个鞠躬右一个鞠躬，等于是逼他就范。王师长问："你那么好的功夫，还怕他？"卫生部长仿佛看出了他的心思，狡黠地一笑，介绍道："刘教官，山田先生劈刺六段、柔道七段。"这话有两层意思：山田凯男并非日军的顶尖高手；其二，他就这水平，你敢比吗？刘杞荣想，劈刺六段他倒不惧，说："我不懂柔道，只会中国式摔跤。"卫生部长用日本话对山田凯男嘀咕，山田凯男听毕，"嗨"了一声。刘杞荣想，这个日本人是想用比武来洗刷投降的耻辱，以示日本军队并不是因不行而屈服于中国军队。卫生部长说："中国式摔跤，也行。"山田凯男又鞠一躬。刘杞荣怕他不懂，解释："山田先生，中国式摔跤，手撑地就算输。"卫生部长说："哟西，只要刘教官愿意比，规矩刘教官定。"刘杞荣想，逃是逃不过了，问："先比劈刺还是先比摔跤？"卫生部长与山田凯男嘀咕几句，说："若刘教官不介意，先比劈刺如何？"刘杞荣想，自己跟严乃康教官学的劈刺，又教了官兵这么多年，还怕这个山田凯男不成？说："行。"卫生部长把他的话传达给山田凯男，山田凯男立马鞠躬："嗨、嗨。"

日军的枪炮、弹药都收缴了，但旅部的木步枪还在，这种木步枪就是为长官们平时练习劈刺备的，与日本士兵手中的三八大盖等长，枪身漆成黑色，枪托和枪身与三八大盖一样大小。卫生部长拿出两把木步枪。山田凯男非常礼貌地示意刘杞荣先取枪，刘杞荣取了其中一把，山田凯男拿起另一把，两人都拿枪到石灰桶里蘸上石灰。山田凯男礼貌地说："刘教官请。"刘杞荣一怔，想他懂中国话啊，心里就生了疑，说："你先请。"山田凯男执意要刘杞荣先行，刘杞荣就提着枪走到场地中间。这时已经有几百日本人围上来，日军士兵很听话，前排是摘了肩章的长官，长官们坐下，士兵则站在长官的身后，围了十来圈，等着看他们的长官与中国军人比拼劈刺。规矩议定了，比十枪。近卫文麿旅团少将旅团长和旅部大佐参谋长都很兴奋，对山田凯男嘀咕着什么。王师长和师参谋长等鼓励刘杞荣道："刘教官，你一定要赢他。"刘杞荣不说话。山田凯男对刘杞荣深深地鞠一躬。刘杞荣可没遇见过这么礼貌的对手，自己又没有向对手鞠躬的习惯，何况是日本人，就不动。山田凯男握着枪，紧盯着刘杞荣，等着卫生部长的口令。卫生部长看一眼刘杞荣，又望一眼山田凯男，举起的手向下一劈："开始！"只见山田凯男身影一晃，快得刘杞荣还没反应过来，左胸就挨了一枪。这若是真枪，那不刺刀见红了？刘杞荣一悚，后退一步。山田凯男再次刺来时，他横枪一挑，但山田凯男的枪一晃，又一枪刺在他右胸上，快得他根本没法破山田凯男的招。刘杞荣想，严乃康教官也没这么快啊，未必今天遇见的是真菩萨？第三枪，山田凯男想刺他的小腹，刘杞荣把枪头一压，迅速刺去，却只刺中山田凯男的右大腿。刘杞荣想，他能快捷地化险为夷，这么好的身手，难怪要跟他先比劈刺！第四枪，他又被山田凯男刺中左胸，而且把他的左胸刺疼了，可见这一枪有多快多猛。第五枪，山田凯男举枪刺来时，他横枪一挑一刺，刺中山田凯男的腰。山田凯男一惊，"哟西"一声，像狼一样龇下牙。第六枪，山田凯男刺中他的肩膀。一共刺了十枪，山田凯男刺中他六枪，三枪刺在他的要害部位，另三枪分别刺在他肩膀、胳膊和大腿上。他刺中山田凯男四枪，两枪刺在山田凯男的腿上，一枪刺在山田凯男的肩上，只有第五枪刺在山田凯男的腰上，算是夺回了点面子。山田凯男对他跷起大拇指："刘教官很厉害。"他明明输了，山田凯男竟还夸赞他，就觉得自己被羞辱了！他说："劈刺你赢了。"

日军都懂劈刺，见山田凯男赢了中国军人，个个脸呈喜色，有的日本人还在一旁跳起了日本武士舞，彼此拍打着，摇头晃脑的。日军旅团长对山田凯男道：“哟西，山田大佐。”山田凯男一脸为国争光的荣耀相，仿佛脸上挂着彩旗。王师长见刘杞荣输了劈刺，脸有点挂不住，怕刘杞荣再输摔跤，打退堂鼓道：“刘教官，摔跤就算了。”刘杞荣也觉得窝囊，想真是山外有山。感觉山田凯男的劈刺技术绝非六段，应该是九段。山田凯男笑，那笑容有些诡异，冷冰冰的，似乎有冷气在他那张得意的脸上升腾，好像河床上起了雾。他觉得日军卫生部长介绍山田凯男时有隐瞒，很想抢回脸面，问：“摔跤，还比吗？”山田凯男自负道：“哟西。”王师长之前以为刘教官乃天下劈刺第一，没想刘教官此刻竟栽在这个日本人手上。他看出山田凯男十分狡猾，就扳下刘杞荣的肩：“这个人是武林高手，要不莫比了吧？”刘杞荣不想就这么走：“摔跤他未必能赢我。”

卫生部长拿来柔道服，这种布很结实，扯不烂。八月的天气，穿这种柔道服有些热。山田凯男当众脱下军服，只见他胸肌十分发达，腹肌一块块的，胳膊上的肌肉也一鼓一鼓的。山田凯男换上柔道服，活动着手脚。刘杞荣也脱掉军服，穿上柔道服，重申道：“山田先生，中国式摔跤，人倒地或单手撑地都算输。你的明白？”山田凯男对他深深地鞠一躬：“哟西。”山田凯男个头与他差不多，穿着柔道服，脸上就有几分胜券在握的冷峻。刘杞荣看了眼四周的日本军人，这些日本军人全期待地望着山田大佐，仿佛在给山田大佐打气，有的军人兀自手舞足蹈。裁判是日军旅团长和国军王师长，都是少将，级别相等。王师长宣布：“开始。”山田凯男“嗨”一声。刘杞荣待山田凯男的手伸过来抓他肩膀时，一个贴身靠，膝盖一顶，就把山田凯男撂翻在地。山田凯男有些惊奇，没想到这个国军少校出手竟这么快！他晃下脑袋，脸上那层自傲被晃掉了，好像一只狗甩掉了头上的水一样。他小心多了，企图报复地回摔一个，可刚一上手，刘杞荣左手逮住他的右上臂，右手扳抹他的下巴，同时左腿顶住他的左大腿，他想抽出腿来，却仰面倒地了。山田凯男再也没一丝自大了，有的是羞愧。他双手举上放下，“嗨”了几声，再晃下脑袋，一副要把对手吃掉的样子。王师长看出山田大佐不是刘教官的对手，拼命抑制着笑，道：“第三跤，开始！”刘杞荣用一个简单的“牵别”动作，又把山田凯男掼倒在地。日军旅团长没想到自己的联队长如此不中用，脸都气歪了。王师长再没法控制自己不笑了，那发自内心的笑不听他调遣，像顽皮的小孩子钻出门，径自在脸上漾开了，好像湖面上起了漂亮的涟漪。他举起手大声道：“第四跤，开始——”刘杞荣迅速一个搀掰，再次把山田凯男摔翻。山田凯男身为日本军人和武士，在众日本军人和中国军人面前连连摔倒，自己都觉得十分难堪！他面朝东方，双手合十，用日语低声向天祈祷，接着“嗨”一声，跺两下脚，红着脸冲上来，像要跟刘教官打抱箍子架样。刘杞荣右手落到他的脖子上往下一拧，同时右脚飞快地踢向他的左脚踝。山田凯男都不晓得自己是怎么摔倒的，蒙了。王师长再也无法控制了，嘿嘿嘿地笑出声来。日军旅团长拉着脸扭头走了。场上，一些日军官兵也失望地嘟囔着散了。裁判就剩下王师长。王师长见人都走了，问：“还比吗？”山田凯男很想胜一跤，绷着脸吐出一个字：“比。”王师长手往下一劈：“第六跤，开始——”山田凯男谨慎地靠近刘杞荣，刘杞荣抢把快得他根本没法反应，一个踹踢，又把山田凯男踢倒了。十跤下来，山田凯男输得一点脾气都没有，向刘杞荣连鞠三躬。刘杞荣说：“山田先生太客气了。”山田凯男竖起大拇指：“刘教官，您是这个。”他把大拇指一收，支起小指头：“摔跤我是这个。”刘杞荣道：“我是这个。”支起无名指，又跷起大拇指：“我师傅才是这个。”山田凯男一听刘教官还有师傅，就一脸崇敬地请求道：“刘教官，鄙人很想见见您师傅。”刘杞荣不知刘百川师傅愿不愿意见他，说：“我要问问我师傅。”山田凯男“嗨”一声，先一个九十度的鞠躬，然后用汉语说：“望刘教官成全。”

刘百川师傅住西院进门右边的房子，门前有棵大树，夏天里，大树的阴影稳稳地投在屋顶上，因而这间房比较阴凉。每天，大家忙完公务便聚集到刘百川师傅的住处，舞刀弄枪、谈古论今，把一天里剩余的时间消耗掉才各自回房睡觉。刘杞荣回来时，刘百川师傅躺在竹躺椅上，手里摇着一把蒲扇。抗战胜利了，伤员都转地方医院了，刘百川师傅不用背着药箱给伤员治伤了。他沉着脸懊恼地望着刘杞荣："看你没精打采的，遇难事了？"刘杞荣把与山田凯男比武的事说给师傅听后，感叹道："他出枪的路数与严乃康教官不同，第一枪、第二枪，我都冇反应过来就被他刺中了。"刘百川师傅摇了摇蒲扇："这个山田凯男可能不止六段。你想想，卫生部长若说他是九段，你敢跟他对刺吗？"刘杞荣说："那我的思想准备会充分些。"师傅笑，拿蒲扇打了下落到腿上的蚊子。刘杞荣说："师傅，这个山田凯男相当有礼貌，比武前比武后都对我鞠躬。"师傅又笑："我看你是被他的礼貌迷惑了。"刘杞荣说："那倒没有，我注意力还是集中的。师傅，山田大佐向我提了个请求，讲他很想拜见您。"师傅道："老夫有啥好见的？""我开始也冇同意，可走时他拉着我的手再三请求，我就答应了。"师傅缓声道："你既然答应了，见也无妨。"

刘杞荣去向老师的主任室打电话，告诉山田凯男第二天下午四点钟来第二十一集团军总部，届时他在总部门前恭候。晚上，刘杞荣正在院子里练刀，一辆美式吉普车驶到，向老师和周进元回来了。刘杞荣说了与山田凯男比武的事，周进元认为刘杞荣的劈刺相当厉害了，惊讶道："他能刺中你六枪？"刘杞荣答："他出枪相当快，我都冇反应过来。"向老师说："那他的劈刺段位不在严乃康之下。"刘杞荣说："他太有礼貌了，不停地鞠躬，我还以为他劈刺不行呢。"向老师不屑地"哼"了声："上了当吧？"刘杞荣说："后来比摔跤，我一跤都没让他赢。王师长笑得嘴都合不拢了，把日军旅团长气走了。"向老师笑："你要感谢教你摔跤的纪寿卿和常东升，不然你今天会输得很惨。"周进元一副幸灾乐祸的样子，嘿嘿道："今天你劈刺遇到对手了吧？我喜欢。当年，你把老子刺毛了。"向老师说："劈刺本来就是从日本传来的，日本当然会有很多劈刺高手。不奇怪。"刘杞荣看着手中的刀："师傅要我跟他比刀。"周进元说："那你一刀捅死他。"向老师指责周进元："那不行的，净出馊主意。"几人坐在院子里聊了很久，临了向老师见刘百川师傅打哈欠了，说："大家早点休息。"

第二天下午四点钟，一辆吉普车驶到总部，刘杞荣迎上去。近卫文麿旅团的卫生部长和山田凯男一看见刘杞荣，连忙鞠躬。刘杞荣受不了如此大礼，忙说："免了免了。"山田凯男仍鞠躬："再次见到阁下，山田三生有幸。"刘杞荣想，这个山田凯男真鬼，都会用形容词了，昨日初见时还装不懂中文。卫生部长说："刘教官，我们带了点食品，请不要见笑。"刘杞荣愕然："食品？"卫生部长谦卑道："日本料理。"他从车内提出三个两尺高、一尺宽的方形细篾笼子，他提两个细篾笼子，山田凯男提另一个。司机左手拎一个细篾笼子，右手抱一个一米多长的圆筒。山田凯男笑容可掬道："请刘教官引路。"刘杞荣想"引路"比"带路"措辞文雅，足见他的中文水平比中国的农民都高。他领着山田凯男和卫生部长步入西院。刘百川师傅着一身灰色薄长衫，躺在竹躺椅上，手握蒲扇摇着。刘杞荣指着山田凯男："师傅，咯位就是山田大佐先生，咯位是卫生部长。"刘百川师傅点下头。山田凯男见刘百川师傅身材健硕、满头白发，忙向刘百川师傅连鞠三躬，指着细篾笼子对刘百川师傅说："老前辈，初次拜访，带了些日本菜，请老前辈品尝。"卫生部长打开司机抱来的圆筒盖，拿出一块折叠成方块又卷成圆形的白布铺到地上，这块白布有四米宽、四米长。卫生部长揭开细篾笼盖，端出一只只精美的漆盒，一一打开，全是日本菜，一共十五道，鸡鱼肉虾，花样层出不穷，还有日式凉面、烤饭团和蛋糕。他们是精心准备的。刘百川师傅和刘杞荣都依照山田凯男的坐姿，脱去鞋盘腿坐在白布上。刘百川师傅拿起山田凯男呈上来的银筷子，夹块鸡肉放入嘴中：“味道不错。”山田凯男笑了声。卫生部长说：“这是日本大厨亲手做的。”刘百川师傅又吃口猪排，点点头：“好吃。”卫生部长说：“这叫味噌猪排。先将生姜去皮后磨碎，加入味噌拌匀，再把洗净的猪排水分吸干，将调好的味噌和生姜末均匀地涂抹在猪排的两面，然后一块块煎烤。”刘杞荣没想到日本人这么讲究，吃个猪排竟有如此多的工序。而且吃个饭同办展览样，筷子是银的，装菜肴、凉面和饭团的盒子全是各式各样的日本漆器。他想，这是要表示他们日本人比中国人考究和高贵吗？他夹块鸡肉吃着，觉得味道挺好。山田凯男看着他，问：“刘教官，鸡肉合您的口味吗？”刘杞荣表扬道：“好吃。”卫生部长谦卑的模样，介绍鸡肉烹饪过程：“这种鸡肉的吃法是先把鸡骨去净，将葱切成段、洋葱切成丝，放入适量酱油和青酒焖煮十分钟，鸡肉熟了再加入些许山椒粉和鸡蛋汁，翻炒一分钟，再焖煮一分钟，起锅即可食用。”刘杞荣说了句家乡话：“难怪咯么好呷。”卫生部长开心地笑着，山田凯男也笑着。几人说着话，品尝着日本大厨的手艺，谈吃，谈武术。山田凯男说他非常尊重中国文化。刘杞荣想，日本人转换角色相当快，昨天还枪对枪炮对炮你死我活的，战争才结束半个月，就换了副嘴脸，尊重起中国文化来了。

天黑下来时，月亮升了起来，很圆很亮，月光如银洒满院子。饭吃完了，漆器餐具都收进细篾笼子里了，白布也卷起来塞进了圆筒，按说他们应该告辞了。刘百川师傅晓得山田凯男赖着不走是想看他的武功，说：“老夫今年七十五了，这把年纪不适合舞刀弄枪了。我徒儿跟我学了几年刀，你们比比刀，权当交流。”山田凯男的刀术也十分好，当年在日本陆军大学校深造时，好几个教官都是他的手下败将。他立即答：“好啊，有幸向刘教官请教，太好了。”山田凯男既是日本武士，又是个有一定文化素养的军人，有着日本人的精明，总是拿好话夸赞中国人，骨子里却看不起中国人。刘百川师傅用六安话对刘杞荣说：“你别伤着他。去取两把刀来。”

这两把刀是县城铁匠铺打的，是刘杞荣与周进元练刀时使的，都是四斤一把，宽度长度完全一样。刘杞荣让山田凯男挑一把。山田凯男一见刀：“刘教官，刀万一伤了人，可不得了。”刘百川师傅说：“放心，我徒弟吃了你带来的佳肴，不会伤你。”山田凯男听毕，嘴角浮现一丝冷笑：“前辈，我是怕万一不小心，伤了刘教官。”刘杞荣说：“刀没开锋。”卫生部长道：“山田大佐刀法精湛，旅团长来贵国前曾在东京帝国军人会所比刀荣获冠军，但输给了山田大佐。”刘杞荣说：“山田先生这么厉害，那请赐教。请。”山田凯男接过刀，舞了几下。月光下，他那张脸竟有几分凶相。刘百川师傅用家乡话对刘杞荣说：“你把他手中的刀打掉就行了。”山田凯男鞠个躬，扬起脸：“刘教官，开始吗？”刘杞荣说：“开始。”山田凯男挥刀向刘杞荣砍来，刘杞荣抬刀一挡，两刀相碰，火星四溅。山田凯男龇下牙，又挥刀横劈，刘杞荣提刀横挡，又一道火星飙向四面八方。山田凯男吸口气，举刀刺刘杞荣的咽喉，刘杞荣手腕迅速一转，挡开，在山田凯男的手臂上砍一刀。山田凯男丝毫没察觉，见他只是防守，盛怒，攻得就更凶更猛，劈、砍、撩、斩、刺、抹、拦、截、缠等刀术全用上了。刘杞荣左挡右架，不让山田凯男的刀刺、劈或砍到自己。他退、进、闪、挡，既果敢又快如闪电，达到了舞刀时师傅强调的“蝇虫不能落，一羽不能加”的境界。山田凯男恨这把刀短了，就更加疯狂地劈、砍、斩。刘杞荣见山田凯男一副拼命的架势，不客气了，手腕一转，扭刀一挑，山田凯男的刀脱手了，飞向天空三丈高，又直直地落下，插入两人之间的地里，刀身于月光下摇晃个不停。山田凯男大惊，连忙鞠躬：“山田多有冒犯。”刘杞荣想，他八成还不晓得自己挨了几刀，就道：“山田先生，你不妨撸起衣袖，看看你的手臂。”

山田凯男这才感觉手臂隐隐作痛。卫生部长从挎包里取出手电筒，揿亮，只见山田凯男握刀的右臂，从腕骨起，一道道红印排上去，一共七道红印出现在右前臂上，都是刘杞荣用未开锋的刀砍的，若这把刀开了锋，他又加点力的话，这条手臂已被砍断七次了。山田凯男羞愧得连连向刘杞荣鞠躬，说："刘教官，山田愿拜阁下为师，跟阁下学刀术。"刘杞荣暗想，日本人有一点好，输了就认输且想学，婉拒道："山田先生，我不收徒。"山田凯男不甘心："刘教官，山田愿倾其所有……"刘杞荣只好挑明道："我不收日本人为徒。"山田凯男听懂了似的"嗨"一声，再次鞠躬，羞惭地走了。

这年年底，第二十一集团军总司令兼安徽省主席李品仙决定把安徽省府从立煌县迁往合肥。立煌县处在大别山腹地，打仗时是避风港，日军进攻时，大家躲进山里，鬼都搜寻不到。不打仗了，大家觉得这里的交通很不便利，听说省府将迁至合肥，学校和银行自然要率先搬迁，整个立煌县整天都是告别宴会，人人抱拳辞别，一口一个"合肥见"。周进元十分郁闷，这几年他像个跳梁小丑样跳来跳去，既讨好秋燕又谄媚堂客，时不时送秋燕一个玉镯又送堂客一个玉镯，还突发奇想地把两个女人约到一起吃了顿饭。周堂客眼尖、心细，见秋燕戴的玉镯成色那么好，自己戴的玉镯却浑浊无光，便知自己在丈夫眼里轻得跟鸿毛一样，就用上吊威胁丈夫："你敢娶她，我就吊死给你看。"周进元愤怒得要死，却不敢胡来。向老师才一个太太，军需处主任也只一个夫人，他一个副主任娶二房那不是找死？休妻，三个儿子都小，正东才一岁多，还在吃奶，不能没有亲娘。秋燕对他很失望，打扮得很漂亮地随银行去了合肥。周进元算得上一个情意绵绵的硬汉，开始还装无所谓，每天很充实的样子跟着向老师来来去去，可是有天晚上，他瞧着一轮圆圆的月亮，心却到了秋燕身上，就十分惆怅地对练完拳的刘杞荣道："都他妈的走了，老子成孤家寡人了。"孩子要读书，周堂客带着三个崽回长沙了，即使他天天跟秋燕幽会也不管了。刘杞荣很看不起表弟一心二用，说："咯是你自找的，你堂客那么好的一个人，你太欺负她了。”周进元满不在乎道：“我跟我堂客冇么子感情，不讲我堂客。秋燕这次是真的走了。”刘杞荣一点也不同情，道：“走了干净。”周进元点燃一支烟：“我晓得你幸灾乐祸啰。”刘杞荣笑道：“那是，我就是幸灾乐祸。”

刘百川师傅辞别向恺然等人，和家人一起上了一辆送他回老宅的军车，走了。刘杞荣每天走进教导团，忙的时候倒不觉得，一歇下来就仿佛看见杨参谋长、黄教官和刘连长练摔跤、练劈刺或围绕他说话的影子，而这三个人都于那次锄奸行动中战死在戏院门前了。所以，他不想待在这里了，对周进元说：“我打算退役。”周进元扔掉烟蒂：“退役回沅江？”他肯定地说：“回沅江。”当时国共两党还没开战，许多民主人士纷纷上书，要求蒋委员长裁军，把经费用到国家建设上。蒋介石为拉拢民主人士，在报纸和电台上发表声明，国军将裁军多少，愿意退役的军人原则上都允许退役。刘杞荣写了份退役申请，交给向老师。向老师舍不得他走：“你真想退役？”他想好了理由：“向老师，抗战多年，我都在军队里为国出力，冇在爹妈身边尽过一天孝。现在抗战胜利了，我想回去尽尽孝。”向老师说：“理由倒很充分。”就批准了他的申请：“去财务科领退役军官安置费吧。”刘杞荣敬一个军礼给向老师，转身要走。向老师喝道：“站住。孟子曰，不孝有三，无后为大。柳悦和军军死了三年多了吧？”刘杞荣“嗯”了声，向老师说：“回家娶妻生子吧，莫再拖了。”

四一　一个冰天雪地的日子

一个冰天雪地的日子，刘杞荣扛着背包——背包上横绑着古琴，既轻松又忧伤地踏着沙沙响的雪，回到了老家。娘看见他，眼睛湿了："莫非是老二回来了？"他答："娘，我退役了。"这话也是说给坐在一隅的爹听。娘昂起脸，也不多话："娘给你收拾房间。"刘杞荣说："我自己收拾。"娘说："那要得的！哪有男人收拾屋子的。"他的房间有四年没住人了，一股霉味。他打开门窗，让冷冽的西北风扫荡着屋里的霉味。他扫地，娘就拿抹布抹桌椅和床架。娘从他四年前写的信中得知，柳悦和军军都被日军飞机投下的炸弹炸死了。娘问："你现在找堂客冇？"他答："冇找。"娘道："娘托媒人给你介绍一个吧。"他说："我自己的事我自己解决。"娘眼睛一亮："你老三的堂客有个妹妹，前两天来过，长得水灵呢，要不，让老三跟他堂客讲讲，问问她妹子找了人家冇。"他说："娘，莫讲。我若碰到自己中意的再说。"

他打开包裹，里面有三张银票，是他这几年的全部积蓄。还有一条浅黄色丝巾，是柳悦用过的，他特意放在包里权当念想。他打开大柜放东西，这是农村里那种能装一担箩筐的大柜，柜里放着棉絮，还有军军穿过的几件衣服。他拿起军军穿过的衣服，眼睛湿了，眼泪一粒粒地滚落下来。正值农闲季节，他哪里也没去，除了练武，就是写字、抚琴。字帖是当年在国术训练所学习时发的，毛笔是现成的，纸是他从街上买来的毛边纸，用写字打发时间再好不过了。他抚琴时总是能回忆起一些乱七八糟的往事，还能想起柳悦和军军留在他脑海里的点点滴滴。他整天都生活在回忆中，几乎不跟什么人交往。

过完年，开春了，他跟着父亲下田育秧苗，赤着一双脚，挽起裤脚干。有天上午，刘杞荣正在田里插秧，贺新一师傅来了，雄赳赳地站在田间呵呵道："你是武术家怎么可以窝在田里？走走走，去我武馆。"刘杞荣说："师傅……"贺新一师傅打断他道："怎么，嫌师傅的武馆小了？"刘杞荣可不敢找任何借口回绝。回到家，洗了脚，换上一件干净衣服，随贺新一师傅向码头走去，一路说着话。

贺家武馆在县城里很气派，除了贺家老宅，两边还建了新宅和长廊，围了个大院子，院子里一块坪，供习武的人练武，有很多器械，石锁、杠铃、哑铃和刀枪剑棍，长廊上还吊了四个练拳击的沙袋。刘杞荣随贺师傅走进武馆时，众弟子都在坪上练武艺，看见贺师傅，立即停下来。贺师傅高兴道："弟子们都过来。"弟子大约三十多人，年龄从七八岁到十几岁、二十几岁不等，个个都一身汗。贺师傅大声道："我请来的咯个人是武术大家，也是你们的大师兄。大家欢迎。"众弟子连忙拍手。贺师傅嘿嘿道："师傅现在不是他的对手了，你们若能得到他的指点，那是你们的福气。"众弟子热闹起来。刘杞荣很不好意思，说："你们练你们练，我看看，我看看。"贺师傅说："你们把师傅教的南少林拳打给你们的师兄看看。"众弟子就散开，年龄小的在后面打，年龄大的在前面打着南少林拳。刘杞荣看完说："不错不错，都不错。"贺师傅说："我请你来，你要多指教。"

刘杞荣觉得教弟子们习武比在田里劳作意义大，就留下了。贺师傅给他安排了一间宽敞的卧室，门朝南窗朝北，室内有一张宽大的梨木架子床和一张香木桌子，坐到桌前总能闻见木质的清香。还有一组藤沙发和一张红木躺椅。贺师傅说："刘师傅莫嫌粗糙。"刘杞荣说："蛮好蛮好，弟子很感谢。"贺师傅说："你是我请来的师傅，还是叫你刘师傅吧。”刘杞荣摇手：“不可不可，我本来就是您的弟子。”贺师傅惭愧道：“师傅的武术不及你十分之一二了。”刘杞荣慌忙说：“常言道，一日为师，终身为父。师傅，快莫咯样讲。”贺师傅就不再坚持，嘿嘿一笑：“那行。”师徒俩说了很多话，直到夜深了，贺师傅才回房间睡觉。

清晨，他醒来，想起那年与柳悦在李记粉店吃粉，心里就想着那种味道。洗漱完毕，他走出武馆，走进不远的李记粉店，要了一碗酸辣排骨粉，刚坐下，就见一个长发飘飘的姑娘提个篮子走来，从篮子里拿出一只蓝花边瓷碗，放到案板上：“老板娘，下一碗酸辣牛肉粉。”老板娘答：“好呢。”刘杞荣低头吃粉时，有三个街痞耀武扬威地走来，其中一个街痞无聊地扯下姑娘的长发。姑娘生气了：“你干么子！”那街痞嬉笑着，又要摸姑娘的脸蛋。姑娘闪开。另一个街痞趁机拍下姑娘的屁股。姑娘怒斥：“流氓。”老板娘说：“你们莫欺负谭妹子，人家是正经妹子。”“给我们下三碗牛肉粉。”街痞说。老板娘答：“好咧。”老板娘把煮好的粉夹起来放进谭妹子带来的碗里时，另一个街痞伸手掐谭妹子的腰。谭妹子怒道：“臭流氓！”那街痞淫笑，竟要摸谭妹子的脸蛋。谭妹子一躲，一碗粉倒在那街痞身上，烫得那街痞大叫并对另两个街痞说：“拦住她，莫让她跑了。”刘杞荣看不下去了，拍下桌子。三个街痞瞪着他，其中一个说：“找死啊你。”刘杞荣眼睛一瞪：“光天化日之下，调戏良家妇女，你找死吧？”一街痞搬起一张凳子朝他砸来。他一脚把那街痞踢了个四脚朝天。只一脚就把三个流氓镇住了，一个街痞拉起仰倒在地的街痞，粉也不吃了，慌张而去。谭妹子说：“谢谢你。”刘杞荣说：“不谢。”谭妹子的碗摔破了，她拿起篮子，感激地看他一眼，疾步而去。刘杞荣回到武馆，一些弟子已在坪上练起武来了。

天热起来后，刘杞荣把古琴拿来，白天教弟子习武，晚上就抚抚琴、练练字。一个月明星稀的晚上，他抚着《高山流水》，一抬头，见贺师傅和一个中年男人站在门外听。贺师傅介绍身边的男人："谭校长。"刘杞荣停止抚琴。谭校长说："冇想到刘兄武术天下第一，琴也弹得煞是好听。"刘杞荣一愣，起身道："哪里哪里。坐。"谭校长瞅见桌上的毛边纸上工工整整的楷书，笔墨饱满、字体庄重，问："咯是你写的字？"刘杞荣说："见笑了。"谭校长称赞："字不错，你是全才啊。"刘杞荣说："哪里啊，闲时写写字，练练屏气。"谭校长和贺师傅坐到藤椅上，谭校长说："大侠的名字，鄙人十多年前就在报纸上见过，您是沅江人的骄傲啊。"刘杞荣摆手："不敢不敢。"谭校长说："大侠无须过谦。我今天来，是请贺师傅和您明天去我家小聚，不知大侠肯不肯赏脸？"刘杞荣觉得有些唐突，看一眼贺师傅。贺师傅马上说："谭校长人很好，我们是多年的朋友。"刘杞荣笑了声："那好啊。"谭校长说："谭某有个不情之请，大侠琴弹得咯么好，可否带上琴？当然，若大侠觉得不方便……"刘杞荣见谭校长说话文绉绉的，顺口答："有么子不方便。"

次日中午，他把古琴放到琴套里，和贺师傅一起去了谭校长家。谭校长家是栋红砖黑瓦房，坪上栽了几棵橘子树和几株桃树，桃树上结满了桃子。堂屋里坐了些人，都是县城里有头有脸的人物。谭校长把他一一介绍给大家，刘杞荣与这些县里的人物相继握手，说话。谭校长说："诸位，刘大侠不光武艺精湛，琴也弹得非常好。诸位，欢迎刘大侠弹支古琴曲如何？"众人异口同声道"要得要得"。刘杞荣不怯场，把茶几上的茶杯捡开，从琴套里抽出古琴摆好，笑笑："那鄙人献丑了。古琴音量小，我抚琴时还望大家安静。"他抚起了《广陵散》，琴声由舒缓变得激昂、慷慨，满堂屋激越的弦音。谭校长虽然琴棋书画都来得一点，也只能听懂一半，另几人和贺师傅更是一头雾水。刘杞荣弹完最后一个音符，见在座的几人毫无反应，猜到他们不懂古琴，一笑。谭校长忽然叫声"好"，忙鼓掌，一些人就跟着拍手。

贺师傅弹了下烟灰：“我咯人冇得音乐细胞，不懂古曲，倒是喜爱听周璇的歌。你会弹周璇唱的歌吗？”那个年代的人都看过周璇演的电影，也就都熟悉周璇的歌。刘杞荣弹起了《夜上海》，人人都听懂了，都喜欢地鼓着掌。谭校长问：“刘兄，你会弹《天涯歌女》吗？”刘杞荣太熟悉这首歌曲了，《马路天使》这部电影，柳悦看过三遍，最醉心哼唱这首歌的第三段：“人生呀谁不惜呀惜青春，小妹妹似线郎似针，郎呀穿在一起不离分，爱呀爱呀郎呀穿在一起不离分。”他弹了一段，谭校长认可道：“好听。九妹，你来一下。”

一个穿一件藕色短袖衫、黑长裙，长发飘飘的姑娘步入堂屋。谭校长说：“这是鄙人的九妹。九妹，你最喜欢唱《天涯歌女》了，哥的朋友会弹琴，你唱《天涯歌女》给大家听听凑下趣噻。”九妹脸一红：“哥，你是要我出丑呢。”谭校长说：“耍是喊你助兴，在座的除了刘大侠，你都认得。”九妹看一眼刘杞荣，一愣。刘杞荣也一愣，这个九妹竟是李记粉店遇见的那姑娘。他笑着弹起《天涯歌女》的过门。谭校长说：“唱吧，九妹。”九妹红着脸唱：“天涯呀海角觅呀觅知音，小妹妹唱歌郎奏琴，郎呀咱们俩是一条心，爱呀爱呀郎呀，咱们俩是一条心……”众人笑，觉得好玩。九妹天生一副好嗓音，生得十分俏丽，柳叶眉、月牙眼，眼睛里似有秋波荡漾。九妹唱完第一段，嗓音放开了，第二段唱得更好听：“家山呀北望泪呀泪沾襟，小妹妹想郎直到今，郎呀患难之交恩爱深，爱呀爱呀郎呀患难之交恩爱深……”大家笑起来。贺师傅赞叹一句：“真是郎才女貌啊。”谭校长一怔，看一眼刘杞荣，又看一眼九妹。刘杞荣脸上没表情，九妹却是脸色羞红，颇似一朵沾着露珠的玫瑰。

九妹唱完，看着刘杞荣莞尔一笑：“你弹得好。”刘杞荣说：“你唱得好。”九妹说：“我要谢谢你。”刘杞荣说：“不谢。”谭校长十分诧异：“九妹，你么子事要谢刘大侠？”九妹大大方方地说：“那天早上妈想呷酸辣牛肉粉，我去端粉，碰见三个二流子，刘大侠帮我打走了三个二流子。”谭校长乐了：“九妹，就是他帮你打跑流氓的？”九妹说：“正是呢。”谭校长立即说：“谢谢刘大侠解了我九妹的围。”刘杞荣道：“举手之劳，不足挂齿！”谭校长笑：“对你是举手之劳，对我九妹却是个危难之事。我娘生了九个崽女，前面八个伢子，九妹是家里唯一的妹子。九妹咯些天总是讲，那天冇好生谢谢你就走了，心里十分过意不去。”众人呵呵笑起来。贺师傅趁机说：“杞荣，九妹还是黄花闺女，你也单身……”九妹红着脸走开了。刘杞荣说：“师傅，弟子受不起呢。”贺师傅道：“师傅给你当媒人，九妹是谭校长母亲大人的掌上明珠，要嫁人早嫁了，就是挑剔得很。谭校长，我讲得对不对？”谭校长放下茶杯：“我九妹的婚姻大事是我咯做大哥的一块心病，媒人上门介绍，有的家境不错，可我九妹都不中意。”一个客人说：“谭校长，我看你九妹对刘大侠有意呢。”另一个起哄道：“我也看出来了。有喜酒呷了。”贺师傅拍下大腿：“好啊，咯个媒我做定了。”谭校长很满意琴棋书画样样精通的刘杞荣，呵呵道：“我九妹谭志清今年二十岁，比你小十多岁，若刘大侠不嫌弃，我咯做大哥的就给妹妹做主了。”贺师傅道：“好事啊。老话讲得好，举贤不避亲。”刘杞荣脸都红了：“不好。我年龄太大了，不合适。”贺师傅道：“此言差矣。不大不大，县城里一个姓马的财主六十多岁续弦，娶了个十六岁的细妹子呢。”刘杞荣把古琴塞进琴套，将带子系个活结，淡然道：“你们讲点别的吧，莫讲我了。”

谭校长是文化人，提倡男女平等，一家人就坐在一起吃饭。九妹在娘的卧室里听见了他们说话，吃饭时羞红着脸坐在桌前，柳叶眉下的一双月牙眼不是盯着菜便是看着娘，就是不敢看刘杞荣。谭老太太六十多岁，虽有了些白发，但脸色红润、目光和善。她为幺女儿的婚事操碎了心，幺女儿眼界高，不想不明不白地嫁人，非要见一面，结果这个看不上那个瞧不上。当娘的能不急吗？饭桌上，她时不时打量几眼刘杞荣，老太太听了他弹琴，又听了女儿唱歌，从琴声和歌声中，她听出了“爱呀爱”的和谐之音。老太太问了问刘杞荣的家庭情况，心里认可了，一张嘴说了出来：“行，娘不反对。”贺师傅对坐在他旁边的刘杞荣道：“老太太都同意了，你得敬老太太一杯酒呀。”刘杞荣心里很乱，但出于礼数，就敬了老太太酒。老太太不喝酒，以茶代酒喝口茶，放下杯子说：“我九妹最小，上面八个哥哥都宠她，你可要对她好。”刘杞荣不知如何回答，这事来得猝不及防，他看一眼九妹，九妹给人一种温柔、漂亮、贤惠的样子。贺师傅来劲地催他：“你表个态嘛。”刘杞荣望着谭老太太说：“您放心吧。”谭老太太说：“好，我咯心落下了。”九妹羞涩地跑开了。

喝喜酒是深秋的事，谭校长家要准备嫁妆，刘家要修整房子。房子将就着住也行，当新房就得重新粉刷和油漆。墙壁上有军军拿树枝划写的痕迹，还有柳悦钉在墙上挂衣服的竹扦，这都得去除掉。还有门窗，得上新油漆。家具也得弄几样新的，请来了木匠，打了书桌和梳妆台，还打了几张靠椅和一个古琴架。忙完这一切就是秋天了。村里有一顶花轿，四人抬的，平常不用时放在祠堂里，谁家娶亲，花轿就派上用场了，用完后又抬回原处搁着。刘耀林点兵点将地指挥着人敲锣打鼓地去县城接亲，一路上撒着糖果。接亲的队伍一到，坪上锣鼓、唢呐和鞭炮声齐鸣，比过年还热闹。岳母谭老太太由长子谭校长和谭夫人陪着，坐在中央，花白的头上戴顶红毛线帽，一是遮了她一头花白头发，二是表示喜庆。新郎刘杞荣与新娘谭志清在村里司仪的吆喝声中拜了天地和爹娘，新娘按规矩被送进洞房，新郎陪客人喝酒，一杯杯地喝，自然喝醉了。娘发话道：“老大、老三，把老二扶进洞房。”

醒来时，已是晚上，他说：“水，水，我口好干。”新娘把事先泡好的茶递给他。他喝了个底朝天，这才瞧一眼头上仍搭着红盖头的新娘。他十分奇怪，她怎么还盖着红盖头？继而觉得新娘是个讲规矩的好妹子。他伸出手，揭下新娘的红盖头，桌上有盏马灯，黄黄的光亮温馨地照在新娘姣好的脸蛋上。自从柳悦死后，他再没正眼瞧过女人，觉得自己的爱伴随着亡妻一起去了阴曹地府。此刻，如此近的距离内打量着新娘，他发觉新娘竟如此年轻、温柔和貌美！他想生活给自己翻开新的一页了，内心就激荡："你真好看。"新娘一笑，犹如一朵芙蓉花盛开……

四二　四月里的一天

四月里的一天，周进元出现在刘杞荣面前。两人有二年多没见了。周进元没着军装，着灰布长衫，背个药箱，一副郎中打扮。刘杞荣一怔：“你不是在安徽吗？”周进元摇头：“莫提安徽了，我被解放军俘虏了，是向老师把我捞出来的。向老师要我来沅江找你，讲有要事要交给你办。我到了你家，嫂夫人说你在贺家武馆教拳。”“要事”一词让刘杞荣心里一紧，别人的话他是不听的，但向老师要他办“要事”，他可不敢懈怠。问：“么子要事？”周进元神秘的样子，答：“向老师有讲。”刘杞荣晓得周进元喜欢故弄玄虚，收拾了两身衣服，随周进元上了夜晚驶往长沙的客轮。他看一眼即将暗下去的天空，河风吹在身上有些凉。他问：“长沙有乱嚜？”周进元说：“岂有不乱之理？那些当官的、有钱的商人都慌了。有的往广州逃，有的往香港逃。”刘杞荣说：“要改朝换代了。”周进元看着沅江的两岸：“你有么子打算？”刘杞荣望着繁星满缀的幽蓝的天空：“我一个老百姓，能有么子打算？你那位秋燕呢？”周进元道：“嫁人了，缘分尽了。”“尽了好。”他说。周进元脸上呈现一抹伤感。他冷淡道：“还在想她？”周进元说：“我和她好了五年，是块石头也焐热了。有感情。”两人头顶苍天、面迎河风说了很多话，直到倦了才回客舱睡觉。

客轮于上午八点多钟驶到了长沙客运码头。向公馆早在第二次长沙会战中就炸毁了，那时向老师一家人都在安徽，忙着为第二十一集团军筹粮、筹军饷和动员安徽人民参军打日本鬼子。多年下来，那里建了几间简陋的房屋，但不是向家了。向老师在妙高峰租了两间房，那也是“文夕大火”后搭建的房子，破烂不堪，说话声音大了房东便能听见。房东是个老头，两个儿子都在抗战中为国捐躯了，除了几个邻居出入，家里还算安静。两人疾步走进向老师的租住房，向老师着普通老百姓的衣服，脸色憔悴。向老师看着他当年的爱徒道：“几年不见，你还是现样子啊。”刘杞荣道：“咯两年在沅江县的一家武馆教拳，冇想事。”向老师呵呵一笑：“你咯人有一点好，活得纯粹。讨了堂客冇你？”刘杞荣说：“讨了。”“生了崽冇？”“还冇。”他答。向老师说：“打一路拳给我看看。”房间不大，展不开拳脚，刘杞荣走到门外，对向老师道：“请老师指教。”他脚一划，把自己所学的拳汇集到一起，取其精华地打了遍，出脚快如飓风，出拳猛如闪电。向老师大叫一声“好”。周进元也说：“好。”向老师说：“你咯几年又有长进了，收放自如、招招凶猛，即便是刘百川师傅，也不过如此。”刘杞荣道：“老师谬赞，我哪敢跟刘百川师傅比。”向老师道：“老师晓得看，冇恭维你。”

几人进屋，坐下。向老师扫他俩一眼，小声说：“咯次我要进元把你找来，是我上星期在南门口遇见了旷楚雄，旷楚雄现在了不得，是程潜主席的部下。”向老师说到此处，警惕地看眼门外，门外没人，只有上午十多钟的太阳，但他还是把声音放得更低，道：“程潜主席不希望战火烧到湖南来，想起义，可程潜主席手上冇得军队，咯就难办死了。他任命旷楚雄为湖南交警总队少将总队长。”周进元一听旷楚雄是少将总队长，脸上就冒出几分妒忌：“少将？那不跟您一个级别了？”向老师点头：“如今老师是丧家之犬，他风头正劲。”周进元羡慕道：“他爬得真快啊。”向老师说：“他早几年就是少将旅长。我听他说，多年前他在战场上救过负伤的师长，背着师长跑出了硝烟弥漫的战场。师长是黄埔一期的，后来一路飙升，副军长、军长、集团军总司令，也没忘记提携他的救命恩人旷楚雄。我在第二十一集团军是客家，毕竟那是桂系，处处受掣肘，进元跟了我这么多年也只是个中校主任，唉——老师耽误了你发展。”周进元忙表态：“没有呢，我蛮好的。”向老师是明白人，晓得周进元脑子里想什么才说的这番话，接着道：“你不计较就好，其实也没什么好羡慕的。国民党快完蛋了，起义是你们唯一的出路。懂我的意思吗？”刘杞荣问：“向老师，我们要怎么做？”向老师说：“走，我和你们一起去旷楚雄那里。”

旷楚雄住着栋两层楼的公馆，这公馆是抗战胜利后建的，两层，红砖黑瓦，进门一个天井，穿过天井才是堂屋，堂屋两边各两间厢房。堂屋里挂着幅湘绣的下山虎，龇着牙。旷楚雄见进来的是向老师、刘杞荣和周进元，十分开心：“向老师，请坐请坐。”他认出了刘杞荣，轻轻擂了刘杞荣一拳：“嚯，我们可有好多年冇见了。刘兄在何处高就？”旷楚雄胖了，脸也变宽了，一张脸就很大，眼袋也有些大，熬夜熬出来的，还有些深谋远虑的倦态。刘杞荣回道：“咯几年我在沅江老家的武馆教拳。”旷楚雄又“嚯”一声，眼里却是不屑——那一刹那的轻蔑目光，被刘杞荣捕捉到了。随即，他又拍拍刘杞荣的肩：“当武师好啊，干本行。我是公务缠身，整天都是琐事。”刘杞荣想自己又不是他部下，他这个动作是上级对部属表示关切什么的，而且说话也是长官对下级的语气，就想他变了，不是从前的旷楚雄了。旷楚雄拉他在沙发上坐下，换副表情，大官样瞧一眼周进元：“周进元吧？”周进元脸上的皮一扯：“算你还有点良心，冇装不认识我。”旷楚雄呵呵大笑，又掉过脸来看着刘杞荣：“你老兄当年在洛阳打遍武林无敌手，令老兄羡慕死了。咯些年怎么混的？怎么还是个武师？”刘杞荣讨厌他说话高高在上的语气，自贬道：“我冇得你要求上进。”旷楚雄能升到少将，自然是聪明人，道：“我就欣赏你咯点，豁达、质朴。我们到小客厅坐吧。”

小客厅里摆着红木沙发和茶几，墙上挂着孙中山先生的画像，另面墙上框着幅黄山迎客松。墙角一个衣帽架，可挂衣服和搁军帽。这是旷楚雄少将用来回避家人而设的客厅。大家刚坐下，旷楚雄少将的勤务兵端着盘子进来，盘子里有三个白瓷茶杯和一个青瓷杯，勤务兵把旷楚雄专用的青瓷杯端出来。旷楚雄指着盘子里的茶杯说："呷茶。"勤务兵出门，随手将门轻轻带关了。旷楚雄望着他们，脸色凝重道："诸位，程潜主席筹措了三百万大洋，要组建一支归他指挥的军队，但名正言顺地组建军队，蒋总统会起疑心，就变换了下，叫交通警察。下设二十支交警大队，大队下设中队、小队和班，鄙人不才，被程潜主席错爱，任命为少将总队长。我们咯支交警部队只听命于程潜主席。"向老师喝口茶："是要有自己的武装，不然，即使你有天大的本事也办不成事。"旷楚雄吸口烟，吐出来时一笑："向老师讲得对。程潜主席要我联络旧部，我的旧部都战死在徐蚌会战中了，只有一百多人随我跑回湖南，我冇得多少旧部。"他特别盯一眼刘杞荣，咳了声："程潜主席身为湖南的父母官，不希望湖南生灵涂炭，委托我组建交警部队，随时配合起义。"向老师把背靠到椅子上："不打是好事，真与共军打，又不知要死多少人。"

旷楚雄见气氛朝他希望的方向变了，便从公文包里抽出一张委任状，委任状上的文字是拟好了的，写着"兹任命（　）为湖南交通警察第（　）大队中校大队长"，左边一旁是年月日，均空着，下面是程潜主席的签名和湖南省主席程潜的方形印章。旷楚雄少将把刘杞荣的名字填上，又填了第"十一"大队中校大队长，写下年月日。他又拿出一张委任状，在"兹任命"后的空格里填上周进元，为湖南交通警察"十一"大队少校副大队长。周进元不悦地指出："我在第二十一集团军是军需处中校主任。"旷楚雄立即把那张委任状撕了，重写了一张，双手拿起写给刘杞荣的委任状呈给刘杞荣："刘兄，暂时委屈一下，待起义成功后再论功行赏。"刘杞荣愣了下。向老师说："接下啊。"刘杞荣接过委任状，心里多少有些别扭。旷楚雄少将这才把另一张墨迹已干的委任状递给周进元，说：“鄙人任命你为第十一大队中校副大队长。刘大队长、周副大队长听令，本长官给你们三万大洋，命令你们立即回沅江招兵，招了兵，即刻带到长沙，随时准备起义。”他从包里拿出两张五千元的银票，放到刘杞荣手上：“我先给你们一万，把队伍带到长沙后，再给你们两万。”三个人从旷家出来，周进元回头看一眼旷公馆，嘴里飙出一句脏话：“鳖相样子！”向老师说：“我也看不惯。”

刘杞荣和周进元回到沅江，写了二十张招兵告示，贴在县城街上，注明新兵六块大洋一月，班长八块大洋，小队长十五块大洋、中队长三十块大洋等等。头两天就有几十人报名，一个星期就招了一百八十几人。年龄最小的十五岁——武馆里习武的小青年，最大的四十多岁，大多是冲着六块大洋来的。县里物价飞涨，当兵至少有饭吃。刘杞荣对贺师傅说：“师傅，借你的宝地用几天。”贺师傅道：“现在很多人唯恐与国军沾边，都躲得远远的。你倒好，反而往火坑里跳。”刘杞荣解释：“师傅，向老师是我的恩师，恩师交代的事我得完成。”贺师傅见他执迷不悟就不说什么了。刘杞荣包了艘客轮，让新兵们上船。这些新兵，一大半是县城街上和周边的闲人、饿汉，是冲着军饷来的。刘杞荣把他们编成两个中队，临时任命了两名中队长和六名小队长。一名中队长叫胡山，在国军当过连长，是部队向解放军投降后拿了解放军发的路费回家的。胡山见当中队长有三十块大洋，就冲这三十块大洋来了。胡山在国军里混的时间长，是根老油条，猥琐着一张脸，看人时眼珠滴溜溜转。另一名中队长是警察局的警察，姓马，单名一个“赢”字。马赢是周进元的亲戚，是治保主任表妹的崽，因是亲戚，周进元就告诉马赢，他们是去长沙起义。马赢就发动几个把兄弟一起来投奔表兄。六名小队长有三名是武馆出来的，另三名小队长是马赢的把兄弟。

马赢干过警察，把什么人都当罪犯，对刘杞荣说：“长官，有些新兵是冲钱来的，领了军饷就会溜之大吉。长官留心点。”刘杞荣还真没想到这一层，觉得马赢考虑得周全，醒悟道：“马中队长，你提醒得好。”马赢继续道：“长官，你看他们都望着你发钱，等他们上了船，船开了发一半军饷。到了长沙，穿上警服再发另一半钱。他们一旦穿上警服还敢跑，抓回来就可以枪毙了。只要枪毙一个，其他人就老实了。”刘杞荣马上对武馆的弟子说：“杨四喜、何打铁，你们把两麻袋银圆抬到船上去。”船启航后，周进元和马赢、杨四喜、何打铁便按花名册发钱，刘杞荣昂着一张脸站在船头。周进元忙完发饷的事，走来与他一起看着天空。他问：“都领了冇？”周进元答：“领了。”

船走得慢，第二天一早驶到了长沙客运码头。旷楚雄打扮成商人，着青布长袍，头发往后梳着，油光锃亮的，手里拿根拐杖。刘杞荣一上岸，旷楚雄就把自己身旁一个中等个头的中年男人，介绍给刘杞荣认识：“王老师。”王老师方脸、厚嘴唇，伸出热情的手握着刘杞荣的手说：“很好，有咯么多人。”旷楚雄也称赞他：“你真行，短时间内招了这么多弟兄。”王老师纠正：“是革命同志。”“对对对，是革命同志。”旷楚雄附和道。王老师瞟一眼四周，见有些人打量着他们这支队伍，低声道：“我们快走，咯里也许有国民党特务。”刘杞荣心里一紧，对因革命了而满脸笑容的周进元说：“走，小心被特务盯上。”他们跟着王老师快步向货运码头走去。王老师对刘杞荣说：“你要他们莫讲话。”刘杞荣就掉头对胡山说：“胡中队长，传我的命令，都莫讲话。”胡山转身传达命令。旷楚雄小声说：“昨天中共地下党得到情报，今天下午有一批武器从武汉运来，都是美式装备，准备运到衡阳武装一个新编师的。上级命令我们赶到株洲火车站，劫下咯批武器。”刘杞荣觉得荒唐：“我招的咯些人，前几天还端着碗蹲在街上讨饭呷，连枪都冇摸过。”旷楚雄说：“还有别的起义队伍也会往株洲赶，会对株洲火车站形成包围之势。”

他们沿着河堤走了四里路，走到货运码头的一个仓库前，王老师叩三下仓库门，说了暗号，里面的人将门打开。王老师说：“不要喧哗，全部进去。”仓库很大，但光线灰暗，窗户都被马粪纸板钉死了，只有一些窄缝烂眼透进光来。里面有七八人，发交通警察服给他们，让他们换上警服。刘杞荣问：“枪呢？有得枪怎么行动？”旷楚雄说：“所以要我们赶往株洲火车站抢枪。”刘杞荣觉得这太荒谬了，小声说：“咯怎么行？敌人有枪我们有枪，未必要我们赤手空拳地抢敌人的枪？”旷楚雄说：“放心，本人都有安排。”他待刘杞荣和周进元、王老师换上警服后，肃穆着脸说：“同志们，你们跟着王老师走。我得去接湘潭的起义部队赶往株洲。出了仓库咯张门，你们就是交通警察，都给我打起精神。出发吧你们。”

一行人身着交通警服，走出仓库，跟着王老师朝前走。王老师一脸神圣，眼睛坚定地看着前方，脚步铿锵有力。刘杞荣受他的影响，也步伐坚定。当时长沙很乱，街上军人比老百姓还多，这里一群，那里一伙，骂骂咧咧的，就没人注意这批着交通警服的官兵。那时的长沙市区不大，他们迅速走出市区，向郊区进发。郊区有些国军军营，路上设了关卡，见走来的是交警队伍，问：“干什么的？”刘杞荣应付道：“奉省府命令，去株洲维护交通秩序。”那些兵问：“有通行证吗？”刘杞荣掏出总部开的通行证，递给当兵的看。当兵的这才放行。株洲离长沙几十公里，他们沿途过了三道关卡，再往前走就没关卡了。王老师这才松口气：“还算顺利。”刘杞荣没说话，他捉摸不透王老师其人。王老师说：“组织上给我们的任务是务必劫下咯批军火。同志们，我们都要做好牺牲的准备。”走在一旁的周进元说：“牺牲还是免了吧，我还想多活几年。”王老师晓得他们的身份，鄙夷地看一眼周进元说：“毛主席讲，革命不分先后。你们能参加起义，站到共产党咯一边，共产党会给你们记一功。”周进元马上讨好道：“还是你们共产党好。”

晚上，他们赶到株洲火车站的仓库，旷楚雄总队长带着株洲大队和湘潭大队的人先到了，布了防，都着交通警服，有少数人端着美式汤普森冲锋枪。旷楚雄总队长惜命，不但戴了钢盔，衣服里还塞了块钢板。吃饭时一低头，钢板杵着他的下巴。他索性把钢板从衣服里取出来，放在椅子上，对刘杞荣说：“我不想戴咯东西，手下硬要我戴，讲关键时候可以挡子弹。我拿他们真冇办法。”刘杞荣想，怕死是人之常情，又不丑，何必扯上别人？周进元嘻嘻说：“你是总队长，命比我们重要。”旷楚雄总队长觉得周进元知上下，就赞赏的模样对周进元说：“你既然当过军需处主任，咯次行动结束后，来总队报到。”周进元顺着竿子往上爬，道：“遵命，长官。”起身敬了个军礼。旷楚雄受用地笑笑。王老师提醒周进元说：“是同志。”周进元一吐舌头：“对，同志，我犯错误了。”刘杞荣看不得表弟这副讨好卖乖的嘴脸，起身朝仓库外走去。

表弟跟出来，解释：“表哥，人在屋檐下，不得不低头。”刘杞荣说：“你太想当官了。”表弟好像被他戳到痛处，半天才说：“我要养一屋人。”刘杞荣说：“理解。”一个人探身出来，对他们招手：“两位，总队长布置任务了。”刘杞荣和周进元重新步入门窗紧闭的仓库。桌上搁着两把美国人生产的手枪，旷楚雄拿起一把给刘杞荣，递一把给周进元，温和地说：“枪里有子弹。你们身手好，反应快。你们假装进火车站检查，见机行事。”周进元一听是要他和刘杞荣打头阵，脸色都变了，他可不想把命丢在株洲，便拒绝：“旷总队长，我，我……”他迟疑着怎么说。旷楚雄道：“我给你们准备了三十支美式冲锋枪。刘大队长，你熟悉你招的兵，叫三十个人进来领枪吧。”刘杞荣觉得这事很大，问：“就我们去？”旷楚雄说：“株洲大队和湘潭大队的同志会全力配合。”周进元强调：“旷总队长，我们从沅江招来的人都冇打过仗。”旷楚雄见周进元不听命令，皱了下眉头，指着站在他一旁的株洲人和湘潭人说："他们也冇打过仗。"周进元见自己找的理由被旷楚雄驳了回来，索性挑明："我不去。"旷楚雄总队长的脸垮到胸前了："这是命令。"周进元一反几分钟前的巴结，翻脸道："命令我也不去。"王老师瞪着周进元："你咯是讲么子话？怕死鬼！"周进元激动道："老子是怕死。老子屋里有三个崽、两个女要呷饭。老子死了，哪个养老子的崽女？你们不怕死你们去。起么子义。表哥，我们走。"他转身，要拉刘杞荣走。旷楚雄蓦地举起手枪，刘杞荣不等他握枪的手伸直，叭地一脚踢掉了他的枪。旷楚雄瞪着他："你——？"刘杞荣反瞪着他："你吓唬哪个？比你大的角色老子见得多！收起你咯套。"王老师打圆场道："同志们，大家既然走到咯一步了，起义还是要起的，刘大队长和周副大队长请息怒。"周进元还是那句梆硬的话："起义可以，我不打头阵。"王老师见这阵势，担心起义会流产，表态道："周副大队长不去，行，我和刘大队长去。"刘杞荣一怔，没想到王老师竟然把自己与他捆在一起，想王老师不怕死，他更没理由后退！他说："表弟，你莫冲动。我去。"就叫来胡山和马赢等拿过枪的人。

王老师给他们发枪支："同志们，咯是美式汤普森冲锋枪，枪栓上有保险，现在莫碰它，也莫扣动扳机。等跟敌人开火时，再打开保险栓。"胡山喜欢极了："咯真是好枪，崭新的。"大家领完枪支，旷楚雄调整了心态，对刘杞荣和王老师说："你俩换上校官服。株洲大队的同志搞了几套国军校官服，还备了国军'宪兵'袖标，咯在敌人不知情时能麻痹他们。"刘杞荣、王老师、胡山和马赢等人脱下交通警服，换上国军校官服，戴上白布黑字的"宪兵"袖箍。旷楚雄看着他们道："本长官预祝你们成功。"

刘杞荣对他带的三十人说："同志们，做好战斗准备。"大家听他这么说，都很紧张，都白着脸。刘杞荣说："都听我讲，一旦打起来，就近找掩体趴下。射击时莫瞎开枪，要看准敌人打。老话讲，狭路相逢勇者胜，敢拼命才能活命，懂吗?”武馆招来的几名弟子连忙点头，另一些人也跟着点头。他说：“出发。”他和王老师并肩走在前面，穿着中校军服，胳膊上戴着“宪兵”袖箍，人就严峻。他眼观六路耳听八方地朝车站入口迈去。胡山领着三十个端着汤普森冲锋枪的人跟在后面。车站入口站着几个国军士兵，背着枪，见走来的是国军中校，又是宪兵，忙立正敬礼。刘杞荣对跟上来的胡山说：“胡中队长，缴了他们的枪。”胡山和何打铁、杨四喜等人立即缴了几个士兵的枪。刘杞荣问了下火车站内的情况，得知押运武器的是一个连的官兵，几名军官聚在贵宾候车室打扑克，等候上级的指令。刘杞荣、王老师和胡山等人走进贵宾候车室，几个打扑克的军官见进来的人身着校官服，胳膊上戴着“宪兵”袖标，慌乱地起身敬礼。刘杞荣拔出手枪说：“都莫动，缴枪不杀。”几名军官全愣了，有个军官想掏枪，刘杞荣厉声道：“动一下就打死你。”那军官乖乖地举起双手，不敢动了。刘杞荣问：“谁是连长?”一个帽子歪戴着的军官答：“我是连长。”刘杞荣用枪指着连长：“你跟我们走，叫你的士兵统统放下枪。”王老师与胡山等人把这几名军官的手脚绑在椅子上，留下何打铁带着几人看好他们。刘杞荣用手枪抵着连长的腰，和王老师带着二十多人冲上火车。火车上，士兵们都晕鸡子样疲惫不堪地坐着或趴着，见上来一伙人，其中有他们的连长就迷惑不解。刘杞荣用手枪捅下连长的腰，连长马上道：“弟兄们，都别动。”刘杞荣大声道：“都给我举起手来!”士兵们都晓得国军已是强弩之末，没一个反抗的，都举起手一个跟一个地跳下火车。王老师表扬刘杞荣：“你干得漂亮!”刘杞荣松一口气，答：“托你的福。”旷楚雄总队长赶来，很满意这次没费一枪一弹就劫了大批军火。他分发给每个队员一支枪，命令湘潭大队的人把国军官兵押走，喊来株洲大队的同志事先备在火车站外面的两辆福特大卡车。大家把十几挺重机枪、美式迫击炮和剩余的枪支及一箱箱弹药搬上卡车后，王老师宣布：“同志们，迅速向浏阳方向撤离。‘四野战军’攻打长沙时，我们在外围骚扰国军的补给部队。”

他们这支起义部队绕开关卡，走崎岖的山径和无人涉足的丛林，开拔到浏阳县境内，把一处乡公所围了，缴下乡丁、乡警的枪，将他们关押在乡公所，让人看管，又派官兵封锁路口，守住要道和制高点，不让人进出，等待上级指示。第十一大队居住在一处傍山的村里，抄了两户大户人家的粮仓，把粮食分发给各小队，以小队为单位烧火做饭。二中队三小队小队长赵招财原是名警察，是马赢的把兄弟。他带着一个班的人住在一老妇人家。老妇人把堂屋和儿媳妇的房间腾给他们住，让儿媳妇与自己睡。儿媳妇二十六七岁，是个寡妇。赵招财见这家没男人，又见小寡妇模样俊俏，就起了淫心，于第三天晚上，偷看小寡妇洗澡并动手调戏小寡妇。小寡妇哭着要蹿塘，被老妇人拦住了。

王老师明白这支队伍人员复杂，有前国军军官和警察，还有街痞和乞丐，临走时再三叮嘱：“我们是起义部队，不能像国民党军队一样欺压老百姓。否则，军法从事。”一中队二小队小队长是杨四喜，二小队住处离赵招财小队近，他看见了，警告了赵招财。谁知赵招财一听警告，慌了神，当晚就煽动他那个小队的人跑了。杨四喜半夜里听见动静，赶紧跑来报告刘杞荣：“赵招财跑了，带着十个人。”旷楚雄总队长一拍桌子，生气道：“咯是哗变，快把他们追回来。”胡山中队长正好在刘杞荣房里，刘杞荣忙命令胡山带杨四喜小队去追赵招财等人。旷楚雄虎着脸说：“若他们不愿回来，就地歼灭，一个活口都莫留。”沿途各村，起义部队都布了暗哨，一问，便知赵招财带着人往哪个方向去了。追了三十多里，在一处集市追上赵招财等人，他们因饿了，正坐在粉店前呷米粉。胡山下令士兵缴下他们的枪，把他们绑了回来。旷楚雄说：“赵招财强奸良家妇女虽然未遂，但他煽动士兵哗变、逃跑，罪不可赦，立即就地正法！另外十个人关三天禁闭。如有哪个再胆敢逃跑，抓回来一律枪毙。”赵招财一听这话，跪下道：

“长官饶命，我再不敢了。”旷楚雄黑着脸说：“刘大队长，执行吧。”刘杞荣对站在一旁的胡山说：“去执行吧。”胡山和杨四喜把赵招财押到老妇人面前，当着老妇人的面，胡山掏出柯尔特手枪，朝赵招财的背心就是一枪，砰的一声枪响刺破了山村的宁谧，赵招财一头栽在地上。这事处理完，所有的人都中规中矩了。

过了一个星期，旷楚雄准备赶到长沙与王老师联络，带着整天跟着他的两个警卫走了。周进元遭到旷楚雄和王老师的冷落后一直闷闷不乐，整天把自己关在房里，恨自己胆小如鼠因而没抢到头功，也恨旷楚雄把他当枪使，还恨表哥没跟他站在一边，让他脸面全无。更恨押运军火的那些官兵全是脓包，竟没放一枪就投降了。他见旷楚雄走了，就对来看他的刘杞荣说：“表哥，我退出起义，回长沙去。”刘杞荣晓得他遭冷落，心里不舒服，说：“我随你。”周进元黑着脸走了。他人生地不熟又没有地图就向农民打听，一些农民摇头，一些农民茫然地回答他：“我冇去过长沙，不晓得走。你问别个啰。”有的农民就瞎指，他走来走去走迷了路。傍晚，他懊恼地走进一老农家讨水喝，问路。老农说：“你走错方向了。长沙在西边你走到南边来了。”他问：“还有多远？”老农默想了下答：“六七十里路吧。”他看一眼天，夕阳西坠了，泄气道：“老伯，我能在你家借宿吗？”老农见他不像个坏人，就留他宿了一夜。他由于太累了，睡到上午九点钟才醒来，吃了老农煮的稀饭，拿了两个熟红薯路上吃，疾步而去。他走了三四里路，走到一片山丘前时，突然有几支黑森森的枪口对准他，一人喝道：“站住。”吓得他毛发都直了，忙道：“长官，我是好人。”

这是支桂系军队，奉命搜捕和围剿劫了军火的起义部队。桂系营长一看他的着装，联想到劫持军火的就是交通警察，冷笑道：“你的同伙躲藏在哪里，快说，不然老子一枪崩了你。”周进元吓得打了个哆嗦，结巴道：“长长官，我我不知道，我我是本地交交警。”桂系营长见他如此胆小，掏出手枪抵着他的右边太阳穴，唬道："乡下哪来的交警？还敢扯白，老子毙了你。"周进元生平第一次被人拿枪抵着脑袋，吓得尿都流了出来，恐惧道："长长官，莫莫杀我，我说。"他说了一切，带着桂系军队往回走，他自己都不记得方位了，也就带着桂系军绕来绕去，想着如何逃跑。桂系营长不耐烦了，正打算一枪崩了他，却找到了。

刘杞荣让何打铁带着一小队外出侦察，随时向他报告。为了不破坏"不拿群众一针一线"的纪律，不跟农民抢柴火和锅灶，他接受旷楚雄走时的建议，收了各小队的锅子，下令一百多人都到祠堂吃饭。祠堂里临时砌了四口灶，两口灶煮饭，两口灶炒菜。这天下午五点钟，正是这支队伍的官兵坐在祠堂内外闲扯、说笑和等饭吃的时间，桂系军队包围了他们。十几挺机枪架在不同的地方，对着他们喊话："你们被包围了，放下枪，举起手，一个个走出来。否则，格杀勿论。"大家听到这声音都慌了。刘杞荣瞪着何打铁，何打铁说："师傅，我派了一班长带人守在路口的。"刘杞荣生气道："一班长人呢？"何打铁说："冇看见。估计被他们拿下了。师傅，现在怎么搞？"

刘杞荣脑海里闪现了几个方案：死守；杀出一条血路冲出去；放下枪，走出去。王老师和旷楚雄都不在，他得迅速做出决断。他走到窗前观察，围他们的国军密密麻麻地趴在地上，隔几人就是一挺机枪，还有几门美式迫击炮，炮口朝着他们。他又绕到西边的窗口查看，也是机枪、迫击炮。若坚守，能坚持多长时间？自己招的这支队伍还没打过仗，而对方可能是一支久经沙场的国军！打，肯定会被消灭！部属们都紧张、慌乱地看着他。胡山说："大队长，打，我们肯定都会死在咯里。"这话让他心头一悸，何打铁、杨四喜等弟子是仰慕他且跟着他来的，若死在这里……他都不敢往下想。杨四喜说话结巴了："师师傅……"杨四喜想说"投降吧"，这话又说不出口。刘杞荣果断地宣布："弟兄们，留得青山在，不怕冇柴烧。我命令你们都放下枪。”一百多人都纷纷丢下枪。刘杞荣走到门旁，身体藏在门后，大声说：“你们是哪支部队？”对方的声音很凶：“我们是桂系军队。想活命的都给老子举起双手滚出来。”刘杞荣又大声道：“不要开枪，我们投降，听凭你们处置。”桂系的长官说：“都给我举起双手，一个个地走出来。不然，格杀勿论。”刘杞荣对胡山、马赢、杨四喜和何打铁等人说：“我走在前面，你们一个个地跟在我后面。手都给我举高些。”他第一个举起双手走出去。

国军官兵围上来，端枪注视着他们。刘杞荣举着双手说：“本人是长官，我命令他们都放下武器了。”桂系的营长盯着他，揶揄地冷笑一声：“算你们识相。”天渐渐黑了，桂系官兵怕他们趁夜逃跑，把他们的皮带或系在腰间的裤带都解下来，让他们一个个狼狈地提着裤头。接着，他们从农民家寻来一捆捆麻绳，绑着他们的腰，穿在一起，勒令他们排成一行，押着他们朝浏阳县城走去。胡山中队长走在刘杞荣后面，见刘杞荣老实地走在前面，暗为刘杞荣着急，用桂系军人听不懂的沅江话道：“长官，咯劫军火是天大的事，你是大队长，他们一定会枪毙你。”刘杞荣听了这话一悚，脑海里出现了自己惨死在枪口下的恐怖画面。胡山说：“长官，你赶紧跑吧。我们不会有事，我们讲我们是冇饭呷，为肚子能呷饱饭来的。”刘杞荣可不想死在浏阳的法场上，他的皮带被抽走了，双手拎着裤头，腰上绑着绳子，与身前和身后的人穿在一起，但要挣脱开绳子他还是有办法的。那晚没有月亮，他们摸黑走着，一个跟着一个。大家走到一处山腰时，胡山说：“你再不跑，过了咯山就跑不成了。”刘杞荣打量一眼四周，几步外是个陡峭的悬崖，有黑乎乎的灌木。他只能赌一把，挣脱开麻绳，蹿前几步，跃过灌木，纵身跳下了悬崖。那悬崖有一百多米深，这一跳，又是在乌黑的夜晚，人顿时不见了。几名桂系官兵慌忙奔到悬崖前，对着他跳下的地方一通乱射。

四三　周进元吓了一跳

五天后的傍晚，刘杞荣一身破烂地步入周进元家，周进元吓了一跳。周进元是在桂系军队包围第十一大队时伺机逃跑的，他心里自然一百个忏悔和懊丧，痛恨自己懦弱，同时庆幸自己脱逃了！他做梦都没想到此刻表哥会出现在他眼前，他已经在心里说了一百句“表哥，对不起”。此刻，他惊慌地看着表哥，以为表哥是来找他算账的，自贬道：“我不是人咧。”他人鬼，见表哥脸上没有责怪只有迷惘，马上转口道：“你何解咯么一副落魄的模样？”刘杞荣把遭遇告诉了周进元：“我跳下时手在空中乱抓，感觉脚和身体触到树枝时，就抓树枝，树枝咔嚓一声断了，我双手一连抓断三根树枝，缓冲了我下坠的重力。若不是正好掉在一棵树上，我咯条命就摔死在山崖下了。”周进元一脸敬佩和夸张道：“表哥，听你讲咯些都吓人。”他放心了，表哥不知道是他出卖了起义部队，因而脸色又恢复了正常，友好地拿出自己的衣服给刘杞荣换上，说：“向老师昨天来了，要我莫动，等待他的指示。向老师讲旷楚雄被特务抓走了。”刘杞荣很是诧异：“抓走了？”周进元恨恨地道：“我不想说他。咯一世我和他都不会有往来了。”刘杞荣说：“话不要说得咯么死。”周进元捶了下桌子：“我最看不得他，在我们面前跩么子跩？”刘杞荣说：“他是有点跩。”周进元“哼”一声道：“我们又不是不晓得他的底细，还当自己是天大的官，又不是蒋总统，摆么子谱？”刘杞荣也觉得旷楚雄变得不认识了，说：

"唉，他走他的阳关道，我走我的独木桥，不想说他。""表哥，你现在千万莫回沅江，我猜保密局已通知沅江县党部了。你回沅江就是自投罗网。"

刘杞荣就藏在周进元家。有天，他没吃饱锅里就没饭了，就假装出去看看，去了甘长顺面馆。他要了一碗肉丝面，正热热乎乎地吃着。面馆的甘老板二十年前曾在国术训练所的普及班学拳，刘杞荣教过普及班打拳，事隔二十年，甘老板还是一眼就认出了他，走前几步客套道："咯位仁兄是否姓刘?"刘杞荣警惕地扫一眼四周，没有人在暗中注视他，便说："我是姓刘。"甘老板看着刘杞荣兴奋道："刘教练，我是你教过的普及班的弟子。刘教练，你现在在哪里高就?"刘杞荣说："闲着。"甘老板眼睛一亮："刘教练，您若不嫌屈尊，可否教教我几个崽武术？报酬您讲了算。"刘杞荣想，躲在表弟家也不是个事，说："好啊。"

甘老板有三个崽，大崽十六岁，二崽十三岁，三崽十一岁。甘老板说："咯社会不太平，我们开店的，经常遭恶人欺，手上冇得两下子还真不行。"刘杞荣觉得与其窝在表弟那里担惊受怕，还不如在甘家教拳更安全，就对表弟说："我去甘家教拳。有事，你来甘长顺面馆找我。"表弟不放心："面馆来往人员复杂，你千万小心。"他答："甘家面馆后面有个院子，安全。"他来到甘长顺面馆住下，教甘氏三兄弟一些基本功夫，这样教了两个多月。一天上午，街上放起鞭炮，一些军用卡车在街上缓行，车上的喇叭广播道："告全市人民书，程潜、陈明仁将军率部起义了，湖南和平解放了。"这辆宣传车一过，不少市民便跑到街上欢呼。刘杞荣听到广播，觉得不用躲了，大步向表弟家走去。沿途，他看到的人都春风满面，还有秧歌队在街上尽情地打着鼓、扭着秧歌，欢迎解放军进城。表弟看见他的第一句话便是："湖南和平解放了。"刘杞荣问："向老师派人跟你联系冇?"表弟为自己的怯弱愤慨道："联系卵，我在他们眼里是个怕死鬼，起义冇得我的路了。我打算开家伤科诊所。"刘杞荣脑海里闪现了谭志清俏丽的面容，恨不得马上见到堂客，对表弟说："我去买张船票，现在可以回沅江了。"

七月中旬，共军的一个营开来，只放了几枪，就把沅江解放了。刘杞荣回到沅江时，共产党正在发动农民土改，县城街上到处写着"共产党万岁!!!""解放军万岁!!!"的标语。刘杞荣在县城街上转了一刻钟，上了开往泗湖山镇的机帆船，听到不少人说谁谁谁被关押了，谁谁谁因罪大恶极被镇压了。杨四喜在船上，用胳膊碰下他："师傅。"他看见杨四喜，惊喜道："是你？他们呢？"杨四喜说："师傅，桂系军队把我们押到浏阳县城前，我们都和胡山中队长统一了口径，都讲我们是当兵吧粮的饥民。桂系不晓得拿我们怎么搞，关了我们几天，又不想让我们咯一百多张嘴吧他们的军粮，就把我们放了。"刘杞荣感觉自己的心落妥了，对得起他们的爹妈了，说："回来了好。"杨四喜望一眼船上的人："到处都在抓国民党呢，师傅，你还回来干么子？"刘杞荣悚了下："我是起义的。"杨四喜是来泗湖山镇的亲戚家喝喜酒的，小声说："你爹是泗湖山镇的大地主呢。"刘杞荣一悖，没搭腔。杨四喜补一句："师傅，莫回来好些。"刘杞荣的脑袋嗡的一声，第一次有一种无所适从的感觉！他说："我是武师，又不是大地主。"他赶到虎坪村时，刘姓族人正在贫协会的组织下，开刘耀林全家的批斗会。爹、娘、大哥、大嫂、老三、老四和两个弟媳及他堂客，被民兵（刚成立的农民武装）押在祠堂前搭的台上批斗。民兵都是年轻小伙子，扛着步枪，很精神地站在台子两旁。台上挂着横幅："坚决打倒恶霸地主刘耀林全家!!!"

刘杞荣站在人群后面，傻了。爹成了族人痛恨的恶霸地主，他蒙了。平常族人看见他爹是蛮尊重的，碰见他娘和大哥、大嫂也十分客套，这会儿却凶巴巴的。四毛发现他，大声说："啊呀，恶霸地主的二少爷回来了。”这话听起来十分刺耳。这种批斗的气氛让他尴尬，他转身想走。一个军人喝道：“站住。”要他站住的是个北方军人，说话是北方口音。北方军人是个排长，腰上扎根宽皮带，皮带上有个皮枪套，枪套里插支驳壳枪。排长不客气地问：“你是什么人？”不用他回答，四毛说：“他是恶霸地主刘耀林的二崽。”刘杞荣说：“同志，我是去长沙参加起义的。”排长脸色柔和了些：“起义的，你有证明吗？”刘杞荣一愣，想自己回来得匆忙，忘了这事，回答：“我急着回来，忘记开证明了。”排长的脸又跌了下来：“没有证明，就不是起义的。”村里一个扛着枪的民兵小名叫细狗，细狗走拢来道：“他很会打，在国民党军队里当过武术教官。”排长不屑道：“你是国民党？”刘杞荣说：“我是起义的国民党。”排长见他承认自己是国民党，马上对四毛说：“把他绑起来。”四毛是民兵连副连长，有点惧刘杞荣，转身对细狗说：“细狗，把他捆起来。”细狗刚二十岁，把枪一挎，和另一个民兵板头（三毛的大崽，生得五大三粗）走上来捆他，晓得他有一身好功夫，一根麻绳就在他身上绕了七八圈。排长说：“把他押到台上去。”

台上，爹把头低得不想让人瞧见脸；一块一米宽的木板挂在爹的胸前，木板上用墨写着：“打倒恶霸地主刘耀林!!!”一旁站着娘，娘的胸前也挂着块牌子：“打倒恶霸地主婆肖合珍!!!”大哥、大嫂和弟弟、弟媳胸前都挂着牌子，勾着头，不敢看台下的人。细狗和板头把刘杞荣推上台，因他是次子，按顺序推他到老大一旁站着。大哥瞟他一眼，忙又贼样地低着头。台下哗然，看着他们眼里的英雄也被揪上台批斗，小声议论着。不一会儿，一个民兵拿来一块木板，挂到刘杞荣的脖子上，木板上写着：“坚决打倒国民党军官刘杞荣!!!”也是三个惊叹号，墨汁未干，在木板上缓缓流淌。村里人笑起来。三毛是虎坪村贫协主席，他其实没那么穷，够中农成分，但那几个有资格当贫协主席的贫农胆子小，死活不肯当，他就当了。三毛嘿嘿两声：“批斗大会继续。老八叔，你不是说你有满肚子苦水要倒吗？上台倒吧。”刘老八与刘耀林是没出五服的堂兄弟，三毛比刘老八小一辈，但年龄只比刘老八小几岁，又都嗜酒，叔侄就要好。刘老八走上台，先擤把鼻涕，诉苦道：“民国二十二年冬天，那是个冷得死人的鬼日的冬天，我家揭不开锅了，我想找刘耀林借一袋粮食，却遭到他唾骂，讲我好呷懒做，活该。好狠心咧，硬是不借我一粒米……”

三毛会来事，拍下桌子，举起拳头喊口号：“打倒恶霸地主刘耀林！”台下跟着喊，都挥着拳头。刘老八下台，刘老三走上台，痛斥刘耀林道：“两年前族人开会，我刘老三有不同看法，只讲了两句，族长就是一铜烟锅打来，打在我额头上，当场就鲜血直流。刘老八和四毛都看见了，好恶呢——他！”三毛又带头喊口号，台下又跟着他喊了遍。四毛的堂客走上台，穿着件蓝布旧衣裳，头发乱蓬蓬的，一把鼻涕一把眼泪道：“我家穷，冇钱给我娘看病。民国三十年，我男人要我向族长刘耀林借钱，刘耀林怕我们还不起钱，硬要我拿田契抵押，后来我还不起钱，他就侵占了我家的田，咯个人缺德呢。”还一个村民疾步上台诉苦：“刘家老四冇得良心呢，赌博输了钱，借了我男人一块光洋，讲明天还，可到现在都赖着不还，还讲冇得咯回事。他屋里咯么有钱还赖账呢。”另一人诉苦道：“我家有两亩田，前年我男人病得下不了床，春耕时我找刘家老三，想借他的牛犁田，他冇得良心呢，竟要一块光洋才肯借。我哪里来的钱？钱都给我男人呷药了。咯是欺压我们穷人呢。”都是些鸡毛蒜皮的事，但大家拿到批斗会上一说，就变成罪行了。批斗会开了很长时间，最后三毛脚一跺，起劲地带着大家呼口号：“打倒恶霸地主刘耀林！打倒恶霸地主婆肖合珍！”

批斗会开完后，刘杞荣被囚禁在祠堂的一间房子里。细狗和板头守在门外。这间房子从前是放一担担米的粮仓，为防老鼠，粮仓的窗户开得很小、很高，而且上了板子，只有梅雨季节才开窗通风。此刻，粮仓里黑乎乎的，从门缝和窗板缝里透进来的光线，让他看清粮仓里箩筐都空了，一粒粮食都没有。他把一个箩筐翻过来，坐在箩筐上。侄儿送来一碗饭，细狗打开门，把饭递给他，砰地又关上门。他饿了，吃着饭，坐在箩筐上想，自己逃出咯个困境并不难，可倒霉的却是爹娘和兄弟。一个晚上他都在动脑筋，却想不出对策。次日下午，粮仓门打开，一抹光亮涂抹在他疲惫不堪的脸上，让他抬手遮挡着强烈的光亮。排长、贫协主席三毛、民兵副连长四毛和刘老八等人站在门口。排长已从三毛、四毛和刘老八嘴里了解了一些刘杞荣的事，觉得该把他与其爹和兄弟区分对待，就把他叫到堂屋里。排长坐到从前摆供品的方桌前，背后是墙，墙上挂着关云长的画像，画像已经旧了，沾了些灰尘。排长的一只手放在桌上，另只手上夹支烟，烟雾在他脸前萦绕。他开始审问："刘杞荣，你是国民党军官？"刘杞荣晓得这个北方军人此刻掌握着他的命运，配合道："是。不过我有跟共军打过仗。日本鬼子一投降，我就退役回来了。他们都可以证明。"排长沉默片刻，问："你打过日本鬼子吗？""打过。""你打死过日本鬼子吗？""打死过很多。"排长看他一眼，目光没那么严苛了，冷声道："口气不小啊。我问你，你打死过几个日本鬼子？"他知道这个时候该说什么："前后加起来有三十个，都是用刀杀的。"排长略为惊诧："用刀杀的？他们说你打过冠军？"他看出排长的态度有所改变，就答："嗯，是十多年前。"排长有正义感，听他说杀死过三十个日本鬼子，觉得他是条汉子，问他："你会写字吗？""会。""你把你的经历写下来，要写上证明人的名字，证明人不能是死人，我们会交给上级调查的。"排长说，令细狗和板头等民兵继续看着他，和三毛、四毛及刘老八一起走了。

刘杞荣坐到桌前，从进湖南国术训练所写起，直写到这次他奉旷楚雄总队长的命令，回沅江拉起义队伍止。排长走来，看他一笔小楷字写得挺好，表扬一句："你一个习武的，能写这么一手好字，不错啊。”排长把他写的经历仔细看了遍，觉得再关着他没有多大意义。他走访了一些村民，村民对刘杞荣没有恶感，都说他很小就离开家一个人在外面漂泊，抗战胜利后才回来。排长说：“你虽然没直接剥削劳动人民，但你父亲是恶霸地主，你父亲供你读书、供你深造，所以你是间接剥削劳动人民。懂吗？”刘杞荣分辩道：“同志，我父亲冇供我读书，我是十二岁时自己跑到长沙，靠擦皮鞋、卖报、卖烟和到码头上干苦力读完初中的。在国术训练所师范班读书，不要钱。”排长咳了声：“可你是国民党军官，必须老老实实地接受贫下中农的监管，认真改造思想。明白吗？”刘杞荣问：“我能练拳吗？”排长说：“在我们把你的情况调查清楚以前，你不能离开村子半步。”

刘耀林被关在祠堂后面的杂屋里，那里还关着地主老七和富农老满。老人、老三、老四也都关在那里，都蔫了，霜打了样。家里，所有的田契都被收缴了，分给了曾经把田地卖给刘耀林的农民。家里的房子一大半腾了出来，分给一些屋顶破烂、漏雨的贫农住。刘杞荣的那三间房，两间分给了一个拖儿带女住着一间茅草棚的寡妇。寡妇看见他，抱歉道：“杞荣大哥，是贫协会的人要我住进来的。”刘杞荣没理她，走进留给他的房间。谭志清看见他，眼睛湿了，楚楚可怜的样子，说：“我都急疯了。”他说：“我又冇剥削过劳动人民，手上又冇血债，你急么子？”堂客抹下泪：“村里人对土改干部讲，你是国民党。”刘杞荣望一眼门外，坐下：“莫担心我，我冇干恶事。”爹娘的住房分给了四毛，四毛原有几亩田，被他好逸恶劳的德行败光了，反倒因祸得福。另外几间房分给了刘老八一家六口，刘老八的堂客满嘴脏话，骂丈夫和崽时，把男女生殖器都挂在嘴上，不堪入耳。谭志清说：“刘老八的堂客满嘴脏话。”刘杞荣说：“我去看看娘。”

娘搬到了老大住的两间房里，与几个孙儿挤住一间。房间里摆三张床，娘的床对着门，娘坐在床边，冷着脸：“你回来干么子？”娘这话明显是责备。娘冷声说：“你走吧，走得越远越好。”他望着脸色忧郁的娘："我走了，你怎么搞?"娘瞪一眼他："还能把我吃了？你爹咯辈子除了沉亲生女儿的塘，有害过别人，也有干过欺男霸女的缺德事。娘与别人也有过节，你走吧。"他说："娘，我走容易，只是……"娘打断他的话，明确道："你哥和老三、老四都有你本事大，只能在咯里遭罪。你带上志清走吧，就当娘死了，再莫回来了。"刘杞荣去村里转了转，到处都有眼睛盯着他，都漠然着脸，表情怪怪的。他知道自己在历史推进的洪流中只是一粒沙子，什么都做不了，就低着头折回屋。堂客在灶前做饭，忽然想呕吐。他问："你哪里不舒服?"堂客说："我有四个月没来红了，怕是怀了孩子。"他说："不会是虚惊一场吧?"堂客说："你去长沙起义前的先两天晚上，我们做了房事，六、七、八三个月都有来红，现在九月了，应该是怀上了。"蝉在树梢上叫，听上去格外单调、凄厉。室内十分沉闷，空气好像凝结了。刘杞荣小声说："我刚才还只是犹豫，既然你怀了崽，为了崽我们非走不可。"堂客捂着胸口问："去哪里?"他道："去长沙。我们在咯里是别人的眼中钉肉中刺，在长沙，鬼都不认得我们。"堂客激动道："好，我听你的。"他说："我在长沙的一家面馆教拳，我们先在面馆落脚，等你生下孩子，我再找房子。"堂客问："我们走了，爹娘怎么办？"他说："就是娘催我走的。"堂客懂了："那我收拾些东西。"

几天后，谭志清一副回娘家的打扮，头发梳得一丝不乱，穿得干干净净的。刘杞荣摘了一些黄皮梨提在手上，还提只老母鸡，大大方方地走在谭志清一旁。夫妻俩走到村头，几个民兵持枪站在那里。细狗疑心地盯着他俩道："干么子去你们?"谭志清说："我娘今天生日，我回娘家给娘过生日。"细狗瞅着刘杞荣："你呢?"刘杞荣说："我陪堂客一起去。"细狗横枪拦他："你不能出村。"他眼睛一瞪，从牙缝里挤出两个字："闪开。"细狗等几个民兵都有点惧他，让开了。夫妻俩走出村，沿着一条被土车碾出许多条沟沟壑壑的泥巴路，走到泗湖山镇的船码头，上了一条正要启航的船。船一开，他一颗悬着的心落下来一半。几个小时后船驶到县城，他赶紧买两张开往长沙的船票，夫妻俩吃了碗粉，随后上了船，半个小时后船驶离了码头。刘杞荣看着渐渐变淡的河岸，舒展地伸个懒腰："总算跑出来了，之前我还担心村里的民兵会追来拦我们。"堂客说："我们还回来吗？"他答："也许咯辈子都不回来了。"堂客见他说得如此悲壮，心一横："好。有你，我什么都不怕。"

四四　甘长顺面馆

他领着年轻、漂亮的妻子来到甘长顺面馆，甘老板看见他，笑出一口黄牙："我小崽昨天还念你，讲师傅怎么还不来。"刘杞荣想自己选择来长沙讨生活是对的，这里没人把他做国民党坏人看，就把腼腆的妻子介绍给甘老板认识："甘老板，我堂客谭志清。"甘老板看一眼谭志清，这女人明显比刘杞荣小许多，就不知该叫师娘，还是叫刘夫人。临了，他决定叫刘夫人："刘夫人，刘师傅是我们甘家最敬重的人。"刘杞荣说："莫咯么讲。"甘老板的大崽、二崽和三崽都跑来了，连连叫"师傅"。他问："拳练得如何？"老大嘿嘿道："师傅，每天一早我就叫他们起床练拳，练完拳才准呷饭。"他说："打给我看看。"老大说："老二、老三，打给师傅看看。"一行人来到后院，老大、老二、老三打拳给他看。他看完，指导了几句，接着说："功夫要苦练，你们都要下苦功夫练。"甘老板在一旁训导："听见吗？师傅要你们苦练，要想成为师傅咯样的人，非苦练不可。"

刘杞荣睡的房子窗户朝南，房里一张床、一个五屉柜、一张桌子，桌子上有纸笔和楷书字帖，他在甘家教拳的两个多月，晚上就端坐在桌前临帖。门旁的洗脸架上搭着他洗脸的毛巾，他拿起脸盆和毛巾去楼下打水，堂客拦住说："咯事是我做的，你放下。"他说："你怀了孕，我去。"他下楼，甘家因是面馆，装了自来水。他打了水，端上来给堂客洗脸。堂客洗净手、脸，仿佛把旅途的疲乏洗在脸盆里了，欢喜地走到窗前，瞅一眼窗外的街道，觉得很新鲜，道："我喜欢咯里。"刘杞荣说："咯里冇得人认识我们，也冇得人像盯贼样盯着我们，自由自在。"堂客说："还真是的。"他们是逃出村的，什么都没带，夫妻俩下楼，去街上买生活用品。这可不是乡下，也不是破烂的县城。街上人影幢幢，车水马龙。谭志清十分高兴，左右张望，道："好热闹啊。"他笑："咯是省城，当然热闹。"谭志清买了床单、枕套等东西，夫妻俩在一家豆皮店吃了一锅豆皮，转回来已是晚上。他拉亮电灯，洗脸架上有面小圆镜，堂客爱漂亮地把脸伸到圆镜前照了下，还干净，就跪到床上铺新床单，又换了印着喜鹊含梅的枕套，说："咯是我们的家。"他说："暂时的家。"堂客逛累了躺下："逛了一天街，腿都走酸了。"他没有睡意："你先困。我写下毛笔字再睡觉。"他研墨，悬腕写起了楷书。堂客起床看道："你咯字写得比我大哥的还好。""你大哥的字能卖钱。我咯字只能哄哄外行。""不呢，你的字笔墨比大哥写的有劲。"他喜欢听她这么说，把她搂到怀里："可惜琴不好带出来，留在家里了。不然，我抚琴给你听。"堂客说："冇关系，以后有钱了，再买一把。"他说："赚了钱，先买一把琴。"

一早，他起床，走进院子，一个马步站稳，甘家的三个儿子也都马步站在他身后。不多时，甘家老大较胖，有些累了，问："师傅，还要站多久？"他说："我站多久你们站多久。"他纹丝不动地站了一个小时，甘家三兄弟也跟着他站了一个小时，腿都站酸了。接着，他就教他们如何踢腿，如何出拳，一个上午在教拳、练拳中度过了。中午，他和堂客与甘家人一起午餐。甘老板盛赞道："刘夫人，你丈夫可是个了不得的人。"刘杞荣不敢自居什么："我就是个平常人。"老大问："师傅，我么子时候能练到您一半的程度？"甘老板说："走都冇学会就想跑？你咯是异想天开呢。"老大辩驳："人是要异想天开呢，不然怎么进步？"刘杞荣称赞老大："你悟性好。"老大说："谢谢师傅。"他笑："我是你咯大时，白天晚上都练拳，一丝玩心都冇得。"

老大说："爸，听见师傅讲的话冇？莫等下就喊我抹桌子，转背又喊我端面啊。"甘老板笑："只要你诚心练武，我保证不喊你。"

这样教了两个多月，有天，谭志清说："你崽在肚子里踢我呢。"他把目光放到堂客隆起的肚子上："等你生了崽，我们自己安个家，不能老寄人篱下啊。"他练功夫，脚要用力，鞋底经常在地上磨，就烂得快。常常一双鞋只能穿个把月。他拿着三双底磨破了的胶鞋去南门口的一家鞋店补鞋底。修鞋的师傅见鞋底磨损得这么惨，建议在他的鞋底上加补一块厚厚的板车胎。他说："那太好了。"修鞋的师傅开始裁剪旧板车胎，他知道会要一会儿工夫，见街上有个茶摊，就走过去买杯茶喝。一个拖板车的壮汉放下板车，过来买茶喝，望他一眼，一惊道："啊呀，你是刘教练吧？"刘杞荣望着壮汉，壮汉的肩上搭条揩汗的萝卜毛巾，脸色黝黑，一身臭汗。他见此人是下力的，就答："我是。"壮汉道："刘教练，我是国术训练所教授班的，跟你学过拳和劈刺。"刘杞荣"哦"了声。壮汉掏出烟敬他，他答："我不呷烟。"壮汉见他目光疑惑，说："我毕业后去了军队，参加了徐州会战、武汉大会战和长沙一、二、三次会战。湘西会战中我们营长被日本鬼子的迫击炮弹炸死了，我代营长指挥全营弟兄跟日本鬼子打，打退了日本鬼子的四次进攻，升了营长。后来就一直是营长。湖南和平起义时我申请退役了，我不愿跟着国军打共军。"几句话，该说的都说了。刘杞荣感觉他是个有节操的人，点头道："你做得对。"壮汉接着道："我现在拖板车养家。每天一早到天心阁练拳，有很多人在那里练拳练刀练剑，他们都晓得你。一讲起你，都跟你是亲戚似的。嘿嘿嘿。"刘杞荣实在想不起这个壮汉姓甚名谁："你叫么子名字？"壮汉说："我叫李开明。"分手时，李开明说："刘教练，有空的话来天心阁指导一下我们练拳啰。"

回到家，他放下补好的鞋子，对谭志清说："堂客，我找到一个挣钱的途径了。"堂客见他喜滋滋的模样，忙问："么子途径，快说？"他答："拖板车。"堂客皱下眉头："那是下人做的事呢。"刘杞荣明白谭志清不想要他干，说："其实我现在比下人还不如，你忘了，我们是逃出村的。"堂客把身体靠到他身上："冇忘。要是在虎坪村，我就是国民党军官的太太。"谭志清是读书人家出身，晓得"太太"的意思。他摸着她的脖子说："哦，有个人叫李开明，是我在国术训练所教过的学员，拖板车挣力气钱。力气我有的是。李开明讲拖板车光明磊落，人活得硬扎，有骨头。"谭志清在长沙住了这些日子，也有幻想，说："杞荣，你是名腿（名人）啊。"谭志清不看重钱财但看重名誉。他懂，说："在长沙，官员多名腿也多。我打冠军是十多年前的事，冇得人还记得我。拖板车，做个小老百姓，反倒不用担惊受怕。"堂客在他脸上亲了口："我听你的。"他端详着她，她的一双眼睛真挚、热情地看着他。他说："只是委屈你了。""不委屈，我咯辈子最幸福的事就是嫁给你了。"他把堂客温情地搂在怀里："有你，我相信日子会好起来的。"

天心阁离甘长顺面馆不远，慢走十分钟，快走五六分钟便到了。几天后，他带着甘家三兄弟去天心阁练拳。这里，从古至今都是习武人的聚散之地。晴天在城墙上或城墙外练，雨天在城墙的门洞里练。有练武之人看见他便跟他打招呼："你是刘教练吧？"他点下头。另一人收了拳，于朝阳中仔细打量他一眼，说："啊呀，你真是刘教练啊。我们经常讲起你呢，民国二十五年，你打败过很多来长沙挑战你的武林中人，其中还有两个日本武士。"刘杞荣没想到他们还记得他当年的壮举，笑："好汉不提当年勇。"李开明看见他，十二分振奋："师傅来了。"刘杞荣说："你莫大惊小怪的。不好。"他开始教甘家三兄弟练拳，大家都看他打拳。他说："你们也练吧。"众人在他的眼皮子下散开，各自练着。一个着一身白衣服的、手持木棍的中年人道："教练，你还记得我吗？"刘杞荣摇头。那人说："我在国术训练所跟你学过棍。我打套棍给你看，看我是不是有提高，好吗？"刘杞荣说：

“你打吧。”那人就把他当年教的棍术打给他看。刘杞荣看完，接过棍，示范给白衣人看，一根棍在他手里舞得虎虎生风，劈扫打戳挑挡撩扎砍刺等，棍棍有力，呼呼之声飞来扫去，令人眼花缭乱。他舞毕，一片掌声在前后左右响起来。白衣人叹服：“师傅的棍术天下第一。”他呵呵道：“咯是你冇遇到更厉害的。”另一人问：“刘师傅，有比你更厉害的吗？”刘杞荣答：“肯定有啊。”

翌年二月，女儿出生后，刘杞荣想自己租个住所，李开明就在天心阁城墙外为他找了两间房。房东是一对六十多岁的夫妇，两口子在菜市场摆了个卖干货的摊子。刘杞荣随李开明来看房，房东十分客气，说他有三个崽女，两个崽在抗日战争中相继阵亡了，女儿嫁人了，老两口不需要住这么多房子。刘杞荣觉得房东人好，房子窗朝北门朝南，桌子、椅子、床都是现成的，只需添个摇篮，就租下了。女儿满月后，谭志清可以下冷水了，拿着女儿屙湿的尿布去洗。他说：“我来洗。”谭志清说：“还要你洗么子，我已经坐满月子了。”那天下雨，李开明着一身蓝卡其布衣服，穿双套鞋，打把油布伞来了，手里提着只大黑母鸡。刘杞荣皱下眉头：“你来就来，提只鸡做么子？拿回去。”李开明把黑母鸡放下，说：“师傅，你跟弟子客气么子？”刘杞荣说：“那我付钱。”李开明道：“师傅，你是打弟子的脸啊。再说，师母现在需要增加营养。”李开明杀鸡、拔毛、剁鸡，炖了一大锅，炖得满屋子鸡肉香。刘杞荣说：“你蛮能干吧。”李开明快慰地把鲁迅赠给瞿秋白先生的那句话说出来：“师傅，鲁迅讲，人生得一知己足矣。我既是您的弟子，又想当您的知己。”他说：“还么子弟子，我早把你当朋友了。过两天，我也买辆板车，和你一起拖板车去。”

两天后，在李开明的指引下，刘杞荣买了辆旧板车，随李开明拖着板车走进了粮食一仓库。那年月粮食仓库是重地，门前有两名解放军战士站岗。李开明拖着板车进进出出，站岗的士兵认识他，就没拦他们。李开明把刘杞荣领到仓库里一个负责这摊子事的干部面前：

“刘股长，咯位也姓刘，叫刘杞荣，你们是家门。”刘股长瞧着刘杞荣道：“正好，有个人几天冇来了，我把他负责送老糠的几家单位给你，你去送。一个是第一师范，一个是冶金机械厂，一个是电业局食堂，还一个是六〇二厂……刚才第一师范的人打电话来，老糠快烧完了，你快拖一车老糠送去第一师范食堂。”李开明替他回答：“马上去。”他领着刘杞荣到老糠房，老糠装在一个个大麻袋里，两人把一袋袋老糠搬上板车，堆得老高。李开明教他如何捆绑才牢固，他用心学，这是他自谋生路的第一天，他得把事干好。第一师范就在粮食一仓库对面，几步路的工夫。他把老糠拖到第一师范食堂，食堂里出来一个胖子登记，盯一眼他，问：“唐师傅呢？”唐师傅是之前为第一师范食堂送老糠的，他说：“我不清楚。”他卸下老糠，折回仓库，第二车老糠拖到六〇二厂。六〇二厂食堂里签收的人说：“换人了？你叫什么名字？”刘杞荣答：“刘杞荣。”签收的人怔了下，打量他一眼：“咯名字有点耳熟，好像听人讲起过。记下了。”第三车老糠拖到冶金机械厂，冶金机械厂食堂里跑出来一个瘸腿男人，那男人见不是以前送老糠的，登记时问：“你是刘教练吧？”刘杞荣一愣：“你认识我？”那人说：“三十年代初，我在训练所办的普及班学过拳。”刘杞荣见他走路一瘸一拐：“你咯腿是怎么搞的？”瘸腿男人恨道：“他奶奶的，第二次长沙会战中，我是连长，日军向市区空投一百多伞兵，我带领士兵赶去歼灭，巷战中，一颗子弹打在我大腿上，负伤后就成咯样了。刘教练，你何解拖起板车来了？”他说：“为呷饭啊。”前连长还想说什么，他道：“不聊了，我还要送老糠去其他单位。”他把第四车老糠拖到电业局食堂，食堂的人责备道：“你们是怎么搞的？电话都打烂了，再不送老糠食堂就断火了。”刘杞荣说：“那个人走了，以后是我送老糠。”送完这一车老糠，上午就结束了。

下午，他又给另外几家单位送老糠，只有一家工厂略微远一些，不过也就是多几脚路罢了。他很高兴，这事轻松、爽快，既能练腿力，又能练臂力和握力，还练了腰力，因为上坡时，腰也要用往上提的力。晚上回来，为了不挡别人走路，他把板车靠墙而立，因怕贼趁深夜偷走，用链条锁锁上轮胎，这才睡觉。送老糠是一个星期结一次账，一结账，他感觉这钱赚得轻松、自在，比在甘家教拳多出三倍，似乎成了有钱人。他买了米，又买了肉和鱼，放到板车上，走回家，笑眯眯地把米和肉搁在桌上："堂客，咯比在乡下赚钱容易多了。"谭志清看着脸、脖子和手臂都晒黑了、满身臭汗的他，心疼道："看把你累的，全身都湿透了。"他呵呵笑答："冇事。我把拖板车看成练膂力，一点也冇觉得累。"谭志清给他打了满满一桶热水："快去洗澡，洗了澡呷饭。"他提着这桶热水，步入一间窄小的地上铺着砖的房子洗澡，觉得这个世界好得很，只要肯干活就饿不死人。

有天，他拖着板车送一车老糠去长郡中学，折回时路过南门口的茶摊，买了杯茶喝。眼睛虽没朝身后看，但练武的人都是眼观六路耳听八方的，感觉有人盯着他，一回头，见一个摆烟箱的老人迅速垂下头，并举起一只手遮着半边脸。如果这老头不举手遮脸，他也不会警惕！他觉得奇怪，走过去，老人的身前摆了个能收拢并能挎在肩上的烟箱，烟箱是打开的，上面嵌着四根横条，四根横条上摆着各种牌子的香烟，四根橡皮筋固定着一包包烟：哈德门、大前门、老刀牌、三炮台等等。刘杞荣走近一看，诧异道："向老师。"

向恺然见自己被他认出了，满脸惭愧道："老师落魄到咯种地步，真不想被你看见。"一句话说得刘杞荣心里一酸！刘杞荣确实没想到一度威风得下不得地的向老师，如今落魄成这模样！他说："向老师，去年八月，我在报纸上登的湖南和平起义将领的名单上，读到过你的名字。您是起义将军，何解摆起烟箱来了？"向老师道："唉，实话跟你讲，冇把你老师视为潜伏下来的国民党特务，算是格外开恩了。"他不懂地望着向老师。向老师咳一声："此一时彼一时啊，你当年退役，现在看来走了一步好棋。"他咧嘴笑笑："向老师，我看了报后去找过您，房东说您搬走了。”向老师看一眼天空：“旷楚雄被特务抓走后，特务也盯上我了。有天我发现有人跟踪，我七弯八拐才甩脱尾巴。那天晚上我带着堂客和崽跑了，不跑就见阎王了。现在我又搬回妙高峰住了，房租很便宜。”他想，向老师不是个贪便宜的人，如果不是潦倒到家了，他会在乎钱？当年他的办公室里，银圆一麻袋一麻袋的，他连看都不看一眼！他为老师的处境难过：“向老师，新政府冇给您安排一个位置？”向老师呵呵两声：“旷楚雄倒是进省民政厅任了副厅长。湖南和平起义，我冇得功劳，冇人理我呢。”刘杞荣想，旷楚雄是条会钻的泥鳅，说：“您冇找他？”“我找他做么子？”有人到向老师手上买烟，向老师收了钱，给了烟，苦笑一声：“我现在一无所有，但求一口饭呷。”他想，自己目前的处境，与向老师比，简直好到天上去了！他问：“向夫人和崽还好吧？”向老师答：“能好吗？好，我也不会摆烟摊。不讲我的事。你怎么拖起板车来了？还练拳冇？”他一一回答了向老师。向老师说：“不要灰心。会好起来的。”他说：“我冇灰心，拖板车，凭劳动力养活自己，我反而很开心。”他还有老糠要送，约好晚上去向老师那里，拖着板车快步如飞地走了。

周进元在自家门旁钉了块牌：“专治跌打损伤诊所。”白底黑字，十分醒目。他曾跟刘百川师傅给伤兵治过伤，积累了些经验，就买来几本医药书，边琢磨医道边给人治伤，没想还真的治好了一些人的伤，于是上诊所求医的人多了起来。周进元看见他，放下碗道：“还冇呷饭吧表哥？”他答：“呷了。”周进元揩下嘴巴：“我正想咯两天去你那里坐坐，你就来了，心有灵犀啊。”刘杞荣在一张椅子上坐下，接过周堂客递来的茶杯，把自己看见向老师摆烟箱的事说给周进元听。周进元惊了一跳：“我日你的，向老师沦落到咯种地步了？”刘杞荣说：“我会撮你吗？我来就是跟你商量咯事。”周进元说：“我们都是小老百姓，能做什么？”刘杞荣扫一眼表弟的诊所，虽然简陋却也具雏形，堂屋里摆了担架，靠墙做了排中草药柜，桌上有秤，称药材的。刘杞荣说："我的意思是我们在生活上帮向老师一把。你说呢?"周进元回了句："那是，走。"

周进元步入厨房拎来一袋米和一壶油。刘杞荣想，自己总不能空着两只手去见向老师，就去前面的商店买了一袋米和几斤猪肉，拎在手上。向老师一家人住着两间房，向老师夫妇住前面这间，三个孩子睡后面那间。向老师正坐在桌前写什么，手里握支笔，一根绳子将一盏二十五瓦的电灯斜扯在桌上。向老师看见进来的是他俩，又见两人手里各提着米、油和肉，叹口气道："想不到我向恺然落魄到接受弟子的恩惠了，坐吧。"两人坐下，向老师漠然道："老师又得从零开始了。"刘杞荣觉得向老师这话听上去有些苍凉，向老师已是六十多岁的人了，头发、胡子都花白了，还说出这番话，真有种苍凉感。他脑海里闪现的是坐在第二十一集团军总部的着国军少将服的向老师。向老师又说："不只是我，我们都得重新开始。"周进元拿出一包大前门烟递给向老师抽，说："向老师，得幸我跟刘百川师傅学了治伤，我现在开了家诊所，嘿嘿。"向老师问他："请了大夫吗?"周进元自诩道："我就是大夫。"向老师替他高兴："那你咯鬼要感谢刘百川。"周进元点上支烟："我是要感谢他。"两人在向老师家坐了很久，走出来时，一颗圆圆的月亮仿佛就挂在树梢上。周进元指着月亮："注意了吗今晚的月亮是红的。"刘杞荣看着月亮。周进元问："你爹妈有么子消息吗?""我是跑出来的，幸亏跑出来了，在乡下哪有咯么好过!"他说。

他拖了几个月板车，渐渐把规律掌握了，有的单位两天送一车老糠，有的单位三天送一车，还有的单位四天送一车也可以。只有六〇二厂和第一师范的食堂大，都是几口老糠灶同时烧，这是吃饭的职工或师生多，两天要送一车老糠。他口袋里备个小本子，记着送出的一车车老糠，对方食堂的人也有个本子记账，一对账，基本没出入。大单位一个星期结次账，小单位半个月结次账。他觉得拖老糠的日子很自在，遇上端午或中秋，有的单位还送几斤粽子、盐蛋或两斤月饼给他。他不要，单位的人说："收下，我们是做了计划的。"他会留一份，还买些米、肉，提着送给向老师。向老师那段时间白天在南门口摆烟箱，晚上在家写《革命野史》，看见他左手提着袋米，右手拎着几斤肉，说："太好了，我咯几个崽几天冇呷肉了。"向老师接过米和肉，递给夫人，要他坐。他坐下，两人就拉扯起往事，刘百川、纪寿卿、朱国福四兄弟、常东升、常贺勋等在两人嘴里跑着火车。向老师欣慰地看着他："湖南国术训练所即使只出了你一个刘杞荣，我也冇白办。"刘杞荣说："不只我，很多学生学了拳术和劈刺后，都用到战场上了。周进元和我一起杀过十几个日本鬼子。一个学员叫李开明，说他用我教的劈刺，在和日本兵肉搏时，刺死过几个日本鬼子。所以不只出了我，多着呢。"向老师吸口烟："当年我请严乃康来训练所教劈刺，看来请对了。你教了那么多官兵劈刺，咯些官兵都在战场上用上了，救了自己的命。他们都感激你呢。""那是我职责所在。""那也是你的功劳。"向老师弹下烟灰，"当年，廖磊和李品仙都问过我，要不要给你一个团长当当。我坚持讲你留在教导团教新兵劈刺比当个团长的作用更大。晓得我何解不放你去当团长吗？""不晓得。""你的性格我十分了解，责任心和护犊心重，敢忘形。战场上，子弹冇长眼的，稍一个闪失就丢了性命。我有私心，也是出于爱护你，怕你万一死在战场上。你是我最看重的学生。老实讲，我也想过好多回，也许我的私心耽误了你的前程。""冇耽误，那时我若是团长，战场上见到自己的官兵被日本鬼子杀害，我还真不晓得自己会干什么蠢事。""我唯一派你去执行的一次冒险任务，就是去安庆。唉——"向老师一声长叹，"你和周进元奉命去安庆的那些天，我冇得一个晚上困好觉，心里七上八下的，担心你们出事。""咯段经历，我最不愿回忆。"刘杞荣的心弦被拨动了，"教导团里我带去的四个身手好的军官，有三个死在安庆了。"向老师说："那是命。谁都不想他们死，可那是没办法的事。""可我心里一直不舒服。"他说。师生俩说了很多体己话，直到天色晚了，他才走。

四五　转眼便是一九五三年

转眼便是一九五三年。十一月的某天早晨，刘杞荣穿件绒衣、罩件夹衣来到天心阁，李开明看见他，激动道："师傅，报纸上登了，国家体委将在天津举办首届全国民族形式的竞赛大会，其中包括武术表演。我们湖南好像冇一点动静。咯是何解？"刘杞荣嘿嘿两声，事不关己的样子："你问我我怎么晓得？"李开明不但是个武痴，还是个热心人，说："师傅，我昨天去体育运动竞赛科打听，问他们有没有安排人去天津参加武术比赛，他们讲体育机构刚成立，还冇得咯方面的安排。"刘杞荣觉得李开明操空心："你操么子心？你想去比赛？"李开明说："师傅，我哪有资格去！湖南是武术大省，你是全国顶尖的武林高手，既然是全国民族形式的武术竞赛大会，湖南不派你去那怎么行？"刘杞荣笑："如果是向恺然管这事，那肯定会派我去。他们不会派我去的。"另一个人说："我们去争取，刘师傅，你一定要去。"刘杞荣心里没装这些东西，装的是送老糠的单位，说："练拳吧，讲咯些废话有么子用。"他练拳时，陆续来了些人，都在议论这事。他没参与议论，想上午要送一车老糠去第一师范，还要送一车老糠去六〇二厂。一个中年人打断他的思绪道："刘师傅，你要去，哪怕就你一个人去，也代表我们湖南有人参加。"他正要走，觉得这话有些道理，就停住说："上面若安排我去，我会去。"李开明说："师傅，我们准备联名给体委办公室写信，要求他们派你去。"刘杞荣笑："开明，他们不会听你的。”那天也是怪，来了六七十人，都是看了报纸来打探消息的。大家聚在一起七嘴八舌，刘杞荣没时间听他们嚼舌：“你们谈，我得送老糠。”李开明见他要走，急道：“师傅，那我们联名向上面打报告，推荐你去啊。”刘杞荣想，李开明还真积极，其实不关他一点事，头也不回道：“行。”

女儿三岁多了，扎着两根小辫子，带着一岁半的弟弟玩。儿子能踉踉跄跄地走路了。他上午送了几家单位的老糠，拖着板车回来，看着儿子，忆起自己五岁时都站不直身体，八岁时走路还要扶椅子，就觉得儿子比自己强。厨房里有油烟随着西北风飘来，儿子被油烟呛得咳嗽。他疼爱地把儿子抱到门外，见几只麻雀在屋檐上叽叽喳喳，就说：“崽，看麻雀。”儿子对着麻雀笑。堂客炒好菜，一家人坐在小桌前吃饭。他把李开明等人联名向体委打报告，要他去天津参加武术表演赛的事讲给堂客听。堂客听毕，把垂落到眼睛上的一绺头发绾上去，鼓励道：“你去吧，总不能拖一辈子板车。”堂客比他小十四岁，今年二十七岁，虽已生养了两个孩子，但仍如一朵鲜花样：花瓣那么鲜艳，花枝那么挺拔。她是大户人家出身，心里盼着丈夫有一份体面的工作。这两年，丈夫拖板车，钱来得快，一家人的日子也过得好，但缺点是没社会地位！她这么年轻、漂亮，却跟着个拖板车的。街上的一些人在背后议论，说她若不是青楼女子，怎么会嫁一个拖板车的？这话传到她耳朵里，气得她半死，想真是狗眼看人低，一辆板车就把她丈夫一生的辉煌业绩都掩盖了。她不再附和丈夫就这样简简单单地过一世。她坐下来边给崽喂饭边说：“我今天排队买香干，已经轮到我了，办事处黄主任的堂客一来就插队。我讲了句：‘排队咧。’黄堂客讲了我一堆难听的话，把我怄饱了。”“么子难听的话？”“讲我不看看自己是什么身份，穿得咯牛屎样的，不晓得的呢以为我丈夫是当干部的！其实是个拖板车的。”他眼睛一瞪：“什么东西！”“你是不晓得呢，街上那几个干部家属，都好像高人一等样。”他不屑道：“你离他们远点。”“我倒是想躲得她们远远的，可都住在一条街上，抬头不见低头见，躲不了啊。我倒无所谓，女和崽长大后未必能无所谓。我们得给他们一个好的未来。”他觉得堂客这话有理，就看一眼吃饭的小英和小苏：“你讲得对，是得为崽女们考虑。堂客，咯几年你委屈了。”堂客吃口饭：“我倒真冇得么子，只是苦了你。”他夹块萝卜，放进嘴里咽下：“我不苦，装车时我一手一包老糠往车上丢，让一些人看见了眼珠子都快掉下来了。”堂客自豪道：“那当然啊，我丈夫是么子人啰!”

报告送上去一个星期却没一点音信。这天早晨，李开明看见他，一脸不开心：“他们接到我递上去的报告讲，他们会认真研究，一个星期了都冇得音讯。咯是么子研究?”刘杞荣想，不就是场武术表演吗？有么子不开心的！他说：“行了，就当冇得咯事。”李开明说：“我今天再去问问。”刘杞荣说：“莫去问了。练拳。”

八点一刻，刘杞荣正要走，一个着一身灰色中山装的年轻人从自行车上下来，手里拿着个黑公文包，扫他们一眼：“哪个是刘杞荣?”刘杞荣衣服都拿在手上了，说：“我是刘杞荣。”年轻人从黑公文包里掏出一张盖了公章的介绍信，递给他：“你马上买张火车票赶到北京，再从北京转车去天津，代表湖南参加咯次武术表演吧。”刘杞荣满脸惊诧。年轻人又说：“你自己先垫钱去，回来再找我们体委办公室报销。”刘杞荣为难道：“我冇得钱。”年轻干部说：“那你想法子借点钱，回来都给你报。火车票、汽车票、住宿发票都莫丢了，都是报销单据。”他说完这话，抛下众人，跨上自行车走了。刘杞荣一个人干活，家里四张嘴吃饭，还时不时接济向老师一家人，就没留余钱，对大家说：“诸位，我冇钱，不去了。”李开明把口袋里的钱全部掏出来给他：“你不能不去，拿着。”他扬起脸对围上来的人说：“大家有多少钱都拿出来，我给大家登记。师傅比赛回来，报销完单据，我再按登记的数额退还你们。”在一起练拳的三十几人，都纷纷掏口袋，把自己打算买菜和吃包子的早餐费全部掏出来，居然凑了四十多元。李开明问：“你看咯够不够。不够，我去银行取。”刘杞荣见众人脸上都充满热情，再推托不去便对不起大家，说：“应该够了。”李开明说：“那就赶紧去火车站买票，莫到时候人赶到了名却报不上了。”刘杞荣对众人打个拱手，和李开明赶到火车站，正好有一趟火车开往北京，离发车时间还剩半个小时。李开明说：“你就上咯趟火车，我等下告诉你堂客你去北京了。”他向李开明交代，今天该送哪几家单位的老糠。李开明说：“我去送，你快走。”他什么都没带，上了开往北京的火车。

他做梦都没想到，这是一次改变命运的旅行。他赶到北京是第二天早晨，再赶到天津的会务组报名处是上午十一点钟，那天正是报名截止日，报名处正收摊，开始打扫房间了。刘杞荣满脸急躁道：“同志，我是从湖南来的。”那人看他一眼：“湖南来的？我正想湖南怎么没派代表来，你们参加比赛的有几人？”刘杞荣回答：“就我一个。”那人问：“你一个？带介绍信了吗？”他掏出介绍信，那人看了眼介绍信：“那你快填表，这是报名表，填写姓名，来自哪里，你是湖南来的就填湖南，再填写比赛项目。快填，我马上交上去。”刘杞荣一看比赛项目，刀枪棍剑。他在刀枪棍剑的项目空格上先写了湖南，然后在运动员姓名上写下自己的名字。那人说：“湖南来的同志，组委会规定，每人只能表演两个项目。湖南只来了你一人，允许你多报两个。你先填表，还不知道组委会的同志同不同意。”刘杞荣就往下看，看到中国式摔跤和形意拳、少林拳、查拳等项，就把兵器上的“棍”和“剑”画掉，在摔跤项上填了“刘杞荣”，又在形意拳一栏里写上自己的名字。他把表递给那人。那人拿了表，对走来的着一身军装的中年人说：“王主任，湖南有人参加。”王主任问：“在哪里？”那人指着刘杞荣：“就是他。”王主任是报名处负责人，王主任看一眼刘杞荣："就你一个人？"刘杞荣说："就我一人。"那人说："王主任，我考虑到湖南只来了他一人，让他多选了两项。"王主任见湖南只刘杞荣一人参赛，点头道："行。先这么着吧。我跟其他同志说说。向恺然同志没来？"刘杞荣想他竟晓得向老师，不觉多打量了他一眼："他没来。"王主任说："你能联系上向恺然同志吗？"他答："我能。"王主任说："那太好了。贺老总（贺龙）前天还问我，湖南的向恺然来了没有。你赶快打个电报，请向恺然同志速来。"刘杞荣说："我不知道去哪里打电报。"王主任想了下："你把向恺然的家庭住址写给我，我去给他拍电报。"刘杞荣就把向恺然的家庭住址写给王主任，王主任说："这下好了，贺老总想要向恺然来当裁判。"会务组的一年轻人走来，王主任叫住他："小聂，你安排湖南代表住下。我去拍电报。"

刘杞荣被安排与一个河南代表住一间房。房间不大，两张单人床，床上铺着白床单，被子和枕头也是白的。靠窗一张桌子，桌上立着个篾壳面的热水瓶，还有两只洁白的茶杯，一只茶杯里有茶水。门旁一个放洗脸盆的木架子。小聂指着一张床说："您睡这张床吧。"刘杞荣什么也没带，在床边坐下。小聂走了。这时走进来一个年龄与他相近的男人，手持一柄剑，剑插在乌木镶铜条的剑鞘里。此人看一眼刘杞荣，用浓厚的河南口音问："你是刘杞荣吧？"刘杞荣没想到此人能叫出他的名字，愣了下："我是。你是？"河南人一头浓密的黑发，一对鼓鼓的鱼泡眼睛，目光和善、友好："你不记得俺了？"刘杞荣瞧着这个健壮的男人，想起来此人姓邵，是中央国术馆的同学。刘杞荣拍下邵同学的肩："十多年没见了，没想到在这里碰见你了。"邵同学多年里都是他的手下败将，脸色就谦和："刘兄，俺可从没忘记你，民国二十五年你在洛阳摘了两项桂冠。"刘杞荣哈哈一笑："你还好吧？""俺还好。"邵同学说，没见刘杞荣带的行头："你没带行头？"刘杞荣说了自己匆匆赶来的过程。邵同学听他说报了枪、刀和摔跤、形意拳四个项目，"咦"了声："你摔跤摔过全国冠军，俺不担心。俺没见你耍过枪。”刘杞荣道：“应付一下还行吧。”两人说了很多话。

第二天早餐，刘杞荣在餐厅里碰见朱国福和王子平两位前辈，还看见方北鑫和赵刚几位同学，大家惊呼着打招呼，嘘寒问暖的。刘杞荣说：“朱老师，您还是这么健朗！”朱国福说：“老了。怎么没看见向恺然？”他答：“会务组的负责人昨天给向老师打了电报，估计最快也要明天才能到。”朱国福老师是会务组请来的裁判长，他笑着问刘杞荣：“你也四十了吧？”刘杞荣朗声道：“四十一了。”朱国福老师说：“那还年轻，我六十多了。昨晚组委会临时开会，我参加了，会上王主任把你单独拎出来，说湖南只来了你一个人，你报了四个项目，问大家同不同意。没人反对，这事就定下了。我看了你填的表，你报了大刀、长枪、中国式摔跤和形意拳。”刘杞荣一怔：“我报的是单刀吧？”朱国福老师说：“大刀，我没记错。”刘杞荣想拐了，还没比赛自己就出差错了，想报单刀填写的是大刀，那会儿脑壳进水了。王子平老师一听到大刀，问他：“大刀和长枪，你还经常练吗？”刘杞荣羞愧道：“冇练过，王老师。”朱国福老师说：“你形意拳打得好，跤也摔得不错。”刘杞荣可不敢讲大话：“跤也有好几年冇摔了。大刀从国术馆毕业后，再冇摸过了。”王子平老师问：“怎么呢？”他答：“跤，冇得人陪我摔。大刀，家里冇备。家里就一根棍。”王子平老师说：“记得当年在国术馆，你大刀还是舞得不错的。”“不行不行。”刘杞荣说。王子平老师笑。朱国福老师说：“这次是摸底，不计名次，只发‘特优证书’和次一点的‘优秀证书’。表演技能一般的，组委会的主任说，也发一个积极参与证书。”刘杞荣想，原来不计名次，心就放了下来：“那好。我也冇准备，昨天还担心得要死呢。能见到两位老师，就算冇白跑一趟。”王子平老师捋着长须，呵呵笑着说：“行，这两天摸摸大刀和长枪，别上台表演时掉链子。”刘杞荣答：“那应该不会。”王子平老师说：“不会就好。你看上去身体状况还不错。”刘杞荣说：“冇以前好了。”方北鑫在背后拍下他，他与方北鑫握手。赵刚伸手在他腰上薅了下，他忙伸出另只手薅下赵刚。朱国福和王子平老师看着这几个弟子闹，朱国福老师笑笑：“你们聊。”

朱国福和王子平老师走开后，刘杞荣问快活的方北鑫：“方兄报的是什么项目？”方北鑫一扬脸：“我本不想报，我们头硬要我报，我报了长枪。”刘杞荣晓得方北鑫从不好好说话，喜欢迂回前进，笑道：“你长枪使得好。”方北鑫笑笑：“谢谢。”赵刚左手搭到方北鑫肩上，右手搭到刘杞荣的肩上：“刘兄，你报了什么项目？”刘杞荣说：“我是最后一个报名，报项目时冇细看，报了大刀和长枪，我咯十几年冇摸过长枪和大刀，到时候诸位仁兄莫笑我啊。这里先有礼了。”他给几位同学一一打拱手，问：“赵兄你呢？”“我报的剑。”赵刚说。刘杞荣马上冲他竖大拇指：“你剑术得了李景林老师的真传。”赵刚一脸谦虚地摇手：“哪里话，我离李景林老师差十万八千里还不止。”刘杞荣晓得赵刚是谦虚。邵同学说：“赵刚兄的剑术，俺甘拜下风。”方北鑫瞟一眼邵同学：“邵兄报的什么项目？”邵同学一看见他俩，就觉得自己报错了项目，自嘲道：“俺报的是少林拳和剑，两位都比俺厉害，俺还表演什么！”方北鑫在邵同学肩上拍了下：“不计名次的，只是表演。”

几人说着话，都高兴，把各自所在的城市和家庭住址报给彼此。接着，大家又忙各自的去了。刘杞荣恨自己粗心，报个项目眼睛都不看备注的。回到房间，他有些坐卧不安，对邵同学说：“我有很多年没玩过大刀和长枪。这次我来得匆忙，什么都冇带。真想借谁的大刀或长枪使几下。”邵同学的眼珠转了转，说：“别急。有个山东来的人，和俺有过几面之缘，他的大刀是十斤重，好使。比赛时我跟他说一声，你借一下他的大刀用。”刘杞荣说：“那太好了。”邵同学说：“走，俺现在就带你去找那山东人。”他随邵同学去山东人睡的房间找人，对面房间的人说：“他不在，一早去附近的公园里练刀了，这会儿可能在餐厅吃饭。”

两人又赶到餐厅，餐厅里已没几桌人吃饭，邵同学一眼就看见了要找的山东人。山东人三十多岁，虎头虎脑的，着一身青衣，正坐在桌前吃馒头，一只手拿着调羹，吃一口馒头舀一口稀饭咽下。身边靠桌子立着大刀，刀柄紫檀木，刀头呈弯月形状，银光闪闪的，中部缀有红缨。邵同学满脸堆笑地跟山东人打招呼道："老弟，俺跟你商量个事。"山东人没多大反应，不冷不热地望着邵同学。邵同学不计较，指着刘杞荣："俺这同学来自湖南，来得急，没带行头，表演时想借一下你的大刀用用。"山东人缓缓地看一眼刘杞荣，脸色冷漠。邵同学是个热心人，问："你借还是不借，说句痛快话。"山东人碍于面子，勉强道："可以借。"刘杞荣忙抱拳："那太谢谢了。兄弟，我能熟悉一下你这把大刀吗？"山东人道："可以。"刘杞荣把大刀握在手上舞动几下，说："好刀。"山东人觑着他没说话。刘杞荣又耍几下刀，评价道："刀是好刀，就是稍微轻了点。"

四六　大刀比赛抽签

大刀比赛抽签，刘杞荣抽了 23 号，山东青年抽了 27 号，中间隔三个号。刘杞荣着一身白粗布衣服，盘扣、对襟衫，脚上一双加了层耐磨的板车胎底的黑布鞋。他看着前面一个个人耍刀，有的人因用力不均衡，落下时不是刀没拿稳就是脚或踮或蹴一下。他心里又活络起来，不觉得有谁了不起。轮到他上场表演时，山东人竟抱着刀不愿借，指着台上说："台上有刀。"刘杞荣没想到他会来这一手，此刻说什么都是多余的。他走上铺着绿地毯的台子，兵器架上插着三把大刀。刘杞荣想，若拿八斤的，别人会看他不起。他抽出中间那把十二斤的掂了掂，感觉太轻了，插回去，索性抽出十六斤重的大刀，走到台中央，一舞，王子平老师教的刀法，立即从记忆的丛林里蹿出来：劈、砍、挑、撩、斩、削、拦、扫、托、拨、捣、刺，竟使得无一不精准到位。到底这三年他天天拖板车，腿力、腰力、臂力都充足，一把十六斤重的刀在他手中好比一根木棍的重量。他越舞越快，手中的大刀往下劈时劈得空气发出吱呀声，砍时砍得风呼的一声怪叫。最后一个动作是腾空挥刀直劈，只见他跨步跃起一米高，两腿在空中形成"一"字，一抡刀，刀光画个弧线，脚着地时跟钉在台上似的，十分潇洒、漂亮。就在同一时刻，一片镁光灯闪耀，几台相机拍下了他精彩绝伦的英姿。台下爆发出热烈的掌声。刘杞荣收刀，抱拳致谢，走下台时掌声才停下来。邵同学说："你真厉害。"刘杞荣道："谢谢。"

方北鑫走过来握着他的手："刘兄，你还说没练过，没练过能舞得这么好?"刘杞荣答："方兄谬赞了。"方北鑫说："我仔细看了你舞刀的每一个动作，很到位。"刘杞荣也奇怪，自己从没摸过大刀，怎么舞动起来竟那么得心应手！这应该归功于平日里天天练拳的缘故。有个记者走来说："刘先生，我是香港《文汇报》的记者，能采访一下您吗?"刘杞荣被记者请到一边，接受着采访。这个记者还没采访完，另一个记者挤上来说："刘先生，我是《光明日报》的记者，您的表演相当精彩，给观众留下了极深刻的印象。我能采访下您吗?"刘杞荣又接受了《光明日报》记者的采访，记者问他目前从事何种工作，他回答："拖板车。"记者满脸愕然，他怕这个一口上海腔的记者没听懂，进一步说："我在长沙街上拖板车，给单位食堂送老糠。"记者的笔刷刷刷地记下了他的话。

下午长枪表演，他抽的号倒数第三，方北鑫是七号。两人相视一笑，先看别人表演。方北鑫待第一个上场表演的角色下来，淡淡道："不怎么样啊。"刘杞荣说："是一般。"第二个上台表演长枪的是四川人，中途方北鑫评价："这个还可以。"他说："嗯。"第三个上台表演的是个二十来岁的年轻人，表演中长枪脱手了，众人笑。第四个上台的年龄有五十岁了，都有白发了。他的枪法怪，既不像杨家梨花枪，又不是岳家枪法，也不是少林枪，但给人的感觉挺不错，枪枪有力。这给了刘杞荣一些启发，想自己可以发挥一下，不用完全按照杨家枪法或岳家枪法表演，可以加些棍术和刀法。方北鑫碰一下他的肩："刘兄，你觉得他怎么样?"他答："不错。"方北鑫不认同说："一般。"接下来上台表演的人三十多岁，高个子，枪法平平，没什么看头。轮到方北鑫上台表演时，刘杞荣说："看你的了。"方北鑫提枪上台，先对裁判和观众抱拳施礼，接着便舞起枪来。刘杞荣盯得仔细：扎、扫、戳、截、拦、刺、缠、捉、拿等等，身形、步伐和枪法都堪称完美。这把他记忆里那些长枪口诀唤了出来，就跟你叫声狗名，狗就从你看不见的角落里狂奔出来了似的：什么“你打我啊我拦枪，你拦下还枪我缠枪拿枪”，什么“黄龙占杵”“黑龙入洞”“下游拨草寻蛇”“上游秦王磨旗”和“一截、二进、三拦、四缠、五拿、六直”等等招式全在他脑海里活跃了，好比鸡鸭鹅在田地里蹦啊叫的。方北鑫走下台，刘杞荣说：“你非常棒。”方北鑫说：“还是有几处枪法没到位。”刘杞荣想他有些囿于套路，嘴里却说：“非常完美。”接下来表演的人，有的好，有的一般，对于一身武艺的刘杞荣来说，没什么看头。场内有些人觉得无趣，起身走了。长枪表演的人多，时间拉得长，快他表演时，长枪比赛场馆里走掉了一半的人，只剩了两百来名观众，还有裁判人员及表演者和各报社的记者。

赵刚和邵同学从单刀和剑术比赛场馆走来，那场馆的比赛结束了，他们来看长枪比赛。邵同学问刘杞荣：“你比完了吗？”他答：“还没呢。快轮到我了。你怎么样？”邵同学说：“我一般。赵刚不错。”赵刚说：“也一般、一般。”刘杞荣说：“方兄的枪使得好，十个裁判都给他打了十分。”方北鑫纠正道：“我看了，九个十分，一个给我打了九点五分。还是有点瑕疵。”刘杞荣说：“那我没注意。”其实他看到了，觉得那个裁判是吹毛求疵。邵同学说：“我知足，有一个裁判给我打了十分，三个裁判给我打九分，两个给我打八点五分，四个给我打了八分。”台上裁判对着麦克风提醒参赛者：“某某某上台表演，请湖南参赛者刘杞荣准备。”刘杞荣说：“轮到我了，弟兄们莫笑我啊。”他接过方北鑫的长枪，这把长枪七尺长，他舞了几下：“方兄，这是把好枪。”方北鑫说：“这把枪是明朝末年一个将军用过的，至少有三百多年历史了。”刘杞荣就尊重地看了眼枪，真是把好枪，枪头仍很锋利，枪缨仍是红色，枪杆是稠木，既硬又柔。他握着长枪，走到台前，等台上的人表演完，裁判叫他的名字，他上台，对裁判和观众鞠个躬。枪一舞，所有的感觉都上身了，枪就生风，呼呼的，仿佛这支枪有生命，醒了。那套简单扼要的口诀也在他脑海里如海豚、海豹一样翻滚：“一、带枪枪杆贴身；二、架枪犹如大架梁；三、拖带佯输诈回枪；四、拦枪枪是伏腰锁；五、拉枪好似敬德侧拿鞭；六、拨枪如寻蛇；七、抛枪分两式；八、抡枪横抡立折；九、缠枪用力要柔和；十、压枪要借对手力；十一、扫枪好似“铁扫帚”；十二、点枪高不过膝头；十三、杀枪直取心……”观众和在座的裁判都被他勇猛的动作和精湛的枪法迷住了，看呆了。台上寒星点点，银光闪烁，真应了那句“泼水不能入，矢石不能摧”。他表演最后一枪“败是虚来诱是真”，回马反身刺敌时，乃是一个扭身金鸡独立的招式，动作堪称勇猛、刚劲，枪头带着一股劲风刺向身后的假想敌。他收枪，行礼，观众尚意犹未尽，醒过神来后立即爆发出热烈的掌声。

刘杞荣走下台，把枪还给方北鑫。方北鑫拍一下他的胳膊：“你还说好久没摸过枪了，没摸过枪有这么熟稔？”刘杞荣说：“真的没摸过了，就国术馆那点老底子。”这时十个裁判相继举起打分牌，全给他打了十分。观众又是一片掌声送给站在台下的他。他忙对裁判和观众抱拳致谢。方北鑫羡慕道：“都给你打了十分。”他说：“是你这把枪好，舞动起来十分顺手。”赵刚笑嘻嘻地评价：“刘兄，兄弟大开眼界。”邵同学说：“没想到刘兄长枪舞得这么好，观众的热情都被你调动起来了。很少有表演者下台后观众还鼓掌的，鄙人实在钦佩。”刘杞荣自己也没想到会有这么成功，谦虚道：“观众错爱了。”邵同学嘻开嘴：“若在南宋初年，你就是岳飞，我们是张显、汤怀、王贵。”刘杞荣见方北鑫脸色冷下来，赵刚也别开了脸，就用大家能听懂的普通话慢声道：“邵兄，你莫瞎说。”

翌日上午是拳术表演赛，有几百人，昨天表演了一天，今天继续表演。朱国福老师是裁判长，王子平老师也是这个组的裁判。几个人走来，自然与朱国福和王子平老师打招呼。十个裁判坐成一排，朱国福和王子平老师坐中间，中间的桌上立了块白底黑字牌：裁判长。王子平老师看见他们，笑了下，没起身。朱国福老师却走过来，笑着对他们说："你们是我国术馆的学生，我对你们的要求会严格些。我会打着灯笼挑刺，你们要有思想准备。"刘杞荣觉得老师对他们是严要求，忙说："好，老师只管挑。"方北鑫不是这个态度，说："朱老师，您可别打着灯笼寻。您坐在裁判席上，学生紧张呢。"朱国福老师笑："那是你的事，我管不了。"方北鑫和刘杞荣打的是形意拳，赵刚表演查拳，邵同学打少林拳。前面十几个人分别演示各种拳路，大家都搞了几十年武术，谁打得好谁欠一点，瞧一眼就能看出，于是说着话，评论一个个展示拳脚的人。方北鑫自傲道："没几个好的。"赵刚也说："是不怎么样。"不久，台上叫赵刚的名字，赵刚应了声"到"，上台打了一路查拳。裁判眼睛一亮，都交口称赞。赵刚下来时，看着刘杞荣问："兄弟勉强还可以吧？"刘杞荣回答："岂止可以，你查拳打得相当棒。"方北鑫在赵刚肩膀上摁了下："祝贺，你等着看亮分吧。"不一会，裁判都举牌亮分，十个裁判八个打十分，朱国福和王子平老师给他打了九分。中间隔了十几个人，方北鑫上台展示形意拳，一套拳打得十分了得，可圈可点的地方不少，然而得分与赵刚一样，也是八个十分，两个九分。邵同学的少林拳打得也好，缺陷是欠力度，只得了三个十分，四个九分。朱国福裁判长、王子平老师和另一名裁判只给了他八点五分。邵同学满意道："中。俺还以为两位老师只给俺七点五分呢，八点五分够了。"几人笑。赵刚柔和道："邵兄人豁达。"邵同学说："俺不豁达不行啊，俺能跟你们比吗？俺在国术馆教授班里就是个差生。"方北鑫嘿嘿两声："邵兄为人憨厚，从不跟人争。"邵同学说："俺想争，可争你们不赢。"几人又笑，边看着别人上台打拳，边说话。

轮到刘杞荣时，他走上台，对裁判抱个拳，退到台中央，吸一大口气，开始打拳。形意拳他每天都打，娴熟得闭着眼睛也打得相当好。此拳以五行拳（劈、钻、崩、炮、横）和十二形（龙、虎、猴、马、鼍、鸡、鹞、燕、蛇、骀、鹰、熊）及八字功（斩、截、裹、胯、挑、顶、云、领）为主。打拳时讲究身正、步稳，“迈步如行犁，落脚如生根”；要求搏斗中“两肘不离肋，两手不离心”，发拳时身形步伐要紧密结合，周身上下需拧成一股绳，方能“出手如钢锉，落手如钩竿”。他打拳时，无一不是如此。馆里看打拳的观众少说有六七百人，此前赵刚、方北鑫和邵同学表演时，台下的观众也安静，但此刻安静得能听到他打拳带出的风声，呼呼呼。那不是出气声，而是拳声！坐在台下的观众和裁判竟然产生了一种欣赏和享受的美感，即使是当年教他形意拳的朱国福老师，睁着眼睛挑毛病，居然连一丝瑕疵都找不到，因为他招招都精准到位，而且沉稳、果敢、刚猛。刘杞荣表演完，收拳，对裁判和观众鞠躬时，台下的观众才醒过神来，给予他的表演潮水般的掌声。他在掌声中走下台，走到方北鑫和赵刚身边，方北鑫亲热地扳下他的肩。赵刚说：“真不错。看裁判亮分。”裁判们打分时，朱国福老师对王子平老师说：“我挑不出毛病。”王子平老师说：“我给他十分。”说着，很自然地在打分牌上写了个阿拉伯数字“10”。朱国福裁判长也在亮分牌上写下“10”。大家看完裁判亮分，全是十分，观众和参赛者都自发地鼓起了掌。刘杞荣忙抱拳向裁判和观众致谢，心里十分蔚蓝，好像呈现了一大片蓝天一样。赵刚道：“刘兄，没说的，请客啊。”刘杞荣说：“请客，中午我请客。”方北鑫说：“祝贺刘兄。”

中午，一行人走出比赛场地，笑着步入一家餐馆。这是家私营餐馆。几人围着一张桌子坐下，老板过来上茶，又拿来菜单。刘杞荣接过菜单，关心的是价格，因为他还得留路费回湖南。还好，菜都不贵，可以放心点菜。他点了个宫保鸡丁、青椒炒肉片、黄瓜炒鲜虾、香芹炒肉丝、滑炒白菜和狗不理包子及三鲜打卤面。他还要点，老板是个实心人，说：“够了，吃不完。”刘杞荣就把菜单还给老板，老板去伙房里安排大师傅炒菜。几人相互看着，说着分别后各自的遭遇，因为从国术馆教授班毕业，一晃二十多年了，几人最后一次见面是民国二十五年八月在洛阳比武，那也有十七年了。刘杞荣说："你们一提比武，让我想起了赵武传。这次怎么冇看见他？"赵刚脸上呈现一抹难过："我特意到湖北队打听赵武传。湖北来参赛的人里，有一个人晓得他，说在一九三八年日本鬼子进攻武汉时他是名营长，带领全营四百多官兵坚守在阵地上与日军厮杀，都牺牲了。"刘杞荣听得全身起了层鸡皮疙瘩，说："他功夫很不错的。"方北鑫不屑："功夫再好也抵不过枪炮啊。"邵同学附和："那是呢，枪炮是铁，俺们是肉身。"刘杞荣为赵武传的死而悲伤，想自己若当年带一个营或一个团与日军战斗，怕也跟赵武传一样了。

这时上了两个菜，一个宫保鸡丁，一个黄瓜炒鲜虾，大家都没动筷子，等着请客的刘杞荣宣布开吃。刘杞荣说："吃，我们边吃边聊。"几人拿起筷子，夹着宫保鸡丁和黄瓜炒鲜虾吃着。不一会，青椒炒肉片和香芹炒肉丝也端上桌了。方北鑫夹了一筷子香芹炒肉丝放进嘴里吃完："味道不错。吴保禅你们还记得不？"刘杞荣说："这个人，跤摔得相当好。"方北鑫一副掌握了秘密的样子说："你们猜他怎么没来。"赵刚把嘴里的鸡丁咽下，催道："莫卖关子，快说。听着呢。"方北鑫望一眼大家："其实他来了，没报上名，他没有介绍信。我在报名处碰见了他。"刘杞荣问："怎么回事？怎么可以这样？"方北鑫拿筷子夹了片黄瓜，没吃："吴保禅当过国军上校副师长，他的情况既可以说简单，又可以说复杂，既可以定义为投诚，也可以定性为向兵临城下的解放军投降。一句话，讲不清。所以，河北的有关领导没给他参赛资格。吴保禅是什么性格你们还不知道吗？他就自己跑来，想参加比赛！现在不是民国，民国时期无须介绍信，现在要有单位介绍信才可以报名。吴保禅很气愤，说了很多怪话。我见报名处的同志瞪眼睛了，忙把吴保禅拉开。"邵同学说："俺最佩服吴保禅，摔跤他输给刘兄很不服气呢。"刘杞荣想，自己与吴保禅比算是幸运的，自己也是国军军官，湖南不但给他开介绍信，还将报销他的差旅费，而这里的同志格外热情，批准他多表演两个项目。这就是幸运啊。他说：“没见到保禅兄，有点遗憾。吃。”

四七　参与摔跤比赛的人多

摔跤馆很大，参与摔跤比赛的人多，而这次制定的摔跤比赛规则是四人一组，一个人相继与三个人摔，胜了三个人的将颁发“特优证书”，赢了两名选手的颁发“优秀证书”，另外两人发给“积极参与体育竞赛证书”。昨天就开始比了，为了避免与别的比赛时间相冲突，组委会的裁判进行了协调，安排湖南来的刘杞荣今天下午参加摔跤比赛。方北鑫、赵刚和邵同学都跟来看他摔跤。抽签的结果，他与天津人、北京人和河北人为一组，四个人抽的都是“7”号。裁判让他们相互认识，天津人身高一米八五，体重两百余斤。北京人与刘杞荣个头差不多，体重略重一些。河北人身高不占优势，但一副孔武有力的模样。他们都一口北方话，只有刘杞荣说的是湖南话。“我叫刘杞荣。”他说。北京人、天津人和河北人也都报了名号。他们彼此打量，在他们眼里，只有北京、天津和河北人才配摔跤，这是因为北京、天津和河北省在清末民初出过很多极厉害的摔跤名士，谁听说过湖南人会摔跤？天津人冷淡道：“你是湖南人？”刘杞荣说：“正是。”北京人不屑道：“湖南人也摔跤？”刘杞荣说：“湖南没人摔跤。”北京人说：“你会摔吗？”刘杞荣答：“会一点点。”天津人问：“你学过摔跤吗？”他说：“年轻时学过，很多年冇摔了。”“冇摔了是啥意思？”北京人没听懂湖南话。刘杞荣解释：“就是没摔了。”北京人立马鄙夷道：“那你还报名摔跤？”他想北京人未必能赢自己，嘿嘿道：“我是滥竽充数。”裁判说：“你们四人，先哪一对上去摔？”三个人都把目光投到刘杞荣身上，意思是说垫背的先上。裁判说：“刘杞荣你上。”“你也去。”裁判对身材偏矮的河北人说。刘杞荣换上跤衣，上了摔跤台。站在台上一看，周围是黑压压的观众，比长兵器馆和拳赛馆的人都多。中午吃饭时，餐馆老板说，天津人酷爱摔跤，民国时期天津到处是跤场，有的跤场也就成了赌场，有钱的人、好赌的市民和地痞都围在跤场边上，看选手下注，盘对盘赌输赢。餐馆老板说：“现在，新政府不允许这样干了。”

河北人自己带了跤衣，他一穿上跤衣，露出肌肉一鼓一鼓的胳膊。跤衣类似马甲，没有袖子的，但布结实，撕扯不烂。河北人对观众抱拳，与他打个拱手。裁判说：“开始——”河北人讲客气道：“得罪了。”他当刘杞荣不会摔跤，上手就牵拉，右脚踢刘杞荣右脚的内侧，同时一扯。这是常东升教学的招式，刘杞荣假装 个趔趄，叫道：“咿呀，咯么厉害。”他是因为河北人说“得罪了”才没一个反击动作将河北人撂倒。河北人略有点惊讶，刚才自己这一招动作十分连贯，没留缝隙啊，这个湖南人竟没倒！他抓住湖南人跤衣的左袖口，底腿上步右手臂插往刘杞荣的腋下，迫使刘杞荣后脚向前移步，再用右腿卡刘杞荣的左腿，想将其摔倒。这一切动作是同时进行，但还是有先后。刘杞荣来了个借力回身钩挂，俯身掏拿。倒地的竟是河北人。河北人奇怪了，他用这一招摔倒过无数人，怎么用在这个湖南人身上竟不灵了？他爬起身，脸红了，看湖南人的目光就不是随意打量了，而是戒备的眼神。第二跤，河北人突然近身抱住刘杞荣的右腿，想将刘杞荣摔倒。刘杞荣将右脚背插进河北人的裆，钩住河北人的腚沟，使其发不出力。河北人左摔右摔都没摔倒他。刘杞荣待他再左摔时，腿往下一沉，借力一钩脚，右手一拉，左手一推，河北人没立住，绊倒了。刘杞荣把河北人说的话原封不动地还给河北人：“得罪了。”他走下台，来到方北鑫、赵刚和邵同学站的一隅。方北鑫客观地说："这个人不是你的对手。你倒是要担心天津大汉。"这时天津人和北京人双双上台，刘杞荣盯着天津人与北京人摔。天津大汉抢把迅速，左右两手揪住北京人的偏门和小袖，同时上左步落在北京人右脚外侧，把北京人往自己身前拉。北京人力图挣脱时，天津大汉用右腿别北京人的右脚，把北京人掼倒了。方北鑫说："这个天津人，一看就是个摔跤高手。"刘杞荣呵呵两声。赵刚说："他动作干净利索。"第二跤，两人相持了一分多钟，谁也奈何不了谁。只见天津人变了动作，右手抓住北京人的小袖，左手插入北京人的腋下，北京人迅速沉膀以拒，天津壮汉借着北京人的沉力，撤手一拉，同时撤步一带，又把北京人摔倒了。方北鑫说："漂亮。"赵刚脸上的表情有些夸张："天津人厉害。"邵同学给刘杞荣打气："俺支持你。"方北鑫瞟着邵同学："废话。"赵刚打量一眼四周："哇，跤馆真热闹。"

为了公平起见，让儿人喘口气，裁判让四个抽了 8 号的人摔两场。随后，又让刘杞荣和北京人上。北京人看了刘杞荣与河北人摔跤，晓得这人是内行，就不敢像一开始那样小看刘杞荣。裁判宣布："开始！"两人闪开，北京人盯他的目光就谨慎、诡异。刘杞荣也盯着他。两人一上手，北京人抢把，左手将刘杞荣的右臂擒拿住，前腿上步卡住刘杞荣的身体，右手掰刘杞荣的下颌，企图将刘杞荣扳倒。当年清宫廷武士纪寿卿老师用这一招摔倒过他多次，并告诉了他破解之法。他就用纪寿卿老师教的破解招式一扭身把北京人弄倒了。北京人十分惊愕，他学的这一招是师傅教他的制胜法宝，竟被刘杞荣破了。他起身，很不解的样子。刘杞荣一笑，也没说话。北京人恨恨地"哼"一声。第二跤，他用自己最拿手的绝招，右手捧插刘杞荣的左腋下，想利用对方挣脱的犟劲，迅速向右侧下方拉扯同时闪身，把对手绊倒在地。这一招术语叫"插闪"，他在北京跤场上多次使过，把很多比他高大壮实的大汉都掼倒了。但这一次，倒地的却是自己。他愣了，起身，对刘杞荣打个拱手，头都不好意思抬地匆匆下去了。刘杞荣获得观众的青睐。他走下台时，天津大汉上台，瞟他一眼，那眼神他懂，就是等下要让他好看！方北鑫拍下他：“你是我们国术馆的骄傲。”刘杞荣说：“这没什么，你也能摔倒他。”赵刚说：“刘兄，刚才我没看清，你是如何摔倒对方的？”刘杞荣说：“赵兄，你这是拿我开心啊。”赵刚哈哈一笑：“刘兄，你的应变和转换能力，赵某钦佩得很。”刘杞荣晓得赵刚是说客套话，呵呵道：“你也能做到。”说完转头看着在台上与河北人摔跤的天津大汉。方北鑫说：“刘兄，你注意没有，这些人都是来看他摔跤的，我听他们说这人是天津跤王。”刘杞荣也看见了，台下很多天津人都欣喜地盯着在台上摔跤的天津壮汉。刘杞荣正想说话，只见天津壮汉将河北人撂倒了。方北鑫为天津壮汉叫声“好”，赵刚说：“真不错。”刘杞荣盯着天津壮汉与河北人摔第二跤，两人一上手，天津壮汉出手相当麻利，一只手扳着河北人的腰，一只手搭在河北人的肩膀上，河北人还没反应过来，天津壮汉腿一卡一绊，双手朝同一方向一拉，河北人就倒在台上，而且倒得十分难看。赵刚提醒刘杞荣：“你要小心，他爆发力很强。”刘杞荣笑，没搭话。方北鑫表示关心地扳下他的肩头：“你遇到对手了。”刘杞荣觉得这话从方北鑫嘴里说出来怪怪的，仿佛语言背后有一种幸灾乐祸的心理。他想，是不是自己太敏感了？抑或是方北鑫说话的表情、语气和吐词的轻重、速度让他产生了这种错觉？他说：“没事。输了也只这么大的事。”方北鑫笑：“我还是希望你胜。”邵同学说：“刘兄肯定赢。”刘杞荣瞧一眼邵同学：“谢谢。”又转头看台上摔跤的人。

待 8 号组的四人摔完第二轮，裁判望着刘杞荣：“可以开始了吗？”刘杞荣其实不用休息，与北京人摔，他根本没用力气，都是借对手的力弄倒对手的。他说：“我没问题。”裁判就对站在另一边的天津壮汉说：“怎么样，上去吧？”刘杞荣注意到天津壮汉周围的人都用支持和期待的眼光目送天津壮汉，天津壮汉高举抱拳，转身一遭致意，随后“嚯嚯”两声，上了摔跤台。他一上台，台下的天津观众立即静下来了，都用崇拜的眼神注视着天津壮汉。刘杞荣打量着天津壮汉，天津壮汉二十七八岁，剑眉，一双眼睛略有些外突，大鼻子，厚嘴唇。天津壮汉两百多斤，刘杞荣才一百五十斤。从体重上判断，天津壮汉摔刘杞荣那不跟玩儿似的。裁判手朝下一劈："开始——"刘杞荣后退一步，缓慢地移着步子。台下一双双眼睛都盯着他俩，有的人见湖南人比天津壮汉矮小这么多，甚至担心湖南人会被天津壮汉抛下台，就后退几步，以免被摔下来的人砸伤。刘杞荣一点也不惧天津壮汉，只等他出招。天津壮汉袭近，用右手拿住刘杞荣的左臂，右腿插入刘杞荣的裆，左手箍住刘杞荣的颈脖往下拉，想用两手形成的合力将刘杞荣掼倒。当年常东升教练在湖南国术训练所带学生实摔时，把这一招的破解之法教给了刘杞荣。刘杞荣就用常东升教的方法闪开了。天津壮汉见这一招不灵，改用另一招，左腿快速插入刘杞荣的两腿之间，向外旋小腿，同时回身挂打刘杞荣的右腿，右手猛力向前推摔刘杞荣。这一切动作是同一时刻进行的。很多摔跤名士都栽在天津壮汉的这一招上。刘杞荣又闪身绕开他最后一瞬间发的猛力。天津壮汉恼了，想这个湖南人是猴子变的吗，被他卡这么紧竟还能脱身。他再次上前，用右脚狠踢刘杞荣右腿内侧，同时发力猛摔。这个动作的破绽是发力时自己的重心不稳，一般人抓不到这个瞬间。但刘杞荣绝非一般人，右手顺势一拉，左手迅速一推，天津壮汉因发力过猛，自己发的力被刘杞荣利用了，朝前连蹿几步，摔倒在台上。安静得连蚊子飞过的声音都能听见的台下，顿时一片嘘声，有惊叹也有愤慨之声，仿佛湖南人使了什么阴招，竟把他们崇拜的英雄摔倒了。观众们喧哗起来："咋回事？""怎么可能？""怎么摔倒的不是他？"台下不再安静了。

裁判说："安静，请大家安静。"可是议论之声仍然激烈，还有不满的观众吹起了尖利的呼哨。天津壮汉觉得自己丢了天津人的脸，眼睛瞪圆了，想报复。摔第二跤时，他冲上来就往下一蹲，企图抱对手的双腿撂翻对手。刘杞荣一折身，天津壮汉抱了个空。他迅速将左脚插进天津壮汉的裆，钩挂住天津壮汉的右脚跟，同时左手下落，推拿天津壮汉的小腿，在天津壮汉使用反力抗拒时，就是那一刹那，他借用天津壮汉发的力双手一推。天津壮汉倒在台上。台下又是一片喧嚷。刘杞荣吐口气，走到台前，向台下的裁判和无数名观众抱拳致意。输了两跤的天津壮汉不是一个有涵养的人，狂怒地冲上前，妄想从背后抱住他的腰摔他个好看。这可是偷袭，属于无赖行为。刘杞荣感觉一股强劲的力袭向自己腰身，一个“倒看天河”，头一低、双手朝天津壮汉的两只小腿一拍，同时臀部一跷，只见天津壮汉两脚朝天，从他头顶翻过去。刘杞荣已走到台边了，台前的观众，立即发出惊讶之声。刘杞荣担心壮汉那两百多斤的身体摔下台时会撞伤或压伤观众，便迅速抓住壮汉的跤衣领往上一提且往回一拉，天津壮汉就没有摔下台而是站在他身前。天津壮汉脸都白了，感激刘杞荣没让他在观众面前出更大的丑，对刘杞荣抱个拳。

刘杞荣走下台，方北鑫、赵刚、邵同学都围着他说话，称赞他。刘杞荣笑，见方北鑫和赵刚又是一派钦佩之言，就呵呵道：“这没什么的。”赵刚在他胳膊上捏了把：“刘兄，我要跟你学摔跤。”他闪开：“你别这样说。”赵刚说：“我是说真的，你得收我这个徒弟。”能让生性冷傲的赵刚说出这话，实属不易。他在赵刚的腋窝处薅了下：“别拿我开玩笑，你过了啊。”方北鑫酸酸地说：“赵兄什么时候变得这么谦虚了?”赵刚说：“我一直谦虚。为了提高武艺，鄙人拜访过很多名师。”方北鑫酸道：“好啊。刘兄成名师了。”刘杞荣把话题甩到邵同学身上：“还是邵兄好，厚道人。”邵同学说：“河南人都厚道。”

一个四十多岁的男人径直走来，对刘杞荣笑着。他穿一身灰色中山装，方嘴、大眼。他非常客气地说：“刘先生，我是天津体委的，能跟您说几句话吗?”刘杞荣看他胸前别着“会务组”的徽标，说：“能。请讲。”中年人指着门：“刘先生，我们能出去说吗?”刘杞荣见这个陌生的中年人这么诚恳，想未必有什么好事情找他，就跟着中年人走出摔跤馆。外面空气清爽，阳光明媚。中年人说："刘先生，你非常厉害。"刘杞荣不知他要说什么，随口答："哪里。"中年人热情地说："刚才被你摔倒的人，在我们天津不说数一，也排在第二。"刘杞荣不懂他的意思，"哦"了声。他接着道："今天来看摔跤的观众，很多都是慕他的名而来的，不承想他败在你手下，够他懊恼的。"刘杞荣呵呵两声，想咯个中年人跟自己讲咯些是么子意思。中年人继续说："他十七岁出道，把当时在天津北区摔跤从未有过败绩的'跤王'连摺倒三跤而一举成名。成名后，他少有败绩，也是因为他人高马大，没人掼得动他。他恐怕做梦也没想到，会栽在你手上。"刘杞荣谦虚道："我只是侥幸赢。"中年人说："我看了，你赢他毫无悬念。开门见山吧，其实我早就认识您。""认识我?""刘先生，还记得洛阳比武吗？那次民国时期的武林盛会，全国武术界的很多名士都去了。我们天津去了三十多人，我也去了，也打了，但我武艺不精，没取得名次。""哦。""当时我看了你多场摔跤，对你印象极深，你夺得了摔跤、散打两项冠军。我是看你夺得散打冠军后才走的。后来我们天津的几个摔跤不错的人去长沙找你，你们训练所的人说，你跟刘百川师傅云游去了。""当时好多武林中人来长沙找我打，我就跟着刘百川师傅去了杭州。"中年人笑："难怪。刘先生，您没变什么样。""变了，我那时候年轻些。""现在您也没老。我找您是希望您能来天津体委当教练。"刘杞荣心里颇欢喜，问："是正式工作还是临时聘请?""正式工作。工资嘛，我们体委的武术队总教练薪水是九十六元一月，您看这个待遇如何?"刘杞荣一怔："九十六元一月?""嗯，您愿意来，工资不会低于总教练。""我回家跟我堂客商量下。"他见中年人没听懂，改用普通话道："跟我爱人商量下。"中年人明白了："行。"从口袋里掏出一个信封，信封上印着天津体委的地址："我姓李。"他拿出一支钢笔，蹲下，把信封放在膝盖上，写下自己的名字，将信封递给刘杞荣：“我等您的信。”

邵同学跑来，对他招手：“刘兄，裁判找你。”刘杞荣随邵同学走进摔跤馆，裁判把一本印着“特优证书”的红本子发给他，解释：“因为有的比赛人员比完赛就要赶火车或汽车，所以比完就发证。你跤摔得好。”他礼貌道：“谢谢。”裁判说：“被你摔倒的天津人很牛气的。”刘杞荣没明白他的意思，裁判也只是这么说了句，指着一边道：“《光明日报》的记者要采访你。”这个年轻记者采访过他一次了，对他笑道：“刘先生，我还想采访下您可以吗？”他见赵刚和方北鑫都对他做鬼脸，便说：“我不采访。”年轻人说：“刘先生，我们报社的摄影记者，拍了你非常精彩的一瞬。我们主任要我好好报道您。”刘杞荣想，既然是领导要他采访，就不想为难他：“你想采访什么？”年轻记者忙打开笔记本：“刘先生，您是什么时候开始从事摔跤运动的？”刘杞荣想，咯个年轻记者提问有些书生气，回答：“我没有专门从事摔跤运动。我十六七岁的时候在湖南国术训练所倒是天天摔跤。这些年没摔跤了。”“刘先生，为什么这些年您没摔跤了？”他回答：“很简单，没人跟我摔，总不能抓着什么人就摔跤吧？我有妻子和两个儿女要养。我上次跟你说过，我是个拖板车的。”后来《光明日报》上的标题是“湖南一个拖板车的——竟是武术全套子师傅”，文章写他获得大刀表演、长枪表演、形意拳表演和摔跤比赛四本“特优证书”。报纸上登的照片是天津壮汉从他背上翻过去的那个瞬间，画面极生动、精彩，不可复制，好像他背着一个两只脚朝天的大怪物。登在《光明日报》上的文章和照片，被当时的《新湖南报》头版头条转载了。

四八　回来时捧着四个红本本

刘杞荣去时两手空空，回来时捧着四个红本本。“摔跤特优证书”“大刀表演特优证书”“长枪表演特优证书”和“形意拳表演特优证书”，四本证书上都盖着“中华人民共和国首届全国民族武术竞赛会”的大红印。他把在天津买的大麻花放下，喝口水，女儿和儿子都捧着大麻花啃嚼。他笑，把四个红本子递给谭志清，淡淡道：“白跑一趟，就发了四个红本子。”谭志清问：“每个人都发了？”“都发了，分三等。发给你丈夫的都是‘特优证书’。”谭志清把四个本子打开对照看：“我丈夫神人啊，一出去就拿咯么多‘特优证书’回来。”他见堂客如此高兴，道：“其实冇么子意思，见人就要讲普通话，你讲湖南话，冇得人听得懂。对了，忘记讲了，咯次去天津，天津体委有个姓李的主任找我，希望我去天津当武术教练。”“去天津当武术教练？”“他讲开我九十六元一月的工资。”“咯么多？不是撮你吧？”“他冇得必要撮我啊，咯是要兑现的。你讲我去不去？”“你一个人去吗？”他笑：“我一个人去打鬼哎，当然是带着你和崽女一起去。”谭志清说：“那去。到了天津，你是武术教练，呷国家粮，成了国家的人，看哪个还敢看我们娘崽不起！”堂客说这话时带着情绪！他说：“好，那我给李主任写信。”堂客道：“你写信，我做点好呷的给你呷。”他写信，没写完，走出门，捏了捏板车轮胎，两个轮胎都不用打气。晚上，孩子们睡下后，夫妻俩恩爱了一番。第二天一早，他去天心阁打拳，一些人围上来问这问那，他说：“咯次民族武术竞赛，只是表演。”李开明就一脸遗憾：“要是真比武，师傅肯定是全国冠军。”刘杞荣说：“裁判讲，咯次的主要目的是摸底。”打完拳，他回家吃了碗稀饭和三根油条，拖着板车快步向粮食一仓库走去。

他是第一个走进粮食一仓库的，一抬头，看见了刘股长。刘股长笑嘻嘻地说：“哎呀，你还拖么子老糠喽？你出大名了。”刘杞荣没听懂他的话：“刘股长，我不拖老糠呷么子？”刘股长热情道：“来来来，到我办公室来，我给你看两张报纸。”刘杞荣人还没回长沙，他的事迹先回了长沙。《新湖南报》转载了《文汇报》对刘杞荣的采访，并配发了他挥大刀的大幅照片。昨天的《新湖南报》又转载了《光明日报》发的稿子《湖南一个拖板车的——竟是武术全套子师傅》，配发了他摔跤的那张照片，还有一段采访文字。谭志清忙着照料两个孩子，没时间看报。习武的人一般不爱看报，还不知道这些事。刘股长说：“你人才啊。”刘杞荣反倒不好意思，道：“刘股长，我拖老糠去。”刘股长愕然：“还拖老糠？”刘杞荣想天津那边的工作还没落妥，说：“拖，我就是个拖板车的。”

他装了一车老糠，送到六〇二厂食堂，食堂里的人看见他都围上来恭维。他道：“谢谢谢谢。”食堂管事的说：“刘师傅，我要是厂长，就招你进厂保卫科。”他说：“谢谢，拖板车好，自由。”他卸下一包包老糠，拖着板车重新走进粮食一仓库，又装上一车老糠，送到第一师范。第一师范食堂的人看见他拖着老糠来了，围着他说这说那。食堂管事的说：“你何解还拖老糠？”他答：“我堂客和两个崽要呷饭，不拖，呷西北风哦？”一师管总务的副校长在部队当过团长，他也看了《新湖南报》，说：“你行啊，给你们湖南人争光了。”副校长是北方人，“四野”转业的。刘杞荣最不爱听称赞之词，总觉得这些词华而不实，说：“那冇什么的。”副校长的眼睛里闪烁着许多欣赏的光芒，说：“刘同志，你想不想来一师保卫科工作？”“咯是毛主席的母校，我不够格。”“怎么这么说?”副校长审视着他。刘杞荣不敢欺瞒：“我解放前是国民党军官，不能给一师的同志脸上抹黑呀。”副校长听了这话，迟疑着走开了，突然又回头道：“你写个简历给我吧。”刘杞荣一愣：“还要我写?”副校长说：“写吧，写了交给我。”刘杞荣答：“那我写。”他把老糠卸下，拖着板车到了向恺然老师家。向老师正坐在桌前抄写他的新著《革命野史》，看见他过来，弃下笔，笑道：“你不错啊，咯两天你成了长沙市民嘴里的新闻人物。”刘杞荣一口把向老师杯子里的茶喝尽，才说：“都是表演刀枪拳脚的套路，我练了几十年，那不是小菜一碟?！向老师，您收到电报冇?”向老师脸色难堪道：“收到了，冇钱去啊。”

他听向老师说没钱，难过地垂下头：“会务组的人讲，是贺老总要你去当裁判。”向老师一时没明白，问：“哪个贺老总?”他答：“贺龙。”向老师吁一口气：“我晓得咯是个机会，可我连买一张火车票的钱也凑不起。唉——”刘杞荣说：“我也是大家凑钱催我去的。”向老师看了眼桌子上的手稿：“本来我以为这本《革命野史》会给我带来些收益，可几家出版社都不敢出版，怕惹麻烦。我打算把咯手稿，抄写一份寄给毛主席。”刘杞荣看着向老师，向老师脸色有些凝重、桀傲，是那种不撞南墙不回头的味道。刘杞荣问：“咯行吗?”向恺然望一眼天空，天色灰暗，西北风肆虐。他出口长气道：“二十年代初，毛润之先生在长沙创办湖南自修大学时，向某和毛润之先生有过交道，他还读过我的《江湖奇侠传》。”刘杞荣说：“向老师，您真要把《革命野史》寄给毛主席看?”向恺然咳一声：“我会在信上说，写书的目的不为别的，但乞一口食。”他觉得向老师这话有些悲壮，也知道向老师是那种认准什么事就要做下去的人。他来找向老师，是他正面临选择，想听听老师的意见。他把天津的事和第一师范的副校长要他写个简历的事说给向老师听，向老师想了下：“天津是天津人的地盘，天津人码头和门派意识重。你一个湖南人到了天津能不能站稳脚跟，咯很难讲。我不给你出主意。第一师范是毛主席的母校，政审能不能过关，我也讲不准，你自己的路自己走。老师不出馊主意，以免耽误你了。”他见向老师这么说，答：“我晓得了。”

他接连送了两天老糠，那些单位的干部看见他都异常热情，他一一回答他们，又匆匆离开。这天下午四点钟，他没事了，就决定去体委报账。新成立的湖南省体委机构设在体育场。他见办公室里没人，就冒冒失失地推开主任室，看着一个与自己年龄相仿的男人，正要说话，那人先开口：“你找谁？”刘杞荣说：“我是去天津参加比赛的，叫刘杞荣，来报账。”问他话的人姓张，是体委主任。张主任高兴道：“坐坐坐，我姓张，是体委主任。昨天我们还说起你，你现在成名人了，《光明日报》一登，全国都晓得你了。”刘杞荣打个拱手给张主任：“领导取笑我了。”张主任热情地为他泡茶，道：“你来得正好，我正愁上哪里找你。”刘杞荣接过茶杯放下，把火车票、汽车票掏出来放到张主任面前：“咯是去北京、天津的火车票和汽车票。”张主任说：“都给你报，算出公差。你坐一下。”张主任打开办公桌的抽屉，抽出一张表格递给刘杞荣：“这张表，你填一下，姓名、政治面貌，共产党、国民党还是民主人士都要填，什么都不是就在这一栏里写‘群众’。还有父母姓名、家庭出身和你的出生年月日，还有你父母的政治面貌也要写。你这些年从事过什么工作等等，都要详细填写。证明人要写现在在世的。”刘杞荣看着这张表格，表格上写着：“省体委工作人员表。”他诧异道：“这是给我填的？”张主任笑笑：“给你填的。运动竞赛科需要一名武术教练，你这个拖板车的我看挺合适。”刘杞荣没想到这篇报道竟奇迹般地改变了他的命运，他差点还拒绝了那小伙子的采访。他想，天津不用去了，咯也比到第一师范当个保卫人员强！他看着这个讲一口北方话的张主任：“我马上填。”张主任告诉他：“上面分管体育工作的同志说，你是个人才。”刘杞荣客气道：“谢谢上面看得起。”张主任把钢笔给他：“你就坐在我这里填吧。”他坐在桌前，从他在老家读私塾起，一直写到这几年拖板车。张主任很仔细地看了他填写的内容，肯定道："从你填写的内容看，你的历史是清白的，这就好。你住在哪里?"刘杞荣说："我住在天心阁城墙下面。"张主任问："是公房还是你自己的私房?"他说："是租了别人的房住。"张主任说："单位正好有住房尚未分配完，分给你两间吧。我让总务科的小宋同志带你去看房。"刘杞荣想，有单位就是好，忙道："那谢谢张主任。"

分给刘杞荣的住房是一栋公馆的二楼。这栋公馆两层楼，砖混结构，木板地。一楼有院子，可以栽花、种菜，已经有人住了，二楼也住了一户。分给他的是二楼西头的两间房。房子很大一间，也很高，窗户很大，很洋派。地是木板地，漆着枣红色漆。家具是公家的，关键是有水龙头，自来水接进了厨房和厕所，厕所铺着瓷砖，墙上也贴着瓷砖。这房子的原主人是个留学德国的买办，做军火生意的，一九四九年举家迁往台湾了。这是栋德式小洋楼。谭志清做梦也没想到，自己这辈子还会住上小洋楼，就笑吟吟地道："杞荣，看来我跟着你享福了。"刘杞荣说："咯房子是好，最好的是不用去自来水站挑水。"谭志清说："还有，不用倒马桶了。""我现在是体委的武术教练，公家的人。马上要过年了，堂客，我们带上崽女回泗湖山镇看看。"谭志清甜蜜地一笑："好，我也想回沅江看看娘。"

体委竞赛科也只是刚成立，还没招运动员，办公室就安排刘杞荣到体育场负责监工的事情。体育场正大兴土木，一边建室外体育运动场，一边建室内体育馆和办公楼，事情一堆堆的。十二月份，他领了新政府体制内第一份薪水，五十八元五角。这份工资虽比天津许诺的低几十元，可在那个物质生活匮乏的年代，足够他养活一家人了。过年前，他请了裁缝，给自己做了身蓝中山装，给堂客和女儿各做件红棉袄，给快两岁的儿子做件蓝棉袄，一家人上了去沅江的客轮。他们在沅江县城迈上驶向泗湖山镇的机帆船。下午三点钟，一家人出现在虎坪村，村里人惊讶地看着他们。“杞荣回来了？”满头白发的老七伯说。刘杞荣不喜欢老七伯，但还是说了声“七伯好”。他不抽烟，却准备了一包哈德门香烟，撕开，抽出一支给老七伯。老七伯是地主身份，“土改”后属于贫下中农监管的对象，几年不见，人变得低眉顺眼了，以前那股傲劲儿一丝一毫都没剩了。老七伯说：“你爹也快出来了。”民国二十八年，爹沉了女儿的塘。这事是一家人的痛，多少年里都避而不谈。“土改”时，排长把这事反映到上面，新政权判了刘耀林五年徒刑。刘杞荣不知，老七伯三言两语地告诉了他，他一想起小妹怀了八个月的身孕还被父亲沉了塘，心里就恨：“活该！”他把女儿和儿子拉到老七伯面前说：“叫七爷爷。”女儿和儿子就叫了“七爷爷”。老七伯摸着口袋，口袋里既没钱又没糖果，就慌乱道：“唉，我口袋里一点东西都冇得。”刘杞荣说：“冇关系。”

老满叔从远处走来，看着他一家四口：“老二，你在哪里工作呀？”刘杞荣回答老满叔：“在省体委工作。”老满叔不懂，拧着眉头问：“那是个么子性质的工作呀？”谭志清替他回答：“教武术的工作。”老满叔说：“咯是你的本行。”刘杞荣装烟给老满叔抽，老满叔接过烟道：“啊呀，抽咯么高级的烟。”刘杞荣说：“我不抽烟，是带在身上待客的。”三毛从一棵树后钻出来，斜着眼睛睨着他。三毛是“土改”中诞生的干部，在虎坪村颐指气使的。他瞪着这个几年前从村里逃出去的刘杞荣，见他着一身县里干部穿的蓝中山装，还带着两个孩子，一时不知用什么态度对待他，就冷着脸。刘杞荣没理他，抱起崽朝前走，到了家才发现房子被人占了，占他房子的是细狗。细狗成了村干部，平常看见刘家人都是眼睛一瞪，不是教训几句就是发指示，此刻看见当年从他眼皮子底下逃走的刘杞荣，心虚地以为是来找他算账的，慌道：“杞荣哥回回回来了。”刘杞荣绷着脸：“你怎么住我的房子？”细狗脸都白了，撒谎道：“贫贫协会要我住住住的。”“我留在屋里的东西呢?”细狗说:“床床啊桌桌椅我在用,其其其他东西都交交给你娘哒。”刘杞荣喝道:“你马上给我搬出去。我要住。”细狗在他面前可不敢嘴硬:“好好好,我马马上搬。”

娘看见他和谭志清牵着孙儿、孙女回来,眼泪都流出来了,嘟哝:“老二回来了。”他说:“娘,大哥呢?”娘说:“你大哥砍柴去哒。你爹……不讲他。你哥和两个弟弟都在村里改造。”刘杞荣想,得幸自己带着堂客跑了,若留在村里,怕也是改造的命,而且自己还是个国民党军官,只会更糟。娘说:“家分了,其实就是几间破房子,钱啊粮啊值钱的东西都被贫协会的人搜走哒。我和老大住个屋。老三、老四各过各的。”娘说完,从枕头套里摸出两毛钱,要给孙儿孙女:“娭毑是个穷人哒,拿着。”刘杞荣心里一酸:“娘,你留着。我们有钱。”娘说:“你们有钱是你们,咯是做娭毑的心意。拿着。”两个孙子接了钱,交给妈妈,谭志清趁娘不注意,又把钱塞进了娘的枕头套。娘说:“你们睡咯间屋,我和你侄儿侄女到老三、老四家挤一下。”刘杞荣摆手:“不用了,娘。细狗正搬他的东西,我住我的房子。”娘道:“他只怕你。”他说:“不是怕,那本来就是我的房子。”老三、老四闻讯赶来,看见他,目光不是兴奋而是躲躲闪闪的,好像干了坏事一样。他觉得这不像他们了,过去兄弟俩在村里也是人物,如今好像骨髓被人抽走了,低三下四的样子。刘杞荣拿烟给老三、老四抽。老四嘻开满嘴黄牙道:“二哥呷咯么好的烟。”他打开包,拿出两包哈德门烟,给老三、老四各一包:“我不呷烟,给你们备的。”老三、老四接过烟,嘻呵呵的相。刘杞荣让小英和小苏叫老三、老四“三叔”、“四叔”。老三、老四都下意识地摸口袋,按村里多年的习俗,第一次见到亲侄儿侄女辈,是要拿点钱打发的,可老三、老四的口袋里什么都没有。刘杞荣说:“我晓得你们穷。算哒。娘,大哥还好吧?”娘迟疑了下,说:“你大哥还好。”老四冷声道:“好个屁。”

傍晚,老大回来,穿着破棉袄,戴顶旧冬帽,肩上扛一捆柴。他放下柴道："杞荣回来了。"刘杞荣叫声："大哥。"老大鼻子酸了，眼睛也红了，说："回来好。"刘杞荣瞧一眼大哥："我们只是回来过年，过完年就走的。"老大原是个好强的人，现在落魄了，脸色就灰暗，笑容也变得猥琐了。谭志清让女儿和儿子叫伯伯，小英、小苏稚声稚气地叫了"伯伯"。老大忙机械地掏口袋，他口袋里也没一个子儿，就愧道："娘，你身上有两毛钱冇？借我。"娘又要去枕头下拿钱，刘杞荣摁住娘的手："娘，我现在的情况比你们好很多，不用了。"老大坐到椅子上："屋里冇得东西招待你们呀。"刘杞荣说："我们主要是回来看看娘。"大嫂在灶屋里烧火做饭，谭志清去帮忙。他陪娘、老大、老三、老四说话，向娘和兄弟介绍他现在的情况："我现在是呷国家粮，拿国家的工资。"几兄弟就羡慕地连连说："好呢好呢。"吃饭时，老三、老四看见桌上摆着一大碗冬笋炒腊肉和一大碗豆豉干辣椒蒸腊鱼，羡慕得眼珠子都掉下来了。老三流着口水说："爷咧，呷咯么好的菜。"大嫂解释："咯腊鱼腊肉是谭志清带来的。一起呷。"老三、老四就坐下，一开呷，几双筷子嗖嗖嗖地直奔腊鱼腊肉碗，夹着腊鱼腊肉就往嘴里送，边狼吞虎咽边盯着碗里剩余的腊鱼腊肉。刘杞荣见状，就没吃腊鱼腊肉，谭志清也没夹腊鱼腊肉吃。只是片刻工夫，碗里的腊鱼腊肉被老三、老四和两个侄儿一扫而光。娘说："你大哥和老三、老四都穷得鬼样的哒，你们莫见怪。"谭志清说："娘，冇见怪呢。"一家人吃过饭，刘杞荣问："娘，我那把古琴收在哪里了？"娘指着大柜："在大柜里。"

晚上，他和堂客、大哥、大嫂收拾完细狗占住过的房子，铺了床，把古琴从大柜里拿出来，放到小方桌上，搓搓手，抚起了古琴。堂客一边抹桌子一边听他弹。两个孩子也昂着头看着父亲抚琴。窗外悬着一弯冷月。他觉得气氛太压抑了，好像有什么东西压在头上似的，说："堂客，你想唱歌不？"堂客懂他的意思，说："你弹《天涯歌女》吧。"他弹起了《天涯歌女》。堂客天生一副好嗓音，一唱，把村里的人都招来了，挤在门口听她唱歌。大嫂说：“志清，你唱得真好听。”谭志清说：“不好，不好。”她又唱周璇的《四季歌》：“春季到来绿满窗，大姑娘窗下绣鸳鸯。忽然一阵无情棒，打得鸳鸯各一方……”歌声顺风飘去，村里似乎好久没热闹过了，大家都好奇地走来看和搭讪，屋里屋外都是人。“杞荣哥回来了。”或说：“杞荣叔回来了。”叫叔的，他基本上不认识，也就不搭腔。娘逢人便介绍：“老二是国家干部了，吃国家粮呢。”村里人道：“咦，那是好事呢。”

刘杞荣在村里住了五天，照样清早起床，到坪上打拳。住着他家房子的四毛、细狗和刘老八绕不过他，即使从窗户里爬出去还是得面对他，只好厚着脸皮从堂屋门走出来，跟他打招呼。他没理那些人，连瞧都不瞧他们一眼，一心打拳。正值农闲季节，村里一些知道他却没见他打过拳的小辈，就围拢来看他打拳。他打完拳，一些村民就走上来搭讪，熟悉的，他聊几句，不熟的他便不理。一家人离开前，他让娘搬到他房里住，因为爹还有一年时间就刑满释放了，正好与娘住。他打开娘替他保存的包裹，衣物都旧了。在翻看几件旧衣服时，看到当年贺涵送给他的纸扇和那条印着“嫦娥奔月”的手帕，他都不记得这是他自己保留的，还是柳悦替他收好的。他隐约记得，他曾跟柳悦说过，这两样东西是贺涵赠给他的。柳悦就笑：“你对她还有感情吧，都舍不得扔掉。”这话从时间隧道里跑出来，声音那么真切，仿佛贴着他的耳朵说一样，让他愣神，不觉就有一丝伤感。一条淡黄色丝巾呈现在他眼里。他突然想起，大别山区的冬天很冷，柳悦的脖子上经常戴着这条黄丝巾。他决定别的东西都不要了，但这几样有纪念意义的物件，说什么也要带回长沙。

四九　贺涵回家了

刘杞荣步入办公室，给柳副市长打完电话，贺涵回家了，笑着问他：“你把包都拆了，是不是有变故？”他说：“有。刚才王副处长讲，要我去医务室上班。”贺涵说：“太好了。”尽管已是傍晚了，而且天色阴沉，但她心里特别蔚蓝，说：“今天要破费了，我去买点腊肠子回来。”“明天再打牙祭吧。柳真是老革命，他们把那份报告递到省委办公厅，我就峰回路转了。我刚去办公室给柳副市长打了电话，表示感谢。”他说。贺涵看着搁在桌上的黄丝巾，拿起说：“这条丝巾是小英、小苏的娘戴过的吧？”“是柳悦戴过的。”他说。贺涵从他嘴里了解了他的很多过去：“那你把它保存好。”“柳悦死了二十多年了。谭志清也死了三年多了。”贺涵惋惜道：“谭志清那么年轻，比你小十多岁，怎么就没熬过那段苦日子？”刘杞荣叹口气：“她自己舍不得吃，一点好东西都留给我和崽女吃。我那时忙着训练队员，每天都回得晚，她都留下一大碗饭菜给我。唉，我又哪里晓得她为了我和崽女能吃饱，自己就吃点清汤寡水。一天两天还好，长期如此就严重营养不良，人瘦得只有四十多斤。死因是心力衰竭。”贺涵叹息道：“真是个可怜人。”他说：“我最怕回忆这些伤心事。”贺涵道：“那就莫回忆。”

体委医务室里有两张人体经络穴位图，一张男人体，一张女人体。刘杞荣天天打量着人体经络穴位图，琢磨着经络穴位，给受伤的运动员疏通经络、穴位。他去中医院请教，按摩医师送了他一本推拿理疗手册："咯本书是讲人体穴位反射区域的，你拿回家看啰。"刘杞荣说："那太谢谢你了。"医师说："不用谢。"刘杞荣捧着这本书，坐在灯下仔细阅读。贺涵坐在他一旁织毛衣。他说："躺下，我给你按摩。"贺涵躺下。他按书上描述的穴位和方法给贺涵推拿。贺涵闭着眼睛，任他在她身上试手。他问："有感觉吗？""有。""有酸疼的感觉冇？""有酸疼的感觉。"他说："书上讲，按到经络和穴位上，患者会有疼痛感。"他按完后，贺涵睁开眼睛，伸直四肢："真舒服。"

体委取消武术队后，刘杞荣再没有专业队员训练了，就训练小英、小苏、小芳，一到星期天，一大早便带着小英、小苏、小芳步入公园，教他们如何打拳，如何在搏击中抢得先机，自然就有一些爱好武术的社会青年围观且跃跃欲试。小芳还小，他就叫小英或小苏与社会青年试身手，自然是一上去就把对方摺倒了。那些人头上都长着角的，不是牛魔王变的也是白骨精的后裔，都是在街上讲狠的角色，性格张扬，不怕事，打架中即使被打得血流满面仍奋勇直前。他们缺的是武艺，就百般讨好地缠着他，要拜他为师。他见这些人脸上有邪气，就说："我不收徒。走开。"但是没用，那些人有股犟劲，而且脸皮相当厚，天天来，站在后面学动作，与小英、小苏搭讪。小英是女孩子，不理他们，小苏不一样，喜欢这些人。他瞪崽一眼："练拳，少讲话。"一连多日，这些人都来公园看他打拳或站在后面偷学。

这些人里一个小名叫大宏的，一米八的大个子，劲大，打架打毛了时可以把人举起来扔出两米远，在社会上打架很有名；另一个叫共培的，中等身材，十七八岁，在长沙市南北两区打架，名声比大宏还大。遇上打架的人，只要有人喊"共培来了"，大家就都住手，瞧着他，找他评理，要他裁决对错，不服的再打，条件是请他不要插手。还一个叫芋头的，最爱讲狠，读小学一年级时就开始打架了，即使被高年级的学生打得头破血流也还要打，扯都扯不住，因而读小学时就出了名。读初中时，他手中的一根扁铁不知把多少人打得抱头鼠窜。

芋头身高一米七七，身体结实，长一双鹰眼，还有只鹰钩鼻，与共培是难兄难弟，两人没事都要古今中外地瞎扯一晚。某个星期天的早晨，刘杞荣和贺涵穿着宽松的运动服，带着崽女练拳。周正东着一身铁路公安制服，和芋头一起来了。周正东叫了声“师傅”。他收了拳：“你来了。”周正东指着芋头：“师傅，他是我小学同学的弟弟，最爱武术。”周正东退役时当了铁路公安，于前年举办的全国铁路公安散打比武中荣获冠军，曾向他报喜。他看着爱徒，问：“你是不是每天练拳？”“师傅，我天天都练。”周正东答。芋头说：“师傅，教我们武艺吧？”刘杞荣望他一眼，没搭话，转身指导小苏练拳。周正东见师傅没时间搭理他们，就和芋头、大宏、共培在一旁说话。刘杞荣待三个孩子练完拳，正准备走时，周正东说：“师傅，弟子想请你们全家呷早茶。”贺涵打拳出了一身汗，可不愿带着一身汗吃早点，挥手说：“你们去，我们回家煮面吃。”

公园里临湖有家饮食店，包点做得好，坐在湖边喝喝茶，吹吹风也惬意。刘杞荣回家也没事，就随弟子周正东来到饮食店，坐在湖边的石靠椅上，喝着茶，吃着早点，看着阳光下波光粼粼的湖水。几人天南海北地聊着，周正东说自己在铁路上抓小偷的事，说自己参加散打比武的事。他待周正东说完，问：“你爸还好吧？”周正东脸色有些惭愧：“师傅，我和我爸断绝父子关系了。”刘杞荣不解地看着他。周正东接着说：“我谈了个对象，对象的父母是工人阶级，听说我爸是国民党军官，还是‘右派’，死活不同意。去年我回沅江过年，我爸妈问我何解还不找对象，我就说了上述的事。我爸为了不耽误我的前途，宣布与我断绝父子关系。从此不许我再回沅江。”刘杞荣“哦”了声，想周进元也是为儿子好。几个人都说着自己的父母，大宏和共培的父亲也是国民党，共培的父亲一九四九年随军队去了台湾。芋头的父亲却是共产党，而且还是高干。刘杞荣看着大宏和共培，想既然他们是国民党军官的崽，那就得引导他们上正道。这样一想，又不觉得他们讨厌了，反而觉得他们天性纯朴、执着。他瞧着他们：“你们既然叫我师傅，那就得听师傅的。你们不能拿我教的武艺去打架。能做到吗?”芋头说：“能做到。”大宏和共培也答：“能做到。”周正东道：“你们莫看我在全国铁路公安的比武中打了冠军，讲句实话，我连师傅的边都拢不得。”刘杞荣微微一笑，喝口茶，看一眼共培、大宏和芋头：“讲出去的话，那是泼出去的水，覆水难收的。”几个青年立即赌咒发誓。他说：“行，那你们明天一早来公园吧。”

第二天，他们一早来到公园，笑嘻嘻地看着他。他叫他们坐下：“你们都年轻，学坏容易学好难。我跟你们讲，旧社会拜师要立规矩的。师傅给你们立三条规矩：第一，习武之人不能恃强凌弱，要学会忍让；第二，要行得正，不要见利忘义；第三，要尊师重友，不可逞强好斗。你们若能遵循，我才能收你们为徒。”几个人齐声答：“师傅，我们保证遵循。”“真能做到?”他们同时答：“真能做到。”他看一眼他们：“旧社会，不守门规，师傅是要清理门户的。”几个人又齐声答：“晓得了，师傅。”他坐直身体说：“你们先对天磕三个头，对地磕三个头，再对师傅磕三个头。头一磕，门规就生效了。”三个青年先虔诚地对天磕头，又对地磕头，然后对他磕了三个头。他想，仪式这东西无法约束坏人但可以约束好人：“起来吧。师傅教你们摔跤。你们把草坪上的细石子都捡干净。”他们把草地上的细石头捡干净后，他便教他们摔跤。他每天教他们几个动作，让他们反复练。

芋头喜欢结交朋友，他用师傅教的招式找人摔跤，结果让对方跌倒得瞠目结舌的，过了半天才弱弱地问：“你咯是么子招式?咯么厉害!”芋头也没想到这一招这么管用，转而告诉共培，共培一听，吃过午饭就去找自己曾经打不过的某个狠角摔跤，接连摔十跤，把那狠角摔得鼻青脸肿的。他拿起衣服，头也不回地走了。他们更加尊敬师傅了，大宏把父亲藏在柜子里的大前门烟偷出来进贡：“师傅，弟子的一点心意。”刘杞荣不接：“我不呷烟。”“咯是茅台酒，我爸都舍不得呷的。”芋头从包里拿出一瓶茅台酒说。他看都不看：“偷你爸的酒也是偷，放回去。”回到家，他把这事对贺涵说了。贺涵说：“是不能接受。”刘杞荣说：“这些孩子有正义感，仗义。”这些人读书时把老师的话当耳边风，在家里父母的话也听不进去，却把师傅的话听进耳朵里了，在社会上再碰见讲狠的人，不像过去那样冲上去就打，而是走开，因为那些人根本上不了他们的手。他们每天一早来，不但练摔跤，还跟着师傅练拳。星期天，师徒们练完武，会坐在树林里说话。刘杞荣喜欢他们，跟他们讲故事：“你们的师爷刘百川，一身正气。师爷堪称天下第一腿，他一挑腿可以把一米八几的汉子踢出一丈多远，但他从不恃强欺弱。你们的师爷本事那么大，可他从冇仗着一身武艺称王称霸。”芋头说：“师傅，我现在冇在社会上打架了。”共培也说：“我也冇在社会上打架了。他们在我面前讲狠，我还退让，不跟他们动手。”刘杞荣欣慰道：“那就好。”

深秋的一天上午，旷楚雄着一身灰色的中山装来了。刘杞荣有好些年没看见旷楚雄了。他对旷楚雄有意见，而且是很大的意见。一九五七年冬向恺然老师因脑溢血去世时，他去通知旷楚雄。当时旷楚雄着一身黑呢子大衣，坐在温暖的办公室批阅文件，看见他，一愣，笑着起身，道：“嗬，什么风把大侠吹来了？”刘杞荣说了来意，旷楚雄听毕，脸色肃穆，道：“真不幸。我明天有个会，去不了。”刘杞荣愤慨了，恩师去世了他竟用开会搪塞，生气道：“追悼会是晚上开。”旷楚雄道：“哦，那我争取去。”他通知的人里就旷楚雄没去，这让他深感旷楚雄不是个东西，就一直没跟旷楚雄来往。此刻，他十分意外，用嘲讽的语气说：“我冇看错吧？”旷楚雄霉着脸，看着刘杞荣教几个弟子摔跤，待这几个弟子走后，旷楚雄说：“我是好多年冇动过了。你心态好，还有心思带徒弟。”刘杞荣一笑：“我开始也不想带他们，带了一两年，发现他们身上还是有不少优点。”旷楚雄昂起脸，又点燃第二支烟，说：“现在是‘文化大革命’，你还授徒，不怕别人说你搞‘封资修’那一套?”刘杞荣想，原来他是来跟他讨论“文化大革命”的，就问他：“咯不是‘封资修’吧?”旷楚雄吐一口烟：“绝对是呢。”“那我冇想过。”“我们单位成立了造反派，造反派跑进档案室，可以随意翻阅别人的档案，说我当过国军少将，是历史反革命，可我是起义的啊。你说咯是怎么回事。”刘杞荣想，他一个当官的竟跑来问他，这不是倒搞起吗?他说：“老旷，你问我我怎么晓得?我们体委也在闹，我冇参与。”旷楚雄点燃一支烟，又叹一声：“唉，好好的一个社会，怎么乱成这样了?”刘杞荣回答不上来，看着旷楚雄这张浮肿的面孔，隐约能找出他年轻时的豪迈影子。旷楚雄并不需要他解答，也晓得他解答不了，他实在太困惑了总得找人说说，说完他仿佛卸下了担子，走了。

旷楚雄就是他的扫把星！那天晚上，他俯在窗台上，瞅着皓月，贺涵问他：“你想么子?”他说：“多年冇联系过的旷楚雄，今天上午突然来找我，霉着个脸。唉，他一心想做官，自己是国军前少将，向老师去世时我通知他，他答应了却不来，怕别人猜疑。你说人活着怕这怕那，累不累?”贺涵说：“你为他烦恼?”刘杞荣不屑：“我怎么会为忘本的人烦恼?他今天跟我提到起义，让我想起那次劫持军火不是我带人闯入贵宾候车室缴了那些人的枪，逼那连长喝令士兵就范，他拿什么资本起义?他把功劳全占了，所以当了副厅长。周进元对他印象不好，说他坏。坏我倒不敢苟同，但自私是肯定的，算盘打得精。不想说他了。下午，我看见王副处长和另一些人抓着宋副处长斗，老宋是个老实人，怎么斗起他来了?”贺涵瞟他一眼：“我们厂里闹得比你们体委凶多了。厂长、副厂长都被揪到台上批斗。还有一些家庭成分不好的……”她说到这里噤了声。他见贺涵突然不说了，问：“冇斗你吧?”贺涵说：“那倒没有。”“不说咯些破事，把心情说坏了。”刘杞荣的话还没说完，突然一阵急促的敲门声把一家人吓一跳。体委的造反派们嚷道：“刘杞荣，滚出来。刘杞荣，滚出来。”

贺涵脸色苍白地提醒他："杞荣，咯是'文化大革命'，你千万莫冲动。"刘杞荣懂，在猛烈的敲门声中拉开门，造反派们戴着红袖章，很恶地冲进屋："刘杞荣，你是国民党历史反革命分子，我们是革命造反派，现在要抄你的家！"如果这些人不是熟面孔，他不用几秒钟就可以让他们一个个横躺在地，可他们是革命造反派，他若动手，那就是反革命了。这点政治觉悟他还是有的。体委造反派们来之前聚在一起讨论过，话题就是他会不会跟他们动武，万一动武怎么办。他们没讨论出结果，但他们有"横扫一切牛鬼蛇神"的胆量！为头的是王副处长，他为了表示自己最革命，把名字改成了"王造反"。他有几个帮凶，一个是田径队的短跑运动员，原名叫王湘南，改名叫王奋起，二十出头。另一个小头目叫张如一，张如一改名为张卫东，是举重运动员，二十多岁，矮矮墩墩。王奋起把一张马脸凑到刘杞荣面前："姓刘的，都讲你很能打，你打我一拳试试？"刘杞荣没动，腥风血雨的战争年代他都挺过来了，面对这几只小鱼小虾他很坦然。小英于一九六五年初中一毕业就和几个同学去了江永县的国营农场当农业工人。小苏、小芳都还小，睡了，被造反派们恶声恶气的说话声吵醒了。贺涵见小苏、小芳都很害怕的样子，说："你们生在新中国，长在红旗下。不要怕。"

造反派们在家里翻箱倒柜，企图找到什么反革命的证据，当然什么都没找到。刘杞荣说："我是起义的。"王造反说："是蒋介石要你假起义吧？"刘杞荣答："我是真起义，差点把命都丢了。"王造反冷声道："你不是活得好好的吗？你们国民党，未必说过一句真话？"刘杞荣觉得他们不讲理，看人的目光也是邪恶的。王造反有着极为朴素的阶级热情，他祖宗十八代都是贫农，最讨厌地主阶级和维护地主阶级利益的国民党。刘杞荣既是地主家庭出身，又是国民党军官，在他那"宁左勿右"的眼里，国民党军官没有一个好东西，必须收拾。他亲手在门上贴上："坚决打倒历史反革命、国民党军官刘杞荣!!!"转身对刘杞荣说："带上被子，跟我们走。"刘杞荣问："去哪里？"张卫东因练举重练得胸肌发达，肺活量就大："会告诉你的。"声音像一坨铁砸在地上，低沉、沉重。

体委后面有一栋平房，造反派把他和另外几个人关在平房，让他们交代自己的历史问题。王造反虎着一张脸说："刘杞荣，你必须向组织上交代一切。"刘杞荣很瞧不起这个北方人，冷着脸回答："我冇什么交代的。"王造反鄙夷地瞪着他："你这态度不端正啊，你首先交代你是什么时候加入国民党的。"刘杞荣懒得回答地说："不记得了。"王造反一拍桌子："你脑袋放清醒点，这是'文化大革命'，你以为你这个历史反革命分子能逃得脱吗？"刘杞荣被这话激得头皮一炸，说："我冇反对过革命。"王造反心里明白，不把这个人打压下去别人会看他的笑话，就上纲上线："你的意思国民党反动派不是反革命？"刘杞荣晓得王造反是"带笼子"，昂起脸说："咯话是你讲的，我冇讲。"王造反厉声道："看不出你还会狡辩啊。"刘杞荣冷冷地说："我一个武夫，不会狡辩。抗战时我在安徽第二十一集团军教官兵劈刺，那是打日本鬼子。抗战胜利后我退役回了沅江老家。"

王造反翻看过刘杞荣的档案，许多像他这种身份的人都是夹着尾巴做人，他呢，恃才傲物、我行我素，劈面相遇竟对他王造反视而不见。这让他不爽了很多年！王副处长的野心是想在体委这一亩三分地里抢占头把交椅。而要坐上头把交椅，必须把体委的"反动权威"一个个整趴！他懂政治，所有的行动只有冠以革命的名义才能强大得让人心悸。王造反瞪着刘杞荣的眼睛，很想从眼睛这个柔软的窗口击败刘杞荣，然而刘杞荣的眼睛一眨没眨，冷冽的目光反倒冰锥一样扎得他心头一颤。他黑着面孔唬道："你不老实！"刘杞荣漠然道："我是个老实人。""那你老实交代你的反革命历史。""我冇反对过革命，你要我怎么交代？"王造反拍下桌子，怒道："刘杞荣，我是给了你机会的。"刘杞荣瞪着他："你给了我么子机会？"王造反说："我就不信抓不到你的把柄！”刘杞荣嗤的一声。王造反火了：“你敢冷笑？”“我冇冷笑。”“你刚才明明对我冷笑，你敢不承认？”“我是喉咙痒。”刘杞荣说，脸上是无所谓的表情。王造反很怄，又拍下桌子：“刘杞荣，我看你还没认清形势。我告诉你，会有你哭的时候！”他勒令刘杞荣在黑屋子里写交代材料。

五十　共培、大宏和芋头等徒弟

共培、大宏和芋头等徒弟，见师傅一个星期没来打拳就猜师傅出事了。那时芋头、大宏都有了工作，在厂里也是造反派。芋头担心师傅："你们讲，师傅不会挨批斗吧?"大宏已经打完拳了，这会儿在抽烟，说："你咯样一讲，是有可能啊。"共培眼珠一转，抹一下脸，笑得眼睛一眯："走，我们去体委看看。"他们走进体委，去师傅家，见门上贴着"坚决打倒历史反革命、国民党军官刘杞荣!!!"芋头脑袋都大了，抬手把纸撕了，揉成一团朝楼下扔去。他敲门。小苏看见他们，眼圈都红了。芋头问："你爸呢?""我爸被他们关起来了。"小苏咧嘴说。共培问："你爸关在哪里了?"小苏说："我爸关在体委后面的平房。"共培在小苏的肩膀上拍了下："莫急，我们去把师傅救出来。"小苏要跟着去，大宏说："你莫去。你一去，别个会讲是你喊的人。"

他们朝那栋平房走去。王奋起和张卫东站在那里抽烟，见这些人走来，还东瞧西看的，就问："你们是什么人?"共培说："我们来看刘杞荣师傅。"王奋起马上警惕的模样："你们找他干么子?"芋头歪着头答："我们来看他。"王奋起粗声说："你们不晓得他是国民党伪军官吗?"这话激怒了他们。大宏开口道："麻批伪军官呢，我们只晓得他是我们的师傅。"王奋起说："你们要跟国民党历史反革命分子划清界限。"共培可没那么有涵养，骂道："划麻批界限呢。师傅——"

他扯起嗓门大喊。芋头也朗声道："师傅——"王奋起变了脸，凶道："你们是哪里的？跑到体委来无理取闹，再喊，把你们都抓到派出所去。"

芋头眼睛一瞪："我们好怕咧，抓到派出所去？你咯杂种抓我试试。"王奋起吼道："哎呀，你还骂人啊。"说着就挽袖子要打架。芋头道："骂你又何解啰？你咯小鳖还撸袖子？吓细伢子哦——"王奋起冲上来就抓芋头，要把芋头扭到保卫科去。芋头左手抓住王奋起的手腕，右脚往前一插，右手一推，脚下一绊，王奋起就被他撂在地上了。芋头还不解气地踢了他腰上一脚。王奋起哪里受得了这个气，爬起身就要抱芋头的双腿，企图把芋头掼倒。芋头把师傅教的借力打力的一招使上了，一折身，左手一拉右手一送，王奋起收不住脚，自己的力迫使自己朝前蹿了七八步，跌倒在张卫东身前，头撞在张卫东的小腿上。芋头傲慢地说："你咯鳖还想使阴招！"张卫东冲上前要抓芋头，共培伸腿一拦，张卫东一个趔趄，共培一脚踹在张卫东的屁股上，把张卫东踹倒在地。张卫东爬起身，瞪着他。共培笑嘻嘻地说："嘿嘿嘿，老子好久冇打架了。你打架不？"张卫东愤慨道："你是什么人？"共培道："是你叔叔。"张卫东骨子里是个外强中干的货色，见这些来路不明的人都争着跟他打架，心一悚，问："你们是刘杞荣的么子人，跑到体委来闹？"共培见这人"糯"了，说："老子是青年近卫军的，你咯乡里鳖听讲过青年近卫军吗？"张卫东说："你嘴巴放干净点。"共培挑衅道："不放干净又何解啰？"这是在社会上玩的人讲话的腔调。张卫东气愤地对王奋起说："叫保卫科的人来。"芋头忙把围着的人推开，催促道："你们都让开，莫拦他，快去叫。我们连保卫科的人一起打。嘿嘿嘿。"

王造反一直躲在门后看，见此情景，忙出来打圆场，放软话道："都住手。你们是青年近卫军的？那我们是一个战壕里的。请问，你们这是——？"共培脸一昂："我们来看刘杞荣师傅。咯个鳖不让我们看还讲狠，那不是找打？你们把我们的师傅放出来，咯事就完了。不然冇完。”王造反见这些人一个个没规矩的相，晓得都是一颗颗扎手的钉子，说白了自己不过是个色厉内荏的货色，便说：“呵，是这样，青年近卫军的同志，刘杞荣正接受组织上审查……”芋头不等王造反说完就歪着头道：“审麻批查呢。今天你们不把我师傅放出来，我们就赖在咯里不走。”这时，体委的一些家属都围拢来看，且在小声议论。大宏粗声道：“老子在厂里也是造反派。”他指着共培和芋头：“他们两个是青年近卫军的。”又指着另外几人：“他们是虎山行的，都是名声很响的造反组织。一个电话就可以喊来几百人！把我师傅放出来，快点，不然我们就动手抢了。”王造反见这些人一个比一个横，又都是社会上名声很大的造反组织里的人，就和稀泥道：“好好好，张卫东，把刘杞荣叫来。”

刘杞荣听到吵声，站在窗前看，觉得这些徒弟简直无法无天，正想出来制止，见王造反软了，让张卫东来叫他，就阴着脸走出来，对大宏、共培和芋头等人说：“回去吧你们，师傅冇事的。走吧走吧你们。”共培说：“师傅，跟我们一起走吧。”刘杞荣说：“师傅不走。”芋头说：“师傅不走，我们也不走。”共培说：“师傅莫怕……”刘杞荣脸一跌：“共培，你讲么子宝话？走吧你们。”芋头见师傅没事，又见师傅催他们走，就对王造反、张卫东说：“我警告你们，只要你们敢动我师傅一根寒毛，我保证让你们都瘫在床上爬不起来。”刘杞荣心里很喜欢这些弟子，他们这些鬼能让王造反他们有所忌惮，嘴里却道：“芋头，讲么子狠话？咯里是体委，不是你们讲狠斗勇的地方。走吧你们。”他们走后，王造反冷声道：“不错啊，纠集一些社会青年跑来给你撑腰。”刘杞荣说：“我冇纠集，他们是武术队撤销后，我在外面收的徒弟。”他是故意这么说的，旨在提醒王造反自己虽然没有上面罩着，却有徒弟帮忙。王造反哼一声，走开了。当天晚上，他们把刘杞荣放回家了。贺涵看见他，眼眶里盈满泪水。他不想看见贺涵眼泪汪汪的："莫哭。大人不能在孩子面前软弱。"贺涵懂事地抹干眼泪，说："我是高兴。"刘杞荣喝口茶，见贺涵欲言又止，就说："你有事吧？""我有事。"她没说真话，她是资本家的女儿和国民党将军的遗孀，现在又是前国军军官的堂客，不可能没事。但她不能说，怕他担心她。

刘杞荣午睡起床，研好墨，铺开旧报纸，对着字帖，悬腕写着行书。写完字，他正淘米煮饭，贺涵拎着几把小菜回来了，脸色有些疲惫，坐到沙发上。刘杞荣问她："你不舒服？"贺涵说："没有。我们厂长被厂造反派的人打断了腰，瘫了。""那你们厂的造反派有蛮恶。"贺涵的思想又回到他身上："我最关心的人是你，你好，一家人就好。你倒霉，一家人就跟着倒霉。所以你一定要好好的。"刘杞荣觉得她这话暖心，"你放心，我会好好的。"

小苏跟同学去玩了，小芳在楼下与几个妹子踢毽子。贺涵温情地说："过来。"刘杞荣坐到她一旁，她把头靠到他肩上，觉得自己靠着的是一棵树："别的我都无所谓，就怕你意气用事。"他说："我不会。"这时，一连串的敲门声吓了他俩一跳。贺涵要起身开门，他摁住贺涵，起身开了门。门外站着一群年轻人，个个陌生。他问："你们找谁？"一个蓄着八字胡的年轻人问："贺涵是不是住在咯里？"他还没回答，他们已看见了贺涵，立即说："反动军阀的遗孀、资产阶级臭小姐贺涵，滚出来。"他们是新兴机械厂的造反派，先声夺人地给贺涵安了两顶大帽子，不由分说地把贺涵押走了。

那天晚上刘杞荣等着贺涵，等到晚上十点钟她仍没回来，他便去公交车站接。最末一班公交车驶过后，他想，自己与贺涵重逢并结婚后，并没过上几年好日子，心里就歉疚。第二天贺涵仍没回来。又过了两天，他去了新兴机械厂。厂里的造反派正给厂里的"牛鬼蛇神"开批斗会。贺涵剪了个阴阳头，胸前挂块牌子，上面写着"坚决打倒资产阶级臭小姐、国民党少将的遗孀、伪军官的破鞋贺涵!!!”刘杞荣感觉周身的血液都沸腾了，真想冲上去打翻那些人。但这是运动，个人的力量薄如蝉翼，一捏就碎。他回到家，一个人凝神屏气地练着字，想自己给贺涵的身份，在别人眼里竟是个“伪军官”！又过了一个星期，贺涵回来了，头上戴顶黑帽子，脸上挂着满不在乎的笑，看见他说的第一句话就是：“让你担心了。”她观察他对这句话的反应，他看出她在观察，装着什么都不晓得：“我咯段时间哪里都冇去。你还冇呷饭吧？我给你煮碗面。”她说：“不用，我在我崽屋里呷了。”他感觉自己的眼泪水都快流出眼眶了，强忍着转过身去。贺涵似有察觉，叹口气，又装无所谓地撒谎道：“我孙子病了，崽急得要死，我守着孙子。”他不想戳穿她。

晚上睡觉，她仍然戴着帽子。厂里的造反派给她剪了个阴阳头，她索性走进理发店，把那半边头发也剃了。她觉得光头好丑的，不想让他看见，找借口说：“最近我经常头痛，戴了帽子就不痛了。”他装不知道：“那你戴着。”可是早晨醒来，她发现帽子自己掉了，一颗圆溜溜的光头呈现在他眼里。她羞愧道：“我好丑的吧？”他说：“不，你头型好看，剪光头很漂亮。”她说：“漂亮个鬼。一个老尼姑。”“一个漂亮的尼姑。”他说。她打了他一粉拳：“去你的，就会哄我。”“冇哄你，是好看。”他说，想咯个时候只能这么说，“你在哪里剪的？我也去剪个光头。”贺涵笑，又打了他胳膊一下，眼泪却流了出来。他说：“冇事，天塌不下来。”他去厨房洗漱完毕，对又戴上帽子的贺涵说：“我去打拳。你还睡一下。”贺涵却起床了：“你去打拳，我搞下卫生。”他拉开门，走进晨雾中。儿子长大了，基本上不回家，与共培、大宏和芋头玩在一起。他打拳时，儿子与大宏、共培和芋头等弟子相继到了公园，站在他身后练拳。他打了一个小时拳，接着看他们摔跤，指导他们如何摔倒对手。快中午时走回家，贺涵已把家里搞得干干净净的了，正在洗他的脏衣服。他说：“我自己洗。”贺涵说：

“都快洗完了。”他看着这个对他报喜不报忧的女人，觉得她比自己想象的要坚强。

有天晚上，九点多钟了贺涵还没回家。他不放心地出了门，那已是十月下旬，深秋的夜晚十分寂寥。他急行军似的赶到子校，刚要敲门，听见门里传出一个声音：“妈，他是何键的保镖，又不是么子好东西。”他被这句话定住了，举着的手悬在空中。贺涵说：“儿子，你刘叔叔冇当过何键的保镖。”贺涵儿子的声音再次如铅样灌进他的耳朵：“他是国民党伪军官、历史反革命分子。”贺涵沉默片刻道：“你刘叔叔是个好人。”儿子说：“妈，厂里人讲，本来我家冇事的，是体委一个叫张卫东的人来厂里反映，说你身为老师冇一点阶级立场，不肯跟国民党伪军官划清界限。”张卫东这狗屎的居然来新兴机械厂说他和贺涵的坏话，他顿觉五雷轰顶！他不好再站在门外偷听，悄悄走了。第二天，他看见张卫东，杀他的心都有。张卫东见他黑着脸，直视着自己，走前说：“何解？你想打人是吧？”他拳头攥得紧紧的，但终究没把拳头挥出去。

那些天，贺涵儿子的话总在他脑海里嗡嗡嗡的，犹如蚊子在他脑海里飞舞。过了一周单调、寂寞的日子，他抑制不住内心的冲动，去找贺涵。贺涵在子校打扫厕所，穿着一件灰色的旧衣服，看见他，苦笑了声。他明白她遭罪了，眼睛湿了：“我很担心你。”贺涵道：“我冇得事，只是厂里的造反派不准我离开厂区半步。”他说：“是我连累了你。我们离婚吧。”他来时并没这样想，是临时想到的，也就脱口而出了。贺涵看着他：“你连累我什么啊？和你冇一点关系。”一阵北风吹来，把她说的话刮到树梢上，他似乎看见那句话变成了一条丝巾挂在树枝上飘舞。他瞧着她手中的扫把：“怎么冇关系？我是国民党军官，我们离了婚，对你和你崽女都会好些。”贺涵说：“我一个女人都不怕，你一个大男人怕么子呢？”他说：“不是怕。我想我们离了婚，你就不是国民党军官的妻子，就可以抬起头做人了。”“就算我跟你离了婚，我也是国民党少将的遗孀，还是国民党军官的前妻，好不到哪里去。”“离婚吧，我们一刀两断。”他这句话说得很冷峻，好像一块冰，冒着丝丝冷气。“你是讲真话还是试探我？”她盯着他。他等一阵西北风从脸上刮过，正色道：“你看我像开玩笑吗？”贺涵低头扫了扫地：“你给我时间想一下。”他说：“你们子校的墙上都是写你的大字报。”“死猪还怕开水烫吗？我已经麻木了。进屋去吧。”她说，把他领到门前，开了门。

她摘下帽子，放到桌上。头发已长出半寸长了，一颗头就不男不女的。她问：“呷茶吗？”“不呷。”他回答得很硬，仿佛是从嘴中吐出一块木片。她坐到床边：“我咯两大想，还不如死了算了。”一阵冷风刮进来，把她这句话从他耳旁刮过去，像是抽了他一耳光。他一悸：“死不容易？但死了会被人扣上‘自绝于人民’的帽子，反而对崽女不好。”她说：“活着冇一点意思！”刘杞荣想，以前她看他的目光是温情的，脸色也是温润的。此刻她脸上的表情是僵硬的，好像泥巴糊上去的，跟弄脏了的墙的颜色混在一起了。目光也是平淡的，像同事之间的目光。他把心中的结吐出来道：“前几天晚上，我来找你，听见你和你崽讲话，我冇进来。”贺涵一惊：“你怎么不进来？我崽讲么子？”“你崽讲我是何键的保镖。”“我崽听车间里的人瞎讲的。”她说，“别人不晓得你我还不晓得你？所以我跟我崽讲，莫信别人撮。”他有些感动，心里踏实不少：“我对不起你。”“你冇对不起我。唉——”她长长地叹口气。一阵北风从门外吹来，吹掉了挂在墙上的毛巾，吹翻了桌上的报纸，却吹不走他俩的苦恼。

五一　这个世界上最倒霉的人

周进元认为自己是这个世界上最倒霉的人。五十年代中期他的诊所刚有些起色却要他公私合营。合营就算了，呷点亏也算了，只因他在给医院领导提意见时说了些怪话，就把他打成“右派”。打成“右派”也算了，还把他的房子充公并把他遣送回原籍劳动改造，这就是落井下石了。他恨死了那个院长！这么多年里这些事情一直让他郁闷和纠结，让他防范和仇视一切人。“文化大革命”最开始整的就是他这种人，那些没知识没文化的人整起人来相当积极，三天两头地批斗他，还要他交代自己的反革命历史。最开始他不过是冷眼相待，想这只是场运动，闹几个月就过去了。可是泗湖山镇的造反派里有几人异常歹毒，把他关在牛棚里，今天供他一口水喝，明天给他半个馒头，后天把他的衣服剥光并把他吊在牛栏里喂蚊虫。这他就受不了了，很想死了算了。有天他病了，发高烧，全身上下软绵绵的，那些人却把他从床上拎起来，押到批斗会上批斗。他栽倒在台下，脑袋轰地一响，天旋地转的，感觉脑袋里出现了一个深坑，隐约看见一些妖魔鬼怪在深坑里蠕动、挣扎，就想与其在这里隔三岔五地挨批斗，还不如躲进监狱里吃牢饭清静。“我其实是隐藏在沅江的国民党特务。”他交代说，顺便把他痛恨的王医生拖下水，“王医生是我发展的特务。”站在他的角度看，王医生是个卑鄙小人，与他同处一间诊室，可是来看病的人都是找他而不是找王医生，这就让王医生忌恨他。王医生是个个子矮矮的比他大几岁的中年人，生着一张面团脸，表面上对他的医术十分钦佩，请他吃饭与他掏心窝子，说陈院长是外行领导内行，冇卵狠，怂恿他写陈院长的大字报，说“你写我崽不写”。他写了，第二天上午贴在医院办公楼的墙上，王医生却没写。这让他很多年无法入眠，睁着眼睛想这事，恨从麻雀变成了大象，一抬头就能看见。他凭什么要让害他写大字报的王医生好过？他交代的另一个人是黎医师。在他心里，黎医师也不是个好东西，经常跑到他家混吃混喝，还讲要把他的女儿嫁给他大崽，可是他大崽至今仍光棍一个。他疑心自己在饭桌上讲的怪话，不是王医生打的小报告就是黎医师为讨好陈院长而告的密，所以不能让黎医师逍遥自在。他交代说黎医师是特务小组的骨干。这成了个大案，受到县革命委员会的高度重视，就欢天喜地地把他押进县公安局，要他交代他的上级是谁。他假装不敢承认，说自己承认了就没命了，这让公安人员十分恼火，向他保证他绝不会有生命危险，他才害怕的样子答：“陈院长。”这是他一定要拉进火坑陪葬的人。

县公安局的人一去长沙调查，原来陈院长是把他打成“右派”的那个人，就回来审问他：“周进元，你撒谎不打草稿啊，害我们白跑一趟。陈院长是湖南地下党，工人阶级出身，你咯是搞阶级报复啊。”周进元嘿的一声冷笑：“《三国》里周瑜打黄盖的故事听说过吧，一个愿打一个愿挨。咯是丢车保帅，晓得了噻？”县公安局的人被他搞糊涂了，要他继续交代。他火上浇油道：“陈院长说他最恨共产党。还说毛主席是……我不敢讲，讲出来要杀头的。”县公安局的人喝道：“快讲。是么子？”他说：“那是句反动话，讲不得。”审案的公安吼道：“讲。”他说：“反正是反动话。”再审问，他暗暗一笑：“你们自己去问陈院长。咯个人相当狡猾。”县公安局的人把这事反映到省革委会，陈院长自然倒了大霉。过了段时间，他想起旷楚雄曾骂他“胆小鬼”，又把旷楚雄交代成军统特务湖南站少将站长，直接受毛人凤领导。还说旷楚雄向桂系军队出卖起义部队，导致起义部队遭受了毁灭性的打击。县公安局的人对他极感兴趣，觉得这个周进元是一块宝，于是要他再接再厉。他也愿意配合，但实在没人交代了就把刘杞荣交代出来了。他有很多理由交代刘杞荣，之所以最后一个交代，是因为他一直在爱恨情仇的十字路口徘徊，就跟他在秋燕和堂客之间选择一样，最终还是说服了自己，“老子倒霉了你也别想好过”。但这个最可耻的理由却说不出口，就改口说他给刘杞荣下达的任务是“发展特务成员，待国军反攻大陆时，对省会的共党要员进行暗杀”。这份材料由沅江县公安局的人员专程送到体委，沅江县公安人员说：“这可是我们沅江县建国以来破获的最大的案件。”

省体委也成立了革命委员会，王造反在省里的造反派支持下，如愿以偿地当了体委革委会的一把手。张卫东当了副主任，王奋起任办公室主任。沅江县公安局送来的黑材料，无疑让他们心花怒放！王造反看完材料，搓着手道：“有了这材料，谁都保不了他。”他让保卫科的人把刘杞荣带进办公室。他穿上洗白了的军装，戴正军帽，坐到桌前审视着刘杞荣，冷着脸道：“原来你是国民党特务。”刘杞荣吓一跳：“王主任，你是革委会主任，讲话要负责的。”王造反把那份材料递给刘杞荣：“你自己看吧。”刘杞荣看时背心都冒出了冷汗，叫道：“咯是诬陷，冇得影的事。”王造反看着这个满脸焦虑和不安的男人，快慰地嘲讽道：“你的意思是这个叫周进元的人诬陷你？奇怪啊，他为什么要诬陷你？”刘杞荣斩钉截铁地答：“我怎么晓得？反正我不是特务。”王造反一巴掌拍在材料上：“难怪你看我们不顺眼，唆使你的手下来体委打人，嚣张至极，你是不是天天盼着蒋介石打过来？”刘杞荣正色道：“王主任，我从冇那样想过！”王造反快意地吐个烟圈，开心地对张卫东说：“要不是这个周进元揭发，我们都蒙在鼓里呢。交代吧，刘杞荣。”刘杞荣脑袋里嗡嗡直响，好像火车碾压钢轨的噪声。“快讲！”张卫东吼道，对着他胸口就是一拳。刘杞荣本能地一撩，张卫东差点跌倒。张卫东凶道：“你咯个特务还敢跟革命造反派动手？”又一拳打向他的脸。刘杞荣一抬手抓住他的拳头，说：“张副主任，你莫动手，我不是特务。”站在一旁的王奋起想起自己几年前曾被他的弟子踢倒在地，就报复地一脚踹在他的小腿上，那一脚王奋起用力很猛，却感觉像踢在铁上似的，痛得脸都白了。刘杞荣瞪着王奋起：“小王，如果你不是我同事，十个你都拢不得我的边。”王造反猛拍下桌子：“你这国民党特务还敢嚣张？把他绑起来。”

他们再次把刘杞荣关进一间房里，甩给他一叠材料纸，让他写加入特务的经历和从事过何种特务活动。第二天，王造反见材料纸上一个字都没写，怒道：“姓刘的，看来你是不见棺材不掉泪！”刘杞荣说：“冇得的事，你要我怎么写？”

王主任派王奋起去沅江外调，三天后，王主任把王奋起拿回来的外调材料甩在刘杞荣面前：“你自己看这些材料，还说自己不是特务！你的上级周进元说你是假起义，骗取起义部队的信任后，让特务向白崇禧的部队报告你们的方位，请求白崇禧派兵围剿你们。然后，你中途假装逃跑。实际上是他们放你走的。你好坏啊，竟出卖革命同志！害得一百多名革命同志都被国民党军队杀害了。”刘杞荣想，周进元疯了？怎么可以这样陷害他？他就答：“冇得咯回事，周进元胡说八道。那些人没被杀害，被桂系军队放了。”王奋起说：“咯是周进元亲口对我交代的，还有假？”刘杞荣火道：“他撮你的！”他把事情的经过一五一十地讲给他们听：“桂系是要把我押到浏阳县城枪毙，我只能逃跑。我从一百多米高的山崖上跳下来，人差点摔死了！我是特务？特务会带人劫桂系的军火？特务会逃跑？”王造反根本听不进去，待他说完，瞅着王奋起道：“特务劫持军火，你信吗？”王奋起哼一声道：“我信卵。”王造反点燃一支烟，觉得好笑地吸一口，从飘浮的烟雾中觑着刘杞荣：“你上级交代，你不但有把手枪，还有电台，定期向台湾的国民党特务发报。你老实交代，手枪和电台藏在哪里了？”

刘杞荣回答："你们把周进元叫来，我们当面对质。"

王主任火了，对保卫科的人说："把他绑起来。"刘杞荣很想三拳两脚地打倒他们，但正如俗话说的"跑得了和尚跑不了庙"，家里还有小苏小芳，就没反抗。他们把他反剪着双手扎扎实实地绑在椅子上，脚也绑在椅子脚上，绳子勒得十分紧。王主任说："他愿意交代了就喊一声。"他们走了出去。刘杞荣被绑了两天一夜，没吃一粒米，胃饿得痛起来了，喉咙也干得冒烟，屙在裤上的尿也干了。刘杞荣恨恨地想：周进元为什么要害我？我哪里得罪他了？手脚都绑木了，冇得一点感觉了，血液长久流通不畅，手脚会废掉，那以后怎么打拳？王造反和张卫东他们推开门进来时，一道亮光照得他心里一亮，想唯一的脱身方法就是以其人之道还治其人之身，便说："我交代。水，给我水。"王主任开心道："我还以为你是许云峰呢。早就应该有这个态度。给他一口水。"张卫东倒了半杯开水，很看不起地泼到他脸上，烫得他叫了声，忙用舌头舔流到嘴唇上的水。他不逞强了，平静地示弱道："电台不在我咯里。周进元是中校特务组长，掌管着电台。"王主任想，他承认自己是特务就好办了，问："手枪藏在哪里？"他嘶哑着嗓子说："手枪周进元带走了，他讲泗湖山镇很大，便于藏枪支。"王主任瞪着他："说谎是没用的，把手枪交出来。"刘杞荣道："王主任，周进元不放心我，讲如果需要用手枪搞暗杀，就要我到沅江取枪。"张卫东认为他极不老实，是假认罪，吼道："刘杞荣，事情到咯份儿上了你还撒谎？"饥饿和疲倦使得刘杞荣眼睛充血，他说："我撒了半句谎就是畜生！你们可以找周进元调查。"

他们把他说的情况反映到沅江县公安局，沅江县公安局的人很气愤：周进元这狗特务竟还藏着电台和手枪，那还了得！他们就继续提审周进元。周进元没想到自己随口瞎编的话被表哥原封不动地堵了回来，就深感自己是偷鸡不着蚀把米。他今天说电台埋在山上，带着公安人员去山上挖电台，明天又带着这些人到另一处地方挖，后天又指着一棵大树道："对，就是咯里，我记得当时就埋在咯棵树下。是美国柯尔特手枪，用油纸包着。"公安人员拿来锄头，在树下挖了个大洞，当然什么都没挖到。他说他不记得埋的具体方位了，因为山上的树木都长大了。县公安局的人觉得他十分狡猾，就拳打脚踢。周进元哀求道："求你们莫打我啰。"他猛然想起被枪毙的赵招财，立即灵机一动："我还有事情要交代。"那些人问："什么事情，快讲！"周进元摁着腰，哼了几声"哎哟"，想表哥你不为我分忧那就怨不得我了，道："刘杞荣曾下令枪毙一个叫赵招财的人。"县公安局的人问："赵招财是么子人？""赵招财是起义军官，当时是第十一大队二中队三小队小队长。刘杞荣动员第十一大队的沅江官兵向敌人投降，赵招财不愿投降，带着他的小队跑了。刘杞荣带人追上赵招财小队，把赵招财同志抓回来杀害了。"沅江县公安局的人十分看不起这个周进元，想这个国民党狗特务太坏了，就唬他一句："你又捏白是吧？"周进元疲惫不堪，只想早点结束回牢房困觉，发誓道："我捏了半句白就是猪日的。咯是真事！你们可以去找胡山和马赢调查。"他们问："胡山、马赢是么子人？在哪里？"周进元回答："他们是本县人，当时都参加了起义部队，湖南和平解放后，那支人马由于刘杞荣的出卖，解散了。他们现在在哪里，我不清楚。"

刘杞荣枪毙起义军官的材料寄到了体委，王造反如获至宝，想血债血偿是大是大非的问题。他拍着材料，板着脸道："这可以判你死刑。"刘杞荣一点也不惊慌，把枪毙赵招财的经过细说给王造反他们听，接着道："当时旷楚雄总队长很恼怒，指出咯是哗变，下令抓回来就地正法。"王奋起很讨厌刘杞荣事事都要狡辩，从没痛痛快快地承认过一件事。他仰起粗壮的脖子，厌恶道："讲完了？""讲完了。""你这故事编得跟真的样。""王主任，咯本身就是真的。"他回答。王造反觉得他十分可憎，讥笑道："听你讲，好像你是个非常有正义感的人。如果我们不了解真相，还真会相信。"张卫东很愤慨，脸就铁青，泛着钢轨般的光泽，说：“你是茅坑里的石头又臭又硬，坏透了，双手沾满了革命志士的鲜血！”刘杞荣晓得自己不成为那样的石头就成了他们宰割的羔羊，说：“你讲错了，我手上有沾革命志士的血。赵招财不是革命志士。不信，你们可以去找旷楚雄调查。”

旷楚雄命不济，人生道路上很多障碍他都跨过了，却没绕过“文革”的浪潮。周进元指证他是“国民党军统特务湖南站少将站长”，还说他向桂系军队提供起义部队的驻地。旷楚雄矢口否认，他单位的造反派觉得他太可恨了，一个“军统特务”居然长期占据着高位，就对他采取革命行动，又是斗又是打。张卫东去找他调查时，他已含恨去世了。张卫东去了沅江，通过沅江县公安局的同志找到了马赢。马赢在沅江县林业局正接受监督劳动改造，人已经变得唯唯诺诺了，问什么都点头。张卫东板着脸问：“枪毙起义军官赵招财，是不是刘杞荣下的命令？”马赢说：“是刘杞荣下的命令。”张卫东继续问：“刘杞荣是不是命令起义部队向敌军投降？”“是刘杞荣下的命令。”马赢道。张卫东满意地把笔录扔到他面前：“你自己好好看看，有得问题就在下面签名。”马赢战战栗栗地签了名。

胡山在下面的供销社工作，因他当过国军连长，属于历史反革命，也属于监管对象。张卫东找到胡山时，胡山正在打扫猪栏，一身猪粪气味。张卫东很看不起胡山，觉得这人肮脏、猥琐。他虎着脸问：“起义军官赵招财是你枪毙的吧？”胡山答：“我是执行上级的命令。”张卫东想，眼前坐的是个杀人犯，说：“你要讲实话，咯个命令是不是刘杞荣下的？”胡山是洞庭湖的老麻雀，听出了端倪，说：“旷总队长和刘大队长都下了咯个命令。”张卫东问：“马赢讲，是刘杞荣下令你们向桂系军队投降。”胡山咳一声：“是刘大队长下的命令。”张卫东看着马赢的口供：“马赢说你们本来准备打的，全做好了战斗准备，是刘杞荣阻止你们打，命令你们放下武器向敌军投降。有咯事吧？”胡山不配合了：“打个鬼哦，马赢讲鳖话呢，他当时就在我一旁站着，吓得尿都屙湿了裤子。”张卫东很不适应他讲脏话，皱起眉头道：“你把话讲明白些。”“十几挺机枪对着我们，打，我今天还能跟你坐在咯里讲话？骨头早变成灰了。”张卫东没记录胡山说的这段话，对他说：“在下面签个名吧。”

张卫东赶到县水泵站，把杨四喜叫到一间办公室，审犯人样直视着杨四喜。杨四喜是水泵站站长，不是“地富反坏右”分子，就不惧他直视。张卫东开门见山：“起义军官赵招财是你去抓的吧？”杨四喜道：“他是么子鬼起义军官？莫玷污了‘起义’咯个词，就是个无赖。”张卫东感觉杨四喜不太好对付，说：“我问你，要你们向敌军投降的命令是刘杞荣下的吧？”杨四喜首肯：“是他下的命令。”张卫东把这句话记下了，引导说：“马赢讲你们本来要跟桂系开战的，都做好了战死的准备，但刘杞荣命令你们放下武器。有咯事吧？”杨四喜可不敢害师傅，解释道：“同志，当时情况十分危险，不投降，我们咯些人都得死。”张卫东说：“你们不是都做好了战死的准备吗？”杨四喜不客气道：“马赢是旧中国的警察，他讲的话半句都信不得。我们是临时组成的部队，有的人连枪都冇打过，端都端不稳。讲得客气点我们是起义部队，讲得不客气点就是一群散兵游勇，乌龟王八兔子贼都有，都怕得要死。”张卫东想这个杨四喜觉悟不高，黑着脸问：“枪毙起义军官赵招财的命令是谁下的？”杨四喜说：“是执行旷总队长的命令。”张卫东不满道：“刘杞荣是你们的大队长，他冇下命令？”杨四喜说：“命令了，也是执行刘大队长的命令。”张卫东把“是执行旷总队长的命令”这句话省略了，对杨四喜说：“你在证词上签名吧。”

三份断章截句的证词让王造反很满意：“卫东，你很能干，这三份证词坐实了刘杞荣命令起义部队向敌军投降和镇压起义军官赵招财的罪证。我看可以把刘杞荣和材料一并交给公安局了。”第二天，沅江县公安局又打来电话，说：“周进元又交代，刘杞荣藏了一本密码本。你们查查。”王造反觉得这个周进元太有意思了，今天说一点，过一段时间又说一点，挤牙膏似的。他和张卫东走进关着刘杞荣的房子，要刘杞荣交出密码本。刘杞荣恨周进元已恨得不共戴天了，一扬脸道：“密码本我见过，比火柴盒大一点，黄壳面，在周进元手上。我还记得一九四九年十月，一个戴礼帽的家伙拎来一个棕色皮包，皮包里有五百块银圆和三十根金条。那人说咯是毛人凤局长命令他交给周进元的活动经费。”

沅江县公安局的同志一听说有五百块银圆和三十根金条，立即对周进元突击审查，要他交出密码本和五百块银圆、三十根金条的去向。周进元无法交代，深感自己掉入了害人害己的怪圈，就对公安人员可怜巴巴地说：“我想见刘杞荣一面。”沅江县公安局的人把他连夜押上客轮，怕他跳江逃跑或畏罪自杀，把他铐在铁椅子上。次日上午，他们来到体委，王主任很兴奋地接待他们，要保卫科的人把刘杞荣带来。周进元穿着破旧的蓝布衣服，猥琐得像只老猴子，一看见刘杞荣就扑通跪下，磕着头说：“表哥，我对不起你，你放过我吧。”刘杞荣厌恶地看着表弟：“你冇搞错吧？是你一再陷害我，还要我放过你？亏你讲得出口！”周进元一把鼻涕一把眼泪道：“求求你讲我冇得银圆、金条。我就是赔了咯条老命也冇得银圆和金条啊。”刘杞荣想，咯个人是他一生里遇到的最无耻的人，憎恶地一脚把他踢开。周进元再次跪下，一个劲地磕头：“我不是人，我是畜生，我错了……求你们枪毙我，我不活了，活着也是遭罪。”他跪着边磕头边呜呜大哭，出尽了丑。

沅江县公安局的人把周进元押走了。王造反冷笑着说：“刘杞荣，你下令起义部队向桂系投降和枪毙起义军官赵招财的事，是坐实了的。”刘杞荣已经跟他们解释过无数遍了，就不屑再跟他们理论，扭开了脸。王造反去打了个电话，叫来市公安局的人，嘿嘿两声道：“外调材料和人都交给你们，怎么处置他是你们的事。”

五二　回原籍劳动改造

“文革”中，司法方面的事情都是公安系统里革委会的人说了算。特务案是周进元瞎编的，不成立，但刘杞荣下令起义部队向桂系投降和下令枪毙赵招财却是铁打的事实。那年国庆节前，省会城市在东风广场开了一个很热闹的宣判大会，押上去一批政治犯，以展示无产阶级专政的铁拳是毫不留情的。宣判大会上给刘杞荣定的是“因怕死而命令起义部队向敌军投降和镇压起义军官”的罪行，但鉴于事出有因，还鉴于此事发生在二十一年前，判处历史反革命分子刘杞荣有期徒刑五年，开除公职并遣送回原籍接受贫下中农的监管和劳动改造。宣判大会一结束，刘杞荣等政治犯被解放军押上囚车游街示众。游完街，公安人员把刘杞荣带到客运码头，交给从沅江县泗湖山镇红旗公社赶来的三名荷枪实弹的民兵，让他们押刘杞荣回沅江县泗湖山镇劳动改造。刘杞荣想，好在崽女们大了，能自己管自己了。他跟着表情肃穆的民兵上了一艘大客轮。

一上船，泗湖山镇红旗公社武装部长就把挂在他胸前的“镇压起义军官的历史反革命分子刘杞荣!”的牌子取下来，一甩手扔进了湘江里。这个举动令刘杞荣惊愕。这人又把绑着刘杞荣的绳子解开了。刘杞荣看着这个方头大脸的武装部长，不知他葫芦里卖的什么药。武装部长呵呵道：“冇事了。”刘杞荣一怔。武装部长说：“我是何打铁，是红旗公社武装部长，师傅不记得我了?”刘杞荣想，自己认识的好人都倒了霉，倒是一些小人得志。这个何部长八成也不是个好东西。他迷茫地望着河面，那块马粪纸板不见了，不知是沉下去了还是被水波推走了。何部长说：“那次起义失败后，我在长沙郊区遇见一支解放军部队，就当了解放军。”刘杞荣看着这个“老部下”，不知这人的目的。船突突突地向前驶去，阳光洒在水面上，金灿灿的。何部长说：“师傅，我看了布告，那个赵招财枪毙十次也不过分。你何解会因为枪毙他而被判五年徒刑啰？”刘杞荣怄道：“被周进元那个鬼害的。”何部长说：“周进元我太晓得了，那家伙自导自演了一个国民党特务案，害了好多人呢。师傅，你是么子人我清楚，别的地方我不敢打包票，红旗公社是我的辖区，我会跟下面的干部打招呼。”

客轮翌日清晨驶到县城，几人在县城街上吃了碗粉。何部长说：“师傅，走吧。”他对何部长称他“师傅”有点不习惯，说：“莫叫我师傅，我是来改造的。”何部长呵呵一笑，几人又改乘机帆船。三个多小时后船行驶到泗湖山镇码头，上了街，一条街还是现样子。有人瞧见何部长便跟何部长打招呼。何部长点着头。在泗湖山镇街上，何部长当然是个人物。他说：“师傅，到呷饭的点了，一起去公社食堂呷饭吧。”刘杞荣和三个扛着半自动步枪的民兵，随何部长走到一处青砖院落前，大门两旁各挂着一块白底黑漆字牌：“泗湖山镇红旗公社革命委员会”和“泗湖山镇红旗公社武装部”。刘杞荣想，命运真捉弄人，他一九四九年带着谭志清逃离这里，为的是不受这里的人管束，却在一九七〇年又被命运捉弄似的打回原籍，而且是孤零零的一个人！他深感无奈，跟着他们走进去，前面是块坪，坪两边是菜地，菜地上种着白菜、苋菜、辣椒、丝瓜、南瓜等；一栋两层楼的房子正对大门，是公社和武装部共用的楼，两旁各一栋平房，其中一栋平房的墙上用墨汁写着“食堂”，门窗都漆着酱色油漆，刚盖不久，油漆气味老远就能闻见。何部长领着他和三个民兵走进食堂，在靠窗的桌旁坐下，对食堂的师傅说：“炒两个菜。”

这时走进来几个着蓝中山装的人，都是公社干部。何部长向公社干部介绍刘杞荣："他可是大名鼎鼎的刘杞荣，我师傅，从泗湖山镇走出去的名人。"一个肥头大耳的公社干部说："啊呀，幸会幸会，你可是我们泗湖山镇的骄傲啊。"刘杞荣不知这人是拿他开心，还是无意中这么说，淡淡道："你莫乱讲，我是回来改造的。"那公社干部说："改么子麻批造啰？回来了好，随便些。"另一公社干部笑："我爹一讲起你就竖大拇指，拿你教育我们后生呢。"肥头大耳的人是红旗公社革委会主任，造反造上来的，以前是农民，现在吃国家粮了，就高人一等的模样。他大气地看着刘杞荣："刘师傅，我从小就把你当英雄。我爹曾讲，那年你回泗湖山镇，跟街上的二流子打架，你追当时镇上最恶的那人打——那湖匪一九五〇年被镇压了，你追到木桥上时，我爹挑着一担豆腐从对面上桥，那桥就两根木头捆在一起，很窄，现在那桥还在，你跑过去时，撞了下我爹。我爹叫声'哎呀'，你头都冇回，左手一提就把险些掉下桥的我爹提到桥上了。"

刘杞荣待公社革委会主任说完，打个拱手："谢谢，英雄不敢当。代我向你爹说一声对不起。"公社革委会主任大笑："你见外了，我爹最佩服的人就是你呢。我爹要是晓得你回来哒，那会来找你呷酒。"刘杞荣没想到家乡人对他这个"历史反革命"这么客气，这可是他来的路上没想到的。公社革委会主任接着道："刘师傅，你有么子要求，只管提出来。"刘杞荣想，碰见好人了，说："谢谢，那我请你们把我安排在离我家远一点的生产队劳动吧。"公社革委会主任说："咯好办啊，你就在公社食堂做事吧。食堂里有块菜地，你就住在食堂里，种种菜，帮帮厨。"刘杞荣不愿在公社干部的眼皮子底下做事，说："我是来接受贫下中农监管的，还是安排我到生产队改造吧。"公社革委会主任看一眼何部长，嘿嘿道："我们都冇把你当坏人，你怕么子呢？"刘杞荣不想欠这份情，摆手说："谢谢你们，我还是去生产队踏实些。"何部长见他说得如此坚决，便与公社革委会主任嘀咕了几句，问：“师傅，你真愿意到生产队劳动？”刘杞荣说：“我是来劳动改造的。这事听我的。”

他被安排在红旗公社第八大队第三生产队接受贫下中农监督劳动。大队支书和生产队长来公社接他，公社革委会主任说：“刘师傅是主动要求去你们第八大队，他年纪大了，安排些轻松、简单的事给他做就行了。”大队支书赶紧道：“刘师傅是么子人我们都晓得呢。”公社革委会主任说：“晓得就好。你们去吧。”三个人走出公社，走在坑坑洼洼的泥巴路上，沿途的树木开始掉叶子了。第三生产队的队长要帮刘杞荣提行李，刘杞荣不让。大队支书说：“让他提，他是小伙子。”生产队长二十七八岁，很结实，走路脚步噔噔响。大队支书也只有四十八岁，戴顶黑呢子帽，穿着蓝中山装，脚上一双脏兮兮的黑皮鞋。三个人走了二十分钟，走到一处两间土砖房和一间红砖房前，生产队长放下行李，掏出钥匙开了土砖房门，领着刘杞荣走进去。这是第三生产队队部，红砖房是生产队的粮仓，因怕老鼠打洞进粮仓偷吃粮食，故用红砖建了间粮仓。土砖房里有一张旧书桌和一个柜子，床是临时搬来的老式架子床，旧蚊帐是生产队长家的。一旁是生产队的猪楼屋，喂着两头猪，是过年时杀的年猪，好让社员们过年时有肉吃。养猪的是一个老人，姓王，身材瘦小，是个富农。生产队长叫他“刘师傅”，说：“刘师傅，你跟王师傅一起养猪吧。”他转身对七十岁的老人说：“王师傅，刘师傅就交给你了。”老人连连点头。刘杞荣整理房间时，王师傅低眉顺眼地走进来说：“刘师傅，您有么子要我帮忙的？”刘杞荣说：“冇得冇得。”王师傅搓着手，呵呵两声，走了。

晚上，刘杞荣走到门外，看着夜空，星光灿烂的。他吸一口气，开始打拳。打完拳，他待身上的汗收了，扯起一桶井水往身上一浇，感觉这些天憋在心里的那口闷气消散了许多似的。他长吁一声，躺到床上，想贺涵现在怎么样了。自己写的离婚报告寄给她半年了，却没有下文。又想，小英今年二十岁了，在江永县的农场当农业工人，而儿子两年前下到常德当了知青。他最不放心的是小芳，小芳十六岁，正上高中，关键是一个女孩子家要一个人面对一切。他想，自己被周进元害得妻离子散，莫让我碰见他，碰见他那就是他的死期到了。第二天一早，王师傅来了，一来就剁猪菜，煮猪食。他说："我来做吧。"王师傅说："你不是干咯事的。"他一怔："王师傅，我是来劳动改造的。"王师傅咧开满嘴黄牙道："你是被周进元害的。"他好奇："你也晓得咯事？"王师傅呵呵道："我听别人讲，周进元精神有毛病，说自己是国民党特务，还说你是特务。"刘杞荣回想起周进元猥琐、畏惧和在他和公安人员面前磕头求饶的样子，觉得周进元的脑子是出了问题。他就摆手："莫讲他。"

过了几日，生产队上有个农民的胳膊脱臼了，疼得要命。大队上只有赤脚医生，大队部只备了治感冒、中暑等常见疾病的药，治伤是外行，就要把那农民送镇医院医治。经过生产队队部时，刘杞荣看见了，说："我来试试。"赤脚医生是个三十岁的农民，惊讶道："刘师傅，你能治那太好了。"刘杞荣在体委医务室就是干这行的，抓着那农民的胳膊只一拉一扭一推，就让脱臼的胳膊复原了。赤脚医生叹服道："我的妈呀，你太神了。"一些农民听说了，问也不问地就背着公社卫生院或县人民医院的医生都治不好的摔伤或扭伤的患者来求他医治。他想起刘百川师傅教他熬制膏药的方法，就让人去中草药铺买来药材，试着熬了一锅治伤的膏药，贴在患者的受伤处。那些农民见他的灶旁连一根蔬菜都没有，当即回去扯些自家地里的蔬菜折回，也不交代地丢在门旁。他以为那人是忘了拿走，追上去："你的菜。"送菜给他吃的农民道："咦，是送给你呷的呢。"那几个患者，贴了几帖膏药后，伤不痛了，也能下床走动了，脸上就有了笑，提着鸡蛋、鸭蛋跑来感谢。"啊呀，刘师傅，巴了您熬的膏药，第二天我的腿就不痛了。"那些农民把他传说得很神，仿佛他是扁鹊再世。

接下来的许多天，一些人怀揣崇敬之心赶来看他，手里提个篮子，送这送那给他，还有送鹅蛋的，好大一个的鹅蛋。王师傅剁着猪菜，昂起一张皱纹交错的猪腰子脸，羡慕道："刘师傅，咯么多人都来看你，把自己都舍不得呷的鸡蛋、鸭蛋、鹅蛋送给你呷。我都跟着沾光呢。"刘杞荣没想到老家的人对他这么好，觉得自己不配接受这些好，对那些人道："无功不受禄，我不能要。"那些人却转身走了，一溜烟似的，喊都喊不住。他惭愧道："王师傅，你晓得咯个人住在哪里不，我得送回去。"王师傅反对："你把东西退回去是打人家的脸呢，收下算哒。"有天，王师傅病了，没来。他在门口剁猪菜，一个着黑布衣的老人，戴顶旧军帽，胸前挂着红彤彤的领袖像，跷着二郎腿，抽着嚯嚯响的水烟袋，坐在一旁看他剁猪菜。他不晓得这个老人的身份，就没理睬。他剁好猪菜，放到大铁锅里煮，煮熟后，等凉了，再倒进潲桶，提去喂猪。那老人坐在那里不动，待他喂了猪，自己弄饭吃时，老人吸口烟说："刘师傅，你欠了我一担豆腐。"刘杞荣说："我怎么会欠你一担豆腐？"老人不急不慢道："看来你是贵人多忘事。"刘杞荣说："同志，你讲话要讲证据。"老人嘻嘻道："那年你打了冠军回沅江，在泗湖山镇街上打架，你一个人打几百个人还记得不？"刘杞荣说："咯个事我记得，看打架的和打架的是有一百多人，但和我打架的只有几十人。"老人说："你追那个为头的，经过木桥时，我挑着一担豆腐从你对面走来……"刘杞荣惊喜道："原来你就是那个差点掉到河里的卖豆腐的？""正是呢，"老人说，"一担豆腐被你撞得掉进河里喂了鱼，你头都冇回，一反手就把往下掉的我拎到桥上了。"刘杞荣大笑，回忆道："现在要我重复一遍，怕也做不到了。有些事是不可复制的。"老人吸口烟，吐出来，笑得嘴唇翻上去，牙龈全露了出来。老人指着自己身旁的一只袋子："我给你带了几条腊鱼。"刘杞荣拿起袋子一看，都是很大一条的腊鱼，熏得金黄金黄的。他取出一条："我只要一条，其他你拿回去。""何解？嫌弃是吧？"老人不悦道。刘杞荣答："不是，我吃不了咯么多，一条就够了。"老人道："我不是白送你，我是拜师，要跟你学拳，调养一下身体。"老人消瘦，脸色不大好。刘杞荣问："您有么子毛病？"老人说："身上冇得劲，挑担粪走几步都脚打跪。"刘杞荣把手搭到老人的脉上，老人的脉象有些弱，便说："你明天来，我教你一套养生的太极拳。"

从那天起，老人天天来，刘杞荣教老人打太极拳，大队上一些农民也来跟他学拳。刘杞荣照样每天一早爬起床打拳，打两个小时拳，天大亮后，再去沟壑边打猪菜。有天，老大来了，穿件旧了的衣服，戴顶草帽，带了瓶豆豉干辣椒炒腊鱼。"娘做的。"老大说。爹去世十年了，娘一直与大儿子生活在一起。以前，他隔那么几个月就汇给娘二十元钱，现在他没钱给娘了，问："娘还好不？"老大揩下鼻涕，揩在手心，搓干："马马虎虎。"刘杞荣把农民送的鸡蛋、鸭蛋装一些到袋子里，递给老大："哥，带回去呷。"老大说："家里有。"刘杞荣说："莫啰嗦，拿着。"过了几天，老三、老四一起来了，勾着头，卑躬屈膝的模样，一个手里提了几斤红薯，一个提了几斤胡萝卜和土豆。刘杞荣说："我咯里么子都有。"老三说："二哥，我们都穷得孙子样，也冇么子好东西给你。"老四低眉顺眼地说："二哥，咯都是土里长的东西，不值钱。"他不想看见老三、老四这种可怜兮兮的相，取下两条农民送的腊鱼，一人送一条："回去吧你们。莫再来了。"他瞧着老三、老四佝偻着身体离去，心里生出无限的感叹，眼睛湿了。

过年时，小英、小苏、小芳相邀来看他。小英把古琴也带来了，让他寂寥时抚抚琴。古琴装在贺涵缝制的一只黑绒布袋里，他拉开琴袋，抽出琴搁在桌上，随手拨几下，琴音蹦出，绕梁而去，给这间凄冷的土砖屋添了不少生气。他高兴："小英，你想得周到。"小英嘻嘻一笑："晓得你喜爱抚琴。""咯把古琴跟了我很多年，"他说，"音质好。爸非常喜爱。"小英、小苏、小芳都笑。他去农民家借来两张长板凳、一张门和几块木板，临时开个铺，垫了稻草和棉絮，再铺上床单，让两个女儿睡。小苏与他睡床。他说："乡下就咯条件。"小英见父亲脸上有愧色，忙说：“蛮好的，我下放的农场，不比咯里好多少，我们也冇得咯讲究。小芳，是不是？”小芳连连点头：“是呢。”小英说农场的事：“爸，很多人一下去就后悔，江永太落后了，农场里冇得电，晚上漆黑一片，要点煤油灯。”小苏说他插队的队上的事：“我和另一个知青住在农民屋里，那农民对我们城里下乡的孩子倒是蛮好。”儿子性格倔强，是报喜不报忧的。他最关心的是小芳，问：“体委那些人冇为难你么子吧？”小芳说：“爸，我们的房子被王奋起住了。宋叔叔不是守器械室吗？宋叔叔见我可怜，把器械室旁边小房间的钥匙给了我。我现在住在那间小屋里。”小芳说的宋叔叔，就是靠边站的宋副处长。小芳又说：“张卫东要赶我走，宋叔叔讲了句公道话：‘不好吧，她一个大姑娘，还在读书，你要她到街上困马路吗？她是生在新社会，长在红旗下的，又不是反革命。’张卫东就不好再讲什么了。我一早出门，中餐和晚餐都在学校食堂呷。我害怕碰见他们。”他觉得自己对不起儿女们，就提醒小芳：“碰见他们也莫理，你是女孩子，绕开走。”“我晓得呢。”小芳说。他感觉小芳懂事些了，就向儿女们汇报：“咯地方的贫下中农冇把爸当‘四类分子’。他们跟我学拳。爸在咯里，物质生活上并冇亏欠。”

过了初五，小英、小芳先走了。小苏走的那天，刘杞荣把新写的离婚协议书递给小苏：“咯个事你替我办了。”小苏不愿意办：“爸，咯事我怎么好办？”他道：“老是咯么拖着，爸心里不安。爸不想害你贺妈妈，该解决的事情总要解决。爸在被审查时给你贺妈妈寄过一封离婚协议书，她冇回复。”小苏说：“那是她不想离婚。”刘杞荣看一眼儿子：“爸不能害她啊。你贺妈妈我了解，她下不了咯个决心。爸一百二十个对不起她。我写封委托书，委托你帮我把婚离了。”小苏说：“爸爸，我是晚辈，怎么对贺妈妈讲？你自己办吧。”“我要是能去，还用你给我办？爸在服刑，只能是你代我办理。”老大晓得小苏今天走，包了些自家炸的红薯片和炒的花生米，让侄儿带在路上吃。

小苏说："伯伯，您家里咯么困难，拿回去拿回去。"伯伯说："咯是你娭毑要我拿来的。拿着。"小苏不肯接。刘杞荣说："既然是你娭毑的意思，拿着吧。大哥，你坐。待我写份委托书给小苏带走。"大哥坐到床边跟小苏说话。刘杞荣用毛笔蘸了墨汁，写了份委托书，交给小苏。小苏拿着包裹，笑着出门。他和大哥送小苏到村口，小苏说："爸，伯伯，你们回去吧。我自己走。"他看着儿子年轻的身影走到拐弯处不见后，才转身对大哥说："大哥，我和你回家看看娘。"

五三　有天上午

有天上午，他煮好猪食，提着潲桶，把猪食舀进猪槽里喂猪。着一身蓝中山装的大队支书走来，说：“刘师傅，我刚接到何部长的电话，要我喊你去公社。我正好去公社开干部会，一起走吧。”刘杞荣想，自己来到第八大队第三生产队大半年了，还冇向公社干部汇报思想的，多半是喊他去汇报咯半年多的思想，就跟着支书去了公社。何部长看见他，道：“师傅坐。”他坐下：“何部长，我在生产队认真接受思想改造呢。”何部长给他泡茶：“晓得呢，师傅跟贫下中农打成一片哒，又教功夫又治伤，蛮受贫下中农欢迎的。”刘杞荣心中踏实了许多：“我做得还不够，还要好好改造。”何部长说：“师傅，今天叫你来，是想请你教训一下我外甥。我外甥讲白了是飞天蜈蚣，冇得怕惧的。”刘杞荣想，何部长的外甥那是贫下中农，忙说：“我是个历史反革命分子，怎么能教育你外甥，不行不行。”“师傅，不是教育，比教育还严重，是教训。”“那我更不敢。”“师傅，你听我讲，我外甥是我姐的独苗，是个不知天高地厚的家伙。早几天，我去我姐家，我姐讲他把一个人打伤了，赔了几十块钱医药费。我跟他讲，他要是遇见我师傅，我师傅边手边脚都能打得他满地找牙。他不信呢，讲你功夫再好也老了，自古拳怕少壮。”“是啊，我一把老骨头了。”“跟你讲实话，我咯个外甥冇得脑壳的，八年前跟人打架，一铲子把人家的脑壳砍开了，抓起来是要判刑的。我姐急疯了，要我想法子，我把外甥送到内蒙古我一个战友家躲了六年。他在内蒙古草原上跟蒙古人学了几年摔跤，打遍包头市冇得对手。去年咯小子回来了。沅江你是晓得的，年年修堤，修堤的业余时间就是掰手腕和摔跤，冇得人能赢他。他脑壳膨胀了，就老子天下第一。师傅，我请你帮我教训下他，让咯臭小子明白山外有山。”刘杞荣想，贫下中农的崽不能碰，说：“何部长，咯个忙我帮不上。”窗外是五月的天空，阳光明媚。何部长看一眼窗外：“师傅，拜托你开导开导他，让他明白自己不过是井底之蛙。”刘杞荣看着何部长：“你外甥多大?”何部长掐指算了下外甥的年龄：“二十五岁哒。”刘杞荣说：“正是年轻气盛的年龄。”何部长说：“就是，我怕咯小子又在外面闯祸，他是两句话不对就动手的。”这时，突然有六个年轻人走进来，个个脸色红润、自大，其中一个彪形大汉一脸不屑地叫了何部长一声“舅舅”。

这年轻人脸上确实有一股霸气，眼睛好像是长在脑门上，瞧人时眼皮都不翻一下。他瞟一眼刘杞荣，满脸不屑地从牙缝里挤出一句：“舅舅，你讲的那个人就是他吧?”何部长说：“冇礼貌，他是舅舅的师傅，你该叫师爷。”年轻人对他的同伴道：“咯是我师爷。师爷好。舅舅，冇得别的事，那我走哒。”何部长说：“你来都来哒，坐下。”年轻人不想坐，要走的样子。何部长道：“舅舅命令你坐下。”刘杞荣觉得没什么意思，起身：“何部长，我告辞了。”何部长说：“师傅你是主角，你走了哪个来唱戏?”年轻人扑哧一笑，那是嗤笑。刘杞荣想这样的年轻人无可救药，更加想走：“我又不会唱戏，我走哒。”何部长说：“师傅请留步。小山，莫看我师傅年纪大了，收拾你咯小子仍不费吹灰之力。”小山望一眼他的同伴：“舅舅，我好怕哟。”这话阴阳怪气的。他的同伴都咧开嘴笑。其中一个也做出吓坏了的样子：“我好怕怕呢。”何部长训斥他们：“不像话啊，你们几个人跟街上的水老倌（方言：二流子）一样！师傅，你帮我教训一下咯几个水老倌。”刘杞荣摆手：“那哪行？我是来接受贫下中农监督劳动的。”何部长正色道："师傅，弟子今天批准你给咯几个水老倌一点颜色看看，不然他们真不晓得天高地厚了。"刘杞荣见小山和他的五个同伴都肆无忌惮的样子，也起了教训之心："你们若有兴趣，过几招也不是不可以。"小山在内蒙古摔跤，比老头年轻健壮的内蒙古汉子，倒在他身下像倒柴一样，就嘿嘿道："老甸甸（方言，蔑称老人），你行吗？哈哈哈。"刘杞荣听这青年称他"老甸甸"，说："讲不好，好久冇跟人试手了。"小山警告："摔断了骨头莫找我赔啊，我赔不起医药费呢。"

大家走到坪上，坪上有些碎砖瓦和石子。刘杞荣弓下身捡碎砖瓦和石子，何部长懂，瞪小伙子们道："你们莫懒，都去捡砖瓦碎片。"他说着，自己也到坪上捡石头、砖瓦。几人把坪上的石头、砖瓦碎片捡起来，掷得远远的。刘杞荣觉得没捡干净，又弯下身捡更小的碎石子。公社革委会主任正召集公社干部和大队支书、大队妇女主任开"抓革命、促生产"的会议，见何部长在会议室外大声骂外甥，他讲完话，从窗户探出头，看见几人弯腰捡着石子，大声喝问："你们咯些鬼搞么子哦？"何部长答："我请师傅教训咯几个烂崽。"公社革委会主任立即宣布："歇会，看热闹去。"他们拥出会议室，站在台阶上说话，等着。刘杞荣看着这几个烂崽："哪个先上？"小山要上，一个比小山高一点的壮汉说："山哥，我先上。"壮汉一冲上来就要抱刘杞荣的腿，刘杞荣一闪身，左手按着壮汉的头，右手在他屁股上一推，壮汉蹿出三米远，摔在地上。壮汉起身，又冲过来，手搭到刘杞荣的肩上。刘杞荣一个别腿将壮汉撂在地上。壮汉不服气，爬起身还要摔，手再次伸向他。他不等壮汉的手落到自己肩上，就势把壮汉的手腕一扳，脚下一绊，壮汉再次倒地。公社和大队干部们都惊呼："爷咧，厉害呀。"小山身上是一件新衣服，见刘老头摔壮汉如此轻易，忙脱下新衣服，里面是一件蓝运动衫。他像蒙古武士样摇晃着身体，慢慢靠近。刘杞荣等他抓，待他用力摔时，借力把他绊倒在地。小山很奇怪自己怎么就倒在地上了，恼怒地爬起身，猛地冲上来。刘杞荣顺势一拉一扯，再次把他撂翻。小山说："原来你是后发制人，有本事你先来。""我来，你会倒得很难看。"小山说："来吧，老子不怕。""怕"字音未落，他就倒在地上了。

何部长觉得师傅教训得好："舅舅跟你讲了，强中更有强中手，现在相信了吧？"小山输红了脸，在包头摔跤时，只有他连胜几跤的，又何时输过？他爬起身，一把抱住老甸甸的腰，妄想把老甸甸掼倒。老甸甸身体往下一沉，双手朝小山的双脚上一拍，同时屁股一跷，小山从他背上翻过去，摔在他身前。看着的这么多人，个个都开心地笑了。小山觉得颜面丢失殆尽，想用其他方式挽回脸面："摔跤你赢哒，老甸甸，我们比九节鞭如何？"刘杞荣想，不挫挫咯小子的锐气，怕是不会收场的："行。我去找根棍。"食堂里没有让他满意的棍，但有一根看上去还结实的竹篙，两米多长。他就拿了这根竹篙，对小山和他的同伴说："你们也莫闲着，都去拿些家伙，锄头、铲子、木棒什么的都行，都上吧。"公社革委会主任担心道："刘师傅，你毕竟年纪大了，还是让他们一个个来吧。"何部长也说："师傅，咯使不得，咯些水老倌就爱打群架。"那几个人在他们说话时找来了锄头、铲子和一根一米多长的扁担。刘杞荣往坪中间一站，让自己四面受敌："你们只管朝我乱打乱砍，一起上吧。"

他一看他们举棍和举铲的架势，就知他们比他当年在国术训练所教的那些学生，不知要差多远。他简直无须用眼睛看，闭着眼睛迎击。他们手里的锄头、铲子、扁担和小山握着的九节鞭，根本打不到他。他手中的竹篙，两端都能打人，嗖嗖嗖，只听见那几个青年发出"哎呀"或"哎哟"之声。一眨眼工夫，那几人手中的锄头、铲子和扁担统统掉在地上。有个烂崽又偷偷捡起扁担，冲上来打。刘杞荣就不客气了，一竹篙戳在他肩上，那人肩膀一痛，手一麻，扁担再次掉到地上，龇着牙不敢动了。小山不知进退，还要打，他一竹篙打在小山的颈脖上。小山感觉颈脖一痛，手中的九节鞭还不肯丢。刘杞荣手一旋，一竹篙不客气地刺在小山的膝盖上，戳得小山的腿酸痛难忍，他一跪，磕头道：“师傅，我服了，我要拜您为师。您收我为徒吧。”刘杞荣没理睬小山的恳求，丢下竹篙要走。公社的那些干部，个个脸上呈现钦佩之色。一人说：“咯下得地哎，鬼都打他不赢呢。”公社革委会主任笑：“今天是李鬼遇见李逵哒。小山，你小子服不服？”小山说：“服呢服呢。”刘杞荣向何部长和公社革委会主任打个拱手：“我回生产队去。”

第二天一早，刘杞荣打开门，六个烂崽三个一排跪在门前，齐声道：“师傅。”刘杞荣说：“我不是你们的师傅。”小山说：“师爷，收我们做弟子吧，我们想学武艺。”刘杞荣说：“走吧走吧，我不会收你们的，走开。”他们不走开。刘杞荣就从他们身边绕过去，走到树下打拳。六个烂崽见状，都站到他身后，照葫芦画瓢地打着。不一会，队上一些喜欢练拳的人雄赳赳地走来，见陡然多了几个陌生人在此练拳，就问刘杞荣，刘杞荣说：“莫理他们。”打完拳，天已大亮，一轮红日爬上了远远的山巅，天色就一片淡红。他去砍猪菜，六个烂崽跟着他去砍猪菜。他说：“走开，莫碍手碍脚的。”他们见识了他的功夫，更想跟他学，走进农民家借了镰刀，帮他割猪菜。沟渠边长了很多猪菜，他们这个割几把那个捞扯几把，拿在手上，眼睛盯着令他们钦佩不已的师爷，盼着师爷心软。刘杞荣砍了两箩筐猪菜，拎回来，又和王师傅一起打扫猪栏。王师傅说：“刘师傅，咯些伢子都想跟你学武术吧？”他冷哼道：“一厢情愿。”王师傅说：“有本事的人走到哪里都呷香。”

过了几天，小山等几个烂崽又来了，扛来铺盖。大队支书安排他们在大队部住下。那间大房子原是用来关押“四类分子”的，土砖房，门窗都很结实。他们从镇街上运来三张床，铺上稻草，挂起蚊帐，在门外搭个棚，支起锅灶煮饭吃。大队支书特意走来说情："刘师傅，他们都铁了心要跟你学武术，被子、蚊帐都搬来了。"刘杞荣说："支书，你要他们回去。"大队支书说："你莫保守嘛。"他望着大队支书："我是来改造思想的，冇得资格教他们呢。"大队支书昂起脸："你还是要满足下贫下中农的要求嘛。"他说："咯些水老倌学了武术拿去欺负人，有悖武学精神呢。"大队支书觉得有道理，就不管了。这样过了两个月，到了"双抢"的农忙季节，这几人拎着背包走了。

某天，刘杞荣低着头在大铁锅前煮猪食，何部长满头大汗地走来："我外甥出事了。"刘杞荣想他外甥不是打伤了什么人吧："出么子事了？"何部长又焦急又难过，道："两天前的上午，小山挑着一担谷去公路上晒，公路在斜坡上，一辆拖拉机从对面驶来，他上坡，拖拉机下坡。路窄，那是一辆旧拖拉机，刹车不灵，刹不住，对着小山冲来。我外甥也是，紧急情况下，丢下肩上的担子，闪到一边不就躲过了？可那是队上的谷子，他怕别人讲他不爱惜公家的财物，就冇丢担子，只是朝后退，肩上压着一百多斤谷，退起来就慢，身后有根水泥电灯杆，他退到电灯杆下冇得路退了。开拖拉机的那个猪是个新手，慌了神，不晓得打方向盘哒，拖拉机的头把小山硬生生地抵在水泥电灯杆上。人送到县人民医院，一照片子，左边四根肋骨三根肋骨骨折，右边四根肋骨全骨折了，压着他的心脏和肺。县人民医院讲他们治不好。我姐和姐夫又连夜把小山送到益阳市人民医院，市人民医院的医生讲咯冇得救哒。师傅，你看咯事怎么搞。"刘杞荣想，自己得有个态度，就深表同情："那太可惜了。他还咯么年轻。"何部长满脸沮丧："我姐就小山一个崽，小山去年结的婚，还冇留个崽。最痛苦的莫过于我姐和姐夫，我姐都不想活了。"刘杞荣奇怪道："冇想到你外甥的集体观念蛮强的。""他傻啊，"何部长说，"不就是一担谷吗？我姐讲，若是队上分给他的谷子，他早肩膀一闪，跑开哒，可那是集体的谷子，唉——”

刘杞荣又觉得小山这个青年虽然爱讲勇斗狠，心里还是装着公德的。他见猪食煮得差不多了，就低头把灶眼里几根燃烧的柴夹出来，浇了瓢水熄灭柴火。何部长说：“师傅，你觉得咯还有么子法子想吗?”刘杞荣说：“医院都冇法子了，那还有么子法子?”何部长凄凉道：“师傅，小山现在躺在我家，我想请师傅去看看。”刘杞荣想，咯事自己不能沾边：“我不是医生，去也冇用。”他拿起长瓢搅动锅里的猪食，捞了一会儿才往潲桶里舀。何部长没动，待他忙完：“去我家看一下吧师傅，帮我想个法子。”这时，王师傅来了，刘杞荣想，何部长从冇把他当“四类分子”管，去看一下也无妨，就说：“王师傅，我和何部长有点事，你照看下猪。”

何部长住在泗湖山镇街上，是栋砖瓦房，围了个院子。前面一块水泥坪，堂屋里坐着他姐姐、姐夫和外甥的妻子及何部长的妻儿。他一走进去，何部长的姐姐往地上一跪，就要磕头。他退开一步：“你咯是干么子?我又不是大夫，快起来。”何部长的姐姐说：“刘师傅，都讲您有法子。”他想，拐了，摊上事了，说：“你千万莫乱讲。何部长，我回去。”何部长拦住他：“姐，你起来。师傅，看一下我外甥再走吧。”小山躺在床上，脸色灰暗，挺着四肢，无声无息。他迟疑地把手搭到小山的手腕上，竟感觉不到脉动。他又把手指搭在小山颈脖的动脉上，感觉脉搏稍稍有点微动。他解开小山的衣服，所有人的胸膛是朝前凸的，小山的胸部凹下去了。他惊讶地“啊”了声。何部长把照的片子给他，他拿到窗前对着亮看，左边四根护胸腔的肋骨断了三根，只有最上面的一根没断，但也裂开下陷了。右边四根肋骨全断了，倒在肺部。他暗想，咯还有个屁救，肺叶和心脏都被肋骨压着，冇死已经是奇迹了。他说：“何部长，不是我不救，是我救不了。”何部长道：“医院都不收的人，师傅，你就死马当活马医吧。”刘杞荣说：“不行不行，他毕竟还有一丝气，我是来劳动改造的，他若死在我手上，那性质就完全不一样哒，我负不起咯个责。”何部长说：“唉——你不医，他是死，你医不好，他也是死。我们绝不怪你。”刘杞荣摇头：“人命关天的事讲不清的，你莫害我。”他转身向门外走。何部长拉住他：“师傅，你不要有任何顾忌，若你能医好他……”刘杞荣迅速打断：“我冇得咯本事。”何部长说：“师傅，你试下吧，求你了。”

刘杞荣耳根子软，一听到“求”字，心蠕动了下。他想起抗战中有个士兵伤得极重，快死了，刘百川师傅试着医治，下了猛药“飞龙夺命丹”，结果救活了那士兵。他看着何部长的姐姐和姐夫说：“乡下有好郎中，你们找个好点的郎中给他医治嘛。”何部长说：“师傅，讲实话，我们先后请来三个郎中，他们都表示无回天之力，所以我才找你。”刘杞荣听他这么说，坦率道：“我不是大夫。医院都不救的人，硬要我试也行，不过你们得立个人死了绝不找我麻烦的字据。我被别人害怕了，空口无凭，事事我都得防一手。”何部长断然道：“理解理解。不试就冇得一丝希望了。我马上写。”何部长在红壳面笔记本上写道：“字据：我何打铁和姐姐、姐夫对天发誓，如果我们计较刘杞荣师傅没救活小山，说刘杞荣师傅半句怪话，我们全家死绝。”这是毒誓，很重的。何打铁撕下字据，恭敬地呈给刘杞荣。刘杞荣不敢马虎，扫一眼何部长的姐姐、姐夫，姐姐、姐夫迅速在字据上签了名。刘杞荣收好字据，说：“我开个方子。”他坐到桌前写道：“蟾酥两钱；血竭一钱；乳香两钱；没药两钱；雄黄三钱；轻粉半钱；胆矾一钱；铜绿两钱；寒水石一钱；朱砂两钱；干蜗牛二十个；蜈蚣一条；麝香三钱。”他把方子递给何部长：“你赶快去药店买来咯些药材。”何部长拿着方子，骑着自行车冲了出去。刘杞荣看着何部长的姐姐、姐夫，姐姐垂着泪，姐夫也是满脸泪痕。姐夫忧伤地期望道：“刘师傅，您看我崽还有救吗?”刘杞荣摇下头：“难。”

何部长买来了他要的药材，他看了眼药材，掂了掂问：“家里有小石磨吗？要碾成粉末才行。”何部长说：“药铺有。我去借。”何部长又骑着自行车飞奔出去。何部长的姐姐、姐夫都焦虑和渴望地看着他，目光同糨糊一样粘在他脸上。他想自己揽上大事了，走到门外大口呼吸。姐夫机械地跟过来，递烟给他抽。他破天荒地接支烟，点燃，吸了口，没往喉咙里吞，吐出来，道：“我能力有限，你们莫对我抱希望。”姐夫说：“晓得呢，医不好我们不怪你。”何部长从药铺借来小石磨，搁在桌上。他问：“家里有纱布吗？”“有。”何部长说，转身取来一块纱布。刘杞荣剪下一小块纱布，选出几片稍大点的麝香包在纱布里，放在小山的人中上。接着，他开始磨药粉：“有白酒冇？要六十度的白酒，还要砂罐。”何部长拿来白酒和砂罐，道：“师傅，您是上天送来的活菩萨。”这话很大，他不敢接。他把白酒倒进砂罐，再把药粉倒进去，把砂罐放到煤炉上煮。不一会儿，酒和药材的气味十分浓烈地飘浮在室内。有人进来询问，找他搭讪，他不搭腔。一个小时后，酒药熬成了糊糊，刺鼻难闻。小山没有知觉，无法张嘴。他让何部长扳开小山的嘴，体内一股腐臭气飘出来。他躲开这股腐臭气，滴了三滴药酒灌入嘴中，让药和酒慢慢渗入咽喉。隔了一刻钟，他又喂了三滴，观察患者的反应。又隔一刻钟，他再次滴了三滴药酒到小山的嘴里，让药酒缓缓流入咽喉。天黑下来后，他得回生产队了，对何部长一家人说：“剩下的药酒，你们每隔一刻钟滴两三滴，千万莫多喂。喂完药一个小时后，再喂点白米汤。切记，不要喂鱼肉一类的油汤，那是要命的。六个小时后，再喂小半碗药酒，记得把药酒热一热再喂。每次只能喂两三滴。你们要按我说的做。”何部长看一眼手表说：“一定照办。”

次日何部长跑来，满脸激动：“师傅，小山好像有点反应了。”刘杞荣赶过去，摸摸脉，又探探鼻息，要何部长扳开小山的嘴，喂了小半调羹米汤，让米汤慢慢滑入咽喉。隔了十分钟，又喂了小半勺。那天上午，那半碗米汤都喂进了小山的咽喉。小山的胸腔是塌陷的。他拿着片子反复看，琢磨着用什么手法给那些折断的肋骨复位。不复位，肋骨压迫着心脏和肺叶，人还是活不下来。他锯了两块梧桐木板子，刨光，让何部长去镇人民医院要来两圈纱布。他要何部长和姐夫把小山扶起来，把牢。他上床，坐到小山的身后，双膝夹顶着小山的脊椎。小山仍在昏迷中，身体软软的。他对何部长和姐夫说："扶稳。"他双手把着肋骨朝两边发力一扳，听见塌陷的肋骨起来的响声，再发力往上一挤，只听见几声沉闷的咔呲声，凹陷的胸腔支起来了，像正常人的胸膛了。大家都十分惊喜。何部长说："师傅，您太神了。"他说："拿板子和纱布来。"何部长的姐姐拿来板子和纱布，他在小山两边腋下一边放块桐木板，接着给复位的胸部缠绕纱布，交代说："咯段时间，他只能平躺，若他醒了，就扶他坐起来。"何部长说："好的，好的。师傅，咯个畜生以后就交给您管教，您是他的再生父母。"他听出他们的话里有感激，说："莫扯远哒。现在还讲不好。"何部长谨慎地问："师傅，还会出么子状况吗？"他没把握道："难讲，看他的命吧。"

他开了十四味加减汤："当归、白芍药、白术、甘草、人参、麦门冬、川芎、肉桂、附子、肉苁蓉、半夏、黄芪、茯苓和熟地黄。"他把方子给何部长："你去药店买来咯十四味药材。"何部长说："我马上去。"刘杞荣留在这里观察，门外是遍地骄阳，七月的太阳黄亮亮的，刺眼睛。坪前有几棵橘子树，树上结了些才板栗大的小橘子。何部长的姐夫客气道："师傅，您到床上躺一下吧？"他答："不用。"何部长的姐姐端来一碗热腾腾的红枣桂圆蛋，要放到他手上。他没接："谢谢。我不呷。"这东西在那个年代是十分贵重的，也只有贵客才有这种待遇。何部长的姐姐说："特意为您煮的。"他答："我冇胃口。"何部长的姐姐把碗放到方桌上，缩下鼻子。公社革委会主任于太阳下大步走来，衣服都汗湿了，进来就问："人救活了吗？"何部长的姐夫说：“搭帮刘师傅，现在我崽有希望活哒。”刘杞荣说：“话不能讲早了。”革委会主任步入房间，看着一动不动地躺在床上的小山，说：“刘师傅，你武功那么高，还能救死扶伤。神人啊。”刘杞荣不爱听赞美之词，谦虚道：“是他命硬。”

吃午饭时，刘杞荣向何部长的姐姐、姐夫交代了如何煎药，药熬多长时间后，回了生产队。他扯起半桶井水，抹下汗淋淋的身体，拿把蒲扇，躺到垫着篾席的铺上，摇着蒲扇。疲劳像一张巨大的网兜起他就往梦乡里跑。醒来已是四点钟，猪在猪栏里啰啰啰叫，他去切猪菜。老大推着土车，娘着一身湛蓝色衣服，坐在土车上，一手扶着车把，一手抱着包裹，来了。他看见娘，高兴道：“娘，您怎么来了？”娘老了，头发全白了，但精神很好：“娘来看看你。”刘杞荣惭愧道：“娘，我应该去看您，只是我咯身份　　虽然他们冇把我当‘四类分子’，但我是来服刑，不好到处乱跑。”娘说：“是呢是呢，娘懂呢。”娘拉着他的手不松。大哥说：“娘听讲你给何部长的外甥看病，怕你看不好，担心你呢。”他说：“我事先讲哒，医院都不收的，我只能试试。”大哥说：“娘怕你给自己惹麻烦。”

刘杞荣给大哥和娘倒了两杯凉茶，娘和大哥喝着茶。地上搁了两个箩筐，箩筐里搁着蕹菜、苋菜和丝瓜、南瓜。娘伸手翻了翻，下面还有鸡蛋、鸭蛋，问：“老二，你喂了鸡鸭？”他答：“娘，我冇喂鸡鸭，鸡蛋、鸭蛋都是农民送的。还有咯些蔬菜，都是队上的人送的。”娘欢喜道：“那你人缘好啊。”他答：“他们跟着我学拳，我也就顺便教教。”娘喝口茶：“我四个崽，你出息最大。”他望着凝视着他的娘：“娘，你咯话讲的，我都出息成历史反革命了，笑话呢。”母子仨说话时，何部长骑着自行车冲来，进门就道：“师傅，拐大场了，药喂不进去哒。”刘杞荣说：“莫慌，你讲清楚些。”何部长急道：“师傅，我姐喂了一勺药进去，都流出来哒。”刘杞荣想，幸亏自己冇夸海口，否则还真不好办，对娘和大哥说：“娘、大哥，你们回去，我去看看。”他坐上自行车。何部长骑着自行车飞奔，把路上的人和鸡鸭猫狗吓得纷纷四散。两人赶到家，他问完情况后，恼道：“我跟你怎么讲的？药要慢慢喂，每次喂几滴，你一勺药灌下去，那不把你崽呛死了？！”何部长的姐姐脸都吓白了。他恼恨地长叹一声“唉——”坐下，用那把小调羹舀了几滴药，让何部长扳开外甥的嘴，滴下几滴进去。几分钟后，小山轻咳了声。何部长一家人惊喜地看着小山：“师傅，小山活过来哒。”刘杞荣把药碗和小调羹交给何部长的姐姐：“不要急，慢慢喂。”何部长的姐姐坐下，让丈夫扳开小山的嘴，小心地喂了几滴药。不一会，小山又喘了声。刘杞荣说：“晚上喂一小碗米汤。”

几天后，小山醒过来了，屙的都是乌血，尿也带血。又过了几天，大便和尿不带血了。八月中旬的一天，活过来的小山可以下床走动了。刘杞荣让小山的爹妈带小山去县医院照个片。照片的医生是第一次给小山照片的，他非常惊讶：“啊呀，你两边的肋骨都复位了，只有右边第四根肋骨有不到半厘米的错位，但咯不要紧，会自己长好的。哪个帮你复位的？”何部长的姐夫抢先说：“一个姓刘的师傅。”照片的医生说：“那咯医生是神仙下凡，我们当时都觉得你崽冇救了，就是没法子让七根骨折的肋骨全部复位。”小山傲娇道：“他不是医生，是我舅舅的师傅。”医生听得一头雾水：“什么师傅？”小山说：“武术师傅。”

刘杞荣治好小山的病后，许多农民闻讯带着患疑难杂症的患者来求治。邻县的农民，提着腊鱼腊肉或鸟铳打的熏制的野鸡、野鸭子（自己都舍不得吃），找上门来了。没有野味的就把自己喂的鸡、鸭拿根草绳绑着提来，推着载着老人或儿子的土车，不是腰伤了直不起来就是跌伤了手、脚，希望他能手到病除。有天，一个上午就来了三四拨人，称他“神医”。刘杞荣说：“我不是神医。”那些人脸上却有很多客气，像天上有很多云彩，热诚道：“刘师傅，您能把‘死人’医活，还不是神医?!”刘杞荣忙更正：“不是死人，莫乱讲。”那农民道：“怎么不是？气都冇得了。”刘杞荣觉得有必要纠正传言：“有气。”大队支书见来找他治伤的人一拨拨的，索性让崽来跟他学治伤。大队部腾出两间房，一间给他当卧室，一间当诊所，还叫木匠靠墙做了一排装草药的柜屉。大队支书像一只雄鸡样昂着头指挥人搬东搬西，问：“您还有么子要求?”刘杞荣说：“我有么子要求。”“您是我们大队的宝呢。”大队支书呵呵笑道，打量着四壁，总感觉少了点什么，又一时想不起来。回到家，一抬头，瞧见堂屋正墙上挂的领袖像，恍然大悟道：“对了，诊所里缺一张毛主席像。”下午，他把一张毛主席像贴到诊所的正墙上：“刘师傅，毛主席他老人家天天看着你呢。”

五四　雪花在空旷的田野上空飘舞

农历腊月二十四这天过小年，一早打开门，世界一片白茫茫的，雪花在空旷的田野上空飘舞。刘杞荣说：“好大的雪。”看见一个黑点移动，仔细打量是一个人打把伞在风雪中走动。他折回房，拿火钳夹几块炭放进火盆里，中间架几根细柴，点燃一张旧报纸，让报纸的火烧燃柴。屋里有些烟，他打开门窗通风，只见一个女人站在门口看着他笑。她就是喜欢给他意外，犹如当年她跑到南京要跟他私奔一样。那时她着一身白底蓝花的旗袍，满脸喜悦地立在他面前。如今她简直没变老，仿佛只比十八岁大一点点，变戏法般闪现在他眼里，让他十分惊讶！他叫道：“啊呀，你怎么来了？”她穿一身黑呢子大衣，脖子上系着白丝巾，头上戴着灰毛线帽，黑白灰绝妙搭配，很漂亮！贺涵反问他：“我就不能来探亲？”

一句“探亲”让他心里热乎乎的：“快进来。”贺涵把鞋上的雪跺在门外，又把伞上的雪拍掉，这才进屋。刘杞荣冷静下来看着她，她这几年也老了，皮肤没以前光鲜了，但并没被不幸的境遇压垮，她和他都是那种视逆境为泥淖的人，蹚过去就没事了。他开心道：“我在这里就生活上说并不困难，这里的农民和干部都和我要好。只是有一种孤独感，你来了，孤独感就消除了。”贺涵亲昵地揪下他的腮帮：“去年小苏来找我，说你要跟我离婚。我跟小苏说，妈没有跟你爸离婚的意思。”刘杞荣慌忙说：“我是怕连累你。”贺涵说：“老话怎么讲的？死猪还怕开水烫吗？”刘杞荣笑嘻嘻地给她倒杯茶，她把茶杯捧在手上暖手，补一句：“没有你我活着没味。”他更加觉得她好，而且也是奇怪，她一颦一笑还是那么柔媚、迷人，让他的心跟兔子样一蹦一跳的。她说：“小英、小苏、小芳呢？”他回答：“他们这两天都会来。”她喝口热茶：“这次我来，对我崽说：‘妈看你继父去。’”

两人说话时，何部长领着小山来拜年，提着腊鱼、腊肉和糍粑什么的。何部长在门口跺了跺脚，进门看见房里有个女人，愣住了。刘杞荣说：“我妻子，从长沙来看我。”何部长立即热情道：“嚯，师母好。”贺涵一怔，她好久没听人叫她“师母”了。刘杞荣说：“咯是红旗公社武装部何部长。”贺涵说：“何部长好。”何部长看一眼小山，说：“师傅，小山经过咯次生死关，懂事多了，想跟您学武艺。”刘杞荣说：“和平年代学武术冇得用。莫学莫学。”何部长说：“师傅，我外甥冇得别的爱好，只喜爱武术。”小山脸上没有了不可一世的邪火，谦卑地坐在椅子上，听着舅舅和师爷说话。何部长望一眼外甥：“小山，还不给你师爷下跪？”刘杞荣不想收徒，道：“莫跪莫跪。”小山跪下：“师爷，小山的命是师爷救的，师爷就收我为徒孙吧。”刘杞荣对何部长说：“古人云：‘丧礼者，不可教之武。’我师傅曾说三种人不可教，缺德的人不收，失礼的人不授，懒惰的人不可教。”何部长接过贺涵泡的茶，望一眼小山：“你都听见冇？师傅，小山我还是了解的，从小仗义，肯帮忙。多年前那次闯祸，他是帮同学打架，并不是为自己。讲到失礼，那是他不知天高地厚！您救了他，是他的再生父母，您就收他为徒吧。”门外北风呼啸，大雪横飞。刘杞荣把火盆里的木炭拨了拨，抬头看着小山，把他收徒的规矩说了遍。小山表决心：“师爷，徒孙一定做到。”

贺涵来了，大队上的人满脸好奇，这个来看，那个来看，就满屋子热闹，说话声、笑声引起更多的人流连忘返，直到天黑才散。小英、小苏、小芳是同一天来的，看见继母更是高兴，见床都铺好了，被褥干干净净的，那天还有点太阳，阳光照在白皑皑的雪上且反射到墙壁上，室内就亮堂堂的。小英、小芳别提有多喜欢，竟唱起了与雪有关的歌。一家人在乡下过了个欢欢喜喜的年。过完年，小英、小芳先走，过了元宵节，小苏也走了。诊所只剩他俩了。晚上，两口子站在树下看着月亮，月亮苍白的，风从田野上吹来，吹在他们身上。刘杞荣说："人生如梦啊，眨眼工夫都六十岁了。"贺涵说："是啊，过去觉得日子难熬，现在觉得日子过得快。过年前我还在想，小英、小苏、小芳来了怎么安排住宿，转眼他们过完年都走了。"一阵风吹来，刘杞荣转身进屋，拿了贺涵的白丝巾给贺涵："戴上，莫感冒了。"随后，他在树下打拳，她也打拳，打了十几分钟身上热乎起来。打完拳，洗个热水澡，这一天就结束了。

三月份贺涵回了趟长沙，扛来一包衣服，还扛来一大包画画的工具，宣纸、毛笔和颜料等。她说："年轻的时候，我跟那个人生活在一起时家里用人、丫鬟三四个，我什么都不用干，就跟一个湘绣美术师学画画。后来生活环境改变了，画画又当不了饭吃，就冇画了。前两年退了休，生活太无聊了，又把画捡了起来。"他赞同："捡得好。"大队部的房间宽敞，刘杞荣找了块门板搁在睡房里，铺上旧床单权当画案。刘杞荣给人就诊时，贺涵就在卧室里画梅花、荷花。社员看着她的画，满脸佩服："爷咧，画得真好看。"

星期天，何打铁穿着军装，和外甥小山一人骑一辆自行车来了，小山是来跟师爷学拳，衣架上捆着被盖什么的。大队支书在大队部给小山支了张床还挂了蚊帐，小山把被盖往床上一丢，就雄赳赳地站在师爷面前。刘杞荣见太阳好，在坪上铺好篾席，把中草药倒在篾席上晒，这才在树下教小山打拳。何打铁却看着贺涵画荷花。贺涵在荷花上画了只蜻蜓，那蜻蜓画得很生动。何打铁喜欢道："蜻蜓画活了，同真的样。师母，能不能送给我？"贺涵说："你喜爱就送给你。"她给另一朵荷花加了点红色。何打铁说："更好看了。"何打铁带了一瓶酒，还带了堂客炒的猪耳朵。吃过中饭，送走何打铁，午睡醒来，两人一个给社员看病或教小山打拳，一个画画、舞剑、做饭。每天人川流不息的，张三来看病，李四来拿药，王五来闲聊，这样的日子过起来愉快，一晃又是两年。

这天上午九点多钟，刘杞荣正指导小山打拳，听见身后有脚步声和说话声一齐传来，一回头，就见两个人抬着竹铺走来，竹铺上躺着一人，竹铺旁跟着个穿一身蓝衣服的老妇人。刘杞荣看着他们。抬竹铺的年轻人说："刘伯伯，我爹一早爬到屋顶上检漏，屋顶的梁朽了，屋顶垮了，爹从屋顶上掉下来”刘杞荣走上去一看，不觉一惊，躺在竹铺上的人竟是周进元。他脑袋嗡地一响，迅速跳出两个字："报应。"第一反应是厌恶，黑着脸道："你们去县医院，我治不了。"年轻人一脸难过："刘伯伯，家里冇钱，爹不去医院。"刘杞荣不理年轻人，走进诊室，拿起杯子喝口水，在椅子上坐下，心烦意乱的。抬周进元来就诊的是周进元的小儿子和他的大女婿，守在竹铺旁的是周进元的堂客。这个女人与周进元生了四个崽两个女，他都认不出她是周堂客了，脸晒得那么黑，皮肤那么粗糙，就是老农妇的形象。刘杞荣其实早就晓得了周进元的情况。周进元在县公安局吃了三年牢饭，县公安局的干部觉得他吃得香、睡得好，竟长胖了，立即取消了他吃牢饭的资格，放他回家接受人民群众的监督劳动。他有很多个夜晚醒来后想过，千万莫让他碰见周进元，碰见了就一拳打死他！此刻，这个让他恨得牙痒痒的周进元，不用他动手了，看一眼就知道他活不了几天了。

贺涵走进来，问他："外面有个病人，你不看看？"他冷声道："他是周进元。"贺涵十分愕然，转而气愤道："他害得你咯么惨，还有脸来找你看病？"他冷笑一声，看一眼门外，门外是十月的太阳，还有那几个人。贺涵坚决道："莫理他。"半个小时后，周堂客迟迟疑疑地走进门，叫了他一声"表哥"。他心里一颤："你是……"周堂客满脸愁容："我晓得不该抬老周来，他不配活着，死有余辜。我都恨不得他早点死，可可……"她说不下去了，抽泣地蹲下身，捂着脸哭着。他看着这个满脸可怜的老妇人，心里一酸，想这个老妇人难道真是周堂客。他记忆里的周堂客是个有骨气的好女人，与柳悦情同姐妹，无话不谈。她应该才五十多啊，何解变成咯模样了？他正思考这些，周堂客把蹲变成跪，也不说话，只磕头。这一跪把他心里的恨跪跑了，就像一只老虎把豹子吓跑了。他慌忙迎上去扶她："莫这样你。"贺涵眼睛湿了，也拉她："快起来。"他没办法拒绝她，费了点劲儿才从牙缝里挤出一句话："抬进来吧。"周堂客连声说："谢谢谢谢。"对门外说："快把你爹抬进来。"

周进元的崽和女婿把周进元抬进诊室，周进元没哼没叫，咬着牙闭着眼睛不敢看刘杞荣。刘杞荣见他骨瘦如柴，一脸死灰，心里还真的生出一点儿怜悯，就问他哪里疼。周进元闭着眼睛不说话，周堂客说："表哥问你话呢。"周进元仍不语。刘杞荣说："你不说话，我没法看啊。"周进元的眼角挤出两颗泪珠，哽咽着说："表哥，我我我对不起你。"听周进元这么说，他火一喷："说咯些废话有么子意思？你把我害得跟你一样了就开心了吧？你是看不得我比你好，看不得我舒服，一肚子坏水！你何解不绊死？"这话当着周进元的面一说出来，好像一股怒气也跟着泄了。他说："哪里痛，老畜生，说吧。"周进元一脸虚弱，结巴道："我右右手和前前臂、臀部、右右小腿都痛痛得钻心。"刘杞荣的一双巧手就是人体骨骼的探测器，一摸，就感觉周进元的右肘关节错位了，右腕骨骨折，右髋骨骨折，右小腿胫骨也骨折了。只一下，他就矫正了错位的肘关节。接着，他搬动着周进元的屁股，周进元大声叫痛，他让周堂客拿来毛巾，塞进周进元的嘴说："报应晓得啵？人不报应天报应，老天惩罚你。痛就使劲咬着，莫叫，叫起来烦躁。"他摸索和拿捏着。周进元使劲咬着毛巾，豆大的汗一粒粒地在他骨头杵杵的脸上淌着。刘杞荣费了点劲儿巧妙地将髋骨复位了，对在一旁龇着牙看跟他学了两年武术的小山说：“把箩筐里的桐木板和纱布拿来。”小山拿来桐木板和纱布。他先给瘀血处巴上自己用生木瓜、生栀子、地鳖虫、乳香、没药各 30 克和生大黄 15 克、蒲公英 60 克熬制的消瘀止痛膏，缠上纱布，用桐木板夹住臀部，再用纱布一圈圈地缠绕、固定。接着又给他的右小腿胫骨复位，边贴膏药边说：“我记得你这条右腿受过伤。”周进元从牙缝里挤出一句话：“被赵武传打伤的。”刘杞荣为转移他的注意力，骂道：“你咯老畜生，就不晓得记别人的好？你在南京国术馆找他学蛇拳、鹰爪拳，全不记得了？你啊总觉得别人都欠了你的，呷不得一点亏。你的聪明冇一点用在正道上，最终害人害己。”

周进元咬着毛巾不语。他又要小山拿来桐木条和纱布，固定周进元的小腿。最终才给肿得同包子一样的右腕骨一拉一扯一抖，只听见几声骨头响，腕骨也被他这双巧手复位了。他给腕关节贴消肿止痛膏时交代周堂客：“七天后再抬来。”他坐到桌前开方子，递给周堂客：“去街上的药店照方子抓些中草药用文火熬，多放些水，至少要熬两个小时，再喂他喝。有条件的话，做几顿财鱼给他呷，财鱼对愈合伤口有功效。可以了。”周堂客和她儿子、大女婿又对他千恩万谢。他摆摆手：“不谢，去吧去吧。”

他步入睡房，贺涵放下画笔：“走了？你中午想吃么子？有冬瓜、南瓜、丝瓜和茄子，叶子菜有苋菜和白菜。”他拿起她的杯子，喝口水：“我随便。”贺涵开句玩笑：“那就呷随便。”他看着她画的荷花，荷花已勾勒出来了，尚未上色，道：“你画得越来越好了。我以前好恨他的，今天看着他这副可怜模样，又恨不起来了。咯是何解？”贺涵说：“咯是你心胸宽广。他害得我们只能在咯里苟且偷生，你还给他治伤。要是我，哼——我才没那么好呢。我会要他们把人抬回去。”刘杞荣望着画作，嘘口气：“我也不想给他治，他堂客一跪，我心就软了。”贺涵笑道：“你啊……”把想说的话咽了下去：“我做饭去。”

五五　一九八〇年十月

一九八〇年十月，一个阳光明媚的日子，刘杞荣在公园里教众徒弟摔跤，他收了些社会上的弟子。那年月，有很多社会青年酷爱武术，都来找他学拳、学摔跤。他教他们练拳，指导他们摔跤。有的青年经他一点拨，再出去摔跤，都是战无不胜，就更加努力地跟他学。公园里，这块草地变成了热闹的跤场，每天都聚集着几十个二十多岁的青年。这天上午十点钟，有七八个人经过此处时站住看。刘杞荣没注意这些人，因为经常有人走到他们面前驻足观看。他正指导一个年轻人如何将比他个子大的人摔倒，听见一个声音道："师傅。"叫他师傅的人很多，这几年他凭一技之长收徒、授徒，像北宋末年的周侗，靠传授武艺为生。这声"师傅"是从身后传来的，并非年轻人的声音，他回头，竟是柳真。随柳真走来的还有一名老军人，另外几名军人也相继走近他。刘杞荣望着其中一名老军人，感觉这老军人似曾相识，想起来道："何司令。"何司令握着刘杞荣的手，呵呵道："刘教练，我们还是有缘嘛，咯不，今天柳副省长陪我故地重游，碰见你刘教练了。"

刘杞荣两年前就从报纸上得知柳真当了副省长，他为柳真高兴，但没去找柳真。经历过腥风血雨的人，把什么都看得淡。一九六二年的两大军区比武，省军区特务连拿了四个冠军，让何司令交上好运，被主持中央军委日常工作的贺龙元帅调到更重要的岗位上去了，从此断了联系。此刻，他看着何司令，礼貌道："何司令，您还好吧？""我好。"何司令说，用军人的方式，举起拳头轻轻砸他一拳，"你咯身体好得很啊。"刘杞荣笑道："还可以。"何司令估摸道："老刘，退休了吧？"刘杞荣说："若退休我就有口饭呷了。我十年前被体委开除公职了，只能在公园里授徒混饭呷。"何司令奇怪道："被开除公职了？讲给我听听。""何司令，一言难尽。"刘杞荣摆手，"冇么子好讲的，讲出来丑。"何司令转身望一眼柳真，目光是责备的。柳真忙说："首长，我也不晓得咯事。"何司令说："你也太不关心你师傅了。"柳真忙自我检讨："师傅，怪我，我的错。我工作忙，'文化大革命'刚结束几年，一个烂摊子，天天开会研究工作。"何司令说："再忙，也要关心你师傅……我可要批评你。"刘杞荣听何司令这么说，心里仿佛有股热流奔涌，忙道："何司令，改革开放是大事，国家正需要你们出大力，我咯点小事，不值得你们操心。"何司令本来是打个招呼就走的，这会儿坐下了，他要了解情况："讲讲看，老刘。"

弟子们围了上来，刘杞荣对众弟子说："你们练你们的拳去。"接着，他对何司令和柳真说，自己是参加了湖南和平起义的，险些丧命，却被一个名叫周进元的人诬陷为镇压起义军官的坏人，判了五年有期徒刑，被体委开除了公职。一九七五年刑满释放后，他回到长沙，靠授徒为生。他说得很简单，对一切不公并没采用激烈的词语，好像说的是别人的事。他接着道："好在我崽女都大了，有自己的工作，我爱人有一份退休工资，饿不死。我咯人命硬，坚持天天打拳从冇断过，咯几十年冇生过病。"这几句话说得坦然、平淡，甚至带着些庆幸的语气。何司令听完，看着柳真："柳副省长，那么多冤假错案都纠正了。我相信老刘讲的是真话，该纠正的予以纠正。咯事你不能打马虎眼，得亲自督办。"柳真立即道："请首长放心，我马上办。"刘杞荣听何司令这么说，又见柳副省长如此表态，感动地对两人说："谢谢何司令和柳副省长关心。"何司令七十多了，这次来湖南是与中央一位大首长同往，今天得闲就邀老部下来公园散步，不承想遇见了刘教练。何司令拉着刘教练步入省委招待所，一起喝茶、吃饭，进一步了解他的际遇，直到秘书进来说："首长，您该开会了。"

第二天上午刘杞荣在公园里授徒，把一个转身背摔他的年轻人绊倒在地，然后把那年轻人拉起来说："明白吗？"体委的一个年轻干部笑着走上前："老刘，我是体委政治处的，有个事找你。"他一听这话，忙问："么子事？"体委干部说他的事上面过问了，指示必须重新调查、尽快落实，需要他提供几个证人。刘杞荣没想到会这么快。旷楚雄一九六九年就去世了，周进元于一九七八年底给"右派"摘帽时，一激动猝死了。他提了何打铁、杨四喜和胡山三个人的名字，回忆说："胡山是沅江县大队一中队中队长，他是对赵招财执行枪决的人。何打铁、杨四喜当时是一中队一小队和二小队的小队长，他们都知情。"年轻干部把这些话记录下来后，问："胡山和杨四喜的话可以采信吗？当年，就是咯两个人的证词让您蒙受委屈的。"刘杞荣说："那是'文革'中期，他们都怕得要死，外调的人眼睛一瞪，他们都吓得鸡崽子样，生怕上面讲他们包庇国民党历史反革命分子。现在中央提倡改革开放，我想他们也冇么子好怕了。"年轻干部道："好，我们明天就去沅江找他们重新了解情况。老刘，怎么能找到你讲的咯几个人？"刘杞荣说："你们先去沅江县找何打铁，我刑满离开沅江时，他是泗湖山镇红旗公社武装部长。他会告诉你另外两人在哪里。"

有何司令和柳副省长过问，一桩冤案很快得以平反，恢复工作就是办退休，该补发的工资补发了，该解决的住房也解决了。他和贺涵搬回了体委。躺在用补发工资买来的宽大的席梦思床上想，他唯一的遗憾就是想再干一番事业，可是年纪大了，干不动了。他对贺涵说："我以为我这辈子都翻不了身，没想到我还有翻身的一天。"贺涵笑："你还有'以为'，我从来就冇以为过，我从不想未来。我就活在当下，像只老实的猫，饿了就寻东西呷，呷饱了就睡。不惹事。"他觉得她说得非常恰当，简直就是她的真实写照，说：“我都不敢相信命运之神还会垂青我刘杞荣！谢谢你。”贺涵说：“谢我干么子？”他一手把她揽到怀里：“谢谢你不嫌弃我，咯些年像只猫样陪着我。”

眨眼就是一九八一年九月，这天上午，他从公园回来，体委领导叫住他：“老刘，有咯么个事，全国恢复武术比赛了，咯是个大好事。我们决定让你代表湖南武术队参赛。”刘杞荣怔了下，婉拒道：“谢谢领导。我一个退休老头子，怎么好参加比赛啰，不行了。”领导说：“又冇讲退休的不能参加。我跟你说，为派哪些人去比赛，我们开了几个会，都认为只有你才能出成绩，你就代表湖南去吧。”刘杞荣推托道：“我代表不了。”领导说：“老刘，你就莫谦虚了。去。”刘杞荣说：“你真要我去，我只能代表自己去出丑。”领导在他胳膊上拍了下：“发挥一下余热吧，老刘同志。”刘杞荣想明年就七十岁了，还参加什么比赛啊，说：“我考虑一下。”领导说：“莫考虑了，你是既定人选，去。”

回到家，他坐在绿灯芯绒沙发上，想自己这么大一把年纪了，领导还要他去参加比赛，不去又对不住领导——他的平反和住房安排都是该领导催办的。他跟贺涵商量，贺涵看着他：“我随你。”他说：“我矛盾得很。”小芳下班回家，他说了领导要他参加全国武术比赛的事。小芳反对道：“爸，您快七十岁了还要你去比么子赛？太搞笑了吧。”他说：“领导要我去，我不好拒绝啊。”小芳说：“比武是年轻人的事，你莫去。”他回答：“不行啊，爸不想领导讲我不知好歹。我去会会朋友，爸咯么些年冇跟他们联系了，咯是个机会。”

省武术队有个二十岁的年轻队员，是准备去参加长枪比赛的，姓龚。有天一早，小龚提把长枪，找到公园里，看他教一些社会青年练拳，也放下长枪，跟着练。刘杞荣注意到他了，没理他。打完拳，小龚走拢来说：“刘教练，我想跟您学长枪。”刘杞荣说：“你有教练啊。”小龚也不多话，第二天一早又来了，先跟着打拳，随后舞长枪。刘杞荣不理他。晚上，小龚提着几斤苹果、香蕉和两瓶土蜂蜜，敲开他的门。刘杞荣瞟他一眼：“你莫找我，你有教练。”小龚说：“师爷，我有事跟您讲呢。”刘杞荣听他叫自己“师爷”，把拦着门的手放下：“么子事，你讲。”“民国时期，我外公在湖南国术训练所学过两年。我外公讲他有个同学姓刘，在民国二十五年举办的全国比武中，夺得摔跤、散打两项冠军。我来到体委四处打听，才晓得是您。我招进体委武术队时，我外公讲：‘如果你见到那个刘爷爷，代外公问声好。’”刘杞荣问：“你外公叫什么名字？”小龚说：“我外公姓肖，您还有印象吗？”刘杞荣没印象了，但还是问：“你外公还好吗？”小龚说：“我外公上个月去世了。”

刘杞荣收了小龚，教小龚长枪。小龚武功底子不错，学得又认真，进步就明显。十一月份，刘杞荣和武术队里十几个年轻队员登上火车，众队员见前武术队总教练也去参加比武，着一身白对襟衫，端坐在椅子上，就围着他说话。他笑，跟他们说一些民国时期武林中的奇闻逸事，让他们不停地咂舌、说稀奇。坐了一天半火车，到了沈阳，他们下榻在一家宾馆，他与小龚睡间房。第二天大家来到比赛场馆，长枪和棍分为一个组，刘杞荣着一身宽松的中式白衣裤和一双黑布鞋，小龚也一身白衣白裤，两人看上去像爷孙俩。参加长枪和棍术比赛的有百多人，每个省各派几名代表，代表各省的长枪和棍术水平。刘杞荣打量着场馆里的人，都是十几岁和二十几岁的年轻人，也有三四十岁的中年人，那是教练。没有一个与他年龄相近的。他颇有些孤独，曾经的熟面孔，一张都没出现，这让他十分惆怅。裁判组的两人走上来点名，点到参赛的湖南队员刘杞荣时，刘杞荣出列答：“到。”他们睨一眼刘杞荣，好像看错了样，又叫声“刘杞荣”，刘杞荣又昂首挺胸道：“到。”裁判组五个人都是三四十岁的中年人，都瞪大眼睛看着这位精神矍铄的老先生，怎么也没想到老先生是来比赛的！其中一人问：“您是来比赛的？”刘杞荣朗声答：“是。”一个胖些的裁判笑：“也行。各省的比赛队员都到齐了。”

刘杞荣是参赛者里年龄最大的。经过十年“文革”和这些年，那一个个熟人都隐匿了。他有些孤单、伤感地看着长枪表演。这种比赛不对打，是套路展示。五名熟知枪术、棍法的裁判坐成一排，分别给上台表演枪术的表演者打分。轮到小龚上场时，刘杞荣告诫他：“放松才能发挥平常最高的水平。”小龚上台，对裁判和观众鞠一躬，退到台中央，提一口气，舞起枪来。刘杞荣认真看着，觉得小龚的长枪舞得还不错。待小龚收枪，他率先鼓掌，很多人也跟着鼓起掌。五个裁判，两个给小龚打十分，三个给了小龚九点五分。小龚笑嘻嘻地走到他身边坐下，他说：“看后面的表演。”待长枪比完，已是下午四点钟，跟着就是颁奖，山东队员获得冠军，北京队员荣获亚军，小龚和河北队员同获季军。小龚第一次参加全国武术比赛就获得季军，极高兴：“师爷，我外公在天之灵若晓得我获了季军，会笑死去。”刘杞荣表扬他：“你不比冠军差，冠军的枪，下压攻击的力量不够。”这话被走在后面的长枪裁判组长听见了，组长对另一个裁判说：“他是内行。”刘杞荣耳朵尖，捕捉了这句话，就回头对裁判组长抱个拳，朝前走去。

山东队员是冠军，身高一米八七，宽肩、窄腰，眉宇间凝聚着逼人的英气。他追过来对裁判组长说感谢之类的话，裁判组长是北京体委的教练，国家一级裁判，他把刘杞荣的评价说给他听：“别的都好，但有一点不足，那位老同志说你枪下压时欠缺力量。”山东队员二十四岁，年轻气盛，想自己刚获全国长枪冠军就遭这个不知从哪里冒出来的老头诟病，来了气。他见会务组的年轻人抱着几支长枪——长枪原是靠在架子上，备着给来参赛的人取来表演的。冠军扯出一支长枪，几大步走上前，瞪着刘杞荣大声道：“喂——接枪。”刘杞荣见一支枪掷来，接了。冠军说：“你说我下压的攻击力不够，那你接我一枪试试。”刘杞荣有些恼，想现在的年轻人怎么这么轻狂、无礼。他说：“我是这么看，你可以不理嘛。”冠军气盛道：“你敢接我一枪吗?”刘杞荣不想理这小子，几个裁判慌忙赶来，劝冠军别纠缠这事。冠军一句话甩到他背上：“我随便一枪就要他知道我的厉害。”刘杞荣站住了，想他未免太不知天高地厚了，就提枪站好。冠军道：“看枪。”挥枪向刘杞荣打来。刘杞荣斜枪一挡，把砸在枪上的力一卸，枪紧靠在冠军的枪上，像黏着样。冠军这一枪用了全力，居然没把老头手中的枪打掉，又猛吸一口气跨前一步，枪一扬，从左上方劈过来。刘杞荣的枪一斜，卸掉他的力，枪又回到中间，与冠军的枪黏在一起，枪头离冠军的脸只有半尺远。冠军脸红了，说：“我打了你两枪，你打我两枪吧。”

刘杞荣真想教训他几句，但转念一想，这青年与他何干，就懒得理睬道：“我不打你。”他把枪还给那个抱枪的青年，转身向前走。冠军觉得失了面子，气盛地扯出那把枪，朝刘杞荣掷去：“接枪。”刘杞荣感觉有物体飞来，头也没回，反手接了枪，转身说：“小伙子，把枪握好。”冠军一个弓步站稳：“我握好了，来吧。”刘杞荣左手在前，半握枪，右手握枪的手一旋，枪刺过去时带着强劲的旋力，往上一挑，就见冠军手中的长枪嗖地飞出三丈高，枪头装着梭镖，较重，落下来时先着地，梭镖插进草地里，枪杆战栗不止。小龚惊呼道：“师爷，您真厉害。”刘杞荣把枪交给会务组的人，几个裁判呆若木鸡地看着他。冠军的脸都白了。裁判组长叹服：“这可不是一般人能做到的，他这一枪，竟把冠军紧握的枪挑飞十几米高，长见识了。”另一人说：“天啊，他是怎么做到的?”冠军回过神来，追上来道：“前辈，晚辈深感佩服。”刘杞荣微笑了下，没搭话。

第二天，刘杞荣观看着一个个上场表演棍术的队员，他们都非常年轻，十八九岁或二十几岁，棍舞得生风，但都缺乏劲道。小龚问：

“师爷，您觉得他们的棍术如何？”他说：“还行吧。”小龚说：“师爷的棍术肯定盖过他们。”他笑：“师爷好久冇玩棍了。”当裁判组的人叫到刘杞荣的名字时，他持一根两米多长的白蜡棍上台，把棍往肩上一靠，对裁判和观众打个拱手。接着，他手中的棍一舞，棍上缠着风，人人都能听到棍搅动风的声音。他舞棍时，不像一个七十岁的老人，而像个二十多岁的年轻人，身形快如风，打、揭、劈、盖、压、扫、抡、戳、穿、托、挑、撩、拨等，无不棍身合一，棍动如飞，好似疾风暴雨，看得众人眼花缭乱且惊奇不已。刘杞荣把整套棍术打完，收棍，向瞠目结舌的观众抱拳施礼时，全场观众清醒过来了，爆发出热烈的掌声。他在掌声中走下台，回到座位上，小龚羡慕道：“师爷，您咯套棍术，无人能比。”刘杞荣说：“也不能咯么讲。”小龚说：“您舞棍时，个场鸦雀无声，舞棍的风声呼呼直响，全场人都听见了。”

五名裁判亮出打分牌，全给他打十分。场内又爆发热烈的掌声，观众都把目光抛向他。他立即起身，向所有鼓掌的人抱拳致谢。掌声停息，他刚坐下，一个西装革履的年轻人躬身走来，蹲着说：“刘师傅，我是《辽宁日报》的记者，想采访您。”刘杞荣打量一眼这人：“谢谢你，我不接受采访。”那青年说：“要采访的，您这么大年纪，舞起棍来跟年轻人一样，关键是棍棍刚猛有力，这很难得。楷模啊您是。”又有人走来搭讪：“刘先生，我是电台记者，您刚才的表演实在太精彩了。”刘杞荣刚说声“谢谢”，跟着又有北京的记者背着相机走来，要给他拍照，还向他索要下榻宾馆地址，说想给他做一个专题报道。刘杞荣指着台上表演棍术的人：“还在比赛，不要影响人家比赛好啵？”

比赛结束，刘杞荣获得棍术金牌。颁奖时，他一走上台，观众又热情地鼓掌，十几台相机围着他拍。领完奖，七八个记者围着他，掏出本子采访。他无法拒绝记者的热情和执着，退到一旁，一一回答记者的提问。晚上，他吃过饭，和小龚回到房间坐下，有人敲门，是长枪裁判组里一个秃了顶的裁判，一口北京话："刘前辈，我能进来吗?"刘杞荣说："请进请进。"北京人进来，坐下说："我在国家体委工作，您的棍舞得非常精彩，令我大开眼界。"刘杞荣呵呵道："哪里哪里。"北京人说："刘前辈，我建议您把今天表演的这一整套棍术，编成一本书，好让爱好棍术的年轻人学习学习。"刘杞荣说："谢谢，您太客气了。"北京人望一眼小龚，正色道："体委领导要求我们积极发现和抢救传统武术，别让流传在民间的传统武术失传了。"刘杞荣"哦"了声，说："那我考虑考虑。"北京人说："太好了。刘前辈，我还有一个请求。"他没想到国家体委的干部说话这么客气，忙道："请讲。"北京人笑笑："以后，全国再举办武术比赛，我请求您当长枪组比赛的裁判组长。您意下如何?"刘杞荣说："我何德何能，哪里有资格当裁判组长，你太抬举我了。"北京人说："我们长枪裁判组的几人议论了下，一致认为您最具资格。"刘杞荣摇手："不敢当啊。"北京人转移话题说："刘前辈，我跟你们湖南队的同志打听了下您，您是中央国术馆毕业的?""是的。""那您认识方北鑫老师吗?""认识啊。他还好吧?"北京人说："方老师还好，我是方老师的弟子。"刘杞荣还以为方北鑫怎么了，听北京人这么说，悬着的心落下了，问："方老师怎么没来?"北京人说："方老师退休了，在家遛遛鸟，打打太极拳，身体可没法跟您比。"

出版社的编辑从报纸上获悉他获取棍术金牌，找到他，希望他能把棍术写成一本书，以免棍术失传。刘杞荣很愉悦，想自己追求武学一辈子，是该留下点东西，就答应了。他买来纸笔，对贺涵说："我要写本棍术方面的书。"贺涵支持道："我一百个支持。"他开玩笑道："那我开始写了。"贺涵嘻嘻道："写、写，你只管写。"他给自己泡杯茶，铺开稿纸，端坐在窗前想了很久，才在稿纸的上端写上"太空子午棍”五个字，接着又想了一阵子，写起了概述：“太空子午棍原名子午棍，在湖南流行已有一百多年的历史。相传它源于我国著名的‘梨花枪’和明代抗倭名将戚继光独创的‘戚家枪’枪法，后来民间取其精华，去掉枪头习武，发展成为风格独异、熔枪法与棍法于一炉的单项棍术……”他喝口茶，接着写道：“太空子午棍动作简约，不崇花招。其特点是用力顺，发力猛，既可健身，又可防身。实战能力很强。”

他每天除了早上去公园打拳，与弟子们说说话，就是回家写《太空子午棍》。忘了的字就翻字典，确保这个字没写错。这本书写了三个月，写完了，但他仍然一招一式地考证，确保没有纰漏，又修改了三个月，才把书稿交给出版社，让编辑找美编根据文字表达的意思和要点配图。他好像完成了一项不可能完成的任务似的，舒口气说：“写书比打拳累得多。”家里就他和贺涵，儿女都大了，过自己的生活去了。窗外有棵梧桐树，常有雀儿落在梧桐树枝上欢叫，吱吱声常把他从午睡中唤醒。醒来，贺涵不是坐在沙发上看书，就是趴在画案上画国画或写字。他说：“你冇睡觉？”贺涵说：“老了，睡一下就醒了。我冇得你这么好的睡眠。”他说：“我能呷能睡。”他起床，坐到琴凳前抚古琴，他醉心听古琴低沉、含蓄的琴音。他抚琴时，窗外的鸟儿都不叫了，栖息在枝丫上，探出头，听着他抚琴。贺涵说：“你一抚琴，雀鸟都安静了。”他说：“那是它们叫累了。”她道：“是你的琴声吸引了它们。鸟儿最有灵性了。”他说：“那我抚一曲激昂的《广陵散》吓吓它们。”贺涵说：“弹《高山流水》吧，好久冇听见你抚这支大曲了。”他抚《高山流水》，她在琴声中临颜真卿的《多宝塔碑》。

这样的日子过了几年，那几年全国武术比赛层出不穷，他时常被请去当长枪项目的裁判长，一去就是四五天，回来，照样一早去公园打拳。柳真、张敬远和龙从武都离休了，只要不下雨便来公园学拳。拖了一辈子板车的李开明退休了，自然也来公园打拳。他们不是打硬拳、快拳，岁月不饶人啊，都是老人了，就跟着师傅打太空拳。太空拳是刘杞荣自创的，以舒缓的太极拳为基础，荟萃形意、八卦、少林、通臂、劈挂、拳击、摔跤等武术精华，共五套路，一路主柔功，二路主腿功，三路主摔绊，四路主发劲，五路主化劲。综合起来，太空拳既有心静意专、呼吸自然、协调连贯之太极拳的特点，又有动静相间、气力配合、刚柔相济之形意拳的长处；既有身捷步灵、随走随变、势势相连等八卦掌的妙处，又有抑扬顿挫、闪展灵活、坚韧交加等通臂的气势。当然，还融入了双人对练中拳击的勇猛和摔跤的快速。刘杞荣一般是教老朋友打一路、二路，打完这两套拳路，大家基本上都人困马乏了。龙从武说：“到底老了，随便动一下就一身汗。”柳真笑：“你怕你还是三四十岁啊，我都七十了。你怕有七十八了吧？”龙从武头一扬：“七十七，一个老甸甸了。”刘杞荣笑。张敬远把一条腿搁到树枝上压着：“老了，更要把身体锻炼好，以免给崽女增加负担。师傅，您说我讲得对不对？”刘杞荣笑：“是呢，崽女们都忙着打拼，我们若身体不好就分了崽女们的心。”李开明做了几下扩胸运动：“咯也是我坚持打拳的原因。崽女们都忙，我们身体好，就是对崽女们最大的支持。”他昂起头，扫一眼身旁的老人，又道：“不是吹，我这几年冇病过。偶尔感冒一下，呷两粒感冒药就好了。”柳真扭动着腰：“我也冇病过。每天一早起床我就往公园赶，来跟师傅学拳，出一身汗，神清气爽的。”龙从武笑着说：“你看师傅，满脸红润，年轻人的身材，一身腱子肉，哪像个七十五岁的老人！”刘杞荣看一眼大家：“我也大不如从前了。”柳真说：“师傅谦虚，我看你教年轻的弟子摔跤，他们照样上不了你的手。”刘杞荣说：“那是用技巧摔，冇用劲，都是借他们的力摔。”李开明嘿嘿说：“师傅的武艺已经出神入化了，天下冇得几个对手了。”刘杞荣批评地看着李开明：“咯话说不得的。”几人都笑，笑声朗朗的，惊飞了栖息在树枝上的鸟儿。

星期六上午，刘杞荣和贺涵打完拳回来，看见两个僧人站在楼道旁——那时体委建了栋新楼，两室一厅一厨一厕，他刚搬进去。夫妻俩正准备从两位僧人身前经过，其中一位年龄大点的僧人，操河南口音道：“请问，您是刘杞荣先生吗？”刘杞荣不认识这僧人：“我是。”僧人非常礼貌地说：“我们是河南嵩山少林寺的和尚。”刘杞荣将两个僧人领进屋，贺涵给两位僧人泡茶。年龄大点的僧人说：“自从《少林寺》在全国上映后，冷清的少林寺一下子变得十分热闹，全国各地都有少年、青年跑到少林寺求学武术。”刘杞荣说：“那是好事啊。”僧人道：“少林寺以前有护寺武僧，但解放后就没有武僧了。方丈决定让一些年轻僧人改为武僧，还给一些愿意出家的少年剃度为武僧。方丈让我们去全国各地请武术名家来少林寺传授武艺。您、万籁声都是全国知名的武术大家，方丈想请您去少林寺教武僧棍术。我们拜读了您的武术著作《太空子午棍》，棍法相当精妙。”刘杞荣给僧人拱手抱拳：“一般一般。”僧人说：“刘老先生切勿谦虚，出家人实诚，不打诳语。”刘杞荣想，这是两年前出版《太空子午棍》一书招来的事。他笑笑说：“传承棍术，老夫义不容辞，可这不是一天两天能学成的。这样吧，你们先回去，我跟我儿子、老伴商量下。”

两位僧人很有韧性，住在体委一旁的小宾馆里，一天就吃两个馒头。天天来，和善着面孔，也不跟别人搭腔，就是等他答复。这天下午，刘杞荣夫妇俩刚午睡起床，有人敲门，咚咚咚。他以为又是那两位僧人，却是王远民。王远民是他师傅王润生的孙子，几年前收的徒弟，跟他学了一年半拳，后招进了武警部队。王远民提着一对五粮液，十盒古汉养生精，还有苹果和香蕉，说：“师傅，弟子来报喜。”刘杞荣一看就猜他一定取了名次。王远民去北京参加全国武警散打比赛前，曾来找他讨教。他说：“你小子取得了名次吧？第几名？”王远民说：“师傅，弟子咯次参加全国武警散打比武，打了冠军。”刘杞荣笑：“打了冠军，那是值得报喜。”王远民把礼物放到茶几上：“师傅，竞争相当激烈，武警天天都在练打，有一个敲松（方言：轻松）的。”

贺涵倒杯茶递给王远民，王远民说：“谢谢师母。”贺涵见丈夫满面笑容，说：“小王，我告诉你，前年你师兄小汪打了全国散打冠军；去年你师弟唐伟夺得全省散打冠军，又在天津的自由搏击大赛上夺取亚军。还有你另一个师弟朱宏在广州比武，夺得中量级拳击冠军。你师傅只要听到你们取了好成绩就喜欢呢。”刘杞荣呵呵笑：“那是啊。你们取得好成绩，为师为你们高兴。”有钥匙开门的声音，儿子回来了。儿子自己有家，两边住，这是父亲年纪大了，他不放心。

儿子见王远民坐在这里，又见桌上堆着那些东西，就明白地笑道：“拿了名次吧，小王？”王远民回答：“师哥，我打了冠军。”刘小苏叫：“哎呀，那要祝贺啊。”王远民说：“师傅、师母、师哥，我就是来接你们去我家呷饭的。我堂客在菜市场买了只六斤重的野生甲鱼，炖了一大锅。”刘杞荣说：“免了免了。”王远民说：“不能免呢，师傅。”几人说话时，两位僧人来了，拘谨地坐到沙发上，咧着嘴。小苏觉得奇怪：“爸，咯是何解？”刘杞荣便跟儿子说了两位僧人请他去少林寺教棍的事。小苏瞧着两位僧人，想自己虽然从小跟父亲学拳，可“文革”中中断了几年，这些年办厂，隔三岔五跑外地拉材料或送货，没时间练拳，父亲这身武艺能传授给一些专心习武的人也是好事。他道：“爸，我不反对，您自己决定。”贺涵道：“咯事我想了两个晚上，武术，是应该让更多的人学。尚武精神乃我中华民族之魂，魂都冇得了，一个民族会不思进取。”这话，从贺涵嘴里说出来竟跟真理一样金光闪闪的。他听进去了，对两位僧人说：“行。我跟你们去。”

五六　进少林寺

一进少林寺，方丈赠了他两套袈裟，一套红的、一套黄的，还让一个僧人给他剃发，不是剃度。安排他一人住间禅房，一张硬板床，铺了床草席，一张桌子，桌上摆本蓝壳面的经书，还有茶碗和笔、纸、墨，便于他给家人写信。那时候还没有手机这玩意儿。窗外是一株大树，有鸟儿在树枝上吱吱叫，十分悦耳，好听。来了几个僧人陪他说话，都是河南口音，不是“俺”就是“中”的。他们走后，室内又冷清了。好在他清心寡欲，倒头就能入睡。次日清晨，他起床，穿上那套红色袈裟，想自己这辈子居然与僧人有缘，可是做梦都没想过的。大雄宝殿里僧人们在念经。他不懂这些，就在一株千年古树下打拳，呼吸着嵩山清晨湿润的空气。一位老僧人着一身黄色袈裟，站在一旁看他打拳。他打完自创的太空拳，收功时掌声在耳畔响起。他想这个老僧人懂拳，就抱拳还礼。老僧人说：“刘先生功夫很不错。”刘杞荣没想到这老僧人竟知道他姓刘，再次施礼：“雕虫小技，不足挂齿。”老僧人眉毛一挑，嘴中吐出一句：“几十年不见，刘兄武功已到达顶峰境界了，可喜可贺。”他想，这僧人一定是老相识。他盯老僧人一眼，没认出老僧人是谁：“您是——”“是”字拖得很长，见老僧年纪似乎比自己还大，谦逊道：“老弟并非僧人，凡夫俗子一个，眼拙，还望兄长点拨。”老僧人笑答：“老夫万籁声。”他叫：“啊呀，万师兄，刘某有眼不识泰山啊。”万籁声先是杜心五的弟子，后在杜心五先生的允许下拜刘百川为师，大他九岁，如今八十多了，然而精气神都十分充足，如一棵挺拔的劲松。万籁声说：“昨晚听方丈说你从湖南来了。我俩最后一次见面是一九四三年在师傅的住处，一别四十多年啊。”刘杞荣说：“是啊，是有四十多年。”万籁声握着他的手。万籁声的手掌大，握力浑厚。他想万籁声是试探他，笑了笑。万籁声道：“眨眼过去，如今都是老人了。刚才看你这套拳，极为凌厉。”刘杞荣说：“自己琢磨的，养身为主，凌厉谈不上。”万籁声说：“你我习武一辈子，一看就明白。”刘杞荣称赞他：“师兄一身好功夫，师弟望尘莫及。”万籁声道：“师弟过谦了。”刘杞荣说：“哪里哪里。师傅说到你的武功，十分肯定：‘当今中国武林，没几人能胜万籁声。’这可是我亲耳听到的。”万籁声对着天空打个拱手：“愿师傅的在天之灵安息，师傅也对我说过同样的话。”刘杞荣道：“我哪敢与师兄比肩？差远了。师兄什么时候来的？”万籁声说：“来了有一阵了，教少林弟子少林罗汉拳。”他想万籁声在武术界的名气大，如今这么大年纪了，仍来传授武艺，就觉得自己更应该多做些什么，说：“师兄六十年前就蜚声武林，能来这里传授武艺，了不得啊。”两人说了些许客套话，直到僧人们念完经，走出来，才一起去斋堂吃稀饭、馒头。

吃完早餐，接他来的中年僧人就领着他来到坪上，坪上站着不少年轻僧人，聚在一起说笑、打闹。有的僧人还是少年，十几岁，有的僧人二十多岁，一人手里一根棍，有的在舞棍，有的撑着棍，看着他。中年僧人咳了声，年轻的僧侣们静下来了。中年僧人道：“你们面前的师傅姓刘，习武多年，自创了一套好棍术，叫‘太空子午棍’……”中年僧人请他说话，刘杞荣走前一步，看着阳光下一颗颗闪着光的年轻脑袋，看着一双双黑亮亮的、聪慧的眼睛，脑海里出现自己年轻时候的模样，就有几分感慨：“你们先把棍放下，第一阶段不教棍，先练步型和步法。”他解释：“在棍术中，步法是至关重要的。无论是徒手发力，还是器械发力，其根在脚，发于腿，主宰于腰，形于手指。由脚而腿及腰，须完整一气。下面，我们先练步型、步法。”众僧侣纷纷放下棍。他做一个动作，众僧侣都跟着做。这可不是公园里那些以锻炼身体为目的的中老年人，也不是那些喜欢武术却为生计而忙忙碌碌的年轻人，他们个个都是充满锐气的年轻僧侣。他走上去，见步型不对的，立即给予纠正。僧人们心无旁骛，学得十分专注，他也教得十分投入。阳光下，僧侣们练得大汗淋漓，却无一人叫苦，这让他喜欢，想能把武艺传授给少林弟子，也是件光彩之事。有游客探身进来看，驻足不动。刘杞荣权当没看见，只管教自己的。游客们端着相机给年轻的少林武僧拍照，也拍他。有的僧侣回头张望，刘杞荣说：“你望哪里？”

第二天，他才教僧人们棍法，强调：“太空子午棍的总口诀，你们都要背下来。一、身法分高下，手法分阴阳，步法分左右，眼不离棍梢，三盘棍法主中盘；二、阳手进攻阴手回，阴出阳归上下随，圈中粘连棍不脱，中平吞吐疾风雷；三、手高则下之，手下则高之，左攻则虚左，右攻则虚右，中平蓄式统攻防……”他边纠正僧人们持棍的动作，边吟诵道：“人刚则柔之，人柔则刚之，人虚则实之，人实则虚之，刚柔虚实奇出之。记住，一定要做到，手眼不离棍，棍不离三尖，守中能御外，出棍把身藏，攻防进退静勿慌。”下午，他让僧人们对练，自己在一旁指导，边强调：“步法不稳失重心，左手不直旋转不灵，肘露于外易受打击。总之，刚在人力前，柔乘他力后，彼忙我静待，出手比他快。”这样教了三个月，僧人们的棍舞得虎虎生风了，打出去也有力了。他满意道：“行，你们可以自己练习了。”僧人们两个两个地对练，或者一个与两个人对打，阳光下乒乒乓乓，棍声一片。他在一旁指点，挑出几名学得快又反应敏捷的重点辅导。他说：“老夫是你们这个年龄的时候，有一次回老家，家乡的一些湖匪听说老夫打了冠军，几十个人站在码头上要与老夫比武。老夫取一根竹篙在手，几十个持刀、持棍的蛮汉都被老夫打得四处逃窜，跟老鼠一样。”僧人们说：“师傅，您能不能表演一下。”他见年轻的僧人都期盼地盯着自己，便道：“师傅老了，不比你们年轻人。”僧人们说：“师傅，您让弟子们开开眼吧。”

刘杞荣想，自己好久没与人交手了，也想活动活动，就让他们提来半桶石灰，再让他们把棍梢缠上布带，自己持的棍子上也缠上布，插进桶里蘸了蘸石灰，然后宣布：“师傅的棍子打在谁身上，谁的衣服上沾了石灰，就自动退下，不能再打，明白吗？”少林弟子齐声道：“明白。”刘杞荣就让他们先上两个，他一边念口诀，一边打给少林弟子看。接着，他让他们四个持棍上。四个少林弟子的棍子都近不了他的身，出棍都被他手里的棍子撩、架、挡或挑开或打落。后来变成八个少林弟子持棍围成圈，他说一声“开始”，八个少林弟子都举棍攻击。别看他七十多岁，出棍照样快如闪电，一分钟不到，八个少林弟子的衣服上都沾了白灰，三人手中的棍子被打落。其中一弟子说：“师傅，您发力真大，虎口都被您一棍震麻了。”刘杞荣说：“步法要稳，发力时脚、腿、腰和手臂的力才能传到棍端。我一棍打下来能打落你手中的棍，是因为我即使在运动中步法也稳固，而你在运动中失了重心。”少林弟子都佩服地点头。两个请他来的僧人也在练棍的武僧之列，那个年龄大的僧人问：“师傅，俺们练到您这程度，需要多少年？”他说：“这个难说，不过你们多练习就跟师傅一样了。”

少林寺里除了他与万籁声，还有几位高人教少林弟子武术。方丈不做安排，弟子自由选择师傅习刀枪剑棍。有的师傅教几名弟子，有的师傅教十几名。刘杞荣与几位武林高人有过接触，有的人容易交往，有的人孤傲、寡言。有位老者教少林弟子剑术和太极拳，剑术精湛、老到。拳路柔中带刚，内力深厚，一掌击在树上，树竟一阵战栗，掉下一大片树叶，令众弟子称奇。老者看上去八十岁左右的年纪，一颗光头，左头盖骨上有一条刀砍留下的旧疤痕。雪白的山羊胡须约三寸长，两道剑眉也是雪白的。也许是长期在太阳下练功夫，一张脸晒成了褐红色，正好映衬出胡须和眉毛的白，就威风凛凛的。刘杞荣跟老者打招呼，老者不搭理。刘杞荣想，此人应该是耳朵不好，不然也不会如此无礼。有天上午，他正指导弟子，忽然感觉有人盯着他，一回头，见老者的目光如刀锋一样刺向他。他一惊，对老者打个拱手。老者黑着脸如飓风般袭来，出手就打。刘杞荣见老者年长自己几岁，就让，没想老者出拳刚猛且快，招招直击命门。他左避右闪，边拆招边想自己与此人素不相识，这是为何，边还击。两人激斗三十回合，刘杞荣暗暗惊讶，这老者的武功深不可测，反倒来了精神，折身一脚踢在老者的小腿上。老者身体略微一晃，剑眉一挑，嚷声“好”，又袭来，缠着他斗。他想，这可不像切磋而像真打。老者腾空踢他，脚没到，一股旋风先刮到他脸上，头发都竖了起来——那是老者一脚踢向他的面门。他挥手一挡，感觉劲道很猛，心中诧异，这老者与自己有仇吗？两人又斗了几十回合。弟子们看呆了，都不敢靠近。刘杞荣在老者再折身踢他时，闪过这一脚，趁老者的脚落下的那一瞬间，一拳打在老者的胸口上，嘭的一声，仿佛水花四溅。老者后退数步，站稳，昂起头，捋着雪白的胡须道：“没想你我在少林寺相遇。”刘杞荣心里一团迷雾：“您是——”他猜不出老者是谁。老者仰天大笑，笑声可不像老人的，十分浑厚：“老夫与你在洛阳比武时打过一场。”刘杞荣想那年在洛阳与他打过的人多。老者见他脸色疑惑：“想不起来了？我和你争夺决赛权。”刘杞荣拍下脑门：“有印象有印象，难怪你老兄功夫顶呱呱的。”老者一个哈哈打给他：“老夫还是赢不了你。”刘杞荣还是想不起老者是谁，他不会记输给自己的对手，但对手却记住了他。他说：“哪里哪里。”老者给他一个抱拳：“老夫不打扰你教弟子。”疾步而去，像一阵风。晚上，刘杞荣向来他房间闲坐的中年僧人打听老者，中年僧人说：“他是天津人，下午走了。”“走了？”中年僧人说：“他是我师叔从天津请来的，在这里教了半年剑术。”刘杞荣遗憾地“哦”了声。

刘杞荣教完弟子们棍术，又教弟子们太空拳。他对众僧侣说："这是为师这几十年习武琢磨出来的拳术。为师这套太空拳外练筋骨皮、内练精气神，要求形神合一，身心并练。前一、二路是单练，三、四、五路亦可单练，也可以对练，是为师近七十年习武的心得，招招都可以打人。练为师这套太空拳时，全身要正直，姿态要轻松自然，站立后须凝神静气，不得勾腰弯背或挺肚突臀……"众少林弟子立即跟他习太空拳。

这样教了几个月，万籁声的一些弟子也过来学太空拳，万籁声很不称心，再看见他就一脸不理睬。刘杞荣想，八十多岁的人了，没必要啊。有天，他教僧侣们第三路摔绊时，万籁声站在一旁看，歪着张冷冷的老脸，脸上仿佛结了冰花，就有冷气传来，好像你打开了冰箱一样。他走过去与万籁声说话。万籁声喝一声"接招"，一掌打来。他把那一掌的力化掉，笑笑。万籁声没跟他笑，又出拳。刘杞荣只是避让。万籁声眉毛一挑，朗声道："难道老夫不配与你过招？"刘杞荣只好接招、拆招。万籁声出拳、出脚都相当快，哪里像个耄耋老人！他不敢懈怠，在众少林弟子面前输了也不好看。两人风生水起地斗了几十回合，斗得众少林弟子看傻了。这可是两大武侠对决。方丈听闻，慌忙走来道："两位施主，且慢。"两人收了拳。方丈温和地说："阿弥陀佛。两位施主都是贫僧请来的贵人，切不可伤了和气。贫僧有招待不周之处，还望两位大侠海涵。"刘杞荣很精神地扬起脸，给方丈一个抱拳："方丈言重了，我和万师兄是同门师兄弟，只是切磋武艺，并无他意。"万籁声也抱拳道："方丈过虑了。"方丈松一口气："阿弥陀佛，贫僧多心了。两位大侠，去禅房品品信阳毛尖，可否？"

禅房里摆了个原木茶几，几张椅子，四壁上挂着字画，有的是早已圆寂的方丈留下的墨宝，有的是显赫人物游历少林寺留下的字画。方丈为他俩沏茶，刘杞荣打量着这些字画，都是好字好画。万籁声昂头坐着。早两年，刘杞荣断断续续看过《射雕英雄传》，想万籁声像

《射雕英雄传》里的黄老邪。他没把这种感觉说出来，接过方丈泡的信阳毛尖，见万籁声瞟一眼他又把目光移开，就笑了声。方丈自然知道他俩都功夫了得，谁输了都会失面子，就客套道：“两位施主都是当今武林泰斗，切不可置气。”刘杞荣说：“方丈，大可放心，我与师兄没有嫌隙的。”万籁声表态：“我与师弟只是试试手。”刘杞荣捧一句万籁声：“师兄的武功还在民国时期就闻名遐迩，师弟哪是师兄的对手。”万籁声回赞：“师弟勿谦虚，方才师兄已落下风之势。”刘杞荣哈哈一笑：“师兄出拳那么快，师弟只有招架、应对的份儿。”方丈见两位高人彼此称赞，悬着的一颗心落了下来：“阿弥陀佛，两位请品茶。”

刘杞荣在少林寺一待就是九个月，有天，他收到儿子的信，信上说“贺妈妈练剑时，不小心崴了脚”。他有些担心贺涵，也有些想贺涵了。他去方丈那里请辞，方丈听闻他要走，连声挽留。他谢绝道：“天下没有不散的筵席，方丈勿多言。”方丈让接他来的两位僧人送他，他说：“不必。”方丈说：“大侠无须推辞，有弟子护送，老衲也安心。”刘杞荣就辞别众少林弟子，与接他来的两名僧人上了车。

2019 年 9 月初稿

2021 年 6 月改毕